Zum Buch:

Die alte Wassermühle von Ashdown war für Holly schon immer ein geheimnisvoller Ort. Als Kind verbrachte sie hier ihre Ferien und erkundete zusammen mit ihrem Bruder Ben das historische Gemäuer. Jahre später kehrt Ben zurück nach Ashdown – und verschwindet spurlos. Um herauszufinden, was mit ihrem Bruder geschehen ist, zieht Holly in die alte Mühle. Dort entdeckt sie das Tagebuch einer Kurtisane aus dem 19. Jahrhundert. Hat Bens Verschwinden etwas mit den wertvollen Schmuckstücken zu tun, die auf mysteriöse Weise mit der Geschichte des herrschaftlichen Ashdown House verwoben zu sein scheinen?

»Nicola Cornick ist eine Meisterin des Schreibens, eine wahre Königin ihres Genres!«

Romance Junkies

Zur Autorin:

Nicola Cornick ist Historikerin und Autorin. Sie hat an der London University und dem Ruskin College Oxford studiert und arbeitet als Museumsführerin beim National Trust in Ashdown House, einem Jagdschloss aus dem siebzehnten Jahrhundert in Oxfordshire. Ihre prämierten Bücher sind internationale Bestseller und wurden in 26 Sprachen übersetzt.

Nicola Cornick

Die Schatten von Ashdown House

Roman

Aus dem Englischen von
Andrea Härtel

MIRA® TASCHENBUCH
Band 26074

1. Auflage: Dezember 2017
Copyright © 2017 by MIRA Taschenbuch
in der HarperCollins Germany GmbH
Deutsche Erstveröffentlichung

Titel der englischen Originalausgabe:
House of Shadows
Copyright © 2015 by Nicola Cornick
erschienen bei: Harlequin MIRA, an imprint of
HarperCollinsPublishers, London

Published by arrangement with
Harlequin Books S.A.

Umschlaggestaltung: ZERO Media, München
Umschlagabbildung: incamerastock / Alamy Stock Foto, FinePic München
Redaktion: Anne Schünemann
Satz: GGP Media GmbH, Pößneck
Printed in Germany
Dieses Buch wurde auf FSC®-zertifiziertem Papier gedruckt.
ISBN 978-3-95649-741-4

www.mira-taschenbuch.de

Werden Sie Fan von MIRA Taschenbuch auf Facebook!

*Für Andrew, der viele Jahre mit meiner
Leidenschaft für Ashdown House und
William Craven gelebt hat.
All meine Liebe wie immer.*

»*Lass dein Leben leichtfüßig auf den Rädern der Zeit tanzen.*«

Rabindranath Tagore

Prolog

London, Februar 1662

In der Nacht, bevor sie starb, träumte sie von dem Haus. Im Traum fühlte sie sich wieder unbedeutend wie ein Kind; die Miniaturausgabe einer Königin in einem cremeweißen, goldbestickten Seidenkleid. Der Kragen kratzte an ihrem Nacken, als sie den Kopf zurücklegte und zu dem blendend weißen Haus vor dem blauen Himmel hinaufsah. Ihr wurde schwindelig. In ihrem Kopf drehte sich alles, und die goldene Kugel, die das Dach zierte, schien wie eine Sternschnuppe auf die Erde zuzurasen.

Jenseits der Wände ihres Schlafgemachs kauerte die Stadt; schmutzig, laut und strotzend vor Leben. In ihren Träumen jedoch war sie weit fort von London. Sie war dem breiten Band der Themse flussaufwärts gefolgt, vorbei am Jagdrevier in Richmond und den hohen grauen Mauern von Windsor bis dorthin, wo zwei Flüsse aufeinandertrafen. Nun nahm sie den schmaleren Pfad durch schlummernde Wiesen, vorbei an Gänseblümchen und summenden Bienen, denn in ihrem Traum war sie eine Sommerprinzessin, keine Winterkönigin. Der Fluss verwandelte sich in einen kreidefarbenen Strom, der mit Wassern aus sprudelnden Quellen tief in den bunten Mischwäldern gespeist wurde, bis sie endlich aus den Schatten auf die Hochebene hinaustrat, und dort lag das Haus in einer Bergsenke, ein kleiner weißer Palast, einer Königin angemessen.

Sie bewegte die Lippen. Eine ihrer Damen beugte sich besorgt über sie, bemüht, das Flüstern zu verstehen. Es konnte jetzt nicht mehr lange dauern.

„William."

Sein Name löste Verwirrung aus. Sie hatte ihn fortgeschickt, ihren Kavalier; hatte ihre Bediensteten angewiesen, die Tür vor ihm zu verriegeln.

„Madam …" Die Frau wirkte unsicher. „Ich glaube nicht …"

Die Lider der Königin flatterten, der Blick ihrer blassblauen Augen war klar und streng. „Sofort."

„Eure Majestät." Die Frau knickste und eilte davon.

Es war heiß im Zimmer; Fenster und Türen waren geschlossen, und im Kamin prasselte ein helles Feuer. Sie war halb wach, halb schlief sie, dem Schatten schon ganz nah. Draußen brach die Dämmerung über dem Fluss an, sein Wasser kräuselte sich silbern. Es war ungewöhnlich mild für Februar, die Luft fühlte sich schwer an, wartend.

Er kam.

Sie spürte die Bewegung, den kühlen Luftzug, ehe die Tür wieder geschlossen wurde.

„Lasst uns allein."

Niemand erhob einen Einwand, und das war auch gut so, denn sie war jetzt zu müde zum Streiten. Sie schaffte es nicht, die Augen zu öffnen, doch in der Stille konnte sie alles ganz deutlich hören; das Zischen der Flammen, als ein Holzscheit in sich zusammenfiel; das Knarren der Bodendielen unter seinen Stiefeln, als er durch das Zimmer auf sie zukam.

„Setz dich. Bitte." Das Sprechen fiel ihr schwer. Sie hatte jetzt keine Zeit für Diskussionen oder Entschuldigungen – selbst wenn sie sich hätte entschuldigen wollen, was aber nicht der Fall war.

Er setzte sich. So aus der Nähe konnte sie die Nachtkühle und den Geruch der Stadt an ihm wahrnehmen. Sehen konnte sie ihn nicht, aber das brauchte sie auch nicht. Sie kannte jeden Zug seines Gesichts, jeden Schwung, jede Linie. Es war, als wären sie in ihr Herz eingebrannt, ein unauslöschliches Bild.

Da war etwas, das sie ihm sagen musste. Sie nahm ihre ganze Kraft zusammen. „Der Kristallspiegel …"

„Ich hole ihn zurück, ich verspreche es", erwiderte er sofort. Eine Sekunde später spürte sie seine warme, beruhigende Hand auf ihrer, trotzdem schüttelte sie den Kopf. Sie wusste, es war zu spät.

„Das wird dir nicht gelingen", sagte sie. Er hatte die Macht des Ordens der Rosenkreuzer und seiner Instrumente nie verstanden, aber vielleicht tat er es nun, nachdem der Schaden angerichtet worden war. „Gefahr … für dich …" Ein letztes Mal versuchte sie, ihn zu warnen. „Nimm dich in Acht, sonst wird er dich und die Deinen vernichten, so wie er mich und die Meinen vernichtet hat." Sie rang angstvoll nach Luft.

Er drückte ihre Hand fester. „Ich verstehe. Glaub mir."

Sie spürte, wie ihre Anspannung nachließ. Sie musste ihm vertrauen, es gab keine Alternative. Ihr Leben löste sich auf wie ein Wollknäuel, bald würde der Faden zu Ende sein. „Ich möchte, dass du das an dich nimmst. Verstecke sie gut und bewahre sie sicher auf." Mit großer Mühe schlug sie die Augen auf und öffnete die Finger ihrer rechten Hand. Eine riesige Perle rollte auf ihren Schoß und leuchtete unheilvoll im dämmerigen Licht. Selbst jetzt, als sie sie zum letzten Mal ansah, konnte sie sich nicht überwinden, die Perle zu mögen, trotz ihrer ätherischen Schönheit. Sie war einfach zu machtvoll. Natürlich konnte die Perle nichts dafür, wohl aber die Männer, die sie für ihre eigenen bösartigen Zwecke benutzt hatten. Sowohl dem Spiegel als auch der Perle hatte einmal die Macht des Guten innegewohnt, stark und beschützend, bis diese Macht von habgierigen Menschen zu üblen Zwecken ausgenutzt worden war. Die Ritter waren gewarnt worden, die Instrumente des Ordens nicht zu missbrauchen, und sie hatten nicht gehorcht. Mit Feuer und Wasser hatten sie Zerstörung heraufbeschworen, genau wie es die Prophezeiung vorhergesagt hatte.

Sie hörte, wie Craven den Atem anhielt. „Die Sistrin-Perle sollte deinem Erben übergeben werden."

„Noch nicht." Sie war jetzt so unendlich müde, doch diese letzte Aufgabe musste sie noch vollenden. „Das Band zwischen der Perle und dem Spiegel muss durchtrennt werden. Eines Tages wird der Spiegel zurückkehren, und dann muss er vernichtet werden. Bis das geschehen ist, verwahre sie sicher."

Craven wies die Gabe nicht zurück, und er sagte auch nicht, er hätte keine Zeit für solchen Aberglauben. Früher einmal hatte er sich über ihre Überzeugungen lustig gemacht, doch das war längst vorbei. Er hob die Perle an ihrer schweren Goldkette hoch und ließ sie in sein Hemd gleiten. Seine Miene war ernst und angespannt, als bereitete er sich auf eine Schlacht vor; so schwer lastete ihr Auftrag auf ihm.

„Danke." Sie lächelte matt und schloss die Augen. „Nun kann ich schlafen."

Plötzlich wurde es laut. Die Tür flog mit einem Knall auf, die Türangeln protestierten knarrend. Stimmen, laut und gebieterisch. Schritte, ebenfalls laut; ihr Sohn Ruprecht kam, um zum Schluss bei ihr zu sein, wie immer in Eile, wie immer verspätet.

Es blieb nur noch so wenig Zeit.

Wieder öffnete sie die Augen. Die Schatten und das Rot und Gelb der Flammen verschwammen ineinander; ihr war kalt. Ein letztes Mal sah sie Craven an; Trauer und Schmerz zerfurchten sein Gesicht. Alt sind wir geworden, dachte sie, wir haben unsere Zeit gehabt. Der Verlust schmerzte wie ein Messerstich. Wenn sie doch nur …

„William", sagte sie. „Es tut mir leid. Ich wünschte, wir bekämen noch eine weitere Chance."

Seine Miene hellte sich auf, und er schenkte ihr das Lächeln, bei dem sie schon schwach geworden war, als sie ihn zum ersten Mal gesehen hatte. „Vielleicht bekommen wir sie ja", erwiderte er, „in einem anderen Leben."

Sie vergaß, dass ihr Leben jetzt nur noch wenige Atemzüge lang dauern würde, keine Stunden, nicht einmal mehr Minuten, und griff nach seiner Hand. „Die Rosenkreuzer glauben an die Wiedergeburt der Seele, aber das widerspricht der christlichen Lehre."

Er nickte, und seine Augen lächelten. „Ich weiß, ich glaube aber trotzdem daran. Es tröstet mich, mir vorzustellen, dass wir uns irgendwann in einer anderen Zeit wiedersehen."

Sie schloss die Augen, ein schwaches Lächeln lag auf ihren Lippen. „Mich tröstet es auch", erwiderte sie leise. „Das nächste Mal werden wir immer zusammen sein. Beim nächsten Mal scheitern wir nicht."

1. Kapitel

London, heute

Holly schlief fest, als ihr Handy klingelte. Sie hatte den ganzen Tag und den größten Teil des Abends an Stücken ihrer neuesten Kollektion von graviertem Glas gearbeitet und war erschöpft. Um zehn hatte sie ihr kleines Atelier und die Werkstatt verlassen, schnell noch ein Sandwich gegessen und war ins Bett gegangen.

Sie tauchte aus den Tiefen eines Traums auf und tastete auf ihrem Nachttisch nach dem Handy. Das grelle Leuchten des Displays blendete sie. Normalerweise schaltete sie es nachts aus, aber dieses Mal musste sie es vergessen haben. Sie hatte mit Guy mal wieder über ihre Arbeit gestritten. Er war ins Gästezimmer gestürmt, hatte die Tür hinter sich zugeknallt, eine theatralische Zurschaustellung seines Zorns. Normalerweise hätte Holly danach wach gelegen und sich darüber geärgert, dass sie erneut gestritten hatten, aber an diesem Abend war sie einfach zu müde gewesen, um sich deswegen Gedanken zu machen.

Auf dem Display war das Bild ihres Bruders zu sehen, es war siebzehn Minuten nach zwei. Das Handy klingelte und klingelte.

Stirnrunzelnd drückte Holly auf die grüne Taste, um das Gespräch anzunehmen. „Ben? Was um alles in der Welt fällt dir ein, um diese Uhrzeit anzurufen …"

„Tante Holly?" Die Stimme am anderen Ende klang hoch und zittrig vor Angst, die einzelnen Worte wurden immer wieder von Schluchzern unterbrochen. Es war nicht Ben, sondern seine sechsjährige Tochter Florence. „Tante Holly, bitte komm! Ich weiß nicht, was ich machen soll. Daddy ist verschwunden, und ich bin ganz allein hier. Bitte, hilf mir! Ich …"

„Flo!" Holly setzte sich auf, um die Nachttischlampe einzuschalten, griff aber daneben, als ihr die panische Angst ihrer Nichte zu Bewusstsein kam und ihr Puls sich beschleunigte. „Flo, warte! Erzähl mir, was passiert ist! Wo ist Daddy? Und wo bist du?"

„Ich bin in der Mühle." Florence weinte jetzt. „Daddy ist schon seit Stunden weg, und ich habe keine Ahnung, wo er ist! Tante Holly, ich habe Angst! Bitte, komm her …" Es rauschte in der Leitung, die Worte wurden unverständlich.

„Flo!", rief Holly erneut. „Flo?" Doch es war nur noch Rauschen zu hören, ein Knistern, und dann war die Leitung tot.

„Bist du verrückt?"

Guy war zwei Minuten zuvor aus dem Gästezimmer gekommen; er trug nur seine zerknitterten Boxershorts, seine Augen waren verschlafen, und seine Haare standen übel gelaunt in alle Richtungen ab. „Du kannst doch nicht mitten in der Nacht einfach nach Wiltshire fahren", sagte er jetzt. „Was für eine selten blöde Idee."

„Nach Oxfordshire", verbesserte Holly mechanisch. Sie warf einen Blick auf die Uhr, während sie die Stiefel anzog. Der Reißverschluss klemmte, sie zerrte daran. Zwei Uhr siebenundzwanzig. Sie hatte bereits zehn Minuten vergeudet.

15

Einige Male hatte sie versucht, Florence zurückzurufen, aber ohne Erfolg. In der Mühle, Bens und Natashas Ferienhaus, gab es kein Festnetz, und der Handyempfang war schon immer schlecht gewesen. Man musste an einer ganz bestimmten Stelle stehen, um telefonieren zu können.

„Hast du es schon auf Tashas Handy versucht?", fragte Guy.

„Sie arbeitet gerade irgendwo im Ausland." Ben hatte es ihr erzählt, aber Holly wusste nicht mehr genau, wo. „Ich habe ihr eine Nachricht hinterlassen." Tasha hatte einen Spitzenjob beim Fernsehen; sie moderierte ein Reisemagazin und war deshalb nur selten zu Hause.

„Ben ist wahrscheinlich längst wieder da." Guy setzte sich neben sie auf das Bett und legte ihr die Hand auf den Arm, vermutlich sollte sie das beruhigen. „Hör mal, Holly, keine Panik. Ich meine, vielleicht hat das Kind etwas falsch verstanden ..."

„Das Kind heißt Florence", gab Holly knapp zurück. Es ärgerte sie unglaublich, dass Guy nur selten die Namen ihrer Familie oder ihrer Freunde benutzte, hauptsächlich, weil er sich gar nicht die Mühe gab, sie sich zu merken. „Sie klang völlig verängstigt", fügte sie hinzu. „Was soll ich deiner Meinung nach tun?" Sie drehte sich abrupt zu ihm um. „Sie dort allein lassen?"

„Wie gesagt, bestimmt ist Ben mittlerweile zurück." Guy unterdrückte ein Gähnen. „Wahrscheinlich hat er sich heimlich aus dem Haus geschlichen, um sich mit irgendeinem Flittchen zu treffen, und hat gedacht, das Kind schläft und bekommt davon nichts mit. Ich würde das auch tun, wenn ich mit dieser Zicke verheiratet wäre."

„Das kann ich mir denken." Holly versuchte gar nicht erst, ihre Gereiztheit zu verbergen. „Aber Ben ist nicht wie du.

Er …" Sie stockte. „Ben würde Flo niemals allein lassen."

Sie stand auf. Ihr erschrockenes Herzklopfen hatte sich gelegt, sie spürte nur noch ein besorgtes Flattern, aber der Zeitdruck blieb. Halb drei. Wenn nicht viel Verkehr war, brauchte sie anderthalb Stunden, um nach Ashdown zu fahren. Anderthalb Stunden, in denen Flo allein war und Angst hatte. Ihre frühere Panik meldete sich zurück. Wo zum Teufel steckte Ben? Und warum hatte er sein Handy nicht mitgenommen? Warum hatte er es im Haus zurückgelassen?

Fieberhaft überlegte sie, worüber sie bei ihrem letzten Telefonat gesprochen hatten. Er hatte ihr erzählt, dass er mit Florence für ein verlängertes Wochenende in die Mühle fahren wollte. Dafür hatte er sich ein paar Tage von seiner Praxis in Bristol freigenommen, es war die Zeit um den ersten Mai. „Ich werde etwas Ahnenforschung betreiben", hatte er erklärt und Holly damit zum Lachen gebracht, denn weder die Geschichte seiner Familie noch Geschichte ganz allgemein hatten ihren Bruder je sonderlich interessiert.

Sie verschwendete Zeit. „Hast du meinen Autoschlüssel gesehen?", fragte sie.

„Nein." Guy folgte ihr ins Wohnzimmer und blinzelte, als sie die helle Deckenbeleuchtung einschaltete. „Toll", meinte er gereizt. „Jetzt bin ich hellwach. Du willst mir wohl unbedingt die Nacht verderben."

„Ich dachte, du kommst vielleicht mit", erwiderte Holly.

Sein aufrichtig verblüffter Gesichtsausdruck sagte genug. „Warum überhaupt die Fahrerei?", fragte Guy mürrisch und wandte sich ab. „Ich begreife das immer noch nicht. Ruf doch einfach die Polizei an oder irgendeinen Nachbarn, damit er hinübergeht und nach dem Rechten sieht. Wohnt da nicht auch eine alte Freundin von dir in der Nähe? Fiona? Freda?"

„Fran." Holly nahm ihren Autoschlüssel vom Tisch. „Fran und Iain sind für ein paar Tage verreist. Und warum ich dorthin fahre?" Sie ging ein paar Schritte auf ihn zu. „Weil meine sechsjährige Nichte allein ist, Angst hat und mich um Hilfe gebeten hat. Hast du es jetzt begriffen? Sie ist noch klein. Sie fürchtet sich. Schlägst du mir etwa vor, ich soll mich wieder ins Bett legen und das Ganze vergessen?"

Sie nahm ihre Handtasche und packte ihr Portemonnaie, das Handy und ihr Tablet ein. Das Klappern des Schlüsselbunds hatte Bonnie, ihre Retrieverhündin, aus ihrem Körbchen in der Küche gelockt. Sie sah putzmunter aus und wedelte freudig mit dem Schwanz.

„Nein, Bon", sagte Holly. „Du bleibst …" Sie verstummte und sah Guy an. Er würde mit Sicherheit vergessen, sie zu füttern und mit ihr spazieren zu gehen. Außerdem wäre es tröstlich, Bonnie dabeizuhaben. Holly holte das Hundefutter aus dem Küchenschrank und hängte sich die Leine über den Arm. „Gut, dann lass uns gehen." In der Tür blieb sie noch einmal stehen. „Soll ich dich anrufen, wenn ich weiß, was passiert ist?", fragte sie Guy.

Er war schon auf dem Weg in ihr Schlafzimmer, um den frei gewordenen Platz in ihrem Bett für sich zu beanspruchen. „Ja, klar", rief er zurück, und Holly wusste schon jetzt, dass sie sich nicht bei ihm melden würde.

Alle paar Minuten wählte Holly Bens Nummer, aber es nahm niemand ab, und sie hörte jedes Mal das Klicken des Anrufbeantworters und die Ansage, Ben wäre zurzeit leider nicht zu erreichen, man möge doch bitte eine Nachricht hinterlassen. Irgendwann hörte auch das auf. Tasha rief ebenfalls nicht zurück. Holly überlegte kurz, ob sie ihren Großeltern in Oxford

Bescheid sagen sollte. Sie konnten viel schneller in Ashdown Mill und bei Florence sein als Holly, obwohl sie auf den leeren Straßen zügig vorankam. Sie ließ die blendenden Lichter der Straßenlaternen hinter sich, und schon bald umgab Holly nur noch Dunkelheit, als sie stetig weiter nach Westen fuhr.

Schließlich beschloss sie, Hester und John nicht anzurufen. Sie wollte den beiden keinen Schreck einjagen, erst recht nicht, wenn es vielleicht gar keinen Grund zur Besorgnis gab. Obwohl sie wütend auf Guy war, wusste sie, dass er eventuell recht hatte. Möglicherweise war Ben längst zurück, Florence schlief wieder tief und fest und hatte bis zum Morgen vergessen, dass sie überhaupt um Hilfe gebeten hatte.

Die Polizei hatte Holly aus verschiedenen Gründen nicht benachrichtigen wollen; aus praktischen, weil alles vielleicht nur ein falscher Alarm war, und aus moralisch nicht ganz vertretbaren, weil sie nicht wollte, dass ihr Bruder Probleme bekam. Sie und Ben hatten sich immer gegenseitig beschützt; ganz besonders eng war ihr Verhältnis nach dem Unfalltod ihrer Eltern geworden, als Holly elf und Ben dreizehn gewesen waren. Sie hatten sich aufopfernd umeinander gekümmert, mit einer unerschütterlichen Loyalität, die auch im Lauf der Jahre nicht nachgelassen hatte. Jetzt war ihr Umgang miteinander entspannt und locker, aber sie standen sich noch genauso nahe wie früher. Zumindest hatte Holly das geglaubt, bis das hier geschehen war, und sie fragte sich wieder einmal, was zum Teufel ihr Bruder vorhatte.

Sie verdrängte den unerwünschten Verdacht, dass es Dinge im Leben ihres Bruders gab, von denen sie nichts wusste und auch nichts verstand. Guy hatte diese Zweifel gesät, aber sie hatte sie wütend beiseitegeschoben; sie wusste, dass Ben und Tasha eine Ehekrise hatten, aber Holly konnte sich nicht vorstellen, dass Ben untreu war. Er war einfach nicht der Typ dazu. Noch weniger konnte sie sich vorstellen, dass er sein Kind vernachlässigte. Es musste einen anderen Grund für seine Abwesenheit geben, falls er denn tatsächlich verschwunden war.

Doch zu Hause in Ashdown wartete Florence, erst sechs Jahre alt, allein und verängstigt. Also war Holly letztlich die Entscheidung leichtgefallen. Sie hatte schließlich doch bei der örtlichen Polizei angerufen, eine möglichst kurze und sachliche Erklärung abgegeben und sich dabei weitaus gelassener angehört, als sie sich fühlte. Wenn Florence etwas zustieß und sie nicht alles getan hätte, um ihr zu helfen, dann hätte Holly nicht nur Ben, sondern auch ihrer Nichte gegenüber versagt.

Das Ortsschild von Hungerford leuchtete im Scheinwerferlicht auf und überraschte Holly. Sie hatte bereits die Abbiegung erreicht. Die Uhr zeigte zwölf Minuten vor vier. Der Himmel vor ihr war noch stockdunkel, aber im Rückspiegel glaubte sie, das erste schwache Licht der Frühlingsdämmerung zu sehen. Aber vielleicht war das auch nur reines Wunschdenken. In Wahrheit fühlte sie sich auf dem Land einfach nicht wohl. Sie war ein Stadtkind durch und durch; in Manchester aufgewachsen hatte sie dann, nach dem Tod ihrer Eltern, in Oxford gelebt und war anschließend zum Kunststudium nach London gezogen und endgültig dort geblieben. London war ein guter Ort für ihr Glasgravuren-Geschäft. Sie hatte eine kleine Galerie und einen Laden gleich neben ihrer Wohnung und eine ansehnliche Kundschaft.

Am Verkehrskreisel bog sie erst nach rechts ab, Richtung Wantage, dann nach links, Richtung Lambourn. Sie kannte die Strecke eigentlich recht gut, aber die Straße kam ihr trügerisch verändert vor, weil Holly nur das sehen konnte, worauf das Licht ihrer Scheinwerfer fiel. Da gab es Kurven, Abzweigungen und Bodenwellen, die sie nicht wiedererkannte. Sie befand sich jetzt wirklich mitten auf dem Land und fuhr an ein paar abgelegenen Cottages vorbei, deren Fensterläden geschlossen waren. An einer Kreuzung nahm sie die rechte Abzweigung nach Lambourn und fuhr hinunter ins Tal; die Scheinwerfer beleuchteten den weiß gestrichenen Lattenzaun der Pferderennbahn, die neben der Straße verlief. In der kleinen Stadt war alles still, während sie die engen Straßen passierte. Als die Häuser und Stallungen hinter ihr zurückblieben und wieder Felder vor ihr lagen, überkam Holly dasselbe Gefühl wie immer, wenn sie sich Ashdown Mill näherte; ein Gefühl der Erwartung, das sie sich nie so ganz hatte erklären können, als fiele sie zurück in eine andere Zeit, während die dunkle Straße vor ihr breiter wurde und die baumlosen Hügel zu ihrer Rechten zurückwichen.

Sie und Ben waren als Kinder zur Kuppe des sogenannten Wetterhahn-Hügels hinaufgerannt, hatten sich oben schwer atmend ins weiche Gras fallen lassen und hatten den Wetterhahn betrachtet, dessen Spitze sich in den hohen blauen Himmel über ihnen bohrte. Der ganze Ort hatte sich wie verzaubert angefühlt.

Ben. Die Sorge um ihn schnürte ihr wieder die Kehle zu. Sie war jetzt fast da. Was würde sie erwarten?

Das Scheinwerferlicht fiel auf eine große Werbetafel am Straßenrand, aber Holly konnte im Vorbeifahren nur die ersten Wörter erkennen: „Ashdown Park, ein exklusives Projekt zum Umbau historischer Gebäude ..."

Zu ihrer Linken drängten sich jetzt Bäume ganz nah an die Straße, wie eine kleine Armee in Gefechtsstellung. Als sich eine Lücke zwischen ihnen auftat, glaubte Holly, etwas

Weißes hindurchschimmern zu sehen; ein großes viereckiges Gebäude, auf dessen Glaskuppel sich der Mond spiegelte und die Kugel darauf versilberte. Einen Moment später war die Vision verschwunden, der Wald schloss wieder seine Reihen, dunkel und abweisend.

Die Abzweigung nach links überraschte sie, beinahe hätte sie sie übersehen, obwohl sie schon so viele Male hier gewesen war. Sie holperte die einspurige Straße entlang, vorbei an einer Bushaltestelle, die vor den Resten einer verfallenen Mauer stand. Der alte Hof für die Kutschen befand sich links; wie es aussah, fand dort der Großteil der Umbauarbeiten statt, hinter der hohen Backsteinmauer. Selbst im Dunklen konnte Holly das von schweren Maschinen umgepflügte Gras erkennen und den Umriss eines großen Baggers. Auf dem Gelände stand ein weiteres Schild, ein diskreteres in Cremeweiß mit grünen Buchstaben. Es nannte den Namen der Bauleitung und bat darum, alle Lieferungen zum Baustellenbüro im Innenhof zu bringen.

Die schmale Straße bog wieder nach links ab, führte um das Dorf herum und wand sich dann zur Kuppe eines Hügels hinauf. Rechts lag die Einfahrt, ein weiß gestrichener Holztorpfosten, ein Tor mit fünf Querbalken, das nicht mehr zu schließen war, weil Gras und Löwenzahn so hoch wucherten.

Ashdown Mill.

Sie hielt auf der kreisförmigen gekiesten Auffahrt vor der Wassermühle und stellte den Motor ab. Bonnie bellte einmal kurz auf, und Holly hörte ihr aufgeregtes Schwanzwedeln, während die Hündin ungeduldig darauf wartete, aus dem Auto springen zu dürfen. Zwei weitere Autos standen auf der Auffahrt; eine kleinere Limousine und Bens Allradantrieb. Erschöpfung und Erleichterung machten sich schlagartig bemerkbar. Hollys Schultern waren völlig verspannt und taten weh. Wenn Ben da war und es sich nur um ein großes Missverständnis gehandelt hatte, würde sie ihn umbringen.

Sie öffnete die Tür und stieg langsam aus, ihre Beine waren steif, und ihr Rücken schmerzte. Die Luft um sie herum war so kurz vor Sonnenaufgang ziemlich frisch. Das erste Tageslicht fiel bereits durch die Äste der Bäume und ließ den Mond verblassen.

Endlich der Enge im Wagen entkommen, lief Bonnie fröhlich und mit der Nase auf dem Boden schnüffelnd kreuz und quer durch den Garten, dann flitzte sie um die weiß getünchte Mühle herum und war verschwunden. Holly schlug die Wagentür zu und eilte ihr nach; sie stieß die kleine Gartenpforte auf, lief den unebenen Steinpfad entlang auf die Haustür zu und rief dabei nach Bonnie.

Im Innern der Mühle brannten alle Lichter, und die Tür ging auf, noch ehe Holly dort angekommen war.

„Ben!", rief sie. „Was zum …"

„Miss Ansell?" Eine uniformierte Polizistin stand vor ihr. „Ich bin PC Marilyn Caldwell. Wir hatten vorhin telefoniert." Sie hatte freundliche Augen und ein blasses, übermüdet wirkendes Gesicht, und irgendetwas in ihrem Tonfall warnte Holly vor schlechten Neuigkeiten.

Hollys Herz begann wieder zu rasen, sie bekam Kopfschmerzen. Ihr fiel auf, dass das Holz neben dem Türschloss zersplittert und geborsten war.

„Wir mussten die Tür aufbrechen." In PC Caldwells Stimme schwang Bedauern mit. „Der Türgriff war zu hoch für Florence, sie konnte uns nicht öffnen."

„Ja." Holly wusste, dass die Tür einen schweren altmodischen Eisenriegel hatte. Also war Ben nicht da gewesen, als die Polizei eingetroffen war, und auch jetzt konnte sie ihn nirgends entdecken. Das ungute Gefühl wurde intensiver, und sie zwang sich, tief durchzuatmen, während sie gegen ihre aufsteigende Panik ankämpfte. „Ist mit Florence alles in Ordnung?"

„Es geht ihr gut." Marilyn Caldwell legte Holly beruhigend eine Hand auf den Arm. Sie wich ein Stück zur Seite, sodass Holly in das lang gezogene Wohnzimmer der Mühle blicken konnte. Florence saß auf dem Sofa neben einer anderen Polizistin. Die beiden lasen in einem Buch, obwohl Florence die Augen, die noch ganz verquollen vom früheren Weinen waren, immer wieder vor Müdigkeit zufielen.

Hollys Herz pochte glücklich in ihrer Brust und sie machte unwillkürlich einen Schritt nach vorn. „Kann ich bitte zu ihr gehen?"

„Einen Moment noch." PC Caldwells Tonfall ließ Holly innehalten. „Leider haben wir Ihren Bruder nicht gefunden, Miss Ansell." Sie sah Holly jetzt mit professioneller Distanziertheit an. „Wir haben das Haus und den unmittelbar angrenzenden Wald abgesucht, auch alle Straßen hier in der Nähe, aber ohne Erfolg."

Holly erschrak, die Angst kam zurück. Hier stimmte etwas ganz und gar nicht.

„Ist das da draußen Dr. Ansells Wagen?"

„Ja." Holly rieb sich die erschöpften Augen. „Er kann also nirgendwohin gefahren sein."

„Vielleicht hat ihn ein Freund abgeholt", schlug PC Caldwell vor. „Oder er ist zu Fuß losgegangen, um sich mit jemandem zu treffen."

„Mitten in der Nacht?", wandte Holly ein. „Ohne sein Handy?"

Die Miene der Polizeibeamtin verhärtete sich. „So ungewöhnlich ist das nicht, Miss Ansell. Ich könnte mir vorstellen, er dachte, dass Florence schläft, und ist leise gegangen. Vielleicht hat er sich in der Zeit verschätzt."

„Das wäre vollkommen verantwortungslos." Holly spürte ihre wachsende Wut und versuchte, sich zu beherrschen. Sie war müde, besorgt und hatte eine lange Fahrt hinter sich. Sie musste unbedingt zur Ruhe kommen. Offensichtlich war PC Caldwell der gleichen Meinung.

„Wir rechnen fest damit, dass Dr. Ansell heute Morgen wieder auftauchen wird", sagte sie kühl. „Wenn das der Fall ist, würden Sie uns bitte Bescheid geben? Das wäre nett."

„Da werden Sie wohl Schlange stehen müssen", erwiderte Holly. Dann fügte sie hinzu: „Verzeihung. Ja, natürlich. Aber …" Wieder regten sich Zweifel und Furcht in ihr. Die Gefühle waren zwar verschwommen, aber sehr stark. Ihr Instinkt sagte ihr, dass Ben nicht einfach nur aus dem Haus gegangen war. „Er hat sein Handy hiergelassen, alle seine Sachen liegen noch herum. Das sieht nicht so aus, als hätte er vorgehabt auszugehen."

PC Caldwell gab ihrer Kollegin bereits diskret ein Zeichen, dass es Zeit war zu gehen. Sie wirkte nicht im Geringsten interessiert. „Wir haben Mrs. Ansell ausfindig gemacht", berichtete sie. „Sie ist auf dem Weg von Spanien hierher, schafft es aber vielleicht nicht, vor morgen Abend hier zu sein. Offenbar war sie …" Sie warf einen Blick auf ihren Notizblock. „Beim Helikopter-Skiing in den Pyrenäen?" Sie klang zweifelnd.

„Sehr wahrscheinlich", gab Holly trocken zurück. „Tasha arbeitet für ein Reisemagazin im Fernsehen – *Extreme Pleasures*."

„Oh ja!" Marilyn Caldwell begann zu strahlen. „Donnerwetter! Natasha Ansell – natürlich! Das ist ja aufregend! Nun ..." Sie verstummte, weil ihr bewusst wurde, dass in dieser Situation Promi-Geplauder eher fehl am Platz war. „Wir kommen morgen wieder." Dann fiel ihr noch etwas ein. „Wissen Sie, was Ihr Bruder hier gemacht hat, Miss Ansell?"

„Die Mühle ist sein Ferienhaus", erklärte Holly. „Sie gehört uns beiden." Wieder rieb sie sich die müden, brennenden Augen. Plötzlich war sie so erschöpft, dass sie am liebsten an Ort und Stelle geschlafen hätte. „Er ist mit Flo hierhergekommen, während Tasha beruflich unterwegs ist. Er meinte, er wollte ein wenig nachforschen. Über die Geschichte unserer Familie. Es ist ruhig hier, ein guter Ort zum Nachdenken."

PC Caldwell nickte. „Stimmt." Holly sah ihr deutlich an, dass sie sich fragte, wie eine so glamouröse Person wie Tasha bloß in eine so missliche Situation geraten konnte mit einem Mann, für den Ahnenforschung das Größte war. „Also", sagte die Polizistin, „wir kommen morgen wieder, um uns mit Mrs. Ansell zu unterhalten."

Das glaube ich dir gern, dachte Holly. Sie war wütend; auf PC Caldwell, weil die sich mehr für Tashas Berühmtheit interessierte als für Bens Verschwinden; auf Tash, weil die sie nicht einmal angerufen hatte, um zu fragen, ob es in Ordnung wäre, wenn Holly sich bis zu Tashas Rückkehr um Flo kümmerte, und am meisten auf Ben, weil er einfach so wortlos verschwunden war. Diese Wut half ihr, denn dahinter lauerte immer noch die Angst, das Gefühl, dass irgendetwas nicht stimmte und dass Ben niemals freiwillig weggehen und seine Tochter allein lassen würde.

Bonnie spürte Hollys Stimmung und fiepte leise. Florence sah von ihrem Märchenbuch auf. Ihre Augen begannen zu leuchten, als sie die beiden entdeckte, und sie kletterte vom Sofa.

„Tante Holly!" Florence rannte mit ausgebreiteten Armen auf sie zu. „Du bist da!" Holly hob sie hoch, spürte die weiche Wange ihrer Nichte an ihrer und atmete den Duft von Shampoo und Seife ein. Florence klammerte sich wie ein Äffchen an sie, ihre warmen Tränen benetzten Hollys Hals. Holly spürte ihre Angst und Verzweiflung, das Mädchen tat ihr schrecklich leid. Sicherheit war ein so zerbrechlicher Zustand, wenn man ein Kind war. Das verstand Holly besser als die meisten anderen.

„Hallo, Flo", sagte sie liebevoll. „Natürlich bin ich da. Ich komme immer, wenn du nach mir rufst. Das weißt du doch."

„Wo ist Daddy?", jammerte Florence. „Warum ist er weggegangen?"

„Ich weiß es nicht." Holly drückte sie noch fester an sich. „Er ist bald wieder hier, da bin ich mir ganz sicher." Sie wünschte, sie wäre es wirklich.

Später, als Florence endlich erschöpft eingeschlafen war, trug Holly ihre Nichte im fahlen Licht der Dämmerung nach oben, legte sie behutsam auf das große Doppelbett im Schlafzimmer und drückte ihr ein Plüschkaninchen in die Arme. Dann ging sie hinüber zum Fenstersitz, lehnte den Kopf an die vertäfelte Einfassung und schloss für einen Moment die Augen.

Obwohl Ben und sie sich als Kinder das kleinere Schlafzimmer nebenan geteilt hatten, war das hier der Raum, der sie von jeher angezogen hatte. Sie liebte es, wie das Licht durch die hohen Fenster ins Zimmer fiel.

So früh am Morgen lag es aber noch im Schatten. Bens Sachen waren überall verstreut; über der Stuhllehne hing ein

27

Hemd, seine Uhr lag auf der Kommode, das Bett war ungemacht. Es sah aus, als hätte er nur für einen Augenblick das Zimmer verlassen und würde jeden Moment zurückkommen, was Holly eher beunruhigte als ermutigte. Das alles hier war so untypisch für ihn.

Sehnsucht nach vergangenen Zeiten und ein unbestimmtes Gefühl, fast wie Trauer, breiteten sich in ihr aus. Sie erinnerte sich, wie sie und Ben sich als Kinder immer vorgestellt hatten, das Bett wäre ein fliegender Teppich, mit dem sie in ferne Länder flogen. Sie hatten sich gegenseitig Geschichten erzählt, die ausgefallener, abenteuerlicher und spannender gewesen waren als alles, was sie je in Büchern gelesen hatten. Es war märchenhaft gewesen. Unter dem Kissen des Fenstersitzes hatte es sogar ein kleines Geheimfach gegeben, in dem sie geheime Botschaften füreinander hinterlassen hatten …

Ihr stockte der Atem. Holly stand ganz leise auf, um Florence nicht zu wecken, und hob das Kissen hoch. Der kleine Messinggriff war noch da, ganz wie sie ihn in Erinnerung hatte. Sie zog daran. Nichts geschah. Der Deckel klemmte offenbar. Sie zog fester, und der Deckel löste sich so laut knarrend, dass sie schon befürchtete, Florence könnte davon aufwachen, aber das Kind rührte sich nicht. Holly kniete sich hin und spähte in das Fach darunter. Es war leer, bis auf die Quittung von irgendeiner Reinigung, eine tote Spinne und ein seltsam geformter gelber Kieselstein.

Ein Gefühl grenzenloser Enttäuschung überkam sie. Was hatte sie denn erwartet – dass Ben ihr heimlich eine Nachricht hinterlassen hatte, wohin er gegangen war? So unwahrscheinlich sie es auch finden mochte, dass er einfach so verschwunden war, aber vermutlich hatte die Polizei doch recht. Schon bald würde Ben wieder auftauchen, voller Sorge um

Flo, mit lauter Entschuldigungen und Erklärungen ... Doch an diesem Punkt ließ ihre Vorstellungskraft sie im Stich. Ihr fiel kein einziger Grund ein, warum er sich so verhalten haben sollte.

Irgendwann, als sie sich halbwegs beruhigt hatte, legte sie sich zu Flo auf das breite Doppelbett. Sie schlief nicht, sondern hörte ihrer Nichte beim Atmen zu, und das tröstete sie ein wenig. Nach einer Weile verfiel sie in einen unruhigen Schlaf, und Bonnie machte es sich zu ihren Füßen bequem.

Ein anhaltendes Klingeln weckte sie. Einen Moment lang fühlte sie sich glücklich und zufrieden, bis die Erinnerung an das, was geschehen war, wieder zurückkehrte. Verschlafen stand sie auf, ging nach unten und griff nach ihrer Handtasche, um das Handy herauszuholen. Ob das wohl Guy war, der wissen wollte, was passiert war?

Doch es war nicht ihr Handy, das klingelte. Fast in der Ritze des Sofas verschwunden fand sie Bens Telefon, zog es heraus und nahm den Anruf an.

„Dr. Ansell?" Es war eine Stimme, die sie nicht kannte, männlich, mit einem ganz leichten Akzent, angenehm und geschäftsmäßig. „Hier spricht Espen Shurmer. Verzeihen Sie, dass ich so früh anrufe, aber ich wollte, dass Sie unser Treffen am Freitag noch einmal bestätigen ..."

„Hier ist nicht Ben", unterbrach Holly ihn hastig. „Ich bin seine Schwester."

Kurze Pause am anderen Ende. „Dann bitte ich nochmals um Verzeihung." Der Mann klang ein wenig belustigt. „Wenn Sie so nett wären, Dr. Ansell ans Telefon zu holen?"

„Das tut mir leid", sagte Holly, „er ist nicht da. Ich ..." Sie merkte selbst, dass sie stotterte, weil sie noch so verschlafen war. Sie war sich nicht sicher, warum sie überhaupt an Bens Handy gegangen war, und jetzt wusste sie nicht, was sie sagen sollte. „Ich fürchte, er ist verschwunden", platzte sie heraus.

Dieses Mal dauerte das Schweigen am anderen Ende deutlich länger. Als sie schon mit einer gewissen Erleichterung glaubte, Espen Shurmer hätte aufgelegt, meldete er sich wieder zu Wort. „Verschwunden? Im Sinne von Sie wissen nicht, wo er ist?" Er klang aufrichtig interessiert.

„Ja", erwiderte Holly. „Seit gestern Abend." Sie war sich nicht sicher, warum sie dem Mann das erzählte, wahrscheinlich war er nur ein Geschäftsfreund von Ben. „Ich fürchte daher, dass ich nicht weiß, ob er es schaffen wird, den Termin einzuhalten ... Ich meine, wenn er zurückkommt, sage ich ihm natürlich Bescheid, aber ich kann Ihnen nicht versprechen, dass er da sein wird ..." Sie verstummte und kam sich absolut dumm vor.

„Miss Ansell", sagte der Mann, „verzeihen Sie, dass ich mich noch nicht richtig vorgestellt habe. Mein Name ist Espen Shurmer, und ich bin Sammler von Kunstgegenständen aus dem siebzehnten Jahrhundert, Gemälden, Glas, Schmuck..." Er hielt inne. „Ich hatte mit Ihrem Bruder für Freitagabend um halb acht ein Treffen vereinbart, nach einer Vernissage im *Ashmolean Museum* in Oxford. Er hat mich vor ein paar Wochen kontaktiert und um dieses Treffen gebeten."

„Oh", entgegnete Holly ratlos. „Nun, ich bedaure, dass ich Ihnen nicht weiterhelfen kann, Mr. Shurmer, aber ich habe keine Ahnung, worüber Ben mit Ihnen sprechen wollte. Eigentlich überrascht es mich sogar, dass er Kontakt zu Ihnen aufgenommen hat. Kunst ist gar nicht sein Ding ..." Wieder verstummte sie, weil sie merkte, dass sie immer noch stammelte, obwohl das, was sie sagte, vollkommen der Wahrheit entsprach. Ben interessierte sich nicht im Geringsten für Kunst. Er hatte sie bei ihrem Kunststudium immer unterstützt und ihr sogar ein paar ihrer Briefbeschwerer für seine Praxis abgekauft, aber sie wusste, er hatte das nur getan, weil sie diese selbst hergestellt hatte. Dafür hatte sie ihn geliebt, aber sie gab sich keinen Illusionen hin, was sein Interesse an Kunst und Kultur betraf.

„Ich weiß, worüber Ihr Bruder mit mir sprechen wollte, Miss Ansell", erwiderte Espen Shurmer. „Er wollte ein paar Informationen über eine ganz bestimmte Perle, ein legendäres Juwel von beträchtlichem Wert."

Holly ließ sich aufs Sofa fallen. „Eine ... *Perle*?" Sie glaubte, sich verhört zu haben.

„Im Sinne von Schmuck? Sind Sie sicher? Ich meine ..." Es war zwar möglich, dass Ben ein Geschenk für Natasha gekauft hatte, aber sie war davon überzeugt, dass er moderneren Schmuck ausgesucht hätte, anstatt sich an einen Antiquitätensammler zu wenden. Auf diese Idee wäre er ganz sicher niemals gekommen.

„Ich glaube, wir sollten uns treffen, um darüber zu reden", sagte der Mann nach einer Weile. „Es ist wirklich äußerst wichtig. Falls Ihr Bruder den Termin nicht einhalten kann, könnten Sie dann an seiner Stelle kommen, Miss Ansell? Ich wäre Ihnen mehr als dankbar."

Holly hatte noch nicht einmal über die nächsten Stunden hinausgedacht, geschweige denn bis Freitag. „Ich glaube nicht", erwiderte sie. „Es tut mir leid, Mr. Shurmer, aber Ben ist bis dahin sicher längst zurück, und ich habe mit der Sache ohnehin nichts zu tun."

„Um halb acht am *Ashmolean Museum* in Oxford", fiel

Shurmer ihr so leise ins Wort, dass sie es beinahe gar nicht mitbekommen hätte. „Es wäre mir eine große Ehre, wenn Sie sich entscheiden würden zu kommen, Miss Ansell", fügte er mit altmodischer Höflichkeit hinzu.

Ein Klicken in der Leitung ertönte, das Gespräch war beendet.

Langsam legte Holly das Handy weg, nahm ihre Tasche und holte das Tablet hervor. Sie gab den Namen Espen Shurmer ein, das Datum, die Uhrzeit und den Begriff *Ashmolean Museum*. Das Ergebnis kam sofort – eine Lesung und eine Vernissage mit Gemälden und Kunstgegenständen vom Exilkönigshof von Elizabeth, der Winterkönigin, Schwester von König Charles I. Eine neue große Ausstellung dazu sollte Ende Mai beginnen. Espen Shurmer, so las sie, war ein holländischer Sammler von Gemälden und Glas aus dem 17. Jahrhundert, er hatte dem Museum bereits eine Reihe von Objekten gespendet.

Sie empfand plötzlich Bedauern, als sie das Tablet ausschaltete. Nur zu gern hätte sie sich eine Ausstellung mit Kunstgegenständen aus dem 17. Jahrhundert angesehen und mit einem anerkannten Experten darüber gesprochen. Doch dazu bestand kein Grund, Ben würde bald zurück sein, dessen war sie sich ganz sicher. Sie *musste* sich sicher sein, denn sie hatte Florence zu beruhigen und ihre eigenen Ängste zu bekämpfen. Je länger Ben fort war, desto größer wurden diese Angstmonster; die Angst, dass Ben nie mehr zurückkam und sie wieder allein sein würde, ganz allein dieses Mal, ähnlich wie damals, als ihre Eltern gestorben waren, nur noch viel schlimmer …

Sie verdrängte ihre Panik. Jetzt war es wichtig, sich mit irgendetwas zu beschäftigen. Sie musste für Flo Frühstück machen, dann konnten sie beide mit Bonnie spazieren gehen, und danach war Ben sicher wieder zu Hause …

Doch als Holly am Mittag hinunter ins Dorf fuhr, um ein paar Sandwiches zu holen, war Ben immer noch nicht wieder da. Und noch immer fehlte jede Spur von ihm, als Holly und Flo um drei von einem weiteren Spaziergang mit Bonnie nach Hause kamen. Den ganzen Tag über spürte Holly, wie ihre Angst zunahm. Sie kämpfte unentwegt dagegen an, doch die Angst wuchs, breitete sich immer weiter in ihr aus und setzte sich in ihrem Kopf fest, bis Holly sich auf nichts anderes mehr konzentrieren konnte. Als sie einen Wagen den Weg zur Mühle hochfahren hörte, musste sie sich zurückhalten, um nicht sofort nach draußen zu laufen und nachzusehen, ob es Ben war.

„Das ist Mommy!" Flo besaß nichts von Hollys Zurückhaltung. Sie sprang von dem Bild auf, das sie gerade gemalt hatten, und rannte zur Tür hinaus, begleitet von Bonnie. Holly folgte ihnen langsamer. Die Beziehung zwischen ihr und ihrer Schwägerin war schon immer etwas angespannt gewesen. Ben war das Bindeglied zwischen ihnen, aber nun war er fort und Holly plötzlich argwöhnisch.

Tasha, die so elegant aussah, als wollte sie gerade den Laufsteg betreten, schlug die Tür ihres kleinen roten Sportwagens zu und eilte auf schwindelerregend hohen Absätzen über den Kies.

„Was zum Teufel soll das alles?", fragte sie ohne Einleitung, als sie bei Holly an der Gartenpforte angekommen war. „Ich musste extra aus Spanien zurückkommen! Wo ist er, der verdammte Mistkerl?"

Holly zuckte zusammen. Tasha schien Flo erst jetzt zu bemerken und bückte sich, um sie hochzuheben. „Hallo,

33

Liebling." Sie hielt Flo und ihre farbverschmierten Hände ein Stück von sich weg, ehe sie sie wieder auf den Boden stellte. „Keine Sorge, Süße, jetzt bin ich ja da." Sie klopfte Bonnie auf die Flanke, zur Begrüßung, aber auch, um sie wegzuschieben. Tasha machte sich nichts aus Tieren.

„Lass uns hineingehen", sagte Holly.

„Ich habe nicht vor zu bleiben." Tasha nahm ihre Sonnenbrille ab und sah Holly mit ihren großen blauen Augen an. „Ich fahre nach Hause, nach Bristol. Ich warte hier doch nicht ab, bis Ben irgendwann auftaucht, wenn ihm danach ist. Hast du Flos Tasche gepackt?"

„Nein", erwiderte Holly kalt, „da du mir ja nicht gesagt hast, dass du kommst." Sie war zu erschöpft, um taktvoll sein zu können. Tasha und sie waren sich noch nie nahe gewesen; zwar hatte Holly versucht, ihre Schwägerin zu mögen, doch das hatte sich als sehr schwierig erwiesen.

„Entschuldigung." Zu Hollys Überraschung schien Tasha plötzlich zu schrumpfen wie ein Luftballon, in den man mit einer Nadel gestochen hatte. „Ich weiß es wirklich zu schätzen, Holly, dass du gekommen bist und dich um Flo gekümmert hast, aber ich bin einfach so furchtbar *wütend*! Es sieht Ben gar nicht ähnlich, all seinen Verpflichtungen plötzlich den Rücken zuzukehren …" Sie brach in Tränen aus.

„Warte." Holly legte die Hand auf Tashas Arm. „Wie meinst du das? Du glaubst doch bestimmt nicht, dass er sich einfach auf und davon gemacht hat?"

„Doch, genau das glaube ich." Tasha wischte sich die Tränen fort, ehe sie sich energisch wieder die Sonnenbrille aufsetzte. „Er hat seine ganze freie Zeit hier verbracht. Wahrscheinlich trifft er eine andere Frau."

„Er hat hier Ahnenforschung betrieben!", protestierte Holly.

Ihre Schwägerin sah sie so verächtlich an, dass Holly errötete. „Ja, und ich bin Marilyn Monroe."

„Das glaube ich jetzt nicht!" Holly war so zornig, dass sie Flo ganz vergaß, die alles mitbekam und mit geweiteten blauen Augen zuhörte, die denen ihrer Mutter so sehr ähnelten. „Verdammt, Tasha, du *weißt*, so etwas würde Ben niemals tun! Und schon gar nicht würde er Flo allein lassen! Außerdem, wohin sollte er denn gehen? Er würde niemals verschwinden, ohne jemandem Bescheid zu sagen!"

„Du meinst, er würde niemals verschwinden, ohne *dir* Bescheid zu sagen", erwiderte Tasha mit einem mitleidigen Unterton, der Holly zur Weißglut reizte. „Ach, Holly …" Sie schüttelte den Kopf. „Ich weiß, du glaubst, ihr beide steht euch wirklich nahe, aber so gut kennst du Ben auch wieder nicht, vertrau mir." Sie nahm Flos Hand. „Komm, Süße, wir packen jetzt deine Sachen."

Holly sah ihnen nach, als sie den Pfad entlanggingen und in der Mühle verschwanden. Trostlosigkeit machte sich in ihr breit, gepaart mit der Furcht, ihre Schwägerin könnte eventuell recht haben. Insgeheim hatte sie immer gedacht, Ben besser zu kennen als jeder andere Mensch, einschließlich seiner Frau. Hatte Ben ihr ernsthaftere Probleme in seiner Ehe verschwiegen? Holly konnte es nicht glauben.

Die Sonne, die sich glitzernd auf dem Mühlteich spiegelte, blendete sie. Plötzlich fühlte sie sich den Tränen nahe. Ihr war, als wäre sie in einer Welt gefangen, in der nichts so war, wie es den Anschein hatte, und sie war die Einzige, die verzweifelt an ihrem Glauben festhielt. Bonnie stand angespannt neben ihr, neigte den Kopf zur Seite und spürte wieder einmal instinktiv, in welcher Stimmung Holly war.

„Komm, Bon", sagte Holly grimmig. „Ich weiß, dass hier etwas nicht stimmt. Es ist mir egal, was alle anderen denken."

Zurück in der Mühle konnte sie Tasha oben hin und her gehen hören. Die Fußbodendielen knarrten, und dann erschienen Tasha und Flo auf der Treppe. Flo schmollte und ließ ihren kleinen Koffer auf jeder Stufe aufprallen. Tasha trug Bens Reisetasche und machte ein verstimmtes Gesicht.

„Ich bin sicher, er taucht wieder auf, Holly", sagte sie, als sie die unterste Stufe erreicht hatte. „Mach dir keine Sorgen."

„Ich weiß, dass das nicht mit rechten Dingen zugeht", erwiderte Holly hartnäckig.

„Hör mal." Tasha ließ die Tasche mit einem dumpfen Laut auf den Boden fallen. „Glaub nicht, dass ich das nicht verstehe. Das tue ich wirklich. Du hast immer ein wenig geklammert, wenn es um Ben ging, nicht wahr?" Und dann, noch ehe Holly den Mund aufmachen konnte, um ihr eine scharfe Antwort zu geben: „Oh, ich verstehe ja, warum. Ich weiß, dass ihr eure Eltern verloren habt und all das, und ich habe nichts dagegen. Wirklich nicht." Sie bedachte Holly mit einem leicht herablassenden Lächeln, als hätte sie Ben voll und ganz die Erlaubnis erteilt, auf die Bedürfnisse seiner neurotischen Schwester einzugehen. „Aber all das ist doch schon einmal passiert, nicht wahr? Damals, als du auch dachtest, Ben wäre verschwunden, dabei hatte er nur ein Wochenende mit seinen Kumpels verbracht."

Holly schoss das Blut in die Wangen. „Das ist Jahre her, und das war etwas ganz anderes!"

Tasha zuckte die Achseln. „Wie dem auch sei. Die Wahrheit ist, du hast eine ziemlich idealistische Vorstellung von deinem großen Bruder und machst dir viel zu viele Sorgen um ihn. Ich rate dir, dich zu beruhigen. Wie ich schon sagte, in ein paar

Tagen ist er wieder da." Sie sah sich im Wohnzimmer um. „Falls ich etwas vergessen habe, schick es mir einfach nach, ja?"

Holly atmete tief durch und zählte bis zehn. Dann schob sie unauffällig Bens Handy in ihre Hosentasche. „Aber natürlich."

2. Kapitel

In der Mühle war es totenstill, nachdem Tasha und Flo weggefahren waren. Die Stille war so laut, dass sie Holly in den Ohren wehtat. Es war halb vier, und sie fühlte sich unerträglich müde, gleichzeitig aber auch furchtbar unruhig. Die Zeit hatte ihre Bedeutung verloren. Holly wartete auf das Klingeln ihres Handys, ein Klopfen an der Tür, eine Stimme – auf irgendetwas, das Bens Rückkehr ankündigte.

Sie nahm ihr Telefon und ging nach draußen, um besseren Empfang zu haben. Sie wählte Guys Handynummer, aber er meldete sich nicht. Auch unter seiner Festnetznummer erreichte sie ihn nicht. Er hatte nicht angerufen, um sich zu erkundigen, was geschehen war und ob es ihr gut ging. Die Erkenntnis, dass ihn das alles nicht interessierte, schien sie nicht mehr verletzen zu können. Nichts durchdrang die Benommenheit und Einsamkeit, die sie umgab wie ein Leichentuch.

Erneut überlegte sie, ihre Großeltern anzurufen, entschied sich dann jedoch dafür, sie nicht unnötig zu beunruhigen. Wenn Ben bei ihnen gewesen wäre, hätte er sich schon längst gemeldet. Sie befand sich in einem frustrierenden Schwebezustand; in der einen Minute war sie beinahe verrückt vor Sorge und in der nächsten so wütend auf ihren Bruder, dass sie ihn am liebsten angeschrien hätte. Da sonst niemand etwas zu unternehmen schien, hielt sie es schließlich für die beste Idee, hinauszugehen und selbst im Wald nach ihm zu suchen. Sie musste unbedingt wieder an die frische Luft, sie bekam allmählich Klaustrophobie, und ihr war übel. Also zog sie ihre dünne Fleecejacke an und ging nach draußen. Bonnie, die keine Lust auf einen weiteren Spaziergang zu haben schien, blieb schnarchend auf dem Sofa liegen.

Es war ein schöner Tag mit einem wolkenlosen blauen Himmel. Holly wusste nicht so recht, wo sie mit der Suche beginnen sollte, also schlug sie den Weg hinunter ins Dorf ein, nach rechts über eine Brücke, vorbei an einer Bushaltestelle, wo ein Mädchen mit langem blonden, im Wind wehenden Haar wartete. Etwa neunzehn Jahre alt, groß, zu dünn und in einen langen gestreiften Schal gewickelt, stand die junge Frau dort, rauchte und machte ein gelangweiltes Gesicht. Sie nickte kurz, als Holly vorbeiging, dann ließ sie die Zigarette fallen und drückte sie mit dem Schuh aus.

Die verfallene Mauer erhob sich links von Holly, dahinter lag der alte Kutschenhof. Hier fand der Großteil der Bauarbeiten statt, und Holly konnte das Ächzen und die Pieptöne eines Baggers hören. Etwa hundert Meter weiter befanden sich der Parkplatz und der Innenhof, wo Fran ihr Café mit angrenzendem Imbiss und die Teestube besaß. Ein Dutzend Autos standen in dem gepflasterten Hof, und über der Eingangstür schaukelte ein Schild mit der Aufschrift „Eis". Sie dachte kurz daran, hineinzugehen, doch dann fiel ihr ein, dass Fran erst am kommenden Tag zurück sein würde. Holly fühlte sich seltsam orientierungslos. Sie war an diesem Tag schon einmal hier gewesen, um die Sandwiches zu holen, vor wenigen Stunden erst, aber ihr kam es so vor, als sei es Wochen her. Sie war so müde.

Am Telegrafenmast neben der Straße heftete ein kleines Plakat. Ein Hund namens Lucky wurde vermisst, und die Besitzer boten demjenigen eine Belohnung, der ihn wieder zu ihnen brachte. Holly betrachtete das traurige kleine Hundegesicht und spielte mit dem Gedanken, Plakate mit einem Foto von Ben anzufertigen und sie an allen möglichen Stellen anzubringen. Vielleicht hatte ihn ja jemand im Wald gesehen. Schließlich konnte er an die frische Luft gegangen sein, dann hätte ihm schlecht geworden sein können, oder er war gestürzt und hatte das Bewusstsein verloren. Vielleicht hatte er sich ja auch den Knöchel gebrochen und konnte nicht mehr nach Hause humpeln. Die Polizei hatte ihr zwar versichert, man hätte den Wald in der nächsten Umgebung abgesucht, doch sie vermutete, dass es im besten Fall nur eine oberflächliche Suche gewesen war.

Obwohl die Sonne warm schien, fror Holly. Es verblüffte sie, dass so viele Feiertagstouristen im Dorf waren. Aus irgendeinem Grund hatte sie mit mehr Ruhe gerechnet. Sie schlenderte über den Pfad zum Wald und folgte mehreren Besuchergruppen; Familien mit lustlos vor sich hin schlurfenden Kindern, und Paaren, die Händchen hielten. Holly sah sie alle wie durch eines ihrer gravierten Gläser, klar, aber ganz leicht verzerrt. Sie spazierten ziellos dahin, bewunderten den Blick über die Downs, wo der Wetterhahn auf dem Hügel in den Himmel ragte und am Horizont die sanft geschwungenen Berge zu sehen waren. Holly fühlte sich entsetzlich einsam.

Ihr Handy klingelte.

„Hol?" Es war Guy, und er klang verkatert. „Was ist los? Warum die siebentausend Anrufe? Was gibt's?"

„Ben wird immer noch vermisst", sagte Holly schroff. „Er ist nicht nach Hause gekommen."

„Was?" Guy hörte sich verwirrt, ja beinahe gereizt an. „Wo ist er denn?"

„Ich weiß es nicht", erwiderte Holly. „Das ist es ja gerade, niemand weiß es. Tasha meint ..." Sie biss sich auf die Zunge, aber es war schon zu spät.

„Er hat eine andere", vollendete Guy den Satz eindeutig schadenfroh. „Schön für ihn."

„Ich bin mir sicher, sie irrt sich", widersprach Holly.

Guy ging gar nicht darauf ein. „Dann kommst du also zurück? Wenn Tasha das Kind abgeholt hat ..."

„Nein. Ich bleibe hier, bis Ben wieder auftaucht."

Stille. „Was? Warum um alles in der Welt willst du da rumhängen?", fragte Guy.

„Für den Fall, dass ihm etwas passiert ist", erklärte Holly. „Ich habe mich gefragt, ob du vielleicht herkommen möchtest?" Sie hörte selbst ihren flehenden Unterton und hasste sich dafür. Ganz gleich, was Tasha auch gesagt hatte, normalerweise klammerte sie nicht, aber an diesem Tag hatte sie das Gefühl, außerordentlich dünnhäutig zu sein. Es musste eigentlich gar nicht Guy sein, wie ihr klar wurde, sie sehnte sich nur nach Gesellschaft und Trost. Sie wollte die Last von Bens Verschwinden mit jemandem teilen. Es war schrecklich, sich so allein zu fühlen.

Sie glaubte, Guy fluchen zu hören. „Hol, du überreagierst. Dein Bruder ist kein Kind mehr, er kann auf sich selbst aufpassen. Um Himmels willen, komm nach Hause ..."

„Ich mache mir Sorgen", erwiderte Holly. „Ich weiß, da stimmt etwas nicht."

Dieses Mal fluchte Guy tatsächlich. „Verdammt noch mal, Holly, du bist nicht sein Babysitter!"

„Vergiss es", sagte Holly schnell. „Vergiss, dass ich dich gebeten habe zu kommen. Und erwarte mich auch nicht zurück." Sie schnitt Guy das Wort ab und beendete das Gespräch.

Der kurze Wutausbruch hatte ihr gutgetan, doch ihre Stimmung verdunkelte sich schnell wieder. Als sie den Wald betrat, fühlte sie sich verloren. Das Blätterdach schloss sich dicht über ihr, grüne Dunkelheit umgab sie. Vom Hauptpfad zweigten viele kleinere ab und führten scheinbar ins Nichts. Sie ging etwa zweihundert Meter weit, dann blieb sie stehen, weil sie merkte, dass sie nicht einmal ihre festen Schuhe angezogen hatte. Tränen des Zorns und der Enttäuschung stiegen ihr in die Augen. Innerlich aufgewühlt machte sie sich auf den Rückweg zur Straße.

Was wollte sie eigentlich? Sie war jemand, der Beweise suchte angesichts einer geballten Ladung von Gleichgültigkeit. Niemand sonst schien zu glauben, dass etwas nicht stimmte, und es machte ihr Angst, dass sie selbst kurz davor war, auch so zu denken; sie fürchtete sich davor, eventuell den Verstand verloren zu haben.

In der Kirche an der kleinen steinernen Brücke war soeben eine Trauung zu Ende gegangen. Als die Kirchturmuhr Viertel vor vier schlug, öffnete sich die Kirchentür, und die Hochzeitsgesellschaft strömte hinaus auf den Friedhof. Eine plötzliche Böe drückte der Braut den Schleier ins Gesicht und zerrte an den Mänteln der Gäste wie ein Aufmerksamkeit forderndes Kind. Der Wind wirbelte das Konfetti auf, ließ es wie winzige Blütenblätter um Hollys Kopf tanzen und riss der Braut den Blumenstrauß aus der Hand, der genau vor Hollys Füßen landete.

Holly bückte sich, um ihn aufzuheben; es war ein Bouquet aus pinkfarbenen duftlosen Rosenknospen

Plötzlich war sie umgeben von Hochzeitsgästen; auch die Braut kam lachend auf sie zu. „Vielen, vielen Dank! Ich weiß nicht, was ich sonst gemacht hätte – gleich werden wir fotografiert!"

Holly reichte ihr den Strauß mit einem Lächeln. Ihr Gesicht fühlte sich dabei ein wenig starr an, als wüsste es nicht, welche Muskeln dazu bewegt werden mussten. Das schien jedoch niemand zu bemerken. Alle schwelgten völlig in ihrem Glücksgefühl; keiner ahnte, wie einsam und isoliert sie sich fühlte. Sie gingen zurück zur Kirchentür, wo der Fotograf Anweisungen für das offizielle Foto gab. Gleichzeitig verspürte Holly einen stechenden Schmerz in der Brust. Sie nahm diesen Leuten ihr Glück nicht übel, aber dadurch wurde ihr Gefühl der Einsamkeit womöglich noch unerträglicher.

„Ist alles in Ordnung mit Ihnen?"

Holly zuckte zusammen. Sie war nicht die einzige Zuschauerin. Ein Mann stand neben dem überdachten Friedhofstor. Noch relativ jung, zwei- oder dreiunddreißig etwa; Holly war nicht gut darin, ein Alter zu schätzen. Für den Bruchteil einer Sekunde glaubte sie, ihn schon einmal gesehen zu haben, doch als er näher kam, war dieser Moment des Wiedererkennens verstrichen, und der Mann erschien ihr völlig fremd.

Er war groß, dunkelhaarig und sah ganz passabel aus in seiner abgetragenen Jacke, der braunen Hose aus Englischleder und den Stiefeln. Seine Augen schimmerten sehr dunkel, genau wie das Haar, das ihm in die Stirn fiel. Eine Kamera, die äußerst teuer wirkte, hing an einem Riemen um seinen Hals. Holly nahm an, dass er wahrscheinlich ein Tourist war, der einen Spaziergang gemacht hatte und von der Hochzeit ebenso angezogen worden war wie sie. Sie zwang sich zu einem Lächeln.

„Mir geht es gut, danke. Ich bin nur stehen geblieben, um zuzusehen."

Er erwiderte ihr Lächeln, sah sie aber mit seinen dunklen

Augen scharf an. „Ganz sicher? Sie wirken ein wenig … mitgenommen."

Hinter ihnen nahm die Gruppe eine neue Pose für ein weiteres Foto ein. Holly steckte die Hände in die Taschen ihrer Fleecejacke und wandte sich ab. „Ich möchte Sie nicht davon abhalten, Ihre Bilder zu machen …"

Der Mann grinste, offensichtlich war ihm nicht entgangen, dass sie ihn abwimmeln wollte. „Die Sonne steht ungünstig, außerdem wirkt das Ganze für mich zu gestellt. Ich mag Spontaneität."

Holly runzelte ein wenig die Stirn. „Spontaneität. Ja. Das ist schön. Entschuldigen Sie mich bitte …" Sie hatte sich noch keine zwanzig Meter von ihm entfernt, da musste sie langsamer gehen, weil ihr die Tränen über die Wangen strömten und sie kaum noch sehen konnte, wohin sie ging. Wie furchtbar peinlich. Sie stolperte, hörte Schritte hinter sich und spürte seine Hand auf ihrem Arm.

„Hören Sie, kann ich irgendwie helfen …"

„Nein!" Holly drehte sich aufgebracht zu ihm um, und er ließ die Hand sinken.

Er wich zurück. „Also gut." Seine Stimme klang ruhig und seltsam tröstlich. „Nun … passen Sie gut auf sich …"

„Oh Gott, es tut mir leid." Ihre guten Manieren meldeten sich zurück, und Holly wischte sich die Tränen aus dem Gesicht. „Ich wollte wirklich nicht unhöflich sein …"

Seine Mundwinkel zuckten, als wollte er lächeln. Er hatte ein bemerkenswertes Gesicht, schmal, gebräunt, mit hohen Wangenknochen und dunklen aufmerksamen Augen unter kräftigen Augenbrauen. Holly ertappte sich dabei, ihn weiter ansehen zu wollen.

„Bitte, Sie brauchen sich nicht zu entschuldigen", erwiderte er leichthin. „*Ich* habe mich wie eine Nervensäge benommen ...“

Holly fing wieder an zu weinen. „Seien Sie doch nicht so freundlich zu mir ...“

„Hören Sie, das ist doch Unsinn. Warum trinken wir nicht einfach eine Tasse Tee, bis es Ihnen wieder etwas besser geht? Gibt es dort drüben nicht gleich eine Teestube?“

„Ja, aber ...“ Holly fühlte sich entsetzlich verwundbar, sie wollte nicht, dass jemand sie so sah. Sie standen jedoch bereits im Innenhof, und der Mann führte sie zu einem der draußen stehenden Tische, wo sie sich in eine Ecke setzen konnte und vor neugierigen Blicken geschützt war.

Holly nahm Platz und beobachtete, wie er hineinging und ein paar Minuten später mit zwei großen, blau-weiß gestreiften und dampfenden Bechern wieder herauskam. Sie legte die Hände um ihren Becher und trank mit großen Schlucken. Der Tee war sehr heiß, aber er wirkte tröstend.

„Ich danke Ihnen so sehr“, sagte sie. „Was bin ich Ihnen schuldig?“

„Machen Sie sich darüber keine Gedanken.“ Er zog eine Augenbraue hoch. „Für den Fall, dass Sie mit wildfremden Menschen nicht Tee trinken wollen – ich heiße Mark.“

„Holly.“ Sie überlegte kurz, ihm die Hand zu geben, entschied sich dann aber dagegen.

„Freut mich, Sie kennenzulernen, Holly.“ Mark lehnte sich auf seinem Stuhl zurück. „Also, wollen Sie darüber reden?“

„Wie bitte?“ Sie starrte ihn einen Moment lang verwirrt an. Ihre Augen brannten ein wenig. „Oh nein, danke.“

„Gut“, erwiderte Mark ruhig.

Schweigend tranken sie ihren Tee. Holly studierte sein Gesicht mit den Augen der Künstlerin; seine Züge waren ebenmäßig und markant, wie die eines stilisierten Engels ... Er drehte den Kopf, und ihre Blicke trafen sich. Wieder durchzuckte sie das Gefühl des Wiedererkennens, aufregend und gefährlich. Normalerweise hätte sie bei einer so spontanen Anziehungskraft sofort die Flucht ergriffen, aber an diesem Tag war das anders. Alles war anders.

Sie nickte zu seinem Fotoapparat. „Das ist eine sehr schöne Kamera. Haben Sie heute ein paar gute Bilder machen können?"

Mark lächelte. „Oh ja. Hier gibt es eine Menge vielversprechender Motive. Interessieren Sie sich für Fotografie?"

„Ja, sehr. Ich fotografiere gern, und manchmal habe ich Glück. Das heißt aber nicht, dass ich gut bin."

Mark neigte den Kopf zur Seite. „Und womit verdienen Sie Ihren Lebensunterhalt?"

„Ich bin Graveurin. Für Glas." Holly merkte, dass sie nicht über sich reden wollte. „Und Sie? Sind Sie auch beruflich Fotograf?"

Mark verzog das Gesicht. „Leider nicht, ich bin nur Amateur. Eigentlich arbeite ich als Bauingenieur, war aber in letzter Zeit viel auf Reisen."

Holly leerte ihren Becher. „Wo waren Sie denn?"

„Ich habe eine Weile in Asien gearbeitet, dann war ich in Norwegen. Meine Schwester lebt dort, daher bin ich den Winter über geblieben und habe ihrem Mann auf seinem Fischkutter geholfen."

Sie sah ihn überrascht an. Sie hatte genug Fernsehsendungen geschaut, um zu wissen, dass das keine Arbeit für Amateure war. „Sie sind also ein guter Seemann?"

„Nein." Mark schmunzelte. „Ein ganz schlechter, aber mit irgendetwas musste ich ja mein Geld verdienen." Er stand auf, fast ein wenig abrupt, und Holly spürte, dass es auch für ihn Grenzen gab, die er in ihrer Unterhaltung nicht überschreiten wollte. „Sollen wir gehen? Ich begleite Sie zu Ihrem Wagen."

„Oh." Holly erkannte, dass er sie auch für eine Touristin hielt. Sie zögerte, plötzlich war ihr bewusst, wie seltsam sie sich fühlte, irgendwie verzerrt, unwirklich. „Ich wohne hier in der Nähe."

„Dann begleite ich Sie zu Fuß zurück."

Holly war sich nicht sicher, ob sie wirklich Gesellschaft haben wollte. „Das ist nicht nötig ..."

Mark lächelte sie an. Sie mochte die Fältchen, die sich beim Lächeln in seinen Augenwinkeln bildeten, und die Längsfalte auf seiner Wange. All das registrierte sie ganz objektiv und gleichzeitig ganz und gar nicht objektiv.

„Ich vermute, Sie wollen lieber allein sein", sagte er, „aber mir wäre wohler, wenn ich wüsste, dass es Ihnen gut geht. Nennen Sie mich ruhig überfürsorglich, wenn Sie wollen ..." Er zuckte mit den Schultern. „Ich könnte ein paar Schritte hinter Ihnen gehen, wenn Ihnen das lieber ist."

Der Wind war stärker geworden, die zunehmende Kühle kündigte den Abend an. Sie ließen den Parkplatz und die Touristen hinter sich und gingen an dem kleinen Dorfanger mit seinen verstreuten Cottages und dem kleinen Bach vorbei. Nach dem Lärm und dem geschäftigen Treiben klang die Stille beinahe ohrenbetäubend. Sie sprachen nicht miteinander.

Immer, wenn Mark ein Stück vorausging, beobachtete Holly ihn; er hatte den leichten, unaufgeregten Gang eines Menschen, der sich in seiner Haut wohlfühlte. Sein Blick war jetzt leicht abwesend auf den Pfad vor ihm gerichtet, seine Miene wirkte etwas distanziert. Holly spürte ein komisches

Gefühl im Bauch, als sie ihn beobachtete, fast wie ein leichter Schmerz, und doch ganz anders, heißer, erregender.

Vor dem Tor zur Mühle blieb sie stehen. Mark sah auf und schien zum ersten Mal zu bemerken, wo sie waren. Stirnrunzelnd drehte er sich zu ihr um.

„Hier wohnen Sie?"

„Ja", erwiderte Holly. „Möchten Sie mit hineinkommen?"

Sie spürte seine Verwirrung, sah, wie seine Augen sich leicht verengten, als er sie ansah. Nun kam es darauf an, was er in diese Einladung hineininterpretierte, und sie hatte das Gefühl, dass Mark in solchen Dingen ziemlich geübt war. Sie bewegte sich, ohne jedoch den Blick von ihm abzuwenden. Er wirkte so kühl, so distanziert, diese Kluft musste sie unbedingt überbrücken. Sie brauchte ihn. Der Gedanke, er könnte sich jetzt umdrehen und sie allein lassen, war unerträglich. Sie fragte sich, ob er ihre Verzweiflung wohl bemerkte.

Er nahm ihre Hand, verschränkte seine Finger mit ihren, aber trotzdem war das noch keine Antwort für Holly. Inzwischen hielt sie die Ungewissheit kaum noch aus. Sie trat über die Türschwelle und drückte leicht seine Hand; er folgte ihr.

Auf der Fußmatte lag eine Nachricht von Fran. „Ich bin wieder da. Ruf mich an."

Holly stieg darüber hinweg und wandte sich wieder Mark zu. Sie nahm den Duft seiner Haut wahr, den schwachen Geruch nach frischer Luft, und seine Hand fühlte sich kalt an. Sie zog ihn ins Haus, schlug die Tür zu, schlang die Arme um seinen Nacken und küsste ihn. Nach einer Sekunde erwiderte er den Kuss, und Holly empfand solches Verlangen und solche Erleichterung, dass ihr Körper zu beben begann. Die Einsamkeit verschwand, und mit ihr die Angst.

Wieder küsste sie ihn, verdrängte alle rationalen Gedanken

und gab sich ganz ihren Empfindungen hin. Sie unterbrach den Kuss nur, um Mark die Treppe hinaufzuführen. Sie spürte seine Anwesenheit dicht hinter sich, so nah, dass sein Körper sie beinahe berührte. Noch immer hielt Holly seine Hand. Die Spätnachmittagssonne schien in das große Schlafzimmer, und vor dem Fenster breiteten sich die Umrisse der Berge am Horizont aus.

Mark betrachtete sie prüfend. „Holly, was hat das alles zu bedeuten?"

Leicht wie eine Feder spürte sie seinen Atem auf ihrem Gesicht. Sie sah den Schatten, den seine Wimpern auf die markanten Wangenknochen warfen. Seine Lippen streiften ihr Kinn, und wieder durchzuckte sie dieses wilde Verlangen. Als sie den Kopf leicht zu ihm wandte, waren Marks Lippen wieder auf ihren; er fuhr durch ihr Haar und zog sie mit der anderen Hand fester an sich. Leidenschaft durchflutete Holly. Mit der Handfläche streifte er den dünnen Stoff ihrer Bluse, und sie fühlte, wie seine Handfläche über ihre Brust glitt. Er küsste sie noch immer. So drängend. Sie hätte nie gedacht, dass es so sein könnte, und sie war unendlich froh. Froh, dass sie nicht mehr allein war; froh, dass sie eine Zeit lang vergessen konnte. Sie zog ihn mit sich auf das Bett hinunter und verlor sich ganz in ihm.

Von irgendwo weit her vernahm Holly ein Klingeln. Mühsam schlug sie die Augen auf und sah, dass es helllichter Tag war. Zum ersten Mal seit Langem fühlte sie sich entspannt, und ihr Verstand war so klar und scharf wie eine Gravur auf einem Stück Glas. Sie konnte sich an jedes Detail der vergangenen Nacht erinnern. Sie hatten nicht viel geschlafen; geredet hatten sie gar nicht.

Vorsichtig drehte sie sich um. Mark lag neben ihr auf der Seite und schlief friedlich. Seine markanten Gesichtszüge wirkten weicher im Schlaf. Während sie ihn so betrachtete, spürte sie eine tiefe Zuneigung zu ihm, und ihr stockte der Atem. Eine Weile sah sie ihn noch an, dann stand sie auf und ging leise zum Kleiderschrank, wobei sie fast über die am Boden liegenden Kleidungsstücke gestolpert wäre. Sie öffnete den Schrank und nahm einen alten Bademantel mit Paisleymuster von Ben heraus, den sie sich beim letzten Mal, als sie hier gewesen war, von ihm ausgeliehen hatte.

Die Sonne schien hell in das lang gezogene Wohnzimmer, und auf ihrem Handy waren lauter neue Nachrichten. Holly ignorierte sie. Aber es war die Türglocke, die unentwegt klingelte. Bonnie wartete schon aufgeregt und schwanzwedelnd vor dem Eingang. Holly hatte nur einen Gedanken – wenn Ben ausgerechnet jetzt beschlossen hätte, nach Hause zu kommen, würde es schwer zu sagen sein, wer von beiden mehr zu erklären hätte.

Sie öffnete die Tür und sah Fran vor sich stehen, die trotz ihrer Jacke zu frösteln schien. Zwar strahlte die Sonne, doch sie standen im Schatten des Gebäudes, und dort war es kalt.

„Holly!" Fran sah sie verwirrt an, ihre Stimme klang besorgt. „Gott sei Dank! Ich dachte schon, du wärst auch verschwunden. Bist du krank oder so etwas? Ich habe das mit Ben gehört ..."

„Du weißt es bereits?" Holly zuckte erschrocken zusammen.

„Das ganze Dorf weiß Bescheid", erwiderte Fran. „Hier kann man nichts verheimlichen." Sie biss sich auf die Unterlippe. „Hör mal, es tut mir leid, falls ich dich damit in Schwierigkeiten gebracht habe, aber als ich dich gestern Abend nicht erreichen konnte, habe ich deine Großeltern angerufen. Ich dachte, du wärst vielleicht nach Oxford gefahren. Ach ja, und Guy habe ich auch angerufen. Was zum Teufel ist denn da passiert? Er sagte mir, du hättest die Verlobung gelöst …"

Normalerweise kam Holly mit Frans Geplapper gut zurecht, aber an diesem Morgen tat ihr der Kopf weh. „Du hast Gran angerufen?" Ihr wurde ganz flau im Magen. Sie wollte sich gar nicht vorstellen, wie Hester und John sich gefühlt haben mussten, als sie erfahren hatten, dass Ben verschwunden war und dass Fran Holly ebenfalls nicht erreichen konnte. Kein Wunder, dass sie Hunderte neuer Nachrichten auf ihrem Handy hatte. Es überraschte sie, dass sie noch nicht hergekommen waren und an ihre Tür hämmerten.

Frans Blick fiel auf den Notizzettel, der immer noch auf der Fußmatte lag. Sie runzelte die Stirn. „Hast du meine Nachricht nicht gesehen? Wir haben uns Sorgen um dich gemacht."

Holly wickelte den Morgenmantel enger um ihren Körper. „Das tut mir leid. Ich werde Gran gleich anrufen und ihr sagen, dass mit mir alles in Ordnung ist."

Fran betrachtete sie, als wüsste sie, dass irgendetwas nicht stimmte, aber als hätte sie keine Ahnung, was es war. „Bist du krank? Ist das alles zu viel für dich gewesen? Es tut mir ja so leid, das mit Ben. Hast du immer noch nichts von ihm gehört? Ich verstehe das nicht. Das sieht ihm überhaupt nicht ähnlich."

Von oben war ein Geräusch zu hören. Fran wollte etwas sagen, aber Holly kam ihr hastig zuvor. „Ich gehe jetzt lieber und ziehe mich an. Es tut mir wirklich leid, Fran, aber ich fühle mich ehrlich gesagt tatsächlich nicht recht wohl. Ich komme nachher bei dir vorbei."

Fran kuschelte sich in ihre Jacke. „Du armes Ding! Kein Wunder, dass du noch nicht wach warst. Hör mal, soll ich hereinkommen und dir einen Kaffee machen? Wir könnten reden und …"

Wieder ein Geräusch, dieses Mal war es zu laut, um es zu überhören.

Fran runzelte erneut die Stirn. „Holly, hast du Besuch? Was geht hier vor?"

Holly fröstelte. „Tut mir leid, Fran, aber zum Reden ist es jetzt gerade nicht der günstigste Zeitpunkt."

„Ist Ben zurückgekommen?"

„Nein", erwiderte Holly.

„Dann ist Guy also doch noch zu dir gefahren? Denn letzte Nacht sagte er …"

„Nein", wiederholte Holly.

Sie konnte genau beobachten, wann bei Fran der Groschen fiel; sie sah die geweiteten Augen, den belustigt-erschrockenen Gesichtsausdruck. Fran schlug sich die Hand vor den Mund, und mit einem Blick erfasste sie Hollys zerzaustes Haar und ihre nackten Füße. „Holly! Was hast du getan – oh mein Gott, du hast doch nicht etwa … Sag, dass es nicht so ist. Was ist mit dir los? So etwas tust du doch *nie*!"

Holly packte ihren Arm. „Ich kann jetzt nicht reden. Bitte, Fran, es ist ein bisschen kompliziert."

Fran schien zwischen Entsetzen und Sorge zu schwanken. „Holly, du stehst unter Schock. Ich habe davon gelesen. Wenn Menschen verschwinden, können ihre Angehörigen unter etwas leiden, das man eine akute Belastungsreaktion nennt. Weil sie nicht wissen, ob der Betroffene nun tot ist oder nicht …"

„Danke, Fran", unterbrach Holly sie. Trotz allem musste sie unwillkürlich schmunzeln und hatte das Gefühl, dass langsam wieder Normalität einkehrte. Frans fehlendes Taktgefühl hatte sie immer schon eher erheitert als verärgert. „Ich rede später mit dir", sagte Holly. „Wirklich, versprochen. Ich muss noch ein paar Dinge ins Reine bringen."

„Das kann ich mir vorstellen", konterte Fran trocken, dann sah sie über Hollys Schulter. Holly merkte, wie ihre Gesichtszüge erstarrten, ehe sie wieder eine betont neutrale Miene aufsetzte. „Mark", sagte sie lebhaft. „Hallo, wie geht es dir?"

Holly fuhr herum. Mark stand vollständig angezogen hinter ihr und nickte Fran zu. „Hallo, Fran."

In Hollys Bauch machte sich ein Gefühl breit, als säße sie in einer Achterbahn. Am vergangenen Tag hatte sie nicht einen einzigen Gedanken daran verschwendet, wer Mark war oder was er in Ashdown machte. Nun allerdings wurde ihr klar, dass er alles andere war als ein Tourist, der am anderen Morgen wieder verschwinden würde; er schien hier zu wohnen und würde nirgendwohin gehen. Ihr Magen krampfte sich zusammen, Panik stieg in ihr auf.

„Hast du schon von der Sache mit Ben gehört?" Fran hatte darauf gewartet, dass Holly etwas sagte, aber als das nicht geschah, beeilte sie sich, das betretene Schweigen zu überbrücken.

„Soeben." Marks Blick ruhte dunkel und unergründlich auf Hollys Gesicht. „Was ist passiert?"

„Er wird vermisst", erwiderte Holly. „Er ist vor ein paar Nächten verschwunden." Es fühlte sich lächerlich, geradezu unwirklich an, hier zu stehen und höflich über das Verschwinden ihres Bruders zu sprechen, da sie es vorher mit keinem Wort erwähnt hatte.

„Holly hat dir nicht gesagt ...", fing Fran an, dann sah sie Hollys Gesichtsausdruck und schluckte. „Na gut, wie dem

53

auch sei, ich gehe jetzt besser …" Sie hob verwirrt die Hände. „Ich bin später zu Hause, also ruf mich an, Holly. Oder komm vorbei, was auch immer." Sie ging schon den Weg hinunter, während sie sprach. „Pass auf dich auf."

Sie verschwand durch die Gartenpforte, und Holly ging zurück ins Haus. Mark trat einen Schritt zur Seite, um sie vorgehen zu lassen, dabei spürte sie seinen Blick und wurde rot. Auf einmal fühlte sich der Morgenmantel viel zu dünn an, und sie selbst erschien sich plötzlich viel zu verwundbar.

„Es tut mir leid", sagte sie hastig, ehe Mark etwas sagen und die Situation noch peinlicher werden konnte. „Ich hätte es dir erzählen sollen, aber …" Sie verstummte. Sie hatte keine Ausreden. Sie konnte sich nicht einmal darauf berufen, wie ihr am vergangenen Tag zumute gewesen war, wie verzweifelt sie sich danach gesehnt hatte, nicht allein zu sein.

„Ist schon in Ordnung", erwiderte Mark. Sein Tonfall klang ganz gelassen, dennoch hatte sie das ungute Gefühl, dass er verärgert war. „Ich wusste, du warst völlig durcheinander, aber mir war nicht klar …" Er fuhr sich mit der Hand durchs Haar. „Das mit Ben tut mir leid", fügte er hinzu. „Sucht die Polizei nach ihm?"

„Nein." Holly schüttelte den Kopf. „Die glaubt, er ist einfach irgendwohin gegangen und kommt bald wieder." Ihre Augen brannten, und ihre Kehle war wie zugeschnürt. Sie konnte es nicht fassen, wie richtig sich alles angefühlt hatte, als sie mit Mark zusammen gewesen war, und nun war davon nichts mehr zu spüren. Das ist das Problem mit dem Verdrängen, dachte sie. Es dauerte nicht lange, und dann stürmte wieder alles auf einen ein, schlimmer noch als vorher. Sie hätte wissen müssen, dass sie sich nicht in einer Sache verlieren und vor ihrer Angst um Ben nicht davonlaufen konnte. „Ich möchte nicht, dass du glaubst …" Sie zögerte, und Mark wartete schweigend ab. Es ärgerte sie etwas, dass er es ihr nicht leichter machte. „Ich wollte dich nicht benutzen. Normalerweise tue ich so etwas nicht."

Mark zuckte mit den Schultern. „Ich habe gehört, was Fran gesagt hat." Er nahm seine Jacke von der Sofalehne. „Nur so nebenbei – ich auch nicht. Trotzdem haben wir es beide getan." Eine Weile schwiegen beide, dann seufzte Mark. „Ich möchte nicht gehen, wenn du Kummer hast. Bitte, Holly, rede mit mir."

Sein Blick war warm und liebevoll, und das machte Holly noch wütender. Sie erinnerte sich an seine Zärtlichkeit und wie sie diese in der vergangenen Nacht durch rein körperliches Verlangen ausgeblendet hatte. Sie wollte sie auch jetzt nicht. Sie konnte nicht damit umgehen. „Mir geht es gut", erwiderte sie und wickelte sich fester in ihren Morgenmantel. „Danke."

„Also gut." Mark griff nach dem Türriegel, hielt dann aber kurz inne. „Es wäre ganz hilfreich zu wissen, wer du eigentlich bist …"

„Oh …" Holly zuckte zusammen und wurde wieder rot. „Ich bin Holly Ansell, Bens Schwester."

„Und wer ist Guy?"

Holly zögerte. „Guy ist … war … mein Verlobter."

Sie sah, wie Marks Miene versteinerte. „Gut, ich verstehe. Nun, dann gehe ich jetzt mal."

Holly versuchte nicht, ihn aufzuhalten. Die Tür fiel hinter ihm ins Schloss, und die Stille im Haus legte sich wie eine Last auf sie. Sie tastete nach ihrem Handy auf der Kommode. Sie musste ihre Großmutter anrufen. Das schlechte Gewissen ergriff sie. Alles andere konnte warten, darüber brauchte sie jetzt nicht nachzudenken.

Sie gab die Nummer ein, und Hester meldete sich nach dem zweiten Klingeln. „Gran!", sagte Holly. „Es tut mir so leid, dass ich nicht schon längst angerufen habe …" Dann ließ sie stumm die Schelte ihrer Großmutter über sich ergehen, während sie die Angst aus den vorwurfsvollen Worten heraushörte.

3. Kapitel

Holyroodhouse Palast, Schottland, November 1596

König James hatte die Hand schon an den Eisenriegel gelegt, als er innehielt. Er war sich selbst jetzt nicht sicher, ob er das Richtige tat. Ein beißender Winterwind fegte durch den steinernen Korridor, er hob die Wandbehänge an und ließ den König in seiner pelzbesetzten Tunika erschauern.

Die Perle und der Spiegel mussten Elizabeth übergeben werden, das war ihr Geburtsrecht. Trotzdem waren sie ein gefährliches Geschenk. James kannte ihre Macht.

Die Königin von England hatte ihrer Patentochter und Namenschwester das Taufgeschenk nicht offiziell überreicht. Tatsächlich waren die meisten überzeugt, dass Mr. Robert Bowes of Aske, der Stellvertreter der Königin bei der Taufe, überhaupt kein Geschenk mitgebracht hatte. Erst nach der Taufe, als das Baby ordnungsgemäß als erste Tochter Schottlands präsentiert worden war und die Gäste sich zerstreut hatten, um sich auf dem Fest zu amüsieren, hatte Aske James beiseitegenommen und ihm eine Samtschatulle überreicht, in der die Sistrin-Perle und der mit Diamanten besetzte Spiegel lagen.

„Die haben Eurer Mutter gehört", hatte Bowes gesagt. „Ihre Majestät besteht darauf, dass ihre Enkelin sie erhält."

Der Diplomatie zuliebe hatte James eine bissige Bemerkung unterdrückt. Das sah der alten englischen Hexe ähnlich, als Geschenk anzubieten, was seiner Tochter von Rechts wegen zustand. Nun gut, auch er verstand sich auf solche Spielchen; er hatte Elizabeth von England das Kompliment gemacht, seine erstgeborene Tochter nach ihr zu benennen. Das war enorm schmeichelhaft für die Mörderin seiner Mutter, aber Politik war manchmal wichtiger als vergossenes Blut.

„Majestät?"

Er drehte sich um. Alison Hay, das Kindermädchen der Kleinen, kam auf ihn zu. Mistress Hay zeigte keinerlei Überraschung oder Erschrecken, obwohl er sich gut vorstellen konnte, dass sie sich wunderte, warum König James von Schottland vor den Gemächern seiner Tochter herumlungerte. Er hätte einen der Diener von Prinzessin Elizabeth herschicken können, anstatt sich selbst in eiskalten Fluren herumzutreiben. Andererseits war Mistress Hays Erscheinen eine Erleichterung für ihn. Jetzt gab es keinen Grund mehr, anzuklopfen und diesen den Frauen vorbehaltenen Bereich zu betreten. Schon beim Gedanken an den Geruch im Raum drehte James sich der Magen um, der abgestandene Gestank von Schweiß gemischt mit dem süßsäuerlichen Duft, der offenbar an Babys haftete. Bestimmt standen alle Frauen eifrig um die Wiege herum, lächelten und gaben glucksende Geräusche von sich wie eine Schar von Hühnern. Gott sei Dank reisten sie alle bald nach Linlithgow, wo die Prinzessin in ihrem eigenen Haushalt unter der Aufsicht von Lord und Lady Livingston leben sollte.

Er fasste in seine Tasche und schloss die Finger um die Samtschatulle. „Das hier ist für Prinzessin Elizabeth. Ein Taufgeschenk." Er hielt sie Mistress Hay hin.

Diese nahm die Schatulle nicht gleich, sondern runzelte die Stirn. „Wollen Eure Majestät das nicht lieber Lady Livingston aushändigen …?"

„Nein!" James konnte es kaum erwarten, diese Last loszuwerden und wieder gehen zu können. „Nehmt das." Er wollte ihr die Schatulle in die Hände drücken, aber dabei fiel sie hinunter, der Deckel sprang auf, und der Inhalt landete auf dem Steinboden.

Er hörte, wie Mistress Hay die Luft anhielt.

Nur wenige Männer und Frauen hatten die Sistrin-Perle oder den mit Diamanten besetzten Spiegel je zu Gesicht bekommen. Die Perle war nie getragen, der Spiegel nie benutzt worden. Beide waren geformt wie Tropfen. Beide hatten einen bläulich-weißen Schimmer, als wären sie nicht von dieser Welt, eins schien die Reflektion des anderen zu sein – einander ähnlich, beinahe gleich.

Die Perle war aus Wasser hervorgegangen, vor Jahrhunderten gefunden in den Austernbänken des River Tay, und hatte zu der Sammlung von König Alexander I. gehört. Der Spiegel war in den Werkstätten der Glasbläser von Böhmen entstanden, besetzt mit Diamanten erlesenster Qualität, und war ein Hochzeitsgeschenk für James Mutter Mary gewesen, die Königin von Schottland. Mary war begeistert gewesen von der Ähnlichkeit der beiden Stücke und hatte eigens die schwarze Samtschatulle für die Kostbarkeiten anfertigen lassen.

Und doch hatte es von Anfang an Gerüchte darum gegeben. Die Sistrin-Perle war angeblich aus den Tränen der Wassergöttin Briant entstanden und sollte ihrem Besitzer machtvollen Schutz bieten, wurde ihre Magie jedoch missbraucht, brachte sie Tod durch das Wasser. Es hieß, die Sistrin-Perle hätte Sybilla, König Alexanders Gemahlin, ertrinken lassen, als Alexander versucht hatte, die Macht der Perle seinem Willen zu unterwerfen. Der Spiegel sollte ebenfalls über einen starken Zauber verfügen. Es hieß, er würde Zerstörung durch Feuer bringen, wenn man ihn für korrupte Zwecke missbrauchte. James war ein Mann der Wissenschaften und glaubte nicht an Magie, aber die beiden Gegenstände hatten irgendetwas an sich, das ihm eine Gänsehaut verursachte. Wäre er abergläubisch gewesen, hätte er gesagt, dass er beinahe das Gefühl hatte, ihre Zauberkraft wie ein lebendes Wesen spüren zu können, das zusammengekauert auf der Lauer lag und wartete.

Alison Hay hatte sich augenblicklich auf die Knie geworfen und versuchte nun, die Perle zu greifen, ehe sie in einen Abfluss oder eine Bodenritze rollte. James machte keine Anstalten zu helfen, er wollte das Ding nicht anfassen. Der Spiegel lag dort, wo er ihm aus der Hand geglitten war, mit der Spiegelfläche nach oben und wie durch ein Wunder nicht zerbrochen.

Alison sammelte die Perle ein und stand nun mühsam auf, außer Atem und mit rotem Gesicht. In einer Hand hielt sie die Schatulle, in der sie die unschuldig schimmernde Perle wieder sicher verstaut hatte, in der anderen den Spiegel. James sah, wie sie auf die milchig blaue Oberfläche blickte. Ihre Augen weiteten sich, und sie öffnete erschrocken den Mund. James riss ihn ihr aus der Hand, legte ihn mit der Spiegelfläche nach unten unsanft in die Schatulle und klappte den Deckel zu.

„Seht nicht in den Spiegel", sagte er. „Ihr dürft niemals hineinsehen." Zu spät, ihr Gesicht war kreidebleich, der Ausdruck ihrer Augen leer. „Was habt Ihr gesehen?", fragte James rau. Namenloses Entsetzen packte ihn, sein Herz klopfte zum Zerspringen. „Antwortet!", fügte er hinzu, als sie nichts sagte.

„Feuer", erwiderte sie mit mechanisch klingender Stimme. „Gebäude in Flammen. Schießpulver. Tod. Und ein Kind in einem cremeweißen Kleid mit einer goldenen Krone."

„Unsinn." James packte die Schatulle so fest, als wollte er den Inhalt zermalmen. „Alles nur abergläubischer Unsinn." Doch selbst er konnte den hohlen Unterton der Furcht hören, der aus seiner Stimme sprach. Angesichts der Magie flüchtete der Verstand. „Schließt sie gut weg. Bewahrt sie sicher auf", sagte er und drückte dem Kindermädchen die Schatulle wieder in die Hände.

„Majestät." Sie machte einen Knicks.

Es war erledigt. Hinter der geschlossenen Tür hörte er dünnes Babygeschrei und leise Frauenstimmen, die tröstend ein Wiegenlied sangen. James machte auf dem Absatz kehrt und ging davon, hinaus zum Burghof und in die frische, saubere Winterluft, die die Schatten fortblasen sollten, die ihn verfolgten. Doch selbst draußen unter den grauen Wolken, die Schnee ankündigten, wurde er sein Schuldgefühl nicht los. Er hatte die Sistrin-Perle und den Spiegel seiner winzigen Tochter übergeben, so wie die Königin von England es verlangt hatte, aber er wurde den schrecklichen Gedanken nicht los, dass er seinem Kind damit einen Fluch aufgebürdet hatte.

4. Kapitel

Wassenaer Hof, Den Haag, Herbst 1631

Es war Vollmond, und ein kalter Ostwind wehte, als die Ritter des Rosenkreuzer-Ordens eintrafen. Der Wind kam vom Meer, überquerte die breiten Sanddünen, fegte durch die Straßen und wand sich um die Ecken des Wassenaer Hofs, um durch irgendwelche Mauerfugen Einlass zu begehren.

Elizabeth beobachtete die Ankunft der Ritter an ihrem Fenster hoch oben im Westflügel des Palastes. Das Mondlicht war heller als der Kerzenschein und fiel erbarmungslos hell auf die Pflastersteine. In dieser weißen Welt wirkten die Männer nur wie dunkle, in Umhänge gehüllte Schatten.

Sie hatte geglaubt, diese Torheit sei schon lange vorbei. Die Gemeinschaft der Rosenkreuzer gehörte einer längst vergangenen Zeit an, sie war ihr Jugendtraum gewesen. Wie leidenschaftlich hatten sie und Friedrich sich einst dafür eingesetzt! Sie waren wie besessen gewesen von dem Wunsch, die Welt zu verändern und Wissenschaft und Weisheit überall zu verbreiten. Ihr Hof in Heidelberg war ein Refugium für Gelehrte und Philosophen gewesen.

Jetzt hatte sie sich so verändert; sie fühlte sich ihres Glaubens beraubt, verraten und so nichtig wie die Spielkarte, nach der man sie benannt hatte – der Herzkönigin. Die Leute hatten ihre Heirat mit Friedrich als die Vermählung von Themse und Rhein bezeichnet; eine politische Verbindung zwischen einem deutschen Fürsten und einer englischen Prinzessin, die der protestantischen Sache dienen sollte. Solche Dinge hatten sie nicht interessiert, man hatte sie damals noch nicht in Politik unterwiesen. Es war ganz einfach gewesen – ein Blick auf Friedrich, und sie hatte sich in ihn verliebt. Obwohl die Hochzeit im Winter stattgefunden hatte, war sie mit hellem Licht und Glück gesegnet gewesen. Friedrichs Krönung zum König von Böhmen hatte den glanzvollen Höhepunkt in ihrem Leben dargestellt. Wie leuchtend hatte die Zukunft gelockt, doch es war eine falsche Morgendämmerung gewesen, auf die nur noch Leid und Verlust gefolgt waren. Nach nur einem Jahr ging Böhmen in der Schlacht verloren, und Friedrichs eigenes Land, das Reich seiner Väter, die Pfalz, fiel in die Hand der Feinde. Sie waren nach Den Haag geflohen, zu einem provisorischen Königshof und in ein provisorisches Leben.

Elizabeth legte die Hand auf ihren gewölbten Leib. Nach achtzehn Ehejahren und zwölf Kindern sprachen die Leute nachsichtig über ihre Liebe zu Friedrich, stellten ihre Hingabe nie infrage. Sie hatten keine Ahnung.

In dieser Nacht war sie so zornig. Sie wusste, warum Friedrich die Ritter gerufen hatte. Es gäbe neue Hoffnung, hatte er verkündet, das langjährige Exil würde bald zu Ende gehen. Der schwedische König hatte die Armee des Heiligen Römischen Kaisers vernichtend geschlagen und zog nun im Triumph durch Deutschland. Friedrich wollte, dass die Rosenkreuzer für ihn das Orakel befragten, um zu sehen, ob er durch Gustav Adolfs Sieg sein Land zurückerhalten würde. Er hatte sowohl die Sistrin-Perle als auch den Spiegel mitgenommen, um in die Zukunft zu sehen; das hatten die Ritter von ihm verlangt. Aber es war nicht an Friedrich, sich diese Schätze zu nehmen, sie gehörten ihr.

63

Elizabeth fühlte sich rastlos. In ihren Gemächern herrschte ein ohrenbetäubender Lärmpegel, wie immer, ihre Hofdamen schnatterten lauter als Gänse. Sie war niemals allein. In dieser Nacht war sie jedoch nicht aufgelegt zum Musizieren, Maskieren oder Kartenspielen. Die ewigen Wiederholungen in ihrem Leben, die Eintönigkeit, die Langeweile und die ständig geschürten und dann wieder vernichteten Hoffnungen frustrierten sie plötzlich so sehr, dass sie vor Wut zu zittern begann.

„Majestät?", fragte eine ihrer Damen schüchtern.

„Holt meinen Umhang", befahl sie. „Den schlichten schwarzen."

Sie umringten sie aufgeregt wie besorgte Glucken. Sie sollte nicht nach draußen gehen. Seiner Majestät war das bestimmt nicht recht. Es war viel zu kalt. Sie erwartete ein Kind. Sie sollte sich ausruhen.

Elizabeth ignorierte sie einfach und schloss die Tür zwischen sich und diesem Geschnatter. Die Treppe hinunter, den Steinkorridor entlang, durch die große Halle mit ihrer vergoldeten Lederbespannung an den Wänden, wo die Bediensteten nach dem Abendessen aufräumten und sauber machten, hinaus in den Innenhof in die kalte Nachtluft. Sie ging an den Stallungen vorbei, und wie immer beruhigte sie der Duft nach Pferden, Leder und Heu. Das Reiten – und die Jagd – machten ihr das Leben im Exil erträglich.

Sie sah zurück zu den Lichtern des Palastes, die hinter den leuchtend bunten Bleiglasfenstern flackerten. Für sie war der Wassenaer Hof nie zu einem Zuhause geworden, obwohl sie inzwischen seit über zehn Jahren in Den Haag lebte. Man nannte sie immer noch die Königin von Böhmen, doch in Wirklichkeit herrschte sie nur noch über diesen roten Backsteinpalast mit seinen vielen Giebeln und lächerlichen kleinen Türmchen.

Das Gebäude wurde von den Schatten verschluckt. Hier in den Gärten herrschte der würzige Geruch frisch beschnittenen Buchsbaums vor, der immer ein wenig in ihrem Hals kratzte, und der süße Duft von Kamille. Der Kies zwischen den Beeten knirschte unter ihren Füßen. Sie konnte hier nie spazieren gehen, ohne an die Gärten denken zu müssen, die Friedrich im Heidelberger Schloss für sie hatte anlegen lassen, mit all den kleinen Grotten, Wasserkaskaden, Orangenbäumen und Statuen. Alles war im großen Stil entworfen worden, was gut zu Friedrichs Ehrgeiz gepasst hatte. Alles war nun verloren. Sie hatte gehört, dass ein Artilleriebataillon jetzt dort stand, wo ihr Englischer Garten gewesen war. Was Friedrichs Ehrgeiz betraf, so hatte der ihrer Ansicht nach auch Schaden genommen; geschlagen in der Schlacht am Weißen Berg, begraben unter den großen Verlusten, die seiner Ehre, aber auch seinem Glück einen Dämpfer versetzt hatten. Doch in dieser Nacht hatte er die Rosenkreuzer zu sich gerufen, zum Wasserturm, damit sie ihm sagten, ob sein Glück wohl zu ihm zurückkehren würde.

Ihren Sohn hatte er auch mitgenommen. Karl Ludwig war zwar erst dreizehn, aber Friedrich hatte gemeint, es wäre an der Zeit, dass sein Erbe erfuhr, was die Zukunft für ihn bereithielt. Auch das hatte Elizabeth wütend gemacht. Sie hatte bereits einen Sohn verloren und wollte Karl Ludwig immer in ihrer Nähe haben. Er war zu kostbar, um Gefahren ausgesetzt zu werden.

Sie zog sich die Kapuze ihres Umhangs tiefer ins Gesicht. Das Knirschen des Metallriegels klang laut in ihren Ohren, die Flamme der Wandfackel flackerte in der Zugluft. Elizabeth schloss leise die Tür hinter sich und begann, die Steintreppe zum Wasserreservoir hinabzusteigen. Obwohl der alte Turm trocken und die Treppe gut beleuchtet war, hatte sie seltsamerweise immer das Gefühl, dass das Wasser in den Stein eingesickert war und sie nun kalt und feindlich umspülte. Sie hasste Wasser, seit es ihr zwei Jahre zuvor ihren ältesten Sohn geraubt hatte. Selbst jetzt noch hatte sie manchmal Albträume von seinem Ertrinken.

Sie konnte den Gedanken nicht abschütteln, dass sie und Friedrich selbst schuld an ihrem Verlust waren, weil sie die Magie der Sistrin-Perle missbraucht hatten. Ihr Vater hatte sie vor ihrer Macht gewarnt und ihr gesagt, sie dürfte niemals zur persönlichen Bereicherung benutzt werden.

Elizabeth erschauerte und wickelte sich fester in ihren Umhang, um sich vor der Kälte zu schützen. Unterhalb von ihr konnte sie jetzt das Wasser hören. Wenn das Reservoir voll war, strömte das überlaufende Wasser durch einen Abwasserkanal nach draußen in den Hofvijver See. An diesem Abend floss es sanft plätschernd hinaus, das war ein gutes Omen. Friedrich würde erfreut sein.

Noch eine Stufe, dann passierte sie die Wachstube zu ihrer Linken. Schatten bewegten sich hinter der halb geöffneten Tür. Elizabeth hielt den Atem an und ging noch leiser weiter nach unten zur heiligen Quelle.

Die Wendeltreppe mündete in einen Raum mit gewölbter Decke, die von Steinsäulen getragen wurde. Er war Elizabeth vertraut, genau wie die Gegenstände auf dem Tisch rechts – eine Bibel, ein Schädel, ein Stundenglas und ein Globus, das Handwerkszeug der Ritter. In einem großen steinernen Kamin brannte ein helles Feuer, dessen goldener Schein sich im Wasser eines sternförmigen Brunnens in der gegenüberliegenden Ecke des Raums spiegelte. Die Ritter knieten um den Brunnenrand. Im Brunnen gab es dicht unter der Wasseroberfläche einen Mauervorsprung, und Elizabeth wusste, dass sie die Sistrin-Perle darauf gelegt hatten, in ihr natürliches Element, ins Wasser. Jetzt warteten sie darauf, dass die Perle ihre Magie ausübte und die Zukunft im Kristallspiegel reflektierte.

Das Licht brach sich in den Kreuzen, die die Männer an Ketten um den Hals trugen, manche waren aus Silber, manche aus weichem Roségold, das aus sich selbst heraus zu leuchten schien. Elizabeth konnte den Spiegel in Friedrichs Hand sehen; die Diamanten strahlten das gleiche dunkle Feuer aus wie die Kreuze. In den Spiegel selbst sah sie nicht, sie fürchtete sich vor den Visionen, die er wiedergab.

Die Hitze war überwältigend, die Luft schwer vom Rauch des Feuers und dem süßlich-holzigen Geruch des Weihrauchs. Die Sonnen, Monde und Sterne auf den Umhängen der Ritter schienen sich vor ihren Augen zu drehen, sie hatte plötzlich heftige Kopfschmerzen. Erschrocken trat Elizabeth einen Schritt zurück und streckte die Hand nach einer der Steinsäulen aus, um Halt zu finden, griff aber ins Leere.

Jemand fing sie von hinten auf, legte eine Hand über ihren Mund, den anderen Arm um ihre Taille, zog sie aus dem Raum und ließ die Tür hinter ihnen zuschwingen. Das alles kam überraschend schnell und war im höchsten Maß schockierend – niemand berührte die Königin, schon gar nicht so grob. Ihr Instinkt erwachte, ein Instinkt, von dem sie gar nicht gewusst hatte, dass sie ihn besaß. Sie biss kräftig zu, schmeckte Leder, und er ließ sie sofort los, obwohl ihr Biss ihm wohl kaum wehgetan hatte, genauso wenig wie ihre schwachen Versuche, ihn zu treten.

„Teufelsweib." Seine Stimme klang tief und belustigt, als wären ihre kümmerlichen Bemühungen sich zu wehren eher mitleiderregend. Sie war außer sich vor Zorn.

„Narr!" Sie fuhr zu ihm herum, um ihn anzusehen. „Wisst Ihr nicht, wen Ihr vor Euch habt?"

Sie beobachtete, wie seine Augen sich weiteten, haselnussbraune Augen, die mehr als nur eine Spur von Belustigung zeigten. Im Fackelschein sah sie, dass er nur durchschnittlich groß war, wodurch er aber immer noch ein ganzes Stück größer war als sie. Er wirkte jedoch stark und kräftig. Sein Haar war kastanienbraun und fiel in Locken über seinen weißen Spitzenkragen; er hatte eine gerade Nase und ein Grübchen am Kinn. Selbst im Moment der Verblüffung, in dem er sie erkannte, war sein Gesicht noch immer eher von Belustigung erfüllt als von der Ehrerbietung, die er ihr eigentlich schuldete.

„Eure Majestät." Er verneigte sich

Sie wartete hochmütig ab.

Seine Mundwinkel zuckten. „Vergebt mir", sagte er nach einer Weile. Nichts weiter, und das klang weder wie eine Bitte noch wie eine Entschuldigung.

Er war jung, dieser Mann, um einiges jünger als sie, vermutlich nicht älter als zwei- oder dreiundzwanzig. Elizabeth glaubte, ihn zu kennen, obwohl sie seinen Namen nicht wusste. Sie erkannte, dass er Soldat war, kein Höfling. Im Gegensatz zu den Rittern war er schlicht gekleidet – Hemd, Breeches, Umhang und Stiefel. Er trug ein Schwert an der Seite und ein Messer in seinem Gürtel.

Die Hitze und die Müdigkeit machten ihr wieder zu schaffen, sie schwankte leicht. Vielleicht hatten ihre Damen doch recht gehabt. Sie war im sechsten Monat schwanger und hätte sich ausruhen sollen.

Jetzt sah er sie nicht mehr belustigt, sondern besorgt an. Er nahm ihre Hand und zog sie mit sich. „Kommt mit in die Wachstube ..."

„Nein!" Sie sträubte sich. „Ich möchte nicht, dass mich jemand sieht!"

„Außer mir ist niemand da."

Sie erlaubte ihm, sie in die kleine Kammer zu führen. Sie war spartanisch eingerichtet, mit einem nackten Fußboden und einem abgewetzten Tisch, auf dem eine Kerze brannte. Auf dem Feuerrost flackerte ein kümmerliches Feuer. Es war kein Ort für eine Königin, aber es gab einen Stuhl, hart und aus Holz, und auf den ließ Elizabeth sich dankbar sinken.

„Ihr bewacht die Zeremonie ganz allein?", erkundigte sie sich.

„Ja", erwiderte er und machte ein reumütiges Gesicht. „Und das auch nicht sehr gut, wie es scheint."

Darüber musste sie lächeln. „Das konntet Ihr ja nicht ahnen."

„Dass die Königin persönlich kommen und zusehen würde?" Er zuckte mit den Schultern und drehte sich halb zur Seite, um ihr aus der Karaffe auf dem Tisch einen Becher Wasser einzuschenken. „Vermutlich nicht."

„Ich bin Mitglied der Bruderschaft der Rosenkreuzer", erklärte sie. „Ich habe jedes Recht, hier zu sein."

Er hielt mitten in der Bewegung inne, wandte sich ihr zu und hob die dunklen Brauen. „Warum nehmt Ihr dieses Recht nicht offen in Anspruch? Warum schleicht Ihr Euch hier herein wie ein Dieb?"

Es gab kaum noch etwas, das Elizabeth überraschen konnte. Nur wenige Menschen forderten sie heraus. Es war eins der Privilegien königlicher Abstammung – nicht infrage gestellt zu werden. „Nichts erklären, niemals klagen" war ein Spruch, den ihr ihre Mutter beigebracht hatte, die schöne, frivole Anna von Dänemark. Dieser Mann glaubte offensichtlich, dass ein Normalsterblicher einer Königin Fragen stellen durfte.

Sie beschloss, seine Frage zu ignorieren, und kostete stattdessen von dem Wasser, das er ihr reichte. Es war ziemlich warm und schmeckte etwas abgestanden, aber nicht unangenehm. „Ich glaube nicht, dass ich Euch kenne", sagte sie.

Er verneigte sich erneut. „William Craven. Ganz zu Euren Diensten."

Viele Männer hatten diese Worte im Lauf der Jahre zu ihr gesagt. Bei Hof wimmelte es von jungen Männern wie diesem William Craven; Männer, die sich und ihre Schwerter bedingungslos in ihren Dienst stellten. Sie wusste, manche sahen in ihr eine Königin in Not, andere eine Märtyrerin der protestantischen Sache, immer mutig im Angesicht ihrer Feinde. Manchmal wollte sie ihnen sagen, dass weder im Krieg noch in der Politik Platz für romantische Vorstellungen blieb. Die Jahre im Exil hatten sie gelehrt, dass ein Krieg brutal und gefährlich war und dass es in der Politik korrupt zuging, abgesehen davon, dass sich dort alles nur entsetzlich langsam voranschleppte. Aber natürlich sprach sie das nie aus. Alle wahrten den Anschein. „Lord Craven", sagte sie jetzt. „Natürlich. Ich habe schon viel von Euch gehört."

Er zog die Mundwinkel nach unten. „Auch ich habe gehört, was die Leute bei Hof über mich sagen."

Sie sah ihm in die Augen. „Was sagen sie denn?"

Er lächelte wehmütig, dabei bildeten sich feine Fältchen in seinen Augenwinkeln und eine Längsfalte auf seiner Wange. Er sah immer noch jung aus, aber nicht mehr so jung wie vorher. „Dass mein Vater ein Ladenbesitzer und mein Großvater Farmarbeiter war; dass ich mir meinen Titel erkauft habe und dass ich meinen Platz auf der Welt nur dem Geld meines Vaters und der Gier Eures Bruders nach Geld zu verdanken habe." Trotz seiner Wehmut hörte er sich so an, als machte ihm diese Häme nichts aus. Vielleicht hatte er sie aber auch schon zu oft gehört, und sie verletzte ihn nicht mehr.

„Charles ist ständig in Geldnot", erwiderte Elizabeth. „Und ich selbst bin es auch."

Seine Augen weiteten sich, dann fing er an zu lachen. Es war ein tiefes, anerkennendes Lachen. „Das nenne ich ehrliche Worte", sagte er. „Und noch dazu von einer Königin. Das ist ungewöhnlich."

Also hatten sie sich gegenseitig überrascht.

Elizabeth stellte ihren Becher auf den Steinboden neben ihren Stuhl. „Eigentlich meinte ich, dass Prinz Moritz Eure Talente als Soldat äußerst lobend erwähnt hat. Er sagte, Ihr wärt loyal und mutig."

Craven verlagerte sein Gewicht, und der Tisch knarrte, als er sich dagegenlehnte. „Prinz Moritz hat gesagt, ich wäre waghalsig", verbesserte er sanft. „Das ist nicht dasselbe."

„Er sprach von Eurer Tapferkeit und Eurem Geschick", erwiderte Elizabeth. „Ihr dürft ein Kompliment ruhig annehmen, wenn es Euch gemacht wird, Lord Craven."

Er senkte den Kopf, obwohl sie sich nicht sicher war, ob er das nicht nur tat, um sein Schmunzeln zu verbergen. „Majestät."

Kein Zweifel, dem Mann fehlte es an Ehrerbietung. Als Enkel eines Farmarbeiters konnte er sich solche Manieren, die schon fast an Unverschämtheit grenzten, eigentlich nicht leisten. Trotzdem musste sie feststellen, dass ihr das gefiel.

Ihr gefiel, dass er ihr nicht schmeichelte und nicht vor ihr katzbuckelte.

Stille kehrte ein, sie fühlte sich angenehm an. Elizabeth wusste, sie sollte gehen, bevor die Zeremonie zu Ende war, bevor Friedrich sie hier fand. Sie hatte ihm gesagt, dass sie an dieser Zeremonie nicht teilnehmen wollte, ihre Anwesenheit hier würde nur Fragen aufwerfen. Dennoch bewegte sie sich nicht.

„Ihr gehört dem Orden nicht an?", fragte sie und zeigte zur Tür der Kammer.

Er schüttelte den Kopf. „Ich bin nur ein bescheidener Junker. Ich glaube nicht an …" Er verstummte abrupt, und zum ersten Mal wirkte er beinahe gehemmt auf Elizabeth.

„Ihr glaubt nicht an die Prinzipien der Rosenkreuzer? Ihr glaubt nicht an eine bessere Welt durch das Streben nach universeller Harmonie?"

Sein Gesicht lag halb im Schatten, daher war seine Miene schwer zu erkennen. „Solche Ambitionen scheinen in der Tat ehrenwert zu sein", erwiderte er langsam. „Aber ich bin nur ein einfacher Mann, Eure Majestät, ein Soldat. Wie kann diese universelle Harmonie erreicht werden?"

Zehn Jahre früher hätte Elizabeth ihm vielleicht geantwortet, durch das Studium der Weisheiten der Vergangenheit, durch Philosophie und Wissenschaften. Damals hatte sie an die gute Sache geglaubt, hatte daran geglaubt, dass sie vielleicht eine bessere Welt schaffen konnten. Doch nun klangen diese Worte hohl für sie, genau wie die Verheißungen, die die Bruderschaft für die Zukunft in Aussicht gestellt hatte.

„… nicht dadurch, ein Orakel im Wasser zu befragen." Cravens Stimme verdrängte ihre aufwühlenden Erinnerungen. Er hörte sich missbilligend an. „Manchmal ist es besser, nicht zu wissen, was die Zukunft bringen wird."

Dem konnte Elizabeth nur zustimmen. Wenn sie vor zehn Jahren gewusst hätte, was die Zukunft für sie bereithielt, hätte sie wohl kaum die Kraft gehabt, ihren Weg immer weiter zu gehen. „Die Ritter verfügen über mächtige Zauberkräfte." Sie konnte der Versuchung nicht widerstehen, ihn ein wenig aufzuziehen. „Sie können Gedanken lesen. Sie können durch verschlossene Türen gehen. Sie können sogar minderwertiges Metall in Gold verwandeln."

Sie glaubte, sie hätte ihn schnauben gehört. „Als Sohn eines Kaufmanns weiß ich besser als die meisten anderen, wie Gold gewonnen wird, und zwar ganz gewiss nicht aus einem minderwertigen Metall."

Ihre Blicke trafen sich, und Elizabeth lächelte. Das Schweigen schien sanft zwischen ihnen zu vibrieren, etwas Intensives, Ungekanntes schwang darin mit. „Seid Ihr verheiratet, Lord Craven?", entfuhr es ihr spontan.

Craven wirkte überrascht, aber nicht so überrascht, wie Elizabeth es selbst war. Sie hatte keine Ahnung, warum sie einem Fremden eine so impertinente Frage gestellt hatte. „Nein, ich bin nicht verheiratet", sagte er nach einer Weile. „Ich war verlobt mit der Tochter des Earl of Devonshire …" Er schwieg.

Eine Cavendish, dachte Elizabeth. Für den Sohn eines Kaufmanns hatte er sich wirklich hohe Ziele gesteckt. Andererseits, wenn er so reich war, wie die Leute behaupteten, würde man ihn von allen Seiten wegen seines Geldes hofieren, während die, die selbst welches brauchten, hinter seinem Rücken über seine niedere Abstammung lästerten. „Was ist geschehen?", fragte sie.

Er zuckte mit den Schultern. „Ich wollte lieber Soldat sein."

„Die arme Frau." Elizabeth konnte sich nicht vorstellen,

73

wie es sein musste, mit einem Schulterzucken und einem banalen Satz abgewiesen zu werden. Prinzessinnen passierte so etwas nicht. Waren sie nicht hübsch, taten die Männer trotzdem so, als wären sie es. Hatten sie das Glück hübsch, charmant und geistreich zu sein, schrieben die Dichter Sonette über sie, und Maler hatten es nicht nötig, schmeichelhaftere Portraits von ihnen anzufertigen. Mit dieser Wahrheit hatte sie gelebt, seit sie alt genug gewesen war, um in den Spiegel sehen und erkennen zu können, dass sie mehr als hübsch war.

„Das Soldatenleben und die Ehe passen nicht zueinander", stellte Craven unverblümt fest.

„Aber ein Mann braucht doch einen Erben für seinen Besitz", wandte sie ein. „Vor allem ein Mann, der so vermögend ist wie Ihr."

„Ich habe zwei Brüder", erklärte Craven. Sein Tonfall klang wieder etwas lockerer. „Sie sind meine Erben."

„Aber das ist nicht dasselbe wie ein eigenes Kind. Wünschen sich denn nicht alle Männer einen Sohn, der einmal ihr Nachfolger wird?"

„Oder eine Tochter", gab Craven zurück.

„Ach, Töchter …" Elizabeth macht eine wegwerfende Handbewegung. „Wir sind ganz nützlich, wenn wir einen dynastischen Zweck erfüllen sollen, aber es ist trotzdem nicht dasselbe."

Er hob den Kopf und sah sie so scharf und herausfordernd an, dass sie den Atem anhielt. „Glaubt Ihr das wirklich? Dass Ihr das minderwertigere Geschlecht seid?"

Das hatte sie nie infrage gestellt.

„Ich habe Männer sagen hören, dass König Charles bessere Ratschläge von Euch, seiner Schwester, erhält als von seinem Schwager", sagte Craven.

Schon wieder eine Unverschämtheit, trotzdem musste Elizabeth unwillkürlich lächeln. „Vielleicht hat mein Bruder keine gute Menschenkenntnis."

„Vielleicht solltet Ihr eine höhere Meinung von Euch selbst haben, Majestät." Sein Blick ließ sie los, und sie merkte, dass sie wieder atmen konnte. „Die Geschichte zeigt die Wahrheit." Er hatte sich leicht abgewandt und schob mit der Stiefelspitze ein glimmendes Holzscheit ins Feuer. „Eure eigene Patin, die Königin von England, war eine große Herrscherin."

„Ich denke manchmal, dass sie in Wirklichkeit ein Mann war", erwiderte Elizabeth.

Craven machte ein erstauntes Gesicht, dann lachte er schallend auf. „Im Herzen und vom Verstand her vielleicht. Und doch gibt es viele Männer, die ihr nicht gewachsen sind. Mein Vater hat sie über alle Maßen bewundert, und er war der strengste, beste Menschenkenner, dem ich je begegnet bin." Er füllte den Becher mit Wasser auf und hielt ihn ihr hin. Elizabeth schüttelte den Kopf. „Wollten die Verschwörer des Gunpowder Plot nicht, dass Ihr regiert? Sie müssen daran geglaubt haben, Ihr könntet die Königin von England werden."

„Ich wäre eine katholische Marionette geworden." Elizabeth erschauerte. „Regieren, ja. Herrschen ganz sicher nicht."

„Und in Böhmen?"

„Friedrich war der König, ich nur seine Gemahlin." Sie lächelte ihn an. „Ihr wollt die natürliche Ordnung der Dinge auf den Kopf stellen, Lord Craven, in dem Ihr Frauen einen zu hohen Wert beimesst!"

„Craven!" Ein Luftzug, die Tür zur Wachstube wurde aufgestoßen, und Friedrich trat ein; sein roter Umhang wehte hinter ihm her. Im Gegensatz zum dunkel und schlicht gekleideten Craven wirkte er so grellbunt wie ein Hofnarr. Craven richtete sich auf und verneigte sich. Elizabeth fühlte sich seltsam beraubt, als wäre ein unsichtbares Band zwischen ihnen zu abrupt durchtrennt worden. Cravens ganze Aufmerksamkeit galt jetzt Friedrich. Das bedeutete es zu herrschen, selbst wenn man es nur dank seines Namens tat. Friedrich befahl, und Männer gehorchten.

„Der Löwe erhebt sich!"

So lebhaft hatte Elizabeth ihren Gemahl schon seit Monaten nicht mehr gesehen. Der melancholische Ausdruck seines langen dunklen Gesichts war verschwunden. Seine Augen glühten. Elizabeth merkte, dass er noch völlig im Bann der Zeremonie stand. Er schien ihre Anwesenheit kaum zu bemerken; erst recht fragte er nicht, was sie in der Wachstube allein mit seinem Junker zu suchen hatte. Er zog Karl Ludwig mit in die Stube und legte den Arm um seinen Erben. *Das ist unser Triumph,* besagte diese Geste. *Ich werde mir unseren Besitz zurückholen.*

„Der Löwe erhebt sich!", wiederholte Friedrich. „Wir werden siegen! Ich werde Heidelberg zurückerobern, während der Adler untergeht." Er klopfte Karl Ludwig auf die Schulter. „Wir alle haben die Visionen im Spiegel gesehen, nicht wahr, mein Sohn? Die Perle und der Spiegel haben für uns prophezeit, wie auch schon in der Vergangenheit."

Ein Schauer überlief Elizabeth. Der Spiegel und die Perle hatten Friedrich eine von Kriegen durchzogene Zukunft gezeigt. Sie erinnerte sich an das Feuer, das sich im Wasser widergespiegelt und es rot wie Blut gefärbt hatte. „Der Löwe ist das Emblem des schwedischen Königs", sagte sie. Er war auch Friedrichs Wappentier, aber sie hielt es für wahrscheinlicher, dass Gustav Adolf ruhmreich aufsteigen würde, während Friedrich dort liegen blieb, wo er hingefallen war, unerwünscht, unbeachtet. Er war kein Soldat. Er hatte keine Führungsqualitäten, und erst recht konnte er seine Hauptstadt nicht zurückerobern. Ihre und Cravens Blicke trafen sich, und sie erkannte, dass er genau das Gleiche dachte wie sie. Allerdings sandten seine Augen eine stumme Warnung aus; Friedrich runzelte bereits die Stirn und verzog gereizt den Mund.

„Es war *mein* Emblem", erwiderte er wie ein verzogenes Kind. „Wir haben meinen Löwen gesehen."

Craven kaschierte Elizabeths Taktlosigkeit mit lobenden Worten. „Das sind großartige Neuigkeiten, Euer Majestät", sagte er gewandt. „Habt Ihr vor, sofort eine Armee aufzustellen, die sich den Truppen des schwedischen Königs anschließt?"

„Nicht sofort!", entfuhr es Elizabeth unwillkürlich. Die Stube kam ihr plötzlich kalt vor, als wehte ein kalter Lufthauch durch den Raum. Sie erschauerte und legte die Hand auf ihren Bauch. „Das Kind …"

Friedrich wirkte unschlüssig. „Natürlich", meinte er nach einer Weile. „Ich muss hier bleiben, bis Ihr sicher entbunden habt, meine Liebe." Sein Kuss auf ihrer Wange war feucht und unbeholfen. Er fühlte sich an, als wäre Friedrich in Gedanken längst ganz weit weg. „Ich werde Seiner schwedischen Majestät schreiben und schon einmal den Boden bereiten. Es gibt noch viel zu planen."

Die Kälte in ihrem Innern nahm zu. Elizabeth versuchte sich einzureden, es wäre nur der Schock darüber, dass sich das Blatt nach so vielen ohnmächtigen Jahren für sie endlich zum Guten wenden sollte, doch so war es nicht. Sie wusste mit absoluter Gewissheit, dass Friedrich nicht gehen sollte. Es war falsch, gefährlich. Sie hatte zwar nicht die Zukunft gesehen, aber ihr war, als *hätte* sie sie gesehen. Ihr war, als hätte sie in den Spiegel geblickt und dort nichts als Schmerz und Verlust erkannt, eine schrecklich öde, unfruchtbare Landschaft.

„Der Winter ist eine schlechte Jahreszeit für einen Feldzug." Craven beobachtete ihr Gesicht. Er runzelte die Stirn. „Außerdem gibt es noch viel zu tun, bevor wir aufbrechen können. Truppen müssen zusammengezogen werden, Vorräte angelegt werden ..." Er verstummte kurz. „Eure Majestät ..."

Elizabeth merkte, dass er jetzt sie ansprach. Das Gefühl der Dunkelheit fiel so plötzlich von ihr ab, dass ihr der Atem stockte. Es war, als wäre ein Fluch von ihr genommen worden; ihr war schwindelig.

„Wir sollten Euch in den Palast zurückbringen, Madam", fuhr Craven fort. „Ihr müsst müde sein."

„Es geht mir sehr gut, Lord Craven, vielen Dank", fuhr Elizabeth ihn an. Sie war wütend auf ihn. Sie hatte geglaubt, in ihm etwas anderes zu sehen, doch nun katzbuckelte er vor Friedrich wie jeder andere Höfling, den sie kannte. Und trotz all der Komplimente, die er ihr vorhin gemacht hatte, behandelte er sie jetzt, als wäre sie so zerbrechlich und unbedeutend wie alle Frauen.

Sofort wurde seine Miene verschlossen. „Natürlich, Majestät."

„Friedrich, dürfte ich um Euren Arm bitten ...", sagte sie.

Friedrich war ungeduldig; das spürte sie an der Art, wie er bewusst langsam ging, um ihr beim Hinaufsteigen der Wendeltreppe zu helfen, an seinen angespannten Armmuskeln unter ihrer Hand. Er wollte zurück zum Wassenaer Hof, Briefe schreiben und die Rückkehr eines Eroberers nach Deutschland planen. Sie hielt ihn auf, mit ihrer Schwangerschaft und ihren weiblichen Befürchtungen. Er war ihr gegenüber loyal und kaschierte seine Gereiztheit mit Besorgnis, aber sie kannte ihn nun schon zu lange, um sich hinters Licht führen zu lassen. Ein Krieg stand bevor, und das war Männersache.

Karl Ludwig schlenderte hinter ihnen durch den duftenden Garten, er ließ die Füße schlurfen und schmollte. Offensichtlich war nichts von der Aufregung seines Vaters auf ihn übergegangen. Elizabeth konnte hören, wie Craven mit ihm sprach. Ihre Stimmen waren zu leise, sie konnte die einzelnen Worte nicht verstehen, aber schon bald klang Karl Ludwig wieder lebhaft und munter. Seine Sprunghaftigkeit war nicht so leicht in den Griff zu bekommen, und sie bewunderte, wie es Craven gelungen war, ihn abzulenken.

Die Ritter des Rosenkreuzer-Ordens waren verschwunden, die Gartenanlagen menschenleer; ein Schachbrettmuster aus Mondlicht und Schatten. Friedrich sprach immer noch; über Gustav Adolfs Einnahme von Leipzig, über die Vernichtung seines verhassten Feindes, des spanischen Feldherrn Tilly, über die Visionen im Spiegel, über den sich erhebenden Löwen, die wieder erstarkenden Mauern von Heidelberg und ihre plötzlich so leuchtende Zukunft.

Elizabeth unterdrückte ihre Zweifel und folgte ihrem Gemahl in den Wassenaer Hof. Lichter hüllten sie ein und einen Augenblick lang herrschte Stille, dann schien Friedrichs Enthusiasmus die versammelten Höflinge anzustecken. Alle fingen an zu reden, sie lachten, gepackt von einer fieberhaften Aufregung, obwohl sie gar nicht wussten, was es eigentlich zu feiern gab. In diesem Moment kam die Kälte zurück, wie eine dunkle Flut, und Elizabeth begann so heftig zu zittern, dass sie sich an der hohen Rückenlehne eines Stuhls festhalten musste, um nicht das Gleichgewicht zu verlieren.

Friedrich hatte davon nichts mitbekommen. Er war viel zu sehr damit beschäftigt, sich einen Weg durch die Menge zu bahnen und Fragen zu beantworten. Es war Craven, der sie beobachtete; Craven, der ungeduldig ein paar ihrer Damen herbeiwinkte, damit sie ihr beistanden.

„Lord Craven." Elizabeth legte ihm die Hand auf den Arm, als auch er davoneilen wollte.

„Madam?"

Sie konnte seine Miene nicht deuten. „Ihr seid ein erfahrener Soldat", begann sie hastig zu sprechen. „Gebt acht auf meinen Gemahl. Sorgt für seine Sicherheit. Er weiß nicht, wie …" Sie verstummte, ehe sie sich und vor allem Friedrich verraten konnte, und schluckte die Worte herunter, die ihr auf der Zunge lagen.

Er weiß nicht, wie man kämpft.

„Majestät." Craven verneigte sich mit nach wie vor ausdrucksloser Miene.

„Ich danke Euch", sagte Elizabeth.

Er nahm ihre Hand und küsste sie. Es war die Geste eines Höflings, nicht die eines Soldaten. Seine Berührung war warm und sehr sicher. Dann ließ er ihre Hand los und verneigte sich erneut. Sie beobachtete, wie er durch die Menge davonging. Er sah sich nicht mehr um.

5. Kapitel

Wassenaer Hof, Den Haag, Februar 1632

Im Palast herrschte Chaos. Licht fiel aus den Fenstern auf die Pflastersteine, Fackeln brannten, Männer eilten umher und Frauen riefen durcheinander mit einem Anflug von Panik in der Stimme. Als William Craven durch den Torbogen in den Innenhof ritt, sprang Dr. Rumph, der Leibarzt der Königin, aus dem Schatten und griff nach seinem Zügel. Das Pferd scheute. Fluchend brachte Craven es wieder unter Kontrolle, und Rumph wich einen Schritt zurück. Sein langes Gesicht schien noch länger zu werden.

„Ich bitte um Verzeihung."

„Nicht so schlimm." Craven saß ab und gab die Zügel an einen Stallburschen weiter. Es war ein langer Ritt von Friedrichs Feldlager in Hanau gewesen; Craven hatte Briefe für die Königin dabei, aber am meisten sehnte er sich nach einer Mahlzeit und heißem Wasser. Rumphs beunruhigtem Gesichtsausdruck nach zu urteilen, war ihm aber wohl beides nicht vergönnt.

„Was kann ich für Euch tun, Doktor?"

„Wir haben die Königin verloren!"

Einen schrecklichen Augenblick lang dachte Craven, Rumph wollte damit sagen, dass die Königin gestorben war. Das wäre nicht sonderlich überraschend gekommen, denn der Winter war ungewöhnlich nass und mild gewesen. Alle möglichen Krankheiten waren ausgebrochen, und die Königin hatte mehrere Wochen mit Fieber im Bett gelegen. Doch dann verstand er, was der Doktor eigentlich gemeint hatte. Das Chaos, die herumlaufenden Männer, die allgemeine Verwirrung und Panikstimmung …

„Ihre Majestät ist verschwunden?"

„Das sagte ich doch!", erwiderte Rumph gereizt.

„Habt Ihr den Palast abgesucht?"

„Natürlich." Rumph ging neben ihm her, sein langer schwarzer Mantel schwang bei jedem Schritt mit. „Sie wurde zuletzt vor ein paar Stunden in ihrem Gemach gesehen. Ihre Damen sagen, sie wäre in melancholischer Stimmung gewesen. Wir hatten Angst …" Er zögerte. Niemand würde es aussprechen, aber sie befürchteten, dass die Königin vor lauter Sorge und Einsamkeit während der Abwesenheit ihres Gemahls die furchtbare Sünde begangen haben könnte, sich selbst das Leben zu nehmen.

„Unsinn", sagte Craven. Es war leicht, sich in einer so aufgeheizten Stimmung das Schlimmste vorzustellen. Gerüchte lösten Panik aus, die sich dann wie eine ansteckende Krankheit verbreitete. Er wusste jedoch, dass die Königin sich niemals ihrer Aufgabe entziehen würde.

Er hatte Den Haag vor sechs Wochen mit Friedrich verlassen, um sich mit dem schwedischen König Gustav Adolf in Höchst zu treffen, und sie waren nur langsam vorangekommen. In dieser Zeit hatte Craven mehrmals Briefe zwischen dem König und seiner Gemahlin hin- und hergebracht. Er hatte nicht lange dafür gebraucht, herauszufinden, wer von beiden das größere Herz, den schärferen Verstand und den ausgeprägteren Kampfesmut hatte. Friedrich würde immer ein schwankendes Rohr im Wind und Elizabeth immer die Stärkere sein.

„Habt Ihr schon in den Gärten gesucht?"

„Ja." Rumph wirkte beleidigt, etwas so Selbstverständliches gefragt zu werden.

„In den Stallungen? Den Wirtschaftsgebäuden?"

Rumphs Blick verriet deutlich, was er von der Vorstellung hielt, die Königin von Böhmen könnte sich in einem Wirtschaftsgebäude versteckt haben.

„Unser Herr hat auch Zuflucht in einem Stall gesucht", wandte Craven sanft ein und wurde mit einem weiteren aufgebrachten Blick bedacht.

„Ihr macht Euch über die Heilige Schrift lustig, Mylord?"

„Natürlich nicht", beteuerte Craven. „Was ist mit dem Wasserturm? Habt Ihr dort nachgesehen?"

Stille, ein Moment des Zögerns. Craven sah den Arzt an. Rumph wusste sehr wohl, was für Zeremonien im Wasserturm abgehalten wurden, und missbilligte das zutiefst. Vielleicht ist er aber auch abergläubisch, ängstlich, dachte Craven. Das kam bei Ärzten manchmal vor. Rumph würde der Gedanke nicht gefallen, dass die Königin sich mit okkultistischen Praktiken abgab. Im Grunde ging es Craven ganz genauso, wenn auch aus anderen Gründen. Er verurteilte die Anwendung von Magie.

„Der Turm ist verschlossen", erwiderte der Arzt.

„Aber die Königin besitzt doch sicher einen Schlüssel."

Schweigen.

„Dort haben wir nicht nachgesehen", gab der Arzt zu.

„Dann wollen wir keine Zeit mehr vergeuden."

Als sie am Turm angekommen waren, hatte sich hinter ihnen ein buntes Gefolge gebildet – Pagen mit Laternen; Hofdamen, die ihre Röcke rafften, damit sie auf dem Kiesweg nicht schmutzig wurden; Herren mit Jagdhunden. Craven stemmte die Hand gegen die Tür, und sie schwang mühelos auf. Er nahm einem der Bediensteten eine Fackel ab.

„Ich werde allein hinuntergehen."

Die Gesichter um ihn herum sahen ihn im Fackelschein an, begierig, sensationslüstern, boshaft. Craven empfand einen Anflug von Abscheu. Mochte Gott Ihre Majestät vor so viel makabrer Neugier schützen. Kein Wunder, dass sie die Einsamkeit suchte, schließlich war sie andauernd von solchen Leuten umgeben.

Rumph stellte sich ihm in den Weg. „Es würde sich nicht schicken, mit der Königin allein zu sein, Mylord."

„Verzeiht mir, Doktor, aber Seine Majestät, der König besteht darauf, dass kein Laie den Turm betreten darf, der die Geheimnisse des Ordens der Rosenkreuzer hütet." Cravens Stimme hatte einen stählernen Unterton bekommen. „Wünscht ihm jemand zu widersprechen?" Er ließ die Frage im Raum stehen.

Das reichte. Unruhe breitete sich in der Menge aus. Niemand wollte den Zorn der Ritter des Ordens auf sich ziehen. Nur Rumph wirkte noch unentschlossen.

„Ich muss darauf bestehen ..."

„Seid versichert, Sir", Craven legte ihm leicht die Hand auf den Arm, „ich werde Euch sofort rufen, sollte Ihre Majestät ärztlichen Beistand benötigen."

Er begann, die Steintreppe hinabzusteigen. Unten herrschte vollkommene Stille, und die Dunkelheit hüllte ihn ein wie ein Leichentuch. Die Luft war abgestanden und muffig, sie löste bei ihm Niesreiz aus. Er konnte die Staubschichten förmlich spüren, die sich auf seine Lungen legten. Das hier war kein gesunder Ort. Selbst wenn man nicht an die Nekromantie und ihre Geheimnisse glaubte, erschauerte man doch unwillkürlich vor Abscheu.

„Eure Majestät?" Seine Stimme hallte laut wider, doch da war nur die alles einhüllende Dunkelheit. Er war am Fuß der Treppe angekommen und öffnete vorsichtig die Tür zur Kammer mit der Quelle.

An diesem Abend standen keine in Schwarz und Gold gekleideten Ritter dort. Zuerst dachte Craven, der Raum wäre leer, und er empfand Erleichterung, gepaart mit Respekt vor Elizabeth, weil sie sich nicht zu solch dummem Aberglauben herabließ. Dann sah er den Fackelschein auf das stille Wasser der Quelle fallen, sah, wie der Schimmer schwarz-orange Reflexe zauberte, bevor er die Deckenkuppel und die hohen Steinsäulen streifte. Die Schatten lichteten sich und gaben den Blick frei auf eine kleine schlanke Gestalt, die an der Quelle kniete.

Cravens Herz setzte einen Schlag aus. „Eure Majestät!" Fast hätte er die Fackel fallen lassen in seiner Eile, zu ihr zu gelangen.

Sie antwortete und rührte sich nicht.

„Madam!" Er ließ sich neben ihr auf ein Knie fallen. Eigentlich hatte er sie nie für klein gehalten, doch in dieser Nacht wirkte sie geradezu ätherisch wie ein Geist in ihrem weißen Kleid, über das Wasser gebeugt, um ihre Magie anzuwenden.

Dann entdeckte er sie, die Perle, die auf einem Vorsprung unter der Wasseroberfläche lag. Er empfand ein plötzliches Gefühl großer innerlicher Kälte, als ob das Mark in seinen Knochen gefror. Er hatte keine Angst, er war zornig. Friedrich war schwach und brauchte die Magie des Wahrsagens als Stütze, er war davon abhängig. Elizabeth jedoch war stark, sie brauchte den Halt solcher Illusionen doch gar nicht.

Er nahm hastig die Perle aus dem Wasser und warf sie weg. Er hörte das leise Klicken, als sie von der Steinsäule abprallte, und fragte sich, ob sie wohl verloren gegangen war. Er hoffte es.

Elizabeth sprang auf und fuhr zu ihm herum. „Ihr vergesst Euch, Craven!"

Ihre Stimme klang wie ein Peitschenknall. Ihre Röcke waren durchnässt, Wasser schimmerte auf ihren bloßen Unterarmen. Sie sah selbst wie ein magisches Geschöpf aus, ganz Licht und Feuer, mit den Haaren, die ihr offen über die Schultern fielen. So hatte er sie noch nie gesehen, er hatte auch nie erwartet, sie jemals so zu sehen.

„Wer seid Ihr, dass Ihr es wagt, die Mysterien des Ordens der Rosenkreuzer zu stören?", fragte Elizabeth.

„Jemand, der nicht mit ansehen möchte, wie Ihr dem Aberglauben frönt", erwiderte Craven grimmig und ließ noch ein beiläufiges „Madam" folgen. Das klang verächtlicher, als er beabsichtigt hatte, und er sah, wie ihre Miene sich verhärtete. Einen Moment lang dachte er, sie würde ihn schlagen.

„Gebt acht, dass Ihr nicht über Eure eigene Selbstherrlichkeit stolpert!", fuhr Elizabeth ihn an. „Warum sollte mir *Eure* Meinung wichtig sein? Ihr besitzt keine Bildung. Ihr seid nichts weiter als ein Soldat. Ich brauche Eure Erlaubnis oder Billigung nicht für das, was ich tue."

„Jede Meinung ist wichtig, wenn ein Königreich auf dem Spiel steht", gab Craven zurück. „Soll die Welt etwa glauben, Ihr wendet Magie an wie eine Hexe, weil Ihr nicht daran glaubt, Euer Land auf andere Weise zurückzubekommen?"

Er richtete sich auf. Aus dem Augenwinkel nahm er ein irisierendes Schimmern wahr; die Perle leuchtete spöttisch in einer Ecke der Kammer. Elizabeth wollte sich auf sie stürzen, aber Craven war schneller, hob sie auf und hielt sie außerhalb Elizabeths Reichweite. Sobald er das Schmuckstück berührte, schien alles Leuchten aus ihr herauszusickern. Sie nahm eine stumpfe graue Farbe an, eine böswillige Aura ging von ihr aus. Sie war ein hässliches Spielzeug, eine Schimäre. Er verabscheute sie.

Craven hob den Kopf und sah nun wieder Elizabeth an. „Wenn Ihr die Magie der Perle anruft, wird man Euch für schwach halten", sagte er sanft. „Man wird Euch als Werkzeug in den Händen von Zauberern abtun. Oder man wird versuchen, Euch wegen Hexerei zu verbrennen."

Ihre Augen weiteten sich vor Entsetzen. Er hatte bewusst schonungslos gesprochen, weil er wollte, dass sie ihn verstand. Dem Heiligen Römischen Kaiser und seinen Verbündeten würde jedes Mittel recht sein, um sie in Verruf zu bringen. Sie brachte sich selbst in Gefahr, und plötzlich hatte er Angst um sie.

Er spürte die Spannung zwischen ihnen, dann seufzte Elizabeth und ließ die Schultern hängen. Sie sah auf einmal so jung und verwundbar aus, geradezu zerbrechlich in ihrem weißen Gewand. Der Fackelschein fiel flackernd auf ihr Gesicht, auf die hohen Wangenknochen und den schön geschwungenen Mund. Ihre blauen Augen wirkten verhangen und dunkel. In diesem Moment begriff Craven, warum hartgesottene Soldaten und romantische Schwärmer gleichermaßen ihr Leben in ihren Dienst stellten. Sie war sowohl schön als auch tapfer.

Craven erinnerte sich, dass Ralph Hopton ihm einmal erzählt hatte, wie er mit der schwangeren Königin vor sich im Sattel geritten war, während des Rückzugs von Prag nach der Schlacht am Weißen Berg. Meile um Meile hatten sie zurückgelegt, ohne dass ihr eine Klage über die Lippen kam, während ihr Gemahl bittere Tränen wegen des Verlusts seines Königreichs vergossen hatte. So viel Mut brachte ihr den Respekt und die Liebe ihrer Männer ein.

„Versteht Ihr denn nicht … dass ich Gewissheit brauche?" Er hörte den flehenden Unterton aus ihren trotzig gesprochenen Worten heraus. „Ich muss wissen, ob Friedrich siegen wird", sagte sie. „Ich muss wissen, ob unser Land wieder aufgebaut wird, oder ob …" Sie sprach den Satz nicht zu Ende, ehe sie zu viel von sich preisgab.

„Ihr werdet keine Wahrheit in der Magie finden, sondern nur Lug und Trug." Vor lauter Ungeduld wurde er schroff. Friedrich würde nicht siegen, das wusste er, dafür brauchte Craven keine Wahrsagerei. Am liebsten wäre er schonungslos ehrlich zu ihr gewesen. *Ihr Gemahl ist kein Soldat, seinetwegen werden Männer sterben.* Doch das war unnötig grausam; außerdem beginge er einen unverzeihlichen Verrat, wenn er sie in ihrem mangelnden Glauben an ihren Gemahl bestätigte. Er hatte sich entschieden, wem gegenüber er loyal sein wollte. Er hatte Friedrich die Treue geschworen, und an diesem Schwur wollte er festhalten, bis er davon entbunden wurde.

„Friedrich hat den Spiegel mitgenommen." Sie sprach so leise, dass Craven näher treten musste, um ihre Worte verstehen zu können. Eine Falte ihres Kleides streifte sein Bein, und einen Moment lang nahm er den Duft des Orangenblütenparfums wahr, das sie benutzte. Beinahe schüchtern sah sie ihn an. „Wir haben uns geeinigt; er nimmt den Spiegel mit, ich behalte die Perle. Zwei Hälften eines Ganzen." Ihre Stimme wurde noch leiser. „Getrennt voneinander wirken sie nicht so gut. Die Perle wollte heute Nacht nichts offenbaren ohne ihr Gegenstück."

Craven wusste, dass der Winterkönig den Spiegel bei sich hatte. Es verging kaum ein Tag, an dem er nicht hineinsah, um etwas über sein Glück in der Zukunft zu erfahren. Es war erbärmlich. Craven ballte die Fäuste, und dabei merkte er, dass er die Perle immer noch in der Hand hielt. Nur mühsam widerstand er dem Bedürfnis, sie in den Brunnen zu werfen, damit sie für immer verschwand.

Von oben waren jetzt Geräusche zu hören, Schritte wurden laut auf der Treppe, Fackeln flammten auf. Rumph war offensichtlich zu dem Schluss gekommen, dass Craven nun schon lange genug weg gewesen war, und wollte wohl nachsehen, was los war.

„Sie suchen mich." Er sah, wie Elizabeth sich straffte. Sie griff nach ihrem schwarzen Umhang, um das weiße Kleid in Dunkelheit zu hüllen. Ihr Tonfall hatte sich verändert. Craven gegenüber hatte sie ihre Schwäche gezeigt, nun war sie wieder eine Königin. Ihr Blick ruhte ganz förmlich auf ihm. „Ich habe Euch gar nicht gefragt, warum Ihr hier seid, Lord Craven. Ich nehme an, Ihr kommt aus Hanau mit Briefen von meinem Gemahl?"

„So ist es." Er war wieder in seine Schranken zurückverwiesen worden, ein Bote, weiter nichts.

„Dann überreicht sie mir in einer Stunde im Großen Saal." Sie streckte die Hand nach der Perle aus.

Craven betrachtete das Schmuckstück noch einmal, ganz instinktiv senke er den Blick darauf. Er rechnete damit, nichts weiter zu sehen als eine große, dicke Perle, die eigentlich weggeschlossen gehörte oder auf das hätte reduziert werden müssen, was sie im Grunde war, ein unbedeutender Bestandteil einer königlichen Juwelensammlung. Und doch, in dem Moment, als er sie anstarrte, verwandelte sie sich. Sie fing an zu leuchten und strahlte ein sanftes Licht aus, das warm hätte wirken sollen, stattdessen aber kalt war wie die winterliche

89

See. Nebelschwaden waberten unter ihrer Oberfläche, wie Wolken, die sich vor den Mond schoben, und dann *sah* er.

Ein Schlafgemach, in das der Tod eingetreten war; das königliche Löwenbanner hing schlaff und still am Mast. Er konnte die Hitze im Raum spüren und den Gestank des Siechtums wahrnehmen. Er hörte die Stimmen der anderen Anwesenden, das Murmeln eines Priesters …

„Craven?" Elizabeths Stimme rief ihn zurück.

Er erschauerte, kalter Schweiß bildete sich auf seiner Stirn. Die Perle glühte in seiner Hand. Er übergab sie Elizabeth.

„Was habt Ihr gesehen?", fragte sie. Ihre und seine Finger berührten sich, als sie ihm die Perle abnahm.

„Ich habe nichts gesehen", log Craven. „Überhaupt nichts."

6. Kapitel

Als Holly an jenem Abend zum Ashmolean Museum kam, sah sie gleich am Eingang die riesigen Plakate. Sie kündigten die bevorstehende Ausstellung von Kunstgegenständen vom Hof von Elizabeth Stuart, der Winterkönigin, an. Laut den Plakaten handelte es sich um die außergewöhnliche Präsentation einer herausragenden Sammlung von erlesensten Gläsern, Porzellan und Portraits aus dem siebzehnten Jahrhundert.

Der diensthabende Museumsangestellte an der Tür wollte Holly erst nicht einlassen, bis sie ihm ihren Namen nannte und sagte, sie hätte einen Termin mit Mr. Shurmer. Sofort gab er den Weg mit einer Verneigung frei und führte sie in den zweiten Stock. Die Tür zum Vortragsraum stand weit offen; Holly konnte übriggebliebene Kanapees und leere Weingläser sehen. Die Gäste plauderten jedoch noch, und der Geräuschpegel war ziemlich hoch.

Sie hatte keine Lust hineinzugehen, Konversation zu betreiben und Espen Shurmer in der Menge zu suchen. Also drehte sie sich um, lief in die entgegengesetzte Richtung und erschrak fast über die plötzliche Stille. Das Stimmengewirr verblasste, hier gab es nichts mehr als ihre eigenen leisen Schritte. Durch die hohen Fenster am Ende des Flurs waren die Dächer, Giebel und Türme von Oxford zu sehen und die vielen glitzernden Lichter der Stadt.

Holly liebte Oxford. Hier war sie aufgewachsen; sie liebte die prickelnde Aufregung, die in der Luft hing, das gleiche

Gefühl, das sie immer verspürte, wenn sie in London war. Oxford wirkte wie eine Stadt der unbegrenzten Möglichkeiten, gleichzeitig war es tief durchdrungen von seiner Geschichte. In dieser Nacht jedoch fühlte es sich irgendwie einsam an, und die strahlend weißen, unverstellten Wände des Museums verstärkten diesen Eindruck nur noch.

Am Ende des Flurs versperrte jetzt ein dickes rotes Seil den Zugang zur Ausstellung. Holly war schon auf ähnlichen Veranstaltungen in London gewesen und wusste, dass die Gäste früher am Abend hier herumgeschlendert waren und professionelle Meinungen über die Seltenheit und Erlesenheit der Sammlung ausgetauscht hatten. Jetzt war der Ausstellungsraum menschenleer, und Holly konnte das Schimmern von Gläsern in den Vitrinen sehen. Es lockte sie an, verboten, führte sie in Versuchung. Sie schob sich an der Absperrung vorbei und ging hinein. Die Portraits und die anderen Ausstellungsstücke ignorierte sie und konzentrierte sich ganz auf die gravierten Gläser.

Wie immer, wenn sie mit so atemberaubender Kunstfertigkeit konfrontiert wurde, beschleunigte sich ihr Herzschlag. Das war die lange Tradition, in der sie auch arbeitete. Seit sie angefangen hatte, ornamentale Kunst zu studieren, hatte sie unbedingt Glasgraveurin werden wollen. Hier stand sie nun vor Meisterwerken ihres Kunsthandwerks. Es gab schlanke Weinflöten im venezianischen Stil und bauchige Kelche, in die Szenen holländischen Alltagslebens eingraviert waren. Es gab Gläser, die aussahen wie auf den Kopf gestellte Glocken mit spiralförmig gedrehten Stielen, und ausladende Schalen mit Blumenornamenten.

Ein bis zur Decke reichendes Gemälde der Winterkönigin nahm fast die ganze gegenüberliegende Wand ein, und als Holly es sah, regten sich Erinnerungen in ihr. Ihr Großvater hatte ihr als Kind die Geschichten von Elizabeth Stuart erzählt. Elizabeth war eine gebürtige schottische Prinzessin gewesen, und Holly, die aus dem Norden Englands stammte, fühlte eine besondere Verbundenheit mit diesem Kind, das seine Wurzeln zurückgelassen und so weit fortgegangen war von zu Hause. Der Beiname Winterkönigin hatte ihre kindliche Fantasie angeregt; sie hatte sich vorgestellt, dass Elizabeth aus Eiszapfen bestand, kalt wie Schnee, ähnlich wie die Weiße Hexe aus den *Chroniken von Narnia*. Aber diese Geschichten hatten sich verzaubert angefühlt, unwirklich. Hier dagegen wurde Elizabeths Leben durch Gegenstände erzählt, die sie angefasst und in der Hand gehalten hatte.

Langsam schlenderte Holly nun an den Vitrinen vorbei und betrachtete die Ausstellungsstücke, die sie vorhin nicht beachtet hatte, weil sie von der Schönheit der Gläser so überwältigt gewesen war. Da waren Briefe von Elizabeth an ihren Mann, Friedrich von Böhmen; ein Astrolabium, das die Himmelskugel zeigte, mit der Erde in ihrem Zentrum; eine gravierte goldene Gedenkmünze anlässlich der Hochzeit des Paares und ein Emailledolch, der mit Diamanten besetzt war.

Auf einem Kissen aus blauem Samt lagen zwei Miniaturen, eine von Friedrich, die andere von Elizabeth. Als Holly sich tiefer darüberbeugte, sah sie, dass die kleinen Portraits 1612 gemalt worden waren, unmittelbar vor der Hochzeit.

„Miss Ansell? Wie geht es Ihnen? Ich bin Espen Shurmer."

Holly zuckte zusammen. Für eine Weile hatte sie ganz vergessen, dass sie eigentlich ins Ashmolean Museum gekommen war, um sich mit Espen Shurmer zu treffen und mit ihm über Ben zu reden.

Shurmer stand an der anderen Seite der Vitrine; seine Hände steckten in den Taschen seines gut geschnittenen Anzugs. Er lächelte mit wohlwollender Belustigung über ihre Verwirrung, trat einen Schritt nach vorn und reichte ihr die Hand. „Lässt Ihre Anwesenheit hier darauf schließen, dass Dr. Ansell noch nicht wieder zurückgekehrt ist?", fragte er. Sein Englisch war fast akzentfrei.

„Mr. Shurmer." Holly war äußerst verlegen. Sie fühlte sich ertappt und konnte sich gerade noch zurückhalten, ihre Handflächen am Kleid abzuwischen, ehe sie sich die Hand gaben. „Ja, Ben wird leider immer noch vermisst."

„Das tut mir leid", erwiderte Shurmer ernst. „Bestimmt ist das eine schwierige Situation für Sie."

„Danke. Ja, es ist wirklich ein bisschen schwierig." Sie dachte an ihre Großeltern und deren Gefasstheit angesichts der Tatsache, dass es nach wie vor keine Neuigkeiten gab. Als sie früher am Nachmittag bei ihnen eingetroffen war, hatte ihre Großmutter sie lange Zeit fest an sich gedrückt, als hätte sie Angst, Holly könnte auch verschwinden. Ihr Großvater hatte berichtet, er hätte mit der Polizei gesprochen und versucht, sie dazu zu bewegen, jetzt offiziell zu ermitteln, nachdem Ben nun schon seit über achtundvierzig Stunden ohne ein Wort verschwunden war. „Es tut mir leid, dass ich mich bei meiner Ankunft hier nicht gleich bei Ihnen gemeldet habe, Mr. Shurmer", sagte Holly. „Ich …" Sie zögerte. „Ich wollte unbedingt die Ausstellung sehen."

„Natürlich." Shurmer lächelte. „Aber gern doch."

Seine Augen waren leuchtend blau, die Falten in seinem Gesicht zeugten von Humor und Erfahrung. Es war unmöglich, sein Alter zu schätzen, obwohl Holly annahm, er müsste Ende sechzig sein, vielleicht sogar noch älter. Sein Englisch klang etwas steif und altmodisch, aber das trug nur noch zu seinem Charme bei.

„Warum sollten Sie sie auch nicht sehen wollen?", fragte er. „All diese Gegenstände sind so wunderschön."

„Ja." Holly zögerte erneut. „Ich bin Glasgraveurin, wissen Sie, und diese hier...", sie zeigte auf die Vitrinen, „nun, etwas so Faszinierendes habe ich noch nie gesehen." Unbewusst hatte sie die Hand auf die Scheibe der am nächsten stehenden Vitrine gelegt, als wolle sie das Glas dahinter berühren. Es war ein rosafarbener Kelch mit einer eingearbeiteten Jagdszene in Blattgold. Sie wusste, dass so etwas ein Zwischengoldglas genannt wurde und so kostbar und teuer war, dass es wahrscheinlich ein Geschenk gewesen und niemals benutzt worden war.

Sie sah, wie sich Shurmers Augen vor Überraschung weiteten. „Glasgraveurin", wiederholte er langsam. „Ich verstehe."

„Es ist herrlich, das Glas im Kontext mit anderen Gegenständen von Elizabeths und Friedrichs Hof sehen zu können", sagte Holly. „Schon für sich allein ist es sehr erlesen, aber zusammen mit den anderen Dingen gewinnt es so viel mehr an Bedeutung. Ich sehe es fast vor mir, wie ich den Wassenaer Hof betrete und feststelle, dass die Tafel für ein Bankett gedeckt ist ..." Sie verstummte, weil sie fand, sie hörte sich unglaublich naiv an, aber Shurmers kluge blaue Augen betrachteten sie voller Interesse.

„Sie wissen also über den Wassenaer Hof Bescheid? Über Elizabeths und Friedrichs Hof im Exil?"

„Ein wenig", erwiderte Holly. „Ich war schon einmal in Den Haag, aber den Hof gibt es natürlich nicht mehr. Und was Elizabeth und Friedrich betrifft, so hat mir mein Großvater viel von ihnen erzählt, als ich noch ein Kind war. Er war ein wunderbarer Geschichtenerzähler."

„Die Winterkönigin ist in diesem Land nicht sonderlich

bekannt, obwohl sie die Tochter von König James I. gewesen ist", sagte Shurmer.

„Man nannte sie die Perle Britanniens." Holly betrachtete Elizabeths Portrait. „Sie sieht unbeschreiblich hübsch aus – und jung." Ein ungewöhnliches Portrait, dachte sie. Elizabeths rotbraunes Haar fiel ihr offen über die Schultern, anstatt kunstvoll hochgesteckt zu sein, und betonte das orange-schwarz gestreifte Kleid, das sie trug. Sie war eine echte schottische Rose mit cremeweißer Haut und blassblauen Augen.

„Friedrich aber auch." Holly glaubte, ihn leise seufzen zu hören. „So jung und voller Eifer. Gut, dass sie damals noch nicht wussten, was auf sie zukommen würde – Verrat, Verlust, Exil."

Der Winterkönig sah fast noch aus wie ein Junge, hübsch und glatt rasiert. Seine Augen leuchteten, sein dunkles Haar war gelockt. Holly konnte verstehen, warum er und Elizabeth sich offenbar auf den ersten Blick ineinander verliebt hatten. Das gute Aussehen beider, ihre Hoffnungen und ihre Erwartungen – einer musste sich im anderen widergespiegelt haben. Bestimmt war ihnen das Leben am Anfang himmlisch vorgekommen.

Doch dann fiel Holly ein, dass Elizabeth nur wenige Monate vor ihrer Hochzeit mit Friedrich einen ihrer Brüder verloren hatte. Selbst da hatte es schon dunkle Wolken gegeben. Unwillkürlich schlang Holly die Arme um sich, um das Gefühl der Dunkelheit abzuwehren. „Es tut mir leid. Sie haben mich bestimmt nicht hierher eingeladen, um mit mir darüber zu reden", sagte sie.

Shurmer lächelte. „Ganz im Gegenteil, Miss Ansell. Um zu verstehen, was Ihr Bruder von mir wollte, müssen Sie unbedingt die Geschichte der Winterkönigin kennen. Wie es aussieht, ist das aber bereits der Fall." Er sah sie eindringlich an, als wollte er abschätzen, wie viel sie wusste. „Hat Dr. Ansell Ihnen schon von seinen Nachforschungen erzählt?", fragte er.

„Nein, leider nicht."

„Warum haben Sie dennoch beschlossen zu kommen?"

Holly antwortete nicht sofort, und Shurmer drängte sie nicht. Er strahlte eine Geduld und Ruhe aus, die sie ganz ungewöhnlich fand. Es war, als wäre er stets bereit, so lange wie nötig auf das zu warten, was er haben wollte. „Ich bin mir nicht sicher", antwortete sie nach einer Weile ehrlich. „Ich glaube, ich bin gekommen, weil ich dachte, Ihre Einladung könnte vielleicht mit Bens Verschwinden zu tun haben oder mir zumindest helfen herauszufinden, was mit ihm geschehen ist."

Shurmer nickte langsam. „Es ist sehr wichtig für Sie, ihn zu finden."

„Sehr."

Sie schwiegen beide. Holly wartete darauf, dass Shurmer irgendetwas Beruhigendes sagte. Fast jeder, dem sie in den letzten achtundvierzig Stunden begegnet war, hatte beteuert, Ben würde ganz sicher bald wieder auftauchen. Sie wusste, dass ihr das helfen und Mut machen sollte, auch wenn es nicht funktionierte. Aber Espen Shurmer sagte nichts dergleichen.

„Als wir miteinander gesprochen haben, erwähnten Sie eine Perle von großem Wert", sagte sie. „Ich muss zugeben, das hat mich überrascht, denn das hört sich so gar nicht nach Ben an. Er interessiert sich nicht für alten Schmuck und auch nicht für Geschichte, um ganz ehrlich zu sein. Er ist zu …"

97

Sie zögerte. „Er ist eher ein Mann der Gegenwart, nicht der Vergangenheit."

„Tatsächlich?" Espen Shurmer runzelte die Stirn. „Und trotzdem hat er Nachforschungen über die Geschichte Ihrer Familie angestellt?"

„Davon habe ich auch erst vor Kurzem erfahren", erwiderte Holly. „Es kam mir absurd vor – völlig untypisch für ihn." Sie sah ihn an. „Ich bin erstaunt, dass er auch Ihnen davon erzählt hat. Hatte es etwas mit seinen Fragen nach dieser Perle zu tun?"

Ein unbestimmbarer Ausdruck flackerte in seinem Blick auf. „Vielleicht." Sein Tonfall war vollkommen unverbindlich. „Ich weiß es nicht. Ich weiß nur, Dr. Ansell wollte, dass ich ihm alles über die Sistrin sage, was ich weiß."

„Die Sistrin." Als sie das Wort aussprach, regte sich ganz schwach etwas in ihrem Innern, wie ein Echo, als hätte sie dieses Wort schon einmal gehört. „Das ist der Name der Perle", sagte sie leise.

„Ja", bestätigte Shurmer. „Doch ehe ich Ihnen von ihr erzähle, Miss Ansell, müssen wir etwas ausholen." Er bedeutete ihr, sich neben ihn auf eine der breiten Lederbänke des Museums zu setzen. „Ich hoffe, Sie tun einem alten Mann den Gefallen."

Es klang ein bisschen nach einem königlichen Erlass. Holly setzte sich.

Espen Shurmer zeigte auf die Vitrine unmittelbar in ihrer Nähe. „Sehen Sie den Kristallspiegel dort? Was halten Sie von ihm?"

Holly folgte seinem Blick. In derselben Vitrine, in der der rosafarbene Kelch stand, befand sich noch eine ganze Reihe anderer Objekte, die sie aber wegen des herrlichen

Glases gar nicht bemerkt hatte. Jetzt sah sie sie – einen Siegelring, ein Collier aus in dunkel angelaufenem Gold gefassten Saphiren und einen kleinen Spiegel mit einem Holzrahmen, der mit Diamanten besetzt war. Er war geformt wie ein Tropfen und hatte einen abgenutzten Griff. Er war wunderschön, ein Meisterwerk, wirkte aber fast zu zerbrechlich, um ihn in die Hand nehmen zu können. Das Spiegelglas schimmerte bläulich, leicht milchig. Trotzdem ging von ihm etwas aus, das Holly nicht gefiel. „Ein äußerst faszinierendes Stück", sagte sie vorsichtig.

„Er ist aus böhmischem Kristall", erklärte Shurmer, „und war ein Geschenk für die schottische Königin Mary Stuart, als sie François II. von Frankreich heiratete. Hübsch, nicht wahr?"

Das ist ziemlich untertrieben, dachte Holly. Der Spiegel war herrlich, trotzdem strahlte er etwas Bösartiges aus. Sie wollte nicht in ihn hineinsehen, obwohl sie gar nicht sicher war, was genau ihr daran Angst machte. „Mary war Elizabeths Großmutter, nicht wahr?", fragte sie. „Hat sie ihn ihr vermacht?"

Die Fältchen um Shurmers Augen vertieften sich, als er lächelte. „Wie man es nimmt. Er wurde von Elizabeth I. von England gestohlen, nachdem sie Mary hatte hinrichten lassen. Später gab Elizabeth ihn zurück an Schottland als Taufgeschenk für Elizabeth Stuart, die ihre Patentochter war. Es war allerdings ein mit einem Fluch behaftetes Geschenk."

„Mit einem Fluch?" Holly glaubte nicht an übernatürliche Phänomene. Sie hatte noch nie Dinge gemocht, die sie nicht erklären konnte – Geister, das Ungeheuer von Loch Ness, selbst den Placeboeffekt. Trotzdem bekam sie eine Gänsehaut.

„Der Spiegel wurde zu einem Werkzeug für Nekromantie",

sagte Shurmer. „Wahrsagen, Geisterbeschwörung", fügte er hinzu, als er Hollys fragenden Blick sah. „Nachdem Friedrich seinen Thron verloren hatte, war er geradezu besessen von dem Wunsch, herauszufinden, ob er sein Königreich zurückbekommen würde. Er war Mitglied des Ordens der Rosenkreuzer. Man sagte den Ordensrittern nach, sie hätten die Macht, die Zukunft vorherzusagen, und sie benutzten den Spiegel für ihre Magie."

„Ich erinnere mich, vor Jahren schon einmal etwas über die Rosenkreuzer gelesen zu haben", sagte Holly. „Manche Menschen hielten sie eher für Heiler als für Zauberer. Andere wiederum nannten sie Scharlatane, die mit dem Teufel im Bunde stünden."

„Sehr gut, Miss Ansell." Shurmer nickte anerkennend. „Die Rosenkreuzer hatten viele Befürworter und viele Gegner." Als sie lächelte, fügte er hinzu: „Verzeihen Sie mir. Ich höre mich an wie ein Schullehrer, ich weiß, aber man trifft so selten jemanden, der von dem Orden der Rosenkreuzer gehört hat." Er seufzte. „Der Legende nach benutzten die Ritter eine ganze Reihe von Gegenständen beim Wahrsagen, doch der Spiegel war der wichtigste, denn er hatte die Macht, die Zukunft zu zeigen. Er ist durch Feuer entstanden, wissen Sie, und es hieß, aus dem Feuer sei er gekommen, und ins Feuer würde er seine Feinde führen."

Holly erschauerte unwillkürlich. Sie hatte keine Lust, jetzt direkt in diesen Spiegel zu sehen, aber paradoxerweise schien es fast, als wolle er sie genau dazu zwingen. Bewusst setzte sie sich so hin, dass sie ihm den Rücken zukehrte.

„Angeblich soll der Spiegel verantwortlich für den Tod von Henry, Lord Darnley, gewesen sein, der bei einer Explosion im Feuer umkam", fuhr Shurmer fort. „Es ging auch das Gerücht, er hätte den *Gunpowder Plot* vorausgesagt. Genau am Tag von Prinzessin Elizabeths Taufe hatte ihr Kindermädchen eine Vision im Spiegel, sie sah Feuer und Flammen – und das Kind auf dem englischen Thron."

„Ich weiß, dass die Verschwörer geplant hatten, Prinzessin Elizabeth als Marionettenkönigin auf den Thron zu bringen", sagte Holly, „aber da der *Gunpowder Plot* erfolglos blieb, kann man eigentlich nicht sagen, der Spiegel hätte die Zukunft vorausgesagt."

Shurmers Augen funkelten belustigt. „Wie ich sehe, sind Sie ein sehr logisch denkender Mensch, Miss Ansell."

„Ich versuche, es zu sein."

Sein Lächeln wurde breiter. „Dann werden Sie wohl nicht eine Sekunde lang die Geschichten über die Ordensritter und ihre Wahrsagerei glauben, und auch nicht, dass es einen Spiegel gibt, der seine Feinde durch Feuer vernichten kann."

„Es ist auf jeden Fall eine großartige Geschichte", erwiderte Holly. „Wie sind Sie in den Besitz des Spiegels gekommen?"

„Das war ein glücklicher Zufall." Im blendend weißen Licht der Schaukästen sah er plötzlich gebrechlich aus; die Haut spannte zu straff über seinen Wangenknochen, und sein Blick wirkte müde. „Viele Jahre lang war der Spiegel verschwunden", erzählte er weiter. „Man glaubte, man hätte ihn zusammen mit Friedrich begraben, doch Friedrichs Grab ging im Dreißigjährigen Krieg verloren. Und dann tauchte der Spiegel wie durch ein Wunder im späten zwanzigsten Jahrhundert wieder auf – mitten auf einem Flohmarkt in Corby in Northamptonshire."

Holly hätte sich beinahe verschluckt. „Verzeihen Sie mir, aber Sie kommen mir eigentlich nicht wie ein Mann vor, der seine Zeit auf Flohmärkten verbringt."

101

Shurmer lachte. „Ich hätte vorweg sagen müssen, dass man mich darauf aufmerksam gemacht hatte, ein sehr alter und sehr schöner Spiegel stehe zum Verkauf. Ein … Kollege von mir kaufte ihn und erzählte mir davon. Er wusste, dass ich mich für Kunstgegenstände aus dem siebzehnten Jahrhundert interessiere, besonders für die vom böhmischen Königshof."

„Ich nehme an, einen Herkunftsnachweis gab es nicht?"

Shurmer schüttelte den Kopf. „Natürlich nicht. Doch er entspricht genau den bekannten Beschreibungen und Abbildungen des Spiegels aus böhmischem Kristall."

„Haben Sie eine Expertise erstellen lassen?", fragte Holly. Es wäre das Naheliegendste gewesen, ein paar Experten hinzuzuziehen, den Spiegel begutachten und sich dann das Alter und die Herkunft bestätigen zu lassen. Und doch schüttelte Espen Shurmer wieder den Kopf, und sie spürte, sein Glaube an den Spiegel und dessen Mythos war so stark, dass er entweder von dessen Echtheit überzeugt war, ohne einen Beweis dafür zu benötigen, oder er wollte sie nicht zu sehr infrage stellen, um die Legende nicht zu zerstören.

Natürlich konnte er recht haben. Vielleicht war das in der Tat derselbe Spiegel, den der Winterkönig benutzt hatte, um in die Zukunft zu sehen. Holly warf einen flüchtigen Blick darauf, und erneut verspürte sie diese beunruhigende Anziehungskraft. Ein Windhauch schien durch die stille Galerie zu wehen, die Lichter glitzerten heller, und der Spiegel schimmerte in seiner Vitrine, als wäre er ein lebendiges Wesen. Holly erschauerte und schloss die Augen. Als sie sie wieder öffnete, war die Galerie genauso, wie sie vorher gewesen war; voller Licht und klarer moderner Linien. Sie sah völlig normal aus, war einfach nur ein leerer Raum mit alten Gegenständen in großen Vitrinen.

„Das bringt uns nun zur Sistrin-Perle", sagte Shurmer, „denn der Spiegel war nicht das einzige Geschenk, das Elizabeth von ihrer Großmutter bekam. Zu dem Spiegel gehörte ein Juwel von erlesener Schönheit und großem Wert." Er zeigte hinüber zu der Vitrine mit der Miniatur von der jungen Elizabeth.

Holly sah, dass sie eine Kette trug mit einer besonders großen Perle in der Mitte als Anhänger. Die Schlichtheit der Kette und der Schimmer der Perle passten zu der Unschuld, die dieses Bild ausstrahlte. Seltsamerweise hatte die Perle die gleiche Form wie der Spiegel, birnenförmig, nein, eher wie ein Tropfen, eine Träne.

„Auch der Sistrin-Perle sagte man große magische Kräfte nach." Shurmer sah ebenfalls zu dem Schmuckstück, das an Elizabeths Hals schimmerte. „Eigentlich sollte sie ein Glücksbringer sein, aber genau wie der Spiegel besaß sie die Macht zu zerstören, wenn sie missbraucht wurde."

„Um alte Perlen ranken sich doch immer irgendwelche Legenden, nicht wahr?", erwiderte Holly. „Ich meine, meist haben sie Piraten gehört, oder es lastet ein Fluch auf ihnen. Es war nun mal ein sehr abergläubisches Zeitalter."

„Das stimmt." Shurmer nickte. „Die Rosenkreuzer glaubten ganz sicher an die Legenden und benutzten die Perle und den Spiegel zusammen bei ihrer Nekromantie. Sie setzten ihre Magie ein, um ein sogenanntes Brennendes Wasser zu erschaffen, ein Medium, durch das man die Zukunft nicht nur sehen, sondern auch verändern konnte."

„Das hört sich für mich ziemlich gefährlich an. Wenn man an solche Dinge glaubt, dann ..." Sie zögerte. „Nun, dann lässt man sich mit Kräften ein, die man nicht kontrollieren kann, nicht wahr?"

„Ja." Shurmers Stimme hatte einen merkwürdigen Unterton. „So ist es, in der Tat."

„War es das, was Ben wissen wollte?", fragte Holly. „Die Legende der Sistrin-Perle?"

Shurmer schüttelte den Kopf. „Dr. Ansell kannte die Geschichte der Perle bereits", antwortete er. „Nein ..." Er sah ihr in die Augen, und Holly verspürte so etwas wie einen leichten Stromschlag. „Ihr Bruder wollte herausfinden, was aus der Perle geworden war, nachdem sie sich nicht mehr im Besitz der Winterkönigin befunden hatte."

Holly wurde immer verwirrter. „Warum um alles in der Welt möchte er das wissen?"

„Ich habe keine Ahnung", erwiderte er ruhig. „Er wollte es mir nicht sagen. Deshalb wollte ich mich mit ihm treffen; ich dachte, er hätte sie vielleicht gefunden."

„*Gefunden?*" Das Ganze wurde für Holly immer rätselhafter. „Es tut mir leid, Mr. Shurmer, ich verstehe nicht ganz ..."

„Nach dem Tod der Winterkönigin verschwand die Perle", erklärte Shurmer, „aber im Gegensatz zu dem Spiegel ist sie nie wieder aufgetaucht. Wir wissen nicht, was mit ihr geschehen ist. Sie ist verschwunden." Er machte eine leichte Handbewegung, und die teure goldene Armbanduhr, die er trug, blinkte im Licht. „Sie ist der Heilige Gral aller Sammler, Miss Ansell. Jeder will die Sistrin-Perle finden. Ich selbst suche sie nun schon seit vierzig Jahren."

In der Galerie herrschte Stille; Holly konnte nur das leise Summen der Klimaanlagen hören. Sie war sich deutlich bewusst, dass Espen Shurmer sie ganz genau beobachtete und jede Regung auf ihrem Gesicht zu prüfen schien. Sie war sich nicht sicher, welche Emotionen man ihr ansehen konnte. Es war überraschend genug gewesen, herauszufinden, dass Ben in irgendeiner Weise Ahnenforschung betrieben hatte. Jetzt zu erfahren, dass er Nachforschungen über eine seit langem verschollene Perle angestellt hatte, war unfassbar. Holly hatte das Gefühl, als müsste ein Zusammenhang zwischen beidem bestehen, aber sie konnte sich nicht vorstellen, was für einer. Die Geschichte vom Spiegel und der Perle war doch sicher nichts weiter als Aberglaube, eine Legende.

„Sie sollen wissen", sagte Shurmer, und Holly merkte, dass er sehr bedacht auf seine Wortwahl war, „dass ich Erkundigungen über seinen Hintergrund und seine Vergangenheit eingeholt habe, nachdem Dr. Ansell mich kontaktiert hat." Er breitete die Hände in einer Geste aus, die um Entschuldigung bat. „Verzeihen Sie mir, aber ich bin ein reicher Mann, und manchmal versuchen Kriminelle, sich Zugang zu meiner Sammlung zu verschaffen. Natürlich habe ich sehr schnell gemerkt, dass Ihr Bruder nicht zu solchen Menschen gehört." Sein Lächeln war entwaffnend. „Gleichzeitig konnte ich jedoch keine Verbindung zwischen Ihrer Familie und der Winterkönigin entdecken, die den Schluss nahegelegt hätte, dass sich die Sistrin vielleicht im Besitz Ihres Bruders befinden könnte."

„Haben Sie ihn danach gefragt?", wollte Holly wissen. „Ob er die Perle hat, meine ich?"

„Ja", erwiderte er nachdenklich. „Er war ... er wich mir aus. Er schlug vor, dass wir uns treffen sollten, und ich stimmte ihm zu."

Wieder kehrte Stille ein. Holly versuchte, sich an ihre Gespräche mit Ben zu erinnern. Nie war es um etwas so Mysteriöses wie einen verschollenen Schatz gegangen. Sie dachte an die Mühle. Sie hatte den Großteil des Tages mit Aufräumen und Saubermachen verbracht und dabei nichts Ungewöhnliches oder Unerwartetes entdeckt. Dass es so gar keine Anhaltspunkte für Bens Verschwinden gab, hatte sie vollkommen frustriert.

„Es tut mir furchtbar leid", sagte sie hilflos. „Ben hat mir nichts gesagt. Ich glaube wirklich nicht, dass ich Ihnen weiterhelfen kann."

„Das macht nichts", erwiderte Shurmer freundlich. „Ich möchte Sie nur um eins bitten – lassen Sie es mich wissen, wenn Sie etwas herausgefunden haben." Er zog eine Karte aus der Innentasche seines Jacketts und reichte sie Holly. Die Karte fühlte sich steif und glatt an, die Kanten waren scharf.

„Ja, natürlich", versprach sie. „Natürlich tue ich das." Sie stand auf und wollte plötzlich fort von diesem Ort, diesen übernatürlichen Geschichten und dem finsterem Schimmer des Spiegels. In einer Welt wie dem Ashmolean war es leicht, abergläubisch zu werden; in einer Welt, in der man sich von tausend Jahre alten Masken aus leeren Augenhöhlen beobachtet fühlte und man das Raunen der Geschichte beinahe hören konnte.

„Ich verstehe, dass Sie unbedingt die Gründe für das Verschwinden Ihres Bruders aufdecken wollen, Miss Ansell", sagte Shurmer ruhig und erhob sich ebenfalls. „Ich hoffe, Sie finden, wonach Sie suchen."

„Ich danke Ihnen." Holly zögerte. „Ich bin mir sicher, er kommt bald wieder." Sie sah das Lächeln in seinen Augenwinkeln und wusste, dass er wusste, dass sie log.

„Wollen wir es hoffen." Er reichte ihr die Hand, und sie ergriff sie.

„Es war … sehr interessant, Sie kennengelernt zu haben, Mr. Shurmer."

„Es war mir ein Vergnügen, Miss Ansell." Er klang, als meinte er es wirklich so.

Holly war schon ein paar Schritte gegangen, als sie stehen blieb und sich umdrehte. Shurmer stand noch dort, wo sie ihn zurückgelassen hatte, neben der Vitrine mit dem Spiegel. „Was für eine besondere Macht war es denn, über die die Perle verfügt haben soll?" Die Frage entfuhr ihr völlig unbeabsichtigt, Holly wusste nicht einmal, wie sie darauf gekommen war. Als Shurmer nicht gleich antwortete, fügte sie hinzu. „Sie sagten, der Spiegel vernichtete seine Feinde mit Feuer. Was hat die Perle getan?" Jetzt sah sie es deutlich, das beunruhigte Aufflackern in seinen Augen, und sie wusste aus irgendeinem Grund, dass er ihr das absichtlich vorenthalten hatte. „Mr. Shurmer?"

„Eine Perle entstammt dem Wasser", antwortete er. „Sie hat ihre Feinde also mit Wasser vernichtet."

Holly dachte an die Mühle, an das Plätschern des Bachs unter dem Mühlrad und an den träge in der Sonne liegenden Teich. Es musste ein Zufall sein, trotzdem fror sie plötzlich bis ins Mark. Sie dachte an Ben, und einen schrecklichen Moment lang schien sie von Dunkelheit umgeben. Sie hörte das Rauschen von Wasser, und etwas drückte auf ihre Lungen, sodass sie kaum noch Luft bekam. Die Kälte breitete sich immer weiter in ihr aus, während sie Todesangst ausstand. „Der älteste Sohn der Winterkönigin ist ertrunken", sagte sie langsam. „Und ihr Bruder – ist er nicht nach einem Bad in der Themse gestorben?"

„Das ist tatsächlich so, Miss Ansell. Diejenigen, die solche Magie als reinen Aberglauben abtun, sind vielleicht etwas zu selbstgefällig."

Holly begann heftig zu zittern. Wenn Ben wirklich die Sistrin-Perle hatte, war er dann auch von ihr vernichtet worden? Sie drehte sich um, rannte förmlich aus der Galerie, die Treppe hinunter und zum Haupteingang hinaus, ohne die neugierigen Blicke der Leute wahrzunehmen, an denen sie vorbeieilte. Sie war völlig außer Atem, hatte Seitenstiche und musste sich erst einmal an der Mauer des Gebäudes anlehnen, um sich zu beruhigen.

Aus dem Theater gegenüber strömten Menschen auf die Straße. Diese Normalität, die Menschen und der Lärm, all das tat Holly gut und verdrängte allmählich die unheimlichen Ereignisse im Museum. Sie richtete sich auf und ging langsam in Richtung St. Giles, während sie sich unentwegt fragte, was ihr da widerfahren war. Geschichten über mit einem Fluch belegte Spiegel, legendäre Perlen, Magie und Aberglaube waren ihr völlig fremd; sie war verwirrt, dass sie ihre reale Existenz tatsächlich für einen Augenblick in Betracht gezogen hatte. Solche Phänomene inspirierten sie manchmal bei ihren Gravuren, aber sie glaubte nicht daran. Jedenfalls nicht bis zu diesem Abend.

Jetzt jedoch fühlte sie sich aus der Bahn geworfen, orientierungslos und erfüllt von einer quälenden Ungewissheit. Sie redete sich ein, in zehn Minuten wäre sie wieder im Haus ihrer Großeltern, die ihr aufgeregt erzählten, dass sie eine Nachricht von Ben erhalten hatten. Er war in Sicherheit, auf dem Nachhauseweg zu Tasha, und alles war wieder gut. Später, wenn sich der erste Trubel gelegt hatte, wollte sie ihn nach der Perle und Espen Shurmer fragen, und er würde ihr antworten, es wäre nur eine beiläufige Erkundigung gewesen, aufgrund von etwas, worauf er zufällig bei seiner Ahnenforschung gestoßen war ...

Holly bog nach rechts in die Woodstock Road Richtung Summertown ein und ging in forschem Tempo, obwohl sie so müde war. Es regnete leicht, das Pflaster war schlüpfrig; Regentropfen perlten an den Fensterscheiben der Autos ab und ließen die Lichter der Stadt zu einer endlosen Perlenschnur verschwimmen, die schließlich von der Dunkelheit verschluckt wurde.

7. Kapitel

Palast von Rhenen, Juni 1632

William Craven hatte Stillschweigen über das Wahrsagen bewahrt. Elizabeth war dankbar, dass er nichts verraten hatte, gleichzeitig schämte sie sich, weil er Zeuge ihrer Schwäche gewesen war. Sie schuldete ihm keine Rechtfertigung dafür, dass sie an die Macht des Spiegels und der Perle glaubte, aber sie bereute insgeheim, dass sie ihm ihre Zweifel an Friedrichs Fähigkeit zu führen, zu kämpfen und sein Land zurückzuerobern offenbart hatte. Sie war schwach gewesen und hatte zu wenig Vertrauen gehabt. Die Zeit hatte gezeigt, dass sie sich geirrt hatte. Friedrichs Briefe an sie waren überschwänglich und voller guter Neuigkeiten. Gustav Adolf hatte ihn mit allen Ehren empfangen, die einem König zustanden und ihn in seinen Militärrat mit aufgenommen. Die Pläne für die Rückeroberung der Pfalz machten Fortschritte, Kreuznach war bereits eingenommen. Schon bald würde Friedrich nach ihr schicken lassen, damit sie wieder ihren rechtmäßigen Platz in Heidelberg einnehmen konnten.

Craven war Friedrichs treuer Bote; er überbrachte die Neuigkeiten vom Feldzug in Deutschland und nahm Elizabeths eher häuslichen Berichte für den König mit.

Er war an diesem Morgen genau in dem Moment aus Deutschland zurückgekehrt, als sie gerade aufbrechen wollte, um in den Wäldern oberhalb von Rhenen auf die Jagd zu ge-

110

hen. Elizabeth hatte darauf bestanden, dass er sich der Jagdgesellschaft anschloss und ihr beim Reiten die Neuigkeiten unterbreitete. Das war vielleicht nicht sehr freundlich von ihr gewesen, nachdem er vermutlich erschöpft war von der Reise; außerdem war er erst drei Monate zuvor bei der Einnahme des Kreuznacher Schlosses verwundet worden. Friedrich hatte ihn wegen seiner Tapferkeit gelobt und geschrieben, Craven sei der Erste gewesen, der die gestürmten Mauern überwunden hatte, und der König von Schweden selbst habe ihn als ausgezeichneten Soldaten gepriesen.

Elizabeth warf ihm jetzt einen Seitenblick zu, als sie nebeneinander im lichten Schatten ritten. Sie hatten den Rest der Jagdgesellschaft hinter sich gelassen, die immer noch weiter unten durch den Wald stürmte und mit ihren lauten Rufen jedes Wild vertrieb. Sie hatte ihren älteren Söhnen erlaubt mitzukommen, aber manchmal verzweifelte sie fast daran, ob sie sich je die Geschicklichkeit und die List aneignen würden, die den guten Jäger auszeichneten. Andererseits waren sie noch jung und ganz versessen auf die Jagd. Wahrscheinlich hätte sie es ihnen aber noch mehr zum Vorwurf gemacht, wenn sie ängstliche Geschöpfe gewesen wären, die lieber zu Hause blieben, während sie ausritt.

Cravens Gesicht wirkte wie immer ruhig und ernst. Er unternahm keinen Versuch, sie zu unterhalten oder belanglos mit ihr zu plaudern, wie so viele andere Höflinge es taten. Elizabeth fragte sich, wie es sich wohl anfühlen mochte, so zu sein wie er, so wenig bedacht auf seine eigene Sicherheit, dass er ohne Zurückhaltung und ohne jede Furcht kämpfte. Es war kein Wunder, dass ihre Söhne ihn wie einen Helden verehrten. Sie waren unkomplizierte Jungen, angespornt von dem Feuereifer, sich ihr Erbe zurückzuholen. Sie wollten Soldaten sein, verstanden nichts von Politik und interessierten sich noch weniger dafür. Ein Mann mit so einfachen Überzeugungen wie William Craven flößte ihnen Respekt ein, ihm galt ihre Loyalität.

„Ihr habt mir noch nicht erzählt, wie es in München war", sagte Elizabeth. „Ich habe gehört, mein Gemahl hat mit dem Herzog von Bayern zu Abend gegessen."

„Und sich Eure Anwesenheit dabei gewünscht, Madam, um dem Ganzen Schönheit hinzuzufügen."

Elizabeth lachte. „Friedrichs Worte, möchte ich wetten, nicht Eure, Lord Craven. Ihr seid nicht bekannt für höfische Gewandtheit."

„Was das betrifft, Madam, kann ich mich dafür verbürgen, dass es in Bayern keine Schönheiten gibt außer der Landschaft."

Sie lachten immer noch, als die ersten Teilnehmer der Jagdgesellschaft aus dem Wald auf die schattige Lichtung preschten. Elizabeth hätte am liebsten die Zügel herumgerissen, ihr Pferd angetrieben und sie alle dort stehen lassen. Doch dann sah sie Karl Ludwigs finstere Miene, weil er wohl ahnte, dass seine Mutter ihm erneut entkommen wollte. Also brachte sie das Pferd zum Stehen, bis die anderen sie plappernd umringten, und ritt anschließend in gemächlichem Tempo aus dem Wald heraus auf die baumlose Kuppe des Hügels.

Von hier aus hatte man einen schönen Blick auf die kleine Stadt Rhenen, die sich an den Hügel schmiegte, und auf den sich im Osten entlangschlängelnden Fluss. Die Sonne schien auf die Giebel des Jagdschlosses, das Friedrich hatte bauen lassen und das erst im vergangenen Jahr fertig geworden war. Sie hatten so wenig Zeit gehabt, diesen Ort gemeinsam zu genießen, ehe der Krieg zurückgekommen war. Elizabeth hatte die düstere Vorahnung, dass sie nie mehr die Gelegenheit dazu haben würden.

Auf einem Plateau unter Bäumen bereiteten die Bediensteten die Mahlzeit vor. Sie eilten hin und her, packten Körbe aus und legten Teppiche und Kissen auf das Gras. Es gab glacierten Schinken und Pasteten, Braten und Rotwein. Craven war gegangen, um ihr ein Glas zu holen. Billingsley, ihr Oberstallmeister, kam zu ihr, um ihr beim Absitzen behilflich zu sein.

„Warum so ein langes Gesicht?", fragte sie ihn, obwohl sie den Grund dafür genau kannte – weil sie mit Craven vorausgeritten war und es ihm überlassen hatte, sich um die Prinzen zu kümmern.

Billingsley wurde rot. Er hatte nicht Cravens lockere Art, auf ihre Bemerkungen einzugehen, ob sie nun scherzhaft oder ernst gemeint waren. Dazu war er zu steif, zu förmlich und sich seines – und auch ihres Standes – zu sehr bewusst. Wahrscheinlich hätte Craven ihr eine ähnliche Ehrerbietung entgegenbringen müssen, aber das tat er nun einmal nicht, und sie hatte es aufgegeben, Derartiges von ihm zu erwarten. Außerdem hatte Cravens unkompliziertes Verhalten etwas Erfrischendes. Er sagte ihr die Wahrheit, so wie er diese sah, er konnte unverblümt sein, war aber niemals respektlos.

Plötzlich ertönte das Knacken eines abbrechenden Astes, und Schreie drangen von der Lichtung herüber, auf der die Prinzen Verstecken spielten und auf Bäume kletterten. Ihr Übermut war umgeschlagen in gefährlichen Leichtsinn. Elizabeth drehte sich im Sattel zu Billingsley um. „Lasst sie nicht …", begann sie, aber es war bereits zu spät. Einer der Bäume war völlig morsch, der abbrechende Ast war nur ein Vorbote gewesen. Jetzt wankte der ganze Baum und fiel mit lautem Rauschen der Äste und Blätter um. Irgendein Narr schrie laut auf. Elizabeths Pferd scheute, es stieg und überraschte Elizabeth damit. Die Zügel glitten ihr aus den Händen, und sie hielt sich an der Mähne fest, als die Stute durchging und in den Wald preschte, zurück zu dem Weg, auf dem sie hergekommen waren.

In rasendem Tempo zogen alle möglichen Bilder an ihr vorbei – Craven, der zu seinem Pferd rannte; Billingsley, dem vor Schreck der Mund offen stand; die vor Schock wie gelähmten Bediensteten und die Jungen, die mit ihren übermütigen Schreien aufgehört hatten und ihr entsetzt hinterherstarrten. Dann war hinter ihr plötzlich die Hölle los, alle riefen durcheinander, aber Elizabeth blieb nichts anderes übrig, als sich verzweifelt festzuhalten und sich tief über den Pferdehals zu beugen, während die Äste über ihren Kopf hinwegrauschten und die Stute panikerfüllt immer weiter preschte, bis sie endlich langsamer wurde und schließlich stehen blieb.

Elizabeth ließ sich zu Boden gleiten und verharrte dort eine Weile halb sitzend, halb liegend, um wieder zu Atem zu kommen. Ihre erste Reaktion war Erleichterung, die zweite, unmittelbar danach, Zorn. Sie war die beste Reiterin bei Hof, besser noch als viele der Männer. Ja, das Pferd war schreckhaft und temperamentvoll – auch jetzt hatte es immer noch Angst vor seinem eigenen Schatten, es legte die Ohren an und schnaubte – aber Elizabeth hatte sich immer etwas darauf eingebildet, dass sie zu den wenigen gehörte, die mit dem Tier umgehen konnten. Zu Unrecht, wie sich jetzt wohl herausgestellt hatte.

Es war nichts zu hören; niemand rief nach ihr, es gab keine Laute von Männern oder Karren. Da war nichts außer dem Rauschen des Windes in den Baumkronen und dem lauten Gezwitscher der Vögel. Elizabeth griff nach den Zügeln und fing an, die Nüstern der Stute zu streicheln. Dabei sprach sie beruhigend auf das Tier ein, bis sie selbst allmählich ruhiger wurde. Schon bald würde sie wieder in der Lage sein, auf das Pferd zu steigen und zu versuchen, ihren Spuren aus dem Wald heraus zu folgen. Das konnte nicht allzu schwer sein. Sie würde schon nach Rhenen zurückfinden. Außerdem, hatte sie nicht immer gesagt, sie würde gern einmal allein sein? Jetzt hatte sie ihre Einsamkeit, ganz unerwartet und mehr als genug.

Im Gebüsch neben ihr raschelte es, aber es war nur ein Vogel. Mit steifen Gliedern stand sie auf und begann, das Pferd in die, wie sie hoffte, richtige Richtung zu führen. Nur wenig Sonnenlicht fiel durch das dichte Blätterdach, und die Äste der Bäume hingen tief bis in das dichte dornige Buschwerk. Nach nur wenigen Minuten war Elizabeth heiß geworden; sie war voller Kratzer, schmutzig, hungrig und sie trauerte dem so weit zurückgelassenen Picknick nach. Allein zu sein war nicht so schön, wie sie es sich vorgestellt hatte. Die Dunkelheit und die Stille dieses Waldes hatten etwas Unheimliches an sich. Ihr war, als würde sie beobachtet.

Das Pferd spürte ihre Nervosität; seine Ohren spielten, und der Schweif peitschte hin und her. Als ein Vogel über ihnen mit einem lauten Warnruf aufflog, dachte Elizabeth schon, die Stute würde erneut durchgehen, und sie packte die Zügel fester, aber das Tier war zu müde. Genau wie sie.

Der Vogel hatte vor der Ankunft eines Menschen gewarnt. Elizabeth hörte Schritte und drehte sich genau in dem Moment abrupt um, als ein Mann vor ihr auf den Pfad trat. Die Sonne stand hinter ihm, sodass Elizabeth sein Gesicht zuerst nicht erkennen konnte, doch dann sah sie, dass es William Craven war.

„Craven!" Ihre Stimme bebte und verriet sie. Elizabeth fragte sich, ob er wegen ihrer schlechten Reitkünste mit ihr zürnen oder sich über ihre überstürzte Flucht lustig machen würde, aber er tat nichts davon. Er war ganz weiß im Gesicht, ging vor ihr auf die Knie, nahm ihre Hand und küsste sie.

„Madam! Seid Ihr unversehrt?"

„Wie Ihr seht." Sie war schockiert und empfand gleichzeitig etwas anderes, Intimeres, und das schockierte sie womöglich noch mehr. Sie widerstand dem Bedürfnis, die Hand auf seinen gesenkten Kopf zu legen.

„Gott sei Dank." Seine Stimme klang wieder kräftiger, und er richtete sich auf. „Ich hatte Angst um Euch." Er verbesserte sich hastig. „Wir hatten alle Angst, weil Euer Pferd in einem so irrsinnigen Tempo mit Euch davonpreschte. Wir haben den Wald nach Euch abgesucht."

„Dann solltet Ihr mich jetzt besser zu den anderen zurückführen." Elizabeth sah sich um. „Ich habe nämlich keine Ahnung, wo wir sind."

„Ihr habt den Waldrand fast erreicht." Craven hatte die Zügel des Pferdes übernommen und führte es durch den Wald, wobei er die Brombeersträucher und Ranken beiseitedrückte, die sich in Elizabeths Rock zu verfangen drohten. „Ohne Zweifel hättet Ihr über kurz oder lang selbst den richtigen Weg zurückgefunden."

„Trotzdem, Ihr wart derjenige, der mich gefunden hat", erwiderte Elizabeth. „Ich schulde Euch meinen Dank, Lord Craven. Wieder einmal. Und mein Gemahl ebenfalls."

„Euer Gemahl?" Craven blieb stehen, sie hatten den Waldrand erreicht. Als er weitersprach, klang seine Stimme verändert. „Ja, natürlich. Seine Majestät wäre sehr bestürzt, wenn er von Eurem Unglück erfahren würde."

„Es ist ja nichts passiert." Elizabeth sah ihn prüfend an, als sie an ihm vorbeiging und ins helle Sonnenlicht und die frische Luft hinaustrat. Ihr fielen die tiefen Falten in seinem Gesicht auf. „Ihr hingegen seht aus, als brauchtet Ihr einen Arzt. Ich hatte ganz vergessen, dass Ihr erst vor Kurzem verwundet worden seid. Habt Ihr Schmerzen?"

Ein Lächeln erhellte seine Züge und vertrieb den sorgenvollen Ausdruck aus seinen Augen. „Es geht mir recht gut, vielen Dank, Madam." Er legte die Hände um ihre Taille, um Elizabeth in den Sattel zu heben. Sie standen jetzt ganz dicht voreinander.

Elizabeth sah hinauf in sein Gesicht, auf sein markantes Kinn mit dem Grübchen und in die leuchtenden braunen Augen. Ein wärmendes Gefühl regte sich in ihr, ein aufkeimendes Verlangen, und sie hielt den Atem an.

Er erwiderte ihren Blick, spürte ihre Sehnsucht, und plötzlich war er nah genug, um sie zu küssen. Sie sah die Glut in seinen Augen, und eine ganze Weile betrachteten sie sich nur stumm an. Dann trat er einen Schritt nach hinten und hob sie ganz behutsam in den Sattel, ehe er sich umdrehte und das Pferd am Zügel zurück nach Hause führte.

8. Kapitel

Hester wartete schon auf sie, als Holly in Summertown ankam. Im Haus war es warm und hell. Aus der Küche duftete es nach Essen, und Hollys Magen fing an zu knurren. Bonnie wartete ebenfalls und wedelte begeistert mit dem Schwanz, wie sie es immer tat, ob Holly nun eine Stunde oder einen ganzen Tag fortgewesen war. Holly spürte, wie etwas von der kalten Traurigkeit von ihr abfiel, und sie bückte sich, um die Hündin zu streicheln.

„Hallo, Gran", sagte sie lächelnd. „Wie geht es dir?"

„Liebling ..." Ihre Großmutter küsste sie herzhaft auf beide Wangen und umarmte sie. Sie kam Holly zerbrechlich vor, deutlich konnte sie die zarten Knochen unter dem Kaschmirpullover spüren. „Mir geht es so weit gut, aber wie ist es mit dir? Wie ist dein Treffen mit Bens Freund verlaufen?"

„Es war sehr nett", erwiderte Holly leichthin und küsste Hesters Wange, die rosig gepudert und weich wie ein Marshmallow war.

„Er hat auch noch nichts von Ben gehört, oder?", fragte ihre Großmutter, und Holly hörte den leisen Hoffnungsschimmer aus ihrer Stimme heraus.

„Leider nicht." Sie hatte nicht vor, Hester von Espen Shurmer und dessen Andeutungen zu erzählen, Ben könnte mit irgendeiner Geheimorganisation in Verbindung stehen. Das alles war viel zu absurd.

Sie sah ihrer Großmutter nach, als diese in die Küche ging, um den Wasserkessel aufzusetzen. Hester war groß, dünn und elegant, ihre Haltung kerzengerade. Militärdisziplin, dachte Holly. Oben, in einem der Schlafzimmer, befand sich ein Bild von Hollys Urgroßvater, dem Brigadegeneral. Auch er war darauf gertenschlank, und sein Blick verriet, dass er keine Insubordination von seiner Truppe dulden würde, genauso wenig wie eine schlechte Körperhaltung von kleinen Mädchen. Holly fragte sich, wie sehr diese Disziplin ihrer Großmutter half, mit Bens Verschwinden fertigzuwerden. Sie hatte im Lauf der Jahre schon so vieles ertragen müssen, hatte ihre Tochter und ihren Schwiegersohn verloren, deren zwei Kinder bei sich aufgenommen, und nun auch noch die Sache mit Ben.

„Tasha hat angerufen", sagte Hester über das Blubbern des Kessels hinweg. „Sie hat auch nichts von Ben gehört. In seiner Praxis geht es drunter und drüber. Sie mussten einen Stellvertreter holen."

„Natürlich, daran hatte ich noch gar nicht gedacht." Zum ersten Mal wurde Holly bewusst, dass Bens Verschwinden viel weitere Kreise zog und nicht nur die Familie und seine engsten Freunde betraf. Sie hatte bei all denen angerufen, die ihr eingefallen waren, in der Hoffnung, jemand hätte vielleicht von ihm gehört, doch nun wurde ihr schlagartig klar, dass sie nicht einmal die Hälfte seiner sozialen Kontakte kannte. Ihn zu finden schien zu einem hoffnungslosen Unterfangen zu werden.

„Tasha wirkte sehr wütend und ist überzeugt, dass er absichtlich gegangen ist, um sie für irgendetwas zu bestrafen." Ihre Großmutter sprach ganz neutral, aber Holly sah, wie viel Anstrengung sie das kostete; ihre Hände zitterten leicht, als sie das Wasser in die Teekanne goss. Holly ging zu ihr, legte den Arm um sie, und für eine Weile standen sie ganz nah beieinander.

„Glaubst du, Tasha hat recht?", fragte Hester plötzlich. „Dass Ben eine Affäre hat und mit einer anderen Frau weggegangen ist?" Sie nahm zwei blau-weiß gemusterte Becher aus dem Küchenschrank und wärmte sie mit dem restlichen Wasser aus dem Kessel an. „Ich will das zwar nicht glauben, aber es könnte wohl wahr sein."

„Gran, nein!" Holly war schockiert, dass ihre Großmutter es überhaupt in Erwägung ziehen konnte. „Du weißt genau, so etwas würde Ben niemals tun!" Sie sah, wie ihre Großmutter leicht die Brauen hochzog, ging aber nicht darauf ein. „Das ist alles nur Tashas Schuld", fuhr sie plötzlich aufbrausend fort. „Anzudeuten, dass Ben untreu ist! Ich bin so wütend auf sie!" Sie versuchte sonst immer, Tasha niemals vor ihren Großeltern zu kritisieren, denn sie wusste, dass deren Verhältnis zu ihr ähnlich angespannt war wie Hollys, aber jetzt hatte sie genug. „Ben ist nicht so. Er war schon immer sehr loyal. Er würde nie einfach weggehen, ohne ein Wort zu sagen. Sich seiner Verantwortung für Florence und auch für die Praxis zu entziehen … Nein, das entspricht überhaupt nicht seinem Charakter." Sie sah, wie Hester die Schultern hängen ließ, und lächelte ihre Großmutter entschuldigend an.

„Da hast du sicher recht, Liebling", erwiderte Hester. „Diese ganze Geschichte bewirkt, dass ich langsam anfange, an meinem Verstand zu zweifeln."

Holly nickte. „Das Schlimme ist nur, dass Tasha der Polizei gesagt hat, sie würden durch eine Ehekrise gehen, also hält man ihn gar nicht für vermisst im eigentlichen Sinn." Sie versuchte, die Verbitterung aus ihrer Stimme herauszuhalten.

„Und daher suchen sie auch nicht nach ihm." Sie breitete die Hände aus. „Ich fühle mich so hilflos! Ich bin wütend, frustriert und habe keine Ahnung, was ich tun soll."

Hester schenkte den Tee ein und schob Holly einen Becher zu. „Wenn es keine Eheprobleme wären, würde man ihm andere Gründe für sein Verschwinden unterstellen", sagte sie seufzend. „Finanzielle Schwierigkeiten, Depressionen … und dann käme sicher die Frage auf, ob er sich vielleicht das Leben genommen hat." Sie sah auf, und Holly bemerkte die Angst in ihrem Blick, so große Angst, dass ihr Herzschlag stockte. „Ich mache mir tatsächlich Sorgen, dass es so sein könnte", sagte Hester schlicht. „Ich komme nicht dagegen an."

„Gran …" Holly war jetzt womöglich noch erschrockener. „Nein. Ben würde niemals …" Sie verstummte, sie konnte die Worte nicht einmal aussprechen.

„Nun, ja …" Hesters Stimme wurde wieder etwas kräftiger. „Bestimmt bin ich nur zu pessimistisch. Wir dürfen die Hoffnung nicht aufgeben, erst recht nicht so früh." Sie drückte Hollys Hand. „Er ist bald wieder da, ganz sicher."

Holly fragte sich, ob diese Worte jedes Mal hohler klangen, wenn jemand sie benutzte. Ihre Großmutter dachte vielleicht dasselbe, denn sie drehte sich um, als wollte sie ihren Gesichtsausdruck vor Holly verbergen, weil sie sich schämte.

„Dein Großvater isst heute Abend im Balliol College, also sind wir ganz unter uns", sagte sie betont munter. „Ich hoffe, du hast nichts dagegen, Liebling? Ich glaube, manchmal weiß er auch nicht so recht, was er mit sich anfangen soll, daher klammert er sich an eine gewisse Routine."

„Das ist in Ordnung." Holly hatte einen Kloß im Hals. So viele Jahre lang hatte sie ihre Großeltern für unbesiegbar gehalten. Es war beängstigend, sich vorzustellen, dass ihr

Großvater sich genauso verloren und verwirrt fühlte wie sie und dass ihre Großmutter die Tapfere spielte. „Ich sehe ihn ja morgen wieder."

„Schön." Ihre Großmutter öffnete den Ofen und holte einen abgenutzt aussehenden Bräter heraus. „Es gibt Lammeintopf mit Bohnen."

„Mein Lieblingsessen." Holly lächelte sie an.

Sie aßen im Wohnzimmer zu Abend, jede mit einem Tablett auf den Knien. Der Raum war recht groß, wirkte aber kleiner wegen der geschickten Beleuchtung, des Feuers im Kamin und der schweren Vorhänge, die die Abenddämmerung ausschlossen.

„Du hast doch nichts dagegen, dass ich Feuer gemacht habe, Liebling?", fragte Hester. „Ich weiß, es war ein warmer Tag, aber wenn es Nacht wird, friere ich immer ein wenig."

„Solange du nichts dagegen hast, wenn ich einschlafe?" Holly unterdrückte ein Gähnen.

„Natürlich nicht, du musst völlig erschöpft sein. Ich nehme an, von uns hat keiner geschlafen, seit ..." Hester sprach den Satz nicht zu Ende. „Wir haben uns gefragt, ob du nicht ein paar Tage bei uns bleiben möchtest? Guy natürlich auch, wenn er herkommt ..." Eine unausgesprochene Frage schwang in den letzten Worten mit. „Oder musst du zurück nach London fahren?"

„Ich gehe nicht zurück nach London. Das heißt, doch, aber nur um zu veranlassen, dass meine Sachen nach Ashdown gebracht werden. Ich möchte eine Weile in der Mühle wohnen."

Hester ließ ihre Gabel fallen. „Liebling!" Sie sah entsetzt aus. „Hältst du es wirklich für eine gute Idee, dort alle Brücken abzubrechen? Und das eventuell ganz umsonst?"

„Das ist mir klar, aber ich habe einfach das Bedürfnis, hier zu sein."

„Aber …"

Es war ganz ungewohnt für Holly, ihre Großmutter sprachlos zu erleben. Vor ihrer Pensionierung war Hester Mathematikprofessorin gewesen; mit einem messerscharfen Verstand, objektiv und in der Lage, ein Thema auf den Punkt zu bringen und es dann mit forensischer Präzision zu sezieren.

„Bitte versteh mich nicht falsch", sagte Hester vorsichtig. „Ich weiß, du willst in Ashdown sein, um zu versuchen, Ben zu finden. Du willst an Ort und Stelle sein, vielleicht hilft es dir, dich ihm näher zu fühlen. Aber ist das wirklich klug?"

Holly seufzte. Sie hatte mit so einer Reaktion gerechnet, aber es fiel ihr schwer, das Ganze zu erklären, vor allem weil sie dieses Bedürfnis selbst nicht so recht verstand. Sie wusste nur, sie *musste* dort sein. Es fühlte sich richtig an. Es war der einzige Ort, an dem sie sein wollte. „Ich will im Moment einfach in Ashdown sein. Zwischen Guy und mir ist es aus." Sie sah ihrer Großmutter in die Augen. „Es war schon lange aus zwischen uns, wenn ich ehrlich sein soll. Ich brauchte nur einen Anlass, um die Wahrheit zu erkennen."

„Noch einmal – es ist nicht der günstigste Zeitpunkt, solche lebensverändernden Entscheidungen zu treffen."

Holly seufzte erneut. „Vertrau mir. Bitte. Manchmal kommt einfach der genau richtige Zeitpunkt, an dem man erkennt, was wichtig ist und was nicht."

Jetzt musste ihre Großmutter seufzen. „Ach, Holly."

„Nun sag nicht, du hättest nie gedacht, das mit Guy könnte ein Fehler von mir gewesen sein."

Hester warf ihr einen vorwurfsvollen Blick zu. „Jetzt bringst du mich in Verlegenheit, aber ja, doch …" Sie schüttelte den Kopf, halb frustriert, halb nachsichtig. „Ich habe mich das manchmal gefragt. Du bist so eigenständig, ich hätte nie gedacht, dass du einmal heiraten wollen würdest. Ich war sehr überrascht, als du dich verlobt hast. Und noch mehr hat es mich überrascht, dass du dich für Guy entschieden hast."

Holly vernichtete den letzten Rest Eintopf. Sie war selbst erstaunt, dass sie einen solchen Appetit hatte. Ein paar Tage lang hatte sie nun bereits fast gar nichts gegessen, weil ihr nicht danach gewesen war. „Darüber habe ich mich seit unserer Trennung auch mehr als einmal gewundert", gab sie zu. „Guy war nett." Sie verzog das Gesicht. „Gut, das ist kein besonders triftiger Grund. Er war lustig, charmant, und wir hatten eine schöne Zeit miteinander. Und das war alles, was ich damals wollte."

Hester lächelte sie an. „Guy hatte ein sehr einnehmendes Wesen. Es fiel einem leider zu leicht, bei seinem Charme auch Tiefgang und Charakter vorauszusetzen."

Holly zuckte leicht zusammen. „Autsch. Du hast ihn wirklich nicht gemocht."

„Er war nicht gut genug für dich." Hester zuckte mit den Schultern. „Ich bin vielleicht altmodisch, aber ich habe immer geglaubt, als Paar sollte man größer sein, als man es als alleinstehender Mensch ist – stärker, einander ergänzend … Guy trug nichts zu einer solchen Ergänzung bei, im Gegenteil. Ich hatte eher das Gefühl, er hat mehr von dir genommen als gegeben."

Holly rieb sich die Stirn. „Es war nicht alles allein Guys Schuld." Nun zuckte auch sie hilflos mit den Schultern. „Ich dachte, das, was wir hatten, hätte ausgereicht. Meine ganze Leidenschaft gilt meiner Arbeit, das weißt du. Das war einer der Punkte, über die Guy sich beklagt hat. Es stimmt, ich bin wahrscheinlich egoistisch in dieser Hinsicht. Ich wollte keine Beziehung, die mir zu viel abverlangt."

Sie wusste, Guy hatte mehr gewollt als das, was sie zu geben bereit gewesen war. Er hatte gelobt, bewundert, angebetet und vergöttert werden wollen. Das Einzige, was Holly vergötterte, war das Graviergerät mit der Diamantspitze, das sie beim Arbeiten benutzte. Sie konnte es Guy nicht ernsthaft vorwerfen, dass er nicht bereit gewesen war, sie zu unterstützen, als sie *ihn* gebraucht hatte.

„Das ist kein Egoismus", erwiderte Hester trocken. „Schon bevor Ben verschwunden ist, hast du mit so vielem fertigwerden müssen. Es ist ganz natürlich, sich selbst schützen zu wollen."

Stille kehrte ein, bis auf das Knistern des Feuers und Bonnies leises, zufriedenes Schnarchen.

„Ach, ich wünschte, ich könnte meine Beine auf dem Sofa anziehen", fuhr Hester fort. „Wahrscheinlich bin ich zu alt – ich könnte entzweibrechen." Sie sah zu, wie Holly die Teller zusammenstellte. „Erzähl mir von deinem Entschluss, in die Mühle zu ziehen. Bist du dir wirklich sicher, dass du dort leben willst?"

„Ja. Sie ist finanziell tragbar, es gibt eine Werkstatt auf dem Grundstück, und wenn ich richtig hart arbeite, kann ich dort vielleicht auch eine Galerie einrichten und von den Touristen profitieren, die nach Ashdown und in Frans Café kommen."

Hester schmunzelte. „Das hört sich großartig an, aber das war nicht ganz das, was ich meinte."

Holly wich ihrem Blick aus und strich mit den Fingern über den weichen Samt eines der Sofakissen. „Du meinst, wegen Ben?"

„Und wegen deiner Eltern. Mit diesem Ort sind so viele Erinnerungen verbunden."

„Ich sehe keinen besonderen Bezug zwischen Ashdown und Mum und Dad", erwiderte Holly nach einer Weile. „So oft waren wir gar nicht dort. Für mich war es einfach nur ein weiteres Ferienhaus." Sie schluckte. Ihre Erinnerung an ihre Eltern war inzwischen nur noch wie eine sepiagetönte Fotografie, so als hätte sie die beiden vor sehr langer Zeit einmal gekannt. Trotzdem konnte die Zeit den Schmerz des Verlusts und die aufsteigenden Tränen nicht auslöschen, erst recht nicht, nachdem Bens Verschwinden die alten Wunden wieder aufgerissen hatte. Wenn man liebte, wurde man verletzt, und je größer die Liebe war, desto mehr hatte sie die Macht, einen zu vernichten. So einfach war das für Holly.

„Schmerz und Verlust sind etwas Seltsames", meinte Hester. „Die Leute sagen, man komme irgendwann darüber hinweg, aber das ist nicht die richtige Wortwahl. Beides lässt etwas nach und wird Teil deines Lebens. Die scharfen Kanten werden mit der Zeit stumpfer …"

„Aber immer wieder wirst du davon eingeholt", warf Holly ein. „Eine Erinnerung, ein Ort, ein Gedanke, und genau in dem Augenblick sind Kummer und Schmerz wieder genauso intensiv und grausam wie damals." Sie dachte daran, wie schrecklich sie sich am Tag nach Bens Verschwinden gefühlt hatte, und erschauerte. Nie im Leben hatte sie sich isolierter und einsamer gefühlt, und sie hatte sich Mark zugewandt, um diese Einsamkeit zu vertreiben. Ganz versunken in ihren eigenen Schmerz, hatte sie sich egoistisch verhalten und fühlte sich schlecht deswegen, trotzdem war es eine Nacht gewesen, die sie wohl nicht so schnell vergessen würde.

Hester lächelte ihr zu und tätschelte ihre Hand. „Die Sache mit Ben hat dich sehr mitgenommen."

Holly stritt das gar nicht erst ab. Es bestand kein Grund zu lügen; sie würden nicht schwächer dadurch, wenn sie beide zugaben, traurig zu sein. Im Gegenteil, es schweißte sie nur noch enger zusammen. Eine ganze Weile saßen sie in friedlichem Schweigen da.

„Wusstest du, dass Ben eine Art Ahnenforschung in Ashdown betrieben hat?", fragte Holly unvermittelt. „Das sieht ihm eigentlich nicht ähnlich, oder?"

„Wohl kaum." Hester sah entgeistert aus. „Nein, davon hatte ich keine Ahnung. Bist du sicher? Ich dachte immer, es hätte Ben gelangweilt, in der Vergangenheit herumzustochern."

„Ich auch. Aber nun frage ich mich, warum Mum und Dad Ashdown Mill überhaupt gekauft haben. Aus Interesse an der Geschichte oder weil eine persönliche Beziehung zu diesem Ort bestand?" Holly runzelte die Stirn. „Ich weiß im Grunde nichts über Ashdown, aber ich könnte ja einmal versuchen, herauszufinden, was Ben recherchiert hat. Es könnte … hilfreich sein. Ich weiß noch nicht, wie, doch das weiß man ja nie vorher."

„Du müsstest deinen Großvater fragen, ob er etwas weiß. Ich glaube, er hat vor Jahren einmal etwas über Ashdown Park geschrieben; es war ein Artikel über mittelalterliche Rehparks in Berkshire und Oxfordshire, oder etwas ähnlich Verworrenes."

Holly schmunzelte. Im Gegensatz zu Hester war ihr Großvater der archetypische altmodische Akademiker, dessen vage Vorstellung vom Leben außerhalb seines Elfenbeinturms seine praktisch veranlagte Frau des Öfteren in den Wahnsinn getrieben hatte. Holly erinnerte sich noch lebhaft, wie sie als Vierzehnjährige mit ihm im Supermarkt gewesen war und er nichts von dem hatte finden können, was auf dem Einkaufszettel stand.

„Mittelalterlich?", fragte sie nach. „Aber ich dachte, Ashdown Park wäre neueren Datums."

„Das Haus ja, aber das Anwesen ist auf einem mittelalterlichen Rehpark errichtet worden. Ich glaube, auf dem Gelände hat schon seit Urzeiten eine Mühle gestanden."

„Das wusste ich gar nicht", sagte Holly langsam. Sie dachte an die dicht stehenden Bäume, die knorrigen Eichen und die raschelnden Buchen. Kein Wunder, dass dort eine so unwirkliche Atmosphäre herrschte. Das Anwesen war uralt. Und die Mühle war seit Hunderten von Jahren Teil dieser Geschichte gewesen.

„Ich glaube, die Mühle wurde nicht mehr genutzt, nachdem Ashdown House abgebrannt ist", fuhr Hester fort und schnitt sich ein Stück Brie von dem Teller auf dem niedrigen Couchtisch ab. „Das war im frühen neunzehnten Jahrhundert. Sobald kein großes Herrenhaus mehr auf dem Anwesen stand, bestand für das Dorf auch keine Notwendigkeit mehr, die Mühle weiter zu unterhalten. Alles wäre anders gekommen …" Sie veränderte ihre Sitzhaltung. „An jenem Tag ist mehr gestorben als das Haus."

Das war eine merkwürdige Wortwahl, und Holly bekam eine Gänsehaut. Ein Holzscheit brach mit einem Funkenregen im Kamin auseinander, und Bonnie streckte sich der Wärme entgegen. „Mir war auch gar nicht bewusst, dass das Haus abgebrannt ist", gab Holly zu. „Als Kind haben mich solche Sachen wohl nicht besonders interessiert, ich wollte einfach nur im Wald spielen. Ich muss unbedingt mehr darüber in Erfahrung bringen." Sie nahm sich selbst etwas Käse, ein Stück Cheddar, kräftig und doch mild. „Ich nehme an, sie haben das Haus aber wiederaufgebaut", sagte sie mit vollem Mund. „Ich habe es neulich gesehen, groß, aus weißem Stein mit einer goldenen Kugel auf dem Kuppeldach."

Hester sah sie erstaunt an. „Ashdown House? Nein, es wurde bei dem Brand völlig zerstört, das müsstest du doch eigentlich wissen? An der Stelle hat seit zweihundert Jahren kein Haus mehr gestanden."

„Aber ..." Holly verstummte. Sie hatte das Haus gesehen – zumindest dachte sie das; die zwischen den Bäumen schimmernden weißen Mauern, das Mondlicht, das sich in den Fenstern widerspiegelte. Es war verwirrend, zu hören, dass das, was sie zu sehen geglaubt hatte, ein Geisterhaus gewesen sein sollte. Hester sah sie besorgt an. Holly würde zurückrudern müssen, sonst würde ihre Großmutter sie noch fragen, ob sie so überlastet und erschöpft war, dass sie einen Arzt brauchte. „Ich muss es mit einem der anderen Häuser auf dem Gelände verwechselt haben", sagte sie. „Sie restaurieren gerade den alten Komplex mit den Stallungen und ein paar der anderen Gebäude, nicht wahr?"

„Oh ja." Hesters Miene entspannte sich. „Sie wollen sie in Wohnraum umwandeln. Die Firma von Mark Warner hat die Bauleitung übernommen."

„Mark?" Holly zuckte unwillkürlich zusammen. „Du kennst ihn?" Ihre Großmutter sah überrascht auf, und Holly nahm sich vor, ihren Tonfall zu mäßigen. So laut hatte sie gar nicht werden wollen.

„Seine Patentante ist eine Freundin von mir", erklärte Hester nach einer Weile. „Militärkontakte."

„Ach, natürlich." Der Nebel über ihren Erinnerungen lichtete sich ein wenig, und endlich begriff sie, warum Mark ihr so bekannt vorgekommen war. Vor ein paar Jahren war sein Foto immer wieder auf den Titelseiten der Zeitungen erschienen; ein staubiger Kampfanzug, ein weiß blitzendes Lächeln auf seinem gebräunten Gesicht, zusammengekniffene Augen zum Schutz vor einer Sonne, die sehr viel heller schien als die englische. Als Helden hatten ihn die Zeitungen bezeichnet; er war ein Armeeoffizier, der sein eigenes Leben riskiert hatte, um einen seiner verwundeten Männer zu retten und seine Patrouille sicher aus einem Hinterhalt herauszuführen. Es hatte auch Fotos vom Buckingham Palace gegeben, wo man ihm eine Tapferkeitsmedaille verliehen hatte; seine Frau lächelnd bei ihm untergehakt, seine Eltern voller Stolz auf ihn. Die Medien hatten ihn geliebt. Er hatte am London-Marathon teilgenommen und an einem Benefizmarsch zum Südpol, zusammen mit ein paar Kriegsveteranen und einem der beiden königlichen Prinzen. Alles hatte in den Medien große Beachtung gefunden. Es musste jedoch inzwischen vier, wenn nicht fünf Jahre her sein, denn Holly konnte sich nicht erinnern, sein Foto danach noch einmal gesehen zu haben. Er war aus dem Blickfeld der Öffentlichkeit verschwunden, man hatte nichts mehr von ihm gehört.

Ihr hatte er erzählt, er wäre beruflich auf Reisen gewesen – was für eine Umschreibung für seine Karriere beim Militär! Auch hatte er nicht erwähnt, dass er verantwortlich war für die Umwandlung der Stallungen in Wohnhäuser. Sie war verärgert. Wenn sie schon sparsam mit Auskünften gewesen war, dann er erst recht. Sie dachte an seine Frau, und ihr Ärger nahm noch weiter zu. Ihre Großmutter beobachtete sie, und sie bemühte sich hastig, ein neutrales Gesicht zu machen.

„Du magst ihn nicht", sagte Hester nach einer Weile.

„Wir haben nur ein paar Worte miteinander gewechselt. Das reicht nicht, um ihn beurteilen zu können." Hollys Gesicht glühte, sie hoffte, dass ihre Großmutter das der Hitze des Feuers im Kamin zuschrieb. „Sind seine Frau und seine Familie mit ihm nach Ashdown gezogen?"

„Er ist geschieden", erwiderte Hester. „Keine Kinder, aber ich glaube, er kümmert sich um seine jüngeren Geschwister. Ihr Vater arbeitet im Ausland, und die Mutter ..." Sie zuckte mit den Schultern. „Ich weiß nicht mehr, was es da für ein Problem gab. Jedenfalls glaube ich, dass Mark einen Neuanfang machen wollte, also gründete er diese Firma, die sich auf alte Gebäude und die Sanierung historischer Anlagen wie Ashdown Park spezialisiert hat." Sie beugte sich vor. „Wenn du wirklich Bens Nachforschungen weiter verfolgen willst, könnte dir Mark vielleicht helfen! Bestimmt hat er Unmengen interessanter Dokumente entdeckt, im Zuge der Hintergrundinformationen, die er für dieses Projekt eingeholt hat."

„Es würde mir im Traum nicht einfallen, ihn damit zu belästigen", wehrte Holly hastig ab. „Er ist sicher viel zu beschäftigt."

Wieder herrschte einen Moment lang Stille. „Du magst ihn wirklich nicht", stellte Hester fest.

„Das ist es nicht. Ich ... Wir hatten nur einen schlechten Start." Und das, dachte sie, ist wohl die Untertreibung des Jahres.

„Ich habe gehört, das Projekt soll ziemlich exklusiv werden." Hester schob ihr den Teller mit dem Käse und den Weintrauben zu. „Natürlich ist die ganze Anlage viele Jahre lang immer weiter eingestürzt, es wird also ziemlich aufwendig werden, sie wiederherzurichten." Sie zögerte. „Ich vermute, ein paar Einwände dagegen hat es auch gegeben, wie so oft heutzutage in solchen Fällen ... Ich erinnere mich, dass dein Großvater einmal gesagt hat, eine Menge Aberglaube und Legenden rankten sich um Ashdown Park."

„Aberglaube?" Holly runzelte die Stirn.

„Geschichten eben, von Geistern …" Hester machte eine wegwerfende Handbewegung. „Du weißt ja, wie sehr die Leute so etwas lieben." Sie leerte ihr Weinglas und stellte es zurück auf den Tisch. Bonnie träumte; ihre Pfoten zuckten heftig, während sie im Schlaf Kaninchen jagte.

„Ich nicht." Holly dachte an Espen Shurmers Geschichten von dem Spiegel und der Perle. Sie fragte sich, ob eine der Legenden um Ashdown Park sich auf die verlorene Perle der Winterkönigin bezog. Was hatte Ben herausgefunden? Ihre Neugier erwachte, und in ihrem Hinterkopf regte sich etwas, eine verschüttete Erinnerung.

„Möchtest du noch etwas essen?", fragte Hester.

„Oh nein, vielen Dank, sonst platze ich. Ich habe viel zu viel von dem Käse gegessen. Wenn du magst, koche ich uns aber einen Kaffee."

„Das mache ich gleich." Sie lächelte Holly so liebevoll an, dass diese sich fühlte, als wäre sie wieder ein Kind. „Hol du schon mal dein Gepäck herein, ich setze inzwischen den Kessel auf."

Später, in der tröstlichen Umgebung des Zimmers, in dem sie seit ihrer Kindheit zu Hause gewesen war, zog Holly die schweren Vorhänge auf und öffnete das Schiebefenster, um ein wenig frische Luft hereinzulassen. Das Zimmer ging nach Westen hinaus, und am Horizont verblasste das letzte Licht des Sonnenuntergangs, nur ein Streifen dunklen Blaus am nachtschwarzen Maihimmel. Noch immer fuhren viele Autos auf der Banbury Road. Holly zog die Vorhänge wieder zu und genoss die Wärme des altvertrauten Zimmers. Bonnie lag bereits schlafend auf dem Bettvorleger.

An ihr Zimmer grenzte ein kleines Bad. Holly warf ihre

Kleidung einfach auf den Boden, drehte die Dusche auf und stellte sich darunter. Sie ließ den kräftigen Strahl erst auf ihren Kopf prasseln, dann schloss sie die Augen und hob ihr Gesicht. Das Wasser war kraftvoll; Holly stellte es sich bildlich vor – dicke Tränen, die am Glas der Duschkabine herunterrannen. Sie dachte ganz bewusst an nichts, sondern konzentrierte sich ganz auf das Fühlen und setzte es um in Bilder, in Gravierungen in Grautönen.

Sie griff nach einem Handtuch und kehrte zurück in ihr Zimmer. Sie erschauerte ein wenig, als die Luft ihre bloße Haut streifte. Der Holzboden war kühl, und ihre nassen Füße klebten leicht daran fest. Holly trocknete sich energisch ab und bürstete sich das Haar aus dem Gesicht nach hinten. In dem langen Spiegel an der gegenüberliegenden Wand betrachtete sie ihr Spiegelbild, blasse und dunkle Formen, an den Rändern leicht verschwommen, braun und weiß. Holly hatte immer gefunden, dass sie aussah wie ein Spatz – blasse Haut, braunes Haar, braune Augen und Sommersprossen, dicht an dicht. Sie wurde nie braun, bekam einfach nur noch mehr Sommersprossen. Ihre Großmutter hatte gesagt, dass es das Vermächtnis ihres rothaarigen Ururgroßvaters war.

Nach einem so schwierigen, langen Tag war sie seltsamerweise gar nicht mehr müde. Sie zog sich ein sauberes Nachthemd an und schlenderte zum Bücherschrank, auf der Suche nach leichter Lektüre, bei der sie schnell einschlafen konnte. Da waren ein paar Kinderbücher, die sie und Ben früher verschlungen hatten. Auf dem Regal darüber standen alte Ausgaben von *The Georgian Journal*, die ihrem Großvater gehörten. Holly wollte sich gerade irgendeine davon nehmen, als ihr Blick auf ein in abgegriffenes ledergebundenes Buch ohne Beschriftung fiel, das ganz in der Ecke stand. Sie nahm es heraus.

Das Leder fühlte sich glatt unter ihren Fingerspitzen an. Im Lampenlicht schimmerte es dunkelgrün.

Neugierig schlug Holly das Buch auf. Die Seiten waren steif, sie rochen ganz schwach nach Lavendel und altem Staub.

Die Memoiren der Lavinia Flyte
Niedergeschrieben in Ashdown House im Januar des Jahres 1801

Holly zuckte zusammen, als sie den vertrauten Ortsnamen las. Vor Aufregung verspürte sie plötzlich ein Kribbeln im Bauch.

Ein rechteckiger Kurzmitteilungszettel fiel aus dem Buch zu Boden, und sie bückte sich automatisch, um ihn aufzuheben. Auf der Rückseite stand etwas geschrieben – in Bens ordentlicher Handschrift. Holly erkannte sie sofort; sie hatte ihn immer damit aufgezogen, weil Ärzte ja eigentlich in dem Ruf standen, völlig unleserlich zu schreiben.

Es war eine Namensliste.

William Craven
Robert Verity
Elizabeth Stuart
Lavinia Flyte

Elizabeth Stuart … Das konnte eventuell Elizabeth von Böhmen sein, obwohl dieser Name sehr verbreitet war. Die anderen Namen sagten ihr nichts. Ganz unten auf dem Zettel stand Bens Name mit einem Fragezeichen daneben. Sie drehte das Blatt um. *The Merchant Adventurers* lautete der Aufdruck in gotischer Schrift, sonst stand dort nichts, keine Adresse und auch keine Telefonnummer. Holly wandte sich wieder dem Buch zu und begann zu lesen.

„Ich werde nicht verraten, wie ich mit sechzehn die Geliebte von Lord Downes wurde und mein lasterhaftes Leben begann. Aber vielleicht erzähle ich doch davon, denn ich vermute, der Bericht über meinen amourösen Werdegang könnte genau der Grund sein, warum so mancher Leser sich diese Memoiren aussuchen wird.

Hier ist also meine Geschichte.

Ich wurde am 24. Januar 1783 in der Londoner Kirche St. Andrews auf den Namen Lavinia Jane Flyte getauft. Meine Mutter nannte mich Lavinia, weil sie den Namen so hübsch fand. Er bedeutet ,die Reine'. Arme Mama, wie sich herausstellen sollte, war das eine gänzlich unangebrachte Namenswahl."

Holly musste lächeln. Ohne mit dem Lesen aufzuhören, ging sie zum Bett und schlüpfte unter die Decke.

„Mein Vater war Straßenhändler. An seinem Stand in Covent Garden verkaufte er Obst und Gemüse. Wie sehr ich den Geruch von faulem Obst zu hassen begann! Es war, als strömte ihm der Gestank aus allen Poren. Unser schäbiges kleines Haus in der Bell Alley, einer Nebenstraße der Coleman Street, stank ebenfalls – nach verdorbenem Gemüse, Staub und dem Elend meiner Mutter. Von frühester Kindheit an wusste ich, dass das kein Leben für mich war, und so plante ich meine Flucht.

Zum Glück war ich sehr hübsch, daraus mache ich gar

keinen Hehl. Mein Gesicht und meine Figur waren mein Schlüssel zum Glück, und ich war entschlossen, beides zu meinem größten Vorteil zu nutzen. Mir war bereits aufgefallen, dass unser Umsatz sich verdoppelte, wenn ich zusammen mit meinem Vater am Stand arbeitete. Tatsächlich beachteten die Gentlemen das Obst kaum, weil sie viel zu sehr damit beschäftigt waren, mir schöne Augen zu machen, und so konnte ich sie mühelos ermuntern, großzügig Geld auszugeben. An solchen Tagen kauften die Damen vielleicht nicht so viel, weil ihnen meine Schönheit missfiel, aber das machte mir nichts aus. Um in meinem Beruf Erfolg zu haben, brauche ich die gute Meinung von Frauen nicht. Es wäre in der Tat sehr seltsam, wenn sie die von mir hätten – vielleicht aber auch nicht, denn ich tue ihnen einen großen Gefallen, wenn ich ihre öden Ehemänner unterhalte und sie in gehobener Laune wieder nach Hause schicke.

Aber ich schweife ab. Diesen Fehler begehe ich leider oft, wie Sie beim Lesen dieser Memoiren feststellen werden.

Ich lernte Downes kennen, als ich ihm ein paar Orangen verkaufte, daher war es nur noch ein kleiner Schritt, ihm mich selbst anzubieten. Er war hübsch, jung und unterhielt sich sehr charmant mit mir, und in dem Alter war das der einzige Ansporn, den ich benötigte. Ich wollte unbedingt dem Haus meines Vaters entfliehen, Downes wollte unbedingt mit mir zusammen sein, und so fing alles an.

Downes brachte mich in einer Wohnung in Oxford unter, während er dort an der Universität studierte. (Ich sage, er studierte, aber von großem Fleiß war nur wenig

zu spüren. Es wurde nur getrunken, getanzt und ge-
flirtet, was ungeheuer amüsant war). Leider hatte ich
ein schlechtes Geschäft gemacht, denn dieses Jüngelchen
von einem Lord war noch nicht volljährig, und als sein
Vormund von seiner Liebe für mich erfuhr, strich er
dem armen Downes seinen Wechsel, während sein Tu-
tor ihm drohte, ihn wegen unmoralischen Verhaltens der
Universität zu verweisen. Downes schwor, dass er mich
liebte, aber er fing an, schwach zu werden unter diesem
doppelten Druck, und schon bald flehte er mich an, ihm
zu sagen, was er denn bloß tun sollte. Er sagte, ohne mich
würde er sterben, aber er wollte eben auch sein Geld wie-
derhaben.

Zum Glück war ich inzwischen etwas erfahrener geworden. Ich erkannte, dass ich mich unter Wert verkauft
hatte. Es mangelte mir nicht an Verehrern, vielleicht
konnte ich mir einen Gentleman angeln, der reicher war,
als Downes es je sein würde. Und so löste ich Downes Problem, indem ich ihn verließ. Dem armen Jungen
brach es das Herz, aber ich könnte mir vorstellen, dass
sein Kummer nur von kurzer Dauer war. Was mich betraf, so ließ ich mich mit Lord Gower ein.

Lord Gower war ein Gentleman von reifem Alter und
noch ausgereifterem Vermögen; er konnte mir mühelos
den Lebensstil bieten, den ich anstrebte. Trotz der Tatsache, dass er schrecklich langweilig und beklagenswert
schlecht darin war, mir im Bett Vergnügen zu bereiten,
hätte ich ihm wohl mein ganzes Leben geweiht, wäre er
nicht bedauerlicherweise innerhalb eines halben Jahres
verstorben. Das war über alle Maßen unangenehm für
mich.

Leider war Gowers Erbe nicht empfänglich für meinen Charme und warf mich prompt aus dem hübschen kleinen Haus in der South Moulton Street, in dem ich gewohnt hatte. Für eine kurze Zeit war meine Lage äußerst schwierig. Ich fiel tiefer, als ich aufgestiegen war, und so war ich gezwungen, Arbeit in einem Bordell anzunehmen, das den erquicklichen Namen ‚Madame Senlis' Tempel der Lüste' trug. Madame war ebenso wenig Französin wie ich, legte aber ein höchst affektiertes Gehabe an den Tag. Zum Glück blieb ich dort nicht lange, doch in den wenigen Monaten machte meine amouröse Erziehung große Fortschritte. Ich wurde sehr geübt im Gebrauch der Peitsche. Ich lernte, dass viele Männer es schätzen, zwei oder mehreren Frauen dabei zuzusehen, wie sie sich lüstern miteinander vergnügten. Man rühmte mich für meine Fähigkeit, meine Jungfräulichkeit jedes Mal wiederherstellen zu können, sodass ich immer wieder an den Meistbietenden verkauft werden konnte. Es waren allesamt nützliche Talente, aber ich hatte das Gefühl, etwas Besseres als das verdient zu haben.

Hilfe nahte. Eines Abends während der Saison war ich im Theater und fiel dort Lord Evershot auf. Evershot konnte von Haus keinen besonderen Adelstitel und auch keine Reichtümer für sich beanspruchen, aber er hatte enorm vom Ruhm seines Vorfahren profitiert, des berühmten ersten Earl of Craven. Da er kinderlos gestorben war, hatte der Earl allen Besitz, der nicht zum unveräußerlichen Erbe gehörte, dem Nachkommen einer seiner Schwestern vermacht. Dieser Erbe nahm den Namen Craven Evershot an, doch später ließ die Familie den Craven-Teil fallen, was etwas undankbar erscheint.

Und so hatten die Evershots Stufe um Stufe der Aristokratie erklommen. Das verlieh ihnen eine Ausstrahlung höchster Zufriedenheit mit ihrem Glück im Leben.

Evershot war ein Günstling des alten Königs George, in dessen Diensten er gestanden hatte. Es hieß, er hätte so viel Charme, dass sogar die Königin, die berüchtigt war für ihre Sittenstrenge, über seine etwas zügellose Art hinwegsah und ihn für einen netten Kerl hielt. Mir selbst hat sich dieser Charme nie erschlossen, aber das tat auch nichts zur Sache. Er war reich, sah einigermaßen gut aus und war noch recht jung. Er machte mir ein Angebot, das ich ablehnte. Ein ziemlich riskanter Schachzug, denn ich hatte ja keine Rücklagen. Zum Glück verfügte Evershot über einen nicht sonderlich scharfen Verstand und erkannte meine schwache Position daher nicht. Er machte mir ein besseres Angebot und schließlich eins, das ich mit Freuden annahm.

Evershot hatte vor, ein Haus in Brighton zu beziehen, und der Gedanke an all die Rotröcke dort ließ mich innerlich jubeln. Wir waren jedoch kaum eine Woche dort, da erhielt Evershot einen Brief vom Verwalter eines seiner Besitztümer. Mylord war darüber so aufgeregt, dass er sofort verkündete, wir würden unverzüglich nach Berkshire reisen und eine Zeit lang dort bleiben. Vergeblich protestierte ich, mein Gepäck wäre noch gar nicht ganz ausgepackt, Brighton wäre doch so unterhaltsam und ich könnte das Landleben nicht ausstehen. Evershot war unnachgiebig.

Und so kam ich Ende Januar des Jahres 1801 nach Ashdown House."

9. Kapitel

„Gran", fragte Holly, während sie nebenbei von dem kochend heißen Kaffee trank, „weißt du, woher Ben dieses Buch hat? War es seins, oder gehört es Granddad?"

Sie war länger wach geblieben als geplant und hatte Lavinias fesselnden Bericht über ihren Einstieg in die niedere Existenz einer hochklassigen Kurtisane der Regency-Ära gelesen. Sie hatte gehofft, eine Erklärung dafür zu finden, warum Lavinia auf Bens Namensliste stand, aber abgesehen von einer Verbindung zu Ashdown Park gab es bis jetzt noch keinen Hinweis. Es war faszinierend.

Hester, die in der einen Hand die Zeitung und in der anderen ihre eigene Kaffeetasse hielt, sah Holly über den Rand ihrer Brille hinweg an. Sie trug einen lebhaft gemusterten Seidenkimono. „Welches denn, Liebling?" Sie legte die Zeitung auf den Küchentisch und ließ sich von Holly Lavinias Tagebuch geben. „Ich glaube nicht ..." Sie blätterte in dem Buch. „Nein, ich glaube nicht, dass das eins von Johns Büchern ist. Ich habe es noch nie vorher gesehen. Aber du kannst ihn fragen, wenn du willst, er müsste gleich herunterkommen."

„Ich frage mich, ob Ben es bei seinem letzten Besuch bei euch hiergelassen hat", meinte Holly. „Wann war er denn zuletzt hier?"

„Ich bin mir nicht ganz sicher, wann das ...", murmelte Hester vor sich hin. „Ach nein, warte." Sie sah vom Tagebuch auf. „Er war vor ungefähr einem Monat hier. Es war das letzte

Mal, dass wir ihn gesehen haben." Ihre Stimme zitterte leicht, fing sich aber wieder. „Glaubst du, es gehört ihm?"

„Nun, es geht um Ashdown Park und die Nachfahren des ersten Earl of Craven. Außerdem liegt ein Lesezeichen darin mit handschriftlichen Notizen von Ben."

„Hm." Hester las weiter in dem Tagebuch. „Weißt du, irgendetwas kommt mir hier bekannt vor ..." Sie zog ihr Tablet zu sich und gab ein paar Wörter ein. „Dachte ich es mir doch!" Sie drehte das Tablet zu Holly um. „*Lavinia Flyte – das skandalöse Tagebuch einer Kurtisane aus der Regency-Zeit; eine wahre Geschichte, so wie ich sie meiner vertrauenswürdigen Gefährtin und Zofe diktiert habe.'* Es ist ein veröffentlichtes Buch und war zu seiner Zeit offenbar ein absoluter Bestseller. Es wirkt ziemlich schlüpfrig. Ich fürchte, das ist alles nur lüsternes Geschwätz, eine reine Erfindung."

Holly zog das Tablet zu sich heran und scrollte die Bücherliste auf dem Display herunter. Es gab verschiedene gedruckte Ausgaben von Lavinias Tagebuch und auch ein paar wissenschaftliche Abhandlungen über erotische Memoiren im neunzehnten Jahrhundert. Die Einbände variierten von geschmackvoll – die Abbildung eines eleganten Boudoirs – bis hin zu gewagt – ein üppiger Busen, der ein viel zu enges Mieder zu sprengen drohte. „Du liebe Güte." Holly klickte auf „Weiterlesen".

„Niedergeschrieben in Ashdown House im Januar des Jahres 1801.

Ich werde nicht verraten, wie ich mit sechzehn die Geliebte von Lord Downes wurde und mein lasterhaftes Leben begann."

„Oh." Holly war enttäuscht. In der vergangenen Nacht hatte sie geglaubt, auf etwas Geheimes und Unerwartetes gestoßen zu sein. Sie hatte die Memoiren als ein ganz besonderes Geschenk betrachtet. Nun sah es so aus, als ob die ganze Welt Lavinia Flyte und ihr Tagebuch kannte. Sie empfand die aufdringlichen Einbände als persönliche Kränkung; nicht weil sie etwa prüde war, sondern weil ihr das handgeschriebene Tagebuch mit seinen zarten Blumenskizzen und der flüssigen Schrift viel zu einzigartig vorgekommen war, um im Grunde nur ein reißerisches Exemplar der Erotikliteratur zu sein. Lavinia Flyte hatte auf sie so real gewirkt. Zweifelnd betrachtete sie den schlichten grünen Einband des Buchs, das auf dem Tisch lag. „Es ist allerdings eine von Hand geschriebene Version", sagte sie. „Glaubst du, das ist das Original?"

„Das wäre in der Tat eine Sensation", erwiderte Hester. „Was wollte Ben damit anfangen?"

„Ich habe keine Ahnung. Vielleicht hat er es in der Mühle gefunden."

Ein Bild kam ihr in den Sinn; das kleine Versteck unter dem Fenstersitz und ein verregneter Nachmittag, an dem der Regen auf das Dach prasselte. *„Holly! Komm und sieh dir das an!"* Bens Stimme, ganz aufgeregt. *„Sieh nur, was ich gefunden habe!"*

Sie zuckte zusammen. Hatten sie das grüne Buch tatsächlich vor vielen Jahren im Geheimversteck gefunden, als sie als Kinder in der Mühle gespielt hatten, oder bildete sie sich das nur ein? Sie konnte sich nicht erinnern.

„Willst du hören, was dein Großvater über dieses Buch weiß?", fragte Hester. „Ah, da ist er ja. John, Liebling ..." Sie drehte sich zu ihrem Mann um. „Weißt du etwas über dieses

Buch? Holly hat es oben gefunden. Sie glaubt, es hat vielleicht Ben gehört."

Wieder zitterte ihre Stimme leicht, als sie den Namen ihres Enkels aussprach, und John Hurley eilte quer durch die Küche zu ihr und legte die Hände auf die Rückenlehne ihres Stuhls. Er beugte sich hinunter, um sie zu küssen, und Holly sah, wie ihre Großmutter kurz die Augen schloss und die Wange an seinen Arm schmiegte, als wollte sie Kraft daraus ziehen.

„Guten Morgen, Granddad!" Holly lächelte ihn an. „Ich hoffe, das Essen gestern Abend war gut?"

Für Holly war ihr Großvater schon immer der Inbegriff des typisch altmodischen Akademikers gewesen. Er hatte dichtes grau meliertes Haar, ging immer leicht vornübergebeugt, als hätte er zu lange Zeit über seinen Büchern verbracht, und trug stets ein Tweedsakko, selbst wenn es warm war. Zu diesem Outfit passte seine leicht zerstreut wirkende Freundlichkeit, die nicht ahnen ließ, welch scharfer Verstand sich dahinter verbarg. Ruhm und die Umtriebigkeit eines Fernsehakademikers waren nichts für John; er sah aus, als gehörte er in die Elfenbeintürme von Oxford und hätte nicht vor, diese zu verlassen.

„Ich hatte eindeutig zu viel von dem Portwein nach dem Essen", brummte er reuevoll und fuhr sich mit der Hand durch das Haar, sodass es noch zerzauster aussah. „In meinem Alter sollte ich es eigentlich besser wissen."

Holly und Hester tauschten einen kurzen Blick, und Holly bemerkte die leicht besorgte Miene ihrer Großmutter. Vor vielen Jahren war ihr Großvater ein starker Trinker gewesen. Holly wurde klar, dass ihre Großmutter Angst hatte, Bens Verschwinden könnte einen Rückfall in diese alte Gewohnheit auslösen, Vergessen zu suchen.

Inzwischen hatte John das Buch zur Hand genommen. „Oh ja, daran erinnere ich mich", sagte er. „Ein interessantes Zeitdokument. Ich wollte es für Ben authentifizieren lassen, aber nach seiner Abreise konnte ich es nirgends finden."

„Er hat es in den Bücherschrank in meinem Zimmer gestellt", erklärte Holly. Sie nahm ihrem Großvater das Tagebuch ab und drückte es an ihre Brust. „Wenn du nichts dagegen hast, behalte ich es vorerst einmal. Ich würde gern weiter darin lesen."

„Natürlich", stimmte John ruhig zu. Holly sah, wie er und Hester sich kurz in die Augen schauten. Sie wusste, dass beide dachten, sie wollte es unbedingt behalten, weil es eine weitere schwache Verbindung zu Ben war. Wahrscheinlich fanden sie auch, dass sie sich an Strohhalme klammerte. Dass niemand wusste, was mit Ben geschehen war, setzte ihnen allen schwer zu.

„Was hast du heute vor, Liebling?", fragte Hester. „Fährst du zurück nach Ashdown?"

„Heute noch nicht. Ich habe beschlossen, für ein paar Tage nach London zu fahren. Nicht, um mich mit Guy auszusöhnen", fügte sie hastig hinzu, als sie den erst überraschten, dann erleichterten Gesichtsausdruck ihrer Großmutter sah. „Ich will meine Sachen packen und eine Spedition beauftragen, meine Werkstatteinrichtung in die Mühle zu transportieren. Ich habe mich gefragt ...", sie warf einen Blick auf Bonnie, „ob ihr wohl etwas dagegen hättet, sie in der Zeit für ein, zwei Tage zu nehmen?"

„Liebend gern!" Hester strahlte.

„Ihr solltet euch einen eigenen Hund anschaffen, wisst ihr. Hunde haben eine gesundheitsfördernde Wirkung auf Menschen."

„Aber wir würden unmöglich einen so wundervollen finden wie dieses hinreißende Mädchen hier." Hester streichelte Bonnies seidenweiche Ohren. „Hauptsache, wir dürfen sie uns ab und zu ausleihen, dann ist alles gut." Bonnie wedelte zustimmend mit dem Schwanz, und als Holly aufstand, um sich für ihre Abreise vorzubereiten, machte die Hündin keine Anstalten, ihr zu folgen.

„Wird sie mich überhaupt vermissen?" Holly seufzte.

„Aber ganz bestimmt wird sie das", versicherte Hester. „Ruf uns nachher an und berichte, wie du vorankommst."

Es war noch früh am Samstagmorgen, und auf den Straßen herrschte nicht viel Verkehr; die meisten Leute fuhren nach Oxford hinein und nicht stadtauswärts. Holly rief Guy von unterwegs aus an, um ihm Bescheid zu sagen, dass sie auf dem Weg war.

Als sie in die enge kopfsteingepflasterte Straße zwischen den ehemaligen, umgebauten Stallungen auf der einen und den hohen schmalen Häusern auf der anderen Seite einbog, kam ihr schon alles fremd vor, obwohl sie nur ein paar Tage fortgewesen war. Es war ein merkwürdiges Gefühl, so als wäre sie bereits weitergezogen, auf eine ganz tiefgreifende Art.

Guy wartete auf sie. Er trug Boxershorts, ein fleckiges T-Shirt und war eindeutig gerade erst aufgestanden. Er sah unrasiert und nicht besonders freundlich aus. „Das mit deinem Bruder tut mir leid", sagte er widerwillig, als hätte er den Satz einstudiert und erhoffte sich nun Anerkennung dafür. „Ich dachte wirklich, er wäre inzwischen längst wieder aufgetaucht." Er bewegte sich unbehaglich. „Wahrscheinlich glauben sie mittlerweile, dass er sich umgebracht ..." Er verstummte, als Holly ihn einfach nur ansah. In der Wohnung herrschte eine unbeschreibliche Unordnung. „Ich war die meiste Zeit nicht da", entschuldigte Guy sich. „Was hast du jetzt vor?"

„Ich packe meine Sachen zusammen und nehme sie mit nach Ashdown." Die Wohnung gehörte Guy, genau wie die meisten Möbel, sie würde also nicht viel Zeit brauchen. Als sie sich umsah, fiel ihr auf, wie erstaunlich wenig Spuren es von ihr gab, obwohl sie hier gewohnt hatte. Das kam wohl daher, weil sie in erster Linie gearbeitet hatte. Die Kissen gehörten ihr, sowie ein paar Bilder. Darüber hinaus besaß sie zwei Sessel und etwas Bettzeug. Ganz sicher war das nicht ihre Zahnbürste, die neben Guys im Badezimmer lag, aber dazu gab sie keinen Kommentar ab. Sie wollte sich jetzt nicht mit ihm streiten.

Mit ihrer Werkstatt war das etwas ganz anderes, hier gehörte alles ihr, und als Holly sie betrat, empfand sie ein scharfes Gefühl des Verlustes. Zum ersten Mal fragte sie sich, ob sie wirklich das Richtige tat. Bens Verschwinden hatte bislang alles andere aus ihrem Kopf verdrängt. Sie sah sich im Halbdunkel um, sah die mit ihren Beständen – Gläsern, Schalen und Briefbeschwerern – vollgestellten Regale, den langen Arbeitstisch und die Graviergeräte, und plötzlich kehrte etwas von der vertrauten Normalität ihres früheren Lebens zurück. Sie wünschte, sie hätte die Uhr rückwärts drehen können.

Das Problem war nur, dass das nicht möglich war. Zu viel war inzwischen geschehen. Ben wurde vermisst, und sie hatte sich verändert. Sie wollte in Ashdown sein. Sie wollte herausfinden, wonach Ben geforscht hatte. Sie wollte irgendwie *ihn* dadurch finden.

Sie sah ein, dass es vor allem Vorteile hatte, die Werkstatt aufzugeben. Die Mieten in London waren horrend, und sie

hatte sich viele Monate anstrengen müssen, den Zahlungs-
aufforderungen nachkommen zu können. Es lag nicht daran,
dass sie nicht erfolgreich war; sie hatte ein aufstrebendes kleines Unternehmen, aber die Ausgaben fraßen so viel von ihren
Einnahmen weg. Vielleicht war es Zeit, woanders hinzuzie-
hen. Die Mühle war geradezu ein Geschenk, weil sie keine
Miete zu zahlen brauchte; und hier konnte sie eindeutig nicht
bleiben, nachdem es zwischen Guy und ihr aus war.

Zurück in der Wohnung sagte sie Guy, dass sie bei einer
Freundin übernachten würde, und sie sah ihm seine Erleichterung deutlich an. Es war grotesk, wie schnell sie sich voneinander entfernt hatten, andererseits hatten sie sich wohl auch
nie sonderlich nahegestanden. Eine Zeit lang hatte die körperliche Nähe die emotionale Distanz kaschiert, aber dieser
schöne Schein war nun endgültig zerbrochen.

„Ich habe ganz vergessen, dir zu sagen …" Guy war inzwischen angezogen und sah aus, als wollte er ausgehen, und
hoffte, sie würde nicht allzu lange in der Wohnung bleiben.
„Heute Morgen wurde ganz früh ein Päckchen von einem
Eilboten für dich abgegeben. Durch ihn bin ich überhaupt geweckt worden." Er hielt inne, als erwartete er, dass Holly sich
dafür entschuldigte. „Wie dem auch sei, hier ist es." Er gab ihr
einen gefütterten Umschlag.

Holly öffnete ihn. Eine schwarze Samtschatulle und ein
dicker steifer Bogen Briefpapier befanden sich darin. Sie erkannte die Schatulle sofort, ihr Herz setzte einen Schlag aus.
Mit leicht zitternden Händen stellte Holly sie auf den Tisch
und faltete den Briefbogen auseinander.

Meine liebe Miss Ansell …

Handgeschrieben, mit schwarzer Tinte. Wie selten erhält man heute noch handgeschriebene Briefe, dachte Holly überflüssigerweise.

Es war mir ein großes Vergnügen, gestern Abend im Ashmole an Museum Ihre Bekanntschaft gemacht zu haben ...

„Was zum ... ", entfuhr es Guy. Er hatte die Schatulle vom Tisch genommen und aufgeklappt. Nun stand er mit offenem Mund da und hielt den Kristallspiegel in der Hand, der klein und zerbrechlich aussah, aber dessen Diamanten hart in der Morgensonne glitzerten.

Holly sah eine Sekunde lang auf, aber der Brief war jetzt wichtiger. Sie verspürte eine leichte Übelkeit und hatte eine trockene Kehle.

Gewiss erinnern Sie sich an die Geschichte über den Wahrsagespiegel von Friedrich von Böhmen, die ich Ihnen erzählt habe. Ich habe beschlossen, den Spiegel aus der Ausstellung herauszunehmen. Sein Platz ist bei der Sistrin-Perle; bei Ihnen, Miss Ansell, denn ich bin mir sicher, Sie werden bei den Nachforschungen über das Verschwinden Ihres Bruders die Perle finden. Ich wünsche Ihnen viel Erfolg bei Ihrer Suche.

Espen Shurmer
P.S.: Der Spiegel ist ein Geschenk.

Holly ließ den Brief auf den Tisch gleiten, und Guy stürzte sich sofort darauf. Sie packte die Rückenlehne eines Küchenstuhls und setzte sich schwerfällig hin. Guy überflog den Brief rasch, und als er dann sprach, hatte seine Stimme einen ganz neuen Unterton, eine Mischung aus Aufregung und Ungläubigkeit.

„Ist das wahr? Jemand hat dir das hier *geschenkt*?"

Holly betrachtete den Spiegel. Er lag jetzt im Schatten, und in dieser ganz alltäglichen Umgebung, in der Küche, wirkte er irgendwie unbedeutender, schäbiger und nur halb so groß wie am Vorabend, als er noch in seiner Vitrine im Ashmolean gefunkelt hatte. „Ja", sagte sie. „Das ... hat er wohl."

„Verdammt!" Guy starrte sie an. „Sind das echte Diamanten?" Er warf einen Blick auf den Brief. „Wer ist dieser Espen Shurmer überhaupt?"

„Ein holländischer Sammler und Philanthrop. Er ist ein Bekannter von Ben."

„Grundgütiger." Guy wirkte geschockt. „Ich hatte keine Ahnung, dass dein Bruder so einflussreiche Leute kennt. Ich meine ... die Diamanten müssen mindestens eine halbe Million wert sein, wahrscheinlich noch mehr."

„Das könnte sein." Ihre Stimme hörte sich selbst in ihren Ohren eigenartig an. Nie zuvor hatte Holly sich so seltsam gefühlt, zittrig, ratlos, als würde sie neben sich stehen. Sie berührte den Brief mit den Fingerspitzen. Sie hatte das Museum verlassen und versucht, sich einzureden, dass die Geschichte von dem Spiegel und der Perle nichts weiter war als ein Mythos, eine über die Jahrhunderte entstandene Legende, die in eine andere Zeit gehörte. Sie hatte versucht, sich einzureden, dass sie unmöglich etwas mit Bens Nachforschungen zu tun haben konnte.

Der Spiegel ist ein Geschenk.

Sie wollte ihn nicht. Es war lächerlich, dass Espen Shurmer ihn ihr geschenkt hatte, weil er glaubte, der Spiegel könnte ihr helfen, herauszufinden, was mit Ben geschehen war. Und noch verrückter war es, zu glauben, sie könnte die Sistrin-Perle finden.

Guy setzte sich ihr gegenüber an den Tisch. „Holly", begann er vorsichtig. „Findest du, wir sollten reden? Über uns, meine ich? Das alles ist doch viel zu schnell gegangen …"

Der Spiegel lag wieder in der Sonne und glitzerte.

„Wirklich, Guy, du bist so leicht zu durchschauen."

Er wurde rot. „Ich meine es ernst. Wir waren nun doch schon eine ganze Weile zusammen und haben uns gut verstanden. Wir wollten heiraten …"

„Abgesehen davon, dass wir immer zu beschäftigt waren, um ein Datum festzulegen, was schon für sich spricht." Holly berührte leicht seinen Handrücken. „Guy, ich weiß genau, was du denkst, aber ich werde den Spiegel nicht verkaufen. Ich würde ihn nie weggeben und mir dafür eine schönere Wohnung, einen Aston Martin oder ein Ferienhaus auf den Seychellen anschaffen. Das wird nicht passieren."

Guy starrte sie an, als hätte er sie noch nie zuvor gesehen. „Was?" Das Blut schoss ihm in die Wangen. „Wie meinst du das, du wirst ihn nicht verkaufen? Was zum Teufel willst du denn sonst damit anfangen – ihn auf deine Frisierkommode legen, als wärst du Elizabeth I.?"

Die Worte quollen boshaft und gehässig aus seinem Mund, und wieder einmal erkannte Holly, wie tief die Kluft zwischen ihnen war. Es war wirklich und wahrhaftig vorbei. „Ich will ihn nicht behalten, weil er mir gefällt." Sie versuchte, es ihm zu erklären, aber sie merkte selbst, dass sie nicht die richtigen Worte finden würde. „Er ist antik. Ich habe das Gefühl, er ist mir anvertraut worden. Ich kann ihn nicht einfach weggeben."

Guy zuckte die Achseln. „Was soll's." Er stand auf. „Er ist wahrscheinlich ohnehin eine Fälschung. Der Typ ist eindeutig verrückt. Und wie hat er das gemeint, dass du Nachforschungen über Bens Verschwinden anstellen willst? Das solltest du lieber der Polizei überlassen." Ohne ein weiteres Wort verließ er die Küche, und kurz darauf hörte Holly, wie er seine Schlafzimmertür hinter sich zuknallte.

Ein Sonnenstrahl fiel auf den Tisch, tauchte den Spiegel in weißes Licht und ließ die Diamanten hell funkeln. Dennoch hatte Holly das Gefühl, als läge immer noch Guys Feindseligkeit in der Luft, und als sie daran dachte, was Espen Shurmer über die zerstörerische Macht des Spiegels gesagt hatte, da kam es ihr so vor, als hätte das prachtvolle Artefakt sein böswilliges Werk bereits begonnen.

Holly war nicht so zumute, als hätte sie ein Geschenk bekommen. Es fühlte sich eher wie ein Fluch an.

10. Kapitel

Wassenaer Hof, Den Haag, November 1632

Elizabeth ließ sich gerade malen; sie wusste nicht, was sie sonst hätte tun sollen. Das Wetter war zu unfreundlich zum Spazierengehen, ein schneidender Wind wehte vom Meer her und brachte grauen Nieselregen mit. Zum Singen, Spielen oder Musizieren hatte sie an diesem Tag auch keine Lust. Am vergangenen Abend hatten sie ein Maskenspiel veranstaltet und dabei getanzt, gelacht, gespeist und getrunken, als wären sie wieder in Heidelberg, die Jahre im Exil hatten sich aufgelöst, als hätte es sie nie gegeben. Der Abend war ein wenig wie im Rausch verlaufen, und an diesem Morgen fühlte Elizabeth sich ermattet und benommen, von dem Vergnügen war nichts mehr zu spüren.

Vielleicht hätten sie gar nicht feiern sollen. Zwar war bei Lützen ein großer Sieg errungen worden, und Friedrich stand so kurz davor, das Pfälzer Land seiner Vorfahren zurückzuerhalten, doch der Preis für diesen Erfolg war grausam hoch gewesen. Der schwedische König Gustav Adolf war auf dem Schlachtfeld gefallen, und im Moment des Sieges war die protestantische Sache wieder in Verwirrung gestürzt worden.

Es war ein seltsames Jahr gewesen. Im Frühling hatten Friedrichs Nachrichten noch voller Hoffnung für die Zukunft geklungen, doch als das Frühjahr in den Sommer übergegangen war, hatten sich seine Briefe immer melancholischer angehört. Der Vormarsch auf Heidelberg war ins Stocken geraten. Friedrich litt an Schmerzen und Taubheit. Gustav Adolf wollte ihm kein eigenes Kommando geben, und so konnte er nur frustriert die Zeit totschlagen. Elizabeth kannte solche Situationen bereits, wenn Müßiggang die Hoffnung erstickte und Zuversicht sich in Enttäuschung verwandelte. Friedrich reiste tief in sein Kurfürstentum, und seine Briefe wurden immer düsterer. Städte waren niedergebrannt und verwüstet worden. Sein väterliches Erbe war zerstört.

Elizabeth hatte sich so hilflos gefühlt. Sie und Friedrich waren es gewohnt, getrennt zu sein, das war in ihrem ganzen Eheleben schon oft der Fall gewesen. Dieses Mal jedoch fühlte es sich anders an, bedrohlicher, gefährlicher. Als Friedrich das letzte Mal in Melancholie verfallen war, hatte sie ihn wieder aufgeheitert oder ihm zumindest etwas von seiner Last abgenommen. Jetzt aber war sie so weit von ihm entfernt, und sie litt sehr unter der Trennung, nicht nur wegen der räumlichen Distanz, sondern auch seelisch.

Dazu kam ein ganz neues Gefühl der Verzweiflung, weil Friedrich nicht der starke, entschlossene Herrscher sein konnte, den sie so dringend brauchten. Sie kam sich schrecklich illoyal vor, und doch schien sie nicht dagegen ankommen zu können. Die Unzufriedenheit hatte sich in ihr festgesetzt wie ein Krebsgeschwür.

William Craven hatte sie seit Rhenen nicht mehr gesehen. Andere hatten seine Aufgaben als Friedrichs Bote übernommen. Sie wusste nicht, ob das seine Entscheidung gewesen war oder Friedrichs. Es ging das Gerücht, dass Gustav Adolf ihm ein Kommando in seiner Armee angeboten hatte; eine höchst schmeichelhafte Beförderung, die den Respekt des Königs vor seiner Tüchtigkeit und Tapferkeit widerspiegelte. Aus

Loyalität Friedrich gegenüber hatte Craven jedoch abgelehnt. Elizabeth wünschte, er hätte das Angebot angenommen; seit Rhenen hatte sich etwas geändert, sie fühlte sich seiner zu sehr bewusst, zu verwundbar wegen ihrer Empfindungen für ihn. Es waren Empfindungen, die eine Königin dem Junker ihres Gemahls nicht entgegenbringen sollte, erst recht nicht eine Königin wie sie, die als absolut ergeben galt und eine ganze Schar hoffnungsvoller Kinder hatte.

Es war ein Schock für sie gewesen, als ihr klar geworden war, dass sie William Craven begehrte. Sie wollte seine Stärke und seine Sicherheit. Sie wollte seine Berührung, seine Hände auf ihrem Körper. Sie war immer eine treue Gemahlin gewesen. Sie hatte nie damit gerechnet, jemals einen anderen Mann als Friedrich zu begehren, aber sie hatte nie auch nur einen Bruchteil des Verlangens nach ihm verspürt, das sie für William Craven hegte. Es war wie eine Krankheit, ein Fieber; ob sie ihn nun sah oder nicht, machte keinen Unterschied. Ihrer Meinung nach lag es an dem Gegensatz von Cravens Stärke und Friedrichs Schwäche, von Cravens Sicherheit und Friedrichs Unentschlossenheit. Doch den Grund zu kennen, änderte nichts an ihrer Sehnsucht nach ihm.

Sie veränderte leicht ihre Sitzhaltung. Der Sessel kam ihr schrecklich unbequem vor, viel zu dick gepolstert, und die hölzerne Armlehne drückte schmerzhaft gegen ihre Rippen. Vielleicht lag es aber auch nur daran, dass sie sich an diesem Tag so ruhelos und gar nicht wohl in ihrer Haut fühlte, unsicher, voller Hoffnung und gleichzeitig verzweifelt, weil nach Gustav Adolfs Tod immer noch die Möglichkeit bestand, dass man Friedrich ein weiteres Mal sein Land wegnahm.

Friedrich teilte diese Bedenken nicht. Der Brief, in dem er ihr von dem Sieg berichtet hatte, war mehr als überschwänglich gewesen ... *Die Ritter der Rosenkreuzer haben für mich in die Zukunft geblickt. Der Kristallspiegel hat gezeigt, dass ich alles zurückbekommen werde, was ich verloren habe. Schon bald wird alles gut, meine Liebste, und dann lasse ich nach dir schicken.*

Solche Versprechen hätten sie glücklich machen sollen, aber sie vertraute dem Spiegel nicht. Friedrich hatte den Fehler gemacht, zu glauben, dass ein Mensch die Magie der Perle und des Spiegels seinem Willen unterwerfen konnte. Sie wusste es besser. Alte Magie ließ sich nicht so leicht beherrschen; und das Problem mit Prophezeiungen war, dass sie so ein stumpfes Instrument sein konnten und viel versprachen, aber nur wenig hielten.

„Majestät!" Van Honthorst, der Maler, klang halb flehentlich, halb gereizt.

Elizabeth merkte erst jetzt, dass sie die ganze Zeit mit ihrer Kette gespielt und die Sistrin in der Mitte unentwegt hin und her gedreht hatte. Sie wünschte, sie hätte anderen Schmuck angelegt; sie hatte das Gefühl, die Perle würde sie ersticken.

„Mama, darf ich mir ein Buch zum Lesen holen?"

Neben ihr saß die fünfzehnjährige Elizabeth, ihre älteste Tochter, und zappelte auf dem Sessel herum. Sie war ein seltsames Kind, das lieber las, als auf die Jagd zu gehen oder zu spielen. Ihre Tochter war keine wirkliche Schönheit, wie Elizabeth fand, zumindest noch nicht, vielleicht entwuchs sie ihrer jugendlichen Schwerfälligkeit ja noch. Es wäre schon ein Vorteil gewesen, wenn sie öfter gelächelt hätte. Sie hatte die Ernsthaftigkeit ihrer Großmutter geerbt und die verdrießliche Art ihres Vaters. Trotzdem war sie hübsch genug, um eine gute Partie abzugeben, und jetzt, da ihr Vater schon bald

155

wieder Kurfürst von der Pfalz sein würde, hatte Prinzessin Elizabeth außerordentlich gute Chancen. Es wurde langsam Zeit, über die Verheiratung ihrer Kinder nachzudenken …

Die Tür flog auf. Grollend warf van Honthorst seinen Pinsel zu Boden, dass die Farbe nur so spritzte. „Genug der Störungen! Wie soll ich arbeiten, wenn Euch dauernd Leute bestürmen und einen Gefallen von Euch erbitten, Majestät?"

Es war jedoch kein aufdringlicher Höfling, der in den Raum eilte, sondern Doktor Rumph, mit fliegenden schwarzen Rockschößen und einem Brief – viele Seiten lang, mit denen er hektisch herumfuchtelte. Elizabeth hörte, wie das Gerede und Geplapper im Vorzimmer anschwoll und dann ausgeblendet wurde, als er die Tür hinter sich schloss. Plötzlich herrschte eine merkwürdige Stimmung im Raum. Elizabeth vernahm nichts außer Rumphs Schritten auf dem Marmorboden und ihren eigenen, auf einmal stockenden Atemzügen.

Etwas stimmte hier ganz und gar nicht.

Sie wartete. Die Zeit blieb stehen. Rumph schien eine Ewigkeit zu brauchen, zu ihr zu kommen.

„Mama?" Ihre Tochter hatte sich zu ihr umgedreht und sah sie fragend und mit einem Anflug von Panik an. Van Honthorst, der den Pinsel hatte aufheben wollen, war mitten in der Bewegung erstarrt und richtete sich nun ganz langsam auf. Elizabeth bemerkte die roten und blauen Farbkleckse, die auf dem Boden trockneten.

„Kommt, Madam Elizabeth." Der Maler hielt der Prinzessin die Hand hin. „Ihr habt sehr geduldig Modell gesessen und Euch jetzt ein Eis verdient."

Elizabeth war noch jung genug, um sich mit einer Leckerei locken zu lassen, aber sie sah sich lange nach ihrer Mutter um, als sie ging.

„Majestät …" Rumph vergaß vor Aufregung ganz, sich zu verneigen. „Ich muss Euch leider mitteilen … Schreckliche Nachrichten …"

Kalte Angst legte sich wie eine Faust um Elizabeths Herz, sie konnte nicht atmen.

„Seine Majestät, der König von Böhmen, ist ganz plötzlich von einem pestilenten Fieber dahingerafft worden …"

Elizabeth hörte seine Worte nur undeutlich, aber sie verstand, was sie bedeuteten. Sie würde Friedrich niemals wiedersehen. Er war von ihr gegangen. Sie musste sich allein, schrecklich allein der Zukunft stellen.

Die Angst in ihrem Innern wuchs wie ein lebendiges Wesen und verdrängte alles andere. Elizabeth fing an zu zittern, sie bekam einfach keine Luft. Sie riss sich die Kette vom Hals. Vage bekam sie mit, dass Rumph versuchte, sie zu stützen, und um Hilfe rief. Die Dunkelheit lockte. Es war eine Gelegenheit zur Flucht, und Elizabeth ergriff sie.

„Sie atmet. Noch besteht Hoffnung."

„Die Kinder … was sollen wir ihnen sagen?"

„Es dauert nun schon drei Tage. Sie hat nichts gegessen und getrunken. Das Ende ist sicherlich nah."

Elizabeth hörte die Stimmen, aber sie hatte weder die Kraft noch den Willen, sich zu bewegen. Sie befand sich in einem halb bewusstlosen Schwebezustand, aus dem sie nie wieder erwachen wollte. Gestalten bewegten sich vor ihrem Bett, schattengleiche Schemen. Die Zeit verstrich. Sie hatte keine Ahnung, wie viele Tage verstrichen waren, und es war ihr gleichgültig.

„Holt den Kaplan. Es wird nicht mehr lange dauern."

Ein Knall, die Tür flog auf. Elizabeth wachte auf von dem Lärm. Higgs hatte es offenbar eilig, sie ins Jenseits zu verabschieden. So oft kam der Kaplan zu spät, dieses Mal kam er zu früh. Das hätte sie amüsiert, wenn sie den Willen gehabt hätte, etwas anderes zu empfinden als Verzweiflung.

„Mylord! Ihr könnt hier nicht herein ..."

Stimmen, lauter jetzt. Eilige Schritte. Hektische Bewegungen vor ihrem Bett. Das brachte sie ganz durcheinander, sie wünschte sich doch nur tröstliche Dunkelheit und Stille.

„Majestät."

Sie kannte diese Stimme. William Craven. Sie musste träumen, denn er war doch bei Friedrich in Mainz gewesen. Er konnte nicht hier sein.

„Madam! Wacht auf! Aufwachen, sage ich!" Cravens Stimme klang rau vor Emotionen und übertönte den Aufruhr an ihrem Bett.

Es war viel leichter, ihm nicht zu gehorchen. Sie wusste, er konnte keine guten Neuigkeiten für sie haben, und den schlechten wollte sie sich nicht stellen – zu akzeptieren, dass Friedrich tot war und sie versuchen musste, weiterzuleben. Doch Craven schien sie nicht in Ruhe lassen zu wollen.

„Elizabeth!"

Niemand sprach die Königin je mit ihrem Namen an. Die Höflinge um sie herum schnappten hörbar entsetzt nach Luft. Aber Craven war noch nicht fertig. Er packte sie, seine Finger bohrten sich in ihre Schultern. Er schien sie tatsächlich schütteln zu wollen. Schockiert riss sie die Augen auf. „Lord Craven!"

„Schon besser." Craven klang grimmig belustigt. „Wenn Überredungskünste versagen, kann auch Respektlosigkeit eine Reaktion auslösen." Er drehte sich zu den gaffenden Höflingen um. „Holt etwas zu essen und Wasser für Ihre Majestät. Sie muss wieder zu Kräften kommen. Beeilung!"

In wenigen Sekunden waren alle aus dem Zimmer verschwunden bis auf Dr. Rumph, der stramm stehen blieb wie ein Soldat, der sich weigerte, seinen Posten zu verlassen.

„Ihr habt sie zur Ader gelassen?" Elizabeth hörte die schneidende Verachtung aus Cravens Stimme heraus. „Dann ist es kein Wunder, dass sie so schwach ist."

Sie stützte sich auf ihre Ellenbogen und versuchte, sich aufzusetzen. Es stimmte, sie war schwach wie ein Kätzchen. „Es ist nicht Dr. Rumphs Schuld", sagte sie. „Er hat sein Bestes getan."

„Ihr verfügt über keinerlei medizinische Kenntnisse, Mylord." Rumph hasste es, wenn man seine Autorität infrage stellte.

„Das ist wohl wahr", erwiderte Craven leichthin, „aber ich weiß, wie es ist, viel Blut zu verlieren. Es macht einen nicht stärker." Er ging zum Fenster und zog die Vorhänge auf. Licht flutete ins Zimmer, und Elizabeth blinzelte. Dann riss er die Fenster weit auf, und Elizabeth erschauerte.

„Genug!", sagte sie. „Jetzt versucht *Ihr*, mich umzubringen." Aber zum Sterben war es inzwischen zu spät; sie begriff, dass diese Chance verstrichen war. Irgendwie musste sie jetzt weiterleben, auch wenn schon allein die Vorstellung ihre Kräfte wieder schwinden ließ. Craven drehte sich zu ihr um, und sie sah ihm die Spuren der Reise an, den Staub der Straße, die Falten der Trauer und der Erschöpfung.

Er kniete sich neben ihr Bett und nahm ihre Hand. „Ich bedauere zutiefst den Verlust Seiner Majestät", sagte er.

Sie hörte ihm an, dass er es aufrichtig meinte. Viele Männer hatten Friedrich für schwach und ungeeignet, für keinen Staatsmann gehalten. Auch Craven hatte das gedacht, aber das hatte keinen Einfluss auf seine Loyalität gehabt. Das gefiel ihr an ihm, aber es beschämte sie auch. Er hatte Friedrich mit seinen Diensten geehrt, nun musste sie Friedrichs Andenken ehren und alle illoyalen Gedanken aus ihrem Kopf verbannen.

Sie zeigte auf den Stuhl neben ihrem Bett. Craven hob behutsam einen ihrer Hunde davon herunter und setzte sich. „Wart Ihr bis zum Ende bei meinem Gemahl?", fragte sie. Ihre Kehle war wie zugeschnürt, aber sie unterdrückte ihre Tränen.

„Ja." Cravens ernster Blick war in die Ferne gerichtet. „Seine Majestät sah dem Tod mit wahrer Tapferkeit und Edelmut entgegen, Madam. Ich habe Briefe für Euch, die er in den Tagen vor …" Er zog sie aus der Tasche, zögerte und legte sie dann auf den Nachttisch. „Er schrieb von seiner Liebe zu Euch, Madam, und wies Eure Kinder an, Euch in allen Dingen zu gehorchen."

Die Kinder. An die hatte sie noch gar nicht gedacht. Sie verbrachte so wenig Zeit mit ihnen. Sie musste unbedingt mit ihnen über den Tod ihres Vaters sprechen. Karl Ludwig war der nächste Kurfürst von der Pfalz, aber er war noch ein Kind, minderjährig. Es war aussichtslos, dass ihm gelang, wofür sein Vater so hart gekämpft hatte – das Land zurückzugewinnen. Alles, was Gustav Adolf erreicht, alles, wonach Friedrich sich gesehnt hatte, konnte jetzt verloren sein.

„Ihr solltet zu den Kindern gehen." Craven hatte ihre Miene beobachtet. „Zu allen. Sie sind noch jung, und sie trauern. Sie brauchen Euch."

Wieder ein unerwünschter Rat, eine unbefugte Einmischung. Er äußerte seine Meinung zu offen, aber sie war zu müde, ihn zurechtzuweisen. Außerdem musste jemand ihr direkter Ansprechpartner sein, jetzt mehr denn je. Sie würde in den kommenden Tagen guten Rat dringend nötig haben.

Ihre Bediensteten kehrten beflissen zurück, mit Wasser, süßem Wein, Brühe und allen möglichen anderen Speisen, die sie zum Essen ermuntern sollten. Craven verließ ihr Gemach und ging ins Vorzimmer, während Elizabeth bedient wurde, aber sie konnte seine Stimme hören, und sie fühlte sich getröstet. Es schien ihr, als wäre er ihr einziger Halt in einer Welt, die ihr auf einmal so fremd geworden war.

Sie konnte nicht viel essen, aber das wenige tat ihrer trockenen Kehle gut. „Ich möchte noch einmal mit Lord Craven sprechen", sagte sie, als sie fertig war.

Das gefiel ihren Höflingen nicht, sie sah es ihnen an. Craven war keiner von ihnen, er hatte eine Grenze überschritten. Sie glaubten vermutlich jetzt schon, dass er zu großen Einfluss auf sie hatte, doch das war ihr gleichgültig. Sie bedeutete ihnen, sich zurückzuziehen, richtete sich auf und lehnte sich gegen ihre Kissen, um auf ihn zu warten.

Er kam zurück mit den schnellen, ungeduldigen Schritten eines Soldaten. Er hatte inzwischen Zeit gefunden, sich zu waschen, obwohl er noch immer seine Reisekluft trug. Elizabeth konnte den Straßenstaub an ihm riechen, vermischt mit dem Geruch von Leder und Pferden, überlagert von dem frischeren Duft nach Wasser.

Plötzlich wurde ihr bewusst, was er für sie getan hatte. „Ihr seid den weiten Weg zu mir gekommen, obwohl Ihr selbst noch das Krankenbett gehütet haben müsst, nach den Verwundungen, die Ihr Euch bei Lützen zugezogen habt."

„Sie verheilen", sagte Craven kurz.

„Und der forsche Ritt hat ganz sicher dazu beigetragen."

Er lächelte widerstrebend. „Wie ich sehe, seid Ihr wieder ganz Ihr selbst, Madam."

„Warum habt Ihr das getan?", fragte Elizabeth. „Warum

seid Ihr gekommen?" Sie sah ihm genau an, wann ihm klar wurde, wie schwierig ihre Frage zu beantworten war, und sie wartete ab, was er sagen würde. Würde er etwas Unverfängliches darauf erwidern oder ehrlich sein?

Seine Augen lächelten nicht mehr. Er stand auf, ging langsam zum Fenster und legte eine Hand auf die Fensterbank. Elizabeth hatte den Bediensteten angeordnet, das Fenster zu schließen, aber die Vorhänge waren noch zurückgezogen und ließen das Licht herein, das auf Cravens Gesicht und seine gerunzelte Stirn fiel. „Es hieß, Ihr wärt gestorben. Man sagte, Ihr hättet vom Tod des Königs erfahren und wärt auf der Stelle tot umgefallen."

„Narren", erwiderte Elizabeth.

„Aber nicht völlig abwegig. Wenn ich Euch nicht geweckt hätte …"

„Wäre ich auch von allein wieder zu Kräften gekommen. Bitte nehmt nicht das Verdienst für Euch in Anspruch, mir das Leben gerettet zu haben." Sie log. Sie wusste es, und er wusste es auch.

Er lächelte leicht. „Angenommen, es wäre so und Ihr hättet Euch wieder erholt, wärt Ihr dennoch allein gewesen. Zumindest dachte ich das." Seine Stimme war immer leiser geworden. „Wie dumm von mir." Er machte eine Armbewegung, die das Zimmer und die am anderen Ende wartenden Höflinge mit einschloss. „Ihr seid niemals allein."

„Nein. Aber man kann auch in einem Raum voller Leute einsam sein", gab Elizabeth zurück.

Er nickte. „Dasselbe sagte meine Mutter, als mein Vater starb. Sie war eine starke Frau mit einem messerscharfen Verstand, trotzdem fehlte er ihr sehr."

„Ich bin Euch dankbar", versicherte Elizabeth. „Wirklich."

Er zuckte mit den Schultern, und sie merkte ihm an, dass er sich unwohl fühlte. Sie fragte sich, ob es an ihrer Schwäche lag, an ihrer plötzlichen Verwundbarkeit, weil sie nun allein war, dass sie ihn zu dem Eingeständnis drängen wollte, es gäbe mehr zwischen ihnen als einfach nur den Respekt eines Höflings vor seiner Königin. Das war töricht. Sie wusste, dass sie von dem Gedanken ablassen musste. Zwischen einer verwitweten Königin und dem Junker ihres verstorbenen Gemahls durfte nichts sein, es wäre unziemlich und skandalös.

„Was habt Ihr jetzt vor, da mein Gemahl nicht mehr unter uns weilt?" Craven sah überrascht aus, als hätte er noch gar nicht über seine Zukunft nachgedacht. Andere Höflinge würden sich schnell um eine andere Stellung bemühen und Friedrich den Rücken kehren, noch ehe seine Leiche erkaltet war. Sie würden nach England zurückeilen, an den Hof ihres Bruders. Sie rechnete damit, dass William Craven das auch tun würde, sobald er Zeit gehabt hatte, darüber nachzudenken. Es wäre klug von ihm gewesen und klug von ihr, ihn gehen zu lassen.

„Ich bin Euer Gefolgsmann, Majestät", erwiderte Craven. „Ich habe schon vor Jahren geschworen, Euch mit dem Schwert zu dienen."

„Ihr habt Friedrich die Gefolgschaft versprochen", erinnerte sie ihn. „Durch seinen Tod seid Ihr dieser Verpflichtung entbunden."

Er sank neben ihrem Bett vor den versammelten Höflingen auf ein Knie. „Was verlangt *Ihr* von mir, Madam?", fragte er. „Wie lautet *Euer* Befehl?"

Ich möchte, dass du bei mir bleibst.

Sie brauchte ihn, aber das konnte sie ihm nicht sagen. Sie durfte ihre Gefühle nicht so offen zeigen. „Ich denke, Ihr solltet nach England gehen", zwang sie sich zu sagen und setzte dazu das strahlendste Lächeln auf, das sie zustande brachte. „Mein Bruder braucht dringend Männer wie Euch, Lord Craven. Er wird durch Euren weisen Rat nur gewinnen, und Ihr werdet ebenfalls viel zurückgewinnen."

„Eine Beförderung." Sein Lächeln erreichte seine Augen nicht. „Ihr wisst, wie wenig mir solche Dinge bedeuten."

„Ich weiß sie für Euch zu schätzen."

„Dann sollte ich Euch für Euer Interesse an meiner Zukunft danken, Majestät." Er stand auf und verneigte sich. Er wollte gehen, und das schon so bald! Elizabeth war gleichzeitig unglücklich und wütend auf sich selbst. Das war es doch, was sie sich gewünscht hatte. So hatte ihr Befehl gelautet. Wollte sie etwa alle Würde ablegen und ihn anflehen zu bleiben?

Geh nicht. Ich brauche dich ...

Eine Königin bettelte nicht, auch nicht, wenn es um ihre Herzensangelegenheiten ging. Sie sollte sich nicht nach etwas sehnen, das nicht gut für sie war. „Ich wäre Euch dankbar, wenn Ihr Eure Abreise noch ein paar Tage aufschieben würdet, damit wir uns ausführlicher über meinen Gemahl unterhalten können, bevor Ihr geht", sagte sie förmlich.

„Natürlich." Craven verneigte sich erneut. „Ich lasse Eure Majestät jetzt ruhen."

„Craven." Sie sprach bewusst etwas energischer, um ihn einmal mehr daran zu erinnern, wer hier die Entscheidungen traf.

„Madam?"

„Wartet." Sie bedeutete den Höflingen mit einer Handbewegung, sich zurückzuziehen, und beobachte, wie sie wie ein aufgescheuchter Schwarm Vögel ans andere Ende des Zimmers zurückeilten. Ihr aufgeregtes Geschwätz stand in seltsamem Kontrast zu ihrer düsteren schwarzen Trauerkleidung. Sie wandte sich wieder Craven zu und winkte ihn näher zu sich heran. Was sie zu sagen hatte, sollte niemand mit anhören. „Seine Majestät …", begann sie, „hat man ihn sofort beerdigt?"

Ein Schatten huschte über Cravens Züge. „Ja, Madam." Er wirkte ungewohnt zögerlich. „Es war die Pest, versteht Ihr? Wir mussten schnell handeln."

Sie verstand in der Tat. Ohne Zweifel stand alles ganz genau in dem schrecklichen Bericht, den Dr. Rumph mitgebracht hatte – das Fieber, die Pestbeulen, das Delirium. Sie erschauerte und wollte nicht darüber nachdenken, wie die Pest Friedrichs Körper verwüstet hatte. Er war ein so schöner Mann gewesen, als sie sich kennengelernt hatten. So wollte sie ihn in Erinnerung behalten, für immer jung und voller Hoffnungen.

„Da war doch dieser mit Diamanten besetzte Spiegel …" Sie war jetzt so erschöpft, dass sie tatsächlich ausruhen musste, doch das hier war wichtiger. „Ihr kennt ihn. Der, den Seine Majestät und die Rosenkreuzer für ihre Prophezeiungen benutzt haben." Sie sah, wie Higgs, der Kaplan, sich zu ihr umdrehte und die Ohren spitzte, daher winkte sie Craven noch näher heran. „Was ist damit geschehen?", flüsterte sie. „Was ist mit dem Spiegel passiert?" So aus der Nähe konnte sie die goldenen Einsprengsel in seinen Augen sehen, die langen Wimpern und den bläulichen Bartschatten auf seinen Wangen. Plötzlich verspürte sie den brennenden Wunsch, draußen an der frischen Luft zu sein, mit ihm auszureiten, die Fesseln ihres Amtes abzuschütteln und frei zu sein.

„Wir haben ihm den Spiegel mit ins Grab gegeben, Madam", erwiderte er ruhig. „Ich hoffe, wir haben das Richtige getan. Er hatte sich auch die Miniaturen von Euch und seiner

Hoheit Prinz Karl Ludwig gewünscht, sein Schwert und die Insignien der Rosenkreuzer."

Also hatte Friedrich den Globus, den Kompass, das Rosenkreuz und den Spiegel mit ins Grab genommen. Elizabeth wusste, sie sollte froh sein, dass das alles fort war, vergraben und verloren. Jetzt war es vorbei, man konnte sie vergessen. Der Spiegel und die Sistrin-Perle hatten mit ihren falschen Versprechungen und ihrer gefährlichen Macht nur Elend und Zerstörung bewirkt. Es war gut, dass das Band zwischen ihnen nun zerrissen war.

Elizabeth lehnte sich entspannt zurück in ihre Kissen, ihre Augen fielen zu. „Danke, Craven. Ihr dürft jetzt gehen."

Schlafen, dachte sie. Und wenn sie wieder stärker bei Kräften war, wollte sie nach Leyden reiten und ihre Kinder sehen. Sie würde sehr gut ohne William Craven zurechtkommen. Er war nur einer von vielen Männern bei Hof, an ihm war nichts Besonderes. Im Grunde brauchte sie ihn gar nicht. Er ging nach England, wo ihr Bruder Charles ihn mit Titeln und Ernennungen ehren würde. Sie wollte hierbleiben und weiterhin dafür kämpfen, dass Karl Ludwig als Erbe seines Vaters anerkannt wurde. Ja, sie würden gut ohne einander zurechtkommen.

Das redete sie sich zumindest ein, weil sie gar keine andere Wahl hatte.

11. Kapitel

„Wie geht's dir?", fragte Fran.

Es war zwar erst zehn Uhr, aber der Tag versprach trotzdem schon brütend heiß zu werden. Die Tür zum Café stand offen, die Tische und Stühle waren draußen im Hof aufgestellt, und gestreifte Sonnenschirme warfen ihren Schatten auf die Gäste. Fran war damit beschäftigt, für die Mittagsbestellungen der Bauarbeiter Sandwiches zuzubereiten; ihr blondes Haar hatte sie unter einer weißen Cap festgesteckt. Beim Arbeiten summte sie leise vor sich hin.

„Kann ich dir helfen?", fragte Holly. Sie kam sich faul vor, weil sie einfach nur so dasaß und Fran bei der Arbeit zusah, andererseits war es auch sehr entspannend. Das kleine Café und der angrenzende Imbiss waren sonnendurchflutet, der frisch gebrühte Kaffee duftete herrlich. Holly rührte langsam in ihrer Tasse, beobachtete den kleinen Strudel, der sich dabei bildete, und sog genüsslich den Kaffeeduft ein. Sie war schon an den beiden vorangegangenen Tagen morgens bei Fran gewesen und konnte sich durchaus vorstellen, dass dies zur Gewohnheit werden würde.

Fran schüttelte den Kopf. „Vielen Dank, nicht nötig. Paula und ich haben alles im Griff, außerdem siehst du schrecklich schlecht aus. Du solltest dich etwas hinlegen."

„Vielen Dank, es geht mir gleich viel besser, nachdem du mir das gesagt hast."

„Ich finde es toll, dass du die Plakate mit Bens Foto aufgehängt hast", fuhr Fran fort. „Das war eine gute Idee. Vielleicht erinnert sich ja jemand, ihn gesehen zu haben. Ich nehme an, es gibt noch keine Neuigkeiten?" Fran bemerkte Hollys Gesichtsausdruck, der Bände sprach. „Natürlich nicht, denn sonst hättest du schon längst damit rausgerückt."

„Ich tue, was ich kann", sagte Holly. „Ich habe es in den sozialen Medien gepostet und mit ein paar Hilfsorganisationen gesprochen, die sich um die Familien vermisster Angehöriger kümmern. Wenigstens nimmt die Polizei die Sache jetzt ernster. Polizisten haben sein Haus und die Mühle durchkämmt und in allen Krankenhäusern nachgefragt."

„Ich habe gestern gesehen, wie sie im Wald gesucht haben", berichtete Fran. „Außerdem kam es gestern Abend in den Lokalnachrichten, eine Hotline wurde eingeblendet."

„Ja, und offenbar hat es viele Anrufe gegeben", erwiderte Holly. „Er ist einfach überall gesehen worden, von Dorset bis nach Dubai."

„Damit muss man wohl rechnen, nicht wahr? Ich meine, wenn nur ein einziger richtiger Hinweis dabei entdeckt wird, ist es die Sache wert."

„Ja, natürlich." Holly wollte optimistisch sein, aber irgendwie gelang ihr das nicht. Sie war erschöpft und ausgelaugt. Es hatte sie solche Anstrengung gekostet, sich durch die letzten Tage zu kämpfen. Trotzdem hatte sie die Mühle vom Dachboden bis zum Keller sauber gemacht, die Werkstatt aufgeräumt und ihre Gravierausstattung zurechtgelegt. Jede Nacht fiel sie um Mitternacht erschöpft ins Bett und stand um sechs Uhr morgens auf, um wieder von vorne anzufangen. Das hatte sie die letzten drei Tage so gemacht; sie wollte, dass alles blitzsauber war, wenn ihre Großeltern an diesem Abend kamen und Bonnie zurückbrachten. So hatte sie etwas, worauf sie sich konzentrieren musste, und seltsamerweise gab ihr das sogar Kraft.

Tatsächlich hatte die Mühle ihr etwas vernachlässigtes Flair verloren und sah allmählich wieder sauber und viel freundlicher aus. Zum Glück war sie bereits fast vollständig möbliert, aber zweifellos waren die zwei tiefen Sessel, die Holly mitgebracht hatte, eine Bereicherung, auch wenn die grauen Polster im Fischgrätenmuster ursprünglich für die Londoner Wohnung ausgesucht worden waren. Ihre Habseligkeiten zusammen mit denen von Ben zu sehen, war für Holly ein komisches Gefühl, eine Mischung aus Ungewohntheit, Heimweh und Bedauern, so als wäre ihr früher so geordnetes Leben völlig in die Schieflage geraten. Sie hoffte weiterhin, dass es irgendwann an der Tür klopfen würde und Ben hereinkam. Diese Hoffnung ließ mit der Zeit nicht nach; Holly merkte nur im Lauf der Tage, dass aus nervösem Warten mehr und mehr dumpfe Entschlossenheit wurde, durchzuhalten und sich auf einen längeren Zeitraum einzustellen.

Ihr Handy auf dem Tisch blinkte – eine neue Nachricht. Wie immer begann ihr Herz, schnell zu schlagen, dann beruhigte es sich wieder, als Holly sah, dass es nur eine SMS von ihrer Großmutter war, die ihre Verabredung für den Abend bestätigte.

Fran nahm ihren Becher und kam an Hollys Tisch. „Nur fünf Minuten", sagte sie und setzte sich mit einem wohligen Seufzer zu ihr. „Ich brauche eine Pause." Sie betrachtete Holly mit ihren klugen blauen Augen. „So, wie fühlst du dich? Glaubst du, du wirst dich hier eingewöhnen?" Sie runzelte die Stirn. „Ich meine, mal ganz abgesehen von den momentanen Problemen, aber du hast das Landleben immer gehasst."

Holly war gekränkt. „Das stimmt nicht. Ich hasse es nicht, ich wollte nur nicht selbst so wohnen."

„Und nun bist du hier." Fran stellte ihren Becher ab. „Nun ja, wenn es nicht klappt, kannst du vermutlich immer noch zurückgehen."

„Ich habe mir doch nicht umsonst die Finger wund geschuftet und die Mühle sauber gemacht!", erwiderte Holly voller Inbrunst.

„Ich bin mir sicher, Ben weiß das zu schätzen, wenn er zurückkommt."

Holly lächelte sie an. Es war tröstlich, dass Fran „wenn" gesagt hatte und nicht „falls", und sie war dankbar dafür. Es gab keine Regeln für Situationen wie diese, nichts deutete ihr den Weg in die richtige Richtung. Wenn sie auch nur einen Augenblick lang an Bens Rückkehr zweifelte, würde sie sofort unter einem fürchterlich schlechten Gewissen leiden, weil sie die Hoffnung aufgab.

„Die Mühle ist ein hübsches Gebäude", fuhr Fran fort. „Vielleicht ein bisschen heruntergekommen, aber doch mit ihrem ganz eigenen Charme. Es überrascht mich nicht, dass Ben so gern hier gewesen ist. Es muss eine schöne Abwechslung gewesen sein vom Stadtleben in Bristol."

„Allerdings war er gar nicht so oft hier, nicht wahr?" Holly nahm genüsslich einen Schluck von ihrem Kaffee. „Ich meine, nicht jedes Wochenende oder so etwas in der Art."

„Er war öfter hier vor …" Fran korrigierte sich. „Bevor er weggegangen ist." Sie runzelte die Stirn. „Ich habe mich schon gefragt …" Wieder zögerte sie.

„Ja?"

„Ich habe mich gefragt, ob er wohl daran dachte, ganz hierhinzuziehen", vollendete Fran ihren Satz hastig. „Er schien nicht sehr glücklich mit Tasha zu sein." Sie warf Holly einen unsicheren Blick zu. „Hat er dir irgendetwas erzählt?"

„Nein, nichts." Die Sache schockierte Holly nicht mehr, nicht nach alldem, was Tasha gesagt hatte, aber sie war doch verblüfft, dass das sogar Fran aufgefallen war. Hatte Ben ihr, Holly, gegenüber etwas erwähnt, und sie hatte ihm nicht richtig zugehört? War sie von falschen Tatsachen ausgegangen? Hatte sie Anzeichen übersehen? Sie stellte langsam ihre Tasse ab. „Ich weiß, dass sie Probleme hatten, aber es fällt mir so schwer, das zu glauben. Es gab hier doch keine andere, oder?"

„Nein, nein." Fran wich ihrem Blick aus und malte mit dem Finger Kreise auf den Tisch. „Soviel ich weiß, nicht. Ich hatte nur so ein Gefühl, vergiss es. Du weißt, mein Bauchgefühl ist miserabel. Er war nur plötzlich so oft hier, und immer ohne Tasha, da habe ich mich eben gewundert …"

„Er sagte mir, er käme hierher, um geschichtliche Nachforschungen anzustellen."

Frans blaue Augen weiteten sich. „Geschichtliche Nachforschungen? Ben?"

„Ja, ich weiß, aber offenbar hat er sich mit unserer Familiengeschichte befasst und ist dabei auf eine Verbindung zu Ashdown Park gestoßen", erklärte Holly.

„Vielleicht weiß Mark darüber Bescheid." Sie sah Holly eindringlich an. „Ich dachte, wir sollten einmal offen über ihn reden", sagte sie. „Du hast mir gesagt, es wäre eine einmalige Sache gewesen, und dass du nicht mehr darüber sprechen willst …"

„Das will ich auch nicht."

Wieder runzelte Fran die Stirn. „Das hier ist ein kleines Dorf, Holly, du wirst Mark immer wieder über den Weg laufen. Ich bin sogar überrascht, dass das noch nicht passiert ist.

Also darf es dir nichts ausmachen, wenn die Leute seinen Namen erwähnen."

„Es macht mir nichts aus", behauptete Holly nicht ganz wahrheitsgemäß. „Noch besser ginge es mir allerdings, wenn *du* nicht dauernd darauf zu sprechen kommen würdest." Sie blickte über den Hof, wo das rote Postauto vor einem kleinen uralten Briefkasten an der Mauer hielt.

„Das ist Desmond." Fran stand auf. „Ich mache ihm schnell einen Kaffee zum Mitnehmen."

„Wie haben die Leute hier das neue Bauprojekt denn so aufgenommen?", fragte Holly.

„Gar nicht so schlecht." Fran griff nach einer Kekspackung. Sie riss sie auf, nahm sich einen Keks und schob Holly den Rest zu. „Sie mögen Mark. Er ist im Dorf sehr beliebt, weil er den Leuten bei ihren Hausproblemen hilft. All diese alten Häuser…" Sie zuckte mit den Schultern. „Sie sind eigentlich gar nicht dafür gebaut worden, so lange zu halten."

„Ursprünglich für Farmarbeiter errichtet – und heute der letzte Schrei für Liebhaber des Landlebens", stimmte Holly zu. „So ist der Lauf der Dinge."

Fran brachte den Kaffee zur offenen Tür. „Des! Dein Kaffee ist fertig!"

„Gran sagt, um Ashdown rankten sich viele Legenden", fuhr Holly fort. „Geistergeschichten und solches Zeug." Sie dachte an das flüchtige Bild des Hauses, das sie zwischen den Bäumen zu sehen geglaubt hatte, eine geisterhafte Erscheinung in ihrer früheren Umgebung. Es war ihr in jener Nacht so realistisch vorgekommen, und noch immer war sie fest davon überzeugt, eine Andeutung von weißen Mauern und einer Kuppel mit einer goldenen Kugel darauf gesehen zu haben.

„Das habe ich auch schon gehört, habe es aber noch nie selbst beobachtet." Fran klang beleidigt, sie liebte alles Übersinnliche. Holly musste lächeln, als sie sich daran erinnerte, wie Fran zu Collegezeiten einmal zu einem Hypnotiseur gegangen war, weil sie etwas über ihre früheren Leben erfahren wollte. Als sie zurückgekommen war, hatte sie gesagt, sie wäre Anne Boleyn gewesen. „Mark könnte dir wahrscheinlich mehr erzählen", meinte Fran. „Er hat vor ein paar Jahren selbst etwas ziemlich Gruseliges in der Nähe der Mühle gesehen – den Geist einer Frau, die durch die Bäume flüchtete. Sie hatte rotes Haar und war sehr jung, hat er gesagt."

„Das ist ja eine sehr genaue Beschreibung", stellte Holly fest. „Hört sich an, als hätte er einen guten Blick auf sie erhaschen können."

„Nun, ich nehme an, das ist alles Unsinn", winkte Fran ab. „Mark hat damals stark getrunken, es war unmittelbar nach dem Scheitern seiner Ehe. Er kann sich das ganz leicht im Vollrausch eingebildet haben, und er …"

„Steht genau hinter dir", vollendete Holly ihren Satz trocken. Sie hatte ganz vergessen, wie entsetzlich peinlich Frans Taktlosigkeit manchmal sein konnte. Andererseits war sie nun ganz dankbar dafür, denn dadurch geriet ihre eigene Verlegenheit über das Wiedersehen mit Mark in den Hintergrund.

Mark stand am Tresen und hatte die Hände in die Taschen seiner abgewetzten Jeans geschoben. Statt des blauen Hemds, in dem sie ihn das letzte Mal gesehen hatte, trug er jetzt ein cremeweißes, aber der allgemeine Eindruck war derselbe; breite Schultern, lange Beine, dichtes dunkles und zerzaustes Haar. Ihr Herz setzte einen Schlag aus bei seinem Anblick. Sie hatte sich schon gefragt, ob die Wirkung, die Mark vorher auf sie gehabt hatte, nur eine Folge ihrer seltsamen Stimmung an jenem Tag gewesen war. Nun wusste sie, dass dem nicht so war.

„Mark!" Fran sprang auf und küsste ihn auf die Wange. „Tut mir leid, ich habe dich gar nicht gesehen."

„Das habe ich auch schon gemerkt", erwiderte er. „Du warst in voller Fahrt, aber ich glaube, du hast vergessen zu erwähnen, dass ich nicht nur abhängig von Alkohol, sondern auch von verschreibungspflichtigen Medikamenten war." Er löste sich sanft aus Frans etwas zu enthusiastischen Umarmung. „Wie geht's dir, Fran?" Er richtete den kühlen Blick seiner dunklen Augen auf Holly und lächelte leicht. „Hallo, Holly."

Holly mochte die Art, wie er ihren Namen aussprach, und das gefiel ihr nicht. Sie hatte eine Schwäche für schöne Stimmen, und Marks war himmlisch, tief, freundlich und weich. „Hallo", grüßte sie zurück. Sie wünschte, sie hätte sich vorher ein paar brillante Eröffnungssätze für eine Unterhaltung ausgedacht, denn so würde sie wohl bald auf etwas Banales wie das Wetter zurückgreifen müssen.

„Gibt es Neuigkeiten von Ben?" Mark zog ein mitgenommen aussehendes Portemonnaie aus der Gesäßtasche seiner Jeans und schaute Holly nicht an.

Sie hatte das äußerst merkwürdige Gefühl, dass er zwar aus Höflichkeit die Frage gestellt hatte, die Antwort aber gar nicht wissen wollte. „Nein", sagte sie.

„Holly ist in die Mühle gezogen", warf Fran fröhlich ein.

„Ach, ja?" Mark klang gleichgültig.

Holly spürte die Feindseligkeit, die in der Luft lag, und noch etwas anderes. Fran warf ihr einen flehenden Blick zu, als wollte sie Holly beschwören, Mark einen Ölbaumzweig zu reichen, ehe das ganze Café zu Eis erstarrte. „Meine Großeltern kommen heute Abend, um Bonnie zurückzubringen. Ich glaube, du kennst sie – Hester und John Hurley?"

„Aber sicher", erwiderte Mark. „Mrs. Hurley und meine Patentante sind die allerbesten Freundinnen."

„Offiziersfamilien eben", sagte Holly. „Wie die Mafia, nur anders."

„Ich verstehe, was du meinst." Mark wandte sich leicht ab, als langweilte ihn das Thema. So viel also zum Ölbaumzweig, dachte Holly.

„Ich habe Holly erzählt, dass du alle Gespenstergeschichten von Ashdown kennst", meldete Fran sich wieder zu Wort.

„Ich habe gehört, was du gesagt hast", gab Mark zurück.

Selbst Fran hatte nicht *so* ein dickes Fell. Sie flüchtete hinter ihren Tresen und begann, großzügig Butter auf ein Brötchen zu schmieren.

„Du bringst deine Kunden noch um mit all dem Fett." Mark wandte sich an Holly. „Fran hatte recht, als sie sagte, ich hätte anfangs ein Alkoholproblem gehabt, als ich hierhergezogen bin", sagte er. „Mir ging es damals nicht gut. PTBS nach Afghanistan, eine schmutzige Scheidung …" Er zuckte die Achseln, als ginge ihn das alles nichts mehr an.

„Das tut mir leid." Holly war überrascht über diese plötzliche Enthüllung. „Das muss sehr hart gewesen sein."

„Holly kennt sich mit gescheiterten Beziehungen bestens aus", warf Fran ein.

„Klar", bemerkte Holly trocken. „Darin bin ich Expertin."

„Sie hat sich gerade vom grausigen Guy getrennt", erklärte Fran. „Wir fanden ihn alle schon immer schrecklich, aber bis jetzt hat das keiner zu sagen gewagt."

„Vielen Dank. Schön zu wissen, dass du mich geschont und mir die Wahrheit über meine schlechte Menschenkenntnis erspart hast." Sie glaubte, den Anflug eines Lächelns in Marks Augen zu sehen, doch es war schon wieder verschwunden, ehe sie sich sicher sein konnte.

„Ich habe gehört, du bist aus London hierhergezogen", sagte Mark.

„Natürlich hast du das." Dörfer waren nun mal so, jeder wusste alles über den anderen.

„Ich hoffe, der Kulturschock ist nicht zu groß für dich", fuhr Mark fort. „Ich bin immer viel gereist, und es fiel mir anfangs schwer, mich an den anderen Lebensrhythmus zu gewöhnen, aber es ist schön hier. Doch das weißt du ja, du bist schließlich schon öfter hier gewesen."

„Die Leute machen den Fehler und denken, es wäre ein verschlafenes Kaff, aber sie haben keine Ahnung." Fran fing Marks Blick auf. „Ja, gut, es ist kein Afghanistan, das ist mir klar, aber wenigstens erleidet man in Ashdown höchstwahrscheinlich auch keine PTBS."

Fran übertraf sich an diesem Tag wirklich selbst. Holly verzog das Gesicht. Doch dann sah sie, dass Mark es bemerkt und völlig falsch interpretiert hatte.

„Du brauchst kein Mitleid mit mir zu haben", versicherte er. „Ich habe meine diversen Traumata überwunden."

„Großartig! Auch wenn ich nach wie vor der Meinung bin, dass es besser ist, Anteilnahme nicht mit Mitleid zu verwechseln." Holly stand auf, obwohl sie ihren Kaffee noch gar nicht ausgetrunken hatte. „Tut mir leid, Fran, ich muss los."

Fran sah sie verwirrt an, die feindselige Stimmung in der Luft bekam sie gar nicht mit. „Warum hast du es so eilig? Wir haben noch gar nicht richtig miteinander gesprochen!"

Paula, Frans Geschäftspartnerin, kam aus dem hinteren Teil des Ladens und wischte sich die Hände mit einem Geschirrtuch ab. Ihre Wangen waren gerötet; ob das an der Hitze in der Backstube lag oder an der Freude, Mark zu sehen, wusste Holly nicht. Sie hatte Paula nie für einen nervösen Menschen gehalten, aber jetzt war sie eindeutig nervös; sie steckte sich eine Haarsträhne hinter das Ohr, strich ihre Schürze glatt und hantierte hektisch mit der Kaffeemühle herum.

„Das Übliche für dich, Mark?", fragte Paula mit einem besitzergreifenden Unterton.

„Ja, danke, ein Latte Macchiato wäre toll", antwortete er.

Fran kam um den Tresen herum, packte Hollys Arm und zog sie wieder auf ihren Stuhl zurück. „Mark kann dir inzwischen alles über das Renovierungsprojekt erzählen, wenn er schon mal hier ist."

Marks Miene nach zu urteilen hatte er dazu genauso wenig Lust wie sie. „Schon gut", sagte Holly schnell. „Ich muss wirklich nach Hause und arbeiten."

„Ich muss auch los." Mark nickte. „Wir haben gerade eine seltene Fledermausart in den Stallungen entdeckt, also kommt es zu weiteren Verzögerungen, während die Leute von der Umweltbehörde ihr Gutachten dazu erstellen."

„Halt, wartet!" Fran sah erst Holly, dann Mark an. „Wir wollten dich etwas fragen wegen Bens Nachforschungen, Mark."

„Ich nicht", warf Holly ein.

Fran beachtete sie gar nicht. „Wusstest du, dass Ben Ahnenforschung betrieb?"

„Er hat es einmal erwähnt." Mark war in der Tür stehen geblieben, aber er schien es sehr eilig zu haben zu gehen. „Ich weiß aber nicht viel darüber, tut mir leid." In seiner Stimme schwang nicht die geringste Spur von Bedauern mit. „Er war ein paarmal bei uns im Büro, um sich unsere Karten und ein

177

paar Dokumente anzusehen, und ich habe ihm das Staatsarchiv empfohlen, aber ob er etwas herausgefunden hat ..."

„Vielleicht stammt deine Familie ja von den Cravens ab." Fran hatte sich zu Holly umgedreht. „Viele Leute kommen hierher auf der Suche nach ihren familiären Wurzeln." Sie bemerkte Hollys Blick und zog die Brauen hoch. „Was ist?"

„Nichts", erwiderte Holly. „Ich habe nur eben selbst erst von der Verbindung zwischen den Cravens und Ashdown Park erfahren. Ich war überrascht, dass du auch davon weißt, das ist alles."

Fran machte ein selbstzufriedenes Gesicht. „Oh, wir wissen hier alle von den Cravens. Sie sind Teil unserer Heimatgeschichte." Sie neigte den Kopf zur Seite und betrachtete Holly nachdenklich. „Hmmm, du hast eigentlich keine aristokratischen Züge, also stammst du vielleicht nur von einem der damals hier ansässigen Bauern ab, so wie ich. Mark hingegen ..." Sie grinste ihn an. „Ja, der schon eher! Diese Nase ... klassisch römisch, so nennt man das doch? Und diese Wangenknochen!"

„Mark könnte Modell stehen für eine Kirchenstatue", stimmte Holly trocken zu. „In Stein gemeißelt." Mark warf ihr einen Blick zu, bei dem ihr das Blut in die Wangen schoss. Also gut, nein, bei ihrer letzten Begegnung war er weder kalt noch leidenschaftslos gewesen. Holly rutschte auf ihrem Stuhl herum. „Ich glaube nicht, dass irgendjemand hier vom Earl of Craven abstammen kann", fuhr sie aufs Geratewohl fort, weil sie sich an Lavinias Memoiren erinnerte. „Er hatte keine direkten Nachfahren. Sein Besitz fiel an einen entfernten Verwandten."

„Schade", meinte Fran. „Das wäre doch wirklich etwas gewesen, wenn du von der Winterkönigin abstammen würdest."

„Wie bitte?" Holly sah Fran verständnislos an.

„Von Elizabeth von Böhmen", erklärte Fran. „Sie war mit William Craven verheiratet."

„Elizabeth von Böhmen war mit Friedrich von Böhmen verheiratet", verbesserte Holly. „Wie der Titel schon besagt."

Fran warf ihr einen halb gereizten, halb triumphierenden Blick zu. „Ja, zuerst. Sie hat William Craven nach Friedrichs Tod geheiratet. Er hat Ashdown House für sie gebaut. Wir kennen hier alle die Winterkönigin. Wie schon gesagt, das ist Teil unserer Geschichte."

Holly starrte sie an. Sie bekam plötzlich eine Gänsehaut und erschauerte. Die Sonne schien warm, aber das spürte Holly nicht mehr. Ihr war, als hätte man sie in Eiswasser getaucht.

„Wir wissen nicht sicher, ob sie verheiratet waren", warf Mark ein. „Es gibt keine Beweise dafür."

„Ich wusste nicht …" Holly musste sich räuspern, weil ihre Stimme völlig belegt klang. „Ich wusste nicht, dass Elizabeth von Böhmen etwas mit Ashdown Park zu tun hatte." Sie erinnerte sich an den Namen Elizabeth Stuart auf Bens Liste. Also handelte es sich doch um die Winterkönigin.

„Sie ist nie hier gewesen", sagte Mark, „aber es stimmt, William Craven hat Ashdown House für sie als Jagdschloss gebaut. Sie starb, bevor es fertig wurde."

„Und wurde in Westminster Abbey beigesetzt", fügte Fran genüsslich hinzu, „in einer stürmischen Februarnacht, während draußen ein heftiges Gewitter tobte. Bestattet mit Feuer und Wasser, wie einer der Chronisten schreibt."

„Feuer und Wasser", wiederholte Holly leise. Die Kälte in ihrem Innern nahm zu, und sie fing an zu zittern. Elizabeth und William Craven, der Kristallspiegel, die Mühle, das Geisterhaus, Lavinias Memoiren, Bens Nachforschungen … lauter Fäden, die miteinander verwoben waren zu einem Bild, das Holly noch nicht erkennen konnte, aber von dem sie wusste, dass es da war.

„Fran!", rief Paula energisch aus der Küche. „Du hast gesagt fünf Minuten, aber jetzt bist du schon seit mindestens zehn Minuten da draußen!"

„Ach du Schreck. Ich muss mich wirklich bessern." Fran stützte sich auf den Tisch. „Mark, mit wem sollte Holly am besten reden, wenn sie mehr darüber herausfinden will? Gibt es in deinem Team jemanden, der helfen könnte?"

„Oh nein", wandte Holly hastig ein. „Ich möchte wirklich niemandem damit zur Last fallen …"

„Beruhig dich." Marks Augen funkelten. „Ich melde mich nicht als Freiwilliger, mir fehlt die Erfahrung mit solchen Dingen." Er sah Fran an. „Was ist mit Iain? Er hat mit uns zusammengearbeitet an diesem Renovierungsprojekt."

Iain, Frans Mann, war der zuständige Bezirksarchäologe, aber Fran machte nur eine wegwerfende Handbewegung. „Iain ist auf Hünengräber aus der Bronzezeit spezialisiert. Ich rede hier von der Geschichte von Leuten, die nicht schon seit Tausenden von Jahren tot sind."

Mark trank einen Schluck von seinem Latte macchiato, verzog das Gesicht und griff nach einem Zuckertütchen. „Archäologen beschäftigen sich nicht nur mit der Ur- und Frühgeschichte, das weißt du", widersprach er.

„Wirklich, ich will niemandem zur Last fallen", wiederholte Holly. „Ich möchte nur wissen …" Sie zögerte und versuchte, die richtigen Worte zu finden, um zu erklären, warum sie das starke Bedürfnis verspürte, Bens Nachforschungen fortzusetzen. Mark ersparte ihr die Mühe.

„Du klammerst dich verzweifelt an eine Verbindung zu Ben", sagte er. „Das ist ein ganz normales Phänomen, wenn jemand verschwunden ist."

„Autsch", entfuhr es Holly. Es stimmte ja, aber er hätte es ruhig etwas weniger brutal ausdrücken können. Flüchtig flackerte so etwas wie Bedauern in seinem Blick auf. Er öffnete den Mund, und sie glaubte, er wollte sich entschuldigen. Aus irgendeinem Grund fühlte sie sich dadurch noch schlechter. Sie wollte nicht, dass er sie bemitleidete, weil sie sich an Strohhalme klammerte.

Plötzlich vibrierte das Handy in ihrer Tasche. Sie zuckte zusammen, griff danach und verspürte das gewohnte Gefühl der Erwartung und der Hoffnung. Fran war beschäftigt mit einem Paar, das gerade gekommen war und Tee und Nusskuchen bestellte; sie hatte nichts von Hollys Reaktion mitbekommen. Mark jedoch beobachtete sie mit seinem irritierend direkten Blick, als könne er ihre Gedanken lesen. Absichtlich kehrte sie ihm den Rücken zu, sie fühlte sich gereizt und verwundbar.

Die Nachricht stammte von einem alten Kunden, der wegen eines Gravurauftrags anfragte. Holly hätte wahrscheinlich dankbar sein sollen, dass sie neue Arbeit bekam, aber immer wenn es nicht Ben war, der sie kontaktierte, wurde ihr vor Enttäuschung übel.

Als sie aufsah, war Mark gegangen, und Fran sah ihm mit in die Hüften gestemmten Händen nach.

„Könnt ihr nicht einfach damit aufhören?", schimpfte sie.

„Wie bitte?"

„Ihr beide", sagte Fran. „Mark spielt ganz den unnahbaren Mr. Darcy, und du ...", sie fuchtelte mit den Händen, „... die viktorianische Dame, die ihn für einen Schurken hält."

181

Holly musste lachen. „Ich nehme an, wir haben gemerkt, dass wir uns einfach nicht mögen."

„Nein." Fran zeigte vorwurfsvoll mit dem Buttermesser auf sie. „Von Abneigung konnte eben nicht die Rede sein."

Holly seufzte. Fran kannte sie nun schon lange, lange Zeit, und bei all ihrer Taktlosigkeit konnte sie ein überraschend feines Gespür haben. „Ich fühle mich nur ... befangen in seiner Gegenwart", gab sie zu. „Das ist auch kaum verwunderlich. Ich habe ihn schlecht behandelt und mache mir Vorwürfe deswegen, und er fand das eindeutig auch nicht gut von mir."

„Hm." Fran klang nicht überzeugt. „Das stimmt natürlich alles ..."

„Danke."

„Aber vielleicht könntet ihr darauf aufbauen", fuhr Fran fort. „Fangt etwas miteinander an."

Holly schüttelte den Kopf. „Ich habe keinen Bedarf an einer Beziehung, das weißt du." Sie stand auf und stellte ihre leere Tasse auf den Tresen.

„Ja, das weiß ich." Frans Stimme klang etwas gedämpft aus dem offenen Kühlschrank. „Mark hat auch eine schwere Zeit hinter sich. Seit er hier ist, hat er keine einzige Beziehung gehabt."

Holly ließ das erst einmal einen Moment lang sacken. „Dann lass das Verkuppeln mal sein." Sie nahm ihre Tasche und hängte sie sich gerade über die Schulter, als eine ganze Wandergruppe lachend zur Tür hereinkam. „Wir sehen uns später, Fran", sagte sie. „Ich muss zurück zur Mühle, ich habe dort noch so viel zu tun."

„Du kennst doch die Abkürzung zur Mühle, oder?", fragte Fran. „Über den Hof, dann den Pfad am Rand der Pferdekoppel entlang und hinauf zum Perlenstein ..."

Holly verspürte ein Kribbeln im Magen, ein Gefühl der Unabwendbarkeit, das ihr den Atem verschlug. „Perlenstein?"

„Es ist ein Sarsenstein." Fran griff nach einem weiteren Brötchen, schnitt es geschickt auf und bestrich es mit Butter. „Er steht neben dem Pfad, du kannst ihn nicht übersehen."

„Das ist ein ungewöhnlicher Name." Sie glaubte, Espen Shurmers flüsternde Stimme zu hören ... *Die Sistrin-Perle ... Eine Perle, die über große Magie verfügen soll ...*

Der Legende nach waren der Kristallspiegel und die Sistrin-Perle für einen mächtigen Zauber zusammen benutzt worden. Bens Verschwinden hatte sie nach Ashdown geführt, wo es einen Sarsenstein namens Perlenstein gab. Konnte dieser Stein nach der Sistrin-Perle benannt worden sein, derselben Perle, von der Shurmer glaubte, Ben hätte sie gefunden? Und wenn das so war, war das dann ein Hinweis darauf, wo sich die Perle befand? Holly wusste es nicht. Sie war sich nicht einmal sicher, ob sie genug Fantasie besaß, um an so etwas zu glauben.

Holly trat hinaus in den Innenhof. Hoch oben am blassblauen Himmel standen ein paar vereinzelte weiße Wolkenfetzen, Regen war also an diesem Tag nicht zu erwarten. Holly folgte Frans Wegbeschreibung, überquerte den mit Kopfstein gepflasterten Innenhof und ging durch ein Tor zu der Koppel dahinter. Eine mächtige Eiche stand mitten auf dem Feld und bot zwei Pferden Schatten. Sie drehten die Köpfe, um Holly zu beobachten, aber keins kam auf sie zu, als wäre es ihnen zu heiß, um größeres Interesse zu zeigen. Der Pfad führte am Rand des Hügels entlang bergauf, ein schmaler weißer Strich durch hohes Gras, Wiesenkerbel und Brennnesseln. Holunder wuchs am Wegrand, er fing gerade erst an zu blühen. Plötzlich musste Holly an ihre Mutter denken und daran, wie sie in der Küche ihres Hauses in Manchester Holunderwein angesetzt hatte. Holly konnte zu der Zeit höchstens sechs oder sieben gewesen sein, und sie hatte auf einem Stuhl an der Spüle gestanden, um ihrer Mutter beim Waschen der Blüten zu helfen. Hester war auch da gewesen, und zu dritt hatten sie bei der Arbeit geschwatzt und gelacht, während der Geruch von Zitronen und Zucker und der weiche Blumenduft die ganze Küche gefüllt hatte.

Sie blieb einen Moment lang stehen, weil sie plötzlich von einem fast unerträglichen Heimweh ergriffen wurde. Sie dachte eigentlich jeden Tag an ihre Eltern, aber für gewöhnlich nicht mit solch intensiven Emotionen. Als sie gestorben waren, hatte sich für Holly durch den Verlust ein so tiefer Abgrund aufgetan, dass sie ihn nicht genauer hatte erkunden wollen; aus Angst, daran zu zerbrechen und nie wieder ganz zu werden. Seitdem war sie auf Zehenspitzen darum herumgeschlichen und hatte die vielen Jahre einen dünnen Schutzfilm darüberlegen lassen, bis dieser durch Bens Verschwinden wieder aufgerissen worden war. Sie wünschte, sie hätte mit ihm reden können. Er hätte ihr gesagt, dass sie nicht allmählich den Verstand verlor, nur weil sie Geisterhäuser sah und versuchte, Muster zu erkennen, wo gar keine waren. Er hätte über die Macht von Erinnerungen gesprochen; über die Art, wie der Verstand Zusammenhänge suchte, um sich Dinge besser erklären zu können. Er hätte ihr gesagt, dass sie nicht geistesgestört war, sondern es hier wirklich etwas Wichtiges gab; Puzzlesteine, die sie zusammenfügen musste, um das Gesamtbild betrachten zu können. Dann würde sie alles verstehen.

Mit neuer Energie ging sie weiter. Sie konnte schon den Rand des Waldes sehen, der verlockende Kühle versprach, und entdeckte neben dem Pfad einen großen grauen Sarsenstein, den Perlenstein. Er war wie eine Birne geformt, mit einem runden Sockel und einer sich nach oben verjüngenden Spitze; eine riesige Version der Sistrin-Perle, die sie auf dem Gemälde von Elizabeth gesehen hatte. Und deshalb hatte er auch die gleiche Form des böhmischen Kristallspiegels.

Die Perle, der Stein, der Spiegel.

Jetzt, wo sie den Stein vor sich sah, fiel ihr wieder ein, wie sie und Ben als Kinder im Wald gespielt, den Namen des Steins aber nicht gekannt hatten. Damals war er ihnen noch größer vorgekommen; sie waren auf ihm herumgeklettert, und er hatte sich so uralt und unverrückbar angefühlt wie die Zeit selbst.

Holly zögerte kurz, dann legte sie ihre Hand darauf. Dort, wo die Sonnenstrahlen den Stein beschienen hatten, war er ganz warm, und er fühlte sich erstaunlich glatt an. Seine Oberfläche war gelblich grün vor lauter Flechten; dort, wo der nackte graue Stein zu sehen war, glitzerten winzige silberne Elemente. Von hier aus hatte man in der einen Richtung einen Blick auf das Dorf, in der anderen auf den Wald, wo ein Pfad im dichten Grün zwischen den Bäumen verschwand.

Nach einer Weile ließ Holly die Hand sinken und fühlte sich töricht. Es hatten sich keine Visionen oder Gedanken eingestellt, die ihr den Weg zu Bens Arbeit und der verloren gegangenen Perle gezeigt hätten. Allerdings konnte sie wohl kaum eine Art Wegweiser erwarten, sie musste selbst ein paar Nachforschungen anstellen. Und doch – als sie sich von dem Stein abwandte, glaubte sie von ganz weit her flüsternde Stimmen zu hören, und eine ganz vage Erinnerung regte sich in ihr, die sich aber nicht konkretisieren ließ.

Holly folgte dem Pfad zum kühlen Schatten des Waldes. Auf einer Seite konnte sie ein Feld voller weißer Gänseblümchen sehen, auf der anderen erstreckte sich der Wald, eine geheimnisvolle Welt aus verschlungenen Pfaden und dunklen Schatten. Sie hatte das unheimliche Gefühl, beobachtet zu werden, doch als sie sich umdrehte, stand da nur der Perlenstein, groß und schweigsam, wie schon seit vielen Jahrhunderten.

Als sie bei der Mühle ankam, fühlte sie sich verschwitzt nach der Schwüle des Tages. Sie konnte beinahe das Plätschern des über das Mühlrad fließenden Wassers hören, das sie lockte, ein Bad im Mühlteich zu nehmen, um sich abzukühlen. Nach der langen Trockenheit tröpfelte jedoch nur noch ein Rinnsal vom Rad, das Gras um den kleiner gewordenen Teich war verdorrt und staubig. Die Sonne war gnadenlos.

Statt in die Mühle zu gehen, lief sie weiter zur Werkstatt, wo sie ihre Arbeitsgeräte schon alle ausgepackt und bereitgelegt hatte. Auf den hölzernen Regalen standen nun ein paar Exemplare ihrer Arbeit – Vasen, Briefbeschwerer, Schalen. Das hier war der Ort, an dem sie sich Ben am nächsten fühlte, obwohl es dafür eigentlich keinen einleuchtenden Grund gab. Beim Aufräumen der Werkstatt vor ein paar Tagen hatte sie alle Regale gründlich abgesucht nach irgendetwas – Fotos oder Notizen, die Ben vielleicht zurückgelassen hatte, doch sie war nicht fündig geworden.

Einen Anhaltspunkt hatte Ben ihr jedoch dagelassen, und zwar Lavinia Flytes Memoiren. Holly musste jetzt ein wenig arbeiten, um wieder zu ihrer Routine zurückzufinden, aber später, wenn sie ihr Gewissen beruhigt hatte, wollte sie sich die Memoiren vornehmen und sehen, was sie ihr zu erzählen hatten.

12. Kapitel

Ashdown House, Januar 1801

Was ist das nur für ein schrecklicher Ort! Ich ertrage ihn einfach nicht. Es ist so kalt und einsam hier. Wir sind vor drei Tagen abends bei strömendem Regen hier angekommen und mussten feststellen, dass die Bediensteten uns gar nicht erwartet hatten, daher waren die Betten nicht bezogen, es gab keine Speisen und kein Kaminfeuer. Clara, meine Zofe, sagt, sie will die erste Kutsche in die nächstgelegene Stadt nehmen, aber ich fürchte, dass sie lange auf diese warten wird, denn hier fahren keine Kutschen vorbei. Hier gibt es nichts außer Gras, Schafen und Vögeln, die endlos vor sich hin zwitschern. Ach ja, und es gibt Bäume, einen ganzen großen Wald von ihnen, der das Haus wie eine Gefängnismauer umschließt. Ich schwöre, ich werde hier sterben, vor Langeweile, wenn schon nicht aus einem anderen Grund.

Ich bin Kurtisane geworden, weil das ein gut bezahlter Beruf ist und ich Talent dafür habe, aber in Zeiten wie diesen kommen mir doch manchmal Zweifel an der Richtigkeit meiner Entscheidung. Den Launen eines Mannes wie Evershot ausgeliefert zu sein, zu gehen, wohin er gehen will, und zu tun, was er sagt, ist in der Tat trostlos. Doch welche anderen Wege stehen mir denn sonst offen? Ich hätte Obstverkäuferin oder Blumenmädchen bleiben können, aber ich wollte doch so viel mehr vom Leben.

Oder so viel weniger – weniger Kälte, Armut und Schinderei. Also bin ich nun eine bezahlte Dirne und muss tun, was mein Beschützer sagt.

Die Waschfrau hier in Ashdown ist sich zu fein, um mit mir zu sprechen, wahrscheinlich weil sie nur ihre Dienste als Waschfrau verkauft, ich aber meinen Körper. Die schlichte Wahrheit ist jedoch, liebe Leser, dass Moral kostspielig ist. Der Preis, den sie bezahlt, sind Blasen und Frostbeulen, weil sie ihre Arme bis zu den Ellenbogen in mal heißes, mal kaltes Wasser taucht. Ihre Hände bluten; die Haut ihrer Arme ist aufgeschürft und rau. Im Winter steht sie morgens um vier Uhr im Dunkeln auf, während ich zwischen den Laken schlafe, die sie wäscht, und die Nachthemden trage, die sie bügelt. Wer ist denn nun die Dumme von uns beiden?

Aber wie üblich schweife ich ab. Evershot ist ganz aufgeregt, in Ashdown House zu sein, was ich seltsam finde, weil es ein so gottverlassener Ort ist. Natürlich erzählt er mir nichts, daher kenne ich den Grund unseres Aufenthalts hier nicht, aber er verbringt Stunden im Büro und studiert Karten und Zeichnungen aus der Zeit, als der Besitz gebaut worden ist. Das weiß ich, da ich mit einer ziemlich großen Neugier gesegnet bin und es mir eines Tages gelang, am Fenster des Büros vorbeizugehen und hineinzuspähen. Evershot und der Verwalter, ein griesgrämiger Kerl namens Gross, hatten sich über einen mit Papieren und Zeichnungen übersäten Tisch gebeugt. Evershot war so vertieft in sein Tun, dass er mich glücklicherweise nicht sah. Ich habe bereits gelernt, dass er sehr böse wird, wenn *ich ihn nach seinen Aktivitäten frage, also halte ich, so gut ich kann, den Mund. Das ist sonst nicht meine Art.*

Ich habe ein wenig über die Geschichte des Hauses und Evershots berühmten Vorfahren, den Earl of Craven erfahren, weil ich in den Büchern in der Bibliothek gestöbert habe. Evershot liest sie eindeutig nie, denn bei manchen sind die Seiten noch nicht einmal aufgetrennt, und alle Bücher sind völlig verstaubt. Ich habe auch die Haushälterin Mrs. Palfrey bezirzt, gegen ihren Willen, weil sie mich für ein loses Frauenzimmer hält. Andererseits kann sie es genauso wenig wie ich ertragen, niemanden zum Reden zu haben, also habe ich sie höflich nach den Gemälden im Treppenhaus gefragt, und sie hat mir alles über die Familie Evershot erzählt. Sie ist sehr stolz, ihnen zu dienen, obwohl ich mir beim besten Willen nicht erklären kann, warum.

Warten Sie … was habe ich mir während dieser Geschichtsstunde gemerkt? Ich weiß, dass der Earl of Craven dieses Haus im siebzehnten Jahrhundert als Jagdschloss erbaut hat. Er war offenbar ein großartiger Soldat und auch der Geliebte der berühmten, tragischen Königin von Böhmen, bekannt als die Winterkönigin. Ich kann nicht behaupten, je von ihr gehört zu haben – von ihm übrigens auch nicht – aber ich könnte mir vorstellen, dass er ein weitaus besserer Liebhaber war als sein Nachfahre. Der arme Evershot ist von der Natur überaus großzügig ausgestattet worden, aber leider weiß er nicht, wie er dieses Geschenk nutzen soll, um mir Freude zu bereiten, und er hat noch weniger Interesse daran, es zu lernen. Es geht allein um sein Vergnügen und seine Befriedigung, nicht um meine.

Aber ich komme schon wieder vom Thema ab. Der Earl hat überall enorm große Häuser gebaut, denn er war unglaublich reich, aber die Winterkönigin wählte Ashdown House, weil sie in aller Ruhe auf dem Land leben wollte. Craven hat es in allem ganz nach ihrem Geschmack entworfen, und dann starb sie, bevor es überhaupt fertig war. Wie traurig, und wie gedankenlos von ihr. Ich hasse es, wenn Geschichten ein unglückliches Ende haben! Der Earl widmete das Haus jedoch ihrem Angedenken. Er hatte keine Kinder, die ihn hätten beerben können, daher gingen seine ganzen Besitztümer an den Sohn seiner Schwester, John Craven Evershot. Und so kam die Familie zu Reichtum, Titeln und Bedeutung, ohne irgendetwas dafür geleistet zu haben, außer, dass sie unter einem Glücksstern zur Welt gekommen waren.

Ich muss jetzt schließen, da es Abendessen gibt und Evershot meine Anwesenheit bei Tisch wünscht. Morgen fährt er mit seiner Mama zum Pferderennen nach Newbury, also werde ich noch weniger Gesellschaft haben als sonst. Man hielte es für unschicklich, würde ich ihn begleiten, denn durch meinen zweifelhaften Ruf könnte ich Lady Evershot niemals vorgestellt werden. Dabei ist sie eine Frau, die weitaus niedrigere Moralvorstellungen hat als ich! Manchmal hasse ich die Scheinheiligkeit der Gesellschaft. Hier bin ich, zu einem lasterhaften Leben verdammt, weil ich mein Talent nutzen wollte, um mir ein besseres Leben zu ermöglichen; und da ist Evershot, der von diesem Talent profitiert – und glauben Sie mir, das ziemlich oft – aber niemand hält ihn deshalb für verkommen.

13. Kapitel

Es war später Nachmittag, und Holly entspannte sich in einem alten Liegestuhl im Garten. Die Sonne malte ein Muster aus Licht und Schatten auf die alte Backsteinmauer. Holly hielt ein Glas mit eiskaltem Cranberrysaft in der Hand und hatte ein schlechtes Gewissen, weil sie nicht in ihrer Werkstatt arbeitete, aber die Verlockung durch die Sonne und das Buch war zu stark gewesen. Sie wartete auf die Ankunft ihrer Großeltern mit Bonnie. Im Kühlschrank stand ein bereits vorbereiteter Salat, auf dem Herd ein Topf mit neuen Kartoffeln, und dazu würde es eine köstliche kalte Pastete mit Spinat und Blauschimmelkäse aus Frans Laden geben. Holly war recht zufrieden mit dem, was sie an diesem Tag erreicht hatte.

Das Sonnenlicht war so grell, dass Lavinias lang gezogene Schrift auf dem vergilbten Papier kaum noch leserlich war, daher schob Holly ihre Sonnenbrille nach oben, lehnte sich im Liegestuhl zurück und schloss die Augen, um über die Memoiren nachzudenken, anstatt weiterzulesen.

Lavinias Geschichtsverständnis war wahrscheinlich nur vage und unzuverlässig, aber Holly war sich inzwischen sicher, dass ein Funken Wahrheit in den Gerüchten um eine romantische Beziehung zwischen der Winterkönigin und William Craven stecken musste, auch wenn sie vielleicht nicht verheiratet gewesen waren. Es war eigenartig, durch Lavinias Augen mitzuerleben, wie sich die Geschichte entfaltete. Lavinia machte sich offensichtlich nichts aus der vornehmen

191

Abstammung ihres Beschützers und konzentrierte sich eher auf sein weniger vornehmes Benehmen. Holly empfand viel Sympathie für die Kurtisane und musste sich immer wieder in Erinnerung rufen, dass sie damals erst achtzehn gewesen war. Lavinia machte den Eindruck eines starken, eigensinnigen Mädchens, aber Holly vermutete, dass sie viel verletzlicher gewesen war, als sie vorgegeben hatte.

Da war jedoch noch etwas anderes, das sie an diesem Tagebuch faszinierte. Auf den Vorschlag ihrer Großmutter hin hatte sie sowohl die veröffentlichte Ausgabe von Lavinias Memoiren heruntergeladen als auch ein Buch mit dem Titel *Die Freuden der Kurtisanen*; eine Sammlung gewagter Biografien von berühmten Halbweltdamen. Demnach hatte Lavinia Kontakt zu Frauen wie Grace Dalrymple und Harriet Wilson gehabt. Lavinias Memoiren hatte Holly noch nicht durchgelesen, und obwohl sie fast verging vor Neugier, wollte sie sich die handgeschriebene Geschichte nicht dadurch verderben, dass sie eine objektivere Fassung über Lavinias Leben las. Das wäre gewesen, als würde sie den Schluss eines Buchs zuerst lesen. Also hatte sie es beiseitegelegt und sich stattdessen die heruntergeladene Version vorgenommen. Es hatte nicht lange gedauert, bis sie gemerkt hatte, dass die veröffentlichte Ausgabe und die, die sie gefunden hatte, zwei völlig unterschiedliche Geschichten waren. Holly konnte sich den Grund dafür nicht erklären, es sei denn, Lavinia und Clara Rogers hatten einfach beschlossen, mehr Sex ins Spiel zu bringen, um die Einnahmen zu steigern.

Eine leichte Brise fuhr durch die Zweige der Weißbirke und blätterte die Seiten des Buchs um, das auf dem kleinen eisernen Gartentisch lag. Es war, als forderte die Geschichte Holly auf, weiterzulesen und mehr zu erfahren. Doch statt sich wieder in das Buch zu vertiefen, stand sie auf, ging in die Mühle und schaltete ihr Tablet auf dem Küchentisch ein.

Sie gab „Earl of Craven" ein und tippte auf den Suchbutton. Eine Vielzahl von Einträgen erschien; Wikipedia, diverse Adelsregister und eine Reihe von Gemälden des Earl, auf denen er attraktiv und stolz aussah in seiner schwarzen Rüstung.

Holly änderte den Suchbegriff und fügte den Begriff „Elizabeth von Böhmen" hinzu. Dieses Mal erschien eine bunte Auswahl von Internetseiten und Blogs. Ein paar von ihnen deuteten zurückhaltend eine Beziehung zwischen William und Elizabeth an, sprachen von einer „lebenslangen Ergebenheit". Holly las, dass Craven sowohl Elizabeth als auch Friedrich von Böhmen gedient hatte und Oberstallmeister an Elizabeths Hof in Den Haag gewesen war. Als Elizabeth nach der Thronbesteigung ihres Neffen Charles II. im Jahr 1660 nach England zurückgekehrt war, lebte sie in Craven House in der Drury Lane in London. Verschiedene Quellen bezeichneten Craven als Elizabeths Hauptgeldgeber während ihres Exils und beschrieben ihn als Höfling, der ihr über vierzig Jahre lang ergeben gedient hatte.

Keine der seriösen Quellen jedoch schien andeuten zu wollen, dass da jemals mehr gewesen war zwischen der Königin und ihrem Kavalier als respektvolle Ergebenheit. Holly musste sich noch eingehender mit der Sache befassen, wenn sie herausfinden wollte, ob in den Geschichten, dass Craven der Geliebte der Königin gewesen war, ein Funken Wahrheit steckte.

Die altmodische Uhr auf dem Kaminsims im Wohnzimmer schlug sechsmal. Holly wollte gerade das Tablet ausschalten, als ihr eins der Bilder ins Auge stach. Es war ein Doppelportrait von Elizabeth und Friedrich von Böhmen, die einander ansahen; Elizabeth trug Trauer, Friedrich war ganz in Weiß gekleidet. In seiner Hand hielt er einen Kristallspiegel.

Holly erschauerte unwillkürlich. Der Spiegel auf dem Gemälde war zweifellos derselbe, der sich nun in ihrem Besitz befand, obwohl er weniger abgenutzt und irgendwie lebendiger aussah. Das Holz war glatt und schimmerte dunkel, die Diamanten im Rahmen glitzerten. Spontan und ohne nachzudenken klickte Holly das Bild an. Es befand sich in der Nationalgalerie, stammte von einem holländischen Künstler und war als posthumes Tribut an den Winterkönig gemalt worden. Elizabeth war die Überlebende, die einsam um ihn trauern und weiterkämpfen musste. Ein kleiner Hund sprang an ihr hoch; in der Hand hielt sie zwei Rosen, eine rot, die andere braun und welk.

Holly hatte für ihren Hochschulabschluss auch Symbolik in den bildenden Künsten studiert. Rosen, so glaubte sie sich zu erinnern, waren ein Symbol für Reinheit; die rote Rose insbesondere stand für Märtyrertum. Der kleine Hund zu Elizabeths Füßen symbolisierte ihre Treue zu ihrem Mann, der wiederum vermutlich durch die verwelkte Rose sinnbildlich dargestellt wurde.

Hinter Friedrich befand sich ein Tisch, auf dem verschiedene Gegenstände lagen – eine Bibel, ein Schädel, ein Stundenglas, ein Kompass und ein Globus. Es war jedoch der Spiegel, der Hollys Aufmerksamkeit auf sich zog. Sie hatte eigentlich erwartet, Friedrichs Spiegelbild darin zu sehen, stattdessen war da etwas anderes … Sie beugte sich tiefer über das Bild. Die Auflösung war nicht besonders hoch, daher waren die Einzelheiten etwas verschwommen, aber es sah aus wie eine Krone. Das konnte ein weiteres Symbol für Friedrichs Königswürde sein, vielleicht hatte es aber auch eine tiefere Bedeutung. Espen Shurmer hatte gesagt, mit dem Spiegel hätte man in die Zukunft sehen können. Er versprach einem die ganze Welt – Titel, Reichtümer, Ruhm. Und doch zeigte ein Spiegel auch nur eine reine Illusion.

Das Kältegefühl, das sie mittlerweile schon kannte, stellte sich wieder ein. Holly richtete sich ruckartig auf und schaltete das Tablet aus. Ihr war, als würde der Spiegel sie zu sich rufen, und das war ein ganz merkwürdiges Gefühl. Die Anziehungskraft war unglaublich stark. Holly merkte kaum, dass sie aufstand und zu der obersten linken Schublade der Kommode ging, in die sie die schwarze Samtschatulle gelegt hatte.

Ob sie in die Zukunft sehen konnte, wenn sie in diesen Spiegel blickte? Würde sie Bens Gesicht sehen und wissen, dass er am Leben war? Konnte der Spiegel ihr die beruhigende Bestätigung geben, nach der sie sich jeden Tag vom Aufwachen bis zum Schlafengehen so sehr sehnte? Eine Sekunde lang war die Versuchung so groß, dass Holly schon die Hand nach der Schatulle ausstreckte, um sie zu öffnen und in die Tiefen des bläulich schimmernden Glases zu sehen.

Räder knirschten draußen auf dem Kies, Stimmen ertönten, Autotüren fielen zu, und dann stürmte Bonnie bellend und schwanzwedelnd in die Küche. Holly legte die Schatulle wieder in die Kommode und schob die Schublade zu. Sie nahm sich fest vor, den Spiegel im Safe in ihrer Werkstatt wegzusperren, damit sie nicht mehr in Versuchung geriet.

„Liebling!" Hester folgte dem Hund und hatte die Arme voll mit Blumen. „Ein Geschenk zur Hauseinweihung", sagte sie und küsste Holly. „Den Wein hat dein Großvater."

Sie aßen draußen an dem alten Eisentisch, der in der Ecke des Gartens gedeckt war, wo die Abendsonne die Backsteinmauer aufwärmte und die rosafarbene Kletterrose die Luft mit ihrem Duft erfüllte. Holly hatte befürchtet, es könnte für ihre Großeltern schwierig werden, zur Mühle zu kommen, zum letzten Ort, an dem Ben sich aufgehalten hatte, bevor er verschwunden war. Sie schienen die mit Flechten bewachsenen Mauern und den ländlichen Garten jedoch tröstlich zu finden.

„Ich habe diese alte Mühle immer geliebt", sagte Hester und atmete mit geschlossenen Augen den Duft der Blumen ein. „Ein so friedlicher, gar nicht feindseliger Ort."

Tatsächlich fiel kein Schatten mehr auf ihre Stimmung, und nach dem Essen nahm Hester Bonnie mit zu einem Spaziergang im Wald, während ihr Großvater Holly beim Abwasch half.

„Hattest du schon Zeit, Bens Nachforschungen weiterzuverfolgen?", fragte John. „Ich weiß, es sind erst ein paar Tage vergangen, aber es schien dir ziemlich unter den Nägeln zu brennen."

„So ist es auch. Es sieht so aus, als ob dieser ganze historische Kram für ihn wichtig gewesen wäre, deshalb möchte ich gern mehr herausfinden. Viele Anhaltspunkte habe ich nicht …" Vorsichtig stellte sie die alten Porzellanteller auf das Abtropfbrett. „Aber ich glaube, es hat etwas mit dem ersten Earl of Craven und Ashdown Park zu tun."

„Glaubst du, es gibt eine genealogische Verbindung?"

Holly schüttelte den Kopf. „Wohl eher nicht. Du hast ja schon vor einiger Zeit unseren Stammbaum zurückverfolgt, da hättest du sicher eine Verbindung gefunden, wenn es sie denn gäbe."

„Stimmt", erwiderte John, „obwohl ich nur die direkte männliche Linie zurückverfolgt habe. Es könnte eine ganze Reihe von Seitenlinien geben, die bis ins siebzehnte Jahrhundert zurückreichen." Er überlegte, mit dem Geschirrtuch in der einen und dem auf die Bodenfliesen tropfenden Teller in der anderen Hand. „Da der Earl keine ehelichen Kinder hatte, würde es sich wahrscheinlich um einen unehelichen Nachfahren handeln, und die sind manchmal noch viel schwerer aufzuspüren."

„Im falschen Bett geboren, sozusagen." Holly lächelte. „Das wäre natürlich eine Möglichkeit. Hatte der Earl uneheliche Kinder?"

„Soviel ich weiß, nicht. Ich bin aber kein Experte für diese Geschichtsepoche, ich müsste auch erst nachsehen." Erst jetzt wurde er wieder auf den Teller in seiner Hand aufmerksam und trocknete ihn energisch ab. „Ich schicke dir gern unseren Stammbaum, wenn du Interesse daran hast."

„Vielen Dank, das wäre großartig." Holly zögerte. Aus irgendeinem Grund wollte sie ihrem Großvater nichts vom Orden der Rosenkreuzer und den Legenden um den Spiegel und die Perle erzählen. Vielleicht, weil er ein so kompromissloser Akademiker war, während sie sich mit der Sistrin-Perle im Bereich der Mythen und der Magie bewegte. Sie wollte nicht, dass John diese Geschichten mit nüchternen Fakten und Logik zerstörte. Die Verbindung zu Ben erschien ihr als zu wichtig, um sie kurzerhand als Märchen abzutun.

John beobachtete sie jedoch scharf und nachdenklich und schien mehr in ihr Schweigen hineinzulegen. Sie rechnete schon mit seiner Frage, ob sie etwas bedrückte, aber schließlich sagte er nur: „Wenn du meine Hilfe brauchst, sag einfach Bescheid."

„Danke, Granddad. Es gibt da tatsächlich etwas, das du mir vielleicht erklären könntest." Holly spülte die Gläser aus und stellte sie vorsichtig zur Seite. „Ich habe da einen

Führer zu dem Besitz, herausgegeben vom Gemeinderat."
Sie sah, wie John das Gesicht verzog, und lachte. „Na gut,
er ist nicht gerade Gibbons *Verfall und Untergang des römischen Imperiums*, aber er nennt Fakten über die Geschichte
von Ashdown."

„Hm." Johns Augen funkelten belustigt. „Einschließlich
der sogenannten Ehe des Earl of Craven und der Winterkönigin?"

„So ist es."

„Dafür gibt es keinen dokumentierten Beweis", entgegnete
John. „Nur Hörensagen und Gerüchte."

„Ich habe gelesen, dass Elizabeth in William Cravens Haus
in London gewohnt hat, als sie aus dem Exil in Den Haag
nach England zurückgekehrt ist. Du musst einsehen, dass es
dadurch sehr wohl Gerüchte über ihre Beziehung gegeben
haben könnte."

John griff wieder nach dem Geschirrtuch und polierte den
Teller erneut damit. „Sie ist dort nicht lange geblieben, nicht
einmal ein halbes Jahr, dann ist sie ins Leicester House gezogen."

„Du meinst, bis ich eine eigene Wohnung gefunden habe,
komme ich so lange bei einem guten Freund unter?"

John wirkte erstaunt über den Vergleich, aber dann lächelte
er. „Das nehme ich an. Ich glaube, man hat ihre Beziehung so
aufgebauscht, eben weil es keine Beweise dafür gab. Legenden
bevorzugen romantische Geschichten."

„Stimmt. Ich habe mich nur gefragt, ob Bens Entdeckung
etwas mit Craven und Elizabeth zu tun hat. Wenn sie verheiratet gewesen wären, hätte sie ihm vor ihrem Tod etwas an-
vertrauen können."

„Sie hat ihm ein paar Portraits und Dokumente hinterlassen, glaube ich. Viel mehr hatte sie wohl auch nicht zu vererben, nachdem sie all die Jahre verarmt im Exil gelebt hatte."

„Wahrscheinlich nicht." Holly seufzte. Schon wieder eine Sackgasse.

„Wie kommst du mit Lavinia Flytes Tagebuch voran?", fragte John und zwinkerte ihr zu. „Ich hoffe, es ist nicht allzu schockierend für dich."

„Die handgeschriebene Fassung ist weitaus weniger pikant als die veröffentlichte, die ich mir heruntergeladen habe", erwiderte Holly lächelnd. „Ich weiß nicht, ob mein Tagebuch nur ein erster Entwurf ist, aber sie haben es später definitiv freizügiger geschrieben."

John nahm das Buch zur Hand und betrachtete es nachdenklich. „Interessant. Ich habe selbst ein wenig nachgeforscht, seit wir uns das letzte Mal gesehen haben, und weiß jetzt, dass die veröffentlichte Version zum Großteil Fiktion ist – sinnlicher Reiz des Verbotenen und Melodramatik."

„Das dachte ich mir schon, nach dem wenigen, das ich bisher gelesen habe", gab Holly zu. „Aber das Original ist anders. Ich bin mir sicher, es ist authentisch."

„Hm." John wirkte nicht überzeugt. „Hast du sie schon gegoogelt?", fragte er. „Lavinia Flyte, meine ich?"

Wie immer irritierte es sie ein wenig, wenn ihr Großvater solche modernen Begriffe benutzte. „Nun ... nein. Ich habe mir eine Biografie über sie gekauft, aber noch nicht gelesen. Ich wollte ihre Memoiren nicht vorschnell beurteilen, in dem ich vorweg etwas über sie selbst lese."

„Es tut mir leid, wenn ich dir die Suppe etwas versalze, aber vielleicht ist es besser, etwas im Voraus zu wissen, als zu glauben, auf etwas Authentisches gestoßen zu sein. Ich vermute, dass das hier ...", er tippte auf die Memoiren, „in dem Sinne wertvoll ist, weil es sich um eine frühe Kopie oder vielleicht sogar um das Original handelt, aber als Primärquelle ist es eher mit Vorsicht zu genießen."

„Warte mal …" Holly zog sich einen Stuhl heran und setzte sich. „Ich verstehe nicht ganz. Willst du damit sagen, dass Lavinia das alles nur erfunden hat?"

„Ich habe das Original natürlich nicht gelesen, aber das veröffentlichte Tagebuch gilt allgemein als reines Fantasieprodukt. Na ja, *rein* ist vielleicht nicht das passende Wort, aber es war auf jeden Fall ein großer Erfolg. Lavinia und die Zofe haben angeblich ein Vermögen damit gemacht. Auf jeden Fall konnte Lavinia deswegen ihren ‚Beruf' aufgeben."

„Ich … verstehe", sagte Holly langsam. Ihr war, als hätte man ihr den Boden unter den Füßen weggezogen. Lavinias Geschichte hatte sie fasziniert. Sie hatte das Mädchen gemocht, aber jetzt war sie sich nicht mehr sicher, was sie glauben sollte. Vielleicht war es doch besser, als Nächstes die Biografie zu lesen und herauszufinden, was aus Lavinia geworden war, nachdem sie nicht nur ihren Körper, sondern auch ihr Leben zum Verkauf angeboten hatte.

Sie hörte, dass Hester und Bonnie von ihrem Spaziergang zurückkehrten, und setzte den Wasserkessel auf. „Armer Ben", sagte sie. „Ich hoffe, er hat Lavinias Geschichten nicht allzu viel Glauben geschenkt."

„Das war herrlich!" Hester kam beschwingt mit der lebhaften Bonnie an ihrer Seite herein. „Du hast so ein Glück, hier leben zu können, Liebling – es gibt so viele traumhafte Spazierwege!"

„Ich hatte noch gar nicht die Zeit, sie alle zu erkunden, aber ich kann mir denken, dass Bonnie und ich hier viel Spaß haben werden."

„Die habe ich dir mitgebracht", sagte Hester und hielt ihr einen kleinen Strauß blassblauer Blumen hin. „Ich hätte sie wahrscheinlich gar nicht pflücken dürfen, weil es Wildblumen sind ..." Für eine Sekunde schwang ein schlechtes Gewissen in ihrer Stimme mit. „Aber es gab so viele davon, und sie sahen so hübsch aus. Sie wachsen bei dem großen Sarsenstein, wo der Bach noch etwas Wasser führt."

„Wasserfedern", stellte John fest. „Dem Volksmund nach eine stille, würdevolle Blume, die Frieden bringen und Menschen wieder zusammenführen soll, die voneinander getrennt waren."

„Ist das wahr?" Hesters Stimme klang warm. „Dann wollen wir beten, dass sie uns Ben wieder nach Hause bringen."

Holly ging zum Schrank und nahm eine kleine Glasvase heraus.

Hester füllte sie mit Wasser und arrangierte die Blumen darin. „So. Ich wusste, dass das hübsch aussehen wird."

„Es ist schön, dass bei dieser Hitze noch irgendetwas blüht und dass du sie dort gefunden hast, wo der Bach noch fließt." Holly sah sich die Blumen genauer an. „Ich kenne mich nicht besonders gut aus mit Wildblumen, aber irgendwie kommen sie mir ein wenig bekannt vor. Ich weiß!" Sie griff nach Lavinias Tagebuch. „Seht nur, hier ist eine Zeichnung davon."

Die kleine Zeichnung in dem Buch, an die Holly sich erinnert hatte, zeigte eindeutig eine Wasserfeder. Lavinia hatte sie wunderhübsch wiedergegeben, den langen Stängel, die filigranen, krautigen Blätter und die trügerisch schlichten Blüten. Lavinia musste ein beträchtliches künstlerisches Talent gehabt haben, es sei denn, die geheimnisvolle Clara Rogers war auch für die Illustrationen verantwortlich gewesen.

Erst später, als John und Hester nach Hause gefahren waren und Bonnie sich vollkommen zufrieden auf dem Boden ausgestreckt hatte, stutzte Holly wegen der Wasserfedern. Lavinia konnte sie unmöglich gesehen haben, denn sie war im Winter in Ashdown Park gewesen. Vielleicht hatte sie die Blume aus einem Buch über die einheimische Flora und Fauna abgezeichnet, das sie in der Bibliothek gefunden hatte, oder die Wasserfeder hatte eine besondere, ganz eigene Bedeutung für sie gehabt.

Holly döste immer wieder ein, Traumfetzen zogen an ihr vorbei, bis das Klingeln des Telefons sie abrupt aufweckte. Sie griff danach und musste feststellen, dass es gar nicht ihr Handy war, das klingelte, sondern Bens, das sie immer wieder auflud und in der Kommodenschublade neben dem Spiegel aufbewahrte. Sie rannte durch das Zimmer und zerrte an der Schublade, ihre Finger rutschten beinahe ab, ihr Herz klopfte zum Zerspringen.

„Hallo?"

Sie wusste, dass jemand am anderen Ende war, auch wenn sich niemand meldete. Holly spürte eine Präsenz in der Stille, von der eine Verzweiflung ausging, die auf sie übergriff.

„Hallo?", sagte sie noch einmal, drängender. „Wer ist denn da, bitte?"

Plötzlich ertönte ein Wirrwarr von Stimmen, schnell, gedämpft – und dann nichts mehr, nur das harte Klicken der unterbrochenen Leitung.

14. Kapitel

Wassenaer Hof, Den Haag, 1635

Es gab eine neue Hofdame bei Hofe, ein raffiniertes, geistloses Geschöpf namens Mary Carpenter, das die Herren sehr reizvoll zu finden schienen. Elizabeth konnte sich nicht erinnern, sie zu ihrer Hofdame ernannt zu haben, aber das war nicht weiter überraschend. Mistress Carpenter war die Nichte von sehr alten Freunden, die wahrscheinlich vorausgesetzt hatten – wie die meisten Leute –, dass es vollkommen angemessen wäre, wenn Margaret eine Stellung im Wassenaer Hof erhielt. Die Leute setzten viel voraus. Das taten sie schon seit Elizabeths frühester Zeit in Heidelberg, denn sie war schon immer zu großzügig gewesen, zu sehr darauf bedacht, gemocht zu werden.

Sie konnte sich lebhaft an die Tage erinnern, als sie noch ganz frisch verheiratet gewesen war und Oberst Schomberg, ihr Truchsess, durch ihre Gemächer im Schloss stolziert war und die Lakaien angebrüllt hatte, gefälligst strammzustehen und das Kokettieren mit den Dienstmädchen zu unterlassen. Elizabeth hatte er ermahnt, weniger verschwenderisch mit ihren Ausgaben umzugehen. Der arme Schomberg. Auf dem Totenbett hatte er ihr gesagt, es wäre besser, gefürchtet und respektiert als geliebt zu werden. Sie hatte versucht, oh, wie sehr hatte sie es versucht, seine Ermahnungen zu mehr Sparsamkeit zu befolgen, aber letzten Endes hatte sie immer zu viel gegeben, ob es nun Geld, Schmuck oder ihre Protektion gewesen waren.

Margarets Ankunft war zeitlich mit William Cravens Rückkehr aus England zusammengefallen. Elizabeth empfand immer noch heiße Scham, wenn sie daran dachte, wie warmherzig sie ihn empfangen hatte. Er war mehrere Jahre fort gewesen, und die Überraschung, ihn so plötzlich und unangekündigt wiederzusehen, hatte sie jede Förmlichkeit vergessen lassen. Mit vor Glück klopfendem Herzen hatte sie gelächelt, als er sich über ihre Hand gebeugt hatte.

„Ihr seid zurück", hatte sie beklommen gesagt. „Ich habe nicht geglaubt ..." Zum Glück war sie verstummt, ehe sie zu viel von ihren Gefühlen hatte verraten können.

Ich habe nicht geglaubt, dass du zu mir zurückkommen würdest ...

Es war ein Schock, zu erkennen, wie sehr sie ihn vermisst hatte.

Dann hatte sie Margaret hinter ihm stehen sehen. Margaret war in einen tiefen Hofknicks vor ihr gesunken, doch trotz dieser hübschen Geste der Ehrerbietung spürte Elizabeth, dass die andere Frau sie nicht mochte. Sie war Leuten begegnet, die sie liebten, Leuten, die sie hassten, Leuten, die sich nur schlecht verstellen konnten, und Leuten, die die besten Lügner der Welt waren, daher erkannte sie, dass Margaret sie verachtete und zugleich eine begnadete Lügnerin war.

„Majestät." Margaret hatte den Blick respektvoll gesenkt, aber Elizabeth war nicht entgangen, wie sie vorher William Craven blitzschnell einen verführerischen Blick zugeworfen hatte.

„Eure Gemahlin, Mylord?", hatte sie kühl gefragt, wohl wissend, dass sie es nicht war. Craven war rot angelaufen und hatte Margaret stammelnd vorgestellt, während Margaret schrill und künstlich aufgelacht hatte, ein Lachen, das keinerlei Belustigung enthalten hatte. Elizabeth wusste, dass das eine billige Rache gewesen war. Craven hatte dagestanden wie ein dummer, tollpatschiger Junge, und Margaret war dadurch als Hure abgestempelt worden. Genau das hatte Elizabeth vorgehabt, als sie sich die beiden vor dem ganzen Hof vorgeknöpft hatte.

Craven war nicht in Margaret verliebt, das wusste sie inzwischen, es war nur Lust, die seinen Verstand verwirrt hatte. So etwas hatte sie schon oft gesehen. Der Hof war zu klein und die Atmosphäre zu aufgeladen, um eine Affäre geheim halten zu können. Außerdem waren Männer oft so dumm und verloren vor lauter heißem Begehren den Kopf. Aber das gefiel ihr nicht. Ihr wurde klar, dass sie William Craven für ihr Eigentum gehalten hatte, dass er, auch wenn sie ihn nicht haben konnte, immer noch ihr Gefolgsmann war.

Sie hatte versucht, vernünftig zu denken. Sie war nicht wie ihre Patentante Elizabeth von England, die ihre Günstlinge wie Marionetten hatte tanzen lassen, die sie im Grunde ja auch gewesen waren. Sie war Witwe und dem Andenken an ihren Gemahl in Treue verpflichtet, genau wie der Zukunft ihrer Kinder. Sie war jetzt eine Staatsfrau. Sie war diejenige, die Craven fortgeschickt hatte, aus politischen Gründen, aber auch, weil sie sich selbst nicht vertraute. Sie konnte es ihm kaum zum Vorwurf machen, wenn er anderweitig Trost gefunden hatte, und doch tat sie es. Sie war wütend auf ihn. Die Eifersucht fraß sie innerlich auf, wie ein Wurm einen Apfel.

Sie ging hinüber zu ihrem Schreibtisch, der übersät war mit Korrespondenzen aus England: von ihrem Bruder Charles, von Laud, dem Erzbischof von Canterbury, und von ihrem

Freund Sir Thomas Roe. In allen Briefen ging es um die Verflechtungen von Politik und Diplomatie, um die ewigen, sinnlosen Intrigen der Macht.

Nach dem Lesen unbedingt verbrennen, hatte Roe geschrieben, aber es flackerte kein Feuer im Kamin, die Nacht war viel zu warm. Elizabeth nahm den Brief und hielt ihn an die Kerzenflamme, wo er sich zu kräuseln begann und schließlich zu Asche zerfiel. Das, so dachte sie, würde es ihren Feinden ersparen, von den häuslichen Problemen der Lady Roe irgendwo auf dem Land in Northamptonshire gelangweilt zu werden.

Da war ein weiterer Brief von ihrem Schwager, Prinz Ludwig Philipp, dem Herzog von Simmern, verfasst in Geheimschrift. Ludwig Philipp warnte, dass die Pfalz kurz davorstand, wieder von der kaiserlichen Armee erobert zu werden. Friedrichs Grab in Frankenthal war in Gefahr, geschändet und geöffnet zu werden; man drohte, seinen Leichnam zu exhumieren und mit einer Papierkrone auf dem Kopf durch die Straßen zu schleifen.

Elizabeth presste die Hand an ihre Brust, um gegen die Übelkeit anzukämpfen, die diese Schilderung ausgelöst hatte. Beim ersten Lesen des Briefs hatte sie sich krampfhaft übergeben müssen. Inzwischen waren ein paar Tage vergangen, doch ihr Entsetzen hatte sich kaum gelegt. Es musste etwas unternommen werden, für Friedrich und für das, was mit ihm zusammen beerdigt worden war. Seine Leiche mochte für die Propagandisten des Kaisers ein Vermögen wert sein, aber der Wert der Gegenstände in seinem Grab war unermesslich.

Sie rief einen Diener herbei, der gähnend zur Tür hereinkam. „Lasst Lord Craven herkommen." Es war schon spät, der Hof schlief. Plötzlich hatte sie eine Vision von Craven, der nackt mit Margaret Carpenter zwischen zerwühlten Laken lag; sie tranken Wein und redeten leise und vertraulich miteinander, während die Kerze langsam herunterbrannte. Die Schreibfeder zwischen ihren Fingern zerbrach, Tinte spritzte heraus. „Nein", sagte sie, „ich habe es mir anders überlegt. Wir wollen ihm seinen Schlaf gönnen. Ich lasse morgen nach ihm schicken."

„Nein", sagte Craven. „Auf keinen Fall. Das verbiete ich."

Elizabeth amüsierte sich. Von Anfang an war ihr Leben Zwängen unterworfen gewesen, obwohl die meisten Leute das wohl nicht geglaubt hätten. Es war eine Tatsache, dass es mehr Dinge gab, die eine Königin nicht tun durfte, als solche, die ihr erlaubt waren. Craven bewies das gerade einmal wieder.

„Ihr müsst die Notwenigkeit doch einsehen!"

Craven warf ihr einen finsteren Blick zu. Er sah zornig und entschlossen aus, und das fand sie auf seltsame Weise liebenswert. „Ich kann nicht behaupten, dass ich das tue."

Sie saßen in dem duftenden Garten hinter dem Wassenaer Hof. Die vielen Giebel des Palastes zeichneten sich vor dem leuchtend blauen Sommerhimmel ab. Die Sonne schien auf das Messingrund der Sonnenuhr auf dem Sockel vor ihnen. Elizabeth hatte einen Ort ausgewählt, an dem sie miteinander allein sein und von niemandem belauscht werden konnten. Das Gespräch verlief nicht gut. Im Gegenteil, es verlief schlechter, als sie sich vorgestellt hatte, und ihre Erwartungen waren von vornherein nicht hoch gewesen.

„Spanische Truppen drohen, Frankenthal einzunehmen", sagte sie. „Die Schweden haben jeden Versuch aufgegeben, sich ihnen in Süddeutschland entgegenzustellen …"

„Ich bin mir über den Verlauf des Krieges durchaus bewusst", besaß Craven die Vermessenheit, sie zu unterbrechen.

Elizabeth seufzte insgeheim. Gott sollte sie vor Männern bewahren, die sich von einer Frau nicht in Kriegsangelegenheiten belehren lassen wollten. „Dann wird Euch auch klar sein", wandte sie vorsichtig ein, „dass sie höchstwahrscheinlich die sterblichen Überreste meines Gemahls exhumieren und sie für ihre eigenen Zwecke benutzen werden, sollten sie die Stadt einnehmen. Sie werden seinen Leichnam durch die Straßen tragen, ihn zerstückeln und ihm jede erdenkliche Demütigung zuteilwerden lassen ..." Sie verstummte, denn sie hörte selbst, wie sehr ihre Stimme bebte, und sie wollte ihre Verwundbarkeit nicht zeigen. In der vergangenen Nacht war sie wieder von Albträumen von all den schrecklichen Dingen heimgesucht worden, die Friedrichs Leichnam widerfahren konnten, wenn die Stadt in die Hände des Feindes fiel.

„Ich sehe ja ein, dass es notwendig ist, den Leichnam Seiner Majestät vor einer Schändung zu bewahren." Cravens Stimme war weicher geworden. „Kann der Herzog nicht veranlassen, dass er an einem anderen, sichereren Ort beigesetzt wird?"

„Nirgendwo gibt es Sicherheit." Elizabeth erhob sich erregt und ging zur Sonnenuhr, wo sie sich so abrupt umdrehte, dass sie mit dem herumwirbelnden Rocksaum beinahe ein paar Zweige des Lavendels abgebrochen hätte, der neben dem Pfad wuchs. Sein Duft erfüllte die Luft, und Elizabeth fragte sich, wann sie angefangen hatte, diesen seifigen Geruch nicht zu mögen. „Simmern bringt seinen ... ihn ... nach Metz." Wie lächerlich und makaber sich das anhörte. Ihr Schwager karrte die Leiche ihres Gemahls durch die Lande wie einen Sack Feuerholz. „Wir haben beschlossen, Friedrich nach Sedan umzubetten."

„Das ist ein sehr guter Plan." Craven klang beinahe erleichtert, als glaubte er, sie doch noch zur Vernunft bringen zu können. „Überlasst es Simmern, sich um diese Angelegenheit zu kümmern, Eure Majestät. Auf die Art ist Eure Beteiligung gar nicht nötig."

„Ihr hört mir nicht richtig zu." Elizabeth zerrieb ein paar Verbenenblätter zwischen den Fingern. Der kräftige Zitrusduft überlagerte den Geruch des Lavendels und half ihr, wieder einen klaren Kopf zu bekommen. „Ich muss nach Metz reisen", wiederholte sie. „Ich muss den Kristallspiegel zurückholen."

Craven erhob sich jetzt ebenfalls, seine Gereiztheit war ihm deutlich anzumerken. Er fuhr sich mit einer hastigen, ungeduldigen Handbewegung durchs Haar, aber dieses Mal gelang es ihm, sich zu beherrschen. „Majestät, wenn Ihr Euch vor der Macht des Spiegels fürchtet, dann ist es doch gewiss besser, wenn er wieder mit Eurem Gemahl begraben wird, nicht wahr?" Sein Tonfall ließ keinen Zweifel daran zu, was er von abergläubischen Frauen hielt.

Elizabeth ignorierte die versteckte Kränkung. „Ich habe eingewilligt, den Spiegel mit ihm begraben zu lassen, solange es noch sicher war. Aber jetzt ... Craven, versteht Ihr denn nicht?" Sie breitete flehend die Hände aus. „Der Sarg könnte auf dem Weg nach Sedan geraubt werden. Oder die Spanier könnten den Leichenzug einholen. Alles Mögliche kann passieren, und wenn Friedrichs Leiche in die falschen Hände gerät ... Stellt Euch nur vor, was geschieht, wenn sie sich die Macht des Spiegels zunutze machen! Er hat schon genug Unheil angerichtet, ich kann dieses Risiko nicht eingehen."

Craven hatte sich vor sie gestellt. Er legte die Hände um ihre Schultern, hielt sie fest und betrachtete ihr Gesicht mit seinen scharfsichtigen braunen Augen. Sie wies ihn nicht zurecht wegen seines vertraulichen Verhaltens und wich auch nicht vor seiner Berührung zurück, obwohl sie sich seine Hände auf Margarets nacktem Körper vorstellte und unwillkürlich erschauerte.

„Ihr glaubt das tatsächlich", sagte er langsam. „Ihr glaubt, es war die schwarze Magie der Ritter, die für den Verlust von Böhmen, den Tod Eures Gemahls und alles andere Ungemach verantwortlich war, das Euch widerfahren ist."

„Die Ritter haben versucht, sich die Macht des Spiegels und der Perle zunutze zu machen, und sind dafür bestraft worden", erwiderte Elizabeth. Sie wusste, Craven hielt sie für eine Närrin, aber sie würde niemals vergessen, wie es war, in das dunkle Herz des Spiegels zu blicken und die Visionen darin zu sehen, die sie gesehen hatte. Sie hatte ihren Gemahl, ihren ältesten Sohn, ihr Zuhause und ihre Zukunft verloren. Sie wusste, die Wahrsagerei konnte einem die Welt versprechen und einem dann alles nehmen. Wasser und Feuer, Feuer und Wasser ... beide hatten einen entsetzlichen Tribut gefordert. „Und deshalb muss ich gehen", schloss sie. Dieses Mal trat sie einen Schritt zurück, um ihre Worte noch zu betonen. „Niemand außer mir kann den Schatz der Ritter zurückholen."

Er schüttelte den Kopf. „Das ist Wahnsinn. Was ist, wenn Ihr verletzt, gefangen genommen oder gar getötet werdet?" Er streckte die Hand aus. „Schickt mich, Majestät. Ich gehe nach Metz und hole den Spiegel."

„Ihr werdet mich begleiten", verbesserte Elizabeth. „Nur Ihr. Unter Eurem Schutz wird mich niemand verletzen, gefangen nehmen oder töten."

Sie sah, wie er die Kiefer aufeinanderpresste. „Ihr vertraut mir Eure Sicherheit an, aber Ihr vertraut mir nicht, den Spiegel für Euch zurückzuholen." Sie schwiegen beide, nur das Zwitschern der Vögel durchbrach die Stille. „Bitte sagt nicht, Ihr glaubt, dass dieses alberne Spielzeug eine Gefahr für mich darstellen und mich mit seiner Macht in Versuchung bringen könnte." Sein Sarkasmus schmerzte Elizabeth wie ein Messerstich. „Bitte sagt mir nicht, dass Ihr mich vor dieser Gefahr bewahren wollt, wo Ihr doch in Wirklichkeit nur Zweifel an meiner Loyalität habt."

Elizabeth antwortete nicht sofort. Zu lügen wäre eine Beleidigung gewesen, die Wahrheit zuzugeben ebenfalls. Denn es stimmte; sie glaubte, dass der Spiegel eine Versuchung für jeden Menschen darstellte, und ganz gleich, wie unerschütterlich sie an Cravens Treue glaubte, ein Restzweifel blieb ihr immer. Sie wusste, wie sehr Magie korrumpieren konnte, und die Anziehungskraft des Spiegels war nicht von dieser Welt. „Ich vertraue Euch mehr als jedem anderen bei Hof", sagte sie wahrheitsgemäß. „Ich bin umgeben von Spionen, aber Ihr …" Sie zögerte. „Ihr seid der Einzige, an dessen unbedingte Treue ich glaube."

Er schenkte ihr ein halbes Lächeln, was nur gerecht war, da sie ihm auch nur eine halbe Antwort gegeben hatte.

„Ihr könnt unmöglich gehen", sagte er, freundlicher dieses Mal. „Das müsst Ihr doch einsehen! Wie lange wird es dauern, bis man Euch vermisst? Wollt Ihr den ganzen Hof an der Nase herumführen?"

„Ich hatte mir überlegt, irgendein Fieber vorzutäuschen …", begann sie, aber wieder schüttelte er den Kopf mit einer Ungeduld, für die sie jeden anderen Mann zurechtgewiesen hätte.

„Majestät, es geht einfach nicht. Eine vorgetäuschte Krankheit würde nur noch mehr Aufmerksamkeit zur Folge haben.

Bei Hofe würden sich Gerüchte und Spekulationen ausbreiten. Alle würden sich vor Euren Gemächern versammeln und auf Neuigkeiten über Euren Zustand warten."

Elizabeth seufzte. Natürlich hatte er recht, aber ein einziges Mal hatte sie selbst aktiv werden wollen. An ihrem Schreibtisch zu sitzen, Briefe zu schreiben, Boten zu schicken und sich durch die vielen Fallstricke der Diplomatie hindurchzulavieren, war ermüdend und einschränkend. Warum durften nur Männer zur Tat schreiten?

„Schickt mich", wiederholte Craven. „Ihr könnt mir vertrauen, Majestät." Er nahm ihre Hand und drückte sie fest. „Ich werde Euch nicht enttäuschen", versicherte er. „Ich werde Euch niemals enttäuschen."

Ihre Zweifel flackerten erneut auf. Sie unterdrückte sie. „Danke." Sie erwiderte seinen Händedruck und verschränkte ihre Finger mit seinen. „Ich weiß, dass ich Euch vertrauen kann."

15. Kapitel

Der Anruf war nicht zurückzuverfolgen gewesen, die Nummer unterdrückt. Die Polizei würde wahrscheinlich herausfinden können, wer der Anrufer gewesen war, aber da Holly ihnen Bens Handy verschwiegen hatte, war sie wohl kaum in der Lage, sie darum zu bitten, ohne es herausgeben zu müssen. Diesbezüglich zögerte sie nur, weil sie sich Gedanken über den Anrufer machte. Nichts an dem Anruf hatte sich irgendwie bedrohlich angefühlt, sie hatte nur die stumme Verzweiflung dieses Menschen gespürt. Sie wollte ihn finden und hatte das seltsame Bedürfnis, ihn zu beruhigen und zu trösten, auch wenn sie keine Ahnung hatte, wie.

Sie dachte am folgenden Tag viel darüber nach, während sie am Design für einen Satz Gläser arbeitete, die ein Geschenk werden sollten. Die Arbeit war sehr detailliert und verlangte große Präzision, was ihr normalerweise viel Freude bereitete; eine Arbeit, die allerdings auch ungeheuer schwierig wurde, wenn Holly so unkonzentriert war wie jetzt. Es war daher eine gewisse Erleichterung, als es zaghaft an der Werkstatttür klopfte und ein Mädchen im Teenageralter hereinkam. Die junge Frau war dünn, sehr hübsch und trug eine tief sitzende Cargohose, ein grünes Top und marineblaue Schuhe mit Keilabsatz – es war das Mädchen, das Holly an der Bushaltestelle gesehen hatte, am Tag ihrer ersten Begegnung mit Mark.

„Hi." Der Teenager schob sich in leicht gekrümmter Haltung an den Regalen mit den Ausstellungsstücken vorbei, wie jemand in einem Porzellanladen. Holly war schon aufgefallen, dass viele Menschen sich so verhielten. Es war, als ob das viele Glas ihnen Unbehagen bereitete. „Fran schickt mich. Sie meinte, Sie könnten mir vielleicht helfen." Sie hatte eine Plastiktüte dabei, die sie nun auf Hollys Arbeitstisch legte. Der Inhalt war in Seidenpapier gewickelt, und Holly packte ihn vorsichtig aus. Sie sah, dass es einmal eine Glasschale gewesen sein musste. Jetzt waren davon nur noch Scherben übrig, die im Sonnenlicht glitzerten, das durch das Werkstattfenster fiel.

„Oh." Holly schob ihre Schutzbrille hoch und beugte sich über die Glasscherben. „Ach je."

„Können Sie sie reparieren?", fragte das Mädchen hoffnungsvoll.

„Nein", erwiderte Holly bedauernd. „Das kann ich leider nicht, sie ist in zu viele Teile zerbrochen."

Das Mädchen wirkte nicht sonderlich überrascht, ließ aber trotzdem die schmalen Schultern hängen. „Dieser verdammte Joe", murmelte die Kleine niedergeschlagen. „Ich habe ihm doch gesagt, er soll vorsichtig sein."

„Wie ist das denn passiert?", wollte Holly wissen, obwohl es keinen Unterschied machte, wenn sie wusste, wie die Schale zerbrochen war. An den Scherben sah sie, dass es sich um ein sehr hochwertiges Stück gehandelt haben musste, *Caithness Glass* vielleicht, oder *Dartington Crystal*. Sie war bestimmt sehr schön gewesen.

Das Mädchen schob die Hände in den Bund der Cargohose. „Wie schon gesagt, es war Joes Schuld. Er hat herumgefuchtelt, ist dabei an den Tisch gestoßen, und sie ist heruntergefallen. Ich bin übrigens Flick Warner. Joe ist mein jüngerer Bruder. Ich meine, er ist älter als ich, aber der jüngere von meinen beiden Brüdern."

„Also ist Mark dein anderer Bruder. Ich darf dich doch duzen, ja?" Es hätte Holly gleich auffallen müssen; Flick war zwar blond, aber sie hatte die gleichen braunen Augen und die atemberaubend markanten Gesichtszüge wie Mark. Bei Flick waren letztere jedoch weicher ausgeprägt, sodass sie zwar außergewöhnlich hübsch war, gleichzeitig aber auch etwas mürrisch aussah.

„Natürlich. Es ist Marks Schale", erklärte Flick verlegen. „Er hat sie für einen der wohltätigen Ausdauerwettbewerbe gewonnen, an denen er teilgenommen hat. Sie ist daher sehr wertvoll, nicht nur vom ideellen Wert her, sondern auch sehr teuer …" Sie schwieg unglücklich. „Ich weiß nicht, was ich machen soll."

„Warum sagst du ihm nicht einfach, was passiert ist?", schlug Holly vor. „Ich bin mir sicher, er würde lieber die Wahrheit wissen, und da die Schale ohnehin nicht repariert werden kann …"

„Könnten Sie nicht vielleicht einen Ersatz anfertigen?", fiel Flick ihr ins Wort. Sie wurde rot, und Holly fragte sich, ob das Mädchen womöglich jünger war, als sie gedacht hatte. „Ich kann es ihm wirklich nicht sagen." Flick verschränkte die Hände so fest ineinander, dass die Fingerknöchel weiß hervortraten. „Mark ist großartig, ich will nicht, dass er sich aufregt. Er würde mich hassen."

Holly musste lächeln bei dieser typischen Übertreibung eines Teenagers. „Mark ist doch gar nicht so furchterregend, oder? Ich meine, ich weiß, er kann manchmal etwas schroff sein, aber du bist seine Schwester. Er versteht bestimmt, dass es ein Unfall war."

„Die Sache ist kompliziert." Flick wich Hollys Blick aus. „Während des Semesters wohne ich bei Mark, und Joe kommt auch oft an den Wochenenden von der Uni zu Besuch. Keiner von uns will ihn verärgern, damit er uns nicht hinauswirft und wir wieder bei unseren Eltern wohnen müssen." Sie klang etwas verzweifelt. „Verstehen Sie mich nicht falsch, Dad ist in Ordnung, aber er ist viel auf Reisen, also wäre ich mit Mum allein, und glauben Sie mir, das ist keine besonders gute Konstellation ..." Sie zuckte hilflos mit den Schultern. „Könnten Sie uns aus der Klemme helfen und eine ganz ähnliche Schale anfertigen? Dann braucht Mark nie davon zu erfahren." Sie wühlte hektisch in ihrer Schultertasche aus Bast herum. „Fran hat Sie empfohlen, sie meinte, Sie wären wirklich gut." Sie bemerkte Hollys Augenausdruck und sprach hastig weiter. „Ich habe ein paar Fotos mitgebracht. Ich dachte, das wäre eine gute Idee, weil Sie dann sehen können, wie die Schale ausgesehen hat ..." Sie warf die Fotos auf den Tisch.

Holly hob langsam eins auf und betrachtete es. Das Bild zeigte die Schale bis ins letzte wundervolle Detail, einschließlich des unten eingravierten Texts, der besagte, dass sie Captain Mark Warner verliehen worden war für die erfolgreiche Teilnahme am großen Marsch durch die Antarktis. Die Dekoration bestand aus wunderbar eingravierten Lorbeerzweigen, die den Sieg symbolisierten.

Seufzend wandte Holly sich einem anderen Foto zu. Es handelte sich um einen typischen Familien-Schnappschuss – ein sonntägliches Mittagessen oder eine Geburtstagsfeier –, und die Familie stand um einen großen Esstisch aus Walnussholz herum, auf dem die Schale prangte. Da war ein älterer Mann in einem grauen Anzug mit einem jovialen Lächeln, aber leicht angespannter Miene, und eine kultiviert aussehende Dame in einem Etuikleid mit Perlenschmuck – Mrs. Warner, wie Holly vermutete.

„Hat dir noch niemand gesagt, dass Ehrlichkeit immer die beste Lösung ist?" Holly wusste, dass sie wirklich noch zu jung war, um sich wie die Mutter von jemandem anzuhören, aber sie wollte es wenigstens probieren. „Es wäre sicherlich das Beste, es zuzugeben ..."

Flick grinste. Sie hatte unregelmäßige Zähne, die jedoch anziehend und attraktiv wirkten, und ein herzliches Lächeln. Holly spürte, dass sie kurz davorstand nachzugeben. „Das sagt man mir ganz oft. Ich kann Joe aber unmöglich so in Schwierigkeiten bringen."

Joe war auch auf dem Foto zu sehen; er lümmelte am Tisch neben einer Frau, die Holly nicht kannte. Holly fand, er sah so aus, als könnte er gut für sich selbst geradestehen. Wieder war die Ähnlichkeit mit Mark nicht zu übersehen, aber Joe wirkte eher wie ein etwas verwahrloster Poet aus dem achtzehnten Jahrhundert nach einer langen Nacht im Kaffeehaus. Flick saß neben ihrem Vater. Mark war nicht auf dem Foto, also war er vielleicht derjenige, der die Aufnahme gemacht hatte.

„Hm", meinte Holly, „ich würde dir ja wirklich gern helfen, aber ..."

„Prima! Wir bezahlen Sie natürlich ..."

„Aber das sollte ich nicht tun. Es wäre nicht richtig."

Flick verzog das Gesicht. „Das weiß ich doch! Und ich sollte Sie auch nicht darum bitten, nur ..." Sie strich sich das lange blonde Haar aus dem Gesicht. „Die Schale ist unersetzlich, im wahrsten Sinn des Wortes, oder? Ich meine, wir werden nie wieder so eine besitzen."

„Nein." Holly hatte sich entschieden. Sie legte die Fotos wieder auf den Tisch und setzte sich langsam. Ihr Drehstuhl war hoch wie der eines Zahnarztes. Sie stützte die Ellenbogen auf die Arbeitsplatte und legte das Kinn auf ihre Handflächen.

„Hör mal, es tut mir wirklich leid, aber ich kann das nicht. Ich kenne Mark nicht so gut, aber ich möchte wetten, er würde lieber wissen, was wirklich passiert ist, und nicht wollen, dass du viel Geld für eine Nachahmung ausgibst, die niemals an das Original herankommen wird."

Flick ließ die Schultern hängen. „Sie haben ja recht, ich weiß. Also gut." Sie straffte sich. „Ich mache es. Nur ..." Sie sah Holly ängstlich an. „Sie erzählen Mark aber nichts davon, oder? Es war dumm von mir, zu glauben, ich könnte mich so aus der Affäre ziehen, aber ich möchte es ihm lieber auf meine Art beichten."

„Hauptsache, du tust es auch wirklich", erwiderte Holly und versuchte, nicht zu überheblich zu klingen. „Und sag ihm, dass es Joes Schuld war. Der hätte dich gar nicht erst vorschieben dürfen."

Flicks Miene hellte sich auf, und sie fiel Holly spontan um den Hals. „Danke!" Sie ging rückwärts zur Tür und wäre beinahe gegen eine Kiste mit Briefbeschwerern gestoßen. „Huch!" Sie sah sich um. „Alles ist hier jetzt ganz anders, man könnte meinen, es wäre nicht mehr derselbe Raum." Sie zögerte, und eine Sekunde lang hatte Holly das merkwürdige Gefühl, als wollte Flick ihr noch etwas sagen, doch dann winkte sie ihr nur zu und war verschwunden. Eine Weile blieb alles still, dann wurde eine Autotür zugeschlagen, und ein starker Motor heulte auf, dessen Lärmpegel aufdringlich wirkte in der friedlichen Umgebung. Holly sah gerade noch einen Farbfleck vorbeihuschen, als der Sportwagen den Weg zum Dorf hinunterraste.

Kopfschüttelnd rückte Holly die Kiste wieder zurecht und kehrte zurück an ihren Arbeitstisch. Sie musste an Flicks Umarmung denken und war etwas verwirrt. Eigentlich war Holly kein Mensch, dem man sich leicht näherte; nicht weil sie unfreundlich war, sondern weil sie eher zurückhaltend wirkte. Flick gehörte offenbar zu den Menschen, die sich einfach über entgegengebrachte Zurückhaltung hinwegsetzten, was reizend war, aber auch überrumpelnd.

Vielleicht war das Leben in einem Dorf aber auch einfach so; Holly hatte keine Ahnung. Sie hatte noch nie in einem Ort wie Ashdown gelebt.

Am kommenden Tag wollte sie hinunter in Marks Büro gehen und ihn sehr freundlich fragen, ob er ihr eventuell die Karten und Dokumente zeigen konnte, mit denen Ben sich befasst hatte. Fran hatte recht. Sie musste wirklich anfangen, sich in seiner Anwesenheit normal zu verhalten.

Sie streckte sich über ihren Arbeitstisch hinweg und öffnete die Fensterläden. Blasses Licht fiel in den Raum. Dort, wo die Sonne den ganzen Tag darauf geschienen hatte, war das Holz warm, überhaupt herrschte in der Werkstatt noch immer eine drückende Hitze. Holly nahm das Glas zur Hand, an dem sie gearbeitet hatte, ehe sie von Flick unterbrochen worden war, und hielt es ins Licht. Sie war sich selbst die schärfste Kritikerin, doch mit dieser Arbeit war sie sehr zufrieden. Geißblattranken wanden sich auf der Oberfläche, sie schienen Holly geradezu entgegenzuwachsen, waren jedoch für immer in das Glas gebannt. Holly drehte das Glas herum und berührte die in die Rückseite gravierten Buchstaben. „Für Anne und Henry", stand da. „Glückwunsch zu 25 glücklichen Jahren wilder Ehe."

Holly lächelte. Sie liebte den Moment, wenn sie ein Geschenk für den Empfänger zu einem ganz persönlichen Gegenstand machte. In diesem Fall war ihre Kundin die Schwester von Henry gewesen, die ihr verraten hatte, dass das Paar einen Kindergarten leitete, Pflanzen und die Natur liebte und einen schlichten, schnörkellosen Stil bevorzugte. Holly betrachtete das Muster auf dem Glas. Es war schön, vollkommen und konnte am kommenden Morgen verpackt werden.

Sie zog die Werkstatttür hinter sich ins Schloss und fragte sich dabei, ob Flick Warner wohl den Mut aufbringen würde, Mark zu gestehen, was mit der Schale passiert war. Sie hoffte es, war sich aber nicht ganz sicher. Flick hatte irgendwie zerbrechlich gewirkt.

Holly ging langsam den Weg zur Mühle hinauf. Draußen war es nicht viel kühler, aber die Luft war frischer. Eine leichte Brise wehte durch die Bäume und brachte den Geruch von frischem Heu und den Gesang der Vögel mit.

Seltsamerweise stand die Tür zur Mühle halb offen. Holly wusste, dass sie sie geschlossen hatte, und ihr Herz fing an zu klopfen. Sie stieß sie weiter auf.

„Ben?"

Stille. Sie wartete einen Moment, dann rief sie erneut. Keine Antwort. Sie rannte die Treppe hinauf und sah schnell in allen Zimmern nach. Niemand war da, nur Bonnie, die ihr fragend entgegensah und in der Hoffnung auf einen Spaziergang mit dem Schwanz wedelte.

Holly ließ sich auf die oberste Treppenstufe sinken. Sie spürte, wie ihr Herzschlag sich beruhigte und eine Übelkeit erregende Enttäuschung sich in ihr ausbreitete. Sie legte die Hände vor ihr Gesicht. Vielleicht hatte sie sich geirrt und die Tür doch nicht verriegelt. Es fehlte auch nichts im Haus, und Bonnie hätte mit Sicherheit angeschlagen, wenn jemand in die Mühle eingedrungen wäre.

Holly fühlte sich plötzlich müde. Langsam nahm sie Bonnies Leine vom Regal. Sie gingen hinaus und schlugen den

Pfad ein, der tief in den Wald führte, vorbei an grasbewachsenen Reitwegen und durch wahre Tunnel von Linden und Eichen. Er kreuzte andere Pfade, gabelte sich und mündete in Hohlwege, die älter schienen als die Zeit. Bonnie spielte mit ihrem Ball, an dem ein Strick befestigt war, und schließlich erreichten sie das Dorf. Holly sah, dass die Tür zum Café noch offen stand, und trat ein.

„Fran?"

Fran sah von der Kasse auf, ihre Lippen bewegten sich. „Fünfundsiebzig, achtzig … verdammt, Holly, ich war fast fertig, jetzt kann ich noch mal von vorn anfangen!"

„Pack das Geld in den Safe und zähle es morgen", schlug Holly vor und schloss die Tür hinter sich. „Wie kommt es, dass du überhaupt noch hier bist?"

„Ich habe mich festgeplaudert", erwiderte Fran vage. „Keine Sorge, ich verpasse nur die Sitzung des Spendenkomitees für das neue Kirchendach. Alle sind schon ganz aufgeregt wegen des Tanzabends." Sie nahm die ziemlich sexy aussehende Lesebrille ab und schaute Holly nachdenklich an. „Du kommst doch auch, Holly, oder?"

„Ich habe zwei linke Füße. Das möchte ich den ahnungslosen Dorfbewohnern nicht zumuten."

„Es wird bestimmt lustig, aber er findet ja auch erst im Oktober statt. Reichlich Zeit also, das Herumgehopse zu lernen." Fran verschwand im Lagerraum, und Holly hörte, wie die schwere Safetür ins Schloss fiel. Fran kam zurück und fing an, die Metallrollläden herunterzulassen. „War Flick Warner bei dir? Sie sagte, sie brauchte einen Glasgraveur."

Holly sah sie an. Da schwang mehr als nur ein bisschen Neugier in Frans Stimme mit, aber sie beschloss, nicht darauf einzugehen. „Ja, das war sie."

Frans Augen wurden schmal. „Und worum ging es?"

„Ach, sie hatte nur eine Frage, aber danke, dass du mich empfohlen hast", erwiderte sie betont vage.

Fran sah sie aufgebracht an. „Du weichst mir aus!"

Holly grinste. „Tja, die berufliche Schweigepflicht ..."

Fran schnaubte. „Das ist doch nur eine Ausrede, weil du Geheimnisse hast. Denke bloß nicht, das wüsste ich nicht!"

Holly zog die Augenbrauen hoch.

„Du machst ein heimlichtuerisches Gesicht." Fran war jetzt in voller Fahrt. „Aus dir hätte eigentlich ein verdammter Trappistenmönch werden sollen!"

„Vielleicht im nächsten Leben."

Fran ließ den ersten Rollladen mit einem metallischen Klicken einrasten und schloss ihn ab. „Sie hatte eine Menge Probleme, die Kleine. Beide hatten Probleme, Flick und Joe. Mark ist ein Schatz, weil er sie bei sich aufgenommen hat, allerdings glaube ich, ihm hat es auch geholfen. Er hatte wieder etwas, worauf er sich konzentrieren musste." Sie sah Holly über die Schulter hinweg an. „Wie war es gestern Abend?" Auf Hollys verständnislosen Blick hin fügte sie hinzu: „Mit deinen Großeltern. Wollten sie nicht vorbeikommen und sich ansehen, was du aus der Mühle gemacht hast?"

„Oh ja." Holly lächelte. „Es hat ihnen gut gefallen. Wir haben eine schöne Zeit miteinander verbracht."

„Und es war nicht zu schwierig für sie?", fragte Fran nach. „Ich meine, nach Bens Verschwinden wundert es mich fast, dass überhaupt noch jemand von euch einen Fuß in die Nähe dieses Hauses setzt."

„Ja, das dachte ich auch erst", gab Holly zu. „Aber es gefällt mir dort. Es hat irgendwie etwas Tröstliches."

„Schön." Fran zeigte auf den Tresen. „Sag, möchtest du

eine heiße Schokolade? Hattie und Luke sind bis um sechs bei der Tagesmutter, also haben wir noch jede Menge Zeit. Wir könnten sie draußen trinken, es ist immer noch warm."

„Aber du hast doch schon sauber gemacht", wandte Holly ein. „Wird dann nicht alles wieder schmutzig?"

„Heiße Schokolade mit Schlagsahne ist es das allemal wert", versicherte Fran.

„Ich habe langsam das Gefühl, ich tue hier nichts anderes als essen und trinken", sagte Holly seufzend. „Nicht, dass ich mich deswegen beklagen will."

Sie ging mit Bonnie nach draußen, während Fran die Maschine einschaltete. Ihr leises Brummen vermischte sich mit dem Krächzen der Krähen am Waldrand und dem allgegenwärtigen Dröhnen der Bagger auf der Baustelle. Mark schien viele Stunden am Tag zu arbeiten, während seine kleine Schwester in einem schicken Sportwagen in der Gegend herumfuhr.

„Hat Mark einen Sportwagen?", fragte sie, als Fran mit einem Tablett herauskam, auf dem zwei Becher heiße Schokolade, ein Schälchen mit Zimtstreuseln und ein Teller mit Cupcakes standen.

„Ja, einen Aston Martin, einen grünen. Er nennt ihn das letzte Überbleibsel aus seinem früheren Leben."

„Nicht sehr praktisch auf diesen Straßen hier." Holly trank einen Schluck von ihrer Schokolade. „Oh, das ist gut. Danke, Fran."

„Gern geschehen." Fran lehnte sich zufrieden seufzend auf ihrem Stuhl zurück. „Sind diese warmen Abende nicht himmlisch?" Sie sah Holly an. „Hast du schon mehr über Bens Nachforschungen herausgefunden?"

„Ich sehe mir morgen ein paar der Dokumente an, für die er sich interessiert hat. Ich muss sagen, ich war schon etwas überrascht, dass es eine Verbindung zwischen Ashdown Park und der Winterkönigin gibt. Davon habe ich gar nichts gewusst. Ich habe neulich jemanden kennengelernt …", sie zögerte, „der mir einen Kunstgegenstand von Elizabeths Hof in Den Haag geschenkt hat. Einen Kristallspiegel."

„Wirklich?" Fran hatte die Augen geschlossen und hielt das Gesicht in die Sonne. Sie hörte sich schläfrig an. „Du scheinst nicht sehr begeistert zu sein. Ist er hässlich? Verschenke ihn weiter. Oder noch besser, verkauf ihn bei eBay."

Holly hätte beinahe in ihre heiße Schokolade geprustet bei der Vorstellung, sie könnte versuchen, den Kristallspiegel bei eBay zu verkaufen. *Gebrauchter und mit Diamanten besetzter Spiegel mit einem etwas fragwürdigen Ruf … Sehr hübsch, wenn man solche Dinge mag, kann die Zukunft voraussagen, aber auch Unglück bringen …* „Ich gehe jetzt lieber", sagte sie bedauernd und leerte ihren Becher. „Ich möchte heute Abend noch etwas arbeiten. Nein, Bon Bon …", sie schob die Hundenase sanft von den übrig gebliebenen Cupcakes weg, „die sind nicht für dich. Du bekommst deinen Snack, wenn wir wieder zu Hause sind."

„Ich bleibe noch ein bisschen hier", erwiderte Fran. „Es ist so friedlich." Sie schlug die Augen auf. „Hast du den Weg zurück gestern gut gefunden? Den, der am Perlenstein vorbeiführt?"

„Oh ja, danke. Ein herrlicher Sarsenstein, nicht wahr?" Sie nahm Bonnies Leine, um sich auf den Weg zu machen. „Vielen Dank für die Schokolade, sie war köstlich", sagte sie über die Schulter hinweg zu Fran.

Die Sonne stand inzwischen tief, und einen Augenblick lang blendeten ihre goldenen Strahlen Holly so sehr, dass sie fast nichts sehen konnte. Doch dann entdeckte sie über den

Baumwipfeln die oberste Etage eines leuchtend weißen Gebäudes mit einer anmutigen Kuppel und einer goldenen Kugel darauf, so hoch oben, dass sie vor dem blauen Himmel zu schweben schien …

„Ist alles in Ordnung mit dir?", fragte Fran besorgt.

„Ja." Holly merkte, dass sie wie erstarrt im Hof stand und Fran und Bonnie sie neugierig ansahen. Vorsichtig sah sie wieder zum Wald hinüber. Da war kein Haus mehr, nur noch der Wald, von der Sonne beschienen, sonst nichts.

16. Kapitel

*Ich hob die Birkenrute und bearbeitete damit Lord
Hiscoxs rundliches Hinterteil, bis es rot und heiß wurde
und seine Lordschaft um Gnade bettelte. Da ich wusste,
wie sehr es ihn erregte, geschlagen zu werden, beachtete
ich sein jämmerliches Gewinsel nicht und schlug nur noch
fester zu, bis sein Glied sich rot und angeschwollen auf-
richtete und ich ihm die Erleichterung schenken konnte,
nach der er sich so verzehrte. Sobald er sich verausgabt
hatte, eilten die anderen herbei, um ihn loszubinden.
Seinen Platz am Auspeitschungspfahl nahm Lord Carvel
ein, der bereits vor Erregung zitterte.*

Holly schaltete ihr Tablet aus, der Bildschirm wurde schwarz.
Sie fand es ziemlich anstrengend, über all die Auspeitschun-
gen in Lavinias Bordell zu lesen. Die veröffentlichte Ausgabe von Lavinias Memoiren war eine endlose Aneinander-
reihung sexueller Exzesse. Ohne Handlung und ohne Moral
jagte eine Szene die nächste, von den zügellosen Ausschweifungen einiger Oxford-Studenten bis hin zu den ausgefallens-
ten sexuellen Fetischen der gehobenen Kreise der Londoner
Gesellschaft. Die Lavinia aus *Das skandalöse Tagebuch einer Kurtisane aus der Regency-Zeit* war eine muntere Pros-
tituierte, die eine Liebschaft nach der anderen hatte, manchmal sogar mehrere gleichzeitig. Sie erinnerte nur wenig an die
Lavinia aus den handgeschriebenen Memoiren, und obwohl

es einige inhaltliche Übereinstimmungen gab, war die veröffentlichte Version nur eine Parodie von Lavinias lebendiger Prosa und wirkte wie eine billige, geschmacklose Kopie.

Holly wandte sich dem dicken Band zu, den sie sich nach ihrer Plauderei mit Fran in der Swindon-Bibliothek ausgeliehen hatte. Es handelte sich um eine Analyse der Sexualmoral und Sitten im späten achtzehnten und frühen neunzehnten Jahrhundert, in der Lavinias Tagebuch mehrmals erwähnt wurde, beschrieben als Versuch, ihre Erfahrungen als Kurtisane zu Geld zu machen, um später einmal ein gesichertes Auskommen zu haben. Der Originaltitel des Tagebuchs hatte *Venustransit* gelautet – ziemlich geistreich, wie Holly fand – und das Buch war immer wieder neu aufgelegt worden; es galt allgemein als eins der freizügigeren Werke der erotischen Literatur dieser Zeit. In der Analyse wurde gar nicht erst versucht, Lavinia als sympathisch darzustellen oder ihren Ruf etwas aufzupolieren. Das war der Grund, laut Erklärung des Verfassers, warum *Venustransit* finanziell weitaus erfolgreicher geworden war als die ebenfalls gewagten, aber deutlich diskreteren Tagebücher anderer Kurtisanen.

Die Bemerkung über ein gesichertes Auskommen in den späteren Jahren löste in Holly die Frage aus, was am Ende tatsächlich mit Lavinia passiert war. Ihr Großvater hatte gesagt, sie wäre aus der Öffentlichkeit verschwunden, und das war im Grunde alles, was Holly wusste. Holly ging ins Internet und gab in der Suchmaschine Lavinias Namen ein. Sie fand ein paar kurze Biografien über sie; in allen wurde behauptet, sie hätte sich zurückgezogen und im Ausland gelebt. Nirgendwo stand, wohin sie gegangen oder wann sie gestorben war. Keiner schien wirkliches Interesse an ihr zu haben, was seltsam war. Es kam Holly außergewöhnlich vor, dass Wissenschaftler solche Schlüsse über Lavinias Ruhestand gezogen hatten, andererseits hatten sie nur das veröffentlichte Tagebuch gelesen, das damit endete, dass Lavinia in den Sonnenuntergang geritten war und bis zu ihrem Ende glücklich vom Lohn der Sünde gelebt hatte. Außer Holly – und vielleicht Ben – hatte niemand das Originaltagebuch gelesen und gemerkt, wie vollkommen anders es war.

In ihm wurde eine ganz andere Geschichte erzählt.

Holly stand auf, ging zur Spüle und füllte den Wasserkessel auf. Schon bald ertönte das Brodeln des kochenden Wassers in dem stillen Raum. Draußen wurde es langsam dunkel. Es war wieder ein langer, heißer und trockener Tag gewesen. Während Holly den Tee ziehen ließ, dachte sie über die Memoiren nach. Ohne Zweifel waren die zwei verschiedenen Versionen ein Rätsel. Vielleicht hatte Lavinia dem Verleger das Original überlassen, und der hatte es für zu zahm gehalten und aufgepeppt. Holly war sich jedoch ziemlich sicher, dass die veröffentliche Ausgabe gar nicht Lavinias Werk war, das spürte sie intuitiv. Die „falsche" Lavinia in *Venustransit* war viel zu vulgär und oberflächlich. Sie verstand sich nicht auf Zwischentöne, wie sie im Originaltagebuch zu finden waren. Sie war kalt und unsympathisch, während die „echte" Lavinia trotz all ihrer Fehler eine warmherzige, verwundbare Frau war.

Holly trug ihre Teetasse mit zurück ins Wohnzimmer, nahm das Original zur Hand und machte es sich auf dem Sofa bequem. Sie schlug die Seite auf, die sie zuletzt gelesen hatte, und fühlte sich sofort wieder angenehm in die Geschichte hineingezogen.

Ashdown House, 9. Februar 1801

Jemand ist gekommen. Endlich ist etwas passiert an diesem todlangweiligen Ort. Mylord hat einen Gentleman eingeladen, der seinen Besitz neu vermessen soll. Eigentlich eine seltsame Jahreszeit für so etwas, da alles dick verschneit ist. Noch seltsamer ist, dass Evershot weitere Karten von seinen Ländereien anfertigen lassen will, obwohl er doch schon ein Dutzend davon hat. Nun, ich habe es längst aufgegeben, sein Verhalten verstehen zu wollen.

Mr. Verity, der Landvermesser, ist ein sehr ernster Mann mit einem Pferd, dessen Gesicht genauso lang ist wie sein eigenes. Das einzig Frivole, das er sich gönnt, ist seine Kleidung, die in der Tat einen sehr eleganten Eindruck macht: gelbbraune Breeches und ein blauer Mantel, der ihm sehr gut steht. Er reitet jeden Tag durch die Wälder und Hügel, errichtet kleine Türme aus Steinen und misst dann den Abstand zwischen ihnen mit einer merkwürdigen kleinen Maschine. So viel habe ich beobachten können, mehr weiß ich nicht, da Mr. Verity sonst sehr schweigsam ist. Dadurch werden die Abendessen auch nicht unterhaltsamer als vor seiner Ankunft.

Am Anfang schien Mr. Veritys Anwesenheit die Laune von Mylord zu bessern, was mir sehr willkommen war. Zusammen studierten sie die Landkarten, und oft ging Evershot so beschwingt und aufgeregt zu Bett, dass er mich stundenlang mit viel Enthusiasmus und wenig Talent liebte, bis ich ihn bat, damit aufzuhören. Ich hätte nie gedacht, dass das Studieren alter Karten so anregend für seine Sinne sein könnte.

Leider hielt seine gute Laune nicht an, und daran war ich selbst schuld. In meiner Eitelkeit versuchte ich, unseren Gast für mich einzunehmen. Natürlich tat ich das – Flirten ist für mich so selbstverständlich wie das Atmen. Es gibt Frauen, die behaupten, wirklich jeden Mann verführen zu können, aber da haben sie eindeutig noch nicht Mr. Verity kennengelernt, der seine wissenschaftlichen Geräte weitaus anziehender zu finden scheint als jede Vertreterin des anderen Geschlechts.

Selbst das kleinste Anzeichen von Koketterie reichte aus, um Mylord in eifersüchtigen Zorn zu versetzen. Er hat einen aufbrausenden und besitzergreifenden Charakter; in der zweiten Woche von Mr. Veritys Aufenthalt bei uns nahm er Anstoß an irgendeinem Wortwechsel zwischen uns und zerrte mich förmlich aus dem Zimmer, um mit mir zu schimpfen. Danach bestrafte er mich bis spät in die Nacht mit schrecklichen Spielchen, die er selbst erfunden hatte. Er hat eine besondere Vorliebe für die Gerte, und ich bin heute Morgen übel davon gezeichnet. Meine Bestrafung hat Mylord in solche lustvolle Ekstase versetzt, dass ich zudem blaue Flecken habe und ganz wund bin. Ich musste Clara nach Lambourn schicken, um mir eine Salbe zu besorgen, und bin den ganzen Tag in meinem Zimmer geblieben, während ich eine Krankheit vortäuschte, was sogar fast der Wahrheit entsprach. Mylord schien wenig besorgt, denn er war von morgens bis abends draußen und fragte noch nicht einmal nach seiner Rückkehr nach mir. Aber mehr erwarte ich auch nicht. Man hat mich gekauft und für mich bezahlt, ich bin ein Gebrauchsgegenstand. Mitgefühl, Rücksicht oder gar Zuneigung zu verlangen, würde nur zu Kummer *und Herzschmerz führen. Zu meinem Schmerz, heißt das. Evershot, davon bin ich fest überzeugt, hat gar kein Herz, dem man ein Leid zufügen könnte. Für ihn zählt nichts außer seinem materiellen Vergnügen, und das, liebe Leser, macht ihn zu einem klügeren Menschen, als ich es bin.*

Holly verzog das Gesicht und legte Lavinias Memoiren zur Seite. Das war ein weiteres Bespiel dafür, wie sehr sich das Originaltagebuch von dem veröffentlichten unterschied. In der veröffentlichten Version hatte Lavinia früh von Lord Evershots Vorliebe für BDSM erfahren und dabei begeistert mitgemacht. Lavinias Tagebuch sagte jedoch etwas ganz anderes. Sie beklagte sich zwar nicht über Evershots Praktiken, aber es ging ganz klar hervor, dass er ihr große Schmerzen verursacht hatte und sie in keiner Weise willens gewesen war.

Holly konnte sich vorstellen, dass die Wirklichkeit so viel schwerer zu ertragen gewesen sein musste, als die nüchternen Worte des Tagesbuchs es darstellten. Von einem reichen Aristokraten als Geliebte ausgehalten zu werden war nicht unbedingt ein Privileg; Frauen konnten von Männern in jeder möglichen Art und Weise missbraucht werden; von Männern, die glaubten, das Recht dazu zu haben.

Holly merkte erst jetzt, dass sie die Arme um sich geschlungen hatte, als Schutz gegen den Abscheu, den sie empfand. Dass Lavinia den sadistischen sexuellen Launen des Mannes unterworfen gewesen war, der sie gekauft hatte, war absolut erniedrigend. Sie mochte die eigensinnige, habgierige Lavinia viel zu sehr, um mitverfolgen zu müssen, wie sie von Evershot gedemütigt wurde. Das war auch einer der Gründe, warum die veröffentlichte Version Holly so wütend machte.

Sie zeichnete ein Zerrbild von der richtigen Lavinia. Sie beutete sie genauso aus, wie Evershot es getan hatte.

Einen Moment lang fühlte Holly sich versucht, das Tagebuch wegzustellen, doch das fühlte sich irgendwie an wie eine feige Flucht. Wenn sie nicht über Lavinias schlechte Behandlung las, wurde diese dadurch auch nicht hinnehmbarer. Schweren Herzens nahm sie das Buch wieder zur Hand und las den nächsten Eintrag.

Ashdown House, 14. Februar 1801

Es schneit und schneit und schneit, bis draußen alles unter endlosem eintönigem Weiß begraben ist. In dem tiefen Schnee kann Mr. Verity seine Messungen nicht vornehmen, daher verbringt er seine Zeit in der Bibliothek von Mylord mit komplizierten mathematischen Berechnungen. Diese Verzögerung seines Auftrags frustriert Mylord über alle Maßen, und er lässt seine Gereiztheit an mir aus. Ein Bär mit Kopfschmerzen wäre im Vergleich zu ihm strahlender Laune.

Dieser Ort wird langsam zur Heimsuchung für mich. An diesen dunklen Wintertagen ist er noch trübsinniger und trostloser als sonst. Von den Wänden im Treppenhaus starren mich die toten Gesichter von Evershots Vorfahren tadelnd und verächtlich an. Ich spüre, wie ihre Blicke mich verfolgen. Da gibt es nur eins, das mir gefällt, und das ist ein schönes Gemälde vom Earl of Craven, zusammen mit der Winterkönigin. Er sitzt, und sie krönt ihn gerade mit einem Lorbeerkranz. Er sieht sehr gut aus, wenngleich etwas melancholisch, während sie

einfach wunderschön ist. Ach, einer solchen Liebe zu be-
gegnen! Aber ich bin kein unschuldiges junges Mädchen.
Ich weiß, Liebe ist mir nicht vorherbestimmt, und ich
sollte mich auch nicht danach sehnen, denn sie verwirrt
den Verstand und führt zu allerlei verrücktem Verhalten.

Ich habe schon über den Earl of Craven gelesen. Die
Bücher, die ich mir ausgesucht habe, stammen aus der
Feder der Mutter von Mylord, die schon mehrere Werke
von fragwürdiger Qualität verfasst hat. Sie bezeichnet
sich gern als Dramatikerin, aber ich denke, das ist arg
geschmeichelt. Sie hat auch eine Familiengeschichte ge-
schrieben, in der sie nicht nur ihre eigene Geschichte
ganz neu erfunden hat, um ihre peinliche Untreue dem
verstorbenen Lord Evershot gegenüber auszuradie-
ren, sondern auch der Familie einen weitaus illustreren
Stammbaum als den vorherigen verpasst hat. Das alles
ist genauso Fiktion wie ihre Theaterstücke, aber ich finde
es dennoch unterhaltsam.

Sie schreibt über die berühmten Heldentaten des Earl
of Craven, dieses großen Kavaliers von vor zweihundert
Jahren. Er wirkt äußerst schneidig. Er hat Prinz Rup-
recht in der Schlacht das Leben und London vor den
Flammen und der Pest gerettet, und er war ein Vorbild
an Ehrbarkeit, Tugend und Edelmut. Ich glaube bei-
nahe, dass Lady Evershot selbst in ihn verliebt ist, oder
zumindest in das Bild, das sie sich von ihm macht. Sie
behauptet steif und fest, der Earl und die Winterköni-
gin wären verheiratet gewesen, obwohl sie nicht sagt,
woher sie diese Information bezogen hat. Ihrer Aussage
nach sind sie während des englischen Bürgerkriegs heim-
lich in Den Haag getraut worden, und als sie nach der

Thronbesteigung von König Charles II 1660 nach England zurückgekehrt sind, sollen sie ganz offen in London zusammengelebt haben. Leider scheint sie jedoch ein Zerwürfnis entzweit zu haben, obwohl nicht einmal Myladys fantasievolle Feder mit einer Erklärung dafür aufwartet. Es kann aber nicht so ernst gewesen sein, denn die Königin hinterließ Lord Craven nach ihrem Tod alle ihre Gemälde und ihre Jagdtrophäen als Zeichen ihrer Wertschätzung. Diese verfluchten Geweihe! Sie zieren jeden Raum dieses Hauses, und ich muss immer an die armen Tiere denken, die ihr Leben für das Vergnügen Ihrer Majestät gelassen haben.

Mrs. Palfrey, die Haushälterin, hat mir streng vertraulich erzählt, dass der Earl noch weitere königliche Besitztümer geerbt hat, darunter das berühmte Kreuz aus Roségold, das einst dem König von Böhmen gehört hat. Flüsternd und verstohlene Blicke um sich werfend hat sie mir auch von einem anderen Schatz berichtet, von einer sehr kostbaren Perle, über die die Leute nur sehr leise gesprochen haben, denn es hieß, sie könne die Zukunft vorhersagen. Man sagt, Lord Craven hätte sie versteckt, aus Angst vor der Habgier der Menschen.

Und das stimmt mich jetzt nachdenklich. Vielleicht ist es diese Perle, nach der Evershot neuerdings sucht, denn ich habe gehört, dass das Kreuz aus Roségold schon vor langer Zeit zur Begleichung seiner Spielschulden verkauft worden ist. Da er der habgierigste Mensch ist, den ich kenne, würde es einen Sinn ergeben, wenn er versuchte, die Reichtümer seines Vorfahren für sich zu nutzen. Ich gestehe, das Finden einer sehr wertvollen Perle oder überhaupt eines Schatzes würde unseren Tagen hier

*deutlich mehr Leben einhauchen. Leider ist Mr. Verity
zu diskret und Evershot zu gereizt, um mit mir darüber
zu reden, also werde ich die Wahrheit wahrscheinlich nie
herausfinden. Das ist sehr schade, da meine Neugier mich
beinahe auffrisst, aber ich weiß, ich muss den Mund halten. Ich möchte Evershot keinen weiteren Anlass bieten,
mich auszupeitschen.*

Holly legte das Buch langsam neben sich auf das Sofa. Sie
hatte eine Gänsehaut, als wehte ein kühler Luftzug durch die
Mühle. Denn da war er – der Hinweis auf die Sistrin-Perle.
Ben musste ihn ebenfalls entdeckt haben, als er die Memoiren gelesen hatte. Wie schon Evershot vor ihm musste auch er
der Perle auf der Spur gewesen sein. Das hätte erklärt, warum
er ihre Geschichte nachgelesen und sich dann an Espen Shurmer gewandt hatte, um sich nach ihrem Verbleib zu erkundigen. Er schenkte Lavinias Memoiren Glauben, in denen sie
behauptete, die Sistrin-Perle wäre in Ashdown Park versteckt.

Holly stand auf und rieb sich die Augen. Es war schon sehr
spät, aber ihre Müdigkeit war plötzlich verflogen, sie war viel
zu aufgeregt zum Schlafen. Hatte Evershot das Versteck der
Perle entdeckt? Vermutlich nicht, denn Espen Shurmer hatte
ihr gesagt, sie wäre nie gefunden worden. Aber Ben konnte
das sehr wohl gelungen sein.

Sie wollte gern weiterlesen, aber ihre Augen brannten inzwischen. Sie wusste, sie brauchte eine Pause, war sich aber
nicht sicher, ob sie einschlafen könnte.

Auf dem Küchentisch lagen noch die Skizzen von neuen
Gravurentwürfen, an denen sie früher am Abend gearbeitet
hatte. Holly hatte beschlossen, ein Gläserset anzufertigen,
das verschiedene Episoden aus dem Leben von Elizabeth, der

Winterkönigin, zeigte. Es kam ihr irgendwie angemessen vor, Motive aus Ashdowns Geschichte in ihre Arbeit einfließen zu lassen, da sie nun hier lebte. Sie hatte bereits einen Entwurf von der Szene gezeichnet, an die sie sich noch von den Erzählungen in ihrer Kindheit erinnerte – Elizabeth in einem langen Kapuzenumhang, wie sie mit dem Baby im Arm zu Pferd flüchtete, während die Türme und Kuppeln von Prag hinter ihr im Schneegestöber verschwammen. Sie hatte auch ein Bild angefangen, auf dem Elizabeth gekrönt wurde, während hinter ihr die Verschwörer des *Gunpowder Plot* ihren Verrat aussheckten.

Holly beschloss, eine Biografie über Elizabeth herunterzuladen, in der Hoffnung, dass diese ihr bei der weiteren Motivsuche helfen würde, ihr aber auch mehr Hintergrundwissen über die Frau selbst verschaffen würde. Ein Buch über die Ritter des Ordens der Rosenkreuzer brauchte sie wahrscheinlich auch. Das alles würde sie ein Vermögen kosten.

Lavinia und Elizabeth – zwei so unterschiedliche Frauen, und doch hatte Holly das Gefühl, als gäbe es eindeutige Parallelen zwischen ihnen. Beide waren auf ihre Art starke Frauen gewesen. Beide waren weitgehend in Vergessenheit geraten. Beide hatten eine Geschichte zu erzählen.

Holly nahm Bonnies Leine aus der Küchenschublade. Es war Zeit für ihren letzten Spaziergang vor dem Schlafengehen, doch Holly war es gewohnt, in der Großstadt zu leben, und vergaß immer wieder, dass es hier keine Straßenlaternen gab. Eine Taschenlampe besaß sie nicht, sie hatte sich auch noch keine gekauft.

Bonnie flitzte unbeeindruckt von der Dunkelheit nach draußen, während Holly ihr langsamer folgte. Das Licht, der Mühlenfenster schien auf den unebenen Pfad, den Lattenzaun und die seichte, fast leere Wanne des Mühlteichs, an dessen Ufer Bonnie jetzt eifrig herumschnüffelte. Die Nacht war warm, kein Windhauch fuhr durch die Bäume. Der Halbmond wob silberne Schatten in den Zweigen.

Bonnie hielt inne. Sie hob wachsam den Kopf und spitzte die Ohren, als würde sie jemanden hören. Auch Holly lauschte, aber nichts deutete darauf hin, dass sich jemand näherte; keine knackenden Zweige, keine Schritte, da war nichts außer völliger Stille. Bonnie drehte ganz langsam den Kopf, als sähe sie jemanden – oder etwas – den Pfad zur Mühle hochlaufen. Die Hündin stand ganz reglos da, aber als sich ihr Fell im Nacken und auf dem Rücken sträubte, spürte Holly, wie sich auch ihre eigenen Nackenhaare aufstellten. Plötzlich fühlten sich die Stille und die Dunkelheit schwer und erdrückend an. Eine instinktive Angst breitete sich in ihr aus, und sie bekam eine Gänsehaut.

„Bonnie!" Sie wollte die Hündin rufen, brachte aber nur ein heiseres Krächzen zustande.

Einen Moment lang reagierte Bonnie nicht, dann sah sie Holly an und wedelte mit dem Schwanz. Nachdem sie einen letzten Blick zurückgeworfen hatte, trottete sie zu Holly. Eine gelbbraune Eule schwebte lautlos vorüber wie ein Geist.

Hollys Herz klopfte. Sie drehte sich hastig um und machte sich auf den Rückweg zum Gartentor und in die Sicherheit der Mühle. Im nahen Wald blitzte für den Bruchteil einer Sekunde etwas Weißes auf – ein Haus war in der Dunkelheit zu sehen, groß, hell und wunderschön im Mondlicht; die goldene Kugel auf der Kuppel schimmerte.

Ohne nach rechts oder links zu sehen, eilte Holly zurück zur Mühle, Bonnie folgte ihr dicht bei Fuß. Sie rannte förmlich ins Haus, schlug die Tür zu und schob mit zitternden

Händen den Riegel vor. Das helle Licht und die vertraute Normalität des Zimmers ließen die Angst, die sie eben noch empfunden hatte, beinahe lächerlich wirken, und sie spürte, wie ihr Herzschlag sich wieder verlangsamte.

„Verdammt." Holly atmete tief durch und lehnte sich Halt suchend an den Küchentisch, während ihre Nerven sich beruhigten. Ihr war allmählich, als taumelte sie am Rand eines Abgrunds, kurz davor, den Verstand zu verlieren. Sie sah ein Haus, wo gar keines existierte, und ließ sich von Bonnie erschrecken, die doch nur die Nachtluft geschnuppert hatte. Es war, als finge Lavinia an, sie zu verfolgen, wie ein Schatten huschte sie durch Hollys Gedanken. Aber Dunkelheit und Stille konnten einem natürlich zusetzen, wenn man eine solche Isolation und Abgeschiedenheit nicht gewohnt war.

Sie hatte die Vorhänge noch nicht zugezogen und beugte sich über die Rückenlehne des Sofas, um das nachzuholen. Dabei stutzte sie. Ganz unten rechts in der Ecke war etwas in die Fensterscheibe eingraviert: die Initialen RV und die Jahreszahl 1801. Mit dem Finger zeichnete Holly die Buchstaben und Zahlen nach und spürte die Rauheit der Gravur. Die Scheibe fühlte sich kalt an.

1801. Das war das Jahr, in dem laut Lavinia der Landvermesser nach Ashdown gekommen war. Und auf Bens Liste hatte ein dritter Name gestanden: Robert Verity.

Erneut lief ihr ein Schauer über den Rücken und Holly zog energisch die Vorhänge zu, um die Nacht auszusperren. Die Welt bestand jetzt nur noch aus dem hell erleuchteten Zimmer, und plötzlich wurde Holly wie aus dem Hinterhalt von der Einsamkeit überfallen. Das passierte manchmal. Diese Gefühle kamen scheinbar aus dem Nichts, erschreckten und überwältigten sie mit aller Macht.

Aus einem Impuls heraus gab sie Bens Privatnummer in ihr Handy ein. Natürlich wusste sie bereits, dass es keine Neuigkeiten gab, sonst hätte Tasha ihr längst Bescheid gesagt. Holly wollte nur mit jemandem reden, der Ben gut kannte.

Das Freizeichen ertönte achtmal, bevor sich der Anrufbeantworter einschaltete. „Natasha kann Ihren Anruf im Moment leider nicht entgegennehmen …"

Holly beendete den Anruf, ohne eine Nachricht zu hinterlassen. Ben war bei der Aufnahme des Textes nicht einmal mehr erwähnt worden. Es war, als hätte man ihren Bruder ausgelöscht. Sie konnte spüren, wie er ihr entglitt. Sosehr sie ihn auch festhalten wollte, er entzog sich immer weiter ihrem Griff.

17. Kapitel

Wassenaer Hof, Den Haag, August 1635

Elizabeth ging nicht hinunter in den Hof, um sich von Craven zu verabschieden, denn das hätte nur Aufmerksamkeit auf seinen Auftrag gelenkt, und sie waren sich beide einig gewesen, dass das ein Fehler gewesen wäre. Craven erledigte ständig Botengänge für sie, und deshalb hatte man seiner jetzigen Reise keine besondere Beachtung geschenkt. Er kam, er ging, und nur wenige Leute befragten ihn danach, da er kein Mann war, der leicht Vertrauen schenkte und dem man leicht Vertrauen entgegenbrachte.

Vom Flurfenster aus sah sie zu, wie seine Bediensteten seine Satteltaschen fest zuschnallten. Eine Frau war draußen im Hof, die genug Theater um seine Abreise machte, um den ganzen Palast damit zu unterhalten. Margaret Carpenter, deren Gesicht vom Weinen verquollen war, aber trotzdem noch irgendwie gewinnend wirkte, klammerte sich an seinen Steigbügel und bettelte um einen weiteren Kuss. Elizabeth stellte erfreut fest, dass Craven eher gereizt als glücklich über diese Zurschaustellung ihrer Zuneigung war. Er sagte etwas zu Margaret, das ihr die Röte in die Wangen trieb, dann war er fort. Das Klappern der Pferdehufe auf den Pflastersteinen war noch eine Weile zu hören, ehe es schließlich vom Wind davongetragen wurde.

„Madam."

Elizabeth zuckte zusammen. Sie war sich gar nicht bewusst gewesen, dass sie so nah am Fenster gestanden und ihre Hand auf die Bleiglasscheibe gelegt hatte. Hoffentlich war das niemandem aufgefallen. Als sie sich gerade abwenden wollte, erhaschte sie einen Blick auf Margaret Carpenters Gesicht, die zu ihr nach oben sah. Trotz ihrer früheren Tränen lächelte die Frau jetzt, ein Lächeln, das Elizabeth mitteilen sollte, dass sie das hatte, wonach Elizabeth sich sehnte. Dann zog Margaret den Umhang enger über ihre hochgezogenen Schultern und eilte mit gesenktem Kopf zur Tür.

„Was ist?" Elizabeth versuchte, nicht zu schroff zu klingen. Sie war zutiefst besorgt – besorgt um den Erfolg von Cravens Mission, besorgt um seine Sicherheit und, zu ihrer Schande, noch immer besorgt um seine Loyalität.

„Ihre Königliche Hoheit, die Fürstin von Oranien, schickt Euch eine Einladung zu einem Maskenspiel heute Abend." Eine ihrer Hofdamen, Ursula Grange, knickste vor ihr und hielt ihr die Einladung in der ausgestreckten Hand entgegen.

Elizabeth empfand erneut einen scharfen Stich der Gereiztheit. Maskenspiele, Bälle, Theateraufführungen … Alles, was sie in diesen Tagen tat, war es, Briefe zu schreiben, sich malen zu lassen und irgendwelchen Vergnügungen zu frönen. Sie hatte keine Lust, an diesem Abend zum Binnenhof zu fahren. Die Fürstin von Oranien war einst schlicht und einfach Amalia von Solms gewesen, eine von Elizabeths eigenen Hofdamen, bevor die Eheschließung sie in den königlichen Rang erhoben hatte. Amalia betrachtete sich gern als Erste Dame der holländischen Gesellschaft, und Elizabeth ließ ihr den Spaß, obwohl es wirklich lächerlich war. Amalia war weder von königlichem Geblüt noch eine Königin. Elizabeth stand in jeder Hinsicht im Rang weit über ihr.

Sie seufzte. Sie wusste selbst, wie kleinlich solche Haarspaltereien waren. Nur die Tatsache, dass sie momentan selbst keine wahre Macht besaß, war schuld daran, dass sie überhaupt einen Gedanken daran verschwendete. Außerdem war ihr klar, dass sie die Einladung annehmen musste. Das Tanzen, Festefeiern und die Belustigung gehörten genauso zu der Rolle, die sie spielte, wie politische Diplomatie. Leichtfertigkeit war wie ein Umhang, eine Verkleidung. Die Leute waren viel indiskreter in Gegenwart einer Königin, die sie für oberflächlich und vergnügungssüchtig hielten. Sie sprachen ganz offen über alles, während Elizabeth selbst ihre Geheimnisse hütete. „Wie reizend", sagte sie, nahm die Einladung und ließ sie auf ihren Schreibtisch fallen, wo eins ihrer Äffchen sie aufhob und anfing, sie in Fetzen zu zerreißen. „Bitte antwortet, dass ich ganz sicher kommen werde."

Und tanzen, während die Pfalz erneut in Flammen steht, dachte sie. Sie konnte sich schon denken, was ihre Feinde dazu sagen würden.

Hatten sie sich schon Friedrichs Leichnam geholt? Waren seine Knochen inzwischen längst in alle Winde verstreut und die Schätze der Rosenkreuzer aus seinem Grab geraubt?

Sie erschauerte. Im Kamin brannte ein Feuer, aber sie spürte dessen Wärme nicht.

Feuer.

Sie hatte Craven aufgetragen, den Kristallspiegel zu zerstören, sie wollte ihn nicht zurückhaben. In ihrer Kindheit waren der Spiegel und die Perle immer ein Paar und niemals getrennt gewesen. In ihrer Unschuld hatte Elizabeth sie einfach für schöne zueinanderpassende Schmuckstücke gehalten. Dann hatte sie ihre zerstörerische Macht miterlebt und wollte die beiden nie wieder vereint sehen. Auch die Sistrin-Perle hätte sie gern zerstört, aber sie musste feststellen, dass sie es nicht konnte. Diese Unfähigkeit, die Macht der Perle zu beherrschen, war es, die ihr größtes Unbehagen bereitete. Denn wenn sie nicht die Kraft hatte, den dunklen Künsten zu widerstehen, wie konnte sie dann William Craven vertrauen, dass er ihren Befehl ausführte? Sie wollte nicht an ihm zweifeln. Und doch tat sie es.

18. Kapitel

Marks Büroräume waren ganz anders, als Holly sie sich vorgestellt hatte. Sie hatte viel Holz und Chrom erwartet, und helle Zimmer, in denen das Sonnenlicht durch große Fenster fiel, ganz ähnlich wie bei seinem Haus, einer umgebauten Scheune, die Fran ihr vor ein paar Tagen gezeigt hatte. Hier im alten Kutschenhof jedoch hatten bislang noch kaum Bauarbeiten stattgefunden. Der Weg zum Büro selbst war diskret ausgeschildert, und als Holly anklopfte und den Kopf zur Tür hereinsteckte, war es drinnen kühl und dunkel. Und heruntergekommen. Auf dem Holzboden lag ein alter Teppich, der so verschlissen war, dass man das Muster kaum noch erkennen konnte. Im Raum standen ein paar Holzstühle, und ein Laptop lag auf einem alten, abgenutzten Holztisch. Eine Tür führte in ein zweites Zimmer, in dem sich hohe Papierstapel zu türmen schienen. Die Wände waren rau und weiß gekalkt. Eine morsche Treppe in der Ecke führte hinauf zu einer Dachluke.

Mark arbeitete am Tisch vor dem Fenster an einem Entwurf für etwas, das wie der Umbau von mehreren Räumen in ein Loft aussah. Er hob den Kopf, als Holly hereinkam, und seinem Gesichtsausdruck nach war sie ihm so willkommen wie die Pest.

„Hallo", sagte sie in bewusst leichtem, freundlichem Tonfall. „Wie geht es dir?"

Mark stand auf und streckte sich. Etwas sehr Sinnliches lag in dieser Bewegung, und Holly musste spontan an die

Nacht denken, die sie zusammen in der Mühle verbracht hatten. Trotz der Kühle im Raum wurde ihr warm. Wie kam ein Mann, der am Schreibtisch arbeitete, bloß zu so einer Figur? Ihr fielen die Arbeitshosen und die Stiefel wieder ein, wahrscheinlich war er ein Chef, der selbst mit anpackte. Fran hatte das einmal angedeutet. Und sie musste jetzt unbedingt aufhören, ihn so anzustarren.

„Du hast erwähnt, dass Ben hier war, um sich ein paar Landkarten und Dokumente anzusehen", sagte sie, als er ihr nicht antwortete. „Ob ich mal einen Blick auf die Sachen werfen kann, für die er sich interessiert hat? Nicht jetzt, natürlich", fügte sie schnell hinzu. „Irgendwann, wenn es dir passt …"

Wenn du nicht da bist.

Mark fuhr sich mit der Hand durchs Haar. „Es passt jetzt."

Großartig.

„Ich habe Bonnie dabei."

Mark lächelte. Es war das Lächeln, an das sie sich vom Tag ihrer ersten Begegnung erinnerte, elektrisierend und gefährlich. Ihr Herz setzte einen Schlag aus. „Hol sie ruhig herein", sagte er. „Das hier war schon das Büro des alten Anwesens. Im Lauf der Jahre müssen Hunderte von Hunden hier gewesen sein."

„Ich hatte es mir ganz anders vorgestellt", antwortete Holly, als sie das Büro mit ihrem Hund wieder betrat und die Tür hinter sich schloss. Sofort war es, als gäbe es keine Luft mehr im Raum. Die Wucht von Marks körperlicher Präsenz in diesem beengten Zimmer war so überwältigend, dass sie Herzklopfen bekam. Sie bemühte sich, die Fassung zu bewahren. Vielleicht war es naiv von ihr gewesen, aber sie hatte nicht erwartet, sich seiner so bewusst zu sein.

Bonnie teilte ihre Befangenheit offensichtlich nicht und machte es sich unter dem Schreibtisch gemütlich.

„Diesen Teil wollen wir zuletzt umbauen", erklärte Mark, „sobald der Rest der Anlage fertig ist. Wir haben ein schickes Büro und einen Ausstellungsraum für Besucher auf der anderen Seite des Komplexes, aber ich arbeite gern hier. Es ist ..." Er überlegte und zuckte dann die Achseln. „Es ist irgendwie authentisch."

„Und das ist das, was du neu baust, oder?"

Mark verzog das Gesicht. „Du bist sehr direkt."

„Entschuldige." Sie wollte ihre Unterhaltung nicht schon wieder mit einem schlechten Start beginnen.

„Wir benutzen die authentischen Baupläne und Materialien, um aus einem historischen Anwesen eine bequemere und moderne Version zu schaffen, aber wenn du lieber kein Badezimmer und nur eine ganz rudimentäre Küche haben möchtest, bekommen wir das auch hin."

„Die sanitären Anlagen in der Mühle sind auch nicht gerade luxuriös." Holly fühlte sich befangen. Sie wusste nicht, wohin mit sich, wusste nicht, ob sie sich hinsetzen sollte und wenn ja, wo. Mark schien von der Anspannung im Raum jedoch nichts zu spüren. Er hatte sich von ihr abgewandt und bückte sich zu Bonnie, die ihn aus halb geschlossenen Augen schamlos flirtend ansah.

„Wir haben deinem Bruder ein Angebot für die Mühle gemacht, als wir den Vertrag für den Umbau hier in der Tasche hatten. Wir hielten das für eine großartige Ergänzung für diesen Komplex."

„Ach." Noch etwas, das Ben ihr nicht erzählt hatte. „Und was hat er dazu gesagt?", fragte sie.

„Er wollte nicht verkaufen." Mark richtete sich wieder

auf. „Außerdem meinte er, dass sie zur Hälfte ohnehin dir gehöre."

„Das ist richtig."

„Ein Familienerbe?" Mark sah sie fragend an. „Ich glaube, Ben hat einmal erwähnt, dass ihr früher oft hier wart."

„Ja." Holly merkte, dass ihre Stimme heiser klang, und verspürte einen wehmütigen Schmerz in der Brust. Sie räusperte sich. Sie wollte ganz bestimmt nicht wieder vor ihm weinen, nicht nachdem, was beim letzten Mal geschehen war.

„Gibt es Neuigkeiten?" Als sie den Kopf schüttelte, fügte er hinzu: „Das tut mir leid. Es ist schwer, keine Gewissheit zu haben."

Holly fiel auf, dass er im Gegensatz zu vielen anderen Leuten den Blickkontakt nicht abgebrochen und sich auch nicht unbehaglich bewegt hatte, als er von Ben gesprochen hatte. Auch wartete er nicht mit Plattitüden auf und erklärte Holly womöglich noch, wie sie sich fühlen musste. Mit dieser Sachlichkeit konnte sie viel besser umgehen als mit jeder Form von Mitgefühl. Sie erinnerte sich, dass Mark Soldat gewesen war. Bestimmt war er es gewohnt, Leuten schlechte Nachrichten zu überbringen, sich mit ihrer Trauer auseinanderzusetzen und ihnen dabei in die Augen zu sehen, anstatt sich mit halbherzigen Beileidsbekundungen abzuwenden.

„Danke. Ja, es ist ziemlich hart." Sie sahen sich eine ganze Weile an, und Holly spürte, wie ihre Nerven sich anspannten. Ob sie es nun ignorierte oder nicht, aber das Band zwischen ihnen war nach wie vor da.

„Nun, wie ich schon einmal sagte, werden die meisten Unterlagen zu diesem Besitz im Landesarchiv von Berkshire aufbewahrt. Du müsstest nach Reading fahren, um sie dir anzusehen. Ben habe ich diese Karte hier gezeigt …" Er öffnete einen alten Aktenschrank und nahm eine Papierrolle heraus, die er auf seinem Schreibtisch ausbreitete. Es war eine von Hand gezeichnete Karte mit geografischen Angaben, historischen Baudenkmälern und anderen Markierungen. In der Mitte war ein Haus abgebildet, groß, mit einem Kuppeldach und einer goldenen Kugel darauf. Um das Haus herum breitete sich der Wald aus in Form einer Rose, in acht Abschnitten, die die Blütenblätter darstellten.

Holly war wie verzaubert. „Oh! Das ist wunderschön!"

„Frühes neunzehntes Jahrhundert, glaube ich", erklärte Mark. „Die Karte wurde angefertigt, kurz bevor das Haus abgebrannt ist."

„Ich hatte keine Ahnung, dass der Wald wie eine Rose geformt ist!", staunte Holly.

„Vom Boden aus sieht man das auch nicht", erwiderte Mark. „Ungewöhnlich, nicht wahr? Ich schätze, er wurde bewusst so angelegt. Obwohl Ashdown ursprünglich ein alter Rehpark war, wurde er wahrscheinlich vom ersten Earl of Craven so entworfen, als er das Haus gebaut hat."

„RV." Holly strich mit dem Finger über die Initialen unten auf der Karte. „Robert Verity."

„Wer?", fragte Mark scharf nach.

Holly zuckte zusammen. „Wie bitte? Ach so …" Sie hob den Kopf. „Der Landvermesser, der 1801 die Karte von Ashdown Park angefertigt hat, hieß Robert Verity."

„Woher weißt du das?" Er setzte sich auf die Ecke des Tischs und ließ ein Bein in der Luft schwingen. „Ich habe überall nach dieser Information gesucht, aber nichts gefunden, keine Dokumente, keine Hinweise."

Holly zögerte. „Ben hat es herausgefunden", sagte sie. „Es gibt da ein Tagebuch." Sie klopfte auf ihre Tasche. „Ich habe es

248

dabei." Sie hatte vorgehabt, nach dem Treffen mit Mark noch bei Fran im Café vorbeizuschauen und mit ihr über Lavinias Tagebuch zu reden.

„Darf ich es sehen?" Mark zog mit dem Fuß einen Stuhl für Holly heran. „Möchtest du Kaffee? Ich fürchte nur, er hält dem Vergleich mit dem von Fran nicht stand."

„Lieber Tee, wenn du welchen hast." Holly war gern bereit, das leichte Tauwetter in ihrer Beziehung zu akzeptieren, und sah ihm nach, als er zum Wasserkocher ging und ihn einschaltete. „Vielen Dank."

Als Mark mit zwei dampfenden Bechern zurückkehrte, hatte Holly das Buch aus der Tasche genommen und auf den Tisch neben die Karte von Robert Verity gelegt. Die Sonne schien auf den sattgrünen Einband des Buchs. „Was für ein schönes Exemplar", stellte Mark leise fest.

„Es ist das Tagebuch einer Kurtisane", erklärte Holly. „Ziemlich gewagt. Sie hieß Lavinia Flyte und war Anfang des Jahres 1801 als Lord Evershots Mätresse hier."

„Also als der Besitz kartografiert wurde, ich verstehe. Darf ich?" Er nahm das Tagebuch in die Hand, und es klappte irgendwo in der Mitte auf.

„*Er verbrachte mehrere Stunden mit mir in seinem Schlafzimmer*", las er laut, „*bis wir endlich von seinem Butler unterbrochen wurden, der anklopfte und Seiner Lordschaft mitteilte, dass Sir Francis Bignall seine Aufwartung machte und mit ihm über die Anschaffung eines Falken sprechen wollte. Was für eine Erleichterung für mich, denn leider war Evershot mal wieder unerschöpflich in seinen sexuellen Wünschen gewesen, und nachdem er mich viele Stunden malträtiert hatte, fühlte ich mich fast zu Tode gelangweilt …*" Mark verstummte und sah auf.

„Ich habe dich gewarnt", sagte Holly und wurde rot. „Das ist kein Handbuch über Architektur."

„Offensichtlich nicht." Marks Mundwinkel zuckten. „Der arme Lord Evershot – unsterblich geworden wegen seines Mangels an Talent."

„Der Absatz über Robert Verity ist hier", sagte Holly hastig und nahm ihm das Buch ab. Ihre Finger berührten sich, und Holly wurde noch nervöser. Sie fand die Seite, auf der Lavinia über Robert Veritys Arbeit berichtet hatte, und gab es Mark zurück.

„Faszinierend", stellte er nach einer Weile fest. „Ich frage mich, ob Verity Soldat war, ausgebildet vom militärkartografischen Institut. Man hat zu der Zeit den ganzen Süden Englands kartografiert, als Teil der Verteidigungsstrategien in den Napoleonischen Kriegen. Selbst wenn Evershot ihn ganz privat beauftragt hat, kann Verity immer noch beim Militär gewesen sein. Ich werde das überprüfen."

„Das wäre wirklich interessant. Und du bist noch nie zuvor auf diesen Namen gestoßen?"

Mark schüttelte den Kopf. „Nein. Das ist sonderbar, weil wir alle diese Karten und Zeichnungen haben, aber auf keiner stand ein vollständiger Name, nur diese Initialen. Ich hatte schon die Hoffnung aufgegeben, jemals in Erfahrung bringen zu können, wer dieser Landvermesser denn nun war." Er blätterte zum Anfang des Buches und sah nach dem Datum. „Februar 1801 – das war, kurz bevor das Haus niederbrannte", sagte er.

Holly erschauerte. Es war warm im Büro, aber plötzlich fror sie. Bonnie schlief ahnungslos weiter unter dem Tisch. „Wie ist das passiert?"

„Offenbar wurden gerade Reparaturarbeiten am Dach durchgeführt. Die Arbeiter ließen ein Kohlenbecken unbeaufsichtigt, es stürzte um, und das ganze Haus ging in Flammen auf. Es heißt, das Feuer habe so heftig gewütet, dass die Dachkuppel zerbarst und die Kugel darauf drei Stockwerke durchschlug und schließlich die Decke des Weinkellers darunter zerschmetterte. Wir waren unten in dem, was vom Keller noch übrig ist, als wir den Besitz vermessen haben – dort ist immer noch alles mit verrußten Glasscherben und Steinen übersät."

Holly erschauerte erneut und schloss die Augen. Sie dachte an das schöne weiße, vom Feuer zerstörte Haus, an das weiße Haus, von dem sie hätte schwören können, es erst in der vergangenen Nacht gesehen zu haben. Es hatte so realistisch ausgesehen im Mondschein. Feuer war etwas Schreckliches, es fraß sich mit rasender Geschwindigkeit durch die Substanz eines Gebäudes und vernichtete alles auf seinem Weg.

Plötzlich glaubte Holly, laute Geräusche zu hören – das Knistern von Flammen, die meterhoch zum Nachthimmel aufstiegen, das Ächzen und Bersten von Holzbalken. Sie sah einen hohen Schornstein herabstürzen. Noch etwas anderes fiel vom Himmel, geschmolzenes Blei, wie ein silbriger Regen. Sie spürte das kalte Brennen auf ihrer Wange.

Angst schnürte ihr die Kehle zu, sie konnte kaum noch atmen. Die Panik kam plötzlich und war körperlich spürbar, die Furcht der vom Feuer Eingeschlossenen oder Verfolgten, weil der Tod nur noch einen Schritt entfernt war. Einen entsetzlichen Moment lang spürte Holly, wie die Hitze und die Dunkelheit näher kamen und sie zu ersticken drohten, dann verschwand dieses Gefühl und ließ nur noch Leere zurück.

Sie sah auf und merkte, dass Mark sie beobachtete. „Ist alles in Ordnung mit dir?", fragte er. „Du siehst aus, als würdest du gleich ohnmächtig."

„Mir geht es gut, danke", versicherte Holly, obwohl sie fror und zitterte.

Mark legte seine Hand auf ihre. „Holly?"

„Tut mir leid, ich hätte wohl lieber etwas zum Frühstück essen sollen." Sie entzog ihm ihre Hand und wand die Finger um den Teebecher, um sie zu wärmen. Sie war sich nicht sicher, was eben geschehen war. Es fühlte sich seltsam an, als hätten sich Zeit und Ort um sie herum verschoben, und doch hatte sich nichts verändert. Die Luft in dem alten Büro war staubig und schien stillzustehen. Bonnie schnarchte leise unter dem Tisch. „Brände waren so gefährlich in jenen Zeiten, als man noch nicht die richtigen Mittel besaß, um sie zu löschen", sagte sie. „Es muss grauenvoll gewesen sein."

„Der Bach führte in dem Jahr nur wenig Wasser, weil der Winter sehr trocken gewesen war", berichtete Mark. „Die Bediensteten bildeten eine Eimerkette, aber starker Westwind schürte die Flammen zu einer wahren Feuerwand. Ich kann mir vorstellen, wie entsetzlich das gewesen sein muss. Es ist ein Wunder, dass nicht mehr Menschen umgekommen sind."

Holly sah ihn scharf an, wieder fraß sich die Kälte in ihre Knochen. „Was meinst du damit, *mehr* Menschen? Ist denn jemand ums Leben gekommen?"

Mark nickte. „Leider. Die Bibliothek stand sehr schnell in Flammen, laut Augenzeugen war es ein einziges brennendes Inferno. Lord Evershot hielt sich gerade dort auf. Man konnte ihn nicht mehr rechtzeitig befreien, und er verbrannte."

Feuer, dachte Holly. *Der Kristallspiegel.*

Lavinia hatte den Spiegel in ihren Memoiren nicht erwähnt, zumindest noch nicht, obwohl er ursprünglich zum Schatz des Ordens der Rosenkreuzer gehört hatte. Espen Shurmer hatte erzählt, der Spiegel wäre jahrhundertelang verschollen gewesen, wahrscheinlich mit Friedrich zusammen beerdigt, dessen Grab man nie gefunden hatte. Und doch hatte Holly ganz stark das Gefühl, dass sich der Spiegel in Ashdown House befunden hatte und in jener verhängnisvollen Nacht, als das Haus abbrannte, im Herzen des Infernos gewesen war.

19. Kapitel

Metz, Frankreich, August 1635

Craven hatte sich um mehrere Tage verspätet. Er war bis eine Meile vor der Stadt geritten und den Rest des Weges dann zu Fuß gegangen. Die Reise war lang und voller Schwierigkeiten gewesen. Auf dem Land brodelten die Gerüchte. Plündernde Banden spanischer Soldaten, herrenlose und gewalttätige Männer, terrorisierten die Dörfer. Fast wäre er einer solchen Bande südlich von Liège geradewegs in die Arme gelaufen. Zum Glück hatte er ihr Lager gerade noch rechtzeitig gesehen. Es ging ihm gegen den Strich, sich zu verstecken und wegzulaufen, statt sich ihnen zu stellen und zu kämpfen, aber sein Auftrag war zu wichtig, er durfte kein Risiko eingehen. Nur einmal war er gezwungen gewesen, Blut zu vergießen, als ihn drei betrunkene Kavalleristen in einer Gasse umzingelt hatten. Sie hatten Ärger gesucht, und sie hatten ihn bekommen.

Vor ihm lag nun das Deutsche Tor der mittelalterlichen Stadtmauer von Metz. Mit ihren lächerlichen kleinen Rundtürmen sah sie aus, als gehörte sie eher in ein Märchenbuch. Der gelbe Kalkstein leuchtete im blassen Schein der Morgensonne. Craven mochte diese albernen, wie Spielzeug aussehenden Befestigungsanlagen auf dem Kontinent nicht. Man hatte den Eindruck, eine einzige Kanonenkugel könnte sie zum Einsturz bringen. Er vermisste England. Vielleicht würde er eines Tages dorthin zurückkehren.

Ein Soldat in französischer Uniform trat aus der Wachstube und musterte ihn flüchtig. Zu Fuß, mit seinem schlichten Umhang, den zweckmäßigen Stiefeln und dem abgetragenen Hut hätte William Craven als jedermann durchgehen können – oder als niemand. Genau das war seine Kunst. Der Soldat bemerkte nicht einmal das Schwert unter Cravens Umhang.

„Ich muss den Pfalzgrafen von Simmern sprechen." Craven sprach nur sehr schlecht Französisch. Seine Bildung war stark vernachlässigt worden, auf seinen eigenen Wunsch hin, denn er hatte es von jeher vorgezogen, zum Militär zu gehen.

Der Soldat hob hochmütig eine Braue und nickte vage in Richtung der Kathedrale. „Place Sainte-Croix. An der Kathedrale vorbei und dann links, das Palais Livier", sagte er.

„Danke."

„Er wird Euch aber nicht empfangen", fügte der Soldat hinzu. „Er empfängt nie jemanden …" Doch Craven war bereits weitergegangen. „Engländer", schimpfte der Soldat und spuckte auf das staubige Straßenpflaster.

Craven hielt sich im Schatten der Gebäude, als er die Arkaden der Place Saint-Louis umging und stattdessen in die schmale Gasse einbog, die zur Kathedrale führte, denn er wollte keine unnötige Aufmerksamkeit auf sich und seinen Auftrag ziehen. Hier neigten sich die alten Fachwerkhäuser einander über die Straße hinweg beinahe zu wie lange getrennte Liebespaare, die Morgensonne ließ ihre Ziegeldächer golden schimmern. Die Luft war frisch und fast frei von dem Fäulnisgestank, der sich später über die Straßen legen würde, wenn die Hitze zunahm. Die Kathedrale ragte hoch auf in das Blau des Himmels. Craven ging an ihrer Ostseite vorbei, ohne stehen zu bleiben und die Buntglasfenster und die mächtigen Pfeiler zu bewundern. Auf den Straßen war es so früh am Morgen noch ganz ruhig. Er sah niemanden außer einem Boten in einer Livree, die er nicht kannte, einen Händler mit einem Karren voller Kleider und einen räudigen Hund, der im Müll nach Futter suchte.

Der Pfalzgraf von Simmern frühstückte noch in seinen Gemächern, teilte ihm sein Truchsess mit.

„Ausgezeichnet", erwiderte Craven. „Dann werde ich ihm dabei Gesellschaft leisten."

Der Mann sah ihn misstrauisch an. „Verzeihung, aber ich glaube nicht, dass ihm das recht …"

„Ist das nicht Craven?", fragte jemand aus dem Innern der großen Halle. Einen Moment später erschien ein Mann mittleren Alters, der wegen seiner eingefallenen Wangen und der ernsten Miene jedoch älter wirkte. Er schüttelte Craven die Hand.

„Schön, Euch wiederzusehen, von Rusdorf", sagte Craven. Von Rusdorf war Friedrichs erster Minister gewesen und hatte seit Friedrichs Tod dem Rat angehört, der die Pfalz für Friedrichs Sohn verwaltet hatte. „Geht es Euch gut?"

„So gut es einem gehen kann, wenn man in dieser Stadt mit einer Leiche festsitzt", erwiderte von Rusdorf.

„Aber er ist doch sicher nicht hier, oder?" Craven sah sich um, als erwartete er tatsächlich, irgendwo einen Sarg in der Ecke stehen zu sehen. „Oder meintet Ihr den Pfalzgrafen von Simmern?"

Von Rusdorf verzog entsetzt das Gesicht. „Leise, Craven! Ihr seid respektlos!"

„Zugegeben", stimmte Craven unbefangen zu und zog seine Handschuhe aus. „Gibt es etwas zu essen und zu trinken? Ich bin halb verhungert."

„Wir müssen uns unter vier Augen unterhalten", sagte von Rusdorf. Er führte Craven einen Flur entlang und rief dem Truchsess über die Schulter hinweg Anweisungen zu. „Bringt Erfrischungen ins Empfangszimmer und sorgt dafür, dass wir nicht gestört werden."

„Von Rusdorf!"

Craven merkte, wie dieser innehielt und erstarrte. Der Pfalzgraf von Simmern eilte auf sie zu und rieb sich immer noch Krümel vom Kinn. Craven verneigte sich formvollendet. „Euer Gnaden."

Von Rusdorf seufzte kaum hörbar. „Euer Gnaden, das ist Lord Craven. Er kommt von der Königin."

„Natürlich."

Simmern sah Craven mit seinen dunklen Augen abschätzend an, dem das nicht das Geringste ausmachte. Das hier war kein Mann mit großer Macht und moralischer Stärke, auch wenn er vielleicht gern so tun wollte, als wäre er es. Friedrichs jüngerer Bruder war dem König in der Tat sehr ähnlich: klein, dunkel, mit einem attraktiven, melancholischen Gesicht, einem leicht gereizten Zug um den Mund und einem mehr als unentschlossenem Blick. Craven konnte von Rusdorfs Seufzen nachvollziehen.

„Ich hoffe, Ihr hattet unterwegs keine Schwierigkeiten?", fragte Simmern.

Cravens Hand ruhte leicht auf dem Knauf seines Schwerts. „Nichts Ernsthaftes, Euer Gnaden."

Die Andeutung eines Lächelns spielte um von Rusdorfs Mundwinkel. „Es ist der Rückweg nach Den Haag, den Ihr am meisten fürchten müsst. Viele Männer würden einen Mord begehen für die Dinge, die Ihr mit Euch führt."

„Ich weiß." Trotzdem hatte Craven keine Angst. Angst war

nichts, womit er seine Zeit verschwendete. Sie konnte einen Mann und seinen Schwertarm lähmen, wenn er ihn am nötigsten brauchte. Außerdem war es zu spät, den Tod zu fürchten, wenn einem die Klinge bereits am Hals saß.

Der Truchsess stand immer noch da. Simmern entließ ihn mit einer Handbewegung und winkte Craven an seine Seite. Gobelins bedeckten die Wände fast vollständig; Jagdszenen in lebhaften Farben, die den schmalen Flur noch enger wirken ließen. Am Ende zog Craven den Kopf ein und folgte dem Pfalzgrafen unter dem Sturz einer niedrigen Tür hindurch. Sie befanden sich nun in einem weiß gekalkten Raum mit schlichten Holzmöbeln. Im Kamin brannte kein Feuer und in das Zimmer fiel keine Morgensonne, sodass es ziemlich kalt war.

„Ich hoffe, Ihr findet hier in Metz alles zu Eurer Bequemlichkeit vor, Euer Gnaden", sagte Craven, bezweifelte es aber. Simmern befand sich jetzt im Exil, genau wie sein Bruder Jahre zuvor, vertrieben aus dem Land seiner Vorfahren von der heranrückenden Armee des Heiligen Römischen Kaisers. „Ihre Majestät schickt Euch ihre Grüße", fügte er hinzu und zog einen Brief aus seiner Jacke.

„Es geht ihr gut, wie ich hoffe." Simmern hörte sich eher interesselos an. Er öffnete den Brief, überflog ihn kurz und legte ihn dann auf den Tisch.

„Ganz hervorragend sogar, Euer Gnaden, und sie ist äußerst umtriebig beim Werben um Unterstützung in ihrem Kampf, für ihren Sohn das Land seiner Väter zurückzugewinnen." Craven sah, wie Simmerns Augen schmal wurden und er ihn feindselig ansah. Es war kein Geheimnis, dass der Pfalzgraf sich nicht sonderlich eifrig für die Interessen seines Neffen eingesetzt hatte. Er hatte sich bei den Verhandlungen mit den Franzosen abgemüht, genau wie bei den Verhandlungen mit den Schweden, und jetzt war er vor den Spaniern weggelaufen.

Nach einer Weile bedeutete ihm Simmern, auf einem besonders unbequemen Stuhl Platz zu nehmen. „Ich bin sicher, wir alle sehnen uns nach dem Tag, an dem Karl Ludwig endlich sein Erbe antritt", sagte er aalglatt, „aber nun, da die Spanier unsere Länder wieder einmal bedrohen ..." Er ließ den Satz ausklingen, ein verbales Schulterzucken, mit dem er jede Verantwortung von sich wies.

„Daher besteht auch die Notwendigkeit, eine neue letzte Ruhestätte für Seine Majestät zu finden", warf von Rusdorf besorgt ein.

„Natürlich ist Ihre Majestät ebenfalls von dieser Notwendigkeit überzeugt", sagte Craven. „Sie bittet mich, Euch auszurichten, dass sie Eurer Überführung der Leiche Seiner Majestät nach Sedan zustimmt, wo er im Mausoleum seines Onkels, des Herzogs von Bouillon, beigesetzt werden soll."

„Das ist jetzt ganz und gar unmöglich." Simmern schlug mit der flachen Hand auf die Tischplatte, um seine Bemerkung zu unterstreichen. „Es ist viel zu gefährlich. Wir hatten große Schwierigkeiten, überhaupt bis hierhin zu kommen. Ihre Majestät hat keine Ahnung von den Gefahren ..."

„Ihre Majestät kennt die Gefahren sehr gut", unterbrach Craven ihn. Der Hunger machte ihn ungeduldig. Dieser verdammte Truchsess hatte sein Frühstück vergessen. Er fixierte den Pfalzgrafen mit einem harten Blick. „Sie verlässt sich auf Euren Mut und auf Euren guten Willen, die Leiche Eures Bruders sicher zur würdevollen Bestattung nach Sedan zu eskortieren."

Simmern war der erste, der den Blickkontakt abbrach. Auf seinen Wangen hatten sich hochrote Flecken gebildet.

„Natürlich werde ich mein Bestes tun", murmelte er. „Aber in Kriegszeiten kann man für nichts garantieren."

„Ihre Majestät wäre zutiefst erschüttert, wenn sie erfahren müsste, dass die Leiche des Königs in die Hände seiner Feinde gefallen ist. Ich bin fest davon überzeugt, dass Ihr so etwas nicht zulassen werdet, Euer Gnaden", sagte Craven sanft.

„Natürlich nicht", warf von Rusdorf hastig ein. Er sah zwischen Craven und dem Pfalzgrafen hin und her, wie ein Jagdhund, der Witterung aufnahm. „Der Rat wird für die Sicherheit Seiner Majestät sorgen, Ihr habt nichts zu befürchten."

„Der Rat darf nichts von der Umbettung des verstorbenen Königs erfahren", betonte Craven. „Diese Aufgabe vertraut die Königin nur Euch allein an, Gentlemen. Aus Sicherheitsgründen muss der Ort seiner letzten Ruhestätte ein Geheimnis bleiben."

„Das ist ja absurd!" Wieder einmal konnte Simmern seinen Zorn nicht zügeln. „Ich ziehe doch nicht meiner Schwägerin zuliebe für eine unnütze Sache durch die Lande, während ich weitaus wichtigere Dinge zu erledigen habe. Ich bin nicht ihr Diener!"

Stille kehrte ein. Craven ließ sie sich vertiefen. Draußen konnte er leises Glockengeläut, das Rumpeln von Kutschenrädern und den Ausruf eines Straßenhändlers hören – lauter verschiedene und deutlich voneinander abgegrenzte Geräusche. Craven unternahm nichts, um das Schweigen zu brechen, bis es allmählich unangenehm wurde und von Rusdorf nervös auf seinem Stuhl herumrutschte.

„Habe ich schon erwähnt, dass der König von England sich für diese Sache interessiert?", fragte Craven schließlich. „Er möchte, dass alles erdenklich Mögliche unternommen wird, um seiner glücklosen Schwester zu helfen." Endlich hob er den Kopf und sah dem Pfalzgrafen in die Augen. „Ich bin sicher, König Charles wird gern von Eurer Mitwirkung hören wollen."

Simmerns Gesicht nahm eine unschöne dunkelrote Farbe an. Craven wusste, dass der Mann ihm am liebsten gesagt hätte, er solle sich zum Teufel scheren, es sich jedoch nicht so recht traute. Der weltfremde, schwache König Charles hatte genauso gezaudert, die Sache seiner Schwester zu unterstützen, wie ihr gemeinsamer Vater zuvor. Das bedeutete jedoch nicht, dass es klug wäre, ihn sich zum Feind zu machen.

„Wie erfreulich, zu hören, dass Seine Majestät so sehr darauf erpicht ist, unsere Sache zu unterstützen", warf von Rusdorf hastig ein. „Wir haben gehört, er hätte seiner Schwester und ihrer Familie ein Zuhause in England angeboten …"

„Was die Königin natürlich nicht akzeptiert hat", fiel Craven ihm ins Wort. „Sie hat sich ganz der Aufgabe verschrieben, dafür zu sorgen, dass ihr Sohn sein väterliches Erbe zurückerhält."

„Das könnte sie auch vom sicheren Hof ihres Bruders in England aus tun", murmelte Simmern.

„Ihre Majestät möchte nicht den Eindruck erwecken, als würde sie den Ansprüchen ihres Sohnes in Europa den Rücken zukehren", erwiderte Craven.

Von Rusdorf ließ die Schultern hängen. „Natürlich will sie das nicht."

Craven unterdrückte ein Schmunzeln. Jeder sah in Elizabeth und ihrer staatenlosen Kinderschar ein Problem, das sich am besten einfach in Luft auflösen sollte. Doch wenn schon Elizabeth Friedrichs Verwandten ein Dorn im Auge war, dann stellte die Leiche ihres Gemahls für sie eine noch viel größere

Unannehmlichkeit dar. Der arme Kerl, selbst im Tod war er noch eine Bürde.

„Also", sagte Craven, als hätte es gar keine Meinungsverschiedenheit gegeben, „sind wir uns einig, dass Ihr beide Seine Majestät zu seiner sicheren letzten Ruhestätte in Sedan bringen werdet. Vorher jedoch ..."

„Werdet Ihr seinen Sarg ausrauben", sagte Simmern.

Craven grinste. „Gehen wir."

Dem ersten Knacken der eisernen Brechstange folgte ein Geräusch von splitterndem Holz, das in der Gruft widerhallte, dann wurde wieder alles totenstill. Obwohl es Mittag und draußen sehr heiß war, herrschte hier im Innern der Kirche eine staubige Kühle. Einzelne Sonnenstrahlen fielen durch die tief eingelassenen Buntglasfenster auf den Boden.

Friedrichs Sarg ruhte auf einer Steinplatte zwischen steinernen Rittern mit leeren, ausdruckslosen Gesichtern. Interesselos verfolgten sie, wie Craven erneut die Brechstange unter den Sargdeckel stieß.

Weder der Pfalzgraf von Simmern noch von Rusdorf waren so gelassen wie Craven. Simmern blieb gut fünf Meter entfernt stehen, als wolle er sich vollkommen von der Schändung des Sargs seines Bruders distanzieren. Er trug eine Miene höflicher Abscheu zur Schau. Von Rusdorf stand direkt neben Craven. Er sah aus, als müsse er sich jeden Moment heftig übergeben, gleichzeitig wirkte er wie versteinert.

„Zurücktreten", forderte Craven ihn knapp auf, als er sich an seinen dritten Versuch machte. „Ich möchte Euch nicht ungewollt verletzen."

Die Sargnägel gaben nach, der Deckel hob sich ächzend, und von Rusdorf machte einen Satz nach hinten, wie eine

Katze, deren Schwanz Feuer gefangen hatte. Craven hatte nicht genau gewusst, was ihn erwarten würde. Er hatte einen robusten Magen, und Friedrich war erst wenige Jahre tot und einbalsamiert. Wie sich nun herausstellte, war der Geruch zwar unangenehm, aber nicht überwältigend; der einst süße und starke Duft der Kräuter und Gewürze war inzwischen durch den Verfall schwächer geworden, aber nichts konnte den Gestank des Todes vollständig überlagern. Craven hatte Männer in der Schlacht, aber auch friedlich im Bett sterben sehen. Er fürchtete sich nicht vor dem Tod, doch ihm gefiel nicht, was der Tod aus einem machte. Friedrichs Gesicht unter der angelaufenen Silberkrone hatte die Farbe von Wachs angenommen, seine Haut war wie Leder, durch das sich erste Risse zogen.

Craven hörte, wie von Rusdorf würgte und Simmern halblaut betete. Er wandte den Blick von dem Leichnam ab und suchte nach den Gegenständen, die er zurückholen sollte. Das Schwert in Friedrichs Händen beachtete er nicht weiter. Der arme Kerl war im Leben kein Soldat gewesen, also hatte das Schwert auch im Tod keine Bedeutung. Stattdessen nahm er einen weichen Samtbeutel aus dem Sarg. Der Stoff war inzwischen ganz dünn geworden. Craven spürte die harten Kanten des roségoldenen Kreuzes durch den Samt.

Elizabeth hatte verlangt, dass er ihr alle Insignien der Rosenkreuzer zurückbrachte, bis auf den mit Diamanten besetzten Kristallspiegel. Den sollte er zerstören.

An Friedrichs Finger steckte ein Saphirring. Er war das Zeichen, dass Friedrich der ranghöchste Ordensritter gewesen war, aber man sagte dem Saphir auch nach, dass er den Rittern dazu diente, den Teufel zu Hilfe zu rufen. Nun, sollte Beelzebub ruhig erscheinen, dachte Craven. Vielleicht erschrak von Rusdorf dann so sehr, dass er aufhörte, sich zu übergeben.

Es war schwierig, den Ring vom Finger zu ziehen. Friedrichs tote, kalte Hand fühlte sich auf eine Weise an wie Wachs, über die Craven lieber nicht genauer nachdenken wollte. Der Ring saß sehr fest, und er wollte nicht zu stark daran ziehen, aus Angst vor dem, was dadurch eventuell passieren konnte. Schließlich gelang es ihm, Friedrich das Schmuckstück abzunehmen. Der riesige Saphir funkelte mit kaltem Feuer. Craven steckte ihn in den Beutel zu dem Kreuz.

Nun blieb nur noch der Spiegel. Er lag mit der Spiegelseite nach unten auf Friedrichs Brust, der geschnitzte Holzrahmen ließ nichts von dem schillernden Prunk der Rückseite erahnen.

Craven zögerte. Er hatte Elizabeths Gesicht gesehen, als sie gesagt hatte, der Spiegel sei verflucht. Er hatte die Angst aus ihrer Stimme herausgehört. Sie befürchtete, dass das Verlangen, in die Zukunft sehen zu können, jeden Mann in Versuchung führen würde, der den Spiegel erblickte. Und wenn er dann den Spiegel *und* die Perle in den Händen hätte, würde er ihre gemeinsame Macht für böse Zwecke nutzen. Der Wahrsagespiegel hatte Elizabeths Leben und die Zukunft ihrer Familie zerstört. Süchtig nach dieser Macht hatte Friedrich alles aufs Spiel gesetzt und alles verloren. Elizabeth hielt den Spiegel für ein Werkzeug des Teufels und hatte verfügt, dass er nie wieder das Licht des Tages erblicken durfte. Der Spiegel und die Perle durften nie wieder vereint werden, weil ihre dunkle Macht viel zu groß war.

Das war natürlich abergläubischer Unsinn. Obwohl Craven sich an die Todesvision erinnerte, die er flüchtig im Spiegel gesehen hatte, war er immer noch davon überzeugt, dass er sich getäuscht haben musste. Weder Gott noch der Teufel waren auf Friedrichs Seite gewesen. Er hatte sich einfach als ungeeignet erwiesen für die Aufgabe, die vor ihm gelegen hatte. Elizabeth hatte etwas Besseres verdient.

Craven nahm den Spiegel in die rechte Hand und drehte ihn um. Das Glas war blind und zeigte kaum sein Spiegelbild im fahlen Licht der Gruft. Dann, als er den Spiegel gerade wegstecken wollte, bewegte sich etwas darin wie ein formlos wabernder Nebel, bei dem Craven schlagartig eiskalt wurde. Das geschah so schnell, und die Kälte war so entsetzlich, dass er den Spiegel beinahe auf den Steinboden der Gruft fallen gelassen hätte.

„Beeilt Euch, Mann!", verlangte Simmern ungeduldig, doch mit einem leicht ängstlichen Unterton.

Als Craven sich umdrehte, um den Sargdeckel wieder herunterzuklappen, fiel ein Sonnenstrahl durch das Fenster auf den Spiegel. Etwas flackerte darin auf – züngelnde Flammen. Craven hätte schwören können, dass sie blau waren, blau wie Blitze. Er hörte, wie Simmern etwas schrie. Friedrichs Kleidung fing bereits an zu brennen, der Stoff, getränkt mit den Ölen der Einbalsamierung, ging rasend schnell in Flammen auf, die bis zur steinernen Decke der Gruft emporschossen und den Raum in ein Inferno aus glühender Hitze und Licht verwandelten. Ein süßlicher Geruch stieg Craven in die Nase, der einen Würgereiz in ihm auslöste. Das Prasseln des Feuers war ohrenbetäubend.

„Gott im Himmel!"

Simmern rannte davon. Craven konnte seine Schritte auf der Steintreppe hören. Er schlug den Sargdeckel zu. Er war aus Holz, und Craven erwartete, dass er das Feuer nur noch weiter entfachen würde, doch stattdessen kehrte augenblicklich Stille ein. Kein Geräusch. Kein Licht. Nach einer Weile streckte er die Hand aus und befühlte das Holz. Es war kalt.

265

Er sah in den Spiegel. Das Glas war wieder völlig blind.

Kalter Schweiß rann über seine Stirn. Er wischte sich mit dem Ärmel über das Gesicht und machte sich langsam auf den Weg zur Treppe, die aus der Gruft hinausführte. An ihrem Fuß drehte er sich noch einmal um. Der Sarg stand unverändert da, nirgends ein Anzeichen von einem Feuer, kein Rauchgeruch, nichts.

„Großer Gott, Mann! Was ist passiert?" Simmern stand oben an der Treppe und neben ihm der kreidebleiche von Rusdorf.

„Nichts", erwiderte Craven. „Gar nichts ist passiert."

„Da war Feuer! Ich habe es selbst gesehen …"

„Ihr habt nichts gesehen", widersprach Craven. Er trat zur Seite und zeigte auf den Sarg am Fuße der Treppe. „Das Licht aus den Fenstern wurde vom Spiegel reflektiert, dadurch entstand das Trugbild von Feuer. Das war alles."

Stille. Beide Männer sahen so aus, als hätten sie ihn am liebsten einen Lügner genannt, aber keiner von ihnen sprach.

„Hier." Craven zog einen Beutel mit Münzen aus seiner Tasche. „Für den Sargtischler, damit er den Deckel wieder zunagelt. Sorgt dafür, dass er anständige Arbeit leistet und den Mund hält."

Nach einer Weile nahm von Rusdorf den Beutel. Die Münzen darin klimperten leise. Simmern starrte immer noch entgeistert auf den Sarg.

Craven schob den Beutel mit dem Saphirring, dem Kruzifix und dem Spiegel in seine Jacke.

„Ihr brecht sofort auf?" Simmern straffte sich und wandte sich von der Gruft und ihrem makabren Inhalt ab. Er bemühte sich gar nicht erst, seine Erleichterung darüber zu verbergen, und Craven schmunzelte ein wenig grimmig vor sich hin.

„So ist es."

„Dann gute Reise." Simmern streckte mit widerwilligem Respekt seine Hand aus. „Bitte richtet Ihrer Majestät meine ergebensten Grüße aus."

Als die Tür zur Gruft ins Schloss fiel, hatte auch von Rusdorf wieder etwas von seiner Fassung zurückgewonnen. „Ich lasse Ihrer Majestät eine Nachricht zukommen, sobald der König sicher in Sedan beigesetzt worden ist", sagte er.

Craven zog seine Handschuhe an. „Meine Herren, es war mir ein Vergnügen."

Er verließ Metz im nachmittäglichen Gewimmel von Soldaten, Händlern und Reisenden und überquerte in der Menge unbemerkt die Brücke über die Mosel. Auf halbem Weg blieb er kurz stehen und sah hinunter ins Wasser. Es floss träge zwischen den Brückenpfeilern hindurch, graugrün und tief, und einen Moment lang überlegte Craven, den Spiegel in den Fluss zu werfen, damit er ihn auf der Stelle los war. Aber das wäre kein guter Ort gewesen, sich seiner zu entledigen. Jemand könnte beobachten, wie er den Spiegel hinunterwarf, und versuchen, ihn wieder herauszufischen. Oder es gäbe womöglich eine längere Trockenperiode, und man fand ihn im Schlick, wenn sich das Wasser zurückzog. Nein, er würde auf eine günstigere Gelegenheit warten müssen.

Er dachte zurück an das Inferno in der Gruft: an die Flammen, die aus dem Spiegel gelodert waren, und daran, wie Friedrichs Leichnam gebrannt hatte wie auf einem Scheiterhaufen. Er wusste, was er gesehen hatte.

Er ritt gen Westen. Die Sonne schien ihm in die Augen, das Rosenkreuz drückte schwer gegen seine Brust, aber der Spiegel in seiner Tasche schien überhaupt nichts zu wiegen.

20. Kapitel

Ashdown House, 23. Februar 1801

Ich habe meine Meinung über Mr. Verity geändert. Er mag ein wenig ernst sein, aber er ist auch ein guter Mann, ein freundlicher Mann, und mir begegnet weiß Gott so wenig Freundlichkeit auf dieser Welt.
Folgendes ist passiert.

Heute war ich gezwungen, mich ein wenig im Freien zu ertüchtigen. Es gibt hier nichts zu tun, sonst wäre mir nie etwas so Langweiliges eingefallen wie spazieren zu gehen, das können Sie mir glauben. Dennoch erwies sich das als überraschend angenehm. Das Wetter war schön – der Schnee ist geschmolzen, und aus dem Boden schießen winzige weiße Blumen. Mr. Verity sagt, es sind Schneeglöckchen. Ich finde sie ausgesprochen hübsch.

Aber ich schweife ab. Folgendes ist passiert. Mylord war nach Newbury geritten, um seine Mama zu besuchen (er hängt an ihrem Schürzenband, vor allem weil er Geld braucht). Ich beschloss also, das Haus zu verlassen und im Wald spazieren zu gehen. Mr. Verity hatte beim Frühstück erwähnt, dass er heute das tiefer gelegene Waldstück vermessen wollte, aber ich bin ihm natürlich nicht gezielt nachgegangen. Nun ja, ein wenig vielleicht schon, denn es stimmt mich so melancholisch, immer nur allein zu sein.

Ich traf Mr. Verity auf einer Lichtung im Wald. Ein Springbrunnen stand dort, ein bezauberndes kleines Ding, dessen Wasser lustig zwischen den Farnen und hohen Gräsern sprudelte und plätscherte. Mr. Verity erzählte mir, der erste Earl of Craven hätte ihn als Teil des ursprünglichen Lustgartens dort errichtet. Anfangs widerstrebte es ihm sichtlich, mit mir zu reden, aber ich lockte ihn schon bald aus der Reserve – ich glaube, ich habe schon einmal erwähnt, dass ich für meinen Charme berühmt bin, und da wir allein waren, verhielt Mr. Verity sich weniger steif und förmlich als sonst. Nervös war er jedoch; vielleicht erwartete er, Mylord könnte jeden Moment hinter einem Baum hervorspringen und ihn zum Duell fordern, weil er sich mit mir unterhielt. Nach einer Weile aber plauderten wir wie alte Freunde, und er erzählte mir alles von dem ersten Earl und seinen Plänen für das Haus und die Grünanlagen. Es war überraschend interessant, obwohl ich gestehen muss, ein Großteil meines Interesses wurde geweckt durch die Art, wie die Sonne auf sein Haar schien, diesem eine warme kastanienbraune Farbe verlieh und auch seine haselnussbraunen Augen zum Leuchten brachte. Mir war vorher noch nie aufgefallen, was für ein gut aussehender Mann er im Grunde ist.

Dann fragte ich ihn geradeheraus, wonach er und Mylord im Wald eigentlich suchten, doch er redete sich damit heraus, dass er eben den gesamten Besitz vermessen müsste, aber ich weiß, dass dies nicht der Wahrheit entspricht. Ich wollte ihn nicht in Verlegenheit bringen mit meiner kühnen Vermutung, dass Lord Evershot auf Schatzsuche war, und brachte das Gespräch auf ihn selbst. Mr. Verity stammt aus einer alten Familie, die mittlerweile leider völlig verarmt ist, weshalb er auch zum Militär gegangen ist. Es hörte sich nicht sonderlich interessant an, täglich viele Meilen bei Erkundungsmärschen zurücklegen zu müssen oder über einem Instrument zu brüten, das Winkel vorgibt für einen Vorgang, den man Dreiecksvermessung nennt. Ich tat aber so, als wäre ich völlig fasziniert, und kurz darauf teilte Mr. Verity sein Mittagessen, eine Pastete, mit mir und erkundigte sich sehr freundlich nach mir selbst, obwohl er rot wurde, als ich ganz offen über mein Leben als Kurtisane berichtete.

Warum sollte ich mich verstellen? Ich bin, wie ich bin. Und ich glaube, nach einer Weile hatte Mr. Verity vergessen, dass ich mich für Geld verkaufe, denn wir plauderten noch weitere zwanzig, dreißig Minuten über alles Mögliche – vom Lieblingsrezept seiner Mutter für Schnecken, was sich nicht gut anhörte, bis zur Empfehlung meiner Zofe, wie man einen Sonnenbrand behandelte, was er wahrscheinlich aber nicht hilfreich finden wird. Schließlich stand ich auf, um zu gehen, denn mir wurde klar, dass ich ihn von der Arbeit abhielt.

Leider hatte ich genau da einen äußerst unglücklichen Unfall. Als ich von der Lichtung gehen wollte, trat ich mit dem Fuß in ein Kaninchenloch und stürzte auf die denkbar am wenigsten damenhafte Weise zu Boden. Da lag ich nun, atemlos vor Schreck und tödlich verlegen. Mr. Verity, der Gute, war ganz Fürsorge und Aufmerksamkeit. Er sprang sofort herbei, um mir zu helfen, hob mich auf seine Arme und trug mich zurück zum Haus. Ich wehrte mich dagegen – ein wenig – und protestierte,

*ich könnte selbst gehen. Er jedoch wies mich darauf hin,
ich hätte einen Schuh verloren, und stände gewiss unter
Schock, worauf ich mich natürlich sofort einließ, denn
das bedeutete, dass er mich weiterhin fest an seine Brust
gedrückt hielt. Was für ein durchtriebenes Geschöpf ich
doch bin! Aber Mr. Verity war so ergeben, so stark, ein
echter Beschützer ... Wenn mir so etwas bei einem Spaziergang mit Lord Evershot passiert wäre, hätte der mich
wahrscheinlich auf dem Boden liegen lassen oder mich
angeschnauzt, gefälligst nicht so zu trödeln.*

*Also schlang ich die Arme um seinen Hals, schmiegte
mich ganz fest an ihn und barg das Gesicht in seinem
Mantel. Mr. Verity roch wunderbar, so männlich, und
es war wirklich sehr schade, dass er mich zu Boden lassen musste, ehe wir das Haus erreichten, damit uns die
Bediensteten nicht sahen und bei Evershot verpetzten.
Mr. Verity wirkte ziemlich außer Atem und rot im Gesicht, als ich mich aus seinen Armen löste. Er erholte sich
jedoch rasch, verneigte sich vor mir und sagte höflich, er
hoffe, es würde mir schon sehr bald wieder besser gehen.
Dann eilte er zurück zu seinen Instrumenten, und ich
sah Evershots Kutsche die Auffahrt hinaufrollen, daher
huschte ich schnell ins Haus, bevor er mich sehen konnte.*

*Danach bemühte ich mich, wann immer ich konnte,
Zeit mit Mr. Verity zu verbringen. Ich suchte ihn im
Wald auf, in den Gärten oder in der Bibliothek, wo auch
immer, natürlich nur aus Freude an unseren Gesprächen.
Er ist ein begabter Künstler und hat mir beigebracht, mit
dem Stift zu zeichnen und mit Wasserfarben zu malen.
Die Blumen in diesem Tagebuch habe ich aus Büchern in
der Bibliothek abgemalt – Schneeglöckchen, Kuckucks-*

lichtnelken und die Wasserfedern (was für ein ulkiger Name!), die im Sommer am Ufer des Mühlbachs am Waldrand blühen. Wie gern würde ich die Sommerblumen hier sehen, aber ich denke, bis dahin werde ich längst fort sein. Entweder hat Mylord dann gefunden, wonach er in Ashdown Park sucht, oder er ist des Landlebens bis zum Sommer überdrüssig, vielleicht auch meiner.

Ich wünschte, ich hätte Reiten gelernt, dann könnte ich Mr. Verity auf seinen Erkundungsausflügen hier begleiten. Es gibt so vieles, was ich mir von ihm zeigen lassen möchte. Da ich aus der Stadt komme, habe ich die Schönheiten der Natur bis jetzt wohl gar nicht richtig wahrgenommen, doch Mr. Verity öffnet mir immer wieder die Augen für Neues. Leider wird es nicht dazu kommen. Zum einen hasse ich Pferde. Sie haben ein unberechenbares Temperament und flößen mir Angst ein. Außerdem – obwohl Mr. Verity sich mir gegenüber inzwischen viel herzlicher benimmt – ist er immer noch verschlossen wie eine Auster, wenn ich mit ihm darüber reden will, wonach er sucht. Und wenn Evershot wüsste, wie viel Zeit ich mit Mr. Verity verbringe, wenngleich in aller Unschuld … er würde einen eifersüchtigen Tobsuchtsanfall bekommen.

21. Kapitel

„Für mich klingt das gar nicht unschuldig", stellte Fran fest. „Lavinia ist ein kleines Biest, sie weiß ganz genau, dass sie ihn an der Nase herumführt."

„Andererseits glaube ich, dass sie ihn wirklich mag." Holly rührte nachdenklich in ihrem Kaffee. „Stell dir vor, du wärst mit einem arroganten Mistkerl zusammen, der dich wie den letzten Dreck behandelt. Würdest du dann nicht auch jemanden zu schätzen wissen, der sich aufrichtig und höflich verhält? Ich denke, Lavinia mag Robert Verity mehr, als sie sich anmerken lässt."

Holly hatte es sich angewöhnt, über die letzten Kapitel von Lavinias Tagebuch mit Fran zu diskutieren, wenn sie bei ihr im Café war, was allmählich fast zur täglichen Gewohnheit geworden war – mal vormittags, mal nachmittags, manchmal auch beides. Da sie bei ihrer Arbeit allein war, hatte Holly herausgefunden, dass sie den Kontakt ebenso brauchte wie scheinbar auch das restliche Dorf. Beinahe jeder Dorfbewohner kam irgendwann im Lauf des Tages bei Fran vorbei. Das war der Grund, wie Holly erkannte, warum Fran stets über alles genau informiert war.

„Und ich glaube, dass unser Mr. Verity in Lavinia verknallt ist." Fran kicherte. „Wird rot wie ein Schuljunge, als sie sich an ihn kuschelt. Ich wette, so jemanden wie sie hat er noch nie kennengelernt." Sie fing an, die Spülmaschine auszuräumen. Der Wohlgeruch der heißen, quietschsauberen Teller breitete sich aus.

„Es muss sehr schwierig für ihn gewesen sein, neben Lord Evershot und seiner Mätresse das fünfte Rad am Wagen zu spielen", gab Holly zu bedenken. „Es klingt, als wäre Evershot ein sehr besitzergreifender Liebhaber gewesen, und wenn Robert Verity eine Schwäche für Lavinia hatte, war es für ihn bestimmt ganz schrecklich mit anzusehen, wie Lavinia geschlagen und misshandelt wurde."

„Die Stimmung in diesem Haus muss ziemlich gruselig gewesen sein", stimmte Fran zu. „Dazu noch all diese Bediensteten, die beobachteten, an Türen lauschten, tuschelten ... Ganz schön unheimlich."

„Da konnte man durchaus klaustrophobisch werden, vor allem im Winter, meilenweit abgelegen ..."

„Und das ohne Internet und Handys", vollendete Fran Hollys Satz.

Holly lächelte. „Lavinia hätte das Internet bestimmt geliebt."

„Hätten sie damals ein Handy gehabt, hätten sie auch schneller um Hilfe rufen können, als das Haus zu brennen anfing." Fran schüttelte sich. „Grausig, was mit Lord Evershot passiert ist."

„Verschwendete Sympathie. Es hat genau den Richtigen getroffen."

Fran starrte sie an. „Das sieht dir gar nicht ähnlich, so hart zu sein."

„Ich hasse Evershot", sagte Holly. „Er hat bekommen, was er verdient hat." Noch während sie sprach, erkannte sie, dass das die Wahrheit war. Ein tiefer, unbändiger Zorn erfüllte sie jedes Mal, wenn sie an Lavinias Liebhaber dachte.

Es wurde laut im Café. Mark und ein paar seiner Kollegen aus dem Zeichenbüro waren hereingekommen und versammelten sich nun vor der Theke, um sich zwischen Brownies und Vanille-Cupcakes zu entscheiden. Paula eilte aus der Küche herbei, um sie zu bedienen.

„Sie versucht, ihn mit Streuseln auf seinem Kaffee herumzukriegen", flüsterte Fran Holly über den Tisch hinweg zu.

Holly schmunzelte, als Paula Mark einen großen Becher zum Mitnehmen zuschob, den sie eindeutig schon für ihn vorbereitet hatte. „Na, dann viel Glück." Sie stand auf. „Du hast heute viel zu tun. Ich glaube, du brauchst diesen Tisch hier. Köstlicher Kuchen, übrigens."

„Mein eigenes Rezept." Fran machte ein zufriedenes Gesicht. „Hier ist alles selbst gebacken."

„Holly?" Mark holte Holly an der Tür ein und hielt sie für sie auf. „Kann ich dich kurz sprechen?"

Holly ertappte Fran und Paula dabei, wie sie sie anstarrten. Fran formte mit den Lippen ein fragendes O, während Paula ausgesprochen miesepetrig aussah. Ob sie wohl herüberkommen und Mark den Kaffee wieder wegnehmen würde? Fran hatte sie schon am Vortag nach ihrem Besuch in Marks Büro ausgefragt. Natürlich hatte jemand sie hereingehen sehen und wahrscheinlich die Zeit gestoppt, wann sie wieder herausgekommen war. Das würde die Gerüchteküche noch mehr anheizen. „Aber sicher."

„Es geht um Flick", erklärte Mark.

Holly bekam ein flaues Gefühl im Magen. Ob Flick ihm die Sache mit der Glasschale gestanden hatte? Sie sah Mark an, aber die Sonne blendete sie, und sie konnte seinen Gesichtsausdruck nicht richtig erkennen. „Ach ja?"

„Sie hat mir gesagt, dass sie eine meiner Trophäen zerbrochen hat", berichtete Mark, als sie in den sonnigen Innenhof hinaustraten. „Und dass sie dich gebeten hätte, einen Ersatz anzufertigen."

„So in etwa. Sie meinte, euer Bruder Joe hätte die Schale zerbrochen, und bat mich dann um einen Ersatz. Es tut mir leid, Joe da mit hineinzuziehen, aber ich finde, Flick sollte nicht die Verantwortung für etwas übernehmen, das ein anderer angestellt hat."

Mark seufzte und runzelte die Stirn. „Nein. Dieser verdammte Joe. Er findet immer einen anderen Sündenbock, und Flick ist viel zu weichherzig. Sie hat ihn schon immer gedeckt, seit sie klein waren." Er straffte die Schultern und sah Holly ohne zu lächeln an. „Flick meinte, du hättest es gekonnt. Ich meine, einen Ersatz anzufertigen, ohne dass jemandem das aufgefallen wäre."

„Rein technisch, ja", erwiderte sie. „Moralisch, nein." Sie tastete nach ihrer hochgeschobenen Sonnenbrille und setzte sie auf. Besser. Sie hatte sich unter Marks prüfendem Blick zu unbehaglich gefühlt. „Ich weiß, du glaubst, ich wäre wohl kaum geeignet, eine moralische Instanz zu sein, und das kann ich dir auch nicht verübeln, aber ..."

Mark legte die Hand auf ihren Arm, und Holly blieb abrupt stehen. „Das beschreibt wohl kaum meine Meinung von dir. Ganz im Gegenteil."

„Oh." Holly wurde rot.

Mark schob die Hände in die Hosentaschen. „Hör mal, können wir das mit uns einen Moment hintanstellen? Ich hatte gehofft, dir etwas über meine zerrüttete Familie erklären zu können. Ich ..." Er zögerte. „Ich möchte nicht, dass du schlecht über Flick denkst."

„Das tue ich auch nicht. Ich glaube, Flick hatte panische Angst, dich aus irgendeinem Grund aufzuregen, und deshalb glaubte sie, ich könnte ihr aus dieser verfahrenen Situation heraushelfen."

„Und du hast ihr den Kopf zurechtgerückt."

Holly zuckte mit den Schultern. „Nun ja." Sie sah ihn an. „Ich gebe zu, ich war versucht, ihr zu helfen. Deine Schwester ist eine echte Überredungskünstlerin. Aber der Gedanke an deine niederschmetternde Missbilligung im Fall, dass du dahinterkommst, hat mir gereicht, um ihr vorzuschlagen, sie sollte dir lieber die Wahrheit sagen."

Ein seltsamer Ausdruck trat in Marks Augen. „Meinst du das ernst?"

„Dass Wahrheit die beste Strategie ist? Im Allgemeinen, ja."

„Ich meinte das mit meiner niederschmetternden Missbilligung."

„Oh." Holly zögerte. „Nun …"

Der Tag kam ihr sehr still vor, nur die Geräusche des Waldes waren zu hören; das Krächzen der Krähen, das sanfte Rauschen des Windes, der durch die Blätter der Bäume fuhr, das Plätschern des Bachs unter der Brücke. Holly hatte den Ausdruck gedankenlos benutzt, doch nun wurde ihr klar, dass mehr als nur ein Funken an Wahrheit dahintersteckte. Genau wie Mark nicht gewollt hatte, dass sie schlecht über seine Familie dachte, wollte sie auch, dass er eine gute Meinung von ihr hatte. Was ziemlich beunruhigend war.

„Entschuldige." Mark sah sie kurz an und wandte dann den Blick ab. „Vergiss es. Ich wollte dir von Flick erzählen. Sie wohnt momentan bei mir, weil sie sich vor ein paar Jahren gründlich mit unserer Mutter zerstritten hat. Sie kommen nicht miteinander aus." Er passte sich Hollys langsamerem Schritt an und blieb dann stehen, um auf Bonnie zu warten, die neugierig an einer Eiche schnüffelte. „Flick hatte Probleme in den ersten Teenagerjahren, Ladendiebstähle, zum

Beispiel. Dad ist viel auf Reisen, also war er oft nicht da und konnte ihr nicht helfen, die Dinge wieder in Ordnung zu bringen. Ich war in Afghanistan. Mum schickte Flick in ein Internat, nachdem diese etwas von ihrem Schmuck gestohlen hatte. Sie meinte, das würde mehr Struktur in Flicks Leben bringen, aber ich glaube, dass sie in Wahrheit nur nicht wusste, was sie mit Flick anfangen sollte."

„Gott, das tut mir leid." Holly war entsetzt. „Wie kann man nur so etwas Furchtbares ..." Sie biss sich auf die Zunge. „Tut mir leid", sagte sie erneut, „ich will deine Mutter nicht kritisieren, weil ich ja auch nicht die ganze Geschichte kenne, aber ganz sicher brauchte Flick Hilfe, keine Bestrafung, oder?"

Mark nickte. „Ja, und es hat natürlich auch nicht funktioniert. Flick wurde noch unglücklicher, klaute wieder, musste daraufhin das Internat verlassen und wurde woanders hingeschickt ..." Er zuckte mit den Schultern. „Ich war inzwischen aus der Armee ausgeschieden, aber alles war sehr kompliziert." Holly sah ihn an. Sein Blick wirkte nach innen gekehrt, und ein harter Zug lag um seinen Mund. „Eine Zeit lang konnte ich nicht einmal mir selbst helfen, geschweige denn einem anderen."

„Du bist sehr hart zu dir selbst", stellte Holly fest.

Mark warf ihr einen erstaunten Blick zu. „Ja", erwiderte er langsam, „das bin ich wohl. Eine PTBS ist höllisch schwer zu bewältigen, wie ich jetzt weiß, aber damals hielt ich mich einfach nur für schwach."

Ihre Blicke trafen sich, und Holly war, als durchzuckte sie ein elektrischer Schlag. Um ihre Reaktion zu verbergen, ging sie etwas schneller, aber jetzt war sie sich seiner Nähe neben ihr nur allzu deutlich bewusst, denn sein Arm streifte ihren.

„Du hast dich damals oft karitativ engagiert", sagte sie, um das Schweigen zu überbrücken, das sich äußerst lebendig anfühlte. „War das, bevor die PTBS zum Ausbruch kam?"

Er schüttelte den Kopf. „Nein, die hatte ich von Anfang an. Immer wieder hatte ich Flashbacks im Traum und wachte mitten in der Nacht zitternd und in heller Panik auf, aber ich versuchte, es zu verdrängen. Irgendwann war das dann nicht mehr möglich, und ich fing an zu trinken." Er zuckte mit den Schultern. „Ich war ein absolutes Wrack. Carol konnte meine Launen und das Trinken nicht mehr ertragen. Sie wusste nie, was sie vorfinden würde, wenn sie von der Arbeit nach Hause kam. Ich kann ihr das nicht zum Vorwurf machen. Eine PTBS und Beziehungen passen nicht zusammen. Und die ganze Zeit über tat ich so, als wäre alles in Ordnung, bis zu dem Punkt, als alles zusammenbrach und ich mich nicht mehr verstellen konnte."

Holly streckte die Hand aus, ließ sie dann aber wieder sinken. Es erschreckte sie, wie sehr sie ihn berühren und ihm Trost spenden wollte. „Als wir neulich im Café Tee getrunken haben, habe ich gespürt, dass du mir etwas vorenthalten hast", sagte sie. „Du erwähntest, dass du in Norwegen gearbeitet hast, aber du sagtest kein Wort über die Army oder das Bauprojekt."

„Das war keine Absicht." Er verbesserte sich. „Nun ja, vielleicht in der Hinsicht, dass ich normalerweise nie über diese Dinge rede." Er schenkte ihr den Ansatz eines Lächelns. „Nicht einmal Fran hat das aus mir herausbekommen. Aber ich wollte dich nicht in die Irre führen. Als ich aufgehört hatte zu trinken, ging ich wirklich nach Norwegen. Ich habe noch eine Schwester, Kirsten, die mit einem norwegischen Fischer verheiratet ist. Eine Weile habe ich mit ihm zusammengearbeitet, bis ich beschloss, zurückzukommen und mein eigenes Unternehmen zu gründen. Die Sanierung ist unser erstes großes Projekt."

„Und du konntest Flick dadurch ein Zuhause bieten."

„Stimmt."

„Kein Wunder, dass sie dir nichts von der Sache neulich erzählen wollte", sagte Holly. „Nach so vielen Brüchen in ihrem Leben wollte sie dich auf gar keinen Fall aufregen oder enttäuschen." Die Sonne schien hell, die Luft war warm, und Bonnie stupste im Vorbeigehen mit ihrer feuchten Nase gegen Hollys Hand.

„Es geht Flick so viel besser, seit sie hier lebt", erwiderte Mark, „obwohl sie immer wieder rückfällig wird. Ja, sie ist ein bisschen anfällig, und ich will nicht, dass die Dinge wieder so werden wie früher."

„Das wird bestimmt nicht passieren. Flick hat auf mich den Eindruck gemacht, dass sie sehr gern hier mit dir zusammenwohnt, aber die Probleme, mit denen sie sich herumschlägt, sind bestimmt nicht immer gleich belastend, falls du verstehst, was ich meine." Sie dachte an die letzten Wochen und daran, wie sich ihre Gefühle wegen Bens Verschwinden täglich geändert hatten. Manchmal war nur ein Atemzug zwischen Hoffnung und Verzweiflung vergangen. „Wenn man sich mit großen Problemen abgeben muss, geht es einem an manchen Tagen besser als an anderen."

„Und an manchen Tagen geht es einem in der Tat sehr schlecht", sagte Mark ruhig.

Holly wusste, dass er an den Tag ihrer ersten Begegnung dachte. Sie holte Luft, merkte dann aber, dass sie keine Ahnung hatte, was sie sagen sollte. Sie wollte sich nicht entschuldigen. Das hätte sich angehört, als würde sie bereuen, was geschehen war, und das tat sie nicht – wenigstens nicht in dem Sinn, dass sie es am liebsten ungeschehen gemacht hätte.

„Die arme Flick will unbedingt jedem gefallen", meinte Mark nach einer Weile. „Deshalb lässt sie sich auch von Joe ausnutzen."

„Ich kenne deinen Bruder nicht, aber es hört sich so an, als müsste er allmählich erwachsen werden."

Mark warf ihr einen belustigten Blick zu. „Joe ist erst zwanzig, er hat seinen Weg noch nicht gefunden. Es ist dabei nicht sehr hilfreich, dass er unfassbar gut aussieht und ihm die Frauen scharenweise nachlaufen."

„Für dich muss das auch ein Problem sein", erwiderte Holly trocken.

Mark lächelte, ein unerwartetes, warmes Lächeln, das Holly den Atem verschlug.

Plötzlich war ihr sehr heiß. Sie hatten den Waldrand erreicht, und sie war erleichtert, in den Schatten zu kommen. Hier war es zwar immer noch warm, aber das durch die Blätter gefilterte Sonnenlicht brannte nicht mehr so auf der Haut. Diesen Pfad kannte Holly noch nicht. Er führte an den alten Grenzen des mittelalterlichen Rehparks entlang. Sie sagte nichts mehr, und auch Mark schwieg. Die Stille zwischen ihnen vibrierte vor lauter unausgesprochenen Dingen.

„Das war das alte Eishaus", sagte Mark, als sie eine Lichtung erreichten, wo Brombeersträucher und Farne wegen Wassermangels so vertrocknet waren, dass sie den Blick auf die roten Backsteine einer Ruine freigaben. Holly blieb stehen. Eine Wand stand noch, eine Rundbogentür führte zu moosbedeckten Stufen. Das Gelände war mit einem rostigen schiefen Eisenzaun abgeriegelt, zwischen dessen Stäben

Wiesenkerbel und Gras wucherten. Ein hässliches „Zutritt verboten"-Schild war am Zaun befestigt.

„Was ist denn ein Eishaus?", fragte Holly. „Klingt eigentlich nach einer guten Idee an Tagen wie diesem."

„Hier wurde das Eis für das Herrenhaus gelagert", erklärte Mark. „Im siebzehnten Jahrhundert gab es schließlich noch keine Kühlschränke."

„Stimmt." So weit zurück hatte Holly gar nicht gedacht. „Und wo bekamen sie das Eis her?"

„Es wurde im Winter von den Teichen geschlagen, in Stroh gepackt und unterirdisch gelagert", erklärte Mark. „Dann holte man sich etwas davon, wenn man es für Nachspeisen, Eiscreme oder Getränke brauchte."

„Das hört sich ziemlich unhygienisch an." Holly spähte durch die Gitterstäbe. „Das Schild stammt aber wohl nicht aus dem siebzehnten Jahrhundert, oder?"

„Die Gemeinde hat das Gebäude eingezäunt, als sie es um 1950 herum aufgekauft hat. Die Kinder haben immer unten in der Eiskammer gespielt."

„Gesundheit und Sicherheit gehen vor", murmelte Holly. „Ich frage mich, ob die Polizei auch hier nach ..." Sie verstummte, als ihr die Tragweite ihrer Worte bewusst wurde. Mit jedem Tag wurde es schwerer, den Gedanken zu unterdrücken, dass Ben möglicherweise tot war. Dieser Gedanke lauerte in den Winkeln ihres Unterbewusstseins wie ein Schatten, und sie musste hart dagegen ankämpfen, dieser Dunkelheit nicht Tür und Tor zu öffnen. Als sie jetzt in den dunklen Eingang des Eishauses sah, überlief sie ein Schauer.

„Ja, das hat sie", sagte Mark ruhig. Er nahm ihre Hand und verschränkte seine Finger fest mit ihren. Es fühlte sich tröstlich an. Holly wollte ihm ihre Hand entziehen, gleichzeitig sehnte sie sich danach, ihn noch weiter zu berühren. Die Intensität dieses Bedürfnisses schockierte sie.

„Hallo, Mark!"

Holly schrak zusammen, als hätte sie sich verbrannt. Keiner von ihnen hatte gesehen, dass sich jemand genähert hatte, doch nun erkannte sie einen von Marks Kollegen aus dem Café, einen großen, schlaksigen Mann, unter dessen weiten Shorts knochige Knie zum Vorschein kamen und dessen enges T-Shirt sich an eine magere Brust schmiegte.

„Greg", sagte Mark und nickte ihm zu. „Wie geht's?"

„Ich komme fast um vor Hitze." Greg grinste. „Sie müssen Holly sein", fügte er hinzu und streckte ihr enthusiastisch die Hand entgegen. „Tut mir leid, dass ich eben im Café nicht die Gelegenheit hatte, Sie zu begrüßen. Schön, Sie endlich kennenzulernen."

„Greg ist unser Fachmann für Artenvielfalt", stellte Mark ihn vor.

„Ah, Dachse, Molche und Pflanzen also? Ausgezeichnet", erwiderte Holly.

„Na ja, Molche gibt es nicht", meinte Greg, „weil nicht genug Wasser da ist, aber Dachse auf jeden Fall, dazu viele Vogelarten und viele sonst eher seltene Pflanzen. Ashdown ist ein Paradies für die Flora und Fauna."

„Ich bekomme viel davon mit, weil ich am Waldrand wohne", erklärte Holly.

„Fran sagte, Sie leben in der Mühle." Greg trat verlegen von einem Bein aufs andere. „Es tut mir leid wegen Ihres Bruders. Ich bin sicher, er taucht bald wieder auf."

Holly spürte, wie Mark sich neben ihr bewegte. „Vielen Dank. Kannten Sie Ben?"

„Meine Schwester hat ihn mir vor ein paar Monaten vor-

gestellt. Er war in ihrem Laden, als ich zufällig dort vorbei-
schaute. Karen meinte, *The Merchant Adventurers* hätte die
Kunden eines Ladens für Kunsthandwerk eher irritiert, er
heißt jetzt *Marlborough Crafts*. Mir hat der alte Name aber
gut gefallen."

„Das war der Name eines Ladens!", entfuhr es Holly. Sie
erinnerte sich an den Kurzbrief, den sie in Lavinias Tagebuch
gefunden hatte, und an die vielen ergebnislosen Stunden, in
denen sie versucht hatte, etwas über diesen Namen herauszufinden. „Darauf wäre ich nie gekommen." Sowohl Greg
als auch Mark sahen sie neugierig an. „Ben hat nur einmal so
etwas erwähnt."

„Sie sollten mal zu Karen gehen", schlug Greg vor. „Fran
meinte, Sie seien Glasgraveurin. Karen sucht immer nach
hochwertiger Ware, das würde sie bestimmt interessieren. Ich
lege ein gutes Wort für Sie ein."

„Vielen Dank, das wäre sehr nett von Ihnen", erwiderte
Holly. „Ich habe gerade erst angefangen, hier nach neuen Ab-
nehmern zu suchen."

„Gut, ich rufe sie an", versprach Greg. „Im Moment ist
sie für ein paar Tage verreist, aber wenn sie wieder zurück
ist, können wir sicher ein Treffen arrangieren." Er warf Mark
einen fragenden Blick zu. „Gehst du jetzt wieder ins Büro?"

„Gleich. Ich wollte Holly erst noch den Lavendelgarten
zeigen", antwortete Mark.

„Ah, ja." Greg sah zwischen ihnen hin und her, dann hob
er die Hand zum Abschied. „Bis später, also." Mit federnden,
fast hüpfenden Schritten ging er davon.

„Er macht einen netten Eindruck", stellte Holly fest. „Irgendwie erinnert er mich an Tigger aus *Winnie Pooh*."

Mark lächelte. „Er ist ein feiner Kerl."

„Ich glaube, er wäre gern mit uns gegangen", sagte Holly.

„Wahrscheinlich." Er sah sie an. „Ich wollte das aber nicht. Hast du etwas dagegen?"

Ihre Blicke trafen sich. Holly spürte ein Prickeln auf ihrer Haut. Sie konnte damit nicht umgehen, sie wusste nicht, wie. Ihr Leben war ohnehin schon kompliziert genug.

„Was ist denn der Lavendelgarten?", fragte sie.

Mark lachte und akzeptierte den Themawechsel, aber das Funkeln in seinen Augen verriet, dass die Sache für ihn noch nicht abgehakt war. „Ungefähr fünfzig Jahre nachdem das Haus abgebrannt war, entwarf die damalige Lady Evershot einen Garten an der Stelle, wo es einmal gestanden hatte", erklärte er. „Sie legte ihn nach dem Grundriss des Hauses an. Lavendelhecken kennzeichneten, wo die Wände, Fenster und Türen gewesen waren, während Kiesquadrate die Zimmer symbolisierten." Er zeigte auf einen schmalen Pfad, der in einem rechten Winkel vom Hauptweg abzweigte. „Hier entlang."

Er hielt einen tief hängenden Heckenrosenzweig für sie hoch, und Holly ging gebückt darunter hindurch. Mit der Schulter löste sie einen wahren Regen aus Blütenblättern aus, als sie Mark den Pfad entlang folgte. Sie wusste, dass sie eigentlich in ihre Werkstatt zurückgehen sollte. Mehr denn je brauchte sie einen geregelten Tagesablauf, und sie hatte immer am besten gearbeitet, wenn sie sich an eine gewisse Routine gehalten hatte. Außerdem musste sie vorsichtig sein. Nur aus Freude an Marks Gesellschaft war sie hier, das war ihr völlig klar.

„Wie bist du Bauingenieur geworden?", fragte sie. „Hast du dich nach deinem Austritt aus der Army umschulen lassen?"

Er schüttelte den Kopf. „Ich war in der Army bei den *Royal Engineers* und habe dort Bauingenieurwesen und Landvermessung studiert, mit dem Schwerpunkt Gebäudeabrisse. Es war wohl eher der nächstliegende Schritt als eine echte Veränderung, Häuser zu bauen, anstatt sie in die Luft zu sprengen."

Das gefiel Holly, es klang so positiv.

Sie kamen aus dem Wald heraus und standen vor einer großen rechteckigen Fläche mit einer Art Muster aus Lavendel in der Mitte. Das Gras war hier sehr kurz gemäht, und sein Duft hing noch in der Luft, wenn auch schwach geworden durch die sengende Hitze. Er vermischte sich mit dem süßlichen Aroma des Lavendels.

Holly ging durch eine Lücke in der Hecke; ihre Schritte knirschten auf dem Kies. Eine runde Pflanzenanordnung gab den Umriss eines Treppenhauses wieder, es nahm ein Viertel der gesamten Geschossfläche ein. Ein langer Flur teilte das Haus in zwei Hälften. Holly ging ihn ganz langsam entlang und hörte das laute Summen der Bienen im Lavendel. In der Mitte des nachgebildeten Flurs stand eine achteckige Sonnenuhr. Drei große, rechteckige Räume vervollständigten das Ganze, voneinander abgeteilt durch Lavendelhecken.

„Was für eine wunderschöne Idee", sagte Holly, „an den Standort eines Hauses mit einer Gartenanlage zu erinnern."

„Ja, nicht wahr?" Er schenkte ihr ein völlig ungezwungenes Lächeln, weil er ihre Freude teilte, und ihr Herz setzte einen Schlag aus. „Und was für eine fantastische Aussicht von hier! Du kannst dir vorstellen, wie großartig es gewesen sein muss, vier Stockwerke weiter oben auf der Dachterrasse zu stehen."

Holly konnte es. Sie konnte es fühlen. Sie spürte den kühlen Wind auf ihren Wangen, spürte, wie er ihr das Haar ins Gesicht wehte. Das Kupferdach war heiß unter ihren Füßen, hinter ihr befand sich die kleine achteckige Kuppel, und die Sonne spiegelte sich glitzernd in ihrem Bleiglas. Zu beiden Seiten davon ragten die riesigen Schornsteine aus Kalkstein hoch hinauf, leuchtend weiß vor dem Blau des Himmels. Holly blinzelte gegen das blendende Licht an und sah über den Wald zu dem Hügel mit dem Wetterhahn.

Keine Straße verlief durch das grüne Tal am Fuße des Hügels. Es gab nichts außer einem Feld, übersät mit Sarsensteinen, und dem Hügelland, das sich bis zum Horizont erstreckte. Ein einsamer Reiter kam über die Kuppe und galoppierte auf das Haus zu, eine Gestalt in Braun und Blau auf einem kastanienbraunen Pferd vor dem endlosen Grün der Landschaft …

Sie blinzelte erneut, und die Vision verschwand. Holly roch wieder den Duft des Lavendels und hörte einen Lastwagen, der sich die Straße hinaufquälte und einen anderen Gang einlegte, als er in die Baustelle einbog. Eine kleine Wolke hatte sich vor die Sonne geschoben, und ein flüchtiger Schatten fiel auf Holly. Sie erschauerte.

„Du siehst aus, als hättest du einen Geist gesehen", sagte Mark.

„Das habe ich tatsächlich geglaubt." Holly erschauerte erneut, obwohl die Wolke längst weitergezogen war und die Sonne heiß schien. Auf dem Wetterhahnhügel war kein Reiter zu sehen. „Meine lebhafte Fantasie."

„Was hast du denn gesehen?", wollte Mark wissen.

„Mir war, als stände ich auf dem Dach und blickte über das Tal", gab Holly zu und fragte sich gleichzeitig, warum sie ihm das erzählte. Sie hatte bewusst weder Fran noch sonst jemandem von der Perle, dem Spiegel oder anderen Dingen erzählt, die man für merkwürdig halten könnte. Sie hatte genug Probleme, da sollten die anderen nicht auch noch denken, sie hätte Wahnvorstellungen. „Ich konnte einen Reiter auf dem Hügel erkennen. Und es gab keine Straße." Sie zuckte die Achseln. „Wie gesagt, meine lebhafte Fantasie. Ich bin mir sicher, diese Straße dort gibt es schon seit Tausenden von Jahren."

„Nein", widersprach Mark. „Die Straße von Lambourn durch das Tal verlief früher weiter östlich. Diese Straße hier wurde erst in viktorianischer Zeit gebaut." Er hob die Hand und strich ihr leicht über die Wange. „Vielleicht bist du wirklich ein wenig hellsichtig, Holly Ansell."

Holly war schwindelig. Marks Augen lächelten, aber sie funkelten auch, und dann war die Belustigung fort und nur noch ungezügeltes Verlangen in ihnen. Die Welt um Holly herum versank, sie sah nur noch ihn. Sie hielt den Atem an. „Mark …"

„Ich denke daran." Seine Stimme klang rau. „Ich muss immer an jene Nacht denken. Jedes Mal, wenn ich dich sehe, aber genauso oft, wenn ich dich nicht sehe. Du auch, nicht wahr?"

Hollys Kehle war wie ausgedörrt. „Nein. Ich … Nein."

„Lügnerin." Seine Lippen streiften ihre. Sie war entsetzt, wie sehr sie sich wünschte, dass er sie richtig küsste, dass es wieder so sein würde wie damals. Die Schnelligkeit, mit der sich dieses Gefühl bei ihr eingestellt hatte, war schwindelerregend.

Holly legte die Hand auf seine Brust, um ihn auf Distanz zu halten. „Es war ein Fehler. Darin waren wir uns beide einig."

„Ich kann mich nicht erinnern, ernsthaft mit dir darüber diskutiert zu haben." Er rieb seine Wange an ihrer, die Bartstoppeln kratzten auf ihrer Haut. Sie erschauerte.

„Keiner von uns tut so etwas."

„Es hat noch nie einen besseren Zeitpunkt gegeben, um damit anzufangen."

Marks Lippen waren jetzt so nahe, dass Holly nur den Kopf ein wenig zur Seite drehen müsste, dann würde sie ihn küssen. „Vor dir hatte ich noch nie im Leben bedeutungslosen, rein körperlichen Sex", entfuhr es Holly.

Er lachte. „Also nur bedeutsamen, hochemotionalen Sex?"

„Davon auch nicht besonders viel." Das entsprach der Wahrheit. Sie musste sich wirklich das Gehirn zermartern, wann ihr das letzte Mal im Bett etwas mehr Spaß gemacht hatte als die Lektüre von Fachzeitschriften. Und Letzteres auch nur, wenn sie aus ihrer Werkstatt gekommen war und noch genug Energie gehabt hatte, um etwas anderes zu tun, als sofort einzuschlafen.

Sie sah Mark lächeln und erkannte, dass sie ihm gerade mehr über sich verraten hatte als eigentlich beabsichtigt. In der nächsten Sekunde hatte er eine Hand hinter ihren Kopf gelegt und küsste sie so leidenschaftlich, dass sie geradewegs in jene lange, heiße Nacht in der Mühle zurückkatapultiert wurde. Sie erwiderte seinen Kuss, und er war alles, wonach sie sich sehnte; ein Kuss, der sie die Verwirrung in ihrem Leben, ihre Müdigkeit und ihre Ängste vergessen ließ.

Mark ließ sie los, und eine Weile starrten sie sich nur an.

„Das muss aufhören", sagte Holly schließlich. Sie legte ihre Hand fester auf seine Brust und spürte den kräftigen Schlag seines Herzens. „Ich will nicht, dass die Dinge noch komplizierter werden, als sie es ohnehin schon sind." Sie sah ihm in die Augen. „Ich würde dich benutzen, um alles andere auszublenden. Das wäre nicht richtig."

Seine Mundwinkel zuckten leicht. „Ich könnte damit leben."

„Wir leben in einem kleinen Dorf", gab Holly zu bedenken. „Die Gerüchteküche würde brodeln. Außerdem musst du auch an Flick denken."

„Und du an Bonnie."

Holly unterdrückte ein Lächeln. „Sei doch mal ernst. Ich suche nicht nach einer neuen Beziehung, und Fran sagt, du auch nicht …"

„Wie hilfreich von ihr."

„Wir müssen einen klaren Kopf bewahren."

Mark seufzte und trat einen Schritt zurück. „Also gut." Sein Tonfall war ganz ruhig, aber sie hatte das beunruhigende Gefühl, dass es noch nicht vorbei war. „Aber du brauchst trotzdem weiterhin meine Hilfe bei deinen Nachforschungen über Robert Verity und all das, was ich über seine Arbeit in Ashdown in Erfahrung bringen kann."

„Du schlägst gerade ganz neue Töne an", stellte Holly fest.

Marks Lächeln wurde breiter. Noch immer spürte sie das Knistern zwischen ihnen. „Ich versuche nur, hilfsbereit zu sein", sagte er. „Wir sehen uns."

Holly war sich deutlich bewusst, dass er ihr nachsah, als sie den Lavendelgarten verließ. Sie wusste, sie hatte das Richtige getan. Ihre Gefühle waren gerade gewaltig in Aufruhr, und sich mit Mark einzulassen würde das Ganze nur noch verschlimmern. Dennoch fiel es ihr sehr viel schwerer fortzugehen, als sie sich vorgestellt hatte.

22. Kapitel

Rhenen, August 1635

„Ist es vollbracht?"

„Ja, Madam." Craven trat aus dem Schatten der Pappeln zu Elizabeth ins Mondlicht. Sie hatte auf dieser Scharade bestanden. Den ganzen Tag waren sie mit dem Hofstaat auf der Jagd gewesen, aber da hatte sie nicht mit ihm sprechen und schon gar nicht Friedrichs Saphirring oder die anderen Gegenstände entgegennehmen können. Dabei durfte es keine Zeugen geben. Der Orden der Rosenkreuzer verlangte absolute Geheimhaltung.

Was für eine Ironie, dass die Königin diesen Ort für ihr Treffen ausgewählt hatte. Die von hohen Pappeln gesäumte Allee erinnerte Craven stark an das Mittelschiff einer Kathedrale. Er konnte beinahe Friedrichs Sarg dort brennend stehen sehen, aber er war kein Mann, der seiner Fantasie nachgab, schon gar nicht, wenn sie solche Bilder heraufbeschwor.

Sie würde nie davon erfahren. Er würde Elizabeth nie verraten, dass er gesehen hatte, wie der Spiegel Friedrichs Leiche vor seinen Augen in Feuer und Asche verwandelt hatte. Er hatte nicht vor, sie in ihrem Aberglauben zu bestärken. Was er erlebt hatte, war nur eine Laune der Natur gewesen. Er hatte schon über solche Erscheinungen gelesen, die auftraten, wenn das Sonnenlicht auf einen Spiegel fiel. Die Wissenschaft hatte für die meisten Dinge eine Erklärung.

„Wie hat er ausgesehen?" Das sanfte Mondlicht fiel auf ihr Gesicht, glättete die Falten, die das grausame Tageslicht betonte, und ließ sie jung aussehen. Sie griff nach seinem Ärmel, und er konnte die Wärme ihrer Finger spüren, ihr Bedürfnis nach Trost.

„Er sah …" *Er sah tot aus.* Was sollte er ihr bloß sagen? Es gab keine Worte, die sie trösten konnten. Elizabeth und Friedrich waren das unzeitgemäßeste und ungewöhnlichste Paar gewesen, ein königliches Liebespaar. Ihr Schmerz zeigte sich nicht nur auf ihren Gesichtszügen, sondern auch in ihrer Stimme, wenn sie von ihm sprach. Craven hatte selbst nie so tiefe Gefühle empfunden und war sich auch nicht sicher, ob das je der Fall sein würde, aber er respektierte Elizabeths Trauer, weil sie ein Teil von ihr war. Sie war zu offen und zu ehrlich, um jemanden mit Vorbehalt lieben zu können. Wenn sie gab, gab sie alles – geradezu eine Einladung, sie zu verletzen. „Friedlich", sagte er. „Er sah friedlich aus." Nun hatte er schließlich doch das richtige Wort gefunden. Sie lächelte ihn strahlend an, und sein Herz schlug schneller. Er rief sich in Erinnerung, dass er es nur ihr zuliebe tat, dass er sie anlog, damit sie die Vergangenheit hinter sich lassen konnte und nicht länger von dem Spiegel, der Perle und dem Fluch verfolgt wurde.

Sie ließ ihre Hand sinken, wich aber nicht zurück. „Habt Ihr die Gegenstände für mich?"

„Ja, Madam." Er fasste in die Innentasche seiner Jacke. Jetzt, da der Moment gekommen war, fingen seine Hände an zu zittern. Er kam sich vor wie ein Verbrecher. „Das Kreuz." Er gab ihr den Samtbeutel, in dem sich das Kreuz aus Roségold befand. „Der Ring." Der riesige Saphir funkelte einen Moment lang im Mondschein. Wenn Elizabeth vernünftig war, verkaufte sie ihn für ein Vermögen, von dem sie jahrelang leben konnte.

„Ich danke Euch." Er konnte ihren Gesichtsausdruck nicht richtig sehen, aber ihre Stimme war voller Dankbarkeit. „Was ist mit dem Rest?"

„Sein Schwert habe ich ihm gelassen", sagte Craven. „Er war ..." Gott mochte ihm diese neuerliche Lüge verzeihen. „Er war ein Soldat."

Sie nickte mit ernster Miene und sah zu ihm auf. Cravens Herzschlag stockte. Der Moment war da. „Und die andere Angelegenheit?"

„Ist erledigt", erwiderte er knapp, als könnte dieser Tonfall seine Schuldgefühle verbergen und Elizabeth von seiner Aufrichtigkeit überzeugen. „Der Spiegel ist fort."

„Was habt Ihr mit ihm gemacht?"

Craven schwieg einen Moment. „Es ist besser, wenn Ihr das nicht wisst, Eure Majestät. Dann denkt Ihr nicht länger daran."

„Auf diese Weise werde ich ständig daran denken", gab Elizabeth trocken zurück.

„Er wurde in einem Feuer vernichtet." Craven wandte sich ab, er war nicht fähig, ihr ins Gesicht zu lügen. Er schlenderte zum Rand der Allee. Dieser Platz hier oben auf der Kuppe des Hügels, der „Königssitz", wie er im Volksmund genannt wurde, war immer einer von Friedrichs Lieblingsaussichtspunkten gewesen. Von hier aus konnte Craven das silberne Band des Rheins sehen, der zum Land von Friedrichs Vorfahren floss. Er selbst würde es nie mehr wiedersehen, aber jetzt konnten seine Söhne vielleicht endlich eines Tages ihr Erbe antreten. „Er hat sich selbst zerstört", sagte Craven. Er hielt Elizabeth den Rücken zugekehrt, weil er Angst hatte, sich selbst zu verraten, wenn er sie ansah. „Er hat die Macht des

Feuers gegen sich selbst gerichtet und ist verbrannt." Er hatte
seine ganze Überzeugungskraft in diese Worte gelegt, und
nach einer Weile hörte er sie seufzen. Ihre Röcke raschelten
leise, als sie zu ihm ging.

„Ein passendes Ende", sagte sie schlicht, und Craven verspürte große Erleichterung. Er drehte sich zu ihr um, und
sie lächelte ihn an. Sie ergriff seine Hände, stellte sich auf die
Zehenspitzen und küsste ihn auf die Wange. Er spürte den
sanften Druck ihrer Lippen am ganzen Körper. „Ich danke
Euch. Ihr habt mir einen großen Dienst erwiesen, William.
Das werde ich Euch nie vergessen."

Er hätte ein schlechtes Gewissen haben müssen, aber dem
war nicht so. Er war einfach nur glücklich, weil er sie glücklich gemacht hatte.

Elizabeth legte eine Hand auf seine Brust, neigte den Kopf
nach hinten und sah ihn an. Eine Strähne ihres Haars streifte
seine Wange. Sie war so nah, dass Craven den Duft ihres Par-
fums wahrnehmen und ihre Wärme spüren konnte. Wolken
hatten sich vor den Mond geschoben, und im Dunklen konnte
er kaum etwas von ihr sehen, aber seine Sinne waren sich ihrer Nähe mehr als bewusst. Er kämpfte dagegen an, wie schon
so oft, weil er wusste, dass es falsch war und nie sein konnte.

„Werdet Ihr bleiben, jetzt, wo Ihr wieder zurück seid?",
fragte sie schlicht.

Er hätte ihr die Hälfte seines Vermögens gegeben, wenn
sie ihn darum gebeten hätte. Verdammt, er hätte ihr alles davon gegeben. Noch vor wenigen Minuten hatte er gedacht,
er könne niemals so sehr lieben, wie Elizabeth Friedrich geliebt hatte. Doch wie sonst sollte er das Gefühl nennen, das
er ihr entgegenbrachte, diese unerschütterliche Loyalität? Er
wusste, es war leicht, sich in die Winterkönigin zu verlieben,

294

er hatte schon viele Männer ihrem Charme erliegen sehen. Selbst er, ein nüchterner Soldat, war nicht immun dagegen. Elizabeth vereinte Anmut und Tapferkeit. Sie war wie ein Talisman, die Verkörperung einer gerechten Sache. All diese Männer weihten Elizabeth ihr Leben, weil sie das für eine Ehre hielten. Und doch waren sie in ein Trugbild verliebt. Die Elizabeth, die er liebte, war echt.

Liebe.

Liebe war wie Alchemie. Auch wenn er nicht an Magie glaubte, konnte er doch die Verschiebung der Gefühle in seinem Innern spüren. Das war etwas vollkommen Fremdes für ihn, unbekannt, ungewollt, und es flößte ihm größere Angst ein als die kaiserliche Armee auf dem Schlachtfeld.

Er räusperte sich. „Ich stehe Euch wie immer zu Diensten, Eure Majestät." Er sah, wie sie erschauerte, und legte ihr seinen Umhang um die Schultern. Sie wickelte sich darin ein und schmiegte die Wange an den Kragen, dort, wo dieser noch die Wärme seines Körpers ausstrahlte.

„Was sollte ich bloß ohne Euch anfangen, Craven", sagte sie.

„Wollen wir hoffen, dass wir das niemals herausfinden müssen." Wieder bekam er ein schlechtes Gewissen wegen der Lügen, die er ihr aufgetischt hatte. *Es ist nur zu ihrem Besten,* redete er sich ein. *Ich tue es für sie.*

Ein plötzlicher Wind kam auf und fuhr raschelnd wie ein Flüstern durch die Blätter der Pappeln. Eine schwarze Wolke schob sich vor den Mond, und eine Sekunde lang schimmerte der Fluss rot in der Nacht, rot wie Blut.

Elizabeth hatte es auch gesehen. Er beobachtete, wie die Dunkelheit in ihren Blick zurückkehrte. „Ich fühle mich so schuldig", sagte sie.

Craven zuckte zusammen. Die Bemerkung entsprach so präzise seinen eigenen Empfindungen, dass er einen Moment lang glaubte, sie mache ihm etwas zum Vorwurf und nicht sich selbst. „Ihr?", fragte er schroff. „Warum?"

Sie sah ihn nicht an, ihr Blick war fest auf das silberne Band des Flusses gerichtet. „Jeder hält mich für eine treue Witwe", murmelte sie, „und das bin ich auch. Ich halte die Trauerrituale ein. Ich tue meine Pflicht. Doch innerlich …" Sie legte die Hand auf ihre Brust, und ihre Stimme war jetzt so leise, dass Craven sie nur mit Mühe hören konnte. „Innerlich fühle ich mich nur erleichtert. Ich bin froh, dass es vorbei ist. In Gedanken begehe ich in jedem Augenblick, an jedem Tag meines Lebens Verrat an Friedrich." Sie klang jetzt vollkommen trostlos, unfähig, die Last ihrer Treulosigkeit zu tragen. „Ich habe ihn so sehr geliebt, doch mit der Zeit fiel es mir zu schwer. Ich wurde ungeduldig wegen seiner Fehlschläge. Ich hielt ihn für schwach. Gott möge mir verzeihen, aber es gab Zeiten, da habe ich ihn *verachtet*."

Craven nahm ihre Hand, sein Herz klopfte zum Zerspringen. „Majestät, niemand muss Eure Gedanken erfahren. Sie gehen nur Euch und Gott allein etwas an …"

„Aber versteht Ihr, was für eine Schuld das ist, William?", unterbrach sie ihn. „Was für eine Last? Diese ewige Vorspiegelung falscher Tatsachen?"

Oh ja, er kannte die Last dieser Schuld. Ironischerweise konnte er ihr allerdings nicht sagen, aus welchem Grund. „Majestät …"

„Ich wollte jemanden der stark ist", sagte Elizabeth schlicht. „Ich wollte Euch, William. Jedes Mal, wenn Ihr mit seinen Briefen zu mir kamt. Jedes Mal, wenn ich hörte, wie Euer Mut in der Schlacht gepriesen wurde, während Friedrich hinter den Linien darauf wartete, dass andere sein Land für ihn zurückgewannen. An jenem Tag, als Ihr mich hier im Wald gerettet habt."

Er spürte, wie sie zitterte, wie sie nur noch mühsam ihre Leidenschaft unterdrückte. Sein Verlangen wurde übermächtig. Er wollte sie auch, diese Königin der Herzen, mit all ihrem Charme, ihrer Schönheit und ihrer Tapferkeit. All das sollte nur ihm gehören. Und es waren wahrlich keine noblen Gründe, warum er diesem Verlangen nicht nachgab, sondern nur sein schlechtes Gewissen, rabenschwarz und monströs, und dazu der Gedanke, dass er seinen Verrat an ihr nicht noch dadurch verschlimmern durfte, dass er mit ihr schlief, nachdem er sie vorher wieder und wieder belogen hatte.

Er war dankbar für die Dunkelheit, die verbarg, wie sehr er sie begehrte. Er ließ ihre Hand los, weil er nicht wagte, sie auch nur eine Sekunde länger zu berühren, sonst riss er sie womöglich an sich und liebte sie gleich hier an Ort und Stelle. Allein bei dem Gedanken wurde ihm heiß. Von seiner Ehre war nicht mehr viel übrig, aber an dem kläglichen Rest hielt er fest.

„Madam, ich bin Eurer Wertschätzung nicht würdig", sagte er schroff. Noch eine Lüge, denn es spielte für ihn keine Rolle, dass er der Sohn eines Tuchhändlers und sie eine Prinzessin war, aber es war eine zweckdienliche Lüge und eine, die sie verstehen würde.

Einen Moment lang herrschte Stille, dann hörte er sie seufzen. Sie trat einen Schritt zurück, und er spürte, wie ihr Stolz und ihre Würde zurückkehrten und sie einhüllten wie ein Umhang. „Vergebt mir", sagte sie, und ihre Stimme klang wieder kühl und ohne jede Leidenschaft. „Ich bin bestürzt. Ich habe nur aus Verwirrung so zu Euch gesprochen."

„Natürlich, das verstehe ich."

So leicht und mit so wenigen Worten wurden solche An-
gelegenheiten – ob man sich einen Liebhaber nehmen sollte
oder nicht – vom Tisch gefegt. Und kaum hatte sie sich von
ihm abgewandt, wollte er sie noch mehr. Er stellte sich vor,
dass sie sich einem anderen aus ihrem Gefolge anbot, Keevill
oder Erroll vielleicht, und seine Eifersucht flammte auf. Und
doch hatte er sie zurückgewiesen, aus Gründen, die er für ehr-
bar gehalten hatte, die sich jetzt aber nur noch hohl anfühlten.

Sie ritten langsam zum Palast zurück, und sobald er Elizabeth sicher zu ihren Gemächern geleitet hatte, machte er
sich auf die Suche nach Margaret. Sie speiste mit Freunden
zu Abend, aber er war nicht in der Stimmung, auf sie zu warten. Er gab ihr ein Zeichen, und sie entschuldigte sich sofort
bei den anderen und kam zu ihm. Wortlos griff er nach ihrem
Handgelenk, führte sie aus dem Saal, die Treppe hinunter bis
zu seinen eigenen Räumen, schlug die Tür hinter ihnen zu und
schenkte den geöffneten Fensterläden keine Beachtung. Er
stieß sie gegen die Wand, schob ihr Kleid bis zu den Hüften
hinauf und hob sie hoch. Sie war bereit und willig, als er in
sie eindrang, und schlang die Beine um ihn, aber selbst als der
Höhepunkt nahte, galt sein letzter Gedanke Elizabeth.

23. Kapitel

Ashdown House, 26. Februar 1801

Es ist geschehen, genau wie ich es geahnt hatte. Robert und ich sind ein Liebespaar. Ich habe das nicht geplant, das schwöre ich, weil es wirklich die größte Dummheit meinerseits ist, denn wenn Evershot je von meiner Untreue erfahren sollte, wird er mich umbringen. Und doch macht dieses Wissen meine heimliche Affäre nur noch reizvoller. Es ist so aufregend! Nein, auf diesen Seiten hier muss ich ehrlich sein. Es ist himmlisch, ganz und gar wundervoll. Es ist das Schönste, was mir je passiert ist.

Leider musste ich meine Zofe in mein Geheimnis einweihen, da sie diejenige ist, die Robert meine Nachrichten überbringt und, wenn es erforderlich ist, für meine Abwesenheit Ausreden findet. Clara war von Anfang an bei mir, aber obwohl wir viel miteinander durchgemacht haben, vertraue ich ihr nicht. Solange ich sie ausreichend bezahle und sie sieht, welche Vorteile sie dadurch erhält, ist alles gut, aber wehe dem Tag, an dem sie beschließen könnte, die Seiten zu wechseln. Es ist gefährlich, das ist mir klar. Aber, ach, es ist es wert!

Ich vergöttere Mr. Verity. Er hat all die Fähigkeiten, mir Lust zu bereiten, die Evershot fehlen, deshalb sage ich mir, dass ich diesen Luxus verdient habe, weil ich für den Rest der Zeit Evershots grässliches Verhalten ertragen muss. Abend für Abend sitzen Robert und ich uns bei Tisch gegenüber, während Evershot am Kopf der langen Tafel Platz genommen hat, und unterhalten uns so steif, dass es unerträglich wäre, würde dahinter nicht so ein köstliches Geheimnis stecken. Wie seltsam und beglückend es ist, so förmlich mit Robert zu sprechen, wo wir doch so vertraut miteinander sind! Manchmal könnte ich laut auflachen vor Freude, wenn ich ihn Mr. Verity nenne und gleichzeitig daran denke, wie sich seine Küsse und seine Hände auf meinem Körper anfühlen. Bei diesen Anlässen achten wir sorgfältig darauf, uns nicht zu berühren oder durch Blicke zu verraten. Es ist wirklich aufregend, obwohl ich vermute, der arme Robert wäre zufriedener ohne diese Täuschungsmanöver. Er ist eben nicht so ein geborener Lügner wie ich.

An den Tagen, an denen ich mich aus dem Haus schleichen kann, treffen Robert und ich uns in der alten Mühle am Waldrand. Der letzte Müller ist vor einem Monat gegangen, daher steht das Haus leer. Ich sage, er ist gegangen, aber in Wirklichkeit ist er im Mühlteich ertrunken, was furchtbar fahrlässig von ihm war. Dennoch ist sein Tod mein Gewinn, denn jetzt ist dort niemand mehr. Wahrscheinlich wimmelt es von Ratten, aber das kümmert mich nicht. Wenn Robert und ich in dem hübschen Zimmer im ersten Stock liegen, vergesse ich vor Freude über seine Gesellschaft alles andere. Manchmal lieben wir uns nicht einmal, sondern halten uns nur in den Armen und reden über alles Mögliche, während die Sonne hell ins Zimmer scheint und mein Herz vor Glück überquillt, weil ich mit diesem Mann hier sein darf. Wäre es nicht so töricht, würde ich sagen, ich habe mich verliebt, *aber das ist unmöglich. Ich weiß, ich bin zu oberflächlich und zu abgeklärt, um mein Herz an einen Mann zu verschenken.*

Zum Glück ist Evershot zurzeit abgelenkt und mit Brautwerbung beschäftigt. Er bemüht sich um eine gewisse Miss Francombe in der Hoffnung, ihre Hand und, wichtiger noch, ihr Vermögen zu gewinnen. Mit großer Regelmäßigkeit geht er von meinem Bett geradewegs in den Salon ihres Vaters. Letzte Woche kam er unerwartet früh zurück, und meine Schuhe waren noch schmutzig vom Spaziergang im Wald. Das fiel ihm auf, und ich musste mir die Geschichte ausdenken, dass ich ein reges Interesse für die Wandbehänge in der Kirche entwickelt hätte. Selbst ich dachte, er würde diese lächerliche Ausrede durchschauen, aber er tat es nicht. Ich glaube, ich bin für ihn nur jemand, mit dem er seine Gelüste ausleben kann, sonst bedeute ich ihm nichts. Im Gegensatz dazu behandelt Robert mich wie die Dame, die ich nun einmal nicht bin, und das ist das reinste Vergnügen. Und so will ich einfach nur für kurze Zeit in diesem Glück schwelgen …

Schon bald, auch das weiß ich, wird Robert mir verraten, was Evershot hier in Ashdown Park sucht. Er vertraut mir inzwischen, und da ich ein so neugieriger Mensch bin, muss ich es einfach wissen. Was immer es auch ist, ich hoffe, er findet es nicht, denn das würde Roberts Aufenthalt hier beenden, und den Gedanken daran kann ich nicht ertragen …

24. Kapitel

Marlborough Crafts, ehemals *Merchant Adventurers*, war eine bezaubernde Stadtvilla aus dem siebzehnten Jahrhundert in bester Lage an der High Street. Holly trat durch die Tür und atmete den Duft von Weihrauch, Lavendel und altem Holz ein. Der Laden war elegant eingerichtet, und sie verstand sofort, was Greg damit gemeint hatte, als er ihr sagte, seine Schwester wäre nur an hochwertigen Produkten interessiert. Es gab wunderbare Duftkerzen, handgemalte Glückwunschkarten und eine ganze Reihe anderer bezaubernder und teurer Geschenke.

Karen Hunter erwartete sie bereits und kam mit ausgestreckter Hand auf sie zu. Wie Greg war auch sie groß und hager, aber sie hatte eine weißblonde freche Kurzhaarfrisur und faszinierende grüne Augen. Sie wirkte genauso elegant und auf lässige Art selbstbewusst wie ihre Umgebung.

„Hallo, Holly", sagte sie. „Kommen Sie doch mit in mein Büro." Sie ging voraus über ein paar morsche alte Stufen in ein Hinterzimmer und bot Holly einen Stuhl an. „Normalerweise führe ich keine Glaswaren, aber Greg sagte mir, Ihre wären ganz wunderbar, also ..." Sie lächelte. „Zeigen Sie her."

Holly wollte Karen unbedingt nach Bens Besuch fragen, aber zuerst musste das Geschäftliche geklärt werden. Es war nett von Greg gewesen, ihr diese Chance zu geben, und sie wusste, wenn sie sich mit ihrer Werkstatt ernsthaft in Ashdown niederlassen wollte, musste sie anfangen, neue Abnehmer für ihre Arbeiten zu finden. Nur an eins hatte sie nicht gedacht, wie ihr jetzt klar wurde – was geschehen würde, wenn, falls, Ben zurückkam und feststellte, dass sie fest in die Mühle eingezogen war. Sie wusste, sie verdrängte diesen Gedanken absichtlich, weil es zu schwierig war, sich mit ihm zu befassen. Sie war ein Feigling, aber im Moment wollte sie sich einfach nicht das Gegenteil vorstellen: was geschehen würde, wenn Ben *nicht* zurückkam …

Holly holte ein paar der gravierten Rosenschalen aus ihrer Tasche und wickelte sie aus dem schützenden Seidenpapier. Karen nahm eine und hielt sie ins Licht.

„Ich bin mir nicht sicher", sagte sie und betrachtete die Kristallschale skeptisch. „Ich meine, sie sind wunderschön, aber vielleicht etwas zu althergebracht für das, was wir hier anbieten …"

Holly nickte verständnisvoll. Sie war bewusst auf Nummer sicher gegangen, als sie Karen die Schalen zuerst gezeigt hatte. Obwohl das Haus an sich alt war, hatte Karens Laden dieselbe helle, moderne Ausstrahlung wie sie selbst. „Ich sehe ein, dass das nicht die Art von Laden ist, in der altmodische Glaswaren verkauft werden, aber wie ist es hiermit?" Holly packte einen Briefbeschwerer aus.

Bei diesem Stück hatte sie sich von einem kalten grauen Morgen an der Themse inspirieren lassen. Auf der Waterloo Bridge hatte sie die schreienden Möwen über dem Wasser beobachtet und den Impuls verspürt, dieses zänkische Treiben in Glas zu bannen. Das Ergebnis war selbst ihrem eigenen Empfinden nach höchst erfreulich ausgefallen. Briefbeschwerer waren ihre bevorzugten Stücke, sie liebte ihre runde Form.

Sie nahm das schützende weiche Papier beiseite und glaubte zu hören, wie Karen den Atem anhielt, als das Glas das Licht reflektierte.

„Oh!" Karen sah auf und strahlte. „Also, der ist wirklich hinreißend. Ich bin begeistert. Davon nehme ich zehn Stück." Ein Schatten fiel auf ihre Züge. „Ich weiß, das ist nur eine kleine Bestellung, aber mein Lager ist nicht sehr groß ..."

„Keine Sorge", erwiderte Holly. „Ich fange mit meiner Arbeit gerade erst wieder bei null an. Wenn den Leuten die Stücke gefallen, sie es ihren Freunden weitersagen und ich mehr Aufträge bekomme, dann ist das auch für mich die beste Lösung."

„Ich weiß nicht, wie Sie davon leben können", meinte Karen.

„Nur mit Mühe", gab Holly zu. „Aber ich möchte eher etwas tun, das ich liebe, anstatt ein Vermögen zu verdienen mit einer Arbeit, die ich hasse."

„Ich würde gern ein Vermögen verdienen in einem Job, den ich liebe."

„Oh ja." Holly lachte. „Das wäre allerdings schön."

Karen griff nach der Kaffeekanne und füllte ihre großen Tassen auf. „Greg sagte, Sie wohnen in der alten Mühle auf dem Gelände von Ashdown Park. Haben Sie vielleicht irgendwelche regionalen Motive unter Ihren Gravuren? Die verkaufen sich für gewöhnlich sehr gut." Sie öffnete eine frische Packung Kekse. Das Papier knisterte, und bei dem ausströmenden Duft nach Schokolade lief Holly das Wasser im Mund zusammen.

„Ich habe ein paar Glasscheiben mit dem eingravierten Weißen Pferd von Uffington, falls Sie sich das mal ansehen wollen", sagte Holly. „Ich finde die Landschaft der Downs faszinierend." Vorsichtig holte sie eine dünne Glasscheibe aus ihrer Tasche, in die die Umrisse des Uffington-Pferdes eingraviert waren, dargestellt in gestrecktem Galopp, und reichte sie Karen.

„Sie sind eine furchtbar schlechte Geschäftsfrau." Karen sah lachend von der Scheibe auf. „Das hätten Sie mir zuerst zeigen müssen!" Sie stellte die kleine Scheibe auf ihrem Schreibtisch auf. „Unglaublich. Die werden weggehen wie warme Semmeln. Es ist ein so begehrtes Motiv."

Holly war bewusst, dass sie sich zu zurückhaltend vermarktete. Sie hasste es, sich selbst anzupreisen, und war sehr schlecht im Verhandeln. Aus dem Laden ertönten leise Stimmen; immer wieder kamen Kunden herein, um sich umzusehen. Holly stand auf und streckte sich. Sie spürte bereits die Wirkung des Koffeins, der Kaffee war sehr stark gewesen.

„Wenn Sie sich für Ashdown Park interessieren, möchten Sie sich vielleicht gern den Rest dieses Hauses ansehen, bevor Sie gehen", bot Karen an. „Es wurde um 1650 erbaut, kurz vor Ashdown House. Es war allerdings eher das Haus eines puritanischen Händlers als das Jagdschloss eines Aristokraten. An manchen Tagen öffnen wir es für die Öffentlichkeit, aber Sie können sich gern auch jetzt kurz umschauen, wenn Sie möchten."

„Vielen Dank, das würde ich wirklich gern." Holly zögerte. Sie fühlte sich unbehaglich unter Karens Blick, so als hätte sie Geheimnisse vor ihr. „Ich glaube, mein Bruder war vor nicht allzu langer Zeit hier", sagte sie. „Ich bin mir nicht ganz sicher, aber ich denke, er hat ein paar Nachforschungen über die einheimische Geschichte angestellt. Vielleicht erinnern Sie sich an ihn – Ben Ansell?"

Karen runzelte die Stirn. „Ansell ... Warten Sie, das ist doch der Mann, der vermisst wird." Ihre Augen wurden schmal.

„Ich habe den Artikel in der Lokalzeitung gelesen, aber ihn nicht mit Ihnen in Verbindung gebracht. Er ist Ihr Bruder? Greg hat mir Ihren Nachnamen nicht genannt."

„Tut mir leid, ich wollte wirklich kein Geheimnis daraus machen. Es ist nur so, dass ich ein wenig nachverfolge, womit Ben sich beschäftigt hat, und ich glaube, er ist hier gewesen. Er hatte einen Zettel mit dem Namen Ihres Ladens darauf."

„Wirklich?" Karen sah überrascht aus, und Hollys Herz wurde schwer.

Sie war nicht sicher, was sie erwartet hatte, aber wahrscheinlich etwas in der Art, dass Karen sich sofort an Ben und an den Grund für seinen Besuch erinnern würde. Das war naiv gewesen oder wahrscheinlich eher ein Wunschdenken. „Verkaufen Sie auch über das Internet?", fragte sie beklommen. „Vielleicht hat er Ihre Website besucht, etwas online bestellt und hat dann einen Kurzbrief mit der Lieferung erhalten?"

„Ja, das ist möglich." Karen tippte auf der Tastatur ihres Computers, und auf dem Bildschirm öffnete sich sofort ein Fenster mit vielen Zeilen, die Bestellungen, Namen und Adressen enthielten. „Da haben wir ihn ja. Ben Ansell. Vor zwei Monaten. Hm …" Sie runzelte die Stirn. „Er hat eine Ansichtskarte bestellt. Wie merkwürdig. Das Porto war teurer als die Karte selbst."

Holly verspürte wieder dieselbe Aufregung wie damals, als sie in Lavinias Tagebuch von der Sistrin-Perle gelesen hatte. „Können Sie mir zeigen, was das für eine Karte war?"

„Ich kann sogar noch etwas viel Besseres", sagte Karen. „Es ist eins der Portraits oben, von Kitty Bayly. Ich kann Ihnen das Original zeigen." Sie stand auf. „Kommen Sie mit."

Sie traten hinaus in den gefliesten Eingangsbereich. Zur

Rechten zweigte ein Flur ab, am anderen Ende befand sich eine ziemlich prunkvolle Treppe. Holly hielt den Atem an.

„Oh ja." Karen nickte zufrieden. „Greg meint, es ist das genaue Ebenbild der Treppe in Ashdown House, wahrscheinlich sogar von denselben Handwerkern gebaut. Aber das wussten Sie vermutlich schon?"

„Nein." Holly fühlte sich ein wenig benommen. „Ich habe nie ein Bild vom Inneren von Ashdown House gesehen, aber ich kann es mir vorstellen ..." Sie verstummte. Genauso lebhaft, wie sich die Vision mit der Aussicht vom Dach des Anwesens eingestellt hatte, als sie mit Mark im Lavendelgarten gewesen war, sah sie jetzt die Treppe dieses Hauses vor sich, die hinauf zur Kuppel führte; die breiten, niedrigen Stufen, das geschwungene, von Hand gedrechselte Geländer aus Ulmenholz mit den massiven Pfosten und den Eichenholzpaneelen dazwischen, die mit geschnitzten Früchten und Blumen verziert waren. Sie nahm den Geruch von Bienenwachs wahr, und an den weiß gestrichenen Wänden konnte sie die hochmütig aussehenden Portraits sehen, die Lavinia erwähnt hatte ...

Holly blinzelte, und aus der Vision wurde wieder das *Marlborough Crafts.* An den Wänden hingen keine Portraits, und der überwältigend intensive Duft stammte von den Lilien, die auf einem polierten Tisch am Fuß der Treppe standen. Karen sah sie neugierig an, daher sagte sie hastig: „Die Stuckdecke ist fantastisch. Ich habe mich eben gefragt, ob sich das Muster aus Schilden und Rosen in eine Glasgravur umsetzen ließe."

„Kommen Sie mit nach oben." Karen hatte bereits einen Fuß auf die erste Stufe gesetzt. „Im ersten Stock gibt es noch mehr schöne Stuckarbeiten." Auf dem ersten Zwischenabsatz blieb sie stehen und wartete.

307

Holly verspürte ein merkwürdiges Widerstreben, ihr zu folgen. Das Holz des Geländers fühlte sich warm und glatt an; ihre Hände fingen an zu prickeln, als sie es berührte. Sie fürchtete sich fast ein wenig, als ob sie gleich in eine andere Zeit zurückversetzt werden würde.

Ihre Schritte hallten laut, als sie die Stufen hinaufstiegen. Karen plauderte über die Geschichte des Hauses und die Tuchhändler, die von hier aus ihre Geschäfte geführt hatten, aber Holly hörte ihr kaum zu. Sie stellte sich vor, wie Lavinia die Treppe in Ashdown House emporstieg, wie das Kerzenlicht goldene Reflexe auf das warme Holz zauberte. Männerstimmen und das Klirren von Gläsern ertönten aus dem unteren Salon. Auf dem ersten Treppenabsatz drehte Lavinia sich dann um und blickte zurück, und unten im Schatten am Fuß der Treppe stand Robert Verity und beobachtete sie ...

Es hatte Holly nicht sonderlich überrascht, als sie gelesen hatte, dass Lavinia und Robert ein Liebespaar geworden waren. Es kam ihr nur richtig und unvermeidlich vor. Auf den vorangegangenen Seiten von Lavinias Tagebuch hatte Holly mitverfolgt, wie Lavinia sich allmählich verliebt hatte, denn trotz Lavinias beharrlichem Leugnen war Holly überzeugt, dass sie Robert Verity wirklich geliebt hatte. Er war ein echter Gentleman. Er brachte ihr Geschenke, sprach mit ihr und behandelte sie freundlich und rücksichtsvoll. Respekt war in Lavinias Leben ein seltener Luxus gewesen. Kein Wunder, dass sie das unwiderstehlich gefunden hatte.

Sie hatten den ersten Stock erreicht, und Holly folgte Karen in einen Salon, der hell erleuchtet war von der Sonne, die durch die Erkerfenster schien. An den mit Eiche getäfelten Wänden hingen lauter Portraits: ein Gentleman mit einem dunklen, wachsamen Gesicht, der einen üppigen Spitzenkragen und eine Jacke mit geschlitzten Ärmeln trug; eine Dame, deren ätherisch wirkendes silbernes Kleid ihren blassen Teint und die blauen Augen zur Nebensache werden ließ, so hinreißend schön war es.

„Das sind alles Mitglieder der Familie Bayly", erklärte Karen. „Das waren die Händler, die dieses Haus erbaut haben." Sie runzelte leicht die Stirn. „Ihre Vornamen vergesse ich immer wieder, aber die Portraits stammen aus dem siebzehnten Jahrhundert. Ein Trust verwaltet den historischen Teil dieses Hauses, ich führe nur den Laden."

„Dafür haben Sie sich aber trotzdem eine Menge historisches Wissen angeeignet", stellte Holly fest, und Karen lächelte.

„Das ist beinahe unvermeidbar, wenn man in so einem Gebäude arbeitet", erwiderte sie. „Außerdem liebe ich es. Solche Häuser lassen die Vergangenheit sehr nah erscheinen, fast, als könne man sie greifen."

Holly nickte und ging zum Fenster. Durch das Prisma der gewölbten Scheiben des Sprossenfensters konnte sie unten das lebhafte Treiben auf der High Street von Marlborough sehen. Ein weiteres Portrait hing rechts vom Fenster, aber dieses stammte eindeutig nicht aus dem siebzehnten Jahrhundert. Es war ein Aquarell von einer weiß gekleideten jungen Dame, die eine gelbe, mit Pelz verbrämte Seidenstola trug und deren Haar zu einer kunstvollen Frisur hochgesteckt worden war. Ihre Augen schimmerten nussbraun, die Lippen waren sanft geschwungen.

„Das ist Kitty", sagte Karen neben Holly. „Sie sieht richtig süß aus, nicht wahr? Ich glaube, sie war eine der Bayly-Bräute aus viktorianischer Zeit, eine Erbin. Sie haben alle reich geheiratet."

309

Der Name sagte Holly nichts, und sie verspürte einen scharfen Stich der Enttäuschung. Sie hatte keine Ahnung, warum Ben diese Postkarte hatte haben wollen. „Sie stand in keiner Verbindung zu Ashdown Park, oder? Ich meine, sie war kein Mitglied der Familie Evershot oder etwas in der Art?"

„Ich glaube nicht", erwiderte Karen. „Vielleicht kann Ihnen unser örtlicher Geschichtsverein mehr über sie erzählen." Sie zog eine der Postkarten hervor, die in einem Stapel auf dem runden Tisch aus Walnussholz lagen. „Hier, so eine Karte haben wir Ihrem Bruder geschickt."

Holly nahm sie gedankenverloren entgegen. Kittys scheu lächelndes Gesicht sah sie aus dem Goldrahmen an. Sie drehte die Karte um. Dort stand Kittys Name, aber auch noch etwas anderes.

„Kitty Bayly, geb. Flyte, 1801 – 1872."

Hollys Herzschlag stockte, ihr war etwas schwindelig. Sie betrachtete Kittys braune Augen und wusste ohne den geringsten Zweifel, dass sie Lavinias Tochter vor sich sah.

25. Kapitel

Holly kam an jenem Abend zu spät zur Chorprobe. Mit einem Kopf voller Fragen zu Lavinia und ihrer Tochter war sie aus Marlborough zurückgekehrt – Fragen, die unbeantwortet bleiben würden, bis sie einen Ahnenforscher fand, der ihr helfen konnte, Kitty Flytes Stammbaum offenzulegen. In den offiziellen Biografien über Lavinia, die sie heruntergeladen hatte, war Kitty nirgends erwähnt worden, und in den veröffentlichten erotischen Fantastereien hatte es erst recht keinen Hinweis auf ein Kind gegeben. Der Name Flyte war zwar recht ungewöhnlich, trotzdem musste sie die Möglichkeit in Betracht ziehen, dass Kitty vielleicht gar nichts mit Lavinia zu tun hatte. Allerdings war sie sich so sicher gewesen, aus einem Instinkt heraus, den sie zwar nicht erklären konnte, der sich aber dennoch unerschütterlich anfühlte.

Natürlich konnten in Lavinias Tagebuch noch Hinweise sowohl auf Kitty als auch auf den Spiegel und die Perle stehen. Holly war sich sehr wohl bewusst, dass sie normalerweise das Buch längst verschlungen hätte, aber sie war an einem Punkt angelangt, an dem sie gar nicht wollte, dass es endete. Es tat ihr beinahe weh, wenn sie nur daran dachte. Nicht nur, weil es eine Verbindung zu Ben war, sondern weil es sich wie ein Band über zwei Jahrhunderte hinweg zu Lavinia anfühlte, das sie nicht durchtrennen wollte.

Holly öffnete die Tür zur Sakristei und blieb dort einen Moment in der angenehmen Kühle stehen, ehe sie das Kirchenschiff betrat, sich an den Altistinnen vorbeischob und sich auf den freien Platz neben Mavis Barker setzte. Mavis hatte schon im Kirchenchor gesungen, als Holly noch ein Kind gewesen war, und sie war immer noch gut in Form. Der Chor selbst hatte sich jedoch verändert: Die Altersspannweite der Mitglieder hatte sich ebenso erweitert wie das Repertoire.

David Byers, der reizbare Chorleiter, nickte Holly ungeduldig zu, als sie auf der Bank Platz nahm. Der Chor sang gerade ein Medley aus Filmmelodien. Enthusiastisch war wohl noch die beste Beschreibung für diesen Gesang, wie Holly fand, aber da sie genauso eingerostet klang wie ihre Nachbarin, hatte sie nicht das Recht, Kritik zu üben.

Die Harmonien wurden immer wackliger, und David ließ die Sänger mit einer ruckartigen Handbewegung verstummen. Ein Seufzen ging durch den Chor, Notenblätter raschelten. „Bässe, ihr liegt wieder eine Achtelnote daneben. Darauf kommen wir noch zurück. Lasst uns jetzt *Any Dream Will Do* probieren. Mark – du machst bitte den Anfang …"

Holly hob den Kopf. Sie hatte gewusst, dass Mark hier sein würde. Fran hatte erzählt, sie hätte so ziemlich jeden, den sie kannte, überredet, im Chor mitzusingen, ganz gleich, ob er musikalisch war oder nicht. Beim Hereinkommen hatte Holly ihn jedoch nicht gesehen. Jetzt entdeckte sie ihn auf einer der gegenüberstehenden Bänke neben Frans Ehemann Iain.

Fran beugte sich vor und klopfte ihr mit dem Liederbuch auf die Schulter. „Warte nur, bis du Mark das Solo singen hörst. Seine Stimme ist einfach unglaublich …"

David Byers brachte sie mit einem seiner strengen Blicke zum Schweigen, und der Pianist fing wieder zu spielen an. Marks Tenor war das Großartigste, das Holly seit Jahren gehört hatte. Seine Stimme hüllte sie ein und verursachte ihr eine

Gänsehaut. Neben ihr im Chorgestühl raschelte Mavis mit der Tüte ihrer Veilchenpastillen und hielt sie Holly hin. Sie schüttelte lächelnd den Kopf.

Holly richtete den Blick auf die schattigen Spitzbögen längs des Kirchenschiffs. Die Luft roch nach warmem Staub und dem schwachen süßen Duft der Lilien. Zwischen den Steinpfeilern brannte ein blasses Licht. Draußen war die Sonne untergegangen, und der Himmel färbte sich unheilvoll grau.

Sie verpasste den Sopraneinsatz und ärgerte sich über sich selbst. David sah sie vorwurfsvoll an, ihm entging nichts. Holly unterdrückte ein hysterisches Kichern – es war fast wieder wie früher in der Schule. Nur gut, dass Fran hinter ihr saß und sie sich nicht ansehen konnten.

Mark mochte eine fantastische Solostimme haben, doch genauso gut gelang es ihm jetzt, sich in den Chor einzufügen. Holly sah wieder zu ihm hinüber und stellte fest, dass er sie beobachtete. Sie bekam Herzklopfen. Er lächelte sie an. Ihr wurde heiß, und es war, als ob die Luft zwischen ihnen plötzlich lebendig geworden wäre. Nur mit Mühe brach sie den Blickkontakt ab, zerriss das unsichtbare Band zwischen ihnen und starrte auf ihre Noten, obwohl sie das Lied auswendig konnte.

„Lasst uns etwas anderes versuchen", sagte David gereizt, als ein Handy die Melodie einer bekannten Krimiserie abspielte und der ganze Chor zu lachen anfing. „Seite dreiundzwanzig – *Begin the Beguine*. Etwas für unsere älteren Herrschaften."

Sie arbeiteten sich ganz leidlich durch vier weitere Lieder und waren pünktlich um neun fertig.

„Das war doch toll!", schwärmte Fran und hakte sich bei Holly unter. „Ich wette, du bist froh, dass du wieder hier bist, stimmt's? Kommst du noch mit in den Pub?"

Der Besuch des Pubs nach der Chorprobe war ebenfalls Tradition, obwohl Holly damals mit neun Jahren von diesem Mysterium der Erwachsenen natürlich ausgeschlossen gewesen war. Sie sah zu Mark hinüber, der sich gerade mit Iain und Greg unterhielt.

„Mark macht es nichts aus, wenn wir alle losziehen und uns im Alkohol ertränken", sagte Fran munter, die Hollys Blick verfolgt hatte. „Er geht nach Hause und macht sich einen Kakao."

„Wie dekadent", stellte Holly fest. „Nein danke, ich komme heute Abend nicht mit, Fran, ich muss morgen früh aufstehen. Ich muss um neun in Bristol sein und mit einem Händler ein Gespräch über einen Vertrag führen."

„Alles klar." Fran mochte bisweilen taktlos sein, aber sie nahm einem so leicht auch nichts übel. „Mensch, viel Glück! Das wäre ja fantastisch."

Plötzlich kam Holly ein Gedanke. „Gibt es hier zufällig Grabstätten der Familien Craven oder Evershot?"

„Grabstätten?"

„Immerhin ist das eine Kirche", gab Holly zu bedenken.

„Die meisten Familienmitglieder sind in der Kirche des Familienbesitzes in Coventry beigesetzt." Iain hatte sich zu ihnen gesellt und legte den Arm um Fran.

Er war groß, breit und blond, neben ihm wirkte Fran wie ein Zwerg. Holly hatte schon immer gefunden, dass er das Paradebeispiel des unerschrockenen Archäologen war, der nach Ägypten und zurück in die Zeit von Edward VII gereist war. Ihn umgab eine Aura von Abenteuer, obwohl er tatsächlich die meiste Zeit in Oxfordshire verbrachte.

„Hier gibt es nur die Gedenkkapelle für Craven", fuhr er fort. „Sie ist aber nicht besonders aufsehenerregend."

„Ich möchte sie mir trotzdem gern ansehen", sagte Holly.

„Tu das lieber bei Tageslicht", empfahl Iain. „Jetzt kannst du nicht mehr viel erkennen."

Die Kirche leerte sich nun schnell. Mark war verschwunden. Holly wusste, sie sollte auch lieber gehen – draußen war es dunkler als sonst um diese Uhrzeit, und sie hatte noch anderthalb Kilometer Weg vor sich.

Trotzdem verweilte sie noch, als alles still wurde, jemand das Licht ausmachte und sie allein im Halbdunkel in der Kirche zurückblieb. Es gab hier steinerne Grabmäler, nicht die der Evershots, aber vielleicht die ihrer Vorgänger als Herren von Ashdown House. Das Licht war zu schwach, Holly konnte die Inschriften nicht lesen. Und da war auch die kleine Marienkapelle, die dem ersten Earl of Craven gewidmet war, Elizabeths Earl, mit Marmortafeln, verzierten Betstühlen und einem Fensterbild, das ihn in voller Rüstung zeigte. Er saß auf einem weißen Schlachtross, im Hintergrund schienen Häuser zu brennen. In der einen Hand hielt er ein Schwert, in der anderen ein Kreuz. Das letzte Tageslicht fiel durch das bunte Glas des Kreuzes und warf einen rötlichen Schein auf den Steinboden, fast wie verschütteter Wein.

Etwas bewegte sich hinter Holly, und sie erschrak beinahe zu Tode. „Oh Gott!"

„Nicht ganz", erwiderte Mark trocken. „Bist du immer so schreckhaft?"

„Ich habe Angst im Dunkeln", gab Holly zu. „Ich dachte, du wärst schon gegangen", fügte sie hinzu und merkte im selben Moment, dass der Schreck ihre Zunge gelöst und sie etwas preisgegeben hatte, was sie eigentlich gar nicht beabsichtigt hatte.

Mark lächelte. „Das habe ich von dir auch gedacht. Ich bin froh, dass wir uns beide geirrt haben." Er zeigte auf die kleine Kapelle. „Was machst du hier?"

„Ach, ich tauche nur weiter in die Craven-Geschichte ein", erwiderte sie leichthin. „Das wird anscheinend langsam zu einer Besessenheit." Sie sah auf das Buntglasfenster. „Warum die brennenden Gebäude?"

„Ich glaube, sie sollen den Großen Brand von London im Jahre 1666 darstellen", sagte Mark. „Der erste Earl of Craven half beim Löschen. Während viele andere Adelige aus der Stadt flüchteten, blieb er dort."

„Was für ein Held." Holly betrachtete das Bild genauer und merkte, dass der Stil absolut viktorianisch war. Der Earl sah vornehm und ernst aus, sein langes Haar wehte im Wind, und er hielt sein Schwert mit grimmiger Entschlossenheit. Das Pferd sah gleichermaßen entschlossen aus, als wartete es nur auf das Kommando, den Flammen entgegenzupreschen.

„Wo wir gerade von Helden sprechen, ich habe versucht, eine Registrierung von Robert Verity zu finden. Er war im letzten Jahrzehnt des achtzehnten Jahrhunderts bei der Armee. Er hat in Portugal gedient und war, wie ich schon vermutet habe, einer der Offiziere, die eine amtliche Vermessungskarte des Landes erstellt haben. 1801 verschwindet er aus den Aufzeichnungen."

„Er verschwindet?" Ein kalter Schauer lief ihr über den Rücken. „Du meinst, er ist aus der Armee ausgetreten und hat sein Offizierspatent aufgegeben?"

„Nein", erwiderte Mark. „Nach Anfang 1801 wird er nirgends mehr erwähnt, weder bei Volkszählungen noch in anderen Dokumenten. Es ist seltsam, als hätte er sich in Luft aufgelöst, aber ich suche weiter."

Verschwunden wie Ben, dachte Holly, und nackte Angst stieg in ihr auf.

Die Kirchentür wurde knarrend geöffnet, Schritte ertönten auf dem Steinboden, und dann hallte Paulas angespannte Stimme zu ihnen herüber. „Mark? Bist du hier? Soll ich dich nach Hause fahren? Es fängt gleich an zu regnen."

Mark packte Hollys Arm und drückte ihn warnend. Beide blieben vollkommen still und reglos stehen.

„Mark!" Paulas Stimme klang jetzt schriller. „Hör auf mit dem Blödsinn! Dieser Ort ist mir unheimlich mit all den Gräbern und Leichen …" Sie schwieg eine Weile, dann sagte Paula kurz etwas sehr Unanständiges und stürmte davon. Beleidigt schlug sie die Tür hinter sich zu.

Die Stille zwischen ihnen schien plötzlich zu vibrieren. „Das war sehr kindisch von uns", hauchte Holly. „Wir hätten einfach ‚Nein danke' sagen sollen, obwohl ich nicht glaube, dass Paula *mir* eine Mitfahrgelegenheit angeboten hätte."

„Sie fährt einen Sportwagen, in dem ist nur Platz für einen Beifahrer." Holly hörte Mark seufzen. „Tut mir leid, natürlich war das unreif. Ich bin es nur langsam leid, sie die ganze Zeit abwimmeln zu müssen. Ich möchte ihre Gefühle nicht verletzen, aber ich bin wirklich nicht an ihr interessiert. Egal, lass uns gehen."

„Ja, gut", stimmte Holly abrupt zu. All die Grabbildnisse schienen sie mit ihren leeren Augen zu beobachten. Paula hatte recht, hier war es wirklich unheimlich. Holly konnte sich vorstellen, dass sich die Gräber plötzlich öffneten und die Skelette zu einem *danse macabre* heraussprangen. Das würde eine dramatische Gravurszene abgeben, wenngleich sie vielleicht etwas zu finster wäre, um potenzielle Käufer anzusprechen.

Die Nacht fühlte sich anders an, als sie ins Freie traten. Die Sonne war untergegangen, eine schwarze Wolkenbank schob sich über den Hügel, und es wurde dunkler und dunkler. Im Westen flackerten Blitze, die Luft war schwül, und Wind kam auf.

„Es fängt gleich an zu regnen", sagte Holly. „Paula hatte recht."

Mark sah prüfend zum Himmel. „Wir könnten es nach Hause schaffen, bevor es anfängt." Er führte sie um den Friedhof herum, die Buckel der Gräber verschwanden in der Dunkelheit, und er schlug zielstrebig den Pfad zum Hügel ein. „Ich weiß nicht, ob dir aufgefallen ist, dass dieser Pfad direkt zum Südtor der Kirche führt", sagte er. „Diesen Weg gingen die Evershots von Ashdown Park zur Kirche. Von Tür zu Tür."

„Es überrascht mich, dass sie nicht die Kutsche genommen haben. Sie hätten die Dorfbewohner doch sicher beeindruckt, wenn sie so stilvoll vorgefahren wären."

„Nach dem, was man hört, waren sie eine ungemein sportliche Familie. Vielleicht sind sie zur Kirche geritten."

„Es muss herrlich sein, hier zu reiten", sinnierte Holly. „Man könnte die Landschaft aus einem ganz anderen Blickwinkel betrachten. Gut für einen Landvermesser", fügte sie hinzu, als Mark sie ansah.

„Stimmt." Mark schenkte ihr sein plötzliches warmes Lächeln. „Du bist eine sehr umsichtige Person, Holly Ansell. Und eine sehr nette noch dazu. Ich kann verstehen, warum Bonnie so an dir hängt."

„Ach, Hunde haben ein schrecklich schlechtes Urteilsvermögen", behauptete Holly leichthin. „Sieh doch nur, wie sie dich anhimmelt."

Mark lachte. „Das hat Carol auch immer gesagt. Ihre Eltern hatten einen Deutschen Schäferhund, der Carol kaum beachtete, mir aber auf Schritt und Tritt folgte. Es war schon fast peinlich. Ich glaube, nach unserer Scheidung hat mich der Hund mehr vermisst als der Rest der Familie."

„Wann habt ihr euch getrennt?", wollte Holly wissen. Der Pfad stieg zunehmend steiler an, und sie merkte, dass sie allmählich schwerer atmete.

„Vor vier Jahren. Carol ist nach Neuseeland gezogen. Sie hat inzwischen einen neuen Partner und ist glücklich."

„Und du?"

Er sah sie an. „Es geht mir gut. Es stimmt, ich bin Beziehungen in letzter Zeit aus dem Weg gegangen und habe mich ganz auf die Arbeit konzentriert. Momentan verlangt sie viel Zeit und Energie."

„Bei Männern scheint man so etwas viel eher zu akzeptieren als bei Frauen", erwiderte Holly. „Ich habe mir endlos Bemerkungen anhören müssen, ob eine Ehe und Kinder nicht Vorrang vor der Karriere hätten."

„Und dennoch warst du verlobt", gab Mark zu bedenken.

Holly lachte. „Deswegen ist es ja auch eine aufgelöste Verlobung. Der Versuch, mein Leben mit dem eines anderen Menschen unter einen Hut zu bringen, war ein Fehler. Dafür bin ich nicht geschaffen. Ich bin viel zu selbstständig."

Das Donnergrollen kam näher. Vor ihnen zeichnete sich der Waldrand ab, ein gezacktes Band aus schwankenden Bäumen, durch die der stärker werdende Wind peitschte. Die ersten Tropfen fielen.

„Geht es hier wirklich um Selbstständigkeit?", fragte Mark. „Oder eher darum, keine Risiken einzugehen?" Als Holly nicht antwortete, fuhr er fort: „Ich hatte viel Zeit, um über das nachzudenken, was in der Nacht nach Bens Verschwinden zwischen uns passiert ist. Natürlich warst du sehr erschüttert, das ist völlig normal. Aber es steckte noch mehr dahinter, nicht wahr, Holly? Du hast versucht, mit etwas fertigzuwerden, was sehr viel komplizierter war, etwas, vor dem du weggelaufen bist. Also hast du mir deine Aufmerksamkeit geschenkt, um dem zu entfliehen."

Der Wald war jetzt voller Geräusche: der Donner über ihnen, grollend wie ein lauerndes Tier, der Regen, der hart auf die Blätter und weicher auf den Waldboden prasselte, die knisternden Blitze. Holly zitterte. „Ich möchte nicht darüber sprechen. Ich kann nicht. Es ist zu schwierig." Sie sah ihm in die Augen. „Es tut mir leid, dass es passiert ist."

„Wirklich? Mir nicht."

Er küsste sie, und es war genau das, wovor Holly sich gefürchtet und wonach sie sich gesehnt hatte: das süße Gefühl des Wiedererkennens, der Richtigkeit, des Verlangens, all die Dinge, denen sie immer aus dem Weg gegangen war, weil sie zu riskant waren, all die Dinge, die sie jetzt mit einer nie gekannten Intensität haben wollte.

Sie küssten sich, bis die Welt um Holly versank und nur noch ihr Verlangen zählte. Ihre Kleidung war durchnässt, das Haar klebte an ihrem Kopf, und der Regen rann über ihr Gesicht und in ihren Nacken, aber sie bemerkte es kaum. Das Einzige, was sie bewusst wahrnahm, war die große Eiche, die ihnen Schutz bot, die raue Rinde an ihrem Rücken und den kühlen Nachtwind auf ihrer bloßen Haut, dort, wo Mark ihr T-Shirt beiseitegeschoben hatte, um ihren Hals und die sanfte Mulde über ihrem Schlüsselbein zu küssen. Es war himmlisch, es war wunderschön, und die Intimität des Augenblicks ängstigte sie zu Tode.

Sie riss sich von ihm los und stützte sich Halt suchend an dem Baumstamm ab. Es war alles zu viel für sie. Es ging viel zu schnell. „Ich muss nach Hause, ehe ich völlig durchnässt bin", sagte sie zittrig. Sie stellte sich auf die Zehenspitzen und küsste Mark auf die Wange. „Gute Nacht."

„Warte." Mark streckte die Hand nach ihr aus und schüttelte heftig den Kopf, als wolle er wieder klare Gedanken fassen. Kein Wunder, wenn er auch nur annähernd so aufgewühlt ist wie ich, dachte Holly. „Du kannst nicht einfach weglaufen."

„Ich bin ja fast da. Von hier aus kann ich allein nach Hause gehen."

„Das meinte ich nicht."

Holly wusste, was er meinte. Er würde sie nicht einfach gehen lassen, dieses Mal nicht.

Schweigend gingen sie nebeneinander her. In einem Fenster der Mühle brannte Licht. Es wirkte so normal und sicher, ganz anders als das, was Holly in ihrem Innern empfand.

„Danke, dass du mich nach Hause gebracht hast", sagte sie.

Mark lächelte. „Wir sehen uns morgen." Er küsste sie, erst nur ganz leicht auf die Lippen, dann noch einmal, etwas ausgiebiger und sehr viel leidenschaftlicher.

Dieses Mal sah Holly ihm nach, als er zwischen den Bäumen verschwand, und sie musste an Lavinia denken, die durch den verschneiten Wald eilte, um sich mit ihrem Geliebten zu treffen, die alles aufs Spiel setzte für eine einzige Stunde in seinen Armen. Holly fing an, sich ähnlich zu fühlen. Sie fing an, zu viel zu empfinden, und sie hatte nicht die geringste Ahnung, was sie dagegen tun sollte.

26. Kapitel

Wassenaer Hof, Den Haag, Dezember 1635

Craven wurde Margarets langsam überdrüssig. Das Süße, das er anfangs charmant gefunden hatte, fühlte sich jetzt abstoßend an. Sie langweilte ihn. Er sagte sich, dass es nichts mit seinen Gefühlen für Elizabeth zu tun hatte, aber ihm war klar, dass das nicht stimmte. Elizabeth war Gold, Margaret nur unedles Metall. Er sehnte sich nach ihr, und je öfter er Margaret nahm, desto unbefriedigter fühlte er sich. Früher einmal hatte Margarets Zügellosigkeit gereicht, um ihm Befriedigung zu schenken. Außerhalb des Betts war sie fast prüde, in ihm jedoch schamlos, und ihm hatte die Art gefallen, wie sie alles tat, was er von ihr wünschte, mit ihm Schritt hielt und ihn dann sogar noch übertraf. Jetzt wollte er nur noch, dass sie verschwand.

Er setzte sich auf und griff nach seinem Hemd. Sie hatten nicht viel geschlafen, und er war erschöpft. Die ganze Nacht lang hatte er immer wieder nur an Elizabeth gedacht, jetzt fühlte er sich leer und verbraucht.

„William." Margaret legte ihm eine Hand auf die nackte Schulter. „Da gibt es etwas, das ich dir sagen muss."

Er wich ihrer Berührung aus, zog sich das Hemd über und drehte sich erst dann zu ihr um. „Was denn?"

Sie mied seinen Blick. Mit ihren schlanken Fingern zupfte sie an der Bettdecke, die sie sich über die Brust gezogen hatte – eine hübsche Geste der Sittsamkeit. Diese zur Schau gestellte Unschuld hätte ihn früher einmal amüsiert, jetzt widerte ihn diese berechnende Scheinheiligkeit nur noch an.

„Nun?", fragte er mit vor Gereiztheit rauer Stimme nach.

„Ich bekomme ein Kind. Dein Kind", fügte sie hinzu, als ahnte sie, dass er grob genug war, um die entsprechende Frage zu stellen.

Der Schock traf ihn wie ein Schlag in die Magengrube und raubte ihm den Atem. Er fragte sich, warum er nie daran gedacht hatte, dass so etwas passieren könnte. Er war gedankenlos und leichtsinnig gewesen. Am Anfang war es Lust und Erregung gewesen, dann Gewohnheit, und jetzt … Jetzt war es eine Katastrophe. Margaret beobachtete ihn und nagte an ihrer Lippe, als wartete sie besorgt auf seine Reaktion. Trotzdem wirkten ihre blauen Augen wachsam, nicht ängstlich. Craven lenkte seine Aufmerksamkeit wieder auf das Kind. Vielleicht war es ja ein Sohn, ein Erbe. Es war noch nicht lange her, da hatte er gedacht, solche Dinge seien unwichtig. Interessant, wie schnell ein Mann seine Meinung ändern konnte.

Wieder sah er Margaret an. Sie war hübsch, wohlerzogen und durchaus vorzeigbar. Natürlich war sie nicht wie Elizabeth; sie hatte keinen Tiefgang, kein Mitgefühl und keine Aufrichtigkeit, aber er sollte seine Geliebte nicht mit der Königin vergleichen. Elizabeth konnte er niemals bekommen, und Margaret würde eine vollkommen akzeptable Gemahlin sein. Ihre Familie hatte kein Geld für eine Mitgift, aber er besaß genug für sie beide. Und wenn dieses Kind eine Tochter war, dann wäre es auch gut. Ein Sohn würde bestimmt bald folgen, noch mehr Kinder, eine ganze Kinderstube voll von ihnen. Auch wenn keine aufrichtige Liebe vorhanden war – so funktionierten Ehen in Adelskreisen nun einmal.

Der Gedanke löste ein seltsames Gefühl in ihm aus, ähnlich wie Trauer.

„Wir sollten heiraten", sagte er und merkte zu spät, dass eine Spur von Bedauern in seinem Tonfall lag und seine Worte nicht gerade ein galanter Heiratsantrag gewesen waren. Er versuchte, es wiedergutzumachen, und nahm ihre Hand. „Margaret, heirate mich."

„Ich möchte dich gar nicht heiraten." Margaret entzog ihm ihre Hand. Sie klang sehr sachlich und unsentimental. „Ich bin schon verheiratet."

Cravens Herz setzte einen Schlag aus. „Wie bitte?" Er kam sich verwirrt und töricht vor. „Wie? Seit wann?"

„Schon seit Jahren." Sie machte eine wegwerfende Handbewegung. „Mit dem Sohn von Lord Verity." Es folgte eine kurze Pause. „Er ist geisteskrank."

Craven wusste nichts über Lord Verity, seinen Sohn und dessen Geisteskrankheit. Er war wie benommen. Der einzige Gedanke, der ihm kam, war der, dass er es nicht gewusst hatte. Wie kam es, dass er es nicht gewusst hatte? Er griff mechanisch nach seiner Hose und mühte sich mit den Schnüren ab, während sein Gehirn sich abmühte, die richtigen Fragen zu finden. „Wer weiß davon?"

„Es ist allgemein bekannt." Ein Anflug von Verachtung lag in ihrem Blick. „Aber du hörst ja nie auf den Hofklatsch, nicht wahr, William? Wenn du es getan hättest, wüsstest du es vielleicht."

Also war es jetzt seine Schuld. Er rieb sich mit der Hand über die Augen. „Wo ist er?" Er sah sich um, beinahe als erwartete er, Verity aus der Truhe springen zu sehen.

„Er lebt in England, im Herrenhaus seines Vaters in Kent." Margaret zog sich an, schnell und geschickt; fast genauso

324

schnell, wie sie sich am Vorabend ausgezogen hatte. „Jetzt, wo ich ein Kind erwarte, werde ich sofort dorthin zurückkehren müssen."

Craven beobachtete sie, ihre behänden Finger, mit denen sie die Verschnürungen zuband und ihr Haar hochsteckte, kühle Effizienz und Berechnung. Irgendetwas verhärtete sich in ihm. „Und was", fragte er höflich, „wird Seine Lordschaft sagen, wenn du nach Hause zurückkehrst und ein Kind erwartest, das ganz sicher nicht von ihm ist?"

„Ich denke, er wird begeistert sein", antwortete Margaret ruhig. „Robert ist selbst wie ein Kind. Es stand schon sehr bald fest, dass er niemals einen Erben zeugen wird."

„Ich verstehe", sagte Craven, und das tat er. Plötzlich hatte er alles ganz klar vor Augen. Dieses Kind würde nicht sein Erbe werden. Es war der Erbe des Titels und der Ländereien von Verity. „Und was willst du dann von mir?", fragte er. „Warum hast du mir überhaupt von dem Kind erzählt? Warum bist du nicht einfach gegangen?" Er versuchte, sich zu beherrschen, genau wie er versuchte, seine aufsteigende Wut zu beherrschen, eine Wut, die heißer als ein Feuer in ihm brannte. Er hatte nicht geahnt, zu welchem Zorn er fähig war. In der Schlacht blieb er vollkommen ruhig, das war eine seiner größten Stärken. Was er jetzt empfand, war wild, nicht zu zügeln und weiß glühend. Er hatte das Bedürfnis, die Hände um Margarets Hals zu legen und ihr mit einer raschen Bewegung das Genick zu brechen. Er hatte sein Kind verloren, noch bevor es überhaupt auf die Welt gekommen war. Er zwang seinen Körper, sich nicht zu bewegen.

„Ich brauche Geld." Sie sah ihm geradewegs ins Gesicht. „Für die Reise zurück nach England."

„Und du glaubst, dass ich es dir gebe? Dafür, dass du mir mein Kind stiehlst? Meinen Erben?"

Ein Schatten huschte über Margarets Züge, aber Craven erkannte eher Überraschung in ihrem Blick als Schuldgefühle. „Ich hätte nicht gedacht, dass es dir etwas bedeutet. *Ich* habe dir nie etwas bedeutet", erwiderte sie.

Das konnte er nicht abstreiten. Er wollte es auch gar nicht abstreiten. „Ein Kind ist etwas anderes."

Sie zuckte mit keiner Wimper. „Du solltest heiraten. Deinen eigenen legitimen Erben in die Welt setzen."

„Ich dachte, dass ich genau das tun würde. Mit dir." Zum ersten Mal ließ er es zu, dass Verbitterung in seiner Stimme mitschwang.

Sie zuckte halbherzig mit den Schultern. „Es tut mir leid, William." Die Worte klangen ebenso leer wie gewöhnlich, und er vermutete, sie waren nichts als reine Heuchelei. „Doch ich bin durch das Gesetz und die Kirche an Robert gebunden. Daran lässt sich nichts ändern."

Craven war sich nicht sicher, ob er sie überhaupt noch hätte heiraten wollen, nachdem er nun so tief in ihre käufliche Seele geblickt hatte. „Du wirst mit meinem Vermögensverwalter über das Geld sprechen müssen", sagte er steif. Er trat ans Fenster, zog die Vorhänge zurück und riss das Fenster weit auf, als könnte die kühle Nachtluft die leidliche Atmosphäre im Zimmer vertreiben.

„Es ist nicht nötig, einen Dritten zu involvieren", entgegnete Margaret leichthin. „In deinem Besitz befindet sich ein Diamantspiegel, ein schönes Stück. Den könnte ich an Meneer Bode im Denneweg verkaufen, er brächte genug Geld für meine Heimreise ein …"

„Nein." Craven hatte den Raum durchquert und packte ihre Schultern. Ihm war nicht einmal bewusst gewesen, dass er sich bewegt hatte, bis er den dünnen Stoff ihres Kleides und die zerbrechlichen Knochen darunter spürte. „Woher weißt du von dem Spiegel?" Zuerst hatte ihr Blick besorgt gewirkt, doch nun entdeckte Craven Neugier und Interesse darin, und ihm wurde beinahe übel.

„Es ist also ein Geheimnis", sagte sie langsam. „Ich verstehe."

„Sei nicht albern." Er ließ sie abrupt los und drehte sich um.

„Hast du ihn der Königin gestohlen?" Sie stellte sich auf die Zehenspitzen und wartete angespannt wie ein Jäger, der seiner Beute auflauerte. „Ich weiß, er hat einmal ihr gehört. Ich habe ihn auf einem Portrait gesehen."

„Natürlich habe ich ihn nicht gestohlen." Er hörte selbst, wie unaufrichtig er klang. „Warum sollte ich so etwas tun?"

„Ich weiß es nicht", gab Margaret ernsthaft zurück. „Ich bin mir nicht sicher, ob ich es überhaupt wissen muss. Aber wenn Ihre Majestät den Diebstahl noch gar nicht bemerkt hat, macht das die Sache einfach für mich. Gib mir den Spiegel, und ich werde ihr nicht verraten, was du getan hast."

Stille. Das Schweigen fühlte sich zäh an. Craven spürte, wie sein Herz klopfte. Dieser verfluchte Spiegel. Er hatte vorgehabt, ihn zu zerstören. Elizabeth hatte er gesagt, er hätte es bereits getan. So oft war er auf der Reise von Metz nach Den Haag kurz davor gewesen, ihn in einen See zu werfen oder in ein Kaninchenloch zu stecken, damit die Erde ihn verschluckte. Und doch hatte er es nicht getan, und er wusste nicht, warum. Er hatte sich eingeredet, dass er nicht an die Macht des Spiegels glaubte, aber irgendetwas – ein Aberglaube, den er sich nicht eingestehen wollte – hatte ihn dazu bewogen, ihn am Leben zu lassen.

Am Leben.

Der Spiegel war kein lebendiges Wesen, trotzdem fühlte er sich so an.

Margaret hatte ihn aus der Truhe geholt, wo Craven ihn eingewickelt in einen Seidenschal versteckt hatte, und hielt ihn hoch. Craven sah, wie die Kerzenflamme sich darin spiegelte und die Diamanten im Licht glitzerten.

„Ein schönes Stück", sagte sie mit der Befriedigung eines Straßenhändlers, der gerade hart verhandelte. „Allein einer dieser Diamanten brächte so viel Geld ein, dass ich ein Dutzend Mal nach England reisen könnte." Sie sieht tatsächlich ihre Zukunft in dem Spiegel, dachte Craven, und zwar den ganz großen Reibach. Sie drehte sich zu ihm um. „Und? Sind wir im Geschäft?"

Der Spiegel wurde dunkel. Margaret wandte ihm das Profil zu, daher merkte sie es nicht, aber Craven war wie versteinert. Wie gebannt starrte er in das wabernde Herz der Dunkelheit. Es war wie ein Strudel, der ihn immer tiefer nach unten zog, bis Kälte und Trauer über ihm zusammenschlugen wie eine alles ertränkende Welle. Dann wurde der Spiegel wieder klar, und alles, was Craven sehen konnte, waren die Umrisse des Zimmers im Kerzenschein. Er empfand eine grenzenlose Leere.

Er räusperte sich. „Dann nimm ihn. Verkauf ihn. Nur geh dabei bitte diskret vor."

Sie warf ihm einen verächtlichen Blick zu. „Natürlich. Ich will schließlich nicht wegen Diebstahls verhaftet werden wie die arme Mrs. Crofts, als der Vater Ihrer Majestät sie sah, wie sie ein Collier trug, das er seiner Tochter geschenkt hatte." Sie hatte den Spiegel bereits in ihr Mieder geschoben. „Es ist besser so, William", sagte sie plötzlich. „Die Königin hätte uns niemals erlaubt zu heiraten."

„Wie bitte?" Craven kam das vollkommen belanglos vor. „Ich bin mir nicht sicher, ob die Königin das Recht hat, mir meine Hochzeit zu verbieten."

Margaret schnippte so laut mit den Fingern, dass er zusammenzuckte. „Du bist naiv. Sie könnte dir ihre Protektion entziehen, dann würdest du schnell merken, wie es ist, ohne Unterstützung zu leben."

„Ich bekomme nichts von der Königin", sagte er langsam. „Sie ist arm, sie hat nichts."

„Du hast ihr das hier genommen." Margaret klopfte an die Stelle, wo der Spiegel in ihrem Mieder steckte. „Und wie seltsam, dass ausgerechnet du so etwas getan hast, wo du doch so tugendhaft und loyal bist." Ihre Stimme klang gehässig. „Was hat sie dir getan, dass du dich so an ihr rächst?"

Craven gab keine Erklärung ab. Er wollte nicht auf ihre Provokation eingehen und ihr erst recht nicht sagen, dass er Schmerz und Schuldgefühle empfand, weil Elizabeth ihm vertraut hatte, dass er den Spiegel zerstörte. Er verstand noch immer nicht, warum er nicht dazu in der Lage war.

Nach einer Weile gab Margaret einen verächtlichen Laut von sich. „Du solltest lieber hoffen, dass sie nie erfährt, was du getan hast", sagte sie, und es klang fast wie ein Fluch. „Einen solchen Verrat würde sie dir wohl nie verzeihen. Schließlich bist du ihr Besitz." Sie stellte sich vor ihn, und er spürte die Wut in ihrem angespannten Körper, in ihren hellen Augen. Plötzlich verstand er, plötzlich wusste er es. Deshalb hasste sie ihn, deshalb wollte sie Rache. Deshalb nahm sie ihm seinen Erben weg. „Du gehörst der Königin, William, genau wie ihre Hunde und ihre Äffchen. Sie schnippt mit den Fingern, und du kommst angelaufen. Du gehörst ihr, das war schon immer so und wird immer so sein."

27. Kapitel

Ashdown House, 1. Mai 1801

Die Lage ist äußerst kompliziert. Robert sagt, er kann es nicht länger ertragen, dass ich Evershots Mätresse bin. Diesen Standpunkt vertritt er überaus vehement. Er sagt, er hält die Vorstellung nicht aus, dass ich bei einem anderen Mann liege.

Ich hätte das vorhersehen müssen. Mein armer Liebling Robert ist Hals über Kopf in mich verliebt und hat nie die lockeren Moralvorstellungen geteilt, nach denen ich mein Leben führe. Wir haben stundenlang darüber gestritten, bis ich völlig erschöpft war. Als ich ihm sagte, ich könne nicht mit Evershot brechen, weil ich kein Geld habe, meinte er, ich wäre zu gut für solch eine Existenz und solle mit ihm durchbrennen. Er sprach sogar leidenschaftlich davon, dass wir heiraten sollten. Wenn das nur möglich wäre, aber leider ist das ein Aberwitz, erst recht, seit ich nun endlich die Wahrheit kenne.

Was ich nun berichten werde, ist ganz, ganz außergewöhnlich. Ich würde es wahrscheinlich selbst nicht glauben, wenn ich den Beweis nicht mit eigenen Augen gesehen hätte. Wie es scheint, ist Robert absichtlich nach Ashdown Park gekommen. Er hatte gehört, dass Evershot einen Landvermesser brauchte, und hat sich für die Stelle beworben, weil er entfernt mit der Familie verwandt ist und sich Ashdown einmal selbst ansehen wollte. Vor vielen Jahren war seine Urururgroßmutter (ich habe vergessen, wie viele Urs es genau sind) die Mätresse des Earl of Craven und brachte einen Sohn zur Welt. Zumindest steht das so in seiner Familienchronik. Robert und Mylord sind also um mehrere Ecken herum Cousins, obwohl man nie darauf kommen würde, weil Robert und Evershot sich so unähnlich sind, wie man sich nur vorstellen kann.

Wie dem auch sei, Robert meint, die ganze Geschichte wäre unter den Teppich gekehrt worden, weil seine Urururgroßmutter bereits verheiratet gewesen wäre, und so wurde das Kind in jeder Hinsicht ein Verity, der zu gegebener Zeit den Titel und den Besitz erbte. Ich habe mich gefragt, was Lord Craven wohl von dieser Entwicklung der Dinge gehalten hat, da er niemals einen eigenen rechtmäßigen Erben bekommen hat, aber vielleicht war er einfach nur froh, keinen Skandal ausgelöst zu haben. Die Geschichte äußert sich nicht dazu. Mit der Zeit aber gelangten die Evershots, getragen von Cravens Vermögen, natürlich zu einiger Größe, und die Veritys fielen leider so tief wie die Evershots hoch aufgestiegen waren.

Die einzige Verbindung zum ersten Earl, derer Robert sich rühmen kann, ist irgendein alter Spiegel, der sich seit Jahrhunderten im Besitz der Familie befindet. Der Legende nach hat er einst der Königin von Böhmen gehört und ist einer von den geheimnisvollen Schätzen, von denen man sich erzählt, aber ganz ehrlich – wenn der ein Schatz sein soll, fresse ich einen Besen. Ich habe nie ein armseligeres Stück gesehen: Das Glas ist ganz fleckig vom Alter und der Holzrahmen abgegriffen. Vielleicht sind die Diamanten ja noch etwas wert, aber sie sind ganz stumpf und glanzlos und könnten genauso gut nur Strasssteine sein.

Aber wieder einmal schweife ich ab. Robert kam also nach Ashdown, um sich das Haus seiner Vorfahren anzusehen, und fand bei seiner Ankunft heraus, dass Evershot tatsächlich nach der verschollenen Perle der Winterkönigin suchte, denn er hatte ebenfalls erfahren, dass sie irgendwo auf dem Besitz versteckt sein sollte. Evershot hat Robert hoch und heilig schwören lassen, kein Sterbenswort über ihre Suche zu verlieren. Weil er sah, was für ein Mensch Evershot war, hat Robert ihm natürlich nie von seiner Verbindung zur Craven-Familie erzählt und auch nicht, dass er sich im Besitz des Spiegels befand, denn er wusste, es hätte schlimme Folgen für ihn, wenn Evershot das erfuhr.

Sie suchten und suchten also nach der Perle der Königin von Böhmen, fanden sie aber nicht. Robert sagt, die ganze Geschichte ist wahrscheinlich ohnehin nur ein Mythos, was höchst bedauerlich ist, denn seine erfolglose Suche macht Evershot rasend. Offenbar ist er nicht so reich, wie alle gedacht haben. Ihn drücken hohe Schulden, seine Mama will ihn nicht länger unterstützen, und die Erbin, der er den Hof gemacht hat, hat sich mit einem anderen verlobt, also ist er die ganze Zeit äußerst übel gelaunt.

Welche Folgen hat das nun für Robert und mich? Eine verzweifelte Situation, das kann ich Ihnen versichern. Denn da ist einerseits der arme Robert, der mir seine unsterbliche Liebe schwört und mich anfleht, mit ihm durchzubrennen, ohne einen Gedanken daran zu ver-

schwenden, wie seine Mama sich fühlen würde, wenn er eine Kurtisane als Braut mit nach Hause brächte. Und auf der anderen Seite stehe ich, die versucht, ihm zu sagen, dass das alles ganz unmöglich ist, während ich mir insgeheim wünsche, es wäre nicht so. Ja, ich gebe es zu, ich liebe Robert von ganzem Herzen, aber die Wahrheit ist, auch wenn er mir seine Liebe schwört, dass ich nicht gut genug für ihn bin und die größte Närrin wäre, wenn ich etwas anderes glauben würde.

Ach, wenn die Dinge doch nur anders wären! Aber leider könnte Robert es sich kaum leisten, mich auszuhalten – ich bin sehr kostspielig –, und es würde ihm keine Ehre machen, mich zu heiraten. Seine Karriere wäre beendet, sein guter Ruf angeschlagen. Es gibt keinen Ausweg aus dieser Situation. Ich bin so unglücklich, dass ich weinen könnte, aber so etwas tue ich nur ganz selten, weil es nicht gut für meinen Teint ist.

Holly war so vertieft in das Tagebuch, dass Bonnie sie zweimal anstupsen musste, um ihre Aufmerksamkeit zu erregen. Sie drückte ihre Nase gegen Hollys Hand und legte die Leine vor ihre Füße. Holly stand lächelnd auf. Etwas Bewegung würde ihr guttun, außerdem konnte sie dabei über die letzten Enthüllungen in Lavinias Tagebuch nachdenken.

Sie hatte vor, das Buch noch an diesem Abend zu Ende zu lesen, die Versuchung war einfach zu groß. Sie wollte unbedingt erfahren, was noch passierte. Wenn es auf den letzten Seiten nicht noch zu einer überraschenden Wende kam, war die Perle zu Lavinias Lebzeiten nicht gefunden worden. Lord Evershot hatte nach ihr gesucht, aber ohne Erfolg. Holly fragte sich, ob Ben mehr Glück gehabt hatte.

Draußen war es warm und windstill, so still, dass Holly über die Felder hinweg die Kirchturmuhr von Ashdown hören konnte. Als sie das Gartentor öffnete, vernahm sie Schritte und sah auf. Aus irgendeinem Grund hatte sie Mark erwartet, und ihr gefiel gar nicht, wie enttäuscht sie war, als sie stattdessen Greg Hunter auf sich zukommen sah. Er hob grüßend die Hand.

„Hallo, Holly! Ich dachte, ich komme mal vorbei und sehe mir Ihre Werkstatt an."

„Oh." Holly war etwas verstimmt, wusste aber nicht so recht, warum. Normalerweise sprach sie gern über ihre Arbeit und zeigte Leuten auch gern ihre Werkstatt. Außerdem war sie diejenige gewesen, die Greg vorgeschlagen hatte, doch einmal vorbeizuschauen. Er hatte ihr einen großen Gefallen getan, indem er ihr den Auftrag für den Laden seiner Schwester ermöglicht hatte. Infolgedessen hatten schon eine Reihe anderer Läden und Galerien Kontakt zu ihr aufgenommen. Das Geschäft nahm langsam an Fahrt auf. „Natürlich", sagte sie. Bonnie stupste sie an. „Tut mir leid, ich wollte gerade mit dem Hund …"

Greg sah auf seine Uhr. „Kein Problem. Ich habe gar nicht gemerkt, dass gerade Mittagspause ist. Ich arbeite heute schon seit Tagesanbruch." Er fuhr sich mit der Hand durch das Haar. „Am Rand der Koppel befindet sich ein Dachsbau, und der steht der Verlegung der neuen Entwässerungsrohre im Weg. Aber da die Dachse zuerst hier waren, vermutlich schon seit tausend Jahren, müssen wir eine Möglichkeit finden, das Problem zu umgehen." Er zeigte auf Bonnie, die ungeduldig auf und ab sprang und endlich losgehen wollte. „Ich will Sie nicht länger aufhalten und komme einfach ein anderes Mal wieder. Karen sagte nur, Ihre Arbeiten wären erstklassig, und die würde ich mir gern irgendwann ansehen."

„Das ist sehr nett von ihr." Holly lächelte ihn an. „Warum gehen Sie nicht ein Stück mit uns, wenn Sie nichts anderes vorhaben? Ich habe mich noch gar nicht richtig dafür bedankt, dass Sie mich mit Karen bekannt gemacht haben. Sie ist ungemein sympathisch, und ich liebe ihren Laden. Was für eine fantastische Ansammlung kunstvoller Artikel."

Gregs Miene hellte sich auf. „Ja, das ist toll, nicht wahr? Ich wusste, Ihre Arbeiten würden gut dazu passen." Er lief mit seinem schlaksigen Gang neben ihr her. „Und das *Marlborough Crafts*-Haus ist ein prachtvolles Gebäude. Ein echtes Stück Geschichte aus dem siebzehnten Jahrhundert."

„Karen sagte, dass Sie sich sehr für Geschichte interessiert haben, bevor Sie ganz in dieser Flora-und-Fauna-Sache aufgegangen sind", bemerkte Holly. Ihr fiel auf, dass Greg rot wurde, sogar seine Ohren leuchteten rosig. Das fand sie sehr liebenswert.

„Oh, als Kind habe ich Geschichte geliebt", erwiderte er. „All diese Burgen, Ritter und Schwerter."

„Und verborgenen Schätze", fügte Holly hinzu.

Greg lachte. „Ich habe allerdings nie etwas Aufregenderes als einen rostigen Eimer gefunden."

Bonnie rannte zwischen den Bäumen herum, schnüffelte im trockenen Laub und scheuchte Kaninchen in ihren Bau. Greg und Holly gelangten über einen schattigen Weg zu einer Lichtung, in deren Mitte eine niedrige Mauer aus Kalkstein stand, eingestürzt und überwuchert, und daneben eine Bank aus Holz.

„Früher war hier einmal ein Springbrunnen", erklärte Greg. „Er wurde von einer Quelle gespeist, aber die ist schon vor Jahren versiegt."

„Viele Quellen sind in diesem Sommer ausgetrocknet. Ohne Wasser ist die Mühle einfach nicht mehr dieselbe", stellte Holly fest. Sie legte eine Hand auf die heißen Steine der Mauer und spürte die raue Wärme, die ihnen entströmte. Ein Tagpfauenauge breitete die Flügel in der Sonne aus, alles war ganz still.

„Ich sollte jetzt lieber umkehren", sagte Greg bedauernd. „Der nächste Bus nach Lambourn fährt in zehn Minuten."

Bonnie hob kurz den Kopf und sah ihm nach, dann schnüffelte sie weiter im Gras herum. Holly setzte sich auf die Mauer und spürte die Sonne auf ihren geschlossenen Augenlidern. Das Zwitschern der Vögel und das leise Brummen des Verkehrs auf der Straße flossen ineinander, wurden in ihrem Kopf zu einem leise plätschernden Gewässer. Obwohl sie wusste, dass die Quelle versiegt war, glaubte sie fast, die kühlen Tropfen des Springbrunnens auf ihrer Haut zu spüren. Gleichzeitig fühlte sie sich innerlich ganz warm. Sie empfand Liebe, wie ein samtiges Blütenblatt, das ihre Wange streifte, wortloses Glück.

Sie schlug die Augen auf.

Mark stand am Rand der Lichtung. Bonnie hüpfte aufgeregt um ihn herum, und er streichelte geistesabwesend ihren Kopf, aber sein Blick war auf Holly gerichtet. Hollys Herz tat einen Freudensprung. Sie lächelte ihn spontan an, er lächelte zurück, und wieder empfand sie das gleiche Gefühl überwältigender Liebe wie noch vor einem Moment.

Hilfe.

Sie geriet in Panik. So etwas sollte eigentlich nicht passieren, sie wurde wohl langsam wirr im Kopf. Lavinias stürmische Liebe zu Robert schien ansteckend zu sein.

„Ich dachte mir, dass ich dich hier finden würde", sagte Mark.

„Wie meinst du das?", entfuhr es Holly schroffer als beabsichtigt. Die Intensität ihrer Gefühle vorhin hatte sie völlig verwirrt und verwundbar werden lassen.

Mark zog die Augenbrauen hoch wegen ihres Tonfalles. „Ich meine es in dem Sinn, dass ich Greg auf dem Weg getroffen habe, und er mir gesagt hat, dass du hier bist."

„Oh." Holly war erleichtert über diese banale Erklärung. „Ja, tut mir leid … ich habe eben ein wenig vor mich hin geträumt."

Mark lächelte erneut, und ihr wurde noch heißer. „Ich hatte dich sowieso gesucht. Ich wollte dich fragen, ob du morgen Mittag zum Sonntagsessen zu mir kommen möchtest. Wir grillen, keine große Sache. Fran und Iain kommen, Greg, Paula und noch ein paar andere Leute."

„Das würde ich sehr gern, aber ich habe meinen Großeltern versprochen, mit ihnen zu essen." Sie war selbst erschrocken, wie enttäuscht sie war. „Ich habe sie schon längere Zeit nicht mehr besucht …"

„Kein Problem. Ich hätte dich früher fragen sollen."

„Wenn ich rechtzeitig zurück bin, komme ich hinterher noch kurz vorbei", sagte Holly. Sie strich mit den Fingern über den rauen Stein des Brunnens. Da war offenbar ein Datum eingemeißelt worden. Sie ertastete die Zahl 1665. Ihr fiel ein, dass Lavinia erwähnt hatte, sie hätte sich mit Robert an einem Springbrunnen irgendwo auf dem Anwesen getroffen. Ob das wohl hier gewesen war, in einer anderen Jahreszeit, mit Schnee auf dem Boden und beißender Kälte in der Luft?

„Das hier war Teil des ursprünglichen Lustgartens", erklärte Mark. „Erinnerst du dich, dass ich dir sagte, Lord Evershot hätte ihn umgestaltet? Er ließ eine ganze Reihe von Schächten graben und Rohre verlegen, damit die Springbrunnen und Teiche mit Wasser gespeist wurden."

Holly kniete sich hin, drückte Gras und Farn zur Seite und legte den Datumsstein frei. Zusätzlich zu den Zahlen waren Buchstaben eingemeißelt worden, ein W, ein C, ein E und ein S, dazu ein Muster aus Blättern und Stängeln in Herzform.

„William Craven und Elizabeth Stuart", sagte Mark und beugte sich darüber. Sein Schatten fiel auf den weißen Stein. „Ich hatte keine Ahnung von der Existenz dieses Steins. Süß, so wie man seine Initialen in einen Baumstamm ritzt."

„Er war wirklich bis über beide Ohren in sie verliebt." Sie ließ Gras und Farn zurückschnellen, sodass der Stein wieder verdeckt war. „Weißt du, was aus dem ersten Lord Craven nach dem Tod der Winterkönigin geworden ist?", fragte sie. „Ich weiß nur, dass er nie geheiratet hat."

„Nein, das hat er nicht", bestätigte Mark. „Er ist recht alt geworden, hatte aber weder Frau noch Kinder." Ihre Blicke trafen sich, und Hollys Herzschlag stockte. „Es heißt, es hätte ihm das Herz gebrochen. Er wollte keine andere als sie."

28. Kapitel

Wassenaer Hof, Den Haag, März 1636

Es war seltsam, wie sehr Craven der Verlust des Spiegels zusetzte. Er empfand es jetzt wirklich als einen Verlust, als ob Margaret ihm etwas gestohlen hätte, das von Rechts wegen sein Eigentum war.

Er hatte alle Goldschmiede und Schmuckhändler in der Stadt aufgesucht, um den Spiegel wiederzufinden und ihn zurückzukaufen. Das war nichts, womit er einen Bediensteten hätte beauftragen können, er ging selbst unter dem Vorwand, ein Geschenk für eine Mätresse kaufen zu wollen. Aber keiner der Händler, die er befragte, schien den Kristallspiegel gesehen zu haben, und manchmal, wenn er zu hartnäckig nachfragte, sah er das Interesse in ihren Augen aufglimmen und wusste, dass er Gefahr lief, sich zu verraten.

Jedes Mal kehrte er mit leeren Händen zum Palast zurück.

Und dann rief Elizabeth ihn eines Tages zu sich. Sie ließ gerade ein Portrait von sich anfertigen, und Craven empfand einen Anflug von Gereiztheit. Es war, als täte sie nichts anderes, als für diese endlosen Portraits Modell zu sitzen; die gemarterte Königin, die die Welt daran erinnerte, dass sie immer noch um das kämpfte, was ihr rechtmäßig zustand, auch wenn sie dazu den Pinsel und nicht das Schwert benutzte. Er wusste, es war nur Heuchelei. Sie selbst hatte es ihm in jener Nacht gesagt, als sie sich ihm angeboten hatte, doch jetzt hatten sie sich wieder in die Förmlichkeit geflüchtet. Sie hatten beide ihre Geheimnisse.

Das Portrait war fast fertig und in Cravens Augen keinesfalls schmeichelhaft. Der Hintergrund aus schweren Vorhängen aus Goldbrokat und dahinter das eintönige flache Grün der holländischen Landschaft verliehen dem Bild eine düstere Atmosphäre. Elizabeth trug schwarze Witwentracht wie immer, mit einem einzigen Hauch von Weiß an Kragen und Ärmeln. Wieder war Craven gereizt, weil sie auch nach mehreren Jahren das Schwarz nicht ablegte und durch etwas weniger Düsteres ersetzte. Er hatte sich einmal die Freiheit herausgenommen, ihr vorzuschlagen, sie solle wieder Farben tragen, woraufhin Elizabeth ihn sehr scharf darauf hingewiesen hatte, dass die Kleidung einer verwitweten Königin nicht unbedingt eine Frage der Mode, sondern vor allem der Politik war. Sie verkörperte die nüchterne Staatsfrau auf der politischen Bühne Europas. Es war auch so schon schwer genug zu erreichen, dass Männer sie mit Respekt behandelten, da brauchte sie ihnen nicht auch noch einen Vorwand zu liefern, sie der Frivolität zu bezichtigen. Trotzdem war es, als erstickte sie ihren sprühenden Geist unter Schichten von trübsinnigem Schwarz, als wollte sie sich für immer an Friedrichs Andenken binden.

„Mierevelt", sagte Elizabeth zu dem Künstler, „würdet Ihr uns jetzt bitte entschuldigen?"

Der Maler machte ein wütendes Gesicht, als hätte er keine Lust, sich den Launen eines Modells zu fügen, wie königlich es auch immer sein mochte. Er ließ geräuschvoll den Pinsel fallen, stolzierte aus dem Raum und schloss die Tür mit einem eindeutig übellaunigen Knall. In der plötzlichen Stille konnte Craven das Hecheln des kleinen schwarzbraunen Spaniels hören, der verdrießlich auf einem Kissen zu Elizabeths Rechten lag. Der Hund spielte eine große Rolle auf dem Bild, er stellte sich vor ihrem schwarzen Rock auf die Hinterbeine und sah in der Hoffnung auf einen Leckerbissen zu ihr auf. Craven schnippte mit den Fingern, aber das Tier ignorierte ihn. Vielleicht war es ihm einfach zu heiß, um sich zu bewegen. Die Luft im Raum war wirklich sehr stickig.

„Ach je, wahrscheinlich schickt er jetzt einen seiner Schüler, der den Auftrag vollenden soll. Niemand ist so bösartig wie ein beleidigter Künstler", klagte Elizabeth.

Craven ging zum Fenster und riss es weit auf. Jetzt konnte er freier durchatmen, auch wenn die frische Luft die ungewöhnliche Hitze dieses beginnenden Frühlings mitbrachte und den fauligen Gestank des vom Küchenpersonal weggeworfenen Gemüses.

„Es gibt schlechte Neuigkeiten", sagte Elizabeth. „Die schlimmsten. Genau das, was ich befürchtet hatte."

Das Licht fiel auf die schimmernden Perlen um ihren Hals, eine schöne Kette mit weichem Glanz. Im Gegensatz zu deren Schönheit wirkte Elizabeths Teint bleich und wie ausgezehrt von der schweren schwarzen Seide; Falten, Alter und Kummer wurden deutlich sichtbar. Craven verspürte einen Anflug von Mitleid für sie, das aber schnell in Ärger umschlug. Er hatte kein Recht, sie zu bemitleiden. Sie würde es ihm nicht danken.

„Was ist geschehen?"

„Der Leichnam meines Gemahls wurde geraubt. Er ist verschwunden. Simmerns Trupp ist auf der Straße überfallen worden."

Craven sah, dass ihre Hände zitterten, und ging rasch zu dem Tisch an der Tür, um ihr ein Glas Wein einzuschenken.

Sie nahm es dankbar nickend an, benetzte aber nur ihre Lippen, ehe sie es wieder abstellte.

„Simmern weiß nicht, wer die Leiche geraubt hat", fuhr sie fort. „Straßenräuber, irgendwelche finsteren Gestalten, meint er, die Reisenden wegen ihres Geldes auflauern. Vielleicht haben sie nicht einmal gemerkt, was ihnen da in die Hände gefallen ist. Ich glaube …" Ihre Stimme bebte. „Ich glaube, dass die Gebeine des Königs von Böhmen mittlerweile längst in den Wäldern verstreut sind."

Verdammte Stümper, dachte Craven wütend. Erst als er sie lächeln sah, wurde ihm bewusst, dass er die Worte laut ausgesprochen hatte. „Ich bitte um Verzeihung, Majestät. Aber es ist doch wahr …" Er schlug mit der Faust in seine andere Handfläche. „Wie ist es möglich, dass eine Gruppe gut ausgebildeter Soldaten nicht mit ein paar Banditen fertigwird? Das spottet jeder Beschreibung."

Elizabeth griff wieder nach dem Weinglas, ihre Finger schlossen sich krampfhaft um den Stiel. „Für Reue ist es zu spät, Craven. Ich hätte Euch bitten sollen, den Auftrag auszuführen. Doch nun …" Sie sah auf, ihre Augen wirkten dunkel und gequält.

Er wollte zu ihr gehen, sie in die Arme nehmen und sie trösten, doch er blieb, wo er war. Solche Intimitäten zwischen ihnen waren keine gute Idee und auch verboten in diesen Tagen.

„Wir werden es niemandem sagen", fuhr sie fort. „Wir tun so, als wäre alles völlig in Ordnung. Einen solchen Triumph geben wir unseren Feinden nicht. Wenn sie etwas darüber wissen, werden wir es bald genug erfahren."

„Ich reise nach Deutschland", erwiderte Craven. „Bestimmt finde ich heraus, was geschehen ist …" Er verstummte, als sie den Kopf schüttelte.

„Das ist viel zu gefährlich. Wenn sich herumspricht, dass Ihr Fragen stellt, macht allein schon diese Information die Spione des Kaisers neugierig. Wir belassen alles so, wie es ist."

Craven wollte ihr schon widersprechen, überlegte es sich dann aber anders. Es war ihre Entscheidung. Elizabeth war diejenige, die mit den Bildern in ihrem Kopf leben musste, wie der Leichnam ihres Gemahls von geldgierigen Banditen achtlos beseitigt worden war, die keinerlei Respekt vor der Totenruhe hatten. Sie war diejenige, die Tag für Tag Albträume davon haben würde, wie die Wölfe über die Gebeine ihres Gemahls herfielen. Sie würde sich für immer fragen und doch nie erfahren, was aus ihm geworden war.

„Ich bin nur dankbar, dass Ihr die Schätze der Rosenkreuzer in Sicherheit gebracht habt, bevor das passiert ist." Sie tastete nach der großen tropfenförmigen Perle in der Mitte ihres Colliers. „Nachdem der Spiegel nun zerstört ist, bin ich sogar enttäuscht, dass so ein Unglück überhaupt geschehen konnte. Die Sistrin-Perle hat mich im Stich gelassen."

Nachdem der Spiegel nun zerstört ist …

Der Himmel draußen vor dem Fenster war grau geworden und die Wärme des Tages verflogen. Eine boshafte Brise wehte ins Zimmer, bewegte die Vorhänge und brachte sogar den Spaniel dazu, den Kopf zu heben und zu wittern.

„Ihr kennt meine Einstellung zu solchem Aberglauben." Wegen seines schlechten Gewissens sprach Craven schroffer als beabsichtigt. „Kalter Stahl, nicht Zaubersprüche und Hexerei, hätte Seine Majestät beschützt."

Elizabeth widersprach ihm nicht, stimmte aber auch nicht zu. Sie hielt immer noch die Perle zwischen den Fingern, und in ihren Augen lag ein matter Glanz, der zu dem geheimnisvollen Schimmern des Juwels passte. Craven hatte plötzlich das beunruhigende Gefühl, dass sie die Perle benutzte, um die Wahrheit herauszufinden, um seine ganzen Behauptungen und Lügen wegzufegen und zu erkennen, dass er versagt, sie verraten und den Spiegel auf die Menschheit losgelassen hatte, wo er nun ungehindert Schaden anrichten konnte. Elizabeth war schließlich ebenfalls ein Mitglied des Ordens der Rosenkreuzer. Sie besaß die Gabe des Wahrsagens, wenn sie sie nutzen wollte.

Das Gefühl, sie könne seine Gedanken lesen, war so stark, so beängstigend und gleichzeitig abstoßend, dass er erschauerte. Gott bewahre, aber der Gedanke an Hexerei machte ihn langsam ebenfalls verrückt.

Mit einem Anflug von Verzweiflung erkannte er, dass er wahrscheinlich nie erfahren würde, in welche Hände der Spiegel geraten war und welchen Schaden er angerichtet hatte – erst, wenn es zu spät sein würde. Sein Versagen und seine Illoyalität waren wie ein scharfes Schwert, das ihn durchbohrte. Er hatte sich seines Rufs gerühmt, unerschütterlich treu zu sein, und sein Talent für rasches entschlossenes Handeln zu schätzen gewusst. Nun hatte er eins der Prinzipien gebrochen, nach denen er sein Leben ausrichtete. Schlimmer noch, er hatte seine Liebe zu Elizabeth verraten und sich von Schwäche beherrschen lassen.

„Da ist noch etwas, das wir besprechen müssen", sagte Elizabeth. „Eine Reise zu meinem Bruder nach England." Ihr Tonfall hatte sich verändert, er war geschäftlich, königlich und bedeutete, dass das vorherige Thema abgeschlossen war.

Craven wusste, sie erwartete von ihm, dass er über den Verlust des königlichen Leichnams Stillschweigen bewahrte wie schon über so vieles zuvor. Seine Diskretion war für sie eine Selbstverständlichkeit. Auch seine Loyalität hatte sie für selbstverständlich gehalten, und das war ein Fehler gewesen.

„Ich schicke sowohl Karl Ludwig als auch Ruprecht an den Hof meines Bruders", fuhr sie fort. „Ich setze große Hoffnungen in sie."

„Ich bin sicher, Seine Majestät wird von beiden Prinzen beeindruckt sein", erwiderte Craven. Karl Ludwig war mit seinen neunzehn Jahren bereits ein geschickter Politiker mit einem klugen, wachen Verstand. Ruprecht war vollkommen anders, voller Energie, ungeduldig und jähzornig, aber für einen so jungen Menschen verfügte er über einen unglaublichen Charme.

„Ihr werdet die Jungen auf ihrer Reise begleiten", verkündete sie und bedachte ihn mit einem strengen Blick. „Ich vertraue darauf, dass Ihr sie nicht in Schwierigkeiten geraten lasst. Habt Ihr mich verstanden? Keine Komplikationen, keine unnötigen Ablenkungen. Ist das klar?"

„Glasklar, Madam."

Der Besuch bei König Charles hatte noch einen ernsteren Hintergrund. Wieder einmal würden sie um die nötigen Mittel bitten, eine Armee aufstellen zu können, und den König und das Parlament überreden, Karl Ludwigs Sache zu unterstützen, da er nun alt genug dafür war, um um sein deutsches Kurfürstentum zu kämpfen.

„Ich werde mich bemühen, sie von den Damen am Hof Eures Bruders fernzuhalten", sagte er.

Elizabeth senkte die Lider und verbarg so ihren Augenausdruck. Dachte sie an den Abend, als sie ihn gebeten hatte, ihr Geliebter zu werden? Bedauerte sie seine Zurückweisung? Er erschrak über sein plötzliches Verlangen nach ihr, er hatte geglaubt, diese Schwäche inzwischen überwunden zu haben. Vielleicht sollte er sich doch eine neue Mätresse zulegen.

345

„Wenn Ihr sie davon abhalten könnt, bei irgendwelchen Frauen zu liegen, dann seid Ihr eher Wundertäter als Soldat", sagte sie trocken. „Solange das nicht dem Zweck des Besuchs in die Quere kommt, werde ich keine Fragen stellen. Sie bewundern Euch, William." Sie lächelte. „Ich vertraue auf Euren guten Einfluss auf sie."

„Madam." Er verneigte sich. Jetzt sollte er also das Kindermädchen für Elizabeths Söhne spielen und sie von den Londoner Schlafzimmern und Bordellen fernhalten. Gott bewahre.

„Ihr wirkt heute irgendwie abwesend, William." Elizabeth ließ die Förmlichkeit wieder fallen, ihre Stimme klang jetzt weich. Sie kam zu ihm, legte ihm leicht die Hand auf den Arm und sah ihn mit ihren blauen Augen fragend an. „Bedrückt Euch etwas?"

„Nein, Majestät." Er gab sich einen Ruck und verdrängte den Gedanken an den Kristallspiegel. Im Grunde war es ja auch keine so ernsthafte Angelegenheit. Wahrscheinlich hatte Margaret ihn längst verkauft, aus Versehen zerbrochen oder ihn zerschlagen wegen der Diamanten in seinem Rahmen. Und selbst wenn nicht, Weissagen war etwas für Narren. Er glaubte nicht daran, glaubte nicht, dass der Spiegel weiterhin schwarze Magie ausüben würde, um Elizabeth und ihrer Familie Schaden zuzufügen. Jedenfalls redete er sich das ein.

„Ich glaube, Ihr würdet es mir gar nicht sagen, wenn Ihr Probleme hättet." Elizabeth hatte sich einen Schritt von ihm entfernt. Sie schenkte ihm ein flüchtiges, beinahe schüchternes Lächeln. „Das ist sehr schade. Ich verlasse mich immer so sehr auf Euer Urteil und Eure Unterstützung, und doch nehmt Ihr nie eine Gegenleistung von mir an."

Wenn sie nur wüsste. „Es steht mir nicht zu, Euch mit meinen Sorgen zu belasten, Madam."

Das überhörte sie. „Ist es wegen Mistress Carpenter?", fragte sie. „Ich habe gehört, sie hat den Hof verlassen. Bestimmt fühlt Ihr …" Sie schwieg diskret.

„Nichts, absolut gar nichts, das versichere ich Euch", log Craven. Voller Verbitterung dachte er an sein Kind. Er fragte sich, wie lange es wohl dauern würde, bis das Gerede über Margarets Schwangerschaft den Hof in Den Haag erreichte. Ob Elizabeth sich dann etwas zusammenreimen, eins und eins zusammenzählen oder ihn gar fragen würde? Er bezweifelte es. Da er sich weigerte, sie ins Vertrauen zu ziehen, interessierte sie sich anscheinend gar nicht mehr für seine Sorgen. Jedenfalls machte sie jetzt ein abweisendes Gesicht und las mit entschlossener Konzentration einen Brief, ohne ihn noch weiter zu beachten. „Wenn das dann alles wäre, Majestät …"

„Ja. Geht und bereitet Euch auf die Reise vor." Sie sah nicht einmal von ihrem Brief auf. Manchmal war sie genauso stur und launenhaft wie ihr Vater.

Also gut. Er würde mit Elizabeths Söhnen nach England fahren und versuchen, für sein Versagen Wiedergutmachung zu leisten. Er würde Geld und Soldaten beschaffen. Er würde wieder um die Pfälzer Sache kämpfen und Elizabeths Söhne unter Einsatz seines eigenen Lebens beschützen. Und vielleicht war der Tod sogar das Beste, was ihm passieren konnte, denn im Leben durfte er Elizabeth niemals haben, und sie war alles, was er sich ersehnte.

29. Kapitel

Holly und Mark gingen zusammen durch den Wald zur Mühle zurück. Bonnie flitzte durch das Laub und um die Bäume herum, raste davon und kam wieder zurück. Dabei wedelte sie mit dem buschigen Schwanz und sprühte vor Energie und Lebensfreude. Wie leicht und unkompliziert alles sein musste, wenn man ein Hund ist, dachte Holly.

„Musst du zurück zur Arbeit?", fragte sie Mark am Gartentor. „Ich meine, ich habe überlegt …", sie zögerte, „ob du dir vielleicht meine Werkstatt ansehen möchtest. Falls du Interesse daran hast."

Mark machte erst ein überraschtes und dann ein so erfreutes Gesicht, dass ihr Herzschlag wieder ins Stocken geriet. „Das möchte ich sogar sehr gern." Er folgte ihr und zog unter dem niedrigen alten Türsturz den Kopf ein.

„Ich muss noch eben eine Arbeit beenden, wenn dich das nicht stört. Nimm dir ruhig alle Zeit der Welt und sieh dich um." Sie kehrte an ihren Tisch zurück und nahm das Stück zur Hand, an dem sie vor dem Spaziergang gearbeitet hatte. Mark schlenderte hinüber zu den Schauregalen und betrachtete die Glasscheiben mit den Märchenmotiven, die sie dort ausgestellt hatte. Als Holly eine ganze Serie davon für die Kinderabteilung der Bücherei angefertigt hatte, hatte sie gleich noch Kopien für sich selbst davon gemacht. Da waren Rotkäppchen und der Wolf, der hinter einem Baum hervorlugte, Aschenbrödel, das vom Ball davonlief, und Schneewittchen, das die Hand nach einem saftigen Apfel ausstreckte.

Holly beobachtete Mark aus dem Augenwinkel, sah, wie ihm das dunkle Haar ins Gesicht fiel, sah das markante Profil, und seltsame Gefühle regten sich in ihrem Innern.

„Die sind wirklich gut", stellte Mark ruhig fest.

Holly ließ das Graviergerät fallen und bückte sich, um es wieder aufzuheben. „Danke", murmelte sie.

Mark zeichnete eine der Gravuren mit dem Finger nach. Holly erschauerte leicht und beugte sich wieder über ihre Arbeit. Noch nie hatte sie eine so starke körperliche Reaktion auf jemanden gespürt, und das warf sie völlig aus der Bahn. Sie war angespannt und nervös.

Mark hob den Kopf. „Wie lange hast du für die ganze Serie gebraucht?"

„Etwa zwei Monate."

„Und was ist der übliche Preis für eine einzelne Scheibe?"

Holly hielt in der Arbeit inne. „Das kommt auf den Auftrag an. Die dort kosten ungefähr hundert Pfund pro Scheibe."

Mark sah sie kopfschüttelnd an. „Das ist doch absurd wenig!"

„So ist der Markt eben", erwiderte Holly hastig und konnte doch den leicht defensiven Unterton nicht aus ihrer Stimme heraushalten. „Kunden wie Museen oder Büchereien können es sich nicht leisten, Tausende von Pfund für einen gravierten Kunstgegenstand zu bezahlen, aber sie geben mir kleinere Aufträge und bieten mir kostenlos die Möglichkeit, Werbung für mich zu machen. Das tun auch Privatpersonen, die nur einen Briefbeschwerer oder eine Vase haben wollen. Die größeren Stücke für Firmen und große Organisationen bringen deutlich mehr ein."

349

„Manche deiner Motive sind so kraftvoll, dass sie beinahe verstörend wirken", meinte Mark. „Sehr düster."

Holly dachte daran, dass sie sich vorgenommen hatte, ein Bild von der Winterkönigin zu gravieren, das zeigte, wie sie aus Prag floh, im tanzenden Flockenwirbel, der sich über ihr früheres Leben senkte. „Dort drüben steht ein Briefbeschwerer mit Blumenmotiv, der sehr hübsch und nicht im Geringsten düster ist, falls du so etwas bevorzugst", sagte sie.

„Nicht unbedingt. Aber es interessiert mich, warum du dich zu der dunklen Seite hingezogen fühlst."

Holly zuckte mit den Schultern. „Sie ist irgendwie inspirierender", antwortete sie. „Schmerz, Verlust und Gefahr faszinieren mich, wenigstens was meine Arbeit betrifft."

Mark sah sie an. „Du hast jemanden verloren, der dir sehr wichtig war", sagte er ruhig. „Das tut mir leid."

„Ben und ich haben unsere Eltern verloren, da waren wir noch nicht einmal im Teenageralter. Das war …" Sie zögerte und suchte nach dem richtigen Ausdruck. „Furcht einflößend."

Mark nickte. „Und nun, wo auch Ben nicht mehr da ist …" Er beendete seinen Satz nicht.

Holly hatte einen Kloß im Hals, und einen Moment lang standen ihr die Tränen in den Augen. Sie wollte noch immer nicht darüber reden, aber sie merkte, wie ihr Widerstand dagegen schwächer wurde. Mark hatte gefragt, hatte Anteil genommen. Sie wusste nicht, ob sie das froh oder nervös machte.

Mark hatte ihre Reaktion offensichtlich verstanden und drängte sie nicht weiter. Er drehte sich um und nahm einen Briefbeschwerer zur Hand. Das Motiv darauf war ein Hase in gestrecktem Lauf. „Der ist wunderschön, Holly." Seine Stimme klang beinahe andächtig, was Holly mit einer kribbelnden Freude erfüllte. „Diese klare Linienführung gefällt mir sehr."

„Danke. Das ist einer der Vorteile des Lebens auf dem Land – mir bleibt viel Zeit, die Tier- und Pflanzenwelt zu beobachten. Ich habe auch schon Füchse entworfen und diese schönen Raubvögel, die man über den Downs sehen kann."

„Rotmilane", sagte Mark. „Ja, die sind wirklich atemberaubend."

Holly schaltete das Graviergerät wieder ein und nahm sich das Glas vor, an dem sie gearbeitet hatte. Ganz ruhig, ermahnte sie sich. Mark ging langsam in der Werkstatt herum. Obwohl sie ihm den Rücken zukehrte, störte sie seine Gegenwart, er lenkte sie ab und machte sie unkonzentriert. „Verdammt!" Das Glas brach rund um den Rand in einem einen Zentimeter breiten Ring ab.

Mark hob den Glasring hoch. „Hübsch, aber wahrscheinlich nicht das, was du eigentlich vorhattest."

„Nein", erwiderte Holly zähneknirschend. Sie hatte mit dem Graviergerät eine Schwachstelle im Glas erwischt, wo sie den Rand beim Brennen leicht nach außen gezogen hatte. Es war ihre eigene Schuld, dass sie ein Stück verloren hatte, dessen Verlust sie sich eigentlich nicht leisten konnte, nur weil ihre Hand gezittert hatte und sie unkonzentriert gewesen war.

„Tut mir leid", sagte Mark. „Ich nehme an, ich habe dich nervös gemacht."

„Ich bin nicht nervös."

Ihre Blicke trafen sich, und plötzlich hatte Holly Mühe zu atmen. Sie stand auf und schob ihre Schutzbrille hoch. So konnte sie nicht arbeiten.

„Reizend." Mark betrachtete amüsiert die Brille. „Das erinnert mich irgendwie an *Flashdance*. Greifst du als Nächstes zu einer Lötlampe?"

„Wie alt bist du eigentlich?", tadelte Holly. „Der Briefbeschwerer kostet fünfunddreißig Pfund, weil du es bist. Möchtest du ihn gleich mitnehmen, oder soll ich ihn für dich zur Seite legen?"

„Ich nehme ihn gleich mit, danke." Mark griff nach seiner Geldbörse.

Holly nahm dunkelblaues Seidenpapier aus einer Schublade, wickelte den Briefbeschwerer geschickt darin ein und verschloss das Päckchen mit einem Klebestreifen. „Ich mache jetzt Feierabend", sagte sie. „Möchtest du etwas trinken? Tee, meine ich, oder lieber etwas Kaltes?"

Mark lächelte. „Sehr gern." Er wartete, während sie die Werkstatt abschloss, und folgte ihr auf dem Pfad zur Mühle, wo Bonnie sie so überschwänglich begrüßte, als wären sie jahrelang fort gewesen.

„Manchmal nehme ich sie mit in die Werkstatt", sagte Holly. „Vor allem, wenn ich mit der Hand graviere. Sie kann das Geräusch des elektrischen Graviergeräts nicht ausstehen."

„Das überrascht mich nicht", antwortete Mark. „Wenn Hunde einen meilenweit entfernten Laut wahrnehmen können, dann macht sie so ein Gerät ganz in der Nähe wahrscheinlich wahnsinnig." Er streichelte Bonnies goldblonden Kopf, und sie hob die Schnauze an und schloss die Augen in einer durch und durch koketten Geste, wie Holly fand. Marks Schmunzeln zufolge dachte er dasselbe.

„Was für ein schamloses Frauenzimmer." Er kraulte Bonnie unter dem Kinn.

„Gleich dreht sie sich vor dir auf den Rücken", bemerkte Holly bissig. „Du bist eben unwiderstehlich." Mark sah sie mit hochgezogenen Augenbrauen an, und sie wurde rot. „Ist Kaffee aus der Stempelkanne in Ordnung?" Sie geriet ins Stottern. „Oder doch lieber Tee?"

„Ehrlich gesagt hätte ich lieber etwas Kaltes zu trinken, wenn es geht." Er richtete sich auf und sah sich anerkennend im Raum um. „Gut sieht es hier aus. Was hast du damit gemacht?"

„Geputzt und aufgeräumt. Ein paar neue Vorhänge habe ich auch genäht und den Tisch frisch gewachst. Das ist aber auch schon alles."

„Es sieht viel besser aus als zu Bens Zeiten", stellte er fest. „Da wirkte es irgendwie unbewohnt. Tut mir leid …" Ihm war ihr Gesichtsausdruck nicht entgangen. „Frans Taktlosigkeit scheint auf mich abzufärben."

Holly war selbst überrascht, dass sie beinahe gekichert hätte. „Schon gut. Ich liebe Fran."

„Ich weiß. Du hast keine Probleme damit, deine Freunde und deine Familie zu lieben, oder?" Er sah sie fragend an.

„Das lässt sich wohl nicht mehr ändern", erwiderte Holly aufrichtig.

„Also möchtest du nur in romantischen Beziehungen auf Distanz gehen?"

Die Stille war ohrenbetäubend. Holly drehte sich um und öffnete den Kühlschrank. „Ist dir Limonade recht? Hausgemacht, allerdings nicht von mir."

Mark schmunzelte. „Von deiner Großmutter?"

„Sie ist berühmt für ihre Limonade." Holly reichte ihm ein Glas, und ihre Finger berührten sich. Sie gab sich große Mühe, nicht zusammenzuzucken.

„In zwei Wochen findet in der neuen Anlage ein Abendempfang statt", sagte Mark. „Hauptsächlich für die Marketingleute, ein paar Promis werden auch da sein, und da habe ich mich gefragt, ob du ein paar Stücke zur Dekoration der neuen kleinen Landhäuser beisteuern möchtest? Ein paar Vasen, den ein oder anderen Briefbeschwerer, alles, was deiner Meinung nach gut dorthin passt. Das könnte dir ein paar neue Aufträge einbringen, und deine Arbeiten würden in dieser Umgebung wundervoll aussehen." Er klang nervös, als befürchtete er, sie würde vielleicht ablehnen.

„Sehr gern sogar, vielen Dank!"

„Du wirst an dem Tag schon früh kommen müssen, um zu dekorieren." Mark fuhr sich mit der Hand durchs Haar. „Unser Zeitplan ist sehr knapp, und nach dem Empfang stehen die Häuser zum Verkauf – eigentlich sind die meisten bereits verkauft, also hoffe ich, wir bekommen alles rechtzeitig hin." Er hielt inne. „Zum Empfang bist du natürlich auch eingeladen."

„Oh mein Gott! Das ist ja toll!"

„Ich werde dich ein paar Leuten vorstellen." Mark lächelte. „Ich würde dir ohnehin gern die Gebäude zeigen." Jetzt wirkte er wieder entspannt. „Sie könnten dir gefallen, schon vom historischen Blickwinkel aus."

„Ich will mir deine Arbeit unbedingt ansehen. Fran sagt, deine umgebaute Scheune wäre fantastisch, also erwarte ich schon etwas Sensationelles."

Mark sah fast so aus, als würde er gleich rot werden. „Mein Haus kannst du dir richtig ansehen, wenn du es schaffst, Sonntag zum Grillen vorbeizuschauen. Ich hätte dich ohnehin schon längst eingeladen, aber ich ahnte, dass du dann in Panik geraten würdest." Er hob das Glas Limonade an seine Lippen, und Holly beobachtete, wie sich sein Adamsapfel beim Schlucken bewegte. Plötzlich kam es ihr sehr warm in der Küche vor.

354

Sie merkte, dass sie ihn anstarrte, und fing hastig an zu reden. „Wirst du beim Empfang nicht zu sehr damit beschäftigt sein, die Promis zu umgarnen, als dass du dich um mich kümmern könntest?"

„Ich würde lieber dich herumführen." Mark verzog das Gesicht. „Dieses Honig-um-den-Bart-Geschmiere mag ich nicht besonders. Ich habe das oft genug tun müssen, es reicht mir. Es ist einfach ein notwendiges Übel."

„Das du gut beherrschst."

Mark grinste. „Glaub nicht alles, was in den Zeitungen steht."

„Also gut, dann lasse ich das." Holly klappte ihr Handy auf. „An welchem Tag genau findet der Empfang statt?"

„In zwei Wochen, am achtundzwanzigsten. Tut mir leid, dass das ziemlich kurzfristig ist. Ich bringe dir noch eine offizielle Einladung." Er nickte zu dem großen Schwarz-Weiß-Foto von einer mit Efeu bewachsenen Turmruine, das an der Wand gegenüber dem Fenster hing. „Ich wollte dich schon längst fragen – hast du die Aufnahme gemacht?"

„Ja."

Mark betrachtete es und schloss beide Hände um sein Glas. „Sie ist großartig, sehr düster und atmosphärisch." Er stellte das leere Glas auf die Arbeitsplatte, ohne den Blick von dem Foto zu wenden. „Wo hast du das aufgenommen? Es kommt mir irgendwie bekannt vor."

„Das ist der Turm oben in den Downs hinter dem Wetterhahn-Hügel", erklärte Holly. „Ich habe ihn vor einigen Jahren fotografiert. Inzwischen ist er fast vollständig zugewachsen. Ich bin nicht sicher, ob die Leute überhaupt wissen, dass er da ist."

„Jetzt erkenne ich, wo das ist. Der Turm ist auf den topografischen Karten eingezeichnet. Wusstest du, dass er Verity-

Turm heißt? Ich habe mir nie etwas dabei gedacht, aber ich vermute, er wurde nach Robert Verity benannt." Mark trat von einem Bein aufs andere. „Vielleicht sollten wir ihn uns mal ansehen. Wann immer du Lust auf einen Spaziergang hast …"

Bonnie spitzte die Ohren bei diesem Wort und schaute ihn hoffnungsvoll an.

„Nun sieh nur, was du angerichtet hast", sagte Holly. „Tut mir leid, Bon Bon, du warst heute schon draußen. Trotzdem, das ist eine gute Idee. An irgendeinem Abend vielleicht, weil es immer noch so schön lange hell bleibt. Mir gefällt, dass der Turm nach ihm benannt ist", fügte sie hinzu. „Wenigstens etwas ist von Robert Verity in dieser Landschaft erhalten geblieben, nachdem er spurlos verschwunden ist."

„Daran arbeite ich noch", meinte Mark. „Ich bin mit einem Genealogen befreundet, der uns vielleicht helfen kann."

„Ich habe noch etwas mehr über ihn in Erfahrung gebracht", berichtete Holly. „Er stammte vom ersten Earl of Craven ab, vermutlich unehelich. Eine seiner weiblichen Vorfahren hatte eine Affäre mit dem Earl, als sie in Den Haag lebten." Ihr Handy klingelte. Sie tastete danach und verspürte das vertraute Gefühl von Hoffnung und Angst. Dann sah sie jedoch an der Nummer, dass der Anruf von ihrer Bank kam, und ließ die Mailbox anspringen.

„Hast du gehofft, es wäre Ben?", fragte Mark sanft.

„Das tue ich immer." Holly seufzte. „Wahrscheinlich sollte ich dieses Stadium inzwischen längst überwunden haben, aber …" Sie zuckte die Achseln. „Dieses absolute Nichtswissen ist am schlimmsten. Die Polizei hält Tasha als seine Ehefrau auf dem Laufenden, trotzdem, es gibt keine Neuigkeiten." Kummer und Schmerz brachen so plötzlich über sie herein, dass sie zu zittern anfing. Sie stützte sich mit beiden Händen auf die Arbeitsplatte und atmete tief durch, um das Gefühl zu vertreiben. „Entschuldigung", brachte sie mühsam hervor.

„Nicht", sagte Mark scharf. „Du brauchst dich nicht zu entschuldigen." Er legte die Arme um sie.

Einen Moment lang widerstand Holly ihrem Bedürfnis nach Trost und wollte zurückweichen, aber sie war so müde und die Versuchung so groß. Sie lehnte sich an ihn, atmete den Duft seiner Haut und den Geruch von frischer Luft und Sonne ein und merkte, wie eine weitere Schutzschicht von ihr abfiel. Mark strich ihr die Haare aus dem Gesicht und umschloss es schützend mit seinen Händen. Erst jetzt wurde ihr bewusst, dass sie geweint hatte. „Ich habe dich gewarnt", sagte sie und versuchte zu lächeln. Ihre Stimme klang etwas brüchig. „Ich bin ein emotionales Wrack. Man möchte meinen, du hättest schon längst die Flucht ergreifen müssen."

„Anscheinend verfüge ich noch über ein paar Kraftreserven, von denen ich nichts geahnt habe."

„Ich wollte, dass du gehst", gestand Holly.

„Ich weiß." Er gab ihr einen kurzen, festen Kuss und hob dann ihr Kinn an. „Geht es dir besser?"

Holly nickte. „Ja. Danke."

„Ich rufe dich nachher noch an." In der Tür blieb Mark stehen. „Nur für den Fall, dass du dich wunderst", fügte er mir etwas rauer Stimme hinzu, „ich würde jetzt nichts lieber tun, als geradewegs die Treppe hinauf und mit dir ins Bett zu gehen, aber ich bin entschlossen, dieses Mal noch abzuwarten." Er gab ihr noch einen Kuss und ging.

Hollys befürchtete, ihre Beine könnten jeden Moment versagen. Sie stützte sich auf die Arbeitsplatte und trank einen

357

Schluck Limonade, aber die Blasen aus Kohlensäure schienen sie zu ersticken. Sie stellte das Glas ab, atmete stattdessen tief durch und wartete darauf, dass sich ihr Herzschlag wieder beruhigte.

Atmen.

Was auch immer zwischen Mark und ihr vorging, war sehr intensiv, aber die körperliche Anziehungskraft wurde allmählich immer stärker. So etwas hatte sie noch nie zuvor empfunden, nie hatte sie es riskiert, diesem Gefühl auch nur ansatzweise zu nahe zu kommen. Sie hatte immer einen ausgeprägten Fluchtinstinkt besessen. Jetzt wusste sie nicht mehr, was sie wollte.

Sie ging zurück in ihre Werkstatt und nahm die restliche Limonade mit. Die Luft war immer noch windstill und warm. Holly wusste, sie würde auf keinen Fall in der Lage sein zu arbeiten, sie konnte sich nicht konzentrieren. Stattdessen zog sie einen ihrer Skizzenblöcke heran, klappte ihn auf und zeichnete mit ein paar schnellen Strichen den Umriss einer von Efeu umrankten Turmruine, geheimnisvoll und abweisend.

Sie erinnerte sich noch an den Tag, an dem sie die Aufnahme gemacht hatte. Es war Jahre her. Ben und sie waren in die Downs gefahren und beim Wandern rein zufällig auf den Turm gestoßen. Ben war durch die geborstene Tür hineingeklettert, um sich im Inneren umzusehen, während sie ein paar Fotos gemacht und dann die Aussicht auf die Downs genossen hatte: die vor dem Wind schützenden Hecken, die sich an die Hügel schmiegten, der weite Blick nach Süden und Westen zu den Hügeln in der Ferne und die Kuppel mit der Goldkugel von Ashdown House, die mitten im Wald in der Sonne schimmerte.

Nur, dass es kein Haus und keine goldene Kuppel gegeben hatte. Sie musste sich das schon damals eingebildet haben, so wie auch Jahre später, als sie die Straße hinaufgefahren war und geglaubt hatte, das Haus zwischen den Bäumen zu sehen.

Holly ließ den Stift fallen und schob den Block weg. Erinnerungen. Fantasien. Langsam hatte sie Schwierigkeiten, auseinanderzuhalten, was wozu gehörte, was Teil der Wirklichkeit war und was nicht.

Sie dachte wieder an Ben und ihre Wanderung zum Verity-Turm, und plötzlich war ihr, als sähe sie diesen Tag in Schwarz-Weiß und durch das falsche Ende eines Fernrohrs, bis das Bild vor ihren Augen verschwamm. Sie erinnerte sich nicht mehr, worüber sie geredet hatten, wo sie danach hingefahren waren oder was sie an jenem Tag angehabt hatten, ihr fehlten die leuchtenden Details, an denen sie festhalten wollte, um die Verbindung zu Ben niemals zu verlieren. Er rann ihr wie Wasser durch die Finger.

Lavinias Tagebuch und die Postkarte von Kitty fielen ihr ein. Das waren die beiden einzigen hauchdünnen Spuren, die sie zu Ben und seinen Nachforschungen führten. Wenn sie ihn festhalten wollte, musste sie diesen Spuren weiter folgen. Es wurde Zeit, herauszufinden, was mit Lavinia geschehen war. Es wurde Zeit, das Tagebuch zu Ende zu lesen.

30. Kapitel

Ashdown House, 3. März 1801

Das Schreckliche ist passiert. Evershot weiß Bescheid. Er hat uns heute Morgen im Salon zur Rede gestellt. Erst war er noch ganz ruhig, und ich dachte schon, alles würde gut, doch dann ging sein Zorn mit ihm durch; es war ganz schrecklich. Ich bin mir fast sicher, dass Clara mich verraten hat, dieses unzuverlässige Frauenzimmer. Ich nehme an, er hat sie gut bezahlt für diese Information, und sie, geldgierig wie sie ist, hat sich das nicht entgehen lassen. Wie dem auch sei, Evershot hat Robert auf der Stelle entlassen und seine Habseligkeiten hinaus auf den Kies der Zufahrt geworfen, wo sie im tauenden Schnee ganz nass wurden. Robert war besonders verzweifelt, weil viele seiner Messinstrumente dabei zu Bruch gingen. Es war eine ganz bewusste Grausamkeit von Evershot, denn er weiß, wie teuer solche Instrumente sind und dass Robert es sich kaum leisten kann, sie zu ersetzen. Alles wurde zerstört, bis auf den hässlichen Spiegel, der Roberts Vorfahren gehört hat. Den habe ich gerettet und unter meinen Röcken versteckt. Nur für den Fall, dass die Diamanten doch echt sind.

Die Zerstörung von Roberts Hab und Gut war jedoch nichts im Vergleich zu der Brutalität, mit der Evershot meinen armen Geliebten behandelt hat. Evershots Ver-

walter kam mit einer Pferdepeitsche und drohte Robert damit, ihn auszupeitschen, wenn er nicht sofort den Besitz verließe. Robert erklärte heldenhaft, er würde nicht ohne mich gehen, daraufhin ging der Mann mit der Peitsche auf ihn los, bis zwei andere kamen, Robert zur Tür hinauswarfen und sie dann hinter ihm abschlossen.

Sie können sich vorstellen, wie Evershot sich dann mir zuwandte, mit welcher Grausamkeit er mich behandelte. Er schleifte mich die Treppe hoch, die gesamte Dienerschaft war wegen des Tumults zusammengekommen und sah zu. Niemand rührte auch nur einen Finger, um mir beizustehen. Natürlich. Sie haben alle genauso große Angst vor ihm wie ich. Vielleicht glaubten sie aber auch, dass ich die Strafe verdient hätte wegen meines Betrugs, wenn es denn Betrug ist, einen anderen Mann zu lieben.

In meinem Zimmer fesselte er mich an die Bettpfosten, riss mir die Kleider vom Leib und bearbeitete meinen Rücken und mein Hinterteil gründlich mit der Peitsche, so wie er das vorher schon getan hatte. Obwohl ich wusste, was mir bevorstand, und den Schmerz auszublenden versuchte, war es doch grausam schmerzhaft. Der Zorn verlieh ihm zusätzliche Kraft, und es machte ihm solchen Spaß, mir wehzutun. Ich habe nicht geschrien, denn ich war genauso wütend wie er und wollte nicht um Gnade betteln, aber irgendwann schwanden meine Kräfte, und ich glaube, für kurze Zeit verlor ich das Bewusstsein.

Als ich, immer noch an die Bettpfosten gefesselt, wieder zu mir kam, geschah etwas ganz Außerordentliches. Die Tür ging auf, und meine Zofe Clara kam herein. Sie warf mir einen halb triumphierenden, halb verschämten

Blick zu und trug ein Tablett durch das Zimmer, auf dem irgendwelche langen Pflanzenstiele mit spitz zulaufenden, haarigen Blättern lagen.

„Ah, du hast welche gefunden", sagte Mylord mit unverhohlener Befriedigung. „Gut gemacht. Ich war mir nicht sicher, ob es so früh im Jahr schon welche geben würde." Er wartete gar nicht ab, bis Clara wieder gegangen war, sondern nahm die Stiele in die behandschuhte Hand und strich damit über meinen Rücken und meine Brüste.

Zuerst spürte ich gar nichts. Doch dann fing es an, ein stechendes, brennendes Jucken, und meine Haut wurde dunkelrot. Ich konnte es kaum ertragen und glaubte, ich würde den Verstand verlieren vor Schmerzen. Mein Rücken war noch ganz wund und aufgerissen von der Peitsche, und meine Brüste brannten wie Feuer wegen der Berührung mit dieser schrecklichen Pflanze, was immer das auch gewesen sein mag. Es war die reinste Folter.

Evershot schnitt meine Fesseln durch und presste mich mit dem Gesicht nach unten aufs Bett. Was dann folgte, war so unangenehm, wie man sich nur denken kann, vor allem weil mein armer geschundener Körper mit jedem Stoß schmerzhaft gegen die Matratze gedrückt wurde. Evershot knurrte mir ins Ohr, ich wäre ein treuloses Weibstück und seine Hure, nur seine allein, und dass ich gut dafür bezahlt würde, seine Lust zu befriedigen, nicht die eines anderen. Was zwar stimmte, aber ich glaube trotzdem nicht, dass ich eine solche Behandlung verdient habe. Er war unerbittlich, bis er sich schließlich erschöpft mit einem Grunzen von mir wälzte und mich einfach liegen ließ.

Holly legte das Buch zur Seite und schlug die Hände vors Gesicht. Ihr war beinahe schlecht vor Zorn, einem Zorn, der umso heftiger war, weil er ins Leere lief. Evershot war schon lange tot, und der Tod war noch viel zu gut für ihn.

Mit zitternder Hand nahm sie ein Glas aus dem Schrank und füllte es mit Wasser. War das der Grund, warum sie das Buch nicht hatte zu Ende lesen wollen? Hatte sie tief im Innern geahnt, dass Lavinia etwas Schreckliches zustoßen würde? Hatte sie sich davor gefürchtet, Lavinias Kummer und Schmerzen nachzuempfinden, weil sie gewusst hatte, dass es sich anfühlen würde, als erlitte sie diese Qualen selbst, als hallte das Echo dieser Gewalt und dieses Entsetzens über die Jahrhunderte hinweg zu ihr herüber?

Sie ging zu dem Buch, das aufgeklappt auf dem Tisch neben dem Sofa lag. Lavinia hatte mit dem Feuer gespielt und einen grausamen Preis dafür bezahlt. Dennoch konnte das unmöglich das Ende sein. Lavinia hatte etwas Besseres verdient, als schmachvoll verstoßen zu werden. Da gab es immer noch Robert – er würde sie nicht im Stich lassen, davon war Holly fest überzeugt.

Sie nahm das Buch mit spitzen Fingern und voller Abscheu wieder zur Hand.

Evershot ließ sich etwas zu essen und zu trinken kommen, um sich für weitere Tätlichkeiten zu stärken. Zum Glück für mich trank er so übermäßig, dass er bewusstlos wurde, und das war endlich die Chance für mich zu fliehen. Ich wusste, dass Robert mich nicht im Stich lassen und in der Mühle auf mich warten würde. Deshalb schmiedete ich einen Plan. Ich wollte Evershot fesseln und dann die Flucht ergreifen. Vorher wollte ich ihm alles rauben, was ich tragen konnte. Halten Sie von mir, was Sie wollen – aber das ist das Mindeste, was Evershot mir schuldig ist.

Obwohl mir übel ist und ich mich völlig zerschlagen fühle, lebt ein kleiner Hoffnungsfunken in mir weiter. Ich habe meine Wahl getroffen und mich für Robert entschieden. Vielleicht ist es dumm, nur meinem Herzen und nicht dem Verstand zu folgen, nachdem ich in meinem kurzen Leben stets so darauf bedacht gewesen bin, materiellen Abwägungen immer den Vorzug zu geben. Trotzdem spüre ich, dass dies kein Fehler sein wird. Robert ist mein Seelenverwandter. Da. Ich gebe es zu. Ich, die einmal geglaubt hat, nicht eine einzige sentimentale Ader in mir zu haben! Ach, und es fühlt sich so himmlisch an, zu lieben und geliebt zu werden! Das gibt mir die Kraft, fast jede Strapaze zu ertragen, denn ich weiß, zu guter Letzt werden wir beide zusammen sein, und nichts wird uns mehr trennen. Bald, schon sehr bald, werden wir beide gemeinsam fliehen …

Ungeduldig blätterte Holly um. Dort stand nur noch ein Eintrag.

Robert ist nicht gekommen.

Der Rest der Seite war leer. Einen Moment lang starrte Holly sie verständnislos an, dann blätterte sie rasch die restlichen Seiten des Tagebuchs durch. Manche Blätter klebten ein wenig zusammen, aber alle waren blütenweiß und unberührt. Lavinia hatte überhaupt nichts mehr geschrieben.

Holly fühlte sich verwirrt und orientierungslos. Sie empfand es nicht nur als schrecklichen persönlichen Verrat, dass Lavinia gleich zweimal misshandelt worden war – erst geschlagen von Evershot und dann im Stich gelassen von dem Mann, der behauptet hatte, sie zu lieben. Es war nicht nur so, dass sie wissen wollte, ja, *musste*, was aus Lavinia, Robert und dem Kind geworden war, das sie später zur Welt bringen würde. Darüber hinaus war sie schockiert, mit welcher Geschwindigkeit Lavinias Leben aus den Fugen geraten war. Andererseits hatte es nie besondere Sicherheit für Lavinia gegeben. Ein falscher Schritt, und sie hatte alles verloren: ihren Beschützer, ihren Geliebten, das Dach über ihrem Kopf und eine Zukunft für ihr ungeborenes Kind.

Holly nahm ihren Laptop und rief mit zitternden Fingern die veröffentlichte Version von Lavinias Tagebuch auf. Sobald ihr damals aufgefallen war, dass diese abgesehen vom Anfang wenig Ähnlichkeit mit Lavinias Originaltagebuch besaß, hatte sie die Seiten lediglich überflogen. Jetzt las sie diese fieberhaft und suchte nach Hinweisen auf Ashdown Park, Lord Evershot oder Robert Verity. Evershot wurde tatsächlich erwähnt – als einer von Lavinias unzähligen Liebhabern, und es gab sogar eine Fußnote, die erläuterte, dass er kurz nach ihrer Affäre gestorben sei, aber das war alles. Über Lavinias Aufenthalt in Ashdown hieß es nur, sie hätte eine kurze, langweilige Zeit auf dem Land verbracht, sich dann von Lord Evershot getrennt und wäre angeblich nach London zurückgekehrt.

Ich habe mir die Rückfahrt nach London mit der einzigen Währung erkauft, die ich hatte – mit meinem Körper, liebe Leser, sollten Sie sich darüber im Zweifel befinden –, und dazu gehörte ein lustvolles Stelldichein mit

*einem Fuhrmann und zwei seiner Kumpanen in einer
Scheune in der Nähe von Reading. Was für ausdauernde
Liebhaber sie waren!*

Es folgte ein reißerischer Bericht darüber, dass zum Glück
für Lavinia gerade ein neues Bordell aufgemacht hatte, in dem
sie schon bald einen Ehrenplatz einnahm. Sie wurde schnell
reich durch ihr sündiges Leben und beschloss mit einem für
die Leser bestimmten koketten Augenzwinkern, sich zurückzuziehen und anständig zu werden.

Hätte Holly diese Version des Tagebuchs an die Wand
werfen können, hätte sie es getan. Sie wusste, dass dieser
Bericht niederträchtiger, obszöner Unsinn war. Sie *wusste* es
einfach. Irgendjemand – zweifellos die hinterhältige, perfide
Clara Rogers – hatte die Idee von Lavinias Tagebuch übernommen und es neu geschrieben, um damit Geld zu verdienen. Unter Lavinias Namen und ihrer Identität war sie somit
reich geworden.

Aber was war mit Lavinia selbst geschehen?

Holly klappte ihren Laptop geräuschvoll zu, ging zur
Haustür und blickte über den Mühlengarten. Er strahlte Ruhe
und Gelassenheit aus im warmen Sonnenschein, und doch
hatte Holly sich nie rastloser gefühlt. Ihr war übel und innerlich eiskalt. Die ganze Zeit über hatte sie sich vor einem
unglücklichen Ende gefürchtet. Von Anfang an hatte sie Lavinia nicht nur wegen ihres Eigennutzes und Überlebensin-
stinkts gemocht, sondern sich ihr auch so unglaublich nahe
gefühlt. Jetzt schien es, als wären ihre schlimmsten Befürchtungen wahr geworden. Lavinias Geliebter hatte sie verlassen.
Er war fortgegangen und laut Marks Informationen aus den
Militäraufzeichnungen verschwunden. Vielleicht hatte er ir-

gendwo ein neues Leben angefangen und Lavinia wieder in die Armut verfallen lassen, aus der sie gekommen war.

Holly ging hinaus in den Garten. Ihr war schlecht, sie fühlte sich desillusioniert, und doch, als sie Robert Verity verfluchte, kam ihr das irgendwie nicht richtig vor. Ein hartnäckiger, tief verwurzelter Instinkt sagte ihr, dass Robert Lavinia niemals freiwillig verlassen hätte. Sie war sich nicht sicher, woher sie das wusste, denn sie hatte ja nur Lavinias Beschreibung ihrer Beziehung, dennoch hatte sie keinen Zweifel daran. Ganz bestimmt hatten sie einander tief und aufrichtig geliebt. Vielleicht war Robert etwas zugestoßen, das ihn daran gehindert hatte, in der Mühle auf Lavinia zu warten. Vielleicht war es die Grausamkeit des Schicksals gewesen, nicht die eines Menschen, die die beiden getrennt hatte. Wenn es doch nur eine Möglichkeit geben würde, das herauszufinden …

Plötzlich kam ihr ein Gedanke. Sie ging rasch zum Tagebuch zurück, blätterte bis zum Anfang des letzten Eintrags und prüfte das Datum. Dann öffnete sie ihr Tablet. Nachdem Mark ihr von dem Feuer erzählt hatte, hatte sie ein paar alte Zeitungsartikel darüber gelesen und sich ein paar Notizen gemacht … Jetzt sah sie, dass das Datum des Brandes genau das Gleiche war wie das des Tagebucheintrags – der 3. März 1801.

Lavinia hatte in der Nacht geplant, von Ashdown Park zu fliehen, als das Haus bis auf die Grundmauern niedergebrannt war. Robert Verity hatte sie am selben Tag verlassen.

Holly brauchte einen klaren Kopf zum Nachdenken. Sie nahm Bonnies Leine vom Regal. Die Hündin sprang begeistert auf und folgte Holly aus dem Haus in den Wald. Ein Schachbrettmuster aus Licht und Schatten fiel auf den Pfad. Es war kühler als noch vor Kurzem, eine unbestimmte Traurigkeit lag in der Luft. Holly ging eine Weile ziellos vor sich hin, in ihrem Kopf herrschte ein Wirrwarr aus Gedanken und Emotionen. Erst als sie merkte, wie ungewöhnlich dunkel es geworden war, hob sie endlich den Kopf und begriff, dass sie sich verlaufen hatte.

Sie befanden sich in einem alten Teil des Waldes, der ihr unbekannt vorkam. Hohe Eichen standen um sie herum, der Boden unter ihren Füßen war mit längst verwelkten Blättern bedeckt, die bei jedem ihrer Schritte raschelten. Sonst war kein Geräusch zu hören, es ging kein Windhauch, alles war sehr still, bedrückend und dunkel.

Bonnie schien ungewohnt nervös und unglücklich zu sein. Sie hatten kaum das Ende des Eichengehölzes erreicht, da hob sie abrupt den Kopf und witterte etwas. Sie erstarrte. Dann machte sie kehrt und rannte davon. Ihr Schatten war noch eine Weile zwischen den Bäumen zu sehen, ehe er vom Dunkel des Waldes verschluckt wurde. Das Rascheln des Laubs wurde leiser, dann hörte es ganz auf. Der Hund war fort.

„Bonnie!" Holly war ebenso schockiert wie ängstlich. Es entsprach überhaupt nicht Bonnies Charakter, sich so zu verhalten. Holly lauschte und wartete. Es war nichts zu hören. Sie fuhr herum. Die Schatten schienen irgendwie näher zu rücken, die Luft fühlte sich schwer und erdrückend an.

„Bonnie!" Wieder und wieder rief Holly nach ihr, bis sie heiser war. Sie geriet in Panik. Sie wusste, wenn ein Hund weggelaufen war, blieb man am besten an Ort und Stelle stehen und wartete, dass er den Weg zu einem zurückfand. Trotzdem spielte sie mit dem Gedanken, nach Hause zu gehen, für den Fall, dass Bonnie zur Mühle zurückgelaufen war. Dann wiederum machte sie sich Sorgen, dass Bonnie stattdessen hierher zurückkommen und sie dann nicht mehr finden würde. Sie dachte daran, weiter durch den Wald zu gehen und immer wieder nach Bonnie zu rufen, in der Hoffnung, die Hündin würde sie irgendwann hören. Und die ganze Zeit über fühlte es sich so an, als würde es immer dunkler, als kämen die Schatten immer näher. Die Angst lag wie ein Stein auf ihrer Brust, das Atmen fiel ihr schwer. Auf eine seltsame Art schien es, als würde die Zeit selbst immer zähflüssiger werden.

Holly beschloss, zur Mühle zurückzukehren und dort zu warten, doch als sie sich umdrehte und auf den Weg machen wollte, hatte sie plötzlich das Gefühl, als drehte sich die Dunkelheit schwindelerregend schnell um sie herum, die Schatten zerflossen und formten sich wieder neu, und einen schrecklichen Moment lang hatte sie keine Ahnung, wo sie war. Dann war es vorbei, sie sah wieder den Weg zwischen den Bäumen und folgte ihm. Immer noch rief sie nach Bonnie und stolperte über Baumwurzeln in ihrer Hast, nach Hause zu kommen.

Mit einem Mal fror sie. Als sie nach oben sah, merkte sie, dass die Bäume kahl waren und der Himmel über ihnen noch dunkler war als ihre schwarzen Zweige, durch die der Schein der Mondsichel fiel. Unter Hollys Füßen lag Schnee, weiß und knirschend, und sie konnte das Plätschern von Wasser hören. Das war der Bach, der sonst an der Mühle vorbeifloss, wegen der Dürre aber ausgetrocknet war.

Der Pfad endete abrupt, die Eichen wichen zurück wie stumme Wächter. Holly stand auf der Ebene, die sie mit Mark besichtigt hatte, nur befand sich hier jetzt kein Lavendelgarten. Stattdessen erhob sich ein großes Haus vor ihr, schimmernd weiß in der Dunkelheit, ein Haus, das sie schon mehrere Male gesehen hatte. Sie musste den Kopf in den Nacken legen, um bis ganz nach oben sehen zu können, bis zur hölzernen Balustrade, der hübschen kleinen Kuppel und den beiden hoch in den Himmel ragenden Schornsteinen.

Ashdown House, das Herrenhaus aus Kalkstein, so solide und wirklich wie sie selbst.

Wilde Panik schnürte Holly die Kehle zu. Sie streckte Halt suchend die Hand aus und spürte raue Baumrinde unter ihren Fingern. Inzwischen fror sie in der beißenden Kälte. Sie war nur mit einer leichten Jacke bekleidet losgegangen, und die bot keinen Schutz vor dem kalten Spätwinter und dem eisigen Wind, der von den Hügeln herabwehte.

Holly betrat die Schneefläche, die sie von dem Haus trennte. Keine Fußabdrücke verunzierten die weiße Pracht. Sie fühlte sich jetzt etwas schwindelig und verwirrt, ein Teil ihres Verstandes registrierte das sehr realistische Knirschen des Schnees unter ihren Schuhen, während sie sich gleichzeitig fragte, ob sie von Anfang an recht gehabt hatte und es wirklich nur ein Trugbild war, hervorgerufen durch Kummer und Stress. Sie hatte sich so intensiv mit dem Tagebuch befasst, bevor sie losgegangen war. Es war durchaus möglich, dass sie eingeschlafen war und jetzt träumte, in ihre eigene Fantasie hineingelaufen zu sein.

Sie stand nun genau vor dem Haus, und sie streckte die Hand aus, um die Mauer zu berühren. Der Stein war kalt und rau, dort, wo das Alter ihn bereits abgetragen hatte. Die Wand fühlte sich sehr real an.

In einem Fenster im Hochparterre brannte Licht. Die Terrassentür auf der Rückseite des Hauses stand trotz der Kälte weit offen, die Vorhänge blähten sich im Wind. Holly spürte die Schneeflocken wie Nadelstiche auf ihrer Haut. Der Mond war hinter einer Wolkenbank verschwunden.

Sie konnte Stimmen im Haus hören, eine männliche, kalt und schroff, und eine andere, gedämpfter und undeutlich. Die Angst hatte Holly jetzt fest im Griff, eine ansteigende Woge, die alles andere auszulöschen schien. Sie schlich sich näher heran, in den Lichtkreis unter dem Fenster, und versuchte, die einzelnen Worte zu verstehen.

„Ich habe sie in der Mühle gefunden, Mylord."

„Wo sie auf ihren Liebhaber gewartet hat."

Evershot. Holly hatte keine Ahnung, woher sie das wusste, aber sie bekam vor Abscheu eine Gänsehaut.

„Nun …", hörte sie Evershot sagen, und seine Stimme war so voller bösartiger Belustigung, dass Hollys Übelkeit noch zunahm. „Jetzt kann sie ja bald zu ihm in die Grube fahren, nicht wahr? Sobald ich mit ihr fertig bin."

Holly rannte die breite Treppe zum Eingang hinauf, durch die offene Tür und blieb vor dem Zimmer stehen. Es war erlesen eingerichtet, eine Bibliothek mit Bücherregalen, die die ganzen Wände bis oben hin einnahmen, und einer Stuckdecke, die mit Kronen, Amoretten und Lorbeerblättern verziert war. In den Ecken sah Holly die ineinander verschlungenen Initialen WC und ES in Blattgold.

Evershot stand an einem großen Marmorkamin und stützte sich mit einem Arm lässig auf den Sims, ein Mann, der unter normalen Umständen recht gut ausgesehen hätte, dessen Gesicht jetzt jedoch vor Wut glühte, einer Wut, die fast greifbar schien und die Luft im Raum zum Vibrieren brachte.

Vor ihm standen zwei Menschen: ein Mann, von dem Holly vermutete, dass es sich um den Verwalter Gross handelte, der in Lavinias Tagebuch erwähnt wurde, und, von ihm eisern festgehalten, Lavinia Flyte, vollkommen still und ruhig. Lavinia bewegte sich nicht und sagte kein Wort, wirkte aber gleichzeitig wie Eis und Feuer – die braunen Augen in ihrem schneeweißen Gesicht schienen zu brennen, und ihr flammend rotes Haar fiel offen um ihre Schultern.

Lavinia.

Holly spürte, wie das Blut in ihren Adern pochte, spürte Lavinias Schmerz und Wut am eigenen Leib, alles verzehrend, alles andere auslöschend, den Verlust von Liebe und Hoffnung.

Robert Verity war tot. Lavinia hatte alles verloren, was ihr etwas bedeutet hatte.

„Du hast Robert wegen des Kristallspiegels getötet", sagte sie jetzt. Sie straffte sich und sprach Evershot direkt an, als wären sie allein. Ihre Stimme war klar und fest.

„Stimmt." Evershot klang gelangweilt. „Deswegen und wegen seiner Verwegenheit, mit meiner Hure ins Bett zu gehen."

Lavinia zuckte nicht einmal mit der Wimper, ganz im Gegensatz zu Holly. Sie lehnte sich flach an den Türpfosten und verfolgte die Szene mit klopfendem Herzen.

Der Feuerschein fiel auf Evershots Gesicht, ein Furcht einflößendes Orange, halb Licht, halb Schatten.

„*Ich* habe den Spiegel." Lavinia hob trotzig das Kinn. „Er wird niemals dir gehören, genauso wenig wie die Perle. Der Schatz der Winterkönigin ist nicht für dich bestimmt. Du hast keinen Anspruch darauf."

Evershot wollte sich auf sie stürzen, aber Lavinia war zu schnell für ihn. Sie hielt den Spiegel bereits in der Hand. Holly sah ihn, sah die sich in ihm widerspiegelnden Flammen, eine Vision von der Hölle.

„Nehmen Sie ihn ihr weg, Sie Narr!", brüllte Evershot, als der Verwalter wie erstarrt und mit offenem Mund dastand. Vor Schreck hatte er Lavinia losgelassen. „Lassen Sie sie nicht …"

Doch es war zu spät. Ein Brausen ertönte, als hätte der Wind das Dach vom Haus gerissen, und toste nun durch alle

Räume. Flammen schossen aus dem Spiegel wie eine rotgoldene Wand, so plötzlich, sengend heiß und alles vernichtend, dass Holly entsetzt nach hinten sprang. Im Nu war der Raum zerstört, ausgelöscht durch eine so gewaltige Feuersbrunst, dass Holly den Arm vor das Gesicht hielt, um sich vor der Hitze zu schützen. Sie hörte den Verwalter schreien, hörte, wie das Haus ächzte und stöhnte wie ein sinkendes Schiff.

Holly stolperte die Stufen hinunter ins Freie. Es schneite jetzt heftiger, die Flocken vermischten sich mit den Funken, die aus den Fenstern stoben. Das Feuer hatte das Haus bereits fest im Griff. Holly konnte sehen, wie die Flammen aus dem Dach schlugen. Sie spürte Kälte und Hitze stechend auf ihrer Haut.

Eine rasche Bewegung, und plötzlich stand Lavinia vor ihr. Sie hielt den Kristallspiegel noch immer in der Hand. Einen Moment lang starrten sie sich an, dann rannte Lavinia die Allee hinunter und verschwand in der Dunkelheit.

Holly stand verblüfft und wie erstarrt an Ort und Stelle, dann rannte auch sie in den Wald hinein. Hinter ihr erhellte das brennende Haus den Himmel wie ein Leuchtfeuer. Das Knistern der Flammen wurde leiser, bis Holly schließlich nichts mehr hören konnte außer ihrem eigenen Herzschlag und ihrem keuchenden Atem.

Sie hatte keine Ahnung mehr, wo sie war, an welchem Ort, in welcher Zeit.

Das Haus brannte. Robert Verity war tot. Sie hatte Lavinia gesehen.

Die Gedanken überschlugen sich in ihrem Kopf, während sie immer weiterrannte. Die Bäume zogen an ihr vorbei, eine Reihe nach der anderen, dichter stehend, als Holly es je gesehen hatte, ein Gefängnis, ein Irrgarten. Dann, ganz plötzlich, wichen sie zurück, und Holly erkannte, wo sie sich befand. Es war die Lichtung im Wald mit dem Brunnen. Halb keuchend, halb schluchzend sank sie auf die Knie, sie hatte Seitenstechen und konnte keinen Schritt weitergehen.

Eine Weile lag sie nur einfach da, während über ihr die Sterne am nachtschwarzen Himmel wie Diamanten glitzerten, der Mond zwischen den Zweigen der Bäume schimmerte und in ihrem Kopf unentwegt Bilder vorbeizogen – *das Haus, Evershot, Lavinia, das Feuer, der Kristallspiegel …*

Ein Schauer rann über ihren Rücken, und sie setzte sich auf. Es war unmöglich und gleichzeitig doch so realistisch gewesen. Verlor sie allmählich den Verstand? Plötzlich fiel ihr auf, dass die Luft warm war und die Blätter an den Bäumen leise im Wind raschelten. Es lag kein Schnee mehr. Wo immer sie auch gewesen war, jetzt war sie wieder zurück. Sie konnte nach Hause gehen. Von hier aus führte ein Pfad direkt zur Mühle, sie musste ihn nur finden. Dann wäre alles gut, auch Bonnie würde da sein …

Sie atmete tief durch und stand mühsam auf. Die Sterne über dem Wald waren hinter einem dünnen Wolkenschleier fast nicht mehr zu sehen. Regen lag in der Luft. Einen Moment lang zögerte sie, dann entschied sie sich für den zweiten Pfad zu ihrer Linken. Sie war sich ganz sicher, dass es der Weg nach Hause war.

Eine Viertelstunde später zitterte sie noch immer, aber sie sah, wie der Mond auf die weiß getünchten Mauern der Mühle schien. Ein lautes Bellen, dann schoss Bonnie aus der Dunkelheit auf sie zu.

„Bonnie!" Hollys Beine gaben nach, als sie den Hund zu sich zog und ihn fest umarmte. Bonnie ließ es ein paar Minuten lang gelassen über sich ergehen, doch dann entwand sie sich Hollys Armen und lief los, eine Aufforderung an Holly, ihr zu folgen. Als sie bei der Mühle um die Ecke bog, nahm Holly Rauchgeruch war, sie hörte das Knistern eines Funkgeräts, Stimmen, Wassergeplätscher. Wie erstarrt blieb sie stehen.

Auf dem Kiesstreifen neben dem Mühlteich parkte ein Löschfahrzeug, und vor der Gartenpforte hatten sich viele Leute versammelt. Eine davon war Fran, die sie den Weg hinunterhumpeln sah, mit einem Freudenschrei auf sie zurannte und sie in ihre Arme zog.

„Gott sei Dank!" Fran drückte sie so fest, dass Holly kaum noch Luft bekam. „Wo warst du? Wir dachten, du wärst noch drinnen! Wir dachten, du wärst verschwunden wie Ben ..."

„Bonnie ist mir im Wald weggelaufen, ich habe nach ihr gesucht." Holly wischte sich benommen mit der Hand über das Gesicht. „Was um Himmels willen ist denn hier los?"

„Es hat gebrannt", berichtete Fran. „In der Werkstatt. Mark hat es bemerkt. Bonnie tauchte unten am Kutschenhof auf. Er brachte sie zurück, und als er hier ankam, sah er die Flammen und rief die Feuerwehr." Sie zog Holly zur Tür der Mühle. „Hier ist alles in Ordnung, wir können hineingehen. Es hat offensichtlich nur an einer Stelle gebrannt. Sie glauben, dass der Blitz dort eingeschlagen ist. Einer deiner Schränke in der Werkstatt ist verbrannt, aber das ist alles. Natürlich ist alles patschnass, aber deiner Ware dürfte nichts passiert sein. Ein Wunder, nicht wahr? Wie dem auch sei, du brauchst jetzt erst einmal einen Tee und ..."

Fran war ins Plappern geraten, aber Holly hörte ihr gar nicht richtig zu. Statt Fran ins Haus zu folgen, bog sie ab und ging zur Werkstatt hinüber. Hier herrschte absolutes Chaos, Feuerwehrschläuche lagen im Gras, alles tropfte. Mark stand

375

in der Tür und sprach mit einem der Feuerwehrmänner. Als er sie sah, brach er das Gespräch ab.

„Holly!" Sie hörte die Anspannung und Erleichterung in seiner Stimme. „Wo zum Teufel bist du gewesen?"

„Ich habe mich verlaufen", erwiderte sie knapp. Sie ging an ihm vorbei in die Werkstatt, wo ihr einer der Feuerwehrmänner den Weg versperrte. „Tut mir leid, Ma'am, aber es ist noch nicht sicher genug. Wir sagen Ihnen Bescheid, wenn Sie hineingehen und den Schaden begutachten können."

Holly schwieg. Über seine Schulter hinweg sah sie den verkohlten Haufen aus Asche und Holz, der einmal ein Schrank gewesen war. Der Geruch von Rauch und Wasser hing in der Luft und kratzte in ihrer Kehle. „Ich nehme nicht an, dass vom Inhalt des Schranks noch etwas übrig geblieben ist." Doch dann sah sie es, ein schwaches silbernes Blinken in dem Aschehaufen.

Es war der Kristallspiegel, heil und völlig unversehrt.

Als sie sich umdrehte, stand Mark genau hinter ihr. Er sah sie prüfend an. „Dir geht es nicht gut, nicht wahr?"

„Nein", murmelte Holly matt. „Ich möchte nur, dass jetzt alle verschwinden."

Sie wusste nicht, wie Mark das gemacht hatte, aber innerhalb von zehn Minuten hatte die Feuerwehr alles zusammengepackt, sich vergewissert, dass auf keinen Fall ein neuer Brand ausbrechen konnte, und die Leute freundlich aufgefordert, in ihre Häuser zurückzukehren.

„Wahrscheinlich sind sie alle enttäuscht, dass der Brand nicht so dramatisch war wie der vor zweihundert Jahren", sagte Holly, als sie die Haustür von innen schloss und alle anderen draußen ließ. Bonnie rollte sich auf dem Sofa zusammen und gähnte herzhaft. „Ja, so geht es mir auch, Bon."

Plötzlich fühlte Holly sich restlos erschöpft. Jetzt, wo sie wieder zu Hause war, bei Licht und im Warmen, setzte die Reaktion auf die vergangenen Stunden ein, und sie begann heftig zu zittern.

„Ich kann auch gehen, wenn du lieber allein sein möchtest", bot Mark an.

„Nein!", entfuhr es ihr spontan, und sie wurde rot. „Es … es ist nur … Da ist etwas, dass ich dir erzählen muss."

Mark ergriff ihre zitternden Hände. „Du bist ja eiskalt! Stell dich erst einmal unter die heiße Dusche, ich mache dir inzwischen etwas zu trinken."

„Mark!" Sie packte ihn am Ärmel. „Ich habe das Haus gesehen. Ashdown House. Es stand in Flammen. Und Lavinia …" Ihre Zähne klapperten. „Sie habe ich auch gesehen." Holly schüttelte sich. „Es wirkte alles so real."

„Holly. Geh jetzt duschen", sagte Mark ruhig. „Hinterher reden wir." Er fuhr sich mit der Hand über das unrasierte Kinn und schob sie sanft zur Treppe.

Die Dusche war heiß. Holly genoss es, wie das Wasser auf ihren Kopf und ihre Schultern prasselte, aber innerlich war ihr immer noch kalt. Evershot hatte Robert Verity umgebracht, und Lavinia hatte sich gerächt, in dem sie das Haus bis auf die Grundmauern abgebrannt hatte, während Evershot sich noch darin befand. Holly fragte sich, ob der Spiegel auf negative Emotionen reagierte, ob er Hass oder Eifersucht anzog und sie in Energie umwandelte.

Aber vielleicht verlor sie auch einfach nur den Verstand, denn während sie mitangesehen hatte, wie der Spiegel Ashdown House zerstört hatte, war er hier in der Mühle gewesen und hatte ein weiteres Feuer überstanden, wie durch ein Wunder unversehrt …

Holly drehte die Dusche ab, griff nach einem Handtuch, das sie sich um den Kopf schlang, und einem zweiten, in das sie sich einwickelte. Unten in der Küche hörte sie das Klappern von Geschirr und die Stimme von Mark, der ruhig auf Bonnie einredete. Es klang tröstlich und anheimelnd, und doch umschloss die Dunkelheit immer noch ihre Gedanken. Sie wusste, was sie gesehen hatte, scheinbaren Irrsinn, der jedoch keiner war.

Holly erschauerte und ging ins Schlafzimmer, ließ das Handtuch fallen und griff nach dem Bademantel, der an einem Haken hinter der Tür hing. Sie schlüpfte hinein und band mit mechanischen Bewegungen den Gürtel zu.

Es klopfte an ihrer Tür.

„Ich habe dir heiße Schokolade gemacht", sagte Mark. Er drückte ihr den Becher in die Hände und legte ihre Finger darum. „Du frierst ja immer noch!" Er betrachtete sie eingehender. „Und du bist kreidebleich. Hast du dich verletzt?"

„Nein, das ist es nicht." Sie ließ sich auf die Bettkante fallen. „Ich bin nicht verrückt, weißt du", sagte sie beinahe trotzig. „Ich weiß, was ich gesehen habe." Der Kakao schwappte über, weil ihre Hände so zitterten.

Mark nahm ihr den Becher sanft ab, stellte ihn auf den Nachttisch und legte ihre Hände in seine. „Ich glaube nicht, dass du verrückt bist."

Holly hob den Kopf und sah ihm in die Augen. „Aber es muss doch irgendeine Sinnestäuschung sein, oder? Leute unternehmen keine Zeitreisen, sie haben keine Visionen!" Ihre Stimme war lauter geworden. „Es sei denn, es stimmt etwas nicht mit ihnen."

„Deine Jacke war voller Asche und Steinstaub", teilte er ihr mit. „Es war also keine Sinnestäuschung."

Es dauerte einen Moment, bis Holly begriff, dann setzte grenzenlose Erleichterung ein. „Gott sei Dank." Aus einem unerfindlichen Grund zitterte sie jetzt noch stärker. „Ich habe es mir nicht eingebildet."

Mark legte die Arme um sie und zog sie an sich. Sie legte den Kopf an seine Brust, hörte den gleichmäßigen Schlag seines Herzens und merkte, wie Wärme und Kraft langsam wieder in sie hineinströmten.

„Ich muss dir noch mehr sagen, über den Spiegel und die Perle …"

„Später." Er hob ihr Kinn an und küsste sie. „Jetzt musst du dich vor allem erst einmal aufwärmen." Sie spürte, wie er an ihren Lippen lächelte. „Ich hoffe, du hast nicht allzu sehr an der Jacke gehangen, denn sie ist völlig ruiniert." Er küsste Holly erneut.

Sie erschauerte, schob sein T-Shirt hoch und strich mit den Händen über seine Haut. Sein Kuss wurde leidenschaftlicher, voller Glut und Verlangen. Das stand in solchem Kontrast zu seiner sonstigen kühlen Distanziertheit, dass Holly ganz schwindelig wurde. Sie streifte ihren Bademantel ab, zog Mark mit sich auf das Bett und hörte ihn geräuschvoll die Luft anhalten, als sie seine Jeans öffnete. Sein Mund war jetzt auf ihrer Brust, sie spürte seine Bartstoppeln auf ihrer Haut. Plötzlich war da nur noch heiße Glut, blendendes Licht und grenzenloses Verlangen genau wie damals, aber nun auch anders, wirklicher, denn mit jeder Berührung wusste sie, dass es Mark war, mit dem sie zusammen war und den sie wollte.

Während er sich in ihr bewegte, hielt er seine Finger mit ihren verflochten, sie sahen sich dabei in die Augen, sodass ihre Vereinigung noch intensiver wurde. Holly verlor sich ganz in ihren Empfindungen, spürte den Höhepunkt nahen und erreichte ihn gemeinsam mit Mark. Er presste die Lippen auf die feuchte Haut ihres Halses, und als er sie schließlich in seinen Arm zog, widerstand sie dem instinktiven Bedürfnis, sich zurückzuziehen, und blieb, wo sie war, um dieses neue Gefühl der Vertrautheit auszukosten. Es kam ihr ungewohnt vor, aber gleichzeitig war es, als hätte sie das schon einmal erlebt, als hätte sie ihn schon einmal im Arm gehalten und geliebt. Dieser Eindruck des Wiedererkennens vermischte sich allmählich mit ihren Träumen, bis der schreckliche Schmerz, den sie durch Lavinia miterlebt hatte, langsam verklang und sie endlich ruhig einschlief.

31. Kapitel

Schloss von Rhenen, Niederlande, Oktober 1639

William Craven hatte alles versucht, in der Schacht bei Vlotho zu fallen, das wusste Elizabeth instinktiv, aber sie verstand nicht, warum. Sie wusste nur, dass der Gedanke, sie hätte ihn für immer verlieren können, unerträglich schmerzte. Er war für sie so lebenswichtig wie das Atmen. Sie konnte es nicht riskieren, ihn noch einmal hergeben zu müssen.

Sie sah ihm entgegen, als er durch den Klostergarten auf sie zukam. Es war ein milder Tag, die Sonne schien warm. Craven war so gealtert, dass ihr Herz bei seinem Anblick kurz aussetzte. Sein Gesicht hatte eine graue Blässe angenommen, und tiefe Falten zogen sich um seine Augen und Mundwinkel. Am liebsten wäre sie zu ihm gerannt und hätte sich in seine Armen geworfen. Sie hatte ihn so unendlich vermisst.

„Majestät." Craven verneigte sich förmlich vor ihr und wartete dann ab, bis sie etwas sagte.

Sie schluckte krampfhaft und spürte, dass ihr die Tränen kamen, eine Schwäche, die sie nicht kontrollieren konnte. Craven war fast drei Jahre fort gewesen, und sie hatte jeden einzelnen Tag an ihn gedacht. Es hatte sich angefühlt, als hätte ein Teil von ihr gefehlt.

Zuerst war er mit ihren Söhnen zu deren Onkel, dem König von England gefahren, um Soldaten und Geldmittel für die Rückeroberung der Pfalz zu beschaffen. Das Beschaffen von

Geldern war erfolgreich gewesen, der anschließende Feldzug nicht. Sie hatten die Schlacht gegen die kaiserliche Armee verloren, und Craven war in Gefangenschaft geraten und in den Kerker gebracht worden. Elizabeth war außer sich vor Sorge gewesen, weil sie so lange Zeit nichts über sein weiteres Schicksal erfahren hatte.

„Seid Ihr wohlauf?" Sie spürte die mitleidvolle Unzulänglichkeit ihrer Worte und die Schranken, die zwischen ihm und ihr standen. Er kam ihr vor wie ein Fremder. Er hatte sich irgendwie verändert, das merkte sie ihm an. Er wirkte kühl und distanziert, und sie hatte keine Ahnung, was sie dagegen tun sollte.

„Es geht mir gut, Eure Majestät." Sie sah so etwas wie grimmigen Humor in seinen Augen aufblitzen und wusste, dass er log. Wie hätte es ihm auch gut gehen können, nachdem er in der Schlacht verwundet worden und danach im Kerker gewesen war? Er sagte ihr lieber das, was sie hören wollte, anstatt ehrlich zu ihr zu sein.

Sie bedeutete ihm, neben ihr auf der steinernen Bank Platz zu nehmen. Sie saßen im Schatten eines alten Apfelbaums, der Teil des klösterlichen Obstgartens gewesen war, ehe Friedrich Rhenen in ein Jagdschloss umgebaut hatte. Elizabeths Hofdamen hielten sich knapp außer Hörweite auf. Lord Cravens Anwesenheit sorgte immer für Neugier. Selbst nach der Niederlage war er immer noch ein Held, vor allem jetzt, nachdem er dem Sohn der Königin das Leben gerettet hatte.

Craven saß schweigend da, den Blick seiner braunen Augen starr auf die Ziergiebel und Dachschrägen des kleinen Schlosses gerichtet. Er macht es mir nicht leicht, dachte Elizabeth. Aber vielleicht machte er es ihr auch nicht mit Absicht schwer.

Eine neue Aura der Trostlosigkeit umgab ihn, als hätte er etwas Kostbares verloren.

„Ich habe Nachrichten für Euch, Majestät." Er fasste in seine Jacke und zog ein paar Briefe hervor. Elizabeth nahm sie ihm ab, legte sie aber zur Seite.

„Ich danke Euch. Ich werde sie bald lesen, doch zuerst möchte ich wissen, wie es Euch geht. Und Ruprecht."

„Der Prinz war wohlauf, als ich Linz verlassen habe." Er verfiel wieder in Schweigen.

„Wird er während seiner Gefangenschaft gut versorgt? Mangelt es ihm an irgendetwas?" Elizabeth verlor die Geduld. „Um Himmels willen, Craven, sagt mir ehrlich die Wahrheit! Ist es nicht schon schlimm genug, dass wir jetzt keine Hoffnung mehr haben, die Pfalz zurückzugewinnen? Wenn Ruprecht krank oder seelisch gebrochen ist, dann möchte ich lieber die Wahrheit hören und keine Ausflüchte!"

Er drehte sich zu ihr um und sah sie an. Jetzt lächelte er richtig, und ihr wurde endlich wärmer ums Herz, als ob ein paar Schichten der Förmlichkeit von ihnen abgefallen wären und sie sich wieder ihrer früheren Freundschaft annäherten, auch wenn die Vertrautheit, nach der sie sich so sehnte, nicht mehr vorhanden war.

„Prinz Ruprecht mangelt es nur an einem, an Freiheit", erwiderte er langsam. „Ihr wisst ja, wie er ist. Genauso gut kann man einen wilden Falken einsperren." Er zuckte mit den Schultern. „Arundel hat ihm zur Gesellschaft einen Hund geschenkt, ein großes, flauschiges weißes Geschöpf, das ihm treu ergeben ist." Jetzt schwang ein Anflug von Humor in seiner Stimme mit. „Rupert hat auch eine gewisse Zuneigung für die Tochter seines Kerkermeisters, des Herzogs von Kufstein, entwickelt. Ich weiß, Ihr habt mich gebeten, dafür zu sorgen, dass er nicht in Schwierigkeiten gerät, aber …" Er breitete die Hände aus. „Nicht einmal ich kann den Schaden wieder beheben, den Amors Pfeile anrichten."

Elizabeth lachte. „Ihr habt bei Vlotho Ruprechts Leben gerettet. Das reicht mir völlig aus. Ich werde Euch niemals Vorwürfe machen."

„Wirklich niemals?" Seine Stimme hatte jetzt einen seltsamen Unterton.

Elizabeth entging das nicht, und beinahe hätte sie aufgehört, ihm weitere Fragen zu stellen, aber ihre Neugier war stärker. Sie wollte mehr von Ruprecht erfahren, davon, wie Craven so tapfer gekämpft und ihren Sohn gerettet hatte. „Ich werde Euch wirklich niemals Vorwürfe machen, das schwöre ich." Elizabeth legte ihre Hand auf seine. „Aber nun erzählt mir, wie es euch gelungen ist, Ruprecht zu retten."

„So dramatisch war das gar nicht, glaubt mir." Er machte eine wegwerfende Handbewegung. „Seine Truppen waren eingekesselt, und ich kam ihm zu Hilfe. Er ist ein guter Soldat", fügte er hinzu. „Er könnte sogar ein erstklassiger sein, wenn er lernen würde, seine Disziplin seinem Mut anzupassen."

„Und Karl Ludwig?" Karl Ludwig war ihr Lieblingssohn, aber sie wusste, nur wenige Leute verstanden, warum sie ihn Ruprecht vorzog. Als Erbe seines Vaters brauchte er Mut *und* Geschick. Während Ruprecht selten zu Taktgefühl neigte, war Karl Ludwig sehr begabt darin, es allen Seiten recht zu machen, und war bereits ein versierter Politiker. Seine schmachvolle Flucht nach der Schlacht war oft Ruprechts und Cravens heldenhaftem Einsatz und ihrer Weigerung, das Schlachtfeld zu verlassen, gegenübergestellt worden, aber Elizabeth tat diese Kritik weh, denn was hätte Karl Ludwig sonst tun sollen? Er war jetzt der Kurfürst von der Pfalz, auch wenn er kein Land besaß, über das er herrschen konnte. Es hätte niemandem gedient, wenn er ebenfalls in Gefangenschaft geraten oder gar gefallen wäre.

„Karl Ludwig hat sich gut geschlagen", sagte Craven. Das war alles.

Elizabeth unterdrückte ein Seufzen. „Ihr seid verwundet worden, wie ich hörte."

„Nur ein Kratzer."

„Ihr tut immer so, als wären Eure Verletzungen ganz harmlos", beklagte sie sich.

„Weil sie es sind." Craven klang so schroff, dass es schon beinahe an Unhöflichkeit grenzte.

Elizabeth fragte sich, ob er wegen seiner Schmerzen so mürrisch war, aber sie hütete sich, das auszusprechen. Denn wenn es so war, würde seine Antwort noch grimmiger ausfallen. „Ihr seht krank aus." Auch sie verzichtete nun auf Höflichkeit und passte sich seiner Direktheit an. „Ich wollte Euch fragen, ob Ihr mich nachher zu einem Ausritt begleiten wollt, aber ich fürchte, Ihr fallt sofort vom Pferd."

„Die Möglichkeit besteht." Wieder dieser grimmige Humor. „Vielleicht ein anderes Mal, wenn es Eurer Majestät recht ist."

Auch wenn er schlechter Laune war, freute sie sich so sehr darüber mit ihm zusammen zu sein, dass sie am liebsten den ganzen Nachmittag mit ihm hier gesessen und geredet hätte. „Sie wollen, dass Ruprecht konvertiert", sagte sie. „Wenn er zum Katholizismus übertritt, lassen sie ihn frei."

„Dann wird er sich auf eine lange Gefangenschaft gefasst machen müssen." Craven drehte sich zu ihr um, und seine Miene wurde weicher. „Keine Sorge, Majestät. Prinz Ruprecht wird dem Kaiser nie Gefolgschaft schwören. Er ist hartnäckig. Wenn es der Königin in England schon nicht gelungen ist, ihn zu überreden – und glaubt mir, ihm drehte sich wahrlich der Kopf, weil ihm so viel Aufmerksamkeit zuteilwurde – dann schafft der Kaiser es erst recht nicht."

„Dann werden wir seine Freilassung auf andere Weise bewirken müssen." Elizabeth fühlte sich ein wenig getröstet. Sie wusste in der Tat, dass ihr Sohn so hartnäckig war, wie Craven gesagt hatte. „Aber wie? Ein Lösegeld werden sie nicht akzeptieren. Sie würden nicht einmal erlauben, dass Ihr Geld dafür bezahlt, bei ihm bleiben zu können."

„Vertraut mir, wir finden einen Weg."

Elizabeth hätte am liebsten die Hand ausgestreckt und ihn noch einmal berührt, auf der Suche nach Zuversicht, nach Hoffnung. Und nach mehr als nur Trost. Sie war völlig durcheinander, aber sie wusste, sie war es leid, allein zu sein. Ein Podest konnte ein sehr einsamer Ort sein. Sie zog ihr Schultertuch fester um sich. Es war kühler geworden, die Sonne schien nicht mehr. „Wie war England?"

„Unvertraut." Ein Schatten huschte über seine Züge. „Ich habe mich dort beinahe fremd gefühlt."

„Ich habe gehört, die Universität von Oxford hat Euch einen Ehrentitel verliehen", sagte Elizabeth. „Und das, obwohl Ihr kein Latein sprecht."

Das brachte ihr endlich ein Lachen ein. „Ihr habt recht. Es war die am wenigsten verdiente Ehre, die sie mir zuteilwerden lassen konnten."

„Ihr hättet dortbleiben können." Nach seiner Freilassung aus dem Kerker war er mit Karl Ludwig nach England zurückgereist, aber beide hatten sich nicht lange dort aufgehalten. Karl Ludwig konnte Elizabeth verstehen, es gab nichts, was ihn in England hielt, es war nicht seine Heimat. Aber Craven hatte dort Besitz und Verpflichtungen.

„Das hätte ich." Er klang gleichgültig.

„Und doch habt Ihr Euch entschieden, hierher zurück-zukommen." *Du hast dich entschieden, zu mir zurück-zukommen.* Sie wagte nicht, es laut auszusprechen, nachdem er sie schon einmal abgewiesen hatte. Dazu war sie zu stolz. Und das bedeutete, dass sie sich mit Brosamen zufriedenge-ben musste.

„In England wird es bald zu Problemen kommen." Er dachte an Politik, während sie an Liebe dachte. Craven sah sie scharf an. „Mir gefällt nicht, in welche Richtung die Dinge sich entwickeln. Die Gerüchte brodeln überall im Land." Er wandte den Blick ab und ließ ihn über den Garten schweifen, Elizabeth tat es ihm gleich.

Alles sah so hübsch und ordentlich aus, aber das war nur eine Illusion. Sowohl hier als auch zu Hause – wenn man Eng-land überhaupt noch als ihr Zuhause bezeichnen konnte – gab es dicht unter der Oberfläche Turbulenzen und Chaos. Männer diskutierten und stritten mit zunehmender Heftig-keit, schon bald konnte daraus tatsächliches Blutvergießen werden. „Es heißt, es gebe bald Krieg in Schottland", sagte sie und dachte an den letzten Brief von Sir Thomas Roe.

„Das stimmt", bestätigte Craven. „Die *Covenanters* wollen weder das anglikanische *Book of Common Prayer* akzeptieren noch die Exkommunizierung anglikanischer Bischöfe, und Euer Bruder ..."

„Ist ein halsstarriger Narr, der nicht auf den Rat vernünfti-ger Männer hört", vollendete Elizabeth seinen Satz trocken.

„So ist es, Majestät." Craven lächelte. „Ich lasse gerade das Torhaus meiner Burg in Stokesay wiederaufbauen. Das liegt an der walisischen Grenze", fügte er hinzu, als er ihren verwirrten Gesichtsausdruck bemerkte. „Es ist eins der wenigen Anwesen, die ich besitze, die zu verteidigen sind, obwohl es einem längeren Ansturm auch nicht standhalten könnte."

Kalte Angst beschlich sie. „Ihr glaubt also, der Krieg breitet sich vielleicht aus?" War es denn nicht bitter genug, dass sie alles verloren hatte, was einmal ihr gehört hatte? Musste Charles jetzt auch sein Erbe aufs Spiel setzen, nur durch Dummheit und schlechtes Urteilsvermögen? So viele Hoffnungen hatten sich zerschlagen, so viele Menschenleben waren geopfert worden. Sie erschauerte bei dem Gedanken, dass es noch mehr Tote, noch mehr Blutvergießen, noch mehr Hass geben würde. Das war es nicht, was sie sich einst erhofft hatte – eine neue, gerechtere Welt, so wie sie die Ritter der Rosenkreuzer versprochen hatten. Zusammen mit Friedrich hatte sie Bildung und Wissenschaft fördern wollen, Heilkünste und Barmherzigkeit. Irgendwann, irgendwie war diese Vision verloren gegangen.

„Ich fürchte, alle drei Königreiche könnten vom Krieg betroffen sein." Ein grimmiger Zug lag um seinen Mund. „Es ist kein großer Schritt vom Einsatz einer Armee gegen die schottischen *Covenanters* bis zu einem weiter um sich greifenden Konflikt."

„*Bürger*krieg?" Elizabeth begann zu zittern. Nichts war abscheulicher als ein Kampf zwischen Vater und Sohn, zwischen Brüdern. Ihr Vater, König James, hatte sich so um Eintracht zwischen seinen Königreichen bemüht. Konnte sein ganzes Werk in nur einer Generation zerschlagen werden? Der Gedanke war ihr unerträglich. „Das sind trübe Aussichten", sagte sie und zwang sich zu einem ruhigen Tonfall. „Ein König, der seine Untertanen gegen sich aufbringt, ist etwas

Schreckliches. Könnte Charles wirklich Truppen gegen sein eigenes Volk …?" Sie sprach den Satz nicht zu Ende, denn sie wusste, er war dazu imstande. „Ich hatte keine Ahnung, dass Ihr Ländereien in der Nähe von Wales besitzt", sagte sie nach einer Weile. „Ich bin noch nie dort gewesen. Wie ist es da?"

„Die Landschaft ist wunderschön."

„Gut geeignet zum Ausreiten?"

„Nicht so gut wie meine Besitztümer in Berkshire." Er lächelte. „Ich glaube, dort würde es Euch am besten gefallen."

„Erzählt mir mehr von den Plänen für Eure Burg." Eine Ablenkung, und die hatte Elizabeth jetzt bitter nötig. „Habt Ihr irgendwelche Zeichnungen dazu?"

„Eine habe ich dabei." Craven zog eine Pergamentrolle aus seiner Jacke.

Elizabeth beugte sich vor, als er das Pergament aufrollte. „Das ist nur eine kleine Skizze."

„Es ist ja auch nur eine kleine Burg. Hier ist das Torhaus …" Er zeigte auf die Abbildung eines Fachwerkgebäudes, das gut in ein mittelalterliches Märchen gepasst hätte, aber in Elizabeths Augen nicht so wirkte, als könnte es einem Angriff standhalten. „Und das hier ist im Inneren der Hauptburg", fuhr Craven fort. „Im damaligen mittelalterlichen Söller möchte ich einen eleganten Speisesaal mit vertäfelten Wänden einrichten."

„Wunderschön", sagte Elizabeth aufrichtig. Die kunstvollen Schnitzereien und leuchtenden Farben des Kaminsimses gefielen ihr ausnehmend gut. „Ihr seid jetzt ein Baumeister, kein Soldat mehr", neckte sie ihn. „Ich kann mir vorstellen, Ihr habt noch viele andere großartige Entwürfe."

„Das stimmt."

„Ich hoffe, sie alle eines Tages sehen zu dürfen."

Er sah auf, ihre Blicke trafen sich. Seine braunen Augen leuchteten vor Begeisterung für seine Projekte. „Ich hoffe, Ihr werdet den Raum viele Male zum Essen mit Eurer Anwesenheit beehren."

So viele Möglichkeiten für die Zukunft, und doch hatte sie Angst, dass keine davon je wahr werden würde.

Craven rollte das Pergament wieder zusammen, und seine Zukunftspläne verschwanden. „Wenn Euer Bruder in den Krieg zieht, wird er Soldaten brauchen. Erst der Kampf – gebaut wird, wenn wieder Frieden herrscht."

„Ihr wollt ihn unterstützen?", fragte Elizabeth. Sie war unschlüssig, ob sie ihre Bedenken äußern sollte. Sie hätte ihn gern darauf hingewiesen, dass er inzwischen älter und sein Schwertarm langsamer geworden war, dass eine mögliche Verletzung ebenfalls viel langsamer heilen würde. Er war schon zweimal schwer verwundet worden und hatte überlebt, bei einem dritten Mal hätte er vielleicht nicht mehr so viel Glück.

Gleichzeitig wusste sie aber auch, dass es egoistisch sein würde, ihm sein Vorhaben auszureden. Charles brauchte erfahrene Soldaten, und Cravens Erfahrung und auch sein Vermögen würden für ihn von großem Nutzen sein. Wenn sie ihm verbot, in den Krieg zu ziehen, würde er ihr trotzen, und wenn sie versuchte, ihn zu überreden, es nicht zu tun, dann geschah das aus rein selbstsüchtigen Gründen, denn sie wollte ihn bei sich behalten.

Es war ihr vorherbestimmt, William Craven zu verlieren. Er war ein eingefleischter Soldat. Er würde stets dem Ruf zu den Waffen folgen. Es war ihr Schicksal, ihn niemals umarmen zu dürfen und ihn immer wieder gehen lassen zu müssen, daher war es vielleicht besser, wenn sie ihn gar nicht erst bekam.

„Ihr seid ein ungewöhnlicher Mann", sagte sie spontan, einge-lullt von der Wärme und dem intensiven Duft der Rosen. „Je-mandem wie Euch bin ich noch nie zuvor begegnet, William."

Er lächelte. „Wie bin ich denn?"

Sie errötete. Sie war zwölf Jahre älter als er, Witwe und die Mutter von dreizehn Kindern. Sie war eine Königin, und trotzdem wurde sie rot. Sie fand die richtigen Worte nicht. „Ihr seid ..." *Soldat und doch Poet, auch wenn sich deine Fantasie eher in Mörtel und Gestein widerspiegelt als in Bildern und Gedichten. Du bist vorlaut und ruhst doch in dir selbst. Du bist harter Stahl und raue Kanten, eingehüllt in Kavaliers-spitze und Samt.*

Sie hatte viele Männer gekannt, redegewandte Höflinge, aalglatte Politiker, Soldaten und Stutzer, aber nie war einer dabei gewesen wie William Craven.

Schließlich gab sie ihm eine ausweichende Antwort. „Ich bin froh", sagte sie leise und legte ihre Hand auf seine. „Froh, dass Ihr wieder da seid."

Sie sah, wie das Lächeln wieder seine Augen erreichte, diese wunderschönen klaren braunen Augen ohne jede Falschheit. Sie verspürte ein Flattern in ihrer Brust. Es war nicht die süße, schlichte Liebe, die sie für Friedrich empfunden hatte, son-dern ein vollkommen anderes Gefühl, viel komplizierter und intensiver.

„Ich wünschte, Ihr würdet nicht wieder fortgehen, aber ich werde nicht versuchen, Euch davon abzuhalten. Wenn ich könnte, würde ich Euch für immer bei mir behalten."

Er hob ihre Hand an seine Lippen, sein Blick war voller Emotionen. Im letzten Moment drehte er ihre Hand um und presste einen Kuss auf die Handfläche. „Madam", sagte er rau, „Ihr wisst, dass ich nicht ..."

„Ich weiß, dass Ihr mich nicht so begehrt, wie ich Euch einst begehrt habe, ja." Sie war mit ihrer Geduld am Ende. Eine erneute Zurückweisung konnte sie nicht ertragen, deshalb hatte sie ohne Bedacht gesprochen.

Einen Moment lang herrschte Stille, dann sah sie, wie er zu lächeln begann. Es war ein sehr männliches Lächeln, das Lächeln eines Mannes, der sich seines Werts bewusst war. „Das war es nicht, was ich sagen wollte", erwiderte er sanft.

„Oh." Ihr wurde heiß, ein wenig schwindelig, und sie war mehr als verlegen. „Ich bitte Euch um Verzeihung."

„Nein, tut das nicht. Vielleicht sollte ich Euch verraten, was ich eben hatte sagen wollen."

Das Schwindelgefühl nahm zu, sie war sich nicht sicher, ob sie noch richtig atmen konnte.

„Ich wollte Euch sagen, dass ich Euch verlassen muss, Majestät, weil es für mich eine Qual ist, hierzubleiben, wenn ich Euch nicht haben kann. Was glaubt Ihr, warum ich so lange fort gewesen bin?"

Ihre Hofdamen waren ganz in der Nähe, nur knapp außer Hörweite, und warfen ihr neugierige Blicke zu. Ob sie ihr etwas anmerkten? Nicht zuletzt auch wegen der Tatsache, dass sie einander inzwischen bei den Händen hielten? Hastig entzog sie ihm ihre Hand und strich glättend über ihren Rock. „Ihr habt Eure Meinung also geändert?"

„Nein. Ich habe Euch immer gewollt."

Sie wagte einen Blick in sein Gesicht. Es wirkte grimmig, gar nicht glücklich. Wie meinte er das – dass er sie zwar wollte, sich aber gegen dieses Gefühl sträubte? Warum war die Liebe nur so kompliziert? „Und doch habt mir mich damals zurückgewiesen."

„Aus Gründen der Ehre."

„Und jetzt?"

Ein selbstironisches Lächeln spielte um seine Lippen. „Mit meiner Ehre mag es vielleicht nicht mehr weit her sein, aber auf Eure sollte ich doch Rücksicht nehmen."

Sie sprachen leise, hastig und atemlos miteinander. Elizabeth hatte das Gefühl, als stünde die Luft um sie herum in Flammen. Sie wunderte sich, dass niemand etwas bemerkte, dass ihr niemand ihre helle Aufregung ansah. Allerdings war sie auch sehr bewandert darin, sich zu verstellen. Sie stellte fest, dass sie sich mit gesenktem Blick und nachdenklicher Miene unterhalten konnte, auch wenn es bei diesem Gespräch um verbotene Liebe ging. „Ich kann gut auf mich selbst aufpassen", sagte sie.

„Es ist meine Aufgabe, Euch zu beschützen, nicht, Euch Schaden zuzufügen. Aber ich wollte, dass Ihr die Wahrheit erfahrt, Majestät."

„Ich komme heute Nacht zu Euch."

Verlangen flackerte in seinem Blick auf. „Majestät ..."

„Ich habe noch keine Ahnung, wie ich das arrangieren soll", gab sie ehrlich zu, „aber ich werde es tun."

Ihr Herz schlug schneller, als sie seinen zärtlichen Gesichtsausdruck sah. „Ihr habt keine Erfahrung in solchen Dingen."

„Natürlich nicht." Flüchtig kam etwas von ihrem sonstigen Stolz wieder zum Vorschein.

„Dann solltet Ihr das vielleicht mir überlassen, denn ich habe leider diese Erfahrung."

„Und bisher nicht sonderlich viel Diskretion dabei an den Tag gelegt", erwiderte sie spitz.

Darüber musste er laut lachen. Um sie herum schien alles plötzlich so hell und strahlend zu sein, dieser Tag, ihre Stimmung. Sie fühlte sich schwerelos und zitterte gleichzeitig vor angespannter Erwartung. Sie stand auf.

„Heute Nacht", flüsterte sie.

Daraufhin berührte er ihre Hand, so flüchtig, dass niemand etwas davon mitbekam, und Elizabeth konnte nur an eins denken.

Dieses Mal wird es wirklich geschehen.

Der Nachmittag zog sich in die Länge. Sie konnte sich auf nichts konzentrieren. Sie hatte mehrere Briefe angefangen und sie dann wieder zerrissen. Sie fühlte sich ruhelos und ungeduldig. Sie schnauzte ihre Hofdamen an. Beinahe hätte sie auch noch ihre Hunde angeschnauzt.

Am Abend wurde es noch schlimmer. Es war, als liefe die Zeit rückwärts. Elizabeth war hin und her gerissen zwischen Hoffnung und Furcht. Sie konnte nichts essen. Lady Douglas fragte sie, ob sie Fieber hätte, sie wäre ganz rot im Gesicht. Sie war verzweifelt. Wie hatte sie nur je daran denken können, zu Cravens Gemächern zu gehen? Die Königin, die an ihren Bediensteten vorbei durch die langen, von Fackeln erhellten Flure schlich, um an die Tür eines Gentleman zu klopfen ...? Es war unmöglich, absurd. Sie empfand gleichzeitig Erleichterung und Trostlosigkeit.

Sie fragte sich, ob sie sich früh zurückziehen sollte. Sie fragte sich, ob sie sich spät zurückziehen sollte. Sie wählte ihr schönstes Spitzennachthemd, das nach Lavendel duftete, als sie es aus der Truhe nahm. Ihr war, als würde sie von allen beobachtet. Schließlich konnte sie es nicht mehr ertragen, täuschte Kopfschmerzen vor und schickte alle fort. Danach saß sie am Kamin, während eine Stunde schleppend verstrich, dann noch eine, die Kerze herunterbrannte, und sie wusste, dass es nicht geschehen würde, dass alles nur ein Traum gewesen war.

In dem Moment drohten sie Einsamkeit und Elend zu überwältigen. Sie war allein, so wie sie immer allein gewesen war und immer sein würde. Es war nichts als ein Traum gewesen.

Das Knarren eines Riegels, Schritte über die Schwelle. Sie legte die Hand an ihre Kehle, drehte sich um, und ihr Herz klopfte zum Zerspringen. Er war da. Langsam, beinahe traumwandlerisch ging sie auf ihn zu, und er nahm sie in seine starken, sicheren Arme. Seit so langer Zeit hatte sie niemand mehr berührt, sie war so ausgehungert nach Liebe, dass sie beinahe zu weinen angefangen hätte.

„Wenn Ihr es Euch anders überlegt habt …", konnte sie gerade noch sagen, dann ging alles so schnell, dass sie kaum noch Zeit hatte, Luft zu holen. Er hob sie hoch, trug sie zu dem breiten Bett und ließ sich mit ihr darauf fallen. Er wurde ganz still, betrachtete sie und streichelte ihre Wange so andächtig, dass Elizabeth ganz schwach wurde. Sie streckte ihm ihr Gesicht entgegen, und er küsste sie. Es war schon lange her, seit sie das letzte Mal geküsst worden war, und es fühlte sich schockierend, ungewohnt und gleichzeitig himmlisch an. Sie grub die Finger in seine muskulösen Schultern unter der Jacke, zog ihn näher an sich und schlang die Arme um seinen Nacken. Die Umarmung machte sie schwindelig, sie war wieder jung, wie ein Mädchen, das zum ersten Mal die Liebe entdeckt, und es war wundervoll. Also ließ sie los – den Kummer, die Mühsal und die schweren Jahre und verlor sich ganz in diesem Augenblick. Und für eine Weile war alles wieder frisch und neu und aufregend.

32. Kapitel

Ihr Großvater war im Gewächshaus, als Holly zum Sonntagsessen eintraf. Sie konnte ihn durch die Glasscheiben sehen, als sie über den frisch gemähten Pfad zwischen Reihen von Bohnenstauden und Rhabarber lief – dichtes grauschwarzes Haar, den Rücken etwas gekrümmt, als er sich über die Töpfe mit den Setzlingen beugte, aber immer noch breitschultrig und kräftig. Er sah auf, bemerkte sie, und auf seinem wettergegerbten Gesicht breitete sich ein Strahlen aus.

„Holly!" Die Tür stand auf. Er winkte sie herein und schloss sie in seine Arme. Der Tweed seiner Jacke kratzte an ihrer Wange, und plötzlich empfand sie eine überwältigende Liebe für ihn, für ihre beiden Großeltern, und sie drückte ihn fest an sich.

Es war der Tag nach dem Brand in der Werkstatt. Beim Frühstück hatte sie Mark alles erzählt: von der Perle, dem Spiegel, von Lavinias Tagebuch und ihren Visionen. Mark hatte es mit der ruhigen Bedächtigkeit aufgenommen, die sie mittlerweile so gut kannte. Er hatte nicht gesagt, sie wäre verrückt. Er hatte gesagt, dass sie gemeinsam die Zusammenhänge herausfinden würden.

Hinterher war er zu sich nach Hause gegangen, um alles für das spätere Grillen vorzubereiten. Holly hatte auf dem Weg nach Oxford den Spiegel zu einer befreundeten Antiquitätenhändlerin gebracht und sie gebeten, einen Experten zu finden, der seine Herkunft bestätigen konnte. Sie hatte sich leichter gefühlt, nachdem sie den Spiegel aus der Hand gegeben hatte. Espen Shurmer hatte ihn ihr überreicht und gesagt, er sollte wieder mit der Sistrin-Perle vereint werden, aber Holly hatte jetzt mit eigenen Augen die zerstörerische Macht des Spiegels miterlebt und fand, die beiden sollten niemals wieder zusammenkommen. Es war zu gefährlich.

John hielt sie auf Armlänge von sich und betrachtete sie prüfend mit seinen klugen blauen Augen. „Wie geht es dir?"

„Gut, und dir? Du siehst blendend aus und so braun gebrannt!"

„Bei diesem Wetter braucht man im Grunde kein Gewächshaus", stellte John fest. „Ich habe Salat und Brokkoli angebaut und dieses Jahr sogar Melonen und Süßkartoffeln eine Chance gegeben. Bei dieser Hitze sind selbst die exotischen Früchte gut gekommen …" Er zeigte über den von der Sonne beschienen Garten. Die Lüftungsklappen des Gewächshausdachs waren weit geöffnet, trotzdem war es drinnen heißer als in einer Sauna; in der Luft hing eine Mischung aus schwerem Kräuterduft und Blütenstaub, die Holly in der Nase kitzelte und sie fast zum Niesen brachte.

Sie pflückte sich eine Kirschtomate, steckte sie in den Mund und schloss genüsslich die Augen, als das süße Aroma auf ihrer Zunge explodierte. „Hmm … Köstlich!"

Ihr Großvater lächelte und griff nach der Gießkanne. „Wenn du möchtest, kannst du einen ganzen Korb voll davon mit nach Hause nehmen."

„Danke, das würde ich tatsächlich sehr gern."

John sah von der Reihe Basilikumpflanzen auf, die er gerade goss. „Wie kommst du zurecht? Deine Großmutter hat mir gesagt, du hättest jede Menge neuer Aufträge."

„Ein paar", verbesserte Holly. „Aber es scheint langsam

voranzugehen. Ich habe einen Vertrag mit einer Firma in Bristol und stelle ein paar meiner Arbeiten am Tag der offenen Tür des Bauprojekts in Ashdown aus."

John lächelte. „Das freut mich so für dich, Holly." Er zögerte. „Wir sollten uns zwar keine Sorgen um dich machen, aber …"

„Ich wäre sehr traurig, wenn ihr es nicht tätet." Holly umarmte ihn erneut. „Habt ihr wegen Ben mit Tasha gesprochen? Ist es das, worum es eigentlich geht?"

Ein Schatten fiel über seine Züge. „Es ist jetzt schon mehr als ein Monat vergangen." Er schob wahllos ein paar der Basilikumtöpfe hin und her und wich Hollys Blick aus. „Manchmal kann ich nachts nicht schlafen. Manchmal wiederum schlafe ich wie ein Murmeltier und habe dann morgens ein schlechtes Gewissen, weil ich *nicht* die ganze Nacht wach gelegen habe. Ich frage mich dauernd, wo er ist, ob er überhaupt noch lebt." Jetzt wandte er ihr sein Gesicht zu, und Holly sah die tiefen Falten darin und die Müdigkeit in seinen Augen. „Deiner Großmutter sage ich nichts davon, und dir sollte ich es auch nicht sagen."

Holly hatte einen Kloß im Hals. „Du bist jahrelang so stark für uns alle gewesen. Es ist kein Zeichen von Schwäche, zuzugeben, wie man sich wirklich fühlt."

John schloss für einen Moment die Augen. „Tasha ist so nüchtern. Sie sagt, Ben ist für immer gegangen, und wir müssen wieder nach vorne sehen."

„Das ist ihre Art, damit fertigzuwerden." Holly empfand so etwas wie Mitgefühl für ihre Schwägerin. Sie hatte Tasha auch immer für kalt und lieblos gehalten, aber mit der Zeit war ihr klar geworden, dass jeder auf seine Art mit Bens Verschwinden umgehen musste. Es gab kein Richtig oder Falsch.

„Ich weiß." John blinzelte ein paarmal. „Man kann sie nur so schlecht trösten, weißt du? Wir können einfach keine Nähe zu ihr aufbauen." Er strich sich mit der Hand übers Gesicht und hinterließ dabei etwas Erde auf seiner Wange. „Lass uns von etwas anderem reden. Bist du mit deinen Nachforschungen über Lavinia Flytes Tagebuch und die Winterkönigin weitergekommen?"

„Ich würde das wohl kaum als Nachforschungen bezeichnen. Ich habe Lavinias Tagebuch zu Ende gelesen und ein paar interessante Dinge herausgefunden …" Sie hielt inne. Einerseits wollte sie Johns Meinung darüber hören, andererseits war sie ziemlich besitzergreifend geworden, was Lavinia betraf. Sie wollte sie eigentlich mit niemandem teilen und alle ihre Geheimnisse für sich behalten. Sie waren zu einem kostbaren Teil ihrer selbst geworden. „Lavinia war eine faszinierende Frau", sagte sie. „Ich glaube, sie hatte eine Tochter, Kitty, die in eine Händlerfamilie in Marlborough einheiratete. Ich habe letzte Woche ein Bild von ihr gesehen."

Sie holte ihr Handy hervor und zeigte ihrem Großvater das Foto, das sie von Kitty Flytes Portrait aufgenommen hatte. Kitty konnte zu der Zeit des Portraits nicht älter als achtzehn oder neunzehn gewesen sein, also so alt wie ihre Mutter, als diese sich in Ashdown House aufgehalten hatte, und doch hatten sie vollkommen unterschiedliche Schicksale gehabt – Lavinia, die Kurtisane, und Kitty, die in die reiche, ehrbare Klasse der Händler eingeheiratet hatte.

„Ich weiß nicht genau, wer ihr Vater war", fuhr sie jetzt fort, „aber zeitlich käme es hin, dass sie in Ashdown House gezeugt worden ist."

„Dann war es bestimmt Evershot", meinte John. „Er war doch Lavinia Flytes Beschützer, nicht wahr?"

„So einfach ist das nicht." Holly musste daran denken, wie wenig die Bezeichnung Beschützer zu der Art passte, wie Evershot Lavinia behandelt hatte. „Lavinia hatte ein Verhältnis mit Evershots Landvermesser, er hieß Robert Verity. Verity soll ein unehelicher Nachfahre von William Craven gewesen sein."

„Aha, es gab also doch einen unehelichen Zweig, genau wie ich es mir gedacht habe", bemerkte John.

„Ja", erwiderte Holly zögernd. „Vielleicht ist Ben auch darauf gestoßen, aber ich kann beim besten Willen keine Verbindung zu unserem Stammbaum erkennen. Von unseren Vorfahren hieß niemand Verity oder Flyte."

„Such weiter. Meiner begrenzten Erfahrung nach sind solche Dinge ziemlich kompliziert. Familiäre Beziehungen und sogar Namen sind oft nicht das, was sie zu sein scheinen."

Holly nickte. „Eine Sache ist ganz gewiss merkwürdig. Lavinias handschriftliches Tagebuch – *mein* Tagebuch – ist gänzlich anders als die veröffentlichte Version. Ich glaube, jemand hat die Idee zu diesem Tagebuch und Lavinias Identität gestohlen und eine fiktive Geschichte herausgegeben."

Jetzt hatte sie Johns ganze Aufmerksamkeit, das Basilikum war völlig in Vergessenheit geraten. „Das ist ja unglaublich. Ich muss unbedingt mit der englischen Fakultät sprechen. Bist du dir ganz sicher? Ich meine, hast du beide Versionen gelesen?"

„Sogar mehr, als mir lieb ist." Holly dachte an die erotischen Ausschweifungen in dem veröffentlichten Tagebuch.

John rieb sich die Hände. „Nun, wenn du nichts dagegen hast, mir das Original auszuleihen, würde ich gern einmal einen Blick hineinwerfen. Es klingt ziemlich faszinierend, ein historisches und literarisches Rätsel."

„Ich leihe es dir sogar sehr gern, aber ich möchte bei allem, was dabei herauskommt, mit dir zusammenarbeiten." Sie bemerkte den erstaunten Blick ihres Großvaters und redete hastig weiter. „Ich weiß, Geschichte ist nicht mein Fachgebiet und englische Literatur auch nicht, aber Lavinia ist mir sehr ans Herz gewachsen, und ich möchte diejenige sein, die die Wahrheit über sie bekannt gibt."

John zwinkerte ihr zu. „Ein ganz persönlicher Kreuzzug?"

„So etwas in der Art", gab Holly zu. „Und wenn wir schon einmal bei dem Thema sind ..."

John zog fragend die Augenbrauen hoch.

„Ich weiß, es klingt ein wenig melodramatisch", fuhr Holly fort, „aber in dem Tagebuch wird ein verschollener Schatz erwähnt."

„Der verloren gegangene Schatz des Ordens der Rosenkreuzer", sagte John.

Holly starrte ihn an. „Du *weißt* davon?"

„Ich weiß, dass sowohl Friedrich als auch Elizabeth von Böhmen Unterstützer des Ordens waren. Ihr Hof in Heidelberg war ein Zentrum für die Vermittlung der Lehren der Rosenkreuzer. Ich habe das vorher gar nicht bedacht, aber wegen Elizabeths Beziehung zu William Craven könnte der Schatz durchaus in Ashdown Park versteckt worden sein."

„Ich frage mich, ob Ben einen Hinweis auf den Verbleib des Schatzes gefunden hat", sagte Holly. „Mark meinte, er hätte sich alle möglichen Karten und Unterlagen zu dem Besitz angesehen, und ein Experte für den böhmischen Königshof sagte, Ben hätte ihn wegen irgendwelcher Informationen kontaktiert." Sie schwieg, aber ihr Großvater wartete mit interessiertem Blick ab, dass sie fortfuhr. „Dann ist da noch die Tatsache, dass es einen Sarsenstein am Waldrand von Ashdown gibt, der Perlenstein genannt wird, vielleicht nach der Sistrin-Perle, die zu dem Schatz gehörte." Sie verzog kopfschüttelnd das Gesicht. „Nur, dass der Stein sehr viel älter ist als der Besitz und somit gar nicht nach der Perle benannt worden sein kann. Verdammt."

„Das ließe sich leicht erklären." Sein Blick war abwesend geworden, wie immer, wenn er nachdachte.

Holly bekam Herzklopfen. „Wie?"

„Es gibt viele Orte, die ihren Namen erst später erhalten haben. Ein Beispiel dafür steht übrigens ganz in der Nähe von Ashdown, *Alfred's Castle*. Das ist eine kleine Wallburg, die man so benannt hat, um an König Alfreds Schlacht gegen die Wikinger zu erinnern, die dort stattgefunden haben soll. Allerdings erhielt die Burg den Namen erst lange nach dieser Schlacht, nämlich im achtzehnten Jahrhundert." Seine blauen Augen leuchteten. „Verstehst du, was ich meine?"

„Du meinst, der Perlenstein ist vielleicht absichtlich so genannt worden, um eine Verbindung zu der Perle herzustellen. Er kann den Namen erst vor relativ kurzer Zeit erhalten haben. Vielleicht ... zu der Zeit, als Ashdown House gebaut worden ist? Als Hinweis?"

„Genau." John lächelte.

„Donnerwetter!"

„Ich habe das Gefühl, du bist sehr fleißig gewesen", stellte John fest. „Gibt es da noch etwas, das du mir erzählen solltest?"

„Nur, dass derselbe Experte, an den Ben sich gewandt hat, mir einen der Rosenkreuzer-Schätze geschenkt hat. Einen Kristallspiegel."

John riss die Augen auf. „Wo befindet sich der Spiegel jetzt?", fragte er mit bewundernswerter Beherrschung.

„Ich habe ihn einer Antiquitätenhändlerin zur Erstellung einer Expertise überlassen."

John atmete erleichtert auf. „Sehr vernünftig." Er sah auf seine Uhr. „Du solltest mir beim Essen lieber alles über diesen sogenannten Experten und seinen Kristallspiegel erzählen."

Hollys Mundwinkel zuckten. „Ja, Granddad. Ich hatte allerdings erwartet, du würdest weitaus skeptischer sein, was diesen Schatz betrifft", fügte sie hinzu.

„Ich habe nicht fünfundsiebzig Jahre gelebt, ohne auf vieles gestoßen zu sein, das ich mir nicht erklären kann", erwiderte er sanft. „Die Ritter der Rosenkreuzer waren schon eine seltsame Sekte. Die Mitglieder glaubten an alle möglichen obskuren Dinge."

„Wahrsagerei." Holly nickte. „Und Reinkarnation."

„Die Reinkarnation ist eine faszinierende Theorie … die Wiedergeburt der Seele in einem anderen Körper."

„Für mich hört sich das eher anstrengend an", sagte Holly, „immer wieder von Neuem leben zu müssen."

„Du bist ein sehr praktisch denkender Mensch", erwiderte John liebevoll. „Zu diesem Thema gibt es verschiedene Auslegungen. Die eine lautet, dass es in deinem Schicksal verschiedene Wege gibt, unter denen du auswählen kannst, auf welchem du gehen willst. Triffst du beim ersten Mal eine falsche Entscheidung, wiederholt sich das Muster in den nachfolgenden Generationen. Sie erben deine Seele und deine Suche."

Ein Windstoß schien durch die schwüle Luft im Gewächshaus zu fahren, der die zarten Stängel der Tomatenpflanzen durchschüttelte. Holly hatte auch das Gefühl, der Himmel wäre dunkler geworden, doch als sie nach draußen blickte, schien die Sonne hell wie immer, und der Himmel leuchtete in einem intensiven stählernen Blau.

„In deinem Schicksal gibt es verschiedene Wege, unter denen du auswählen kannst, auf welchem du gehen willst…"

Sie musste an Lavinia denken und an die Entscheidungen, die sie in ihrem Leben getroffen hatte. Waren sie und Robert Verity auf Spuren gewandelt, die Elizabeth und William Craven Jahrhunderte zuvor gelegt hatten? Hatten die Winterkönigin und ihr Kavalier bei einer Suche versagt, die sie dann ihren zukünftigen Erben hinterlassen hatten? Noch vor wenigen Wochen hätte sie solche Gedanken für reine Fantasterei gehalten, aber inzwischen waren so viele Dinge geschehen, die ihr Weltverständnis auf den Kopf gestellt hatten, waren so viele Verbindungen und Zusammenhänge aufgetaucht.

Sie beobachtete, wie ihr Großvater mit erdbeschmutzten Händen jede der winzigen Tomaten unter den Folienschutz legte, und dachte dabei gleichzeitig an die Verflechtungen von Familie, Erbe, Liebe und Schicksal.

„Wo wir gerade von der Winterkönigin und dem Earl of Craven sprechen – ich muss dir etwas zeigen." John zupfte die Folienabdeckung sorgfältig zurecht. „So, hier drunter können sie jetzt schön reif werden." Er wischte sich die Hände an seiner Hose ab. „Komm mit ins Haus."

Holly folgte ihm auf dem Kiesweg zwischen den Obstbäumen zum Wohnhaus. Drinnen war es kühl und dunkel nach der Hitze draußen. Ein köstlicher Duft nach Roastbeef wehte aus der Küche. Holly hörte ihre Großmutter mit Töpfen und Pfannen klappern, während sie sich nebenbei mit jemandem unterhielt.

„Sie spricht über Skype mit einer Freundin in Amerika, glaube ich", murmelte John. „Entschuldige mich einen Moment, ich will mir nur eben die Hände waschen. Wir sehen uns in meinem Arbeitszimmer."

Er ging den Flur entlang ins Badezimmer, während Holly rechts abbog und durch die offene Tür das Arbeitszimmer betrat, einen rechteckigen Raum mit hoher Decke und vollgestellt mit Bücherregalen. Sie liebte dieses Zimmer, vom abgenutzten gestreiften Teppich bis zu den abgegriffenen Büchern, die sich in heillosem Durcheinander in den Regalen stapelten. Es war wirklich erstaunlich, dass John hier überhaupt etwas wiederfand.

„Also …" John war hereingekommen und machte es sich in seinem ledernen Schreibtischsessel vor dem Computer bequem. „Sieh dir das einmal an. Ich bin neulich darauf gestoßen. Es heißt *An Allegory of Love* und wurde von Sir Peter Lely gemalt." Er machte einen Mausklick, und ein Gemälde wurde sichtbar. Holly beugte sich über den Schreibtisch, um es sich genauer anzusehen. Es war das Bildnis eines Mannes in einem weißen Seidenhemd mit einer Art blauem Kragen; er sah gut aus und wirkte ernst. Rechts neben ihm stand eine Frau in einem rostbraunen Kleid, das zu ihrer Haarfarbe passte. Sie hielt einen Lorbeerkranz in der erhobenen Hand. Drei kindliche Gestalten mit Flügeln waren auf der anderen Seite des Mannes zu sehen.

„William Craven und Elizabeth Stuart", sagte Holly. Das ist das Bild, das Lavinia in Ashdown House gesehen und über das sie geschrieben hat, dachte sie. Sie erinnerte sich an die inbrünstigen Worte im Tagebuch:

„*Ach, einer solchen Liebe zu begegnen …* "

„Sind das Engel?", wollte sie wissen.

„Verkörperungen von Amor", erklärte John lächelnd. „Ein Symbol für die Liebe. Ich denke, dieses Gemälde gibt einigen Aufschluss über ihre Beziehung. Ich weiß nicht, ob Craven und Elizabeth verheiratet waren, aber sie waren ganz sicher in irgendeiner Weise aneinander gebunden. Sieh mal …" John bewegte den Cursor über das Bild. „Ein Amor hat ein blaues Band um Williams Handgelenk geschlungen. Es wurde *cordon bleu* genannt."

„Ich dachte, das wäre etwas zu essen?", staunte Holly.

John lachte. „Ist es auch, aber der Ausdruck wurde ursprünglich als Sinnbild galanter Ritterlichkeit benutzt. Hier wird damit angedeutet, dass Craven in Liebe und Ehre mit Elizabeth verbunden war."

„Sie krönt ihn." Holly betrachtete blinzelnd den Lorbeerkranz in Elizabeths Hand. Der Hintergrund des Bildes war ziemlich dunkel gehalten, Einzelheiten ließen sich kaum erkennen. „Ich dachte, der Lorbeerkranz wäre das Symbol für den Sieg."

„Für den Sieg, den Frieden und die Weisheit", sagte John. „Lorbeer ist aber auch ein Symbol für die Ehe – vielleicht das einzige Eingeständnis einer Ehe zwischen den beiden für die Öffentlichkeit." Er wandte sich vom Bildschirm ab und sah Holly an. „Und noch etwas. Du erinnerst dich, dass ich dir gesagt habe, die Rosenkreuzer hätten an Reinkarnation geglaubt? Der Lorbeer steht auch für Erneuerung und zukünftiges Leben."

„Ihr Leben und das der nachfolgenden Generationen … Und doch haben sie sich kurz vor Elizabeths Tod getrennt. Ich frage mich, warum."

„Ich glaube, sie hatten sich gestritten, so ging jedenfalls seinerzeit das Gerücht." Er klickte einen anderen Link an, und ein paar Textzeilen erschienen. „Nicht gerade Pepys, sondern ein weniger bedeutender Tagebuchschreiber namens Tremaine. Er besuchte eines Abends das Theater, als Elizabeth und William Craven ebenfalls anwesend waren." Er rückte zur Seite, damit Holly besser lesen konnte.

„Im Theater ging es auf den Rängen wesentlich unterhaltsamer zu als auf der Bühne. Ihre Majestät, die Königin von Böhmen, ist noch während der Vorführung gegangen. Wie es scheint, hat sie sich ernsthaft mit diesem alten Kämpen Craven überworfen; vielleicht, weil seine frühere Mätresse ebenfalls im Publikum saß. Es heißt, dass sie sich seiner Protektion entzogen und stattdessen ein Haus von Lord Leicester gepachtet habe ...“

„Ach, du Schreck.“ Holly verzog das Gesicht. „Ob das wohl die Mutter von Cravens unehelichem Sohn gewesen ist?“

„Das sagt Tremaine leider nicht, aber ich versuche, noch andere Hinweise ausfindig zu machen.“ Er schaltete den Computer aus. „Arme Elizabeth. Nur weil man an Seelenverwandte und Schicksal glaubt, heißt das noch lange nicht, dass man nicht menschlich und fehlbar ist.“

„Und armer William Craven“, fügte Holly hinzu. „Nach so vielen Jahren der Hingabe muss es für ihn unerträglich gewesen sein, sie zu verlieren.“

John stand langsam auf, als täten ihm die Knochen weh. Er streckte die Arme aus und zog sie an sich. Er roch nach Blütenstaub, warmer Wolle, Erde und Hollys Kindheit. Sie erwiderte seine Umarmung, und in ihren Augen brannten Tränen.

„Es ist besser, für die Liebe alles zu riskieren, als es vor lauter Angst gar nicht erst zu versuchen“, sagte John. „Meiner Meinung nach jedenfalls.“ Er ließ sie los und lächelte sie an. „Erinnere dich daran, wenn es so weit ist.“

33. Kapitel

Wassenaer Hof, Den Haag, September 1642

Der lange Tross füllte den Innenhof und rollte zum Tor hinaus auf die Straße. Craven war nicht der Einzige, der nach England aufbrach. Eine ganze Reihe von Gentlemen hatte sich Elizabeths Bruder zu treuen Diensten verpflichtet, nachdem die drei Königreiche sich jetzt gegenseitig im Bürgerkrieg zerfleischten. Craven jedoch war der Einzige, den Elizabeth nicht gehen sehen wollte. Ihr Hof befand sich in hellem Aufruhr, ihr Leben brach auseinander und formte sich neu, doch sie konnte nur an eins denken – dass das nun wirklich das Ende war. Craven ging fort, und sie würde ihn erst nach dem Krieg wiedersehen, wenn überhaupt.

Sie konnte ihn nicht halten, sie hatte ihm nicht genug zu bieten. Sie hatte nie einem Mann etwas zu bieten gehabt, den Müßiggang gereizt machte, einem Soldaten, der einen Marschbefehl brauchte und immer in Bewegung sein musste. Er konnte nicht in Den Haag herumsitzen, Karten spielen, an Maskenspielen teilnehmen oder sein Portrait malen lassen. Sie hatte erlebt, wie rasend ihn das machte. Selbst wenn sie auf die Jagd gegangen oder schnell und weit ausgeritten waren, hatte sie immer gespürt, dass das für ihn nicht genug war. Sogar in ihrem Bett hatte er es nie länger als eine Stunde ausgehalten, so glücklich sie dort auch gewesen waren.

Er kam, um sich von ihr zu verabschieden, und trug bereits

seine Reisekleidung, schlicht und zweckdienlich. Über seine Abreise hatten sie gar nicht erst diskutiert. Es war eine abgemachte Tatsache, dass er in den Krieg ziehen und sie ihn gehen lassen würde. Es spielte keine Rolle, dass er ihr Geliebter war, jetzt galten andere Prioritäten.

„Majestät." Er verneigte sich und küsste förmlich ihre Hand.

Elizabeth sah ihm in die Augen und erkannte, dass er bereits fort war. Er war eben Soldat. Es brach ihr das Herz. „Seid vorsichtig."

Er nickte und ließ ihre Hand los.

Sie hatte nur noch so wenig Zeit und so viel Stolz. Sie sah ihm nach, als er zur Tür ging. „William!" Sie hielt es keinen Moment länger aus.

Er drehte sich um.

„Geh nicht." Die Worte sprudelten jetzt nur so aus ihr hervor. „Ich will nicht, dass du gehst. Bleib hier, bei mir. Bitte. Ich kann mir ein Leben ohne dich nicht vorstellen." Sie wagte nicht, ihn anzusehen, nachdem sie all ihren Stolz über Bord geworfen hatte, damit er die Wahrheit erfuhr. Sie *konnte* es sich vorstellen, dieses Leben, diese Trostlosigkeit und Leere ohne ihn, aber sie brachte die nächsten Worte nicht über die Lippen. Einen Augenblick lang schwiegen beide.

„Elizabeth."

„Ich will dich nicht nur zum Geliebten haben, das ist mir nicht genug", sagte sie. „Heirate mich." Er wirkte so schockiert, dass sie ein Lachen unterdrücken musste, trotzdem war es keine amüsante Angelegenheit. Nachdem sie die Worte ausgesprochen hatte, erkannte sie, wie sehr sie ihn für immer an sich binden wollte. Ihn ein paar Monate, vielleicht auch Jahre zum Geliebten zu haben, reichte ihr nicht. Sie verließ sich in allem auf seine Stärke und seinen Rat. Sie konnte nicht riskieren, das zu verlieren.

Er sah sich hastig um. Im allgemeinen Trubel des Aufbruchs schien niemand etwas gehört zu haben. Elizabeth vermutete, dass viele Leute von ihrer Liaison wussten, aber Craven hatte immer streng auf ihren Ruf geachtet und in der Öffentlichkeit niemals auch nur das geringste Anzeichen von Vertrautheit gezeigt.

Er kam wieder zu ihr, bot ihr den Arm und ging mit ihr durch das Zimmer, hinaus auf die Galerie. Er sagte kein Wort. Es wirkte so ungezwungen und normal, dass ihre Höflinge ganz sicher keinen Verdacht schöpften. Allerdings sprach er noch immer nicht, und sie wagte nicht, ihm ins Gesicht zu sehen.

Am Ende der Galerie befand sich ein Zimmer, im Grunde nicht mehr als ein Abstellraum, der kalt, voller alter Reisetruhen und staubig war. Craven sah sich um, dann waren sie auch schon in dem Raum, und er schloss die Tür. Das Zimmer war so klein, dass sie sich beinahe berührten.

„Elizabeth ..." So viele Empfindungen schwangen in seiner Stimme mit, und doch schien er unsicher zu sein, was er sagen sollte.

Angst stieg in ihr auf. Gleich würde er ihr gestehen, dass ihm das Soldatenleben alles bedeutete, dass er seinen Treueschwur ihrem Bruder gegenüber nicht einfach brechen konnte, nur um bei ihr zu bleiben. Das wäre unehrenhaft. Er würde ihr sagen, dass ihm der Krieg wichtiger war als die Liebe. „Es tut mir leid", murmelte sie, aber er schüttelte bereits den Kopf.

„Nein", erwiderte er leidenschaftlich und legte die Hand unter ihr Kinn. „Ich wusste nicht ..."

„Du wusstest nicht, dass ich dich liebe?", fragte sie erstaunt.

Wie hatte er Nacht für Nacht, wenn sie sich ihm vorbehaltlos hingegeben hatte, bei ihr liegen können, ohne zu begreifen, dass er ihr mehr bedeutete als alles andere auf der Welt? Sie legte ihm die Hand auf die Brust und spürte den Schlag seines Herzens. „Heirate mich", wiederholte sie.

„Elizabeth, du bist eine Königin. Das ist unmöglich."

„Es ist möglich, in Todsünde bei mir zu liegen, aber unmöglich, mich in allen Ehren zu heiraten?"

Sie sah ihm an, wie er mit sich haderte. „Das ist es nicht." Er klang jetzt zornig. „Mach dich und das, was wir haben, nicht klein mit solchen Worten."

„Aber warum weist du mich dann zurück?"

„Wegen unseres Standesunterschieds! Weil du eine Königin bist, deren Auftrag darunter leiden muss, wenn bekannt wird, dass sie unter ihrem Stand geheiratet hat." Er hob verzweifelt die Hand. „Das ist dir doch sicher genauso klar wie mir!"

„Du hast dich immer jedem anderen Mann ebenbürtig gefühlt."

„Hier geht es nicht um das, was ich fühle, sondern das, was andere Leute denken."

„Aber du liebst mich?"

„Natürlich." Er wirkte erstaunt, dass sie das überhaupt infrage stellen konnte, und sie lächelte über seine einfache Antwort. Letzten Endes war es wirklich so einfach.

„Dann musst du mich heiraten." Noch nie war sie sich einer Sache so sicher gewesen.

Sie sah, dass seine Augen dunkler wurden, als wolle er wieder mit ihr diskutieren, und legte ihm einen Finger an die Lippen. Sie wollte keine Einwände mehr hören. Es konnte ja auch gar keine geben. „Schweig", sagte sie, stellte sich auf die Zehenspitzen und küsste ihn.

Schritte draußen, ganz nah vor der Tür, Stimmen, das Klirren von Schlüsseln … Die Gefahr, ertappt zu werden …

„Sag Ja." Sie neckte ihn jetzt und fühlte sich wieder wie ein junges Mädchen, ganz schwindelig vor Verlangen, während sie sich immer weiter küssten.

„Ich gehe nicht nach England", sagte er atemlos und schmiegte seine Stirn an ihre, als es vorbei war. „Ich bleibe hier bei dir."

Ein Triumphgefühl durchströmte sie, aber gleich darauf auch Melancholie. Sie hatte ihn dazu gezwungen, zu wählen, und er hatte sich für sie entschieden. Sie schmiegte sich enger an ihn, um Traurigkeit und Schuldgefühle zu verdrängen. Doch als sie merkte, wie sein Widerstand erlahmte und er die Arme fester um sie schlang, da empfand sie nur noch Erleichterung, denn sie wusste, sie hatte gewonnen.

34. Kapitel

„Alles Gute zum Geburtstag!" Fran grinste über das ganze Gesicht, als sie einen Biskuitkuchen mit Schokoladenguss vor Holly stellte. Eine bescheidene Kerze brannte auf ihm. Fran hatte eindeutig nicht mehr genug für die restlichen achtundzwanzig gehabt – aber vielleicht war sie auch nur ausnahmsweise einmal taktvoll. Nicht, dass es Holly störte, fast dreißig zu sein. Nicht sehr, jedenfalls.

„Heißen Sex konnte ich nicht auftreiben als Geburtstagsgeschenk für dich", sagte Fran, „aber Schokolade ist fast genauso gut."

„Fran!" Holly sah sich um, ob noch andere Leute im Café saßen, doch zum Glück war das nicht der Fall.

„Was ist?" Fran riss unschuldig ihre blauen Augen auf. „Magst du keine Schokolade?"

„Nein. Ich meine, ja." Sie nahm die Gabel und stach in den Kuchen. Sahne quoll heraus. „Hmmm." Sie schloss die Augen und leckte die Gabel ab. „Das ist besser als Sex, nicht fast genauso gut."

„Wirklich?" Fran hörte auf, den Teig für eine Quiche zu rühren. „Ich dachte, du und Mark, ihr wärt jetzt zusammen?"

„Fran!" Holly ließ klirrend die Gabel fallen.

„Und?" Fran war nicht so leicht abzuwimmeln. Sie beugte sich über die Theke, und ihre Augen leuchteten erwartungsvoll. „Wie ist es?"

„Gut." *Mehr als gut.* Holly wurde ganz heiß allein bei dem

Gedanken, wie gut es war. „Nimm dir etwas von dem Kuchen, dann hörst du vielleicht auf, dauernd Fragen zu stellen."

„Hm." Fran klang gekränkt, zog jedoch ein Stück Kuchen zu sich herüber und ließ es sich schmecken. „Ich hatte mir mehr Details erhofft."

„Träum weiter."

Es war Vormittag, und wieder einmal malte die Sonne ein Rautenmuster auf den gefliesten Boden des Cafés, aber es war kühler geworden und regnete zwischendurch auch ab und zu. Endlich stieg der Wasserpegel im Mühlteich wieder an. Erst am vergangenen Tag hatte Bonnie ein Bad darin genommen.

„War das Grillen gestern nicht toll?" Fran schnitt sich noch ein Stück Kuchen ab. „Ein Glück, dass es nicht geregnet hat. Ich bin so froh, dass du abends noch vorbeikommen konntest, Holly. Du gehörst jetzt zur Dorfgemeinschaft, ob du willst oder nicht." Sie hielt kurz inne. „Es hat dir doch Spaß gemacht, oder?"

„Ja, es war wirklich nett."

Sie war am späten Nachmittag von ihren Großeltern zurückgekommen und hatte sich gleich auf den Weg zu Marks umgebauter Scheune gemacht. Der Tag war in einen klaren, milden Abend übergegangen, und Marks Gäste waren gleichermaßen milde gestimmt wegen des guten Essens, Trinkens und des schönen Wetters. Flick hatte sie begrüßt wie eine lange verschollene Schwester und sie mit sich gezogen zu einer Hollywoodschaukel zwischen zwei alten Apfelbäumen. Sie hatten bis spät am Abend gelacht und geplaudert, und Holly hatte beinahe ihren Kummer wegen Bens Verschwinden vergessen, bis Flick nach ihm gefragt hatte und der Schmerz mit aller Macht zurückgekehrt war. Aber so war es wohl, ein ewiger Kreislauf von Verlust, Zweifeln und Ungewissheit, bis vielleicht irgendetwas geschah, das Erlösung brachte. Sie fragte sich, wie manche Leute oft jahrelang mit der Ungewissheit leben konnten, sie schaffte es jedenfalls nicht.

„Als Mark sagte, er würde ein paar Leute einladen, dachte ich nicht, dass er damit das ganze Dorf meinte", sagte Holly. „Hier scheint wirklich jeder jeden zu kennen."

Sie hatten sie alle so herzlich aufgenommen und waren eine so eingeschworene Gemeinschaft. Es war Hollys Fehler, dass sie sich immer noch wie ein Beobachter am Rande fühlte, nicht dazugehörig. Sie zog nach wie vor die Anonymität der Stadt einem Ort vor, an dem die Leute Pflaumenmarmelade und Geschichten über ihre Klempnerarbeiten austauschten. So etwas löste in ihr eine gewisse Klaustrophobie aus, aber sie lernte dazu.

„Marks Haus ist ziemlich spektakulär", meinte sie.

„Ich liebe es!" Fran seufzte neidvoll. „All diese Glasfronten und die unverstellte Aussicht. Er hat alle Arbeiten selbst vorgenommen, weißt du, und das ist eine tolle Werbung für sein Unternehmen. Übrigens …" Sie fuchtelte mit der Gabel in Hollys Richtung. „Wie fandest du Joe? Ich habe gesehen, dass ihr euch unterhalten habt."

„Genau so, wie ich ihn mir vorgestellt habe." Holly lachte. „Verwöhnt." Marks jüngerer Bruder war von der Universität in Bristol gekommen und sogar noch später eingetroffen als sie, dabei hatte er einen Auftritt hingelegt wie ein Rockstar, heftig umschwärmt von Flicks Freundinnen.

„Aber hübsch ist er, nicht wahr?"

„Wenn man auf solche Typen steht …" Holly schüttelte nachsichtig den Kopf. „Er ist niedlich und charmant, aber eben nur ein großer Junge. Während Mark …"

„Mark ist ein Mann", sagte Fran trocken und schmunzelte.

„Mark hat Ben nicht besonders gemocht, weißt du. Ich bin so froh, dass das nicht zwischen euch beiden steht."

„Wie bitte?" Holly sah erstaunt auf. „Wie meinst du das, er mochte Ben nicht?"

Fran wirkte verwirrt. Unnötig laut stellte sie die Teller aufeinander und wandte den Blick ab. „Sie schienen sich nicht viel zu sagen zu haben, das ist alles. Ich habe mich gefragt ..." Sie zuckte die Achseln. „Man kann wohl nicht mit jedem zurechtkommen."

Holly schwieg. Sie fühlte sich seltsam ratlos. Sie hatte immer angenommen, Mark hätte Ben gemocht – eigentlich mochte Ben doch jeder – aber jetzt fiel ihr ein, dass Mark in der Hinsicht stets etwas distanziert gewesen war. Er hatte gefragt, ob es Neuigkeiten gäbe, er hatte sie unterstützt und Verständnis für sie gehabt, aber er hatte nie gesagt, Ben wäre ein netter Kerl oder sonst irgendetwas in dieser Richtung. Andererseits kannte sie Mark inzwischen recht gut und wusste, wenn er Ben wirklich nicht gemocht hatte, dann musste er einen guten Grund dafür haben.

„Vergiss es", meinte Fran jetzt. „Verdammt, Holly, du weißt, wie taktlos ich bin. Ich wollte keinen Unfrieden stiften. Und wahrscheinlich irre ich mich ohnehin."

„Nein", erwiderte Holly gedehnt. „Das glaube ich nicht."

Die Ladenglocke klingelte, und Fran setzte rasche ein fröhliches Lächeln auf. „Hallo, Mark! Wir haben nicht von dir gesprochen. Überhaupt nicht. Holly hat heute Geburtstag. Möchtest du ein Stück Kuchen?"

„Bitte, bedien dich", lud Holly ihn ein, „ehe ich alles allein aufesse."

„Danke." Er beugte sich zu ihr und küsste sie auf die Wange. „Alles Gute zum Geburtstag." Er schenkte ihr sein aufreizendes Lächeln, und Holly glaubte, auf der Stelle in Flammen aufgehen zu müssen.

Sie sah, dass Fran sie beobachtete, und fühlte sich plötzlich lächerlich befangen. Sie stand auf. „Ich muss jetzt wieder nach Hause", sagte sie. „Vielen, vielen Dank für den Kuchen, Fran."

„Gibst du eine Geburtstagsparty?", erkundigte Fran sich hoffnungsvoll.

„Daran habe ich noch gar nicht gedacht."

„Wir organisieren eine für dich", schlug Fran vor. „Nächstes Wochenende."

„Jetzt dränge sie doch nicht so", tadelte Mark sanft. „Nicht jeder weiß die Dorfmafia zu schätzen."

„Das ist wirklich ganz süß von dir, Fran. Vielen Dank." Holly schmunzelte.

Fran warf Mark einen selbstzufriedenen Blick zu. „Siehst du?"

Er seufzte.

Hollys Handy klingelte. Sie suchte in ihrer Tasche danach und kämpfte gegen die vertraute Mischung aus Hoffnung und Übelkeit an. Sie erkannte die Vorwahl von Oxford, aber nicht die restliche Nummer. Ben war es jedenfalls nicht.

„Holly?" Die Frauenstimme am anderen Ende klang warm und angenehm. „Hier ist Eleanor Ferris, wegen deines Spiegels."

„Eleanor! Großartig, dass du so schnell zurückrufst." Ihr Herz begann, schneller zu klopfen, und ihre Handflächen wurden feucht.

„Es ist ein äußerst interessantes Stück", sagte Eleanor. „Ich schicke dir den Spiegel mit einem ausführlichen Bericht wieder zu, aber ich dachte, du möchtest vielleicht schon vorher ein wenig über ihn erfahren. Das Holz ist Weidenholz aus dem sechzehnten Jahrhundert, und das Glas stammt ziemlich sicher aus Böhmen, ungefähr um dieselbe Zeit herum. Die Spiegelfläche ist natürlich inzwischen sehr blind und müsste dringend überholt werden." Sie zögerte. „Ich habe die Beschreibungen überprüft, auf die du mich hingewiesen hast, obwohl sie ziemlich dürftig sind, und er passt zu dem Spiegel der Winterkönigin. Da wäre nur eine Sache ..."

„Ja?" Holly hielt den Atem an.

„Die Diamanten. Irgendwann, wahrscheinlich im frühen neunzehnten Jahrhundert, hat jemand die Originaldiamanten herausgenommen und durch Strasssteine ersetzt. Sie sind nichts wert."

„Aha." Die Gedanken überschlugen sich in ihrem Kopf. „Wertlos. Danke."

„Ich hoffe, das sind keine schlechten Neuigkeiten für dich", sagte Eleanor besorgt. „Ich meine, der Spiegel ist immer noch etwas wert, schon wegen seiner Herkunft und der Qualität des Kristalls, aber er ist eben nicht mehr im Originalzustand, wenn du verstehst, was ich meine."

„Ja, ich verstehe. Nein, das sind keine schlechten Neuigkeiten, vielleicht sogar ganz im Gegenteil." Sie verabschiedete sich und schob das Handy wieder in ihre Tasche.

Lavinia. Es konnte gar nicht anders sein. Ihre Stimmung hob sich. Sie wusste nicht, was nach dem Brand aus Lavinia geworden war, aber wenn sie die Diamanten verkauft hatte, war sie reich genug für einen Neuanfang gewesen. Vielleicht hatte sie davon ja Kittys Aussteuer bezahlt.

Fran war damit beschäftigt, ein paar Kunden an der Theke zu bedienen, und sah nicht auf, aber Mark wartete lächelnd an der Tür auf sie.

Holly fasste hastig einen Entschluss. „Mark, ich weiß, dass du viel zu tun hast, aber könnte ich später vorbeikommen und etwas mit dir besprechen?"

Mark zog die Augenbrauen hoch. „Aber sicher. Du kannst es auch jetzt mit mir besprechen, wenn du nichts dagegen hast, mich zum Büro zurückzubegleiten."

„Danke." Holly griff nach ihrer Jacke, und sah, dass Fran ihr anzüglich zuzwinkerte. Sie verdrehte die Augen.

„Viel Spaß, ihr beiden!", rief Fran laut und verteilte schwungvoll Butter auf einem Brötchen.

„Niemand braucht noch einen Stadtausrufer, dafür haben wir ja Fran", stellte Holly fest, als sie die Tür zuzog und mit Mark langsam über den gepflasterten Innenhof zum alten Kutschenhof hinüberging.

„Stört es dich?" Mark warf ihr einen Seitenblick zu. „Dass alle Bescheid wissen, meine ich."

„Nein." Ihr wurde bewusst, dass es sie tatsächlich nicht störte. Sie wurde rot. „Nein ... das ist in Ordnung."

Mark lächelte. „Worüber wolltest du mit mir sprechen?" Er nahm den Plastikdeckel des Kaffeebechers ab und trank einen großen Schluck. „Ah, das tut gut. Ich habe die halbe Nacht an den Vorbereitungen für den Tag der offenen Tür gearbeitet."

„Ich halte dich auch nicht lange auf", sagte Holly. „Ich habe mich nur gefragt ..." Sie zögerte. „Das hört sich jetzt vielleicht komisch an, aber ..." Sie erschauerte. Sie standen im Schatten des Gebäudes, und ein kühler Wind wehte von den Hügeln her. „Ich habe mich gefragt, ob du Ben nicht mochtest."

Sie spürte, wie Mark neben ihr erstarrte, sein Augenausdruck wurde wachsam. Einen Moment lang sagte er gar nichts. „Ich kannte ihn kaum." Er richtete den Blick in die Ferne,

419

und Holly merkte, dass sich plötzlich eine Kluft zwischen ihnen aufzutun schien, als hätte er sich ganz bewusst emotional einen Schritt von ihr entfernt. Dann sah er sie wieder an und lächelte entschuldigend. „Es tut mir leid. Ich nehme an, Ben und ich hatten uns einfach nur wenig zu sagen."

Damit tat Holly sich ein wenig schwer. Sie sollte ihn eigentlich verstehen; genau so hatte sie sich immer in Bezug auf Tasha gefühlt. Manchmal sprang zwischen zwei Menschen schlichtweg kein Funken über, das war alles. Trotzdem hatte sie den Eindruck, dass mehr dahintersteckte. „Es muss einen Grund gegeben haben", beharrte sie. „Ich meine, du bist nicht der Typ, der einen Menschen grundlos ablehnt."

Sie wartete, aber Mark stritt es weder ab, noch erklärte er es. Er presste die Lippen fest aufeinander, seine ganze Körperhaltung war angespannt. „Ich …", fing er an, doch dann rief jemand vom anderen Ende des Kutschenhofs, und der Moment war verflogen. Sie drehten sich beide um.

Greg eilte mit fliegenden Hemdschößen auf sie zu. „Mark, du musst zu dem umgebauten Farmgebäude kommen", sagte Greg und nickte Holly kurz zu. „Beim Rohrverlegen sind sie auf eine Leiche gestoßen …"

In Hollys Ohren fing es zu dröhnen an. Das Tageslicht war plötzlich zu grell, der Hof schien sich rasend schnell um sie zu drehen.

„Greg, verdammt noch mal!" Mark packte Holly, um sie zu stützen. Er klang außer sich vor Zorn. „Holly …"

„Mir geht es gut", behauptete sie schwach.

„Oh Gott, das tut mir leid!" Greg sah völlig zerknirscht aus. „Ich wollte nicht … Es ist im Grunde keine Leiche, es sind nur noch ein paar Knochen. Ein paar Hundert Jahre alt, sagt Iain. Und Werkzeuge liegen auch dabei, irgendwelche

Instrumente, ich weiß nicht. Mist. Entschuldigung. Ich wollte nicht …"

Mark beachtete ihn nicht und führte Holly zu einer Hofecke, wo sie sich erleichtert auf eine Bank fallen ließ.

„Leg den Kopf auf die Knie", forderte er sie auf. „Gleich wird es besser. Das ist nur der Schock."

„Ich weiß." Holly wartete darauf, dass ihre Übelkeit nachließ. Ihr war heiß, und sie schwitzte, aber gleichzeitig fror sie so sehr, dass sie zitterte.

Nach einer Weile kauerte Mark sich neben sie und berührte ihren Arm. „Wie fühlst du dich?"

„Mir geht es wieder gut." Holly richtete sich auf und atmete tief durch. „Tut mir leid." Der Schock ließ nach, aber sie wusste, mit welcher Wucht er sie getroffen hatte. Vielleicht war es doch besser, nichts über Ben zu wissen. So gab es wenigstens noch Hoffnung anstelle der niederschmetternden Erkenntnis, dass er niemals wieder zurückkommen würde. „Was hat Greg damit gemeint, es lägen Instrumente neben den Knochen?" Ihr war Gregs Gestammel wieder eingefallen.

„Ich habe keine Ahnung." Mark sah sie stirnrunzelnd an. „Irgendwelches landwirtschaftliches Gerät vielleicht, wenn es sich um ein Grab handelt, obwohl sich die Geschichte älter anhörte. Mach dir keine Gedanken." Er hielt ihr die Hand hin und half ihr beim Aufstehen. „Ich bringe dich zurück ins Café, du brauchst ein Glas Wasser. Dann gehe ich und sehe nach, was da los ist. Ich halte dich auf dem Laufenden."

„Gut", sagte Holly. „Ich hole mir eine Flasche Wasser, aber dann komme ich mit." Ihre Beine zitterten, und der Tag wirkte immer noch zu hell. Sie war erschöpft. „Es ist nur so – ich glaube, ich weiß, wer es sein könnte. Die Knochen, meine ich. Ich denke, es ist vielleicht Robert Verity."

35. Kapitel

Wassenaer Hof, Den Haag, April 1646

„Elizabeth!"

Craven wartete kaum ab, bis die davon huschenden Bediensteten die Tür hinter sich geschlossen hatten. Er warf seine Handschuhe auf den Tisch und stürmte durch das Zimmer, wobei er im Gehen seinen Umhang achtlos zu Boden fallen ließ. Er war geradewegs aus den Stallungen gekommen und hatte sich noch nicht einmal den Staub der Reise abgewaschen. Die Zeiten hatten sich in der Tat geändert.

Obwohl sie es erwartet hatte, legte Elizabeth schützend eine Hand an ihre Kehle. Eine Gemahlin sollte ihrem Gemahl wohl Rechenschaft ablegen, wenn ihr guter Ruf in den Schmutz gezogen worden war, selbst wenn diese Gemahlin eine verwitwete Königin war und ihr Gemahl ein Bürgerlicher. Mit leichter Wehmut erinnerte sie sich, wie zurückhaltend Craven anfänglich seine Rolle als ihr Gemahl angenommen hatte. Sie hatte geführt, er war ihr stets gefolgt.

„Guten Abend." Sie bot ihm die Wange zu einem unterkühlten Kuss. „Ich hoffe, deine Reise verlief angenehm?" Sie griff nach der Glocke auf dem Tisch. „Soll ich dir eine Erfrischung bringen lassen? Ein Glas Wein?" Sie merkte, wie er seufzend versuchte, sich zusammenzunehmen.

„Danke, später vielleicht." Er setzte sich auf den Stuhl neben ihrem. Die Luft im Raum vibrierte nicht mehr vor seinem

Zorn, aber ganz gelegt hatte er sich auch noch nicht. „Elizabeth, was zum Teufel geht hier vor? Stimmt es, dass dein Sohn d'Espinay getötet hat? Wie um alles in der Welt konntest du das zulassen?"

Elizabeth schluckte krampfhaft. Es war schwer zu erklären, und Craven war zu Recht zornig, aber sie empfand sowohl Scham wegen ihres Verhaltens, als auch Ärger, weil er sie infrage stellte. „Ja, es stimmt, dass d'Espinay tot ist", erwiderte sie vorsichtig. „Philipp ist etwas aufbrausend", spielte sie den Jähzorn ihres jüngsten Sohns bewusst herunter. „Er dachte, der Chevalier d'Espinay hätte sich zu vertraulich über mich geäußert ..." Sie zuckte verlegen mit den Schultern, weil sie ahnte, wohin das unweigerlich führen würde. „D'Espinay machte sich über ihn lustig, und Philipp nahm ihm das sehr übel. Er verteidigte doch nur die Ehre seiner Familie ..."

„Indem er den Mann gleich abschlachten musste?"

Elizabeth zuckte zusammen. „Bitte! Es kam zum Duell, Beschimpfungen wurden ausgetauscht, und alles geriet außer Kontrolle ..."

„Und keiner war so vernünftig, ihn zurückzuhalten, bis es zu spät war."

„Du warst ja nicht hier", wandte Elizabeth ein.

„Kann ich nicht einmal einen Monat lang abwesend sein?" Er klang nicht geschmeichelt, wie Elizabeth gehofft hatte, sondern wütend. „Wo ist der Junge jetzt?"

„Er ist geflüchtet. Die Obrigkeit sucht ihn, um ihn zu verhaften."

„Natürlich. Er hat schließlich einen Mann ermordet."

„William ..." Früher einmal hatte sie seine Direktheit zu schätzen gewusst, jetzt tat sie ihr weh. „Du musst ihm helfen. Deshalb habe ich nach dir schicken lassen."

„Darüber reden wir vielleicht später noch." Er tat ihre Bitte mit einer wegwerfenden Handbewegung ab. „Die andere Geschichte – dass d'Espinay deinen Ruf geschädigt hat. Wie ist es dazu gekommen?"

Elizabeth senkte unglücklich den Kopf. Wenn sie es ihm nicht sagte, dann würde es viele andere Leute geben, die dafür sorgten, dass er erfuhr, was geschehen war, und das auf die entwürdigendste Art und Weise. Gleichzeitig ärgerte sie sich darüber, dass sie sich vor ihm erklären musste. „Der Chevalier machte mir hier bei Hof seine Aufwartung", sagte sie. „Er war geistreich und amüsant. Ich fand nichts Verwerfliches dabei, ihn zu empfangen."

„Du hast dich gelangweilt."

„Ich wusste die Gesellschaft des Chevaliers zu schätzen, das ist wahr. Er war äußerst unterhaltsam."

„Er hat dich oft besucht."

„Ich … Ja, das hat er wohl." Natürlich hatte er das. D'Espinay war täglich erschienen, um ihr seine Aufwartung zu machen, und sie hatte sich deswegen sehr geschmeichelt gefühlt. Es war ihr peinlich, das zuzugeben.

„Er hatte einen denkbar schlechten Ruf."

„Davon hatte ich nichts gewusst." Wirklich nicht. Sie kam sich wie eine Närrin vor.

Craven bewegte sich gereizt auf seinem Stuhl hin und her. „Verdammt, du weißt doch, wie die Leute reden. Jeder sagt, er wäre dein Liebhaber gewesen."

„Sie reden, weil sie nichts Besseres zu tun haben." Sie legte ihm die Hand auf den Arm, eine halb flehende, halb beschwichtigende Geste. Sie wusste, diese Sache verletzte ihn in seiner Ehre. Durch ihre Torheit hatte sie ihnen allen geschadet. „William, du weißt, dass das nicht wahr ist", sagte sie besänftigend. „Der Gedanke ist absurd. Ich liebe keinen anderen Mann als dich."

Sein Blick streifte sie, und einen Moment lang fürchtete sie sich, denn es lag nicht die sonstige Wärme darin. „Wenn du unsere Ehe öffentlich bekannt geben würdest, könnte das den Skandal abschwächen."

Elizabeth wurde zornig. „Es würde alles nur noch schlimmer machen! Dann hieße es, ich wäre eine Frau, die den einen Mann heimlich heiratet und sich mit dem anderen in aller Offenheit amüsiert!" Sie hatte das Falsche gesagt, das war ihr klar, kaum dass ihr die Worte über die Lippen gekommen waren, aber sie konnte sie nicht zurücknehmen. Craven sprang auf und ging ans Fenster.

„Ich hatte mir törichterweise eingebildet, du hättest nach mir schicken lassen, weil du mich als deinen Gemahl an deiner Seite brauchst." Seine Stimme klang trügerisch ruhig. „Ich stelle allerdings fest, dass ich mich geirrt habe." Er drehte sich wieder zu ihr um. „Lass mich raten … Du willst nur, dass ich Philipp helfe, dem Arm des Gesetzes zu entkommen. Du möchtest, dass ich ihn sicher ins Ausland bringe, nach England, und dass ich ihn begleite und ihm eine Zukunft verschaffe. Du schickst mich wieder einmal fort."

Einen Moment lang hielt Elizabeth den Atem an, weil das die schmerzhafte Wahrheit war. „Ich dachte nur …", stammelte sie, „weil du dich so gut darauf verstehst, solche Dinge zu regeln."

„Ich bezahle dafür, wenn ich schwierige Situationen beseitige", sagte Craven hart. Er kam wieder zu ihr. „Was hast du dir denn vorgestellt – dass ich deinen unbesonnenen Sohn quer durch Europa begleite, nur um seine Haut zu retten?" Der Zorn in seiner Stimme flößte ihr Angst ein. „Ist das alles, was ich für dich bin? Ein Mittel zum Zweck?"

425

„Du hast mich und die, die ich liebe, immer beschützt." Sie wusste jetzt nicht mehr weiter, ihr blieb nur die Wahrheit. „Ich dachte, du würdest mir helfen." Das Beben ihrer Stimme und die Tränen in ihren Augen waren nicht gänzlich gespielt. „William …"

Eine Sekunde lang glaubte sie, es würde nicht mehr funktionieren und sie hätte ihre Macht über ihn verloren. Doch dann riss er sie in seine Arme und küsste sie wild und leidenschaftlich, als könnte er dadurch die Zweifel und die bösen Worte ungeschehen machen. Schon manchmal hatten sie in der Vergangenheit einen Streit auf diese Weise beigelegt. Sie wusste, es erregte ihn, wenn sie, eine Königin, unter seinen Berührungen schwach wurde, und auch sie hatte es geliebt, sich ihm ganz hinzugeben. Nun wollte sie ihm die gleiche Reaktion entlocken und den Zorn wegspülen. Sie vergaß alles, ihre Müdigkeit, die späte Stunde, die bitteren Worte und ließ sich von der Leidenschaft mitreißen. Seine Kraft, seine gezügelte Gewalt standen ihrer in nichts nach, Kuss um Kuss, Berührung um Berührung. Wenn das sein Preis war, wollte sie ihn gern zahlen.

Später, als sie im Halbdunkeln nebeneinander lagen, aßen, tranken und redeten sie.

„Ich habe einen Cousin, Robert", sagte Craven. „Er ist ein paar Jahre älter als Philipp, sehr tüchtig und vernünftig. Ich werde veranlassen, dass er den Jungen nach England begleitet. Er wird einen guten Menschen aus ihm machen und ihn vor weiterem Unheil bewahren."

Das war Elizabeth nicht gut genug, aber sie wusste, wann es Zeit war, eine Diskussion zu beenden. „Ich danke dir", erwiderte sie.

„Ich bin inzwischen zu alt, um selbst zu reisen", behauptete

Craven, und Elizabeth wusste, dass das einer Entschuldigung nahekam.

„Du bist schwerlich ein alter Mann", neckte sie ihn, streckte die Arme nach ihm aus und küsste ihn.

Die Bediensteten räumten die leeren Teller ab und ließen sie wieder allein. Während William erneut anfing, sie zu liebkosen, fragte sie sich, warum ihm die jetzige Form ihrer Beziehung nicht ausreichte. Jeder wusste, dass sie verheiratet waren. Es wurde allgemein verstanden und akzeptiert. Auch wenn es nicht öffentlich verkündet worden war, galt er als ihr Gemahl. Mehr konnte sie ihm nicht geben. Sah er denn nicht ein, dass das ihren Kampf unterminieren würde, ihren Söhnen die Zukunft zu sichern? Sie war die Tochter eines Königs und die Witwe eines weiteren, und er war trotz seines Heldenmuts nur ein einfacher Bürgerlicher. Sie hatten so viel. Am Anfang hatte ihm das gereicht, es war mehr als genug gewesen. Und doch hatte es jetzt zunehmend den Anschein, als hätte sich daran etwas geändert.

36. Kapitel

Im Garten des Farmgebäudes stand bereits eine ganze Reihe von Menschen an einem Graben, den vermutlich die Leute vom Wasserversorgungswerk ausgehoben hatten, als sie auf die Knochen gestoßen waren. Daneben lag ein zur Seite geschobener Steindeckel, der den Zugang zu einem Schacht freigegeben hatte.

Zusätzlich zu den Ingenieuren, die das Ganze plaudernd und rauchend verfolgten, waren noch zwei mit Spaten bewaffnete Männer von der Baustelle gekommen. Greg war ebenfalls da. Er warf Holly einen verschämten Blick zu, doch als sie ihn anlächelte, hellte sich seine Miene auf. Zahlreiche Dorfbewohner waren erschienen, unter ihnen Fran, die den Mantelkragen gegen den Wind hochgestellt hatte, sich mit einem Nachbarn unterhielt und Kaffee aus einer großen Thermoskanne verteilte, die auf einem improvisierten Tischchen stand.

„Iain hat mich angerufen und erzählt, was passiert ist. Sie brauchten Proviant." Sie umarmte Holly. „Was um alles in der Welt machst du denn hier? Du weißt …" Ein beinahe komischer Ausdruck des Entsetzens breitete sich auf ihren Zügen aus. „Oh Gott, du weißt doch, dass es nicht Ben ist, oder? Das sind nur noch Knochen, wahrscheinlich aus dem achtzehnten Jahrhundert, meint Iain."

„Ja, ich weiß." Sie verstummte, als ein Geländewagen der Polizei die ungepflasterte Straße heraufholperte und in die Einfahrt einbog.

„Die müssen immer kommen, wenn Knochen gefunden

werden." Fran warf Holly einen mitleidigen Blick zu. „Das hier muss schrecklich für dich sein, Holly. Geh lieber nach Hause und ..."

„Mir geht es gut", fiel Holly ihr ins Wort. „Ich wollte wissen, wer das ist. Ich vermute, dass es sich möglicherweise um Robert Verity handelt."

Fran starrte sie an. „Wer? Ach so, der Typ, mit dem Lavinia Flyte ein Verhältnis hatte ... meinst du wirklich? Wie kommst du darauf?"

„Er ist damals einfach verschwunden. Wie gesagt, es ist nur eine Vermutung, aber trotzdem."

Iain hatte Mark abgefangen. Die beiden unterhielten sich mit einem anderen Mann, den Holly nicht kannte.

„Das ist Nick Frazer", erklärte Fran und winkte den Männern zu. „Er ist der Knochenspezialist. Er kann das Alter des Skeletts bis auf ein Jahr genau bestimmen."

Holly zog ihren Mantel fester um sich. Wind kam auf und brachte Regen mit. War das der Ort, an dem Robert Verity gestorben war, nachdem er den Pfad zur Mühle in der eisigen Winterkälte entlanggelaufen war, um sich mit Lavinia zu treffen, frierend und allem beraubt, was ihm etwas bedeutet hatte? Hatte er die Hoffnung noch nicht verloren, dass sie flüchten und zu ihm kommen würde? Welche Pläne hatte er zu ihrer Rettung geschmiedet, was hatte er sich für ihre gemeinsame Zukunft erhofft? Holly dachte an den im Dunkeln wartenden Landvermesser und erschauerte.

„Hier, trink das. Du siehst halb erfroren aus." Fran gab ihr einen Becher.

„Danke, Fran." Sie nahm einen Schluck. Schmecken konnte sie das dampfende Gebräu zwar nicht, aber wenigstens war es heiß.

„Interessant", meinte Iain, der zwei leere Plastikbecher zurückbrachte und sich dafür zwei volle nahm. „Dort unten ist ein großer Abwasserkanal, der wohl lange Zeit verstopft war. Wir vermuten, dass der Kalkstein irgendwann erodiert ist und die Knochen durch ein Loch in der Wand gespült worden sind, sonst hätten wir sie nie gefunden."

„Wollen sie die Leiche bergen?"

„Nachdem sie an Ort und Stelle fotografiert worden ist", berichtete Iain. „Mark steigt mit Nick hinunter. Er will sich rasch den Kanal ansehen, während Nick Aufnahmen von den Knochen macht."

„Nein!" Mit einem Aufschrei ließ Holly ihren Becher ins Gras fallen. Die Angst, die sie plötzlich verspürte, entsprang einem Instinkt und war übermächtig. „Das darf er nicht!" Als sie Frans erstaunten Blick sah, fügte sie hinzu: „Mark darf dort nicht hinuntersteigen. Ich meine ... Es ist zu gefährlich. Da ist Wasser, und der Kanal ist instabil ..."

Mark hatte sich bei ihrem Aufschrei umgedreht. Jetzt eilte er zu ihr und ergriff ihre beiden Hände, ungeachtet der vielen Zuschauer. „Ist alles in Ordnung?", fragte er. Frans Blick war nicht länger erstaunt, sondern sehr nachdenklich.

„Ja." Holly bemühte sich, die Fassung zu wahren. „Es tut mir leid."

„Ich weiß, was ich tue", sagte Mark ruhig. „Es ist alles gut, Holly. Mir wird nichts passieren."

„Ja, ich weiß", erwiderte Holly mit bebender Stimme. „Es ist nur ..." Sie konnte das bösartige Gefühl der Todesangst nicht erklären, das sie plötzlich überkommen hatte. Wahrscheinlich dachten alle, dass ihre Nerven blank lagen wegen der Parallelen zu Bens Verschwinden, aber sie wusste, das war nicht der Grund. Diese Angst hatte sich ganz konkret auf Mark und ihre Gefühle für ihn bezogen. Aber waren das überhaupt *ihre* Gefühle? Oder vermischte sich Lavinias Liebe zu Robert mit ihren eigenen Empfindungen? Sie verstand gar nichts mehr. „Sei einfach nur vorsichtig, ja?", bat sie ihn eindringlich.

Ihre Blicke trafen sich, und Mark nickte ernst.

Eine Strickleiter war in den Graben heruntergelassen worden. Holly verfolgte, wie erst Nick und dann Mark nach unten kletterten. Die Anspannung aller war jetzt fast greifbar.

„Also ..." Fran nahm Holly ungeduldig beiseite. „Möchtest du mir vielleicht erklären, was das eben war?" Als Holly nicht sofort antwortete, fügte Fran hinzu: „Wenn du immer noch behauptest, du wärst nicht in ihn verliebt, Holly Ansell, dann lügst du."

Iains Funkgerät knisterte. „Ja, Mark?"

„Ich kann bestätigen, dass das der Einstieg zu einem Abwasserkanal ist." Marks Stimme ertönte blechern aus dem Funkgerät. „Zehn Meter tief, etwa anderthalb Meter breit, Mauerziegel, gewölbte Decke, spätes siebzehntes Jahrhundert, aber mit späteren Ergänzungen versehen. Er war nicht verstopft, sondern ist nachträglich zugemauert worden, vermutlich im frühen neunzehnten Jahrhundert, allerdings nicht sehr professionell."

„Mark meint, Lord Evershot hätte den Lustgarten im frühen neunzehnten Jahrhundert neu angelegt", sagte Holly zu Fran. Wenn Evershots Leute die Abwasserkanäle freigelegt hatten, dann wäre es die einfachste und schnellste Möglichkeit gewesen, eine Leiche in einem davon verschwinden zu lassen. Sie hätten Robert Verity nur hineinwerfen und den Kanal danach wieder zumauern müssen, in dem Verity dann einsam und vergessen zweihundert Jahre lang gelegen hätte.

Das Funkgerät knisterte erneut. „Wir haben die Leiche." Nick Frazers Stimme dieses Mal, ruhig und emotionslos. „Es ist schwer, Genaueres festzustellen, es ist zu eng und dunkel hier unten. Wir müssen sie nach oben bringen." Pause. Holly hörte undeutliches Gemurmel im Hintergrund, konnte aber die einzelnen Stimmen nicht verstehen. Eine dunkle Vorahnung erfüllte sie, und sie bekam eine Gänsehaut. „Eindeutig männlich, wahrscheinlich etwa dreißig Jahre alt, einer groben Vordatierung nach frühes neunzehntes Jahrhundert." Wieder eine Pause. „Ist Holly in der Nähe?"

Iain reichte ihr das Funkgerät. „Hallo, Nick." Sie hielt den Atem an.

„Mark sagt, ich soll Ihnen ausrichten, Sie hätten recht gehabt. Unter der Leiche liegt ein Sextant. Er hatte ihn wahrscheinlich in seiner Jackentasche, dann ist der Stoff verrottet. Das ist ein Navigationsgerät", fügte er erklärend hinzu. „Eins, wie es ein Landvermesser auch hätte benutzen können, und es stammt aus der Zeit um 1800. Ach ja, noch etwas – ich würde sagen, er ist eindeutig ermordet worden. Der Schädel weist eine Verletzung auf, die sofort zum Tod geführt haben muss."

37. Kapitel

Sie beerdigten Robert Verity eine Woche später auf dem Friedhof von Ashdown an einem grauen Nachmittag, während die umstehenden Bäume von einem kalten Nordostwind durchgeschüttelt wurden. Das Grab lag in einer geschützten Ecke, umgeben von Sarsensteinen, die einst den Kreis aus Megalithen gebildet hatten, der den Namen Sistrin trug.

Einige Kollegen von Mark nahmen an der Beisetzung teil, einschließlich des Teams, das Robert Veritys Leiche geborgen hatte. Mark hatte aufgrund von Roberts Militärakte um militärische Ehren gebeten, und so wurde Verity nun mit der über seinen Sarg gebreiteten britischen Flagge beerdigt. Holly hatte Mark für die Anteilnahme und die Umsicht geliebt, mit der er diesen einsamen Abschied für den Mann, der aus seiner Zeit gerissen worden war, zu etwas ganz Besonderem gemacht hatte. Trotzdem war die Stimmung traurig und düster, und Holly rückte unter dem schwarzen Schirm näher an Mark heran, als es zu regnen anfing. Verstohlen betrachtete sie sein Gesicht. Er sah geradezu verboten gut aus in seiner schwarzen Trauerkleidung, und plötzlich fragte sie sich, wie oft er wohl schon am Grab eines gefallenen Kameraden gestanden hatte. Sie hakte sich bei ihm unter, und er legte seine Hand auf ihre.

„Ich möchte wissen, was seine Familie gedacht hatte", sagte Fran, als sie später mit Holly langsam den unebenen Pfad zurück durch das schwarze Eisentor und hinaus zum Parkplatz ging. „Robert Verity war doch keine Waise, oder? Es muss also Menschen gegeben haben, die sich gefragt haben, was mit ihm passiert ist, nachdem er so spurlos verschwunden war."

Darüber hatte Holly auch schon nachgedacht. Außer Mark hatte sie niemandem gesagt, auch nicht Fran, dass ihrer Meinung nach Evershot Robert Verity ermordet hatte, da sie schlecht erklären konnte, woher sie das wusste. Aber wegen des Sextanten bei seiner Leiche und Lavinias Tagebuch hatten sie sich darauf geeinigt, dass es höchst wahrscheinlich so gewesen war. „Dieser Zweig der Familie endete mit ihm", erklärte Holly. „Niemand hat je erfahren, was mit ihm geschehen ist. Er verschwand einfach."

„Das alles ist so traurig. Für Lavinia, meine ich", erwiderte Fran. „Man hat ihr jede Chance auf eine gemeinsame Zukunft mit ihm genommen." Sie sah Holly an. „Ich stelle mir gern vor, dass sie sehr glücklich miteinander geworden wären. Nach allem, was du mir erzählt hast, waren sie Seelenverwandte, ähnlich wie Elizabeth Stuart und William Craven."

„Deshalb möchte ich auch unbedingt wissen, was danach aus Lavinia geworden ist." Holly seufzte. „Aber ich finde einfach nichts darüber heraus."

„Warum kommst du nicht noch mit ins Café auf einen Tee?", schlug Fran vor. „Wir könnten auf Robert Verity trinken."

„Das würde ich liebend gern tun, aber ich muss mich wieder an die Arbeit machen. Man hat bei mir ein Geburtstagsgeschenk in Auftrag gegeben, an dem arbeite ich gerade." Holly umarmte ihre Freundin. „Wir sehen uns später."

Zurück in der Mühle fühlte sie sich rastlos und aufgewühlt und konnte sich auf nichts konzentrieren. Sie nahm sich ein paar Stücke vor, machte Fehler und legte das Glas frustriert wieder weg. Der kleinste Ausrutscher mit der Graviernadel, die kleinste Ungenauigkeit, und ihre Arbeit war ruiniert.

Wahrscheinlich würde das niemandem richtig auffallen, aber Holly wusste es, und sie konnte nur absolut perfekte Stücke verkaufen.

Sie nahm Bonnie mit zu einem langen Spaziergang in den Downs, wo der scharfe Wind noch eisiger blies. Sie kamen am Verity-Turm vorbei, der inzwischen vollkommen mit Efeu, Nesseln und Gras überwuchert war. Holly konnte nicht sagen, ob sie wegen Robert Veritys Tod oder wegen Ben so traurig war. An diesem Ort hier war er ihr so nahe, fast konnte sie das Echo seines Lachens aus ihrer Kindheit hören.

Wieder in der Mühle angelangt schaffte sie es tatsächlich, ein paar Stunden zu arbeiten, doch dann holte sie ihren Laptop hervor, mit der Absicht, weitere Fortschritte bei ihren Nachforschungen über das komplizierte Beziehungsgeflecht zwischen William Craven und Robert Verity zu machen. Sie suchte auf Ahnenforschungsseiten im Internet nach der Frau, die William Cravens Geliebte gewesen war, diejenige, die laut Lavinia sein uneheliches Kind geboren hatte und Roberts Urururgroßmutter gewesen war. Lavinia hatte geschrieben, Robert wäre durch Erbschaft in den Besitz des Kristallspiegels gekommen. Da lag die Vermutung nahe, dass Elizabeth den Spiegel William Craven gegeben und dieser ihn dann an seine Geliebte weiterverschenkt hatte. Holly fragte sich, ob Elizabeth das gewusst hatte. Der Gedanke bedrückte sie. Craven war, nach dem was man gehört hatte, Elizabeth absolut treu ergeben gewesen. Wie hatte er dann einen so kostbaren Gegenstand, der angeblich über große magische Kräfte verfügte, aus der Hand geben können?

Durch hartnäckiges Suchen stieß sie auf Gerüchte über verschiedene Mätressen zu Cravens Zeit in Den Haag am Hof der Winterkönigin, aber nur eine war namentlich erwähnt –

Margaret Carpenter, nicht Margaret Verity. Es gab noch einen Hinweis auf sie um 1630 herum, dann war sie verschwunden. Also suchte Holly stattdessen jetzt nach Margaret Verity und fand eine Frau, deren Geburtsdatum ganz ähnlich war und die in den späten Zwanzigerjahren des 17. Jahrhunderts John, den dritten Lord Verity, geheiratet hatte. In dem Text wurde berichtet, dieser John Verity wäre angeblich verrückt gewesen, dennoch hätten er und Margaret einen Sohn bekommen, Robert, der den Familiennamen weiterführen sollte. Auf der Suche nach weiteren Informationen entdeckte Holly eine recht blumige, unterhaltsame Geschichte aus viktorianischer Zeit über die Familie. Der Verfasser lehnte Margaret eindeutig ab und nannte sie „eine ziemlich unmoralische Person". Wie er schrieb, gab es Gerüchte über ihre Untreue, vor allem während der Zeit, als sie sich am Hof der Winterkönigin um 1630 herum in Den Haag aufgehalten hatte.

„Man sagte ihr nach, sie hätte mit diversen Liebhabern verkehrt und hätte Lord Craven einen Sohn geboren, aber da Seine Lordschaft nie einen Anspruch auf das Kind erhob, wurde es als Titelerbe der Veritys anerkannt", schrieb der Historiker frostig.

Holly klappte den Laptop zu, das helle Licht des Monitors erlosch. Während sie gelesen hatte, war es Nacht geworden. Sie war so vertieft in ihre Nachforschungen gewesen, dass sie ganz vergessen hatte, die Lampen einzuschalten.

Eine Weile saß sie ganz still da und dachte über William Craven und Margaret Carpenter nach. So vieles von dem, was sie herausgefunden hatte, war sicher nur Spekulation. Das wahre Geheimnis hatte sie noch nicht entdeckt.

Aus einem Impuls heraus öffnete sie den Laptop wieder, weil sie nachsehen wollte, ob es irgendwo einen Hinweis gab, was aus Margaret Verity geworden war. Beim ersten Lesen übersah sie ihn, weil er sich in einer Fußnote verbarg, aber beim zweiten Mal fand sie die winzigen Buchstaben ganz unten auf der Textseite.

„John, 3. Baron Verity, überlebte seine Gemahlin um vierzehn Jahre. Sie starb beim Großen Brand von London 1666, übrigens eins der wenigen adeligen Opfer, und wurde im Haus ihres Gemahls in der Nähe von Bridewell aufgefunden, am Rauch erstickt, aber ohne äußere Verletzungen."

Holly erhob sich ein wenig steif und ging zu den Fenstern, um die Vorhänge zuzuziehen. Sie schaltete eine Lampe an, und sofort wurde der Raum in tröstlich warmes Licht gehüllt. Ihr drängte sich der Gedanke auf, ob der Kristallspiegel, der angeblich Zerstörung durch Feuer auslösen konnte, nicht auf irgendeine makabre Weise an Margaret Carpenter Rache verübt hatte.

Draußen regnete es jetzt in Strömen, das Regenwasser prasselte auf die alten Dachschindeln, gurgelte in den Fallrohren und rauschte vom Mühlrad in den Teich. Auch der Wind war stärker geworden. Der Mühlenmechanismus ächzte und knarrte wie ein sinkendes Schiff. Plötzlich krachte es laut unter Hollys Füßen, der Boden bebte leicht. Bonnie wachte auf, hob den Kopf und fing an zu bellen. Dann ertönte noch ein anderes Geräusch, das schleifende, schabende Knarzen von nachgebendem Holz.

„Verdammt."

Holly wusste, was geschehen war. Durch das ungewohnt viele Wasser auf dem Mühlrad war der Mechanismus unten im Maschinenraum ausgelöst worden, und irgendetwas war gebrochen, vielleicht eine Speiche des Rads. Es war alt und morsch, und Holly hatte Ben schon seit Jahren gedrängt, es reparieren zu lassen. Das Gleiche war schon einmal passiert, als sie noch ein Kind gewesen war. Sie erinnerte sich noch, wie ihr Vater die Bodenklappe zum Keller geöffnet hatte, erinnerte sich an den Geruch nach altem, nassen Holz und modriger Kälte, der aus der dunklen Tiefe aufgestiegen war, an den Kälteschauer, als hätten klamme Finger über ihre Haut gestrichen, an das Gefühl, als lauerte dort unten etwas Böses, Lebendiges. Sie hatte sich im Alter von sieben Jahren geschworen, niemals diese Leiter hinunterzusteigen, aber nun blieb ihr wohl nichts anderes übrig. Wenn sie nicht nachsah, lief vielleicht Wasser in den Maschinenraum. Leise vor sich hin fluchend nahm sie die Taschenlampe aus der Kommode und ging in die Speisekammer neben der Küche. Dort führte eine Falltür im Boden über eine eiserne Leiter hinunter in den Maschinenraum, so viel wusste sie immerhin.

Die Bodenklappe ließ sich nur sehr schwer anheben, sie schien sich irgendwie verzogen zu haben. Holly war gezwungen, eine Brechstange aus der Küche zu holen und sie aufzustemmen. Sofort war da wieder dieser Gestank, an den sie sich von damals erinnerte, die modrige Luft und die feuchte Kälte. Sie hielt sich die Hand über Nase und Mund, um ihn nicht einzuatmen. Zögernd schaltete sie die Taschenlampe ein und spähte hinunter in den Schacht. Außer muffiger Dunkelheit war nichts zu erkennen. Erneut fluchend beugte sie sich weiter vor und versuchte, mit der Taschenlampe auszuleuchten, wo ungefähr die Wände waren und wie tief es bis zum Fußboden war. Sie hatte das Gefühl, ins Leere zu sehen. Das Vernünftigste war sicher, einfach über die eiserne Leiter hinunterzuklettern, aber sie sah alt und rostig aus, und Holly spürte die alte Angst in sich aufsteigen, als wäre sie wieder sieben Jahre alt. Sie wollte dort nicht hin. Sie wollte die Ungeheuer nicht sehen, die in den Schatten lauerten …

Sei nicht albern, sagte sie sich. Die Polizei war erst vor ein paar Wochen dort unten gewesen, auf der Suche nach Ben. Es gab nichts, wovor sie sich fürchten musste.

Holly setzte den Fuß auf die erste Sprosse der Leiter, die unter ihrem Gewicht bedrohlich zu schwanken anfing. Holly zögerte eine entscheidende Sekunde zu lange, dann war es auch schon zu spät. Sie rutschte mit den Füßen ab und stürzte Hals über Kopf ins Dunkel. Geröllstückchen rieselten auf sie nieder, und Staub stieg ihr in die Nase, als sie hart aufprallte – im Nassen. Die Taschenlampe, an die sie sich geklammert hatte, fiel ihr aus der Hand und rollte weg. Holly griff mit inzwischen noch stärker zitternden Händen nach ihr, versuchte sich aufzusetzen und stieß sich prompt den Kopf an etwas an, das sich anfühlte wie eine gewölbte Decke. Trotz ihrer Schmerzen zwang sie sich, ruhig durchzuatmen und zu warten, bis sie wieder besser Luft bekam. Sie wusste, dass sie nicht in der Falle saß. Sobald ihre Übelkeit und der Schwindel nachließen, konnte sie den Weg zurück zur Leiter finden und nach oben klettern.

Sie schaltete die Taschenlampe wieder an und sah sich um. Der Lichtkegel war noch nie besonders hell gewesen, jetzt gab die Lampe dazu noch ein beunruhigendes zischendes Geräusch von sich. Sie musste Wasser abbekommen haben, und Holly befürchtete, dass sie bald ganz ausgehen würde.

Das schwache Licht schien auf eine gewölbte Decke aus Backstein, die sich niedriger über ihrem Kopf befand als erwartet. Die Leiter hatte sich am unteren Ende von der Wand gelöst und schwankte jetzt schwindelerregend etwa einen Meter über dem Boden hin und her. Zu ihrer Rechten entdeckte Holly zersplittertes Holz und die Reste einer Tür, von deren Existenz sie gar nichts gewusst hatte, geschweige denn davon, wohin sie führte. Es sah aus, als befände sich dahinter ein weiterer Abwasserkanal. Wasser strömte durch die gezackte Türöffnung, dunkel und kalt und immer weiter ansteigend.

Sie leuchtete mit der Taschenlampe hinein und sah einen langen, engen Gang, der ins Dunkle führte. An seinem Ende befand sich ein unnatürlich glatter Tümpel, der das Licht reflektierte wie ein Spiegel.

In dem Moment war es, als ginge ein Windstoß durch den Tunnel, das stille Wasser wurde aufgewühlt, und etwas Goldenes schimmerte darin. Holly richtete die Taschenlampe darauf. Der Gegenstand trieb immer weiter auf sie zu, eine Kette, die auf den Wellen auf und ab wogte, bis sie schließlich neben ihr landete. Holly streckte die Hand danach aus und berührte sie. Die Goldkette war angelaufen und kaum noch wiederzuerkennen, und die Fassung, die einmal eine riesige Perle gehalten hatte, war leer.

Der Lichtstrahl fiel nun auf etwas anderes, das blasser und schrecklich anzusehen war, fast wie ein Gesicht. Mit einem erstickten Aufschrei wich Holly zurück und hätte beinahe die Taschenlampe ein zweites Mal fallen gelassen. Der Lichtkegel streifte einen Arm, der leblos im Wasser hing, einen grotesken Schatten an die Backsteinwand des Tunnels warf und immer weiter auf Holly zutrieb.

Holly wurde übel. Doch ihre entsetzliche Angst war nichts im Vergleich zu der plötzlichen und unerklärlichen Nähe von etwas Bösem, das sie lähmte. Es wurde immer stärker, bis Holly das Gefühl hatte, von der Dunkelheit verschluckt zu werden. Sie hörte das Tosen von Wasser und roch den Gestank des Todes. Ihr war, als würde sie ertrinken, als würde sie hinab in die Tiefe gezogen, bis sie keine Luft mehr bekam.

Ihre Lungen drohten zu bersten. Eine riesige Welle raste auf sie zu, drohte über ihrem Kopf zusammenzuschlagen …

Irgendwo hoch über ihrem Kopf hörte sie Bonnies ununterbrochenes, wütendes Bellen, und dieses Geräusch riss sie aus ihrem Albtraum. Irgendwie gelang es ihr, ihre zitternden Beine zu bewegen. Die Taschenlampe erlosch. Holly ließ sie zurück, stolperte durch das Wasser auf dem Fußboden, griff nach der untersten Sprosse der Leiter, und es war ihr völlig gleichgültig, dass diese beängstigend hin und her schwankte, als Holly sich daran nach oben zog, verzweifelt, zitternd, an nichts anderes denkend als an die nächste Sprosse, während sie immer wieder mit den Händen abrutschte, immer weiter, weiter, bis sie sich schließlich aus der Luke stemmte und auf dem Küchenfußboden zusammenbrach.

Dort blieb sie atemlos und völlig erschöpft liegen, während Bonnie ihr das Gesicht ableckte. Irgendwann setzte sie sich auf und stellte fest, dass sie vollkommen durchnässt war, als wäre sie durch eine Flut geschwommen. Sie umarmte Bonnie, stand mühsam auf und hinterließ nasse Fußspuren auf dem Boden, als sie zu ihrem Handy lief und die Polizei anrief.

Dieses Mal verhielt sich PC Caldwell in keiner Weise herablassend. Offensichtlich war sie darin ausgebildet worden, wie man auf einen Schock reagierte und mit hinterbliebenen Angehörigen umging. Der Tod war etwas ganz Konkretes, etwas, das sie schon oft gesehen hatte und verstand. Das hatte nichts mit vermissten Personen zu tun, bei denen es keine Anhaltspunkte gab, auf die man sich hätte konzentrieren können.

Sie saß am Küchentisch, während Holly, inzwischen wieder sauber und trocken, aber immer noch völlig durchgefroren, allmählich den Überblick verlor über die Anzahl der Becher mit heißem Tee, die alle ihr vorsetzten. PC Caldwell sprach sanft ihr Beileid aus und sagte, dass durch die starken Regenfälle der letzten Zeit wahrscheinlich die Holzwand eingedrückt worden war, die den Maschinenraum vom Mühlteich trennte. Sie sprach von Abwasserkanälen und Schächten, davon, dass Ben wohl woanders in einen dieser Schächte gefallen sein musste und verschwunden geblieben war, bis der Mühlgraben sich wegen des Regens mit Wasser gefüllt und ihn in den Mühlteich gespült hatte. Die Worte rauschten einfach an Holly vorbei.

Bens Leiche war fortgebracht worden, und PC Caldwell hatte ihr versichert – wohl in der Absicht, freundlich zu sein – dass Ben keine äußeren Verletzungen davongetragen hatte. Man war sich sicher, dass der Kreideboden des Pfads über einem der Kanäle eingebrochen und Ben hineingestürzt war, das Bewusstsein verloren hatte und schließlich in dem flachen Wasser ertrunken war.

„Wie du beinahe auch", hatte Fran gesagt und sich geschüttelt, aber Holly wusste, dass mehr als nur das dahintersteckte. Sie hatte das Böse gespürt, das sie umgeben hatte. Sie hatte die zerstörerische Macht des Wassers und der Sistrin-Perle gespürt. Jetzt lag die Goldkette neben ihr auf dem Tisch. Niemand hatte eine Bemerkung dazu gemacht, weil sie wie ein arg mitgenommenes, altes Schmuckstück aussah, das man auch auf einem Flohmarkt hätte finden – oder übersehen – können. Aber Holly hatte sie auf mehr als einem Portrait um den Hals der Winterkönigin hängen sehen, mit der Sistrin-Perle in der Mitte. Sie hatte keine Ahnung, wo die Perle jetzt war, sie wusste nur, dass Ben die Kette bei sich gehabt hatte, als er gestorben war.

Die Haustür ging auf, und Mark trat ein. Er ging geradewegs zu Holly, nahm sie in die Arme und drückte sie fest an sich. Ein warmes Gefühl der Liebe durchströmte sie plötzlich.

„Geht es dir gut?" Er packte ihre Schultern und hielt sie ein Stück von sich entfernt, um sie prüfend ansehen zu können. „Holly ..."

„Mir geht es gut", versicherte Holly, genauso erschüttert über das, was sie eben in seinen Augen gesehen hatte, wie über das, was sie vorhin erlebt hatte. Mark wollte gerade etwas sagen, da ertönten Schritte hinter ihm, und dann war Flick da. Ihr langes blondes Haar hing ihr in nassen Strähnen ins Gesicht, das verhärmt und ängstlich wirkte.

„Flick!", sagte Mark scharf. „Ich habe dir doch gesagt, du sollst zu Hause bleiben ..."

„Ich musste kommen." Sie straffte trotzig die schmalen Schultern. „Es wird Zeit, dass ich die Wahrheit sage." Sie drehte sich zu Holly um. In der nun einsetzenden Stille bemerkte Holly all die Kleinigkeiten an ihr; die Bündchen von Flicks Cordjacke waren an den Rändern schon ganz fadenscheinig; ihre Fingernägel waren zwar lackiert, aber abgekaut, und die schmalen Hände zitterten. Sie sah gleichzeitig älter und viel jünger aus als neunzehn, eine Erwachsene und zugleich ein verängstigtes Kind.

Plötzlich wusste Holly genau, was Flick sagen würde, und sie fing ebenfalls an zu zittern.

„Ben und ich haben uns gestritten in der Nacht, als er gestorben ist." Holly sah, wie Flick krampfhaft schluckte. „Ich hatte einen Zettel unter die Tür geschoben und ihn gebeten, sich auf der anderen Seite des Mühlteichs mit mir zu treffen. Ich drohte ihm damit, seiner Frau von uns zu erzählen, wenn er sich weigern sollte, mich zu sehen."

443

Holly sah, wie PC Caldwell der Kiefer herunterklappte und sie nach ihrem Notizbuch griff.

„Du hattest ein Verhältnis mit Ben?", flüsterte Holly.

„Ich habe ihn geliebt. Ich war verrückt nach ihm. Er hat mir alles über seine Nachforschungen erzählt, von seiner Suche nach der Sistrin-Perle, von William Craven und Elizabeth Stuart und von dem Tagebuch, das er gefunden hatte und das von der jungen Frau stammte, die mit ihrem Geliebten hier gewesen war. Er sagte, sie seien Seelenverwandte gewesen, bestimmt dafür, für alle Zeit zusammen zu sein, und das wir genauso wären, etwas ganz Besonderes, für immer miteinander verbunden. Doch in jener Nacht …" Flick schluchzte auf. „Ich wollte mit ihm in den Wald gehen, er jedoch nur bis zum Teich, damit er die Mühle im Blick hatte, wegen Florence. Und plötzlich sah ich … erkannte ich …" Sie schluckte. „Es war alles nur Show. Schöne Worte, um mich einzulullen, verstehst du? Lauter leeres, bedeutungsloses Zeug, um mich ins Bett zu kriegen. Er hatte nie vorgehabt, Tasha zu verlassen und zu riskieren, dass er sein Kind verlor. Ich war so wütend auf ihn …"

„Flick!", warnte Mark. „Sag jetzt nichts mehr."

Sie hob den Kopf. „Ich habe ihn nicht umgebracht", erklärte sie ruhig. „Er versuchte, sich damit von mir freizukaufen …" Sie zeigte auf die alte Kette auf dem Tisch. „Er sagte, sie sei etwas Besonderes und hätte einmal der Winterkönigin gehört. Ich habe ihn nur beschimpft und ihm die Kette wieder in die Hand gedrückt, dann bin ich weggelaufen. Und das war das letzte Mal, dass ich ihn gesehen habe."

Totenstille. Selbst PC Caldwell saß mit gezücktem Kugelschreiber da, hatte aber noch kein Wort in ihr Notizbuch geschrieben. Holly sah, dass sie sich einen kleinen Ruck gab, nach ihrem Funkgerät griff und mit leiser Stimme um Rückmeldung bat. Fran war blass wie ein Gespenst und hielt ihren Teebecher gefährlich schief, sie hatte ihn völlig vergessen. Sie sah entsetzt und krank aus und sagte ausnahmsweise einmal kein Wort.

Holly wandte sich Mark zu. Er sah sie einen Moment lang an, und sie glaubte, einen Anflug von Bedauern und noch einen anderen Ausdruck in seinen Augen wahrzunehmen, als bäte er um Entschuldigung.

Mark hat es gewusst, dachte sie. Sie fühlte sich irgendwie betrogen, aber gleichzeitig verstand sie jetzt auch. Plötzlich begriff sie, warum Mark Ben nicht gemocht hatte. Er hatte gewusst, dass Ben und Flick ein Verhältnis hatten. Ihr hatte er davon nichts gesagt. Er hatte sogar ganze Arbeit geleistet, ihr sein Wissen und seine Meinung vorzuenthalten.

Holly stand auf und ging wortlos an ihm vorbei in die Nacht hinaus.

38. Kapitel

London, Mai 1661

London sah so anders aus. Elizabeths Erinnerungen waren goldene Mädchenträume voller Prunk und Vergnügungen; der Fluss hatte im nicht enden wollenden Sonnenschein geglitzert; die Tafeln hatten sich gebogenen unter Bergen von Köstlichkeiten, und aus den Springbrunnen war Rosenwasser gesprudelt. Sie hatte England voller Liebe und Sonnenschein im Herzen verlassen, nun kehrte sie im Schutz der Dunkelheit mit dem Schiff von Gravesend zurück. Sie stand an Deck, trotz der Warnungen ihrer Hofdamen vor der schädlichen Seeluft. Hier und da war am Ufer ein Licht zu sehen, doch der größte Teil Londons lag im Dunkeln.

Craven hatte ihr eine Kutsche geschickt, natürlich, und eine ganze Flotte kleinerer Kutschen für ihr Gepäck. Sie musste lächeln über diesen pompösen Aufwand. Er hätte doch eigentlich am besten wissen müssen, wie wenige Habseligkeiten sie noch besaß. Allerdings war sie jetzt müde, und die weichen Polster taten ihren schmerzenden Knochen gut. Sie hatte nicht das Bedürfnis, den Vorhang beiseitezuschieben und sich London anzusehen. Sie konnte die Geräusche der Stadt hören, die so anders klangen als die in Den Haag. Sie klangen vertraut und gleichzeitig so seltsam, Melancholie weckend und doch aufregend; sie ließen die Vergangenheit wieder aufleben und versprachen eine unbekannte Zukunft. So viele Jahre waren vergangen, so vieles hatte sich verändert, so viele geliebte Menschen waren von ihr gegangen. Craven jedoch war immer da gewesen, standhaft und unerschütterlich. Ihr wurde das Herz etwas leichter bei dem Gedanken, dass er auf sie wartete.

Die Kutsche fuhr eine Kurve, und endlich hob Elizabeth doch einen Zipfel des Vorhangs an. Sie sah eine lange Ulmenallee, ein breites, geöffnetes Tor und überall brennende Fackeln. Als die Kutsche das Tor passierte, hatte sie die sonderbare Illusion von früherer Größe. All das hier galt ihr, als wäre sie immer noch verehrt und geachtet und nicht das Relikt einer verlorenen Generation.

Ein plötzlicher Hagelschauer prasselte auf das Dach, und sie zuckte zusammen. Die Tür schwang auf, das Kopfsteinpflaster draußen war nass. Craven selbst wartete darauf, ihr beim Aussteigen behilflich zu sein.

„Majestät." Seine Verneigung war vollendet und seine Hand ruhig, während Elizabeth, die so viele bedeutendere Situationen gelassen gemeistert hatte, plötzlich zu zittern begann. „Willkommen zurück in England."

„Darüber kann bei diesem Wetter kein Zweifel bestehen", erwiderte sie. „November im Mai."

Die hinter Craven versammelte Phalanx von längst frierenden und durchnässten Bediensteten lachte. Elizabeth zog sich die Kapuze ihres Umhangs über den Kopf und ließ es zu, dass Craven sie beflissen ins Haus führte. Vage nahm sie breite Wände mit hohen Türen und elegante Schnitzereien wahr. Die Teppiche waren dick und dämpften die Schritte. Alles wirkte warm und behaglich.

„Ich werde Euch in Eure Gemächer führen, Eure Majestät." Mit einem energischen Kopfnicken bedeutete er der Dienerschaft, zurückzubleiben und sie beide allein zu lassen.

Elizabeth fiel auf, dass keiner auch nur das geringste Anzeichen von Erstaunen zeigte.

„Du hast deine Bediensteten gut erzogen", sagte sie leise und legte eine Hand auf seinen Arm, als sie nebeneinander die Treppe hinaufstiegen. „Entweder das, oder …"

„Oder?"

„Sie wissen Bescheid."

Er seufzte. „Elizabeth, jeder weiß, dass wir verheiratet sind, und das schon seit Jahren." Er lächelte, aber es lag eine gewisse Schärfe in seinem Tonfall. „Sie fragen sich nur, warum du dich weigerst, es offiziell bekannt zu geben."

Da war es wieder, und das schon so bald. Vor Jahren war sie diejenige gewesen, die ihn zur Heirat gedrängt hatte. Craven hatte sie immer wieder daran erinnert, auch daran, dass *er* sie auf ihre königlichen Pflichten, auf das Gerede und den Skandal hingewiesen hatte, der unweigerlich ausgelöst werden würde, wenn sie einen Bürgerlichen heiratete. Sie hatte alle seine Einwände beiseitegefegt in ihrem Bestreben, ihn unbedingt an ihrer Seite zu halten. Und doch war sie es, die diese Ehe in den vergangenen neunzehn Jahren geheim gehalten hatte.

Ihre Wangen röteten sich. Alle Wärme, alle Freude auf das Wiedersehen waren verflogen. „Darüber haben wir uns bereits unterhalten", sagte sie steif. „Du weißt, dass das Einzige, was mir noch geblieben ist, mein königlicher Rang ist …"

„Den du auch nicht verlieren würdest, wenn du unsere Ehe publik machen solltest." Er klang müde, immer wieder dieselben Argumente, im Lauf der Jahre immer wieder bis zur Abgedroschenheit wiederholt. Karl Ludwig hatte die Pfalz zurückgewonnen, und Englands Monarchie war wiederhergestellt. Craven hielt ihre Aufgabe für erledigt.

Sie konnte sich nicht erinnern, wie lange der erste Rausch der Leidenschaft angehalten hatte, aber es war wunderbar gewesen, wie Regen, der auf ausgetrockneten Boden fiel. Jedes Mal, wenn sie sich getrennt und dann wieder vereint hatten, war es ein aufregendes, verbotenes Gefühl gewesen, als wären sie immer noch ein Liebespaar und nicht verheiratet. Diese Leidenschaft war mit der Zeit schwächer geworden, aber viel von ihrer Zärtlichkeit war erhalten geblieben. Sie fühlte sich nach wie vor sicher bei ihm. Nach all den Jahren konnte sie immer noch auf seine Loyalität vertrauen. Sie wollte nicht mit ihm streiten.

„Es schmerzt mich, zu hören, dass dein Status alles ist, worauf du Wert legst", sagte er.

Seine Worte trafen sie zutiefst. „Es war nicht meine Absicht, das kleinzureden, was du mir bedeutest."

„Trotzdem misst du deinem Status größere Bedeutung bei."

Sie hatte plötzlich stechende Kopfschmerzen und fragte sich, wie es so weit gekommen war. Sie verstand nicht, warum er ihre Argumente nicht nachvollziehen konnte. War es reiner männlicher Stolz, der ihn blind für die Tatsache machte, dass sie einen höheren Zweck zu erfüllen hatte? Dass sie als Königin sich auf einer größeren Bühne bewegen musste als auf der, die er ihr bieten konnte? Sie erinnerte sich an die Worte des französischen Botschafters, als sie in Den Haag abgereist war. Er hatte ihr gesagt, ihre Aufgabe wäre es nun, Sympathien für die ganze königliche Familie zu gewinnen; für ihren Neffen Charles, der den Thron gerade erst bestiegen hatte und noch etwas unsicher im Amt war. Sie musste die bezaubern, die sie noch nicht kannten, und die anderen daran erinnern, dass sie immer noch die Herzkönigin war.

Als sie nicht antwortete, fuhr Craven ein wenig trocken

fort: „Ich glaube, du unterschätzt meine Beliebtheit hier in der Hauptstadt. Eine offizielle Bekanntgabe unserer Ehe könnte deinem Status eher noch mehr Glanz verleihen, anstatt ihm zu schaden."

Sie wusste, dass daran etwas Wahres war. Er galt als Held, und ihre Geschichte war romantisch. Die Leute waren sentimental. Charles würde ihn mit Ehren überschütten, ihm vielleicht sogar den Titel eines Duke verleihen. Doch am Ende würde er immer noch der Sohn eines Tuchhändlers und sie immer noch zu stolz sein, um gern daran erinnert zu werden. Es war merkwürdig, wie die Sticheleien ihrer Mutter nach so vielen Jahren immer noch Wirkung zeigten. Sie konnte sich gut vorstellen, wie Königin Anne jetzt hier stehen und sich über sie lustig machen würde. Bei ihrer Hochzeit mit Friedrich hatte Anne sie aufgezogen, weil sie sich einen einfachen Kurfürsten ausgesucht hatte. Und ihr zweiter Gemahl war nun ein Mann, dessen Vorfahren ein Vermögen mit Schafen gemacht hatten.

Die alten Kränkungen schmerzten immer noch. Vor mehr als zehn Jahren hatte sie an ihrem Hof das Gerücht gehört, Craven hätte ihrem inzwischen verstorbenen Bruder fünfzigtausend Pfund bezahlt, als er um ihre Hand gebeten hatte. Sie war außer sich gewesen, dass man darüber sprach, als wäre sie ein billiges Feilschobjekt bei einem widerwärtigen Handel unter Männern. Da hatte sie zum ersten Mal ihre Ehe bereut, und etwas war an jenem Tag zerbrochen, das nicht wieder gekittet werden konnte.

Und doch, durch Krieg und Blutvergießen, den Verlust des Bruders, von Söhnen und mehr Freunden, als sie zählen konnte, durch all die scheinbar endlosen Heimsuchungen des Lebens hindurch hatte Craven sie immer treu begleitet.

„Lass uns nicht mehr davon sprechen", sagte sie. „Ich bin müde, und es ist schon spät." Sie sah sein grimmiges Lächeln, und zu ihrer Müdigkeit gesellte sich beinahe Verzweiflung, weil die Stimmung schon so bald umgeschlagen war. Das hier war eine Heimkehr, sie hätte glücklich verlaufen sollen.

Eine Bedienstete näherte sich unter der Treppe. Es gab keine Zeit und keine Gelegenheit, ungestört zu reden, selbst wenn sie es gewollt hätte. Fehlende Privatsphäre war schon immer eine Gnade und ein Fluch zugleich gewesen.

„Selbstverständlich, Madam." Craven, jetzt wieder ganz der vollendete Höfling, öffnete oben neben der Treppe die Tür zu einer Zimmerflucht. „Das sind Eure Gemächer. Ich hoffe, Ihr werdet Euch hier sehr wohl fühlen."

Von der Ausstattung her konnte darüber kein Zweifel bestehen. Es gab Empfangssalons mit erlesenen Stuckaturen, ein mit blassgrünem Samt ausgekleidetes Boudoir, ein Ankleide- und ein Schlafzimmer, beide mit dicken Teppichen ausgelegt, und prasselnde Feuer in allen Kaminen. Hier machten sich keine fadenscheinigen Bettlaken und abgestoßenen Möbel über ihre Armut lustig. An einer Wand hing sogar eine Replik des Gobelins mit der Jagdszene aus dem Schloss in Rhenen, neu angefertigt in lebhaften Farben. Einen Moment lang war sie sprachlos, und ihr stiegen die Tränen in die Augen.

„Oh …"

„Gefällt er dir?" Craven sah jungenhaft zufrieden mit sich selbst aus, seine schlechte Laune war verflogen. „Ich habe einen Maler gebeten, eine Skizze davon anzufertigen, und den Wandteppich dann hier in London weben lassen."

Elizabeth strich mit dem Finger über das dicke Tuch und bewunderte die leuchtenden Farben. Es schien ihr, als blickte sie durch ein Fenster zurück auf ein vergangenes Leben. Sie war sich nicht sicher, ob sie das froh oder traurig machte. „Du bist so gut zu mir." Das wenigstens konnte sie in aller Aufrichtigkeit sagen.

Ihre Hofdamen näherten sich. Sie konnte bereits ihre aufgeregten, erfreuten Stimmen hören, als sie den Luxus ihrer neuen Unterkunft bestaunten.

„Du solltest jetzt lieber gehen", flüsterte sie ihm zu.

Früher einmal, dachte sie, hätte er sich geweigert. Er hätte den Riegel vorgeschoben, sie in die Arme genommen und sie geliebt. Jetzt jedoch gab er ihr einen formvollendeten Handkuss, dann war er fort.

39. Kapitel

Die Polizei verhörte Flick. Mark war zur moralischen Unterstützung bei ihr geblieben. Holly ging hinaus in den Garten, durch die Pforte und weiter bis zum Mühlteich. Nachdem es nun wieder zu regnen angefangen hatte, befand sich etwas Wasser darin. Auf seiner Oberfläche spiegelte sich silbern der Mond. Es kam Holly seltsam vor, dass hier nur so wenig Wasser war, während vor Kurzem noch so viel davon durch den Mühlgraben gerauscht war, dass es die Trennwand zur Mühle durchbrochen und Bens Leiche zurückgespült hatte. Jetzt war sie sich allerdings nicht mehr ganz sicher, ob es wirklich eine Wasserflut gewesen war. Es hatte sich so angehört und auch so angefühlt, aber als die Polizei in den Keller hinuntergegangen war, hatte dort nur eine kleine Pfütze gestanden. Nicht genug, um darin zu ertrinken. Nicht genug, um solchen Schaden anzurichten.

Holly setzte sich auf einen großen Findling und zog die goldene Kette aus ihrer Tasche. Sie konnte sich daran erinnern, sie auf einem von Elizabeths Portraits gesehen zu haben, mit der schimmernden Sistrin-Perle daran. Die Perle war verschwunden, doch wie es aussah, war ihre Macht auf die Kette übergegangen.

Nun, sie hatte Holly nicht umgebracht, aber dennoch große Zerstörung angerichtet. Holly sah zum Wald hinüber. So lange Zeit hatte sie Bens Verschwinden bewusst oder unbewusst mit der Magie des Spiegels und der Perle in Verbindung gebracht. Es war wie ein Schock, einsehen zu müssen, dass alles nur wegen der zerstörerischen Macht der Liebe geschehen war, genau wie Robert Veritys Tod seinerzeit. Flick hatte Ben verzweifelt geliebt, das erkannte Holly jetzt. Flick, problembeladen und labil, wollte keine halben Sachen, wenn es um Liebe ging. Sie war nicht wie Holly, ängstlich darauf bedacht, kein Risiko einzugehen und Verletzungen zu vermeiden. Holly musste an Flicks traurige Augen denken, als sie bei ihr in der Werkstatt gewesen war, an die einstudierte Gelassenheit, wenn sie sich nach Neuigkeiten über Ben erkundigt hatte. Sie musste sich auf so viele Art und Weisen gequält haben. Zerbrechlich, allein, mit einem Geheimnis, das sie niemandem anzuvertrauen wagte ... Holly war wütend, so verwirrt und außer sich, aber sie konnte Flick nicht böse sein. Es war, als würde man einen Schmetterling hassen.

Ben jedoch ... Ben war nicht der gute Kerl gewesen, für den sie ihn gehalten hatte. Ihre Wut nahm zu. Wie hatte sie nur so blind sein können. Tasha hatte gesagt, Ben hätte ein Verhältnis, aber Holly war der Meinung gewesen, dass sie sich irren musste. Schlimmer noch, sie hatte ihre Schwägerin für lieblos und illoyal gehalten. Sie dachte an Tashas kurzen Tränenausbruch an jenem Tag in der Mühle, als sie gekommen war, um Florence abzuholen. Jetzt begriff sie, dass Tashas Tränen dem Verlust von etwas Unersetzlichen gegolten hatten, aber auch Tränen des Zorns auf Ben gewesen waren. Nicht einmal Hester war blind in Bezug auf Bens Fehler gewesen, doch Holly hatte nicht hören wollen, was ihre Großmutter sagte. Sie hatte ihre Zweifel beiseitegeschoben, weil sie sich so sicher gewesen war. Sie hatte absolutes Vertrauen zu ihm gehabt.

Hinter ihr ertönten Schritte, und als sie sich umdrehte, sah sie Mark langsam näher kommen. In einem gewissen Abstand blieb er stehen, und sie verstand, warum.

„Ist mit Flick alles in Ordnung?", fragte sie. „Ist die Polizei mit dem Verhör fertig?"

Ein überraschter Ausdruck huschte über sein müdes Gesicht. „Sie schlägt sich tapfer, danke." Er schob die Hände in die Hosentaschen. „Sie sind fast fertig, ich bringe sie gleich nach Hause."

Holly nickte. Sie wandte sich ab und sah wieder zum Wald hinüber.

„Ich wusste, dass Flick und Ben ein Verhältnis hatten", fuhr Mark fort. „Es tut mir leid, dass ich dir nichts davon gesagt habe."

Eine große Müdigkeit überkam Holly. „Warum hast du es nicht getan?"

„Wenn ich auch nur einen Moment geglaubt hätte, dass Flick wusste, was mit Ben passiert war, hätte ich dir Bescheid gesagt", erwiderte Mark. „Ich hätte auch die Polizei informiert, selbst wenn es mir sehr schwergefallen wäre. Ich hatte sie gefragt, ob sie ihn in jener Nacht gesehen hätte, sie verneinte, und ich glaubte ihr."

„Ich weiß, es hätte nichts an der Tatsache geändert, dass er längst tot war", murmelte Holly, „aber wenn Flick der Polizei gesagt hätte, wo sie ihn zuletzt gesehen hat, wäre seine Leiche vielleicht früher gefunden worden." Sie sah ihn wieder an. „Ich versuche es, Mark. Ich gebe mir wirklich große Mühe, nicht wütend zu sein, aber ..." Ihre Stimme bebte. „Du hast *gewusst*, wie es mir ging. Ich war völlig fertig! Jedes Mal, wenn das verdammte Telefon geklingelt hat, habe ich gehofft ..." Sie holte tief Luft, um sich etwas zu beruhigen. „Warum hast du nichts gesagt? Ich habe dich sogar gefragt, ob du ihn nicht gemocht hast!" Sie sprang auf, ihre Wut war zu einem weißglühenden, lebendigen Wesen geworden. „Ich habe dir damit eine Gelegenheit gegeben, es mir zu sagen, aber du warst nicht ehrlich zu mir."

„Nein", erwiderte Mark knapp. „Ich war nicht ehrlich zu dir. Ich habe Ben gehasst. Er hatte ein Verhältnis mit meiner kleinen Schwester, er wusste, wie verwundbar sie war, er wusste, dass er verheiratet war und Flick sich vor Liebe zu ihm verzehrte. Ich habe ihn gebeten, sie in Ruhe zu lassen. Ich habe ihn förmlich angefleht. Verdammt, ich hätte ihn am liebsten umgebracht!" Er fuhr sich mit der Hand durchs Haar. „Tut mir leid, aber so war es. Vor allem, als er mir sagte, er liebe Flick ja, aber nicht genug, um ihretwegen Tasha und Florence zu verlassen. So etwas ist keine Liebe, jedenfalls nicht für mich. Er hat sie alle betrogen."

In der daraufhin einsetzenden Stille war nichts zu hören als das leise Plätschern des Wassers vom Mühlrad.

„Das verstehe ich", sagte Holly nach einer Weile. „Natürlich verstehe ich das." Ihr wurde innerlich ganz kalt, als sie an Bens ungeheuerlichen Betrug dachte. Flick hatte sich in eine schreckliche Situation gebracht, aber in Hollys Augen trug er größere Schuld an alldem, denn er war älter gewesen, verheiratet, Vater … Holly hasste seine Verlogenheit plötzlich mit solcher Inbrunst, dass sie die Hand auf den Mund pressen musste, um ein Aufschluchzen zu unterdrücken. Sie wollte vor Mark nicht weinen, nicht jetzt und vielleicht auch nie mehr.

Zu spät. Mark hatte gemerkt, dass ihre Stimme brüchig geworden war, und ihr wurde klar, dass sie ihm nichts mehr entgegenzusetzen hatte. Sie war absolut verwundbar. Sie hatte es zugelassen, ihm zu vertrauen. Sie liebte ihn. Sie konnte sich nicht mehr vor ihm verstecken.

„Holly." Seine Stimme klang rau. „Das war der Grund. Deshalb habe ich dir nichts gesagt." Sie hörte ihn seufzen, und sein Tonfall wurde weicher. „Du hattest Ben von Anfang an auf ein Podest erhoben, aber dort gehörte er nicht hin. Er war nur ein Mensch und fehlbar wie wir alle. Doch das konnte ich dir nicht sagen. Ich wollte dir deine Illusionen über Ben nicht rauben, als du so verzweifelte Angst hattest, ihn zu verlieren."

Du hattest Ben auf ein Podest erhoben …

Tasha hat dasselbe gesagt, dachte Holly benommen. Guy ebenfalls und sogar Hester. Doch sie hatte nicht darauf gehört. Sie hatte nicht darauf hören wollen. „Du hättest mich nicht zu schützen brauchen", erwiderte sie dumpf. „Ich bin schon ein großes Mädchen. Ich wäre damit fertiggeworden. Ich werde immer allein mit allem fertig."

„Das bezweifle ich nicht. Du bist stark und du bist tapfer, Holly Ansell. Eine Sache, die ich jetzt weiß und die ich schnell gelernt habe, ist, dass du ganz anders bist als dein Bruder. Trotzdem wollte ich dir nicht wehtun. Und ich wollte auch nicht, dass du *allein* damit fertigwirst. Ich wollte dich bei mir haben. Und so …", er zuckte mit den Schultern, „habe ich einen Fehler gemacht."

„Ja", erwiderte Holly. „Das haben wir wohl beide." Sie hob den Kopf. „Du solltest jetzt besser zu Flick gehen. Sie braucht dich jetzt wirklich."

Mark sah sie lange Zeit an, dann nickte er und ging.

Bens Beerdigung unterschied sich von Robert Veritys in jeder nur denkbaren Hinsicht. Die Kirche war überfüllt, und Holly hatte das Gefühl, eher an einem gesellschaftlichen Event teilzunehmen als an einer Trauerfeier. Viele von Tashas Promi-Freundinnen waren da; sie wirkten kühl und elegant mit ihren schwarzen Mänteln und den dunklen Sonnenbrillen. Die Presse hatte ihre Zelte draußen aufgeschlagen.

Holly wusste, dass Hester und John sich mit alldem schwertaten. Das war kein Abschied von einem Enkel, den sie gekannt hatten, sondern eher die Beerdigung eines Fremden, dirigiert von Leuten, die ihn gar nicht gekannt hatten.

Von einer Erinnerung an ihren Bruder hatte Holly sich bereits verabschiedet: Ben war nicht der Mann gewesen, für den sie ihn gehalten hatte. Mark hatte recht gehabt – sie hatte ihn auf ein Podest gestellt und sich geweigert, irgendwelche Fehler an ihm zu suchen. Das hatte sie blind gemacht für die Wahrheit. Nachdem ihr diese Illusion nun geraubt worden war, konnte sie erkennen, dass er ein Mensch wie jeder andere gewesen war, ein Mensch, der Fehler gemacht hatte, zu viele womöglich. Nach dieser Erkenntnis waren ihre Gefühle für ihn milder geworden, Verbitterung und Zorn hatten sich in Bedauern verwandelt, auch eine Spur von Liebe war wieder dabei. Mit der Zeit, so hoffte sie, konnte sie vielleicht wieder großmütig und liebevoll an ihn zurückdenken.

Nach der Beisetzung fuhr sie Hester und John nach Oxford und kehrte dann nach Ashdown zurück. Es war der Tag der offenen Tür und des Empfangs, und sie war fest entschlossen, dabei zu sein. Es gab noch einiges, was sie Mark sagen wollte.

Zuerst jedoch hatte sie noch etwas zu erledigen.

Zurück in der Mühle tauschte sie den schwarzen Hosenanzug gegen ihre Arbeitskleidung und ging hinüber in die Werkstatt. Der Regen war jetzt wieder stärker geworden, er prasselte auf das Dach und brachte die Regenrinnen zum Überlaufen.

Holly schaltete die Lichter an und tauchte die Werkstatt in künstliche Helligkeit. Sie hatte alles, was sie brauchte – Handschuhe, eine Atemschutzmaske, Chemikalien, einen Hammer und einen Schraubenzieher. Auf ihrem Arbeitstisch lag der Kristallspiegel mit seinen unechten glanzlosen Diamanten.

Eleanor Ferris hatte ihn ihr vor ein paar Tagen zusammen mit einem langen Gutachten zurückgeschickt. Seitdem hatte Holly sich den Kopf zerbrochen, was sie mit ihm anfangen sollte. Sie hatte gedacht, dass es vielleicht das Beste wäre, ihn zusammen mit der Goldkette wieder Espen Shurmer zukommen zu lassen, aber sie scheute davor zurück. Shurmer hatte den Spiegel erhalten und wieder mit der Sistrin-Perle vereinen wollen, aber tief im Herzen wusste Holly, dass das zu gefährlich war. Sie musste den Spiegel zerstören, ehe er weiteres Unheil anrichten konnte. Sie hatte keine Ahnung, ob sie die Perle jemals finden würde, doch ihr war klar, dass Spiegel und Perle niemals wieder zusammenkommen durften.

Sie nahm den Schraubenzieher, schob ihn zwischen Glas und Rahmen und trennte beides vorsichtig voneinander. Das Glas ließ sich überraschend leicht herausnehmen. Holly legte es behutsam auf ein sauberes Tuch. Es war wunderschön, vollendet geschliffen und so klar wie am Tag, als es hergestellt worden war.

Holly merkte, dass sie den Atem angehalten hatte, als hätte sie damit gerechnet, dass etwas passieren, dass der Spiegel sich wehren würde. Stattdessen lag er jetzt ganz still da, als wüsste er, dass seine Zeit gekommen war.

Langsam und methodisch trug Holly das Abbeizmittel auf die Silberschicht auf der Rückseite des Glases auf. Sie hatte erwartet, dass es Stunden dauern würde, bis sie die Silberschicht ganz entfernt hatte, aber sie schien sich fast sofort aufzulösen, ohne viele Rückstände zu hinterlassen. Holly spülte das Glas mit destilliertem Wasser ab. Ihr war nicht ganz klar, warum sie sich solche Mühe damit gab, wenn sie es ohnehin zerstören wollte, trotzdem schien es wichtig zu sein, es vorher noch einmal schön zu machen.

Sie nahm den kleinen Hammer zur Hand. Der Kristallspiegel war kein Spiegel mehr. Jetzt gab es nur noch ein Stück Holz und ein Stück Glas, beide voneinander getrennt und nicht mehr in der Lage, etwas widerzuspiegeln, weder die Zukunft noch die Vergangenheit, weder Gut noch Böse. Sie hob den Hammer zu einem leichten Schlag an, der ausreichen würde, das Glas zu zerstören.

Sie hielt inne. Eine Sekunde lang schien das Glas strahlend hell zu schimmern. Holly ließ den Hammer wieder sinken. Das hier war böhmisches Kristall, über dreihundert Jahre alt. Sie konnte es nicht zerschlagen. So etwas war ein Verbrechen für jeden Graveur, damit versündigte sie sich an ihrer Kunst.

Während sie das Glas betrachtete, formte sich ein Bild in ihrem Kopf; eine Rose mit acht Blütenblättern und einem schlanken Stiel, zerbrechlich und wunderschön. Sie konnte das Glas nehmen und zum Gedenken an die Rosenkreuzer deren Symbol eingravieren. Sie konnte aus einem einstigen Instrument der Macht und der Gefahr etwas Neues, Schönes schaffen. Sie würde seinen eigentlichen Zweck verändern und ihm neues Leben schenken.

In dem Moment fing das Glas wieder zu leuchten an, zuckende Flammen huschten über seine Oberfläche. Holly sah flimmernde Bilder wie in einem alten Schwarz-Weiß-Film: Männer mit Umhängen und Kapuzen in einem Feuerkreis, Ashdown House in Flammen … Eisige Kälte breitete sich in ihr aus, sie erschauerte.

Sie hob den Hammer, schlug mit aller Kraft zu, und das Glas zerbrach in Tausend Stücke.

40. Kapitel

London, Herbst 1661

Ihr Neffe Charles kam zu Besuch. Sobald er erfahren hatte, dass er ihr keine finanziellen Zuwendungen zukommen lassen musste, machte er ihr umgehend seine Aufwartung. Es amüsierte Elizabeth, wie aufmerksam er sein konnte, als er merkte, dass ihre Beliebtheit mit jedem Tag zunahm. Wenn er jemanden mit seinem Besuch beehrte, folgten ihm andere nach. Das hatte positive Folgen, und schon bald speiste sie mit dem Duke of Ormonde in Kensington; sie besuchte Lady Herbert in Hampton Court, empfing Botschafter und ging ins Theater oder zu Maskenspielen bei Hof. Das alles war recht erbaulich. Zwar mochte sie die Zügellosigkeit bei Hof nicht und hielt ihren Neffen für einen Lüstling, aber sie war alt, eine andere Generation, und ihre Wertvorstellungen waren nun einmal anders als seine. Ruprecht war mittlerweile ebenfalls in England. Er war sogar schon vor ihr eingetroffen und in den Kreisen seines Cousins sehr beliebt. Die Damen vergötterten ihn, und das, so vermutete Elizabeth, beruhte auf Gegenseitigkeit.

Craven House war ein einziger Hort des Luxus. Es gab einen Garten, in dem man an schönen Tagen spazieren gehen konnte, und eine Bibliothek zum Lesen, wenn es regnete. Sie wurde verwöhnt und verhätschelt, ihr fehlte es an nichts. Es war leicht, sich an so ein Leben zu gewöhnen.

Craven baute wieder. Man hatte ihm seine Besitztümer zurückgegeben, und er hatte keine Zeit verloren, sofort große Verbesserungspläne zu schmieden. Sein Ehrgeiz war schwindelerregend.

Eines Tages brachte er zwei Männer zu ihr. Sie war müde an jenem Tag, hatte Kopfweh und stechende Schmerzen in der Brust, die ihr das Atmen schwer machten. Eigentlich hatte sie wenig Lust, Fremde zu empfangen, doch als sie die beiden sah, stellte sie fest, dass sie sie bereits in Den Haag kennengelernt hatte. Sir Balthasar Gerbier war der vollendete Höfling – verschlagen, charmant und aalglatt. Begleitet wurde er von einem jungen Mann, an den sie sich erinnerte – Cravens Patensohn und früher einmal Page in ihrem Haushalt. Captain William Winde war zurückhaltend, wo Gerbier überschwänglich war, Schwerfälligkeit im Gegensatz zu Quecksilber. Dennoch zog sie von beiden Männern Winde bei Weitem vor.

„Gerbier und Captain Winde sollen ein Haus für Euch bauen", sagte Craven und zog Winde mit in den Vordergrund, während Sir Balthasar sich bereits übertrieben vor ihr verneigte und ihr die Hand küsste. „Ich habe einen Besitz in Berkshire, Hamstead Marshall; einst königlicher Besitz, und das soll er auch wieder werden. Wir planen …"

„Ein Schloss!", rief Gerbier. „Ein Wunderwerk, das es mit der Schönheit Eures Heidelberger Schlosses aufnehmen kann, Majestät! Prachtvoll!"

„Ihr habt einmal den Wunsch geäußert, in Ruhe und Frieden auf dem Land zu leben." Craven wirkte äußerst zufrieden mit sich selbst.

Ihr Wunsch war ihm wirklich Befehl. Sie empfand eine leichte Gereiztheit, weil Craven glaubte, es wäre so leicht, ihr eine Freude zu machen, doch dann schalt sie sich wegen ihrer Undankbarkeit. „Das stimmt." Eine gedankenlose Bemerkung an einem Tag, an dem sie müde gewesen war und ihr die Knochen wegen der Feuchtigkeit des trostlosen Londoner Herbstwetters wehgetan hatten.

„Ein Jagdschloss soll es auch geben. Ihr geht doch so gern auf die Jagd." Craven winkte Winde zu sich. Der junge Captain faltete ein paar Bögen Papier auseinander und breitete sie auf dem Walnusstisch auf; das Buch, in dem Elizabeth gelesen hatte, schob er beiseite.

„Ashdown Park", erklärte Craven. „Bestes Jagdrevier. Das Haus wird aus weißem Kalkstein gebaut werden, genau wie das Schloss Eurer Mutter in Greenwich, Majestät."

„Es wirkt recht massiv." Elizabeth starrte auf die Zeichnung eines großen Hauses mit vier Stockwerken und einer Dachterrasse, die von einer anmutig aussehenden Kuppel mit einer großen goldenen Kugel darauf geziert wurde. Wie typisch für Craven, seine Pläne mit Gold zu krönen. „Sehr hübsch", sagte sie hastig, weil sie sah, dass Winde rot geworden war. „Wie ein großes Puppenhaus."

„Der letzte Schrei, Majestät." Gerbier schob den jüngeren Mann zur Seite und zeigte begeistert auf die Zeichnung. „Vom Kontinent beeinflusst … Seht nur, es hat Ziergiebel, eine Balustrade, Dachschrägen …"

„Wie der Wassenaer Hof", sagte Elizabeth mit einem Anflug von Heimweh. Sie lächelte Winde an. „Es gefällt mir. Ich freue mich schon darauf, zu sehen, wie Eure Pläne Gestalt annehmen, Captain. Sir Balthasar."

Das war eine Entlassung. Beide Architekten wirkten enttäuscht. Erwarteten sie etwa, dass sie sich mit ihnen über Stein und Mörtel, Türzargen und Ecksteine unterhielt?

Craven jedoch hatte nichts von ihrer Müdigkeit bemerkt

und war noch immer ganz begeistert. „Vielleicht könnten wir im Frühling dort einen Besuch abstatten und sehen, wie die Arbeiten vorangehen. Der Steinbruch ist schon vorbereitet, und man will auch Quarzsandstein für die Fundamente nehmen, der von der Ruine einer alten Festung in der Nähe stammt …"

Elizabeth hörte nicht mehr zu. Bis zum Frühling war es noch lange hin, und London gefiel ihr. Sie wollte nicht auf dem Land sein, wo nie etwas passierte. Vierzig Jahre lang hatte sie ein tristes Leben geführt. Wenn sie nun nach Berkshire zog, würde sie in Vergessenheit geraten, während sie hier gefeiert und verehrt wurde und alles wunderschön war.

„Im Frühling …", sagte sie. „Ja, lasst uns dorthin fahren. Natürlich." Und wusste genau, dass sie es nicht tun würde.

41. Kapitel

Die Anlage sah völlig anders aus als in den letzten Tagen der Vorbereitung auf den Tag der offenen Tür und den Empfang. Da hatte überall gelinde Panik geherrscht: Schutzplanen waren noch auf den Böden und über manchen Möbeln ausgebreitet, letzte Maler- und Fliesenarbeiten waren im Gange gewesen. An diesem Abend jedoch stand das breite Tor zum ehemaligen Kutschenhof weit offen, und Laternen leuchteten den Weg zu den Musterhäusern. Alles sah so aus, wie es gedacht war – elegant und luxuriös; wundervolle alte Gebäude, denen man neues Leben eingehaucht hatte. Holly spürte die Aufregung, die in der Luft lag, als sie zum Eingang hinüberlief. Eigentlich hätte sie schon früher kommen sollen, um das Haus mit ihren Arbeiten zu schmücken, aber Mark rechnete wahrscheinlich gar nicht damit, dass sie überhaupt erschien. Beim Gedanken, ihn gleich zu sehen, hatte sie Schmetterlinge im Bauch. Sie hatte ihm so viel zu sagen. Sie hoffte, dass er sich das auch anhören wollte, aber sicher war sie sich nicht.

Sie hatte Bonnie mitgebracht. Als Holly und Mark über den Tag der offenen Tür gesprochen hatten, waren sie übereingekommen, dass Bonnie das Tüpfelchen auf dem i sein würde, wenn sie malerisch auf dem Natursteinboden vor dem alten Holzofen in der umgebauten Küche lag, die früher einmal die Waschküche gewesen war. Bonnie schaffte es, jedes Haus in ein Zuhause zu verwandeln.

Die meisten Gäste waren noch gar nicht eingetroffen. Durch die hell erleuchteten Fenster sah Holly, wie Fran und Paula das Buffet aufbauten. Holly klemmte sich die Kartons mit ihren Arbeiten nervös unter den Arm und klopfte an. Eine gestresst aussehende Assistentin öffnete ihr, führte sie zur Garderobe und ließ sie dann allein, damit sie in Ruhe umherwandern und ihre Arbeiten dort platzieren konnte, wo sie besonders gut zur Geltung kamen – eine gravierte Glasplatte hier vor einer Lampe, damit das Licht hindurchfiel, einen Briefbeschwerer da, elegant auf eine Holzfensterbank gelegt.

Schließlich räumte sie ihre leeren Kartons weg und pfiff Bonnie zu sich, die Fran und ihre Kanapees wohl allzu verführerisch fand. Langsam trafen die ersten Gäste ein. Holly wusste, dass Mark in der Halle stand, um sie zu begrüßen, und blieb im Hintergrund. Sie wollte ihm seinen großen Abend nicht verderben. Später war noch genug Zeit zum Reden.

Die Räume füllten sich rasch. Leute kamen auf sie zu und stellten ihr Fragen über ihre Arbeit. Ein Dozent vom örtlichen College gab ihr seine Karte und bat sie, ihn anzurufen. Ob sie nicht vielleicht einen Kurs im Fachbereich Kunst und Design geben wollte? Einer von Marks Konkurrenten schlug ihr vor, künftig doch deren Musterhäuser zu dekorieren, und bot ihr eine horrende Summe, um sie zu ködern. Viele nahmen sich Hollys Karte und versprachen, wegen eines Auftrags anzurufen. Und der Hund wurde von allen bewundert.

Eine Stunde später sah sie Flick hereinkommen. Sie nippte an einem Glas Champagner und sah blass und ätherisch aus in ihrem silbernen Etuikleid. Sie unterhielt sich angeregt mit Joe, aber ihre Augen wirkten müde. Holly fragte sich, ob sie überhaupt geschlafen hatte. Der heutige Tag, der Tag von Bens

Beerdigung, war mit Sicherheit besonders schwer für sie gewesen. Sie hatte keinen Anteil daran haben dürfen, hatte sich fernhalten müssen ...

Holly hatte schon geahnt, dass Flick da sein würde, und nach ihr Ausschau gehalten. Mit ihr musste sie zuerst sprechen, noch bevor sie mit Mark redete. Plötzlich fühlte sie sich jedoch unsicher und hatte Angst, womöglich das Falsche zu sagen. Flick sah gleichzeitig gramerfüllt und ängstlich aus, und Joe blickte misstrauisch zwischen ihr und Holly hin und her. Plötzlich begriff Holly, dass es hier gar nicht um sie ging und dass nichts anderes als bedingungslose Zuneigung angeraten war, wenn sie Flick Mut machen wollte. Holly zeigte nicht gern ihre Gefühle, nur im engsten Familien- und Freundeskreis, aber jetzt stellte sie ihr Glas entschlossen ab, ging zu Flick und nahm sie einfach in die Arme.

Flicks Überraschung fiel nach nur drei Sekunden von ihr ab, und sie erwiderte Hollys Umarmung so fest, dass Holly fast keine Luft mehr bekam.

„Hey", sagte sie, als sie Flicks heiße Tränen an ihrem Hals spürte, „hör auf! Du siehst so gut aus, ruinier dein Make-up nicht!"

Flick schluckte, lachte und umarmte sie erneut. Dann war Joe da, lächelte und küsste Holly auf die Wange, Flick plapperte los wie ein Wasserfall und wischte sich die zerlaufene Wimperntusche weg. Als Mark hereinkam, bemerkten sie ihn erst gar nicht, doch dann verstummte Flick plötzlich, und Holly sah auf. Sie verspürte einen Anflug von Panik.

„Holly. Ich dachte nicht, dass du kommen würdest", sagte Mark vorsichtig und mit verhaltener Stimme.

Holly hob das Kinn. „Ich habe versprochen, dass ich hier sein werde. Ich lasse meine Kunden nicht im Stich."

Marks dunkle Augen funkelten belustigt. „Das ist sehr professionell von dir", erwiderte er ernst.

„Außerdem ..." Holly holte tief Luft, ihr Herzschlag beschleunigte sich. „Ich muss mit dir reden. Natürlich nicht jetzt, aber vielleicht später?"

„Warum nicht jetzt?"

Holly verlor den Mut. Um sie herum war die Party in vollem Gange, Stimmengewirr und Gelächter erfüllten den Raum. Sie streckte den Arm aus. „*Des*wegen! Weil es so wichtig für dich ..."

„Manche Dinge sind wichtiger." Er griff nach ihrem Handgelenk. „Komm mit."

„Ich passe so lange auf Bonnie auf", rief Flick ihnen nach.

„Und ich kümmere mich um die Gäste", versprach Joe. „Vor allem um die gut aussehenden weiblichen!"

Mark führte Holly über den Kutschenhof zu der Ecke, wo sich das jetzt unbeleuchtete Baustellenbüro befand. Mondlicht lag auf dem Pflaster, immer wieder unterbrochen von vorbeiziehenden Wolken. Es war alles still, nur von weit her konnte man die Geräusche der Party hören.

Mark hielt ihr die Bürotür auf. Holly trat ein und fühlte sich augenblicklich von der Vergangenheit eingehüllt. Das leise Ticken der Uhr hätte aus jeder Zeit stammen können, in einer Ecke brannte warm ein Licht.

Mark wartete mit derselben ruhigen Zurückhaltung ab, die sie mittlerweile von ihm kannte, dass sie zu reden begann, aber diesmal loderten Emotionen in seinem Blick, und seine Haltung war angespannt. Holly hätte ihn gern berührt, doch zuerst musste sie loswerden, was sie ihm zu sagen hatte.

„Du sollst wissen, dass du recht gehabt hast", sagte sie. „Ich habe Ben vergöttert und seine Fehler nicht gesehen." Sie zögerte. „Es tut mir leid, Mark. Es muss die Hölle für dich gewesen sein, zu wissen, was da vor sich ging, und Flick davor beschützen zu wollen. Und dann kam auch noch ich dazu, habe Fragen gestellt und Unruhe hereingebracht. Es überrascht mich, dass du überhaupt noch mit mir gesprochen hast, nachdem du erfahren hattest, wer ich bin."

Mark schüttelte den Kopf. „So war es nicht. Ich mochte dich von Anfang an." Er sah sie an. „Verdammt, das müsstest du eigentlich gemerkt haben, aber du hast dich so schwergetan mit Bens Verschwinden. Ich habe deine Tapferkeit bewundert und es einfach nicht über mich gebracht, deinen Glauben an ihn zu erschüttern." Er seufzte. „Keine gute Entscheidung."

„Auch ich habe Fehler gemacht", räumte Holly zaghaft ein. „Ich habe versucht, dich auf Abstand zu halten, weil ich Angst vor dem hatte, was zwischen uns vorging. Die Chemie zwischen uns hat von Anfang an gestimmt, als gäbe es da ein unsichtbares Band. Ich wollte mich dem aber nicht stellen, weil ich Angst hatte, alles aufs Spiel zu setzen und es dann wieder zu verlieren."

„Liebes …" Er strich ihr sanft das Haar aus dem Gesicht. „Du hattest ja auch allen Grund dazu."

„Letztendlich wird man durch Logik und Vernunft aber nicht glücklich." Ihre Stimme bebte. „Ich liebe dich. Wenn du noch immer eine Beziehung mit mir willst …" Sie verstummte.

„Ja", erwiderte Mark sofort. „Das will ich." Er zog sie an sich und küsste sie. „Ich liebe dich auch", raunte er an ihren Lippen. Er legte die Arme um sie und bettete ihren Kopf an seine Schulter. „Verdammt, Holly. Wenn du nur wüsstest."

Sie hob den Kopf und sah ihn an. „Wenn ich was wüsste?"

„Wie es für mich gewesen ist. Vom ersten Moment an, als ich dich gesehen habe."

Holly schüttelte etwas verwirrt den Kopf. „Wie meinst du das?"

„Ich habe es auch gespürt, dieses Gefühl des Wiedererkennens, diese Seelenverwandtschaft." Er fuhr sich mit der Hand durchs Haar. „Ich bin schon seit ein paar Jahren hier gewesen, ich hatte PTBS und ein Alkoholproblem, meine Ehe war gescheitert, und ich musste mich um meine Geschwister kümmern. Dummerweise dachte ich, noch mehr könnte mir gar nicht zustoßen ..." Er breitete die Hände aus. „Und dann habe ich dich gesehen, und das Gefühl hat mich einfach erschlagen. Es war, als ob ich dich kennen würde, als hätte ich dich schon immer gekannt. Als hätte ich dich nur irgendwann einmal auf dem Weg verloren, und sobald ich dich sah, wollte ich dich zurückhaben." Er zog sie mit sich auf das alte Sofa. „Aber du warst Bens Schwester", fuhr er fort. „Und Ben wurde vermisst, Flick war vollkommen durcheinander ... Ich redete mir ein, es wäre besser, Distanz zu wahren. Doch das konnte ich nicht. Ich habe noch nie eine so starke körperliche Anziehungskraft verspürt. Anfangs versuchte ich noch, so zu tun, als wäre es eben nur das, aber ich wusste, da war mehr."

Als sie sich jetzt küssten, lag alles in diesem Kuss – Dankbarkeit, Leidenschaft und ein Versprechen für die Zukunft.

„Komm", sagte Holly, nahm seine Hand und zog ihn vom Sofa hoch. „Wir müssen zurück zum Fest." Sie hielt seine Hand ganz fest und dachte zum ersten Mal seit langer Zeit nicht mehr an die Vergangenheit. Es war *ihre* Entscheidung, mit Mark zusammen zu sein, hier und jetzt. Es war *ihr* Leben. Sie erinnerte sich daran, wie ihr Großvater gesagt hatte, dass man für die Liebe alles riskieren sollte, und musste lächeln.

42. Kapitel

London, Januar 1662

Das Theater von Salisbury Court war gut besucht an jenem Abend; in den Logen und auf den Rängen drängte sich das herausgeputzte Publikum wie eine Schar eitler Pfauen. Elizabeth liebte den Lärm, das Schillernde, die Aufregung. Deshalb liebte sie auch London – es lebte. Hier gab es genug Lichter, Musik und Amüsements, um sie ein Leben lang zu unterhalten. Sie musste nicht mehr dem nachtrauern, was sie alles verloren hatte. Das war auch ihr Triumph, nicht nur der von Charles.

Man gab das Maskenspiel *The History of Sir Francis Drake* von Sir William Davenant. Elizabeth fand es amüsant, wenn auch etwas seicht; der strahlende Sir Francis, als Held verklärt wegen seiner Abenteuer vor der südamerikanischen Küste. Die Musik dazu war mitreißend, doch das Publikum war nicht nur hier, um zuzuschauen und zuzuhören, sondern auch, um gesehen zu werden. Das Kerzenlicht spiegelte sich in glitzernden Juwelen und auf schimmerndem Satin wider, ein Meer in allen Regenbogenfarben.

Craven saß zu Elizabeths Linken. Wie gebannt verfolgte er das Stück, er schien sich prächtig zu amüsieren. Seine Begeisterung war beinahe kindlich und überaus liebenswert; ihre legte sich jedoch allmählich, und so fing sie zum Zeitvertreib an, sich umzusehen, wen sie im Publikum alles namentlich kannte. Sie war noch nicht lange wieder in London, doch ihr Bekanntenkreis war beträchtlich groß. Hertford, Killigrew, die Castlemaines ... Ihr Blick fiel auf die Frau neben Barbara Castlemaine. Sie kam ihr irgendwie bekannt vor; dieser hoch erhobene Kopf, die verblassende blonde Schönheit, die für ihr Alter unpassenden Ringellocken. Vielleicht war es jemand aus ihrer Zeit in Den Haag – doch das war seltsam, denn alle Männer und Frauen, die zu ihrem Hofstaat dort gehört hatten, hatten ihr sofort in Craven House ihre Aufwartung gemacht. Diese Frau nicht.

Die Frau sah jetzt auf und fixierte Elizabeth mit ihrem Blick. Ein leichtes Lächeln umspielte ihre Mundwinkel. Mit einer ganz unauffälligen Bewegung fasste sie in ihre Tasche und zog etwas daraus hervor. Zuerst konnte Elizabeth durch die vielen rosafarbenen Falten ihres Kleids nicht erkennen, was es war, doch dann sah sie ein funkelndes Aufblitzen. Quer durch das Theater, über die Zeiten hinweg, schimmerte der Kristallspiegel. Seine Diamanten prahlten mit ihrer Herkunft, das Glas selbst leuchtete mit dem bösartigen Schein, an den Elizabeth sich so gut erinnerte.

Elizabeth wurde kalt, sie fühlte sich plötzlich vollkommen kraftlos. Sie sah genauer hin, ein Irrtum war nicht möglich. Neben ihr amüsierte sich Craven über irgendetwas Lustiges im Stück, aber sie konnte in das aufbrandende Gelächter des Publikums nicht miteinstimmen. Sie hörte es, doch es klang weit entfernt. Ihr Gesicht schien wie erstarrt, sie konnte nicht einmal lächeln. Ihr war, als hätte ihr Herz aufgehört zu schlagen. Der Spiegel – hier, gut fünfundzwanzig Jahre nachdem Craven geschworen hatte, ihn vernichtet zu haben.

Dann erinnerte sie sich wieder. Die Frau. Margaret Carpenter. Die Mätresse, die sie nicht hatte hassen wollen, weil das unter ihrer Würde als Königin war. Es hatte das Gerücht gegeben, Craven hätte Margaret heiraten wollen, bis er dann erfahren hatte, dass sie längst verheiratet war. War der Spiegel ein Liebespfand für sie gewesen? Hatte er ihn aus Friedrichs Grab gerettet und geschworen, ihn zerstört zu haben, nur um ihn dann so achtlos und leichthin dieser Frau zu schenken?

Die Kälte war inzwischen bis in den letzten Winkel ihres Körpers vorgedrungen. Elizabeth hörte nicht mehr, was im Stück gesprochen wurde, Musik und Stimmen waren verklungen. Sie war gefangen im schwindelerregenden Sog dieses Spiegels, den sie endgültig verschwunden geglaubt und der doch unverändert weiter existiert hatte. Das ganze Unheil der vergangenen Jahre brach auf einmal über sie herein wie eine gewaltige Flutwelle. Drei ihrer Söhne tot, das Königreich ihres Bruders beinahe auseinandergerissen, ganze Herrschaftsgebiete niedergebrannt, alles verloren, so viel Tod, Verleumdung und Kummer.

Sie kam sich so naiv vor. All die Jahre hatte sie, geblendet von ihrem Vertrauen in Cravens Loyalität, seinen Beteuerungen geglaubt, dass der Fluch des Spiegels und der Perle nicht mehr existierte. Sie war fest davon überzeugt gewesen, dass der Spiegel zerstört und der Bann gebrochen war.

Sie hielt es im Theater nicht mehr aus. Plötzlich wurden ihr die Hitze, das Gedränge und die menschlichen Ausdünstungen zu viel, und sie stand mühsam auf. Craven erhob sich ebenfalls sofort, immer galant, immer um ihr Wohlergehen besorgt. Sie konnte ihn nicht ansehen.

Kaum hatte sich die Kutschentür geschlossen, da sprudelte es auch schon aus Elizabeth hervor, anstatt ruhig und würdevoll klang sie eher wie ein Fischweib auf dem Markt.

„Diese Frau ... deine *Hure* ... Sie hat den Spiegel. Ich habe ihn mit eigenen Augen gesehen. Sie hat den Kristallspiegel, der einmal mir gehört hat!" Craven sah sie völlig verwirrt an, und sie hätte ihn am liebsten noch lauter angeschrien. „Margaret." Sie rang nach Luft. Ihr Herz klopfte zum Zerspringen, vielleicht brach es ja auch. Es tat so unendlich weh, aber die Angst vor dem Spiegel war nichts im Vergleich zu dem Gefühl, restlos verraten worden zu sein. „Erinnerst du dich an sie?", stieß sie hervor. „Die Frau, die du *heiraten* wolltest? Die Frau, der du meinen Spiegel geschenkt hast?" In diesem Moment sah sie, dass er begriffen hatte. Er wurde aschfahl.

„Ich dachte ..." Er stockte. „Ich dachte, sie hätte ihn verkauft."

Er stritt es also noch nicht einmal ab. Die Kutsche rumpelte und holperte durch die Straßen, Elizabeth wurde übel.

„Du hast ihn ihr gegeben", sagte sie.

„Sie hat ihn genommen, um ihre Rückkehr nach England bezahlen zu können."

„Und um dort ihrem Gemahl deinen Bastard präsentieren zu können."

Er schwieg.

Sie spürte wieder die alte Eifersucht in sich aufsteigen, die Gehässigkeit, die sie vor all den Jahren in Den Haag so verzweifelt zu unterdrücken versucht hatte. Sie hatte geglaubt, diese finsteren Emotionen wären inzwischen durch Liebe und Vertrauen für immer ausgelöscht, doch nun war ihr Vertrauen gebrochen. „Es war alles nur eine Lüge", sagte sie. „Und ich habe dir so vertraut."

„Elizabeth. Das ist doch Unsinn."

Sie merkte, dass sich nun alles aufzulösen drohte, aber noch brannte die Wut in ihr wie ein Feuer, das alles vernichtete, was sich ihm in den Weg stellte. Das war verlockend, denn es fühlte sich gut an, einen Grund für all das Unheil zu kennen, zu wissen, wem man dafür die Schuld geben konnte. Das war also die Ursache, warum ihre Unternehmungen für die gute Sache immer wieder gescheitert waren.

„Du hast mich verraten und betrogen." Sie zitterte jetzt am ganzen Leib. „Ich habe dir vertraut! Du hast mir Treue geschworen und deinen Schwur gebrochen. Ich habe an dich geglaubt, aber du warst es nicht wert. Du wusstest von der Macht des Spiegels ..."

Craven verlor die Beherrschung. „Und du weißt, dass ich das immer für abergläubischen Unsinn gehalten habe!"

„Es stand dir nicht zu, das zu beurteilen!"

Seine braunen Augen funkelten. Er packte schmerzhaft ihre Oberarme, und sie zuckte zusammen. „Elizabeth, aus Liebe zu dir habe ich alles aufgegeben! Ich habe meinen Treueschwur deinem Bruder gegenüber gebrochen, um mit dir zusammen sein zu können. Du kamst bei mir immer an erster Stelle, noch vor meiner Ehre." Er ließ sie so abrupt los, dass sie beinahe vom Sitz gefallen wäre. „Und du ..." Er wandte sich ab. „Du bringst mir so wenig Wertschätzung entgegen, dass du noch nicht einmal offiziell unsere Ehe bestätigen willst."

Alte Wunden, alte Klagen. Sie verströmten ihr Gift, bis alles verdorrt war und abstarb. Sie betrachtete Cravens Gesicht, das ihr so lieb und vertraut war, und spürte, wie ihr Herz brach.

Die Kutsche kam vor Craven House ruckartig zum Stehen. Ein Diener wartete schon mit ausdrucksloser Miene vor der Tür, aber keiner von beiden machte Anstalten auszusteigen.

„Ich muss dich wenigstens noch für heute Nacht um deine Gastfreundschaft bitten", sagte Elizabeth steif. „Gleich morgen suche ich mir eine andere Unterkunft."

Sie sah, wie schockiert er war. Er hatte nie damit gerechnet, dass es so weit kommen würde, aber während er noch in einer letzten flehenden Geste die Hand nach ihr ausstreckte, hatte sie schon ihre Röcke gerafft und war aus der Kutsche gestiegen. Sie kehrte ihm den Rücken zu und wurde wieder zu einer Königin an dem Platz, der ihr gebührte, weit über ihm, unerreichbar.

Und der Fluch hatte sein Werk vollbracht.

43. Kapitel

„Ich habe noch etwas für dich", sagte Mark. Sie frühstückten mit Kaffee und Croissants unter dem Apfelbaum im Obstgarten. Es war einer von den Spätsommertagen, an denen es bis zum Mittag noch sehr heiß werden, am Nachmittag aber schon herbstlich kühl sein konnte. Die Jahreszeiten begannen sich abzuwechseln; die Farbe der Bäume im Wald verwandelte sich von Grün in Gold.

„Was denn?" Holly fühlte sich schläfrig vor Wärme und Liebe, war gleichzeitig glücklich und traurig.

Mark griff nach einer Mappe, die er auf den Stuhl neben seinem gelegt hatte. „Ich habe Lavinia gefunden. Oder besser gesagt, mein Freund. Harry, der Genealoge, du erinnerst dich?"

„Du hast sie gefunden?" Holly stellte abrupt ihre Tasse ab. „Ich wusste gar nicht, dass du nach ihr gesucht hast!"

Mark machte ein zerknirschtes Gesicht. „Es schien dir so wichtig zu sein, zu erfahren, was aus ihr geworden ist, da habe ich Harry gebeten, es wenigstens einmal zu versuchen. Ich habe dir nichts davon gesagt, weil ich keine falschen Hoffnungen wecken wollte. Harry hielt es für ziemlich unwahrscheinlich, irgendetwas über sie herausfinden zu können. Wie dem auch sei, es hat einige Arbeit erfordert, aber zum Schluss hatte er doch Erfolg." Er hielt das Papier aus ihrer Reichweite, als sie danach greifen wollte. „Ich glaube, das wird dir gefallen. Ich hoffe es jedenfalls."

„Nun sag schon!"

„Also gut. Nun, zuerst einmal hattest du recht. Kitty Flyte war Lavinias Tochter, aber zu der Zeit, als Kitty in die Bayly-Familie einheiratete, hatte ihre Mutter sich bereits umbenannt in Jane Flyte und schon lange ihren ursprünglichen ‚Beruf‘ aufgegeben. Sie war eine sehr erfolgreiche Hutmacherin.“

„Lavinia wurde Hutmacherin?“ Holly klappte der Kiefer herunter.

„Sie ließ sich 1802 in Bath nieder“, fuhr Mark fort. „Sie taucht jedes Jahr im Handelsregister auf. Nach und nach hat sie sich einen angesehen Namen gemacht und einen höchst ehrenwerten Kundenstamm aufgebaut. Ihre Modelle waren äußerst begehrt, und sie verdiente viel Geld damit.“

„Das ist ja unglaublich!“ Lavinia hatte ihren scharfen Verstand und ihr gewinnsüchtiges Naturell genutzt, um mit etwas ganz anderem als dem Schreiben erotischer Memoiren ein Vermögen zu machen. Holly war unendlich stolz auf sie. Was für ein tolles Mädchen. „Es ist ziemlich kostspielig, ein eigenes Geschäft zu gründen“, bemerkte sie langsam. „Ich bin mir jetzt sicherer denn je, dass Lavinia die Originaldiamanten des Spiegels verkauft hat, um ein neues Leben anzufangen und Kitty eine gute Erziehung ermöglichen zu können.“

„Ja.“ Mark lächelte. „Ich glaube, du hast recht.“

„Genau werden wir es allerdings wohl nie wissen, und auch nicht, ob Robert Verity ihr Vater war.“

„Nein, aber mir gefällt die Vorstellung, dass er es war.“ Mark warf einen Blick auf das Papier und sah dann wieder Holly an. „Da ist noch etwas“, meinte er gedehnt, „aber ich bin mir nicht sicher, wie du dich damit fühlen wirst.“

„Rede weiter.“

„Kitty Bayly bekam sieben Kinder, darunter eine Tochter namens Helena. Diese wiederum heiratete einen gewissen

John Darcombe. Er stammte aus einer ziemlich vornehmen Offiziersfamilie. Er starb jung, in der Schlacht, und Helena musste ihre Kinder allein großziehen." Mark betrachte Holly liebevoll. „Die Militärtradition haben sie beibehalten. Der letzte Darcombe war Brigadegeneral. Ich nehme an, der Name sagt dir etwas."

„Ja." Holly bekam eine Gänsehaut und schlang die Arme um sich. Ihre Welt begann sich zu drehen, Muster veränderten sich, bildeten sich neu. „Darcombe ist der Mädchenname meiner Großmutter", sagte sie mit zitternder Stimme. „Ihr Vater war der Brigadegeneral Robert Darcombe."

„Genau. Deshalb bist du eine direkte Nachfahrin von Kitty Flyte und möglicherweise auch von Robert Verity. Und durch ihn wiederum von William Craven."

Holly lächelte wehmütig. Kein Wunder, dass sie Kitty nicht im Stammbaum der Familie Ansell gefunden hatte. Die Abstammung war nicht der männlichen Linie gefolgt. Lavinia, die sich mit ihrer Tochter ein neues Leben aufgebaut hatte; Helena, die sieben Kinder allein großgezogen hatte; Hester, die ihre verwaisten Enkelkinder bei sich aufgenommen und ihnen neue Hoffnung geschenkt hatte … es waren diese starken Frauen gewesen, die Lord Cravens Vermächtnis bis in die heutige Zeit immer weitergegeben hatten.

„Da wäre noch eine Kleinigkeit", fuhr Mark fort. „Lavinia selbst stammte von Elizabeth und Friedrich von Böhmen ab. Harry ist wirklich stolz, dass er das herausgefunden hat."

Holly starrte ihn an. „Wie bitte? Inwiefern?"

„Soweit ich weiß, waren Elizabeths Söhne notorische Schürzenjäger." Mark verzog das Gesicht. „Ich hätte es mir denken können. Meine Familie stammt auch von einem der Seitenzweige ab, und das ebenfalls nicht ehelich, sondern geradewegs unehelich von Prinz Ruprecht. Ich habe bisher der Familiengeschichte nie viel Beachtung geschenkt, aber ..." Er sprach den Satz nicht zu Ende, und Holly wusste, was er dachte. William und Elizabeth, Robert und Lavinia – alle miteinander verbunden durch Schicksal, Blut, Liebe und Seelenverwandtschaft.

„Und von wem stammt Lavinia nun ab?", wollte Holly wissen.

„Elizabeth und Friedrich hatten einen Sohn namens Philipp. Nach dem, was man so hört, muss er ein ziemlich verkommenes Subjekt gewesen sein. Er tötete bei einem Duell einen Mann, musste ins Exil flüchten und wurde danach Glücksritter. Er starb mit nur dreiundzwanzig Jahren in einer Schlacht, aber vorher zeugte er noch mit einer Marketenderin namens Jacqueline Fleet ein Kind. Aus Fleet wurde im Lauf der Zeit Flyte, nehme ich an, aber es gab nie eine Andeutung zu Lavinias Zeiten, dass sie königliche Vorfahren hatte."

„Nein", stimmte Holly zu. „Wenn Lavinia das bekannt gewesen wäre, hätte sie den größtmöglichen Nutzen für sich daraus gezogen. Wahrscheinlich hätte sie George III. überredet, ihr eine Leibrente oder etwas in der Art zu zahlen." Sie seufzte. „Jetzt verstehe ich auch, was Flick gemeint hat, als sie sagte, sie und Ben wären Teil dieser langen Kette. Sie hat wirklich geglaubt, sie wären das Liebespaar in der jetzigen Generation. Sie dachte, sie wären füreinander bestimmt." Sie sah Mark in die Augen. „Das tut mir so leid."

„Ja, arme Flick." Er streckte die Hand aus und strich Holly leicht über die Wange. „Aber sie hat sich geirrt, nicht wahr? Es gibt tatsächlich zwei Liebende, die sich in diesem Leben begegnen sollten, so wie Elizabeth und William und Lavinia und Robert vor ihnen. Doch das waren nicht Flick und Ben."

„Nein", flüsterte Holly. Jetzt konnte sie endlich das ganze Bild im Zusammenhang erkennen, und es war wunderschön. „Nein. Diese Liebenden, das sind wir, du und ich."

Mark verflocht seine Finger mit ihren. „Wollen wir versuchen, dieses Mal alles richtig zu machen?"

„Wir werden uns alle Mühe geben."

Flick war noch nicht wach gewesen, als sie mit dem Frühstück angefangen hatten, aber nun sah Holly sie auf sich zukommen. Der Kies knirschte unter ihren hohen Keilabsätzen. An diesem Morgen trug sie Leggings und ein langes Shirt, das ihr um mindestens drei Größen zu groß war, trotzdem wirkte sie unglaublich elegant.

„Wie macht sie das nur?" Holly seufzte.

„Das liegt in den Genen", erwiderte Mark schmunzelnd.

Flick winkte und beschleunigte ihre Schritte, wobei sie auf ihren hohen Absätzen gefährlich kippelte. Sie schien nur aus Beinen zu bestehen und wirkte hochgradig nervös, wie ein zur Flucht bereites Reh.

„Holly, kann ich dich kurz sprechen?"

„Natürlich."

„Dann gehe ich mal eben …" Mark zeigte zum Haus.

„Nein", sagte Flick. „Bitte bleib, Mark. Ich möchte, dass du das auch hörst." Sie setzte sich kerzengerade auf die Stuhlkante und hielt etwas in den Händen, das aussah wie ein Buch in einer Plastiktüte vom Supermarkt. Sie hielt es Holly hin. „Das ist deins." Sie senkte den Blick. „Zumindest … hat es Ben gehört. Er hat es gefunden."

„Ben?" Holly nahm ihr die Tüte ab und zog das Buch heraus. Das Leder fühlte sich glatt und abgenutzt an und leuchtete im Sonnenschein in einem satten dunklen Grün. Es sah genauso aus wie Lavinias Tagebuch, aber anstelle von Lavendelduft verströmte dieses einen Geruch nach Feuchtigkeit und gleichzeitig seltsamerweise auch nach Rauch.

„Vorsichtig", sagte Flick, als Holly es aufschlug. „Es ist sehr brüchig."

Holly blätterte die Seite um. Sie spürte, wie ihr Herz schneller schlug. Zur gleichen Zeit hatte sie das merkwürdige Gefühl, dass sich die Zeit wieder einmal zurückdrehte bis zu einer Märznacht im Jahr 1801, als Lavinia sich vorgenommen hatte, Lord Evershot auszurauben und zu fliehen, und Robert Verity verschwunden war.

Die Schrift war praktisch unleserlich. Teils angekohlt, teils durch Wasser verwischt tanzten die Zahlen, Formeln und Buchstaben in wirrem Durcheinander über die Seite; ab und zu war ein einzelnes Wort zu entziffern. Das Datum 1801 und die Worte „Januar", „Downs" und „Stein" stachen Holly ins Auge.

„Das ist Robert Veritys Notizbuch!" Holly hob den Kopf und sah Flick an. „Woher hast du das?"

„Ich habe es aus der Mühle mitgenommen", erwiderte Flick unverblümt. „Ich habe es gestohlen." Sie warf Mark einen raschen Blick zu. „Es tut mir leid, Mark." Sie sprach jetzt weiter, hastig und stockend, ohne die beiden anderen anzusehen. „Ich wollte nur etwas von Ben haben, eine Erinnerung an ihn. Ihr wisst, was ich meine. Ich …" Sie betrachtete ihre Hände und verschränkte sie so fest, dass ihre Fingerknöchel weiß hervortraten. „Es war so hart für mich, nichts zu wissen, mit niemandem reden zu können. Ich brauchte etwas von ihm, woran ich mich festhalten konnte." Eine Träne rann ihr über die Wange, und sie wischte sie fort. „Es tut mir leid."

Holly rückte mit ihrem Stuhl zu ihr und legte den Arm um sie. „Komm, alles ist gut."

„Ich habe es an dem Tag mitgenommen, als ich wegen dieser Schale bei dir war", gestand Flick. „Ich weiß nicht, wo Ben es gefunden hat, aber ich wusste, er bewahrte es in einer Schublade der Kommode auf." Sie rieb sich die Augen. „Ich hoffe, es war nicht wichtig. Das Notizbuch, meine ich."

Hollys und Marks Blicke trafen sich. „Nein", beschwichtigte sie. „Es ist ganz und gar nicht wichtig."

Flick legte den Kopf an Hollys Schulter und brach in Tränen aus. Sie weinte herzzerreißend, und Holly drückte sie fest an sich. Über Flicks Schulter hinweg sah sie, wie Mark in dem Buch blätterte und Diagramme, Zeichnungen und Anmerkungen in Bens Handschrift studierte.

„Wahrscheinlich passiert mir das noch öfter." Flick hob schniefend den Kopf. „Das alles tut mir so leid, aber ich habe dich sehr lieb, Holly. Du bist die Beste." Mark reichte ihr schweigend ein Taschentuch, und sie lächelte ihn unter Tränen an. „Ich gehe jetzt." Sie sah zwischen den beiden hin und her. „Bestimmt habt ihr noch viel zu bereden."

Holly drückte ihre Hand. „Kommst du zurecht?"

„Ja, vielen Dank." Sie atmete tief durch. „Ich werde ihn nie vergessen."

„Deine Schwester ist sehr liebenswert", meinte Holly, als sie Flicks schmale Gestalt mit gesenktem Kopf davongehen sah. „Und sie verschenkt ihre Liebe auch sehr großzügig."

Mark nahm ihre Hand. „Es überrascht mich nicht, dass sie dich liebt", sagte er rau. „Du hast uns allen großzügiger vergeben, als wir erwarten durften." Er ließ sie los. „Sieh dir das an." Er reichte ihr das Buch.

Ben hatte eine absolut präzise Zeichnung von dem Haus angefertigt; groß, elegant, mit der anmutigen Kuppel und der goldenen Kugel darauf. Darunter stand eine Zeile in Bens ordentlicher Handschrift.

„Die Sistrin-Perle war in der Kuppel versteckt."

Holly hielt den Atem an. „Also hat Ben das Versteck der Perle tatsächlich gefunden. Er muss anhand von Robert Veritys Berechnungen darauf gekommen sein." Sie fasste in ihre Jackentasche und holte die alte Goldkette hervor. „Flick sagte, Ben hätte versucht, ihr die hier zu geben, aber sie weigerte sich, sie anzunehmen, und er hatte die Kette bei sich, als er starb." Sie hob den Kopf und sah Mark in die Augen. „Aber wo ist die Perle selbst?"

Mark lächelte. „Ich schätze, du wirst sie irgendwo in der Mühle finden", erwiderte er. „Wenn auch vielleicht nicht in der Form, die du dir vorstellst."

„Wie meinst du das?"

„Ich vermute, Ben hat die Perle in dem eingestürzten Weinkeller gefunden", erklärte er bedächtig. Er berührte vorsichtig die verbogenen Glieder der Kette. „Die hier ist schwer beschädigt worden. Weißt du noch, wie du mir gesagt hast, die Kuppel wäre zusammen mit der Kugel während des Brandes ins Haus gestürzt und hätte alle Decken bis hinunter zum Weinkeller durchschlagen?"

„Natürlich. Das Perlenhalsband lag wahrscheinlich unter Bergen von Schutt vergraben, als das Haus niederbrannte."

„Beim Sturz in den Weinkeller hat die Kuppel auch viele Weinflaschen zerschlagen", fuhr Mark fort. „Der ganze Boden war mit Rotweinablagerungen bedeckt."

„Perlen lösen sich in Wein auf." Holly klammerte sich an die Tischkante, das Herz schlug ihr bis zum Hals, als sie nun die letzten Puzzlesteine der Geschichte zusammenfügten. „Glaubst du, die Sistrin-Perle ist zerstört worden?"

Mark schüttelte den Kopf. „Nicht vollständig. Aber sie muss beschädigt worden sein, und wenn sie so lange Zeit in dem sauren Wein gelegen hat, muss sich dabei ihre Farbe verändert und sie ihren Lüster verloren haben …" Er hielt inne. „Was hast du?"

„Ich weiß, wo sie ist", sagte Holly stockend. „Ich habe sie schon am ersten Tag gefunden, als ich nach Ashdown gekommen bin, aber mir war nicht klar …" Sie dachte an das Geheimfach im Fenstersitz im Schlafzimmer und den seltsam geformten gelben Stein, den sie darin entdeckt hatte. Eine ganze Weile schwiegen beide, dann fing Holly zu lachen an. „Welche Ironie des Schicksals! Lord Evershot hat auf dem ganzen Besitz nach ihrem Versteck gesucht, dabei hat sie sich die ganze Zeit über seinem Kopf befunden. Wortwörtlich. Und er hat es nie erfahren." Sie stand auf und griff nach der Kette. „Ich muss noch etwas erledigen. Kommst du mit?"

Sie gingen zusammen zur Mühle zurück. Mark wartete an der Schlafzimmertür, als Holly den Deckel im Fenstersitz abnahm und die Perle aus dem Geheimfach holte. Da lag sie auf Hollys Handfläche, verformt, gelb und ohne Lüster. Doch Holly wusste – ihren Glanz mochte sie verloren haben, aber nicht ihre Macht.

Sie gingen zur Gartenpforte und stützten sich mit den Ellenbogen darauf. Hier verlief der Mühlbach direkt neben dem Pfad, sanft plätscherte das Wasser dahin. Schon bald würde der Mühlteich wieder vollgelaufen sein. Im nächsten Sommer würden dann die Libellen zurückkommen, und die verdorrte Erde würde sich wieder in das saftige Grün verwandeln, das sie von klein auf kannte.

Als sie in Ashdown angekommen war, hatte sie sich nicht vorstellen können, noch einen weiteren Sommer hier zu verleben. So weit hatte sie gar nicht vorausgedacht. Sie hatte es nicht gewollt, nicht gewagt. Zwischen Angst und Hoffnung hatte sie vielleicht geglaubt, bis dahin wäre Ben längst wieder aufgetaucht und sie wieder in der Stadt, wo sie hingehörte, mit all dem Lärm, den vielen Menschen und dem Regen, der auf heißes Straßenpflaster fiel und die Luft nach Staub riechen ließ.

Sie beobachtete Mark, der auf die Pforte gestützt über die Stoppelfelder sah, wo die höher steigende Sonne den Nebel allmählich auflöste. Er drehte sich halb zu ihr um und erwiderte ihren Blick, aber er lächelte nicht, und Holly wusste, dass sie hier und jetzt ihre letzte Entscheidung treffen musste.

Sie wartete, lauschte und empfand Liebe, wie Blütenblätter, die wieder ihre Wange streiften, und dann hörte sie ein Flüstern.

„Werde glücklich."

Es war Lavinias Stimme, Lavinias letztes Geschenk an sie. Holly nahm Marks Hand und hielt sie ganz fest. *Ich liebe dich bis ans Ende der Zeit.*

Lange Zeit sagten sie nichts. Als Mark schließlich ihre Hand losließ, nahm Holly die Kette aus der Tasche und legte sie neben die Perle auf ihre Handfläche. „Ich glaube, Elizabeth würde wollen, dass sie vernichtet wird."

Mark nickte. „Schließe den Kreis."

Sie gingen ein Stück den Weg hinunter bis zu der Stelle, wo sich die kleine Steinbrücke über dem Bach wölbte. Holly warf die Kette und die Perle so weit sie konnte ins Wasser. Einen Moment lang glitzerte etwas golden in der Sonne auf, dann war es verschwunden. Holly beugte sich über das Geländer und sah ins Wasser, aber da war nichts mehr. Die Kette und die Perle waren fort.

„Die Strömung ist hier ziemlich stark", sagte Mark. „Genau an dieser Brücke gibt es eine Quelle, die den Bach noch zusätzlich speist. Der Legende nach kommt ihr Wasser direkt aus dem Herzen der Erde. Wenn also irgendetwas Magie ausstrahlt ... nun, dann würde ich sagen, ist es dieses Wasser."

Er legte den Arm um sie, und Holly lehnte den Kopf an seine Schulter. Sie spürte den kräftigen, gleichmäßigen Schlag seines Herzens. „Es ist vorbei, nicht wahr?"

„Nein." Mark küsste sie. „Es fängt gerade erst an."

44. Kapitel

London, Februar 1662

In der Nacht, bevor sie starb, träumte sie von dem Haus. Im Traum fühlte sie sich wieder unbedeutend wie ein Kind; die Miniaturausgabe einer Königin in einem cremeweißen, goldbestickten Seidenkleid. Der Kragen kratzte an ihrem Nacken, als sie den Kopf zurücklegte und zu dem blendend weißen Haus vor dem blauen Himmel hinaufsah. Ihr wurde schwindelig. In ihrem Kopf drehte sich alles, und die goldene Kugel, die das Dach zierte, schien wie eine Sternschnuppe auf die Erde zuzurasen.

Sie wusste jetzt, dass sie das Haus niemals sehen würde. Ihre Geschichte endete hier in dem einsamen Luxus von Leicester House. Kronen und Ruhm, Exil und Niederlage, Liebe und Verlust – all das nahm nun ein Ende. Vorher aber musste sie noch etwas erledigen.

Jetzt endlich wusste sie, dass die Liebe mächtiger war als alle Magie. Sie ließ nach William Craven schicken. Mit ihrer unsterblichen Liebe zu ihm vertraute sie ihm die Perle an. Und so endete ihre Geschichte und eine neue begann.

– ENDE –

Anmerkung der Autorin

Meine vierzehnjährige Tätigkeit als freiwillige Fremdenführerin und Historikerin in Ashdown House in Oxfordshire hat mich zu diesem Buch inspiriert. Das Haus gibt es wirklich, genauso wie William, erster Earl of Craven, und Elizabeth Stuart, die Winterkönigin, tatsächlich existiert haben.

Die bekannten historischen Fakten über das Leben von Craven und Elizabeth habe ich zur Rahmenhandlung dieses Romans gemacht. Der Rest ist zum Teil eine historische Interpretation auf der Grundlage von wissenschaftlich Nachgewiesenem aus jener Zeit. Berichten nach war Friedrichs Hof in Heidelberg tatsächlich ein geistiges Zentrum für die Aufklärer der Rosenkreuzer. Ab 1660 gab es immer wieder Gerüchte, William Craven und Elizabeth Stuart hätten während ihrer Jahre in den Niederlanden geheiratet, aber ein Beweis dafür wurde nie gefunden. Ich habe dieses und andere Elemente ihrer Geschichte verwendet und die Lücken mit historischer Fantasie geschlossen.

Die größte Freiheit habe ich mir jedoch mit dem Verschmelzen der Schicksale der Häuser Ashdown und Coleshill herausgenommen. Coleshill House wurde 1952 bei einem Feuer zerstört. Ashdown House steht noch, und ich hoffe, das wird auch noch viele Jahre so bleiben.

Danksagung

Mein größter Dank gilt meiner wunderbaren Lektorin Sally Williamson, die mir zugetraut hat, dieses Buch zu schreiben, und die mich unermüdlich ermutigt und unterstützt hat. Überaus dankbar bin ich auch meinen schreibenden Freundinnen, vor allem den *Word Wenches* und der großartigen Sarah Morgan, weil sie mir das Selbstvertrauen geschenkt hat, endlich dieses Buch zu schreiben, das mir so sehr am Herzen liegt.

Ich habe das große Glück, in einem fantastischen Team von Freiwilligen in Ashdown House arbeiten zu können. Ich danke euch allen, weil ihr euer Wissen mit mir geteilt habt und die Arbeit mit euch solchen Spaß gemacht hat. Mein besonderer Dank gilt Maureen Dawson und Richard Henderson vom *National Trust*, der Gesellschaft zum Schutz des historischen Erbes.

Bedanken möchte ich mich auch bei Denny Andrews, der mir die Anlage von Coleshill House gezeigt hat, und bei Neil Fraser, der mir so großzügig Einblick in sein Archiv in Ashdown gewährt hat.

Mit großer Achtung gedenke ich des verstorbenen Keith Blaxhall, des langjährigen Besitzverwalters von Ashdown Park. Seine Begeisterung und seine Ermutigung haben mich inspiriert, und es war ein großes Privileg für mich, ihn gekannt zu haben.

Zum Schluss ein großes Dankeschön an Julie Carr, die mir erlaubt hat, mir ihre bezaubernde Hündin Bonnie für diesen Roman „auszuleihen", und natürlich an Bonnie selbst für ihre gnädige Zustimmung, in *Die Schatten von Ashdown House* eine der Hauptrollen zu spielen.

Informationen zu unserem Verlagsprogramm, Anmeldung zum Newsletter und vieles mehr finden Sie unter:

www.harpercollins.de

Linda Castillo
Kalt wie dein Verrat

Panik steigt in Landis auf. Eigentlich hatte sie sich in ihrer Berghütte nur etwas Ruhe und Einsamkeit erhofft. Stattdessen erwartet die junge Staatsanwältin dort ihr ehemaliger Liebhaber Jack LaCroix. Vor einem Jahr wurde er wegen Mordes zu lebenslanger Haft verurteilt. Jetzt ist Jack aus dem Gefängnis geflohen und beteuert seine Unschuld. Darf sie ihm glauben, obwohl er sie doch schon einmal betrogen hat? Nicht nur Landis' Karriere, sondern auch ihr Leben und ihr Herz stehen bei dieser Entscheidung auf dem Spiel.

ISBN: 978-3-95649-748-3
9,99 € (D)

Linda Castillo
Fatale Erinnerung

Detective Philip Betancourt wird an einen Tatort in New Orleans gerufen. Ein hoch angesehener Anwalt wurde erschossen, und es gibt eine Zeugin. Doch die schöne Michelle Pelletier behauptet, sich nicht daran erinnern zu können, was in der vergangenen Nacht passiert ist. Obwohl Philips Kollegen glauben, dass Michelle die Mörderin ist, hält er sie für unschuldig und setzt für sie seine Karriere aufs Spiel. Geht er einer gefährlich sinnlichen Verführerin ins Netz?

ISBN: 978-3-95649-650-9
9,99 € (D)

Marie Force
Mörderische Sühne

Ihr letzter Fall endete in einer Katastrophe. Doch die aktuelle Mordermittlung könnte Detective Sergeant Samantha Holland helfen, ihren Ruf wiederherzustellen: Ein bekannter Senator wurde brutal in seinem Bett umgebracht. War es ein politisch motiviertes Verbrechen oder ein grausamer Racheakt? Der wichtigste Zeuge ist für Samantha kein Unbekannter. Nick Cappuano war nicht nur der beste Freund des Toten, sondern auch ihr Liebhaber. Samantha lässt sich auf ein gefährliches Spiel ein, dass sie nicht nur ihre Karriere kosten könnte ...

ISBN: 978-3-95649-692-9
9,99 € (D)

Cathrin Moeller
Mordsacker

Tragische Umstände haben Klara Himmel samt Familie ins mecklenburgische Mordsacker verschlagen. Doch hier liegt nicht nur der sprichwörtliche Hund begraben! Während die chaotische Großstädterin sich noch als brave Hausfrau versucht – und schon an einem simplen Käsekuchen scheitert – wird ihr Mann, der neue Dorfpolizist, zu seinem ersten Fall gerufen: Bauer Schlönkamp liegt tot in der Güllegrube. Leider erkrankt Klaras Göttergatte und sie wittert ihre große Chance auf etwas Nervenkitzel. Kurzerhand ermittelt Klara auf eigene Faust und bringt dabei nicht nur die dunkelsten Geheimnisse der verschworenen Dorfgemeinschaft zutage sondern schon bald sich selbst in Lebensgefahr ...

ISBN: 978-3-95649-681-3
9,99 € (D)

Originalausgabe